L'IDIOT I

L'IDIOT

I

DOSTOÏEVSKI

L'IDIOT
I

Traduction par Pierre Pascal

Édition établie
par
Michel Cadot

GF
FLAMMARION

On trouvera à la fin du second volume une bibliographie et une chronologie.

© 1983, FLAMMARION, Paris
ISBN 2-08-070398-6

PRÉFACE

« Je suis arrivé à Genève avec des idées en tête. Le roman existe, et, si Dieu m'aide, il en sortira une grande chose, et peut-être pas mauvaise. Je l'aime terriblement, et je vais écrire avec délices et angoisse [1]. » C'est en ces termes que Dostoïevski, arrivé à Genève le 25 août 1867, expliquait à A. N. Maïkov son nouveau projet, après avoir quitté la Russie en avril et séjourné à Berlin, Dresde, Hombourg, Baden-Baden. *Crime et Châtiment*, paru en deux volumes au début de l'année 1867, lui avait apporté gloire et argent ; *Le Joueur*, écrit dans les conditions les plus extravagantes en 1866, lui avait permis de rencontrer celle qui devait devenir bientôt sa deuxième femme, Anna Grigorievna Snitkina, la jeune sténographe qu'il épousa le 27 février 1867 avant de partir pour l'Europe occidentale.

Comme il arrive souvent chez Dostoïevski, le travail créateur qui le mène à *L'Idiot* est complexe et déroutant. A l'automne 1867, pressé d'aboutir à cause des avances considérables qu'il avait reçues de l'éditeur Katkov, Dostoïevski renonce brusquement à tous ses plans et esquisses antérieurs, et écrit à Maïkov le 12 janvier 1868 : « Le 4 décembre du calendrier occidental j'ai tout envoyé au diable. Je vous assure que le roman aurait pu être assez bon, mais il m'a dégoûté à un point incroyable, parce qu'il est médiocre, et non positivement bon. Ensuite, comme tout mon avenir en dépendait, j'ai commencé à me torturer avec l'invention d'un *nouveau roman*. L'ancien, je ne voulais plus le continuer, pour rien au monde. Je ne pouvais pas. J'ai réfléchi du 4 au 18 dé-

cembre nouveau style inclusivement. En moyenne, je
pense, il me venait six plans par jour (pas moins). Ma tête
tournait comme un moulin. Je ne comprends pas comment je ne suis pas devenu fou [2]... »

Ce *nouveau roman* n'avait pratiquement de commun
avec le précédent que le sobriquet donné au héros, l'Idiot.
En quelques jours, du 18 décembre au 5 janvier 1868,
Dostoïevski rédigea les cinq premiers chapitres, et le
11 janvier en envoya deux autres, complétant ainsi la
première partie, qui s'arrêtait là dans cette version du
roman. Cette première partie put paraître, en raison du
décalage des calendriers, dans le numéro de janvier du
Messager russe, avec une dédicace à Sophie Alexandrovna Ivanova, nièce de Dostoïevski. Dès le 13 janvier 1868, il entama la seconde partie, rattachée ultérieurement à la première, sans savoir encore comment il
allait construire la totalité de l'ouvrage. Le seul principe
directeur de ce « nouveau roman » était de « représenter un
homme complètement beau », écrivait-il à Maïkov, ajoutant : « C'est seulement ma situation désespérée qui m'a
obligé d'adopter cette idée non parvenue à maturité. J'ai
risqué, comme à la roulette : peut-être que sous ma plume
elle se développera [3]. » Les chapitres huit à seize de
l'actuelle première partie sont envoyés à Katkov le
1er mars et paraissent dans le numéro de février du *Messager russe*. Le Carnet n° 10, qui débute avec les plans de
la troisième partie (la seconde de la version définitive),
est entamé le 7 mars. Le travail intense dont témoigne le
Carnet n'aboutit pas à une rédaction rapide, car Dostoïevski est absorbé par ses soucis domestiques : sa fille
Sophie est née le 5 mars, l'argent recommence à manquer, et de fréquentes crises d'épilepsie harcèlent le malheureux écrivain. Le numéro de mars du *Messager* ne
contient rien de lui ; le 2 avril, en effet, Dostoïevski
écrivait à Maïkov qu'il n'avait pas encore écrit une ligne.
Le 21 il ajoute : « Je travaille et rien ne se fait. Je déchire
seulement. Je suis dans un chagrin effrayant : il ne sortira
rien de tout cela. Ils ont annoncé que dans le numéro
d'avril paraîtra la suite, mais je n'ai rien de prêt, sauf un
chapitre insignifiant [4]. » Grâce toujours à la différence des

calendriers, les deux premiers chapitres de la seconde partie purent paraître dans le numéro d'avril de la revue de Katkov, avec la précision que la maladie avait empêché l'auteur d'envoyer plus tôt la continuation de son ouvrage.

Malgré les attaques d'épilepsie dont il souffre toujours, et la mort de la petite Sophie survenue le 24 mai, l'écrivain se remet courageusement au travail. Il écrit de Vevey à sa sœur : « Malgré toute ma douleur, j'ai passé tout le mois à écrire nuit et jour mon roman... Jusqu'ici, j'en suis toujours à la deuxième partie [5]. » La suite de cette partie fut publiée dans les numéros de juin et juillet du *Messager russe*. La troisième partie parut dans les numéros d'août, septembre et octobre. En septembre, Dostoïevski envisageait deux possibilités pour la fin de son roman : Aglaé étant responsable du meurtre d'Anastasie Filippovna par Rogojine, elle refusait de se justifier devant le prince et partait pour l'étranger, alors que le prince sombrait dans l'idiotie ; ou bien le prince pardonnait à Aglaé qui partait avec sa mère, et lui-même mourait. La fin du roman telle que nous la connaissons, sans responsabilité particulière d'Aglaé, est esquissée clairement dans les deux notes des 15 octobre et 7 novembre 1868 [6]. Ce même jour, Dostoïevski écrit à A. N. Maïkov : « Maintenant que je vois tout comme dans un miroir, j'ai l'amère conviction que jamais dans ma vie littéraire je n'ai eu une idée poétique meilleure et plus riche que celle qui vient de m'apparaître pour la quatrième partie dans le plan détaillé. Mais quoi ? Il faut se hâter de toutes ses forces, travailler sans relire, courir la poste, et pour finir arriver quand même trop tard [7] ! »

Le début de la quatrième partie (chapitres I-IV) parut dans le *Messager* de novembre, les chapitres V à VII en décembre, et la rédaction dut expliquer aux souscripteurs de la revue pour l'année 1868 qu'ils recevraient la fin du roman sous forme d'un fascicule séparé. Les chapitres VIII à XI et la conclusion ne parurent qu'en février 1869. En raison de nombreuses difficultés avec les éditeurs pressentis par Dostoïevski, Bazounov et Stellovski, le roman ne fut pas publié en volumes séparés avant le retour de l'écrivain en Russie : c'est sa femme qui organisa, avec un grand sens pratique, l'édition à compte d'auteur sortie en janvier 1874.

La critique dostoïevskienne s'accorde à constater qu'entre la première conception de *L'Idiot* et l'ouvrage que nous lisons, les ressemblances sont minces. Il n'est donc pas utile de détailler les phases successives par lesquelles le roman est d'abord passé. Retenons toutefois quelques éléments de comparaison entre les deux ensembles. Tout d'abord l'Idiot du Carnet nº 3, daté de Genève, septembre-octobre 1867, est épileptique. Ses passions sont violentes, il a « un besoin ardent d'amour, un orgueil incommensurable », ce qui est incompatible avec le prince Mychkine. Cependant de menus détails se retrouvent plus tard : la belle écriture de l'Idiot, et l'anecdote du doigt brûlé sur ordre de la jeune fille, qui sera mise plus tard au compte d'Aglaé et de Gaby Ivolguine. On note chez l'héroïne appelée Mignon certains traits qui annoncent Anastasie Filippovna : elle s'enfuit la veille de son mariage, elle veut se venger de tout le monde, et « devenir au plus vite une mauvaise femme[8] ». Deux notations précieuses : après son mariage avec l' « oncle », Mignon « perd définitivement la raison[9] ». Or Mychkine, tout au long du roman, déclare qu'il craint qu'Anastasie Filippovna ne soit complètement folle, ce qui ne laisse pas de surprendre le lecteur. L'autre indication est que, dès l'apparition d'un nouveau personnage féminin nommé Héro, Dostoïevski écrit : « Héro aime Mignon. Une amitié étrange s'établit entre elles[10] ». Ce trait isolé passe dans *L'Idiot* où Anastasie, déclare Aglaé, « m'écrit qu'elle est amoureuse de moi, qu'elle cherche chaque jour l'occasion de me voir, ne fût-ce que de loin ».

C'est le personnage appelé « le Fils », distinct de l'Idiot, qui annonce alors Mychkine : il avoue « qu'il n'est pas encore un homme[11] » et éprouve une vive compassion pour Mignon. Le nom du Christ apparaît pour la première fois, associé à ce personnage. Quant à l'Idiot, il prend peu à peu les traits de Rogojine ; le nom du personnage shakespearien, Iago, apparaît un peu plus tard, et on lit : « Le principal : il faut que le lecteur et tous les personnages du roman comprennent qu'*il peut tuer Héro*, et que tout le monde s'attende à ce qu'il la tue [12]. » Or dans le roman définitif, Dostoïevski a maintenu une surabondance d'allusions prémonitoires au sort final d'Anastasie Filippovna. La relation qui s'établit entre l'Idiot et le Fils est du même type que le sentiment de fraternité jalouse nourri par Rogojine à l'égard de Mychkine : « L'Idiot finit par devenir véritablement *amoureux* du Fils tout en se moquant de lui-même [...] L'Idiot lui cède Héro (lutte de générosité, la passion de l'amitié est plus forte presque que l'amour [13]). » On ne peut manquer de relever cette espèce d'attrait homosexuel éprouvé par Héro envers Mignon d'une part, par l'Idiot envers le Fils d'autre part. Certes, les personnages définitifs sont exempts en apparence de telles pulsions, la relation *patente* des Carnets tend à devenir *latente* dans la version définitive, ce qui crée l'impression d'un inconscient romanesque, comme pour chaque roman de Dostoïevski dont nous connaissons les premiers états.

Ce n'est que le 1er novembre 1867, dans le Carnet n° 11, que l'Idiot devient le Fils de l'Oncle, et qu'il « séduit tout le monde par sa naïveté enfantine [14] ». Mais cette nouvelle conception tarde à se confirmer : bien que le 2 novembre apparaisse avec insistance la mention de la Suisse, Dostoïevski ne parvient pas à saisir la nouvelle personnalité de l'Idiot, qui reste sombre, jaloux et tyrannique, et se rapproche sensiblement du futur Stavroguine des *Démons*. Le même jour, Dostoïevski ébauche un dialogue où figure une allusion à la *Vie de Jésus* de Renan, et une interrogation pathétique sur les supplices, la Passion du Christ et le tableau de Holbein à Bâle [15]. Tout cela au moment où dans son esprit une « innocente », Olga Oumetskaïa, prend une place grandissante aux côtés de l'Idiot. Celui-ci est soit un fils légitime renié par sa mère, soit un fils illégitime assoiffé de vengeance. Il devient prince le 6 novembre, mais la contradiction fondamentale n'est pas levée, car « la base de tout, c'est la vengeance. Un être humilié », peut-on lire, mais deux

lignes plus loin : « Prince, innocent (avec les enfants) [16]?! ». Dès lors, se développe ce nouveau thème
qui va infléchir définitivement le caractère de l'Idiot :
« Un original. Étrangetés. Doux. Parfois demeure silencieux [...] Il va chez lui, toujours entouré d'enfants. Il se
met parfois à leur parler de la béatitude future [17]. »

En même temps, un travail complexe s'élabore à travers les créations successives de Mignon, Héro, Oumetskaïa et enfin Nastia, qui aboutissent tardivement à Anastasie Filippovna, la figure centrale du roman achevé. La
brève notation mentionnée plus haut et relative aux deux
premières figures imaginées par l'écrivain ne doit pas
conduire à identifier Héro avec Anastasie Filippovna, ni
Mignon avec Aglaé. A ce stade, les figures féminines
successives sont encore très éloignées des personnages du
roman ; petit à petit cependant, Nastia cristallise certains
des éléments constitutifs du personnage définitif : elle a
été séduite puis abandonnée, elle est tombée amoureuse
de l'Idiot (qui l'a recueillie avec son enfant), mais refuse
de l'épouser : « Je suis impure, je suis méchante, je renie
la vérité, je suis une fille perdue. » Elle se fait blanchisseuse (le terme reparaîtra dans *L'Idiot*), mène une vie
dissolue (des scènes de lupanar étaient prévues), mais un
NB précise : « Au début, le christianisme de l'Idiot agit
profondément sur elle [18]. »

Quant à Oumetskaïa, dont le nom figure jusqu'à la fin
du Carnet n° 11, son origine est claire : une jeune fille de
seize ans, révoltée par les mauvais traitements que lui
infligeaient ses parents, mit le feu à leur maison. Elle fut
acquittée et ses parents condamnés pour sévices à enfant.
Le procès, qui eut lieu en septembre 1867 dans le gou-
vernement de Toula, passionna Dostoïevski au point qu'il
envisagea un moment de faire de cette histoire le centre
de son ouvrage. D'autres faits divers analogues, nous le
verrons plus loin, parsèment le roman.

Donc le 4 décembre 1867, Dostoïevski a « tout envoyé
au diable », c'est-à-dire précisément le roman tel qu'il
s'esquissait à travers les Carnets n°s 3 et 11. Du 4 au 18 il

échafaude de nouveaux plans, et rédige la première partie
dans les vingt-trois jours qui suivent. Malheureusement
aucune note ne nous est parvenue sur le travail de cette
période, car le Carnet suivant, qui porte le n° 10,
concerne la suite du roman, et la première date qui y
figure est le 7 mars 1868. Or c'est dans la phase inconnue que le Prince reçoit son caractère définitif, ainsi
qu'Anastasie Filippovna et Rogojine, dont plusieurs traits
significatifs, nous l'avons vu, apparaissaient dans la
phase antérieure. Le séducteur Totzki (alors Trotzki), la
famille du général Ivolguine, notamment Gaby et Colas,
figuraient aussi, quoique de manière assez confuse, dans
les premiers plans. Mais ce qui manquait totalement,
c'est la famille Épantchine. On a parfois essayé d'attri-
buer à la future Aglaé certains traits des premières esquisses, mais force est de constater qu'elle est, en tant que
figure constituée, absente du premier plan, ainsi que ses
sœurs et leur mère, Élisabeth Procofievna Épantchine.
Peut-être le général Épantchine est-il vaguement es-
quissé, mais c'est douteux. Or il existe depuis un demi-
siècle une explication relative à la genèse de cette famille
apparue si brusquement et d'une manière si vivante dans
le roman de Dostoïevski. Celui-ci est terriblement pressé
par le temps puisque, d'une part, il doit honorer ses
engagements vis-à-vis de Katkov et, d'autre part, il a
renoncé à la plus grande part de son travail antérieur.
Dans un tel climat, Dostoïevski abandonne les faits divers
(Oumetskaïa), dont il n'a pu tirer ce qu'il cherchait, et
fait appel à ses souvenirs personnels pour résoudre le
problème romanesque fondamental que son imagination
lui avait de bonne heure imposé : qui sera la rivale
d'Anastasie Filippovna auprès du prince ? Le modèle de
la famille Épantchine tout entière est fourni par la famille
Korvine-Kroukovski, que Dostoïevski connaissait fort
bien. En 1864, il avait publié dans sa revue l'*Époque*
deux récits d'un jeune auteur inconnu, vite identifié : il
s'agissait d'Anna Vassilievna Korvine-Kroukovskaïa,
née en 1843, fille aînée d'un général d'artillerie, riche
propriétaire foncier et maréchal de la noblesse du gouver-
nement de Vitebsk. Cette jeune fille, aux traits fins, aux

longs cheveux blonds et aux yeux verts étincelants, avait
été, au témoignage de sa sœur Sophie, « dès l'âge de sept
ans la reine de tous les bals d'enfants ». Plus tard, dans la
propriété familiale de Palibino, en Russie blanche, elle
rêvait de chevaliers : « Vêtue d'une robe blanche ajustée,
avec ses deux lourdes nattes couleur de lin qui lui tom-
baient plus bas que la ceinture [...] elle brodait en perles
de verre sur un canevas les armoiries du roi Mathias
Corvin et regardait la grand-route pour voir si un chevalier n'y cheminait pas [19] ». On pense aussitôt à Aglaé
commentant la ballade écrite par Pouchkine en l'honneur
du chevalier pauvre, amoureux de la Sainte Vierge.
Bientôt la jeune Anna se passionne pour L'Imitation de
Jésus-Christ, puis rêve de devenir actrice, enfin se plonge
dans le torrent des idées nouvelles. Elle demande en vain
à ses parents de la laisser partir à Pétersbourg pour y
étudier la médecine : on se souvient qu'Aglaé veut aussi
s'enfuir de chez elle avec l'aide du prince.

  La jeune fille qui fuyait les bals pour apprendre à lire
aux enfants des domestiques ressemble à la fantasque
Aglaé qui veut, dit-elle, « complètement changer de
condition sociale », et décide de s'occuper d'éducation
avec le prince, puisqu'il aime les enfants [20]. En février
1865, comme à peu près chaque hiver, Élisabeth Korvine-Kroukovskaïa et ses filles viennent à Pétersbourg
pour un mois chez des parents, et Dostoïevski leur rend
visite en mars. Bientôt il devient un familier de la maison, raconte ses souvenirs, expose ses projets [21], s'éprend
d'Anna et la demande en mariage, cependant que la très
jeune Sophie tombe amoureuse de lui secrètement. Mais
lors d'une soirée mondaine, il se montre trop jaloux
d'Anna, courtisée par un jeune colonel, brillant causeur,
à qui les parents de la jeune fille envisageaient de la
marier, et se renferme dans un silence hostile. Presque un
an plus tard, le 26 janvier 1866, le père d'Anna envoyait
à Dostoïevski une mémorable lettre où il reprochait à
l'écrivain d'avoir correspondu clandestinement avec sa
fille, et de lui avoir envoyé de l'argent pour prix de ses
récits [22]. Cette lettre mit fin aux espoirs de Dostoïevski
qui, entre-temps, s'était rendu compte, ainsi qu'Anna,

que leurs idées étaient trop éloignées pour qu'un bonheur commun fût possible[23]. La femme de Dostoïevski notait, peu avant leur mariage, que l'écrivain lui avait déclaré « que c'était une très jolie jeune fille, qu'elle vivait depuis quelque temps à l'étranger, et qu'il avait récemment reçu une lettre d'elle[24] ». La jeune fille ne quitta en réalité Palibino pour Heidelberg et Paris qu'en 1869, se consacra à la cause révolutionnaire, fut membre de la Première Internationale, épousa le communard Charles-Victor Jaclard (1840-1903), courut de grands dangers lors de la répression de 1871, et rentra en Russie accompagnée de son mari où elle renoua d'amicales relations avec le ménage Dostoïevski[25]. L'enveloppe d'une de ses lettres de 1878 porte, de la main d'Anne Dostoïevski, la mention « écrivain, ex-fiancée de F. M. Dostoïevski[26] ».

Ce bref tableau suffit à montrer les quelques traits qui unissent indiscutablement Anna Vassilievna à Aglaé Épantchine. L'échec du mariage entre le prince et Aglaé entraîne le départ de celle-ci pour l'étranger où elle épouse un comte polonais et se convertit au catholicisme. Dostoïevski masque ainsi, pour des raisons fort compréhensibles, l'identité de la jeune femme en lui prêtant une orientation de pensée inverse de celle qu'elle avait réellement prise. Mais cet épilogue renvoie indirectement aux sympathies que les deux sœurs nourrissaient dans leur jeunesse pour la cause polonaise : les voisins du domaine de Palibino étaient presque tous polonais, et il existait une branche polonaise de la famille Korvine-Kroukovski[27]. Eugène Pavlovitch Radomski, appelé Velmontchek dans le Carnet n° 10, renvoie aussi à la Pologne par ses noms de famille successifs. Quelques autres changements sont significatifs des efforts que Dostoïevski fournit pour brouiller les pistes : les sœurs du roman ne sont pas deux, mais trois, Aglaé est la plus jeune, non l'aînée, les Épantchine habitent Pétersbourg et non la province, etc. Mais la mère porte le même prénom, Élisabeth, dans la réalité et dans le roman, l'entourage familial de la générale, née Schubert, comprend plusieurs Allemands[28], comme la société réunie lors de la fameuse soirée chez la générale Épantchine, enfin l'air de culture et d'intelligence que Mychkine respire dans le salon des Épantchine est à peu près celui que Dostoïevski aimait trouver auprès des filles Korvine-Kroukovski. L'écrivain donne du reste une indication ambiguë dans une lettre à Maïkov du 20 mars/2 avril 1868 : « Bien des traits qui figurent à la fin de la 1re partie [les chap. I à VII de l'actuelle 1re partie] sont empruntés à la nature, et certains caractères sont tout simplement des portraits, p. ex. le général Ivolguine, Colas [29] ». L'attention est ainsi portée sur la famille Ivolguine, mais rien n'empêche, au contraire, de penser *aussi* à la famille Épantchine ! Ajoutons deux détails qui paraissent exclure toute coïncidence : le goût de la jeune Anna Vassilievna pour la correspondance clandestine se retrouve exactement dans le roman chez Aglaé, et d'après une note du Carnet n° 10, Adélaïde sa sœur connaît le même « amour muet [30] » envers le prince que Sophie Kovalevskaïa, âgée de 14 ans, envers le brillant écrivain qui courtisait sa sœur aînée. On peut voir, en sens opposé, dans le personnage du général Épantchine, mêlé à d'assez sordides tractations, une caricature vengeresse du général Korvine-Kroukovski, lequel mettait en garde sa fille contre « ce journaliste, ancien bagnard [31] ».

Pourquoi cette hypothèse, formulée en 1931 par E. H. Carr [32], précisée dans l'édition soviétique en cours, reste-t-elle jusqu'alors inconnue en France ? On a trop cloisonné l'étude des romans : ce n'est pas dans l'entourage de Dostoïevski en 1867 qu'il faut chercher les modèles de *L'Idiot*, mais dans les impressions très fortes qu'a laissées en lui la période agitée de 1863 à 1865, avant *Crime et Châtiment*. Sans doute aussi parce que la source essentielle pour tout ce qui touche les rapports personnels de Dostoïevski avec la famille Korvine-Kroukovski vient des Souvenirs de Sophie Kovalevskaïa, la jeune sœur d'Anne, que l'on est en droit de juger, comme tous les mémoires de ce genre, sujets à caution [33] ; rédigés plus de vingt ans après les faits, ils ont pu même être partiellement influencés par la lecture de *L'Idiot*. Il reste néanmoins des témoignages indépendants, tels le journal et les souvenirs d'Anna Grigorievna, la femme de Dostoïevski, et les quelques lettres conservées de Dostoïevski à Anne et de celle-ci à l'écrivain, qui ne laissent aucun doute sur leur attachement réciproque.

Une autre difficulté peut être soulevée, celle de la dédicace à Sophie Alexandrovna Ivanova, l'aînée des nièces de Dostoïevski. Il est vrai que cette jeune fille plaisait beaucoup au romancier, qui écrivait en juillet 1866 à Anne Korvine-Kroukovskaïa : « A Moscou, l'aînée de mes nièces, Sonia, m'a fait vivre quelques minutes merveilleuses. Quelle âme remarquable, intelligente, profonde et chaleureuse [34]... » S'il est impossible de voir en elle un modèle pour Aglaé, tant les caractères diffèrent, en revanche, l'atmosphère joyeuse du séjour que fit l'écrivain à Lioublino, près de Moscou, pendant l'été de 1866, lorsqu'il rédigeait *Crime et Châtiment*, au milieu de ses cinq nièces et de ses trois neveux, se retrouve, non pas dans *L'Idiot*, mais dans l'épisode de la famille Zakhlébinine de *L'Éternel Mari*, preuve que Dostoïevski n'hésitait pas à introduire dans ses romans des blocs narratifs constitués à partir d'ensembles familiaux qu'il avait eu, à un moment ou à un autre, l'occasion de fréquenter. Un de ses neveux, Karépine, grand lecteur de *Don Quichotte*, évoquait par sa naïveté et ses bizarreries M. Pickwick aux yeux de Macha Ivanova, la seconde des nièces de Dostoïevski : L. Grossman pense qu'il peut avoir fourni quelques traits au prince Mychkine [35].

La deuxième partie des Carnets de *L'Idiot* s'étend du 7 mars au 11 novembre 1868, c'est-à-dire que Dostoïevski compose des plans et des variantes *en même temps* qu'il publie les parties déjà rédigées de son roman. Une incertitude étonnante règne longtemps sur le devenir des personnages, et Dostoïevski a tenu à la faire partager indirectement à son lecteur, jusque dans la rédaction définitive : à plusieurs reprises en effet, le narrateur, qui reste complètement étranger à l'action, exprime l'embarras où le plonge le manque d'informations indiscutables sur les événements qu'il relate, et se trouve réduit à

proposer plusieurs versions et des interprétations plus ou
moins plausibles au sujet des « bruits vagues », des « rumeurs » et des « commérages » qui circulent dans la ville
(I, 4, II, 1 et IV, 9). Ce narrateur est timoré, et ses
jugements reflètent une opinion moyenne, plutôt bornée :
« En présentant tous ces faits et en nous refusant à les
expliquer, nous ne prétendons nullement justifier notre
héros aux yeux des lecteurs. Bien plus, nous sommes
pleinement disposé à partager l'indignation qu'il suscita
même chez ses amis. » Fréquemment dans la tragédie
antique le chœur commentait les événements d'une façon
tout aussi médiocre et terre à terre[35 bis].

Une précieuse lettre à Sophie Ivanova, dédicataire du
roman, datée de Genève, 1er/13 janvier 1868, éclaire
particulièrement la tonalité que Dostoïevski voulait donner à son œuvre. Posant en principe qu'il n'existe qu'une
seule figure absolument belle, celle du Christ, il continue : « De toutes les belles figures de la littérature chré-
tienne, la plus achevée est celle de Don Quichotte. Cependant, il n'est beau que parce que, en même temps, il
est ridicule. Pickwick, de Dickens (qui est une idée
énorme, bien qu'infiniment plus faible que celle de Don
Quichotte), est ridicule aussi, c'est pourquoi il est effi-
cace... » Quant à Jean Valjean, le héros des *Misérables*
de Hugo, il fait naître la sympathie par ses malheurs et
l'injustice de la société à son égard. « Rien de tel chez
moi, c'est pourquoi j'appréhende terriblement un échec »,
ajoute Dostoïevski[36]. On retrouvera plus loin le problème du Christ et de la signification religieuse de
Mychkine, mais dès à présent il importe de noter l'alliance originale des tons que Dostoïevski se propose de
faire jouer dans *L'Idiot*. Pour Aglaé, le « chevalier pauvre », qui a choisi la Vierge comme sa dame dans la
ballade de Pouchkine, « c'est Don Quichotte, mais sérieux au lieu d'être comique ». Dostoïevski a voulu tem-
pérer la gravité profonde de son sujet en plaçant son
personnage principal dans des situations où, selon le
jugement ordinaire, il paraît ridicule par excès de fidélité
à son idéal. Les discours exaltés sur l'âme russe au milieu
de la soirée chez les Épantchine, qui aboutissent à la

chute du vase précieux, produisent un effet un peu comparable aux tirades d'Alceste dans le salon de Célimène : on garde estime et admiration pour le personnage tout en riant franchement de sa conduite, de même que Don Quichotte partant en guerre contre les moulins à vent est à la fois touchant, sublime et ridicule.

Dostoïevski a du reste pris soin de faire ressortir la qualité spéciale du comique lié au personnage central par la mise en place, aux côtés du prince, d'une véritable galerie de personnages diversement burlesques : Élisabeth Procofievna, toujours en alarme pour ses filles, coléreuse, excessive et généreuse en même temps, et surtout les divers bouffons du roman, l'ivrogne Lébédev, intrigant, obséquieux et interprète original de l'Apocalypse, le général Ivolguine avec ses exploits imaginaires, l'inquiétant Ferdychtchenko, bouffon attitré d'Anastasie Filippovna. D'autres traits d'un comique plus léger seraient à relever chez Aglaé et ses sœurs, ainsi que chez Colas Ivolguine.

La disposition du roman est fort complexe, comme le plus souvent chez Dostoïevski. La première partie débute d'une façon originale pour l'époque, en utilisant le wagon de chemin de fer comme lieu de concentration dramatique : le prince Mychkine revient de Suisse, où il a été longtemps soigné, et fait connaissance avec un des futurs acteurs essentiels de l'intrigue, le marchand Rogojine, accompagné d'un petit fonctionnaire aux allures de comparse obséquieux, Lébédev. L'entretien porte sur une mystérieuse beauté à la réputation équivoque, Anastasie Filippovna Barachkova. La suite de cette partie se déroule à Saint-Pétersbourg, d'abord chez les Épantchine, puis chez les Ivolguine, enfin chez Anastasie Filippovna. Après avoir envoyé les sept premiers chapitres à Katkov, Dostoïevski déclarait : « Imaginez les horreurs qui se sont imposées d'elles-mêmes : outre le héros, il y a aussi une héroïne, donc DEUX HÉROS ! En dehors de ceux-ci, deux caractères — extrêmement importants, c'est-à-dire *presque des héros* [...] Sur les quatre héros, deux se sont nettement précisés *dans mon âme*, le troisième reste tout à fait vague, et le quatrième, qui est en réalité le premier, le principal, est encore très, très faible. Pas dans mon cœur, sûrement, mais il est affreusement difficile [37]. » On peut supposer, en l'absence de carnets pour cette partie, qu'Anastasie Filippovna et Aglaé, dont les silhouettes sont déjà brillamment dessinées dans ces sept premiers chapitres, sont les deux personnages bien précis « dans l'âme » de l'écrivain, tandis que Rogojine ne prendra sa vraie stature que dans la deuxième partie (chap. VIII à XVI de l'actuelle première partie), et que Mychkine reste excessivement proche de l'auteur : le milieu Épantchine est peint « d'après nature », et le récit du simulacre d'exécution fait encore paraître à ce stade le prince Mychkine comme une doublure un peu pâle de Dostoïevski.

C'est la deuxième partie primitive, les chapitres VIII à XVI de l'actuelle première partie, qui fait véritablement démarrer le roman. « Cette première partie n'est qu'une introduction [...] Tout doit être définitivement debout dans la *seconde partie* (sans être pour cela expliqué, il s'en faudra). Je tiens là une scène (parmi les scènes capitales), mais la réussirai-je ? Quoique le brouillon soit bon [38]. » On peut bien supposer que la scène en question est la soirée chez Anastasie Filippovna, en effet une des plus saisissantes du roman, où la jeune femme jette au feu cent mille roubles, défie tous ses prétendants, découvre la qualité d'âme de Mychkine, mais part quand même avec Rogojine, qui reçoit ici ses traits inoubliables.

Le narrateur explique ensuite, au début de la seconde partie actuelle (l'ancienne troisième), en se plaçant du point de vue des Épantchine, ce qui s'est passé depuis que le prince a quitté Saint-Pétersbourg, deux jours après la fameuse soirée chez Anastasie Filippovna. Celle-ci a disparu, et le prince a séjourné à Moscou pendant deux mois ; depuis lors on a perdu toute information sur lui chez les Épantchine. Il reparaît subitement au début de juin, six mois après les premiers événements, et rend visite à Rogojine dans sa lugubre maison le soir même. Celui-ci, fou de jalousie, car Anastasie continue d'aimer le prince, tente de l'assassiner : Mychkine est sauvé *in extremis* par une brusque crise d'épilepsie. Installé ensuite à Pavlovsk chez Lébédev, le prince renoue avec les Épantchine, et Aglaé récite le mystérieux poème de Pouchkine qui, déformé subtilement par ses soins, semble refléter la passion du prince pour Anastasie Filippovna. Bientôt une bande d'énergumènes, procédant « indirectement » du nihilisme, viennent réclamer avec arrogance de l'argent au prince, qui se montre tout à fait lucide et met à bas tranquillement leurs prétentions. Hippolyte Térentiev, l'un de ces jeunes gens, se répand en invectives contre la nature et la société : il est atteint de phtisie.

Le roman prend un nouveau tour avec la réapparition d'Anastasie qui loge à Pavlovsk depuis quelques jours : au début de la troisième partie actuelle, elle cravache en public un officier qui l'a insultée, le prince intervient, un duel est prévu. On apprend qu'Anastasie veut marier le prince avec Aglaé, et, pour cela, discréditer Eugène Pavlovitch, un fiancé possible pour la jeune fille. Celle-ci donne rendez-vous au prince sur un banc vert. C'est l'anniversaire du prince, une compagnie nombreuse se réunit chez lui, Hippolyte lit son « explication » et manque son suicide. En pleine nuit, le prince va dans le parc et s'endort sur le banc vert. Aglaé l'y surprend le lendemain matin, lui parle tantôt avec amitié, tantôt avec haine, en évoquant les semaines passées par le prince auprès d'Anastasie Filippovna, de qui elle reçoit chaque jour des lettres étranges. Le prince, profondément troublé, retourne chez les Épantchine à une heure intempestive, puis, près du parc, voit surgir Anastasie qui se jette à genoux devant lui. Rogojine emmène la jeune femme à Pétersbourg, comme le prince le lui a demandé.

La quatrième partie s'ouvre par une digression du narrateur à propos des gens « ordinaires » tels que Ptitsyne et sa femme Barbe, la sœur de Gaby Ivolguine. Le général Ivolguine, leur père, raconte d'extraordinaires mensonges sur son rôle auprès de Napoléon. Le prince demande la main d'Aglaé, mais celle-ci se moque de lui et se dérobe. Grande soirée mondaine chez les Épantchine, où

le prince disserte sur le Christ russe, casse le vase de
Chine et tombe, victime d'une nouvelle crise. Hippolyte
vient le voir le lendemain et lui apprend qu'Aglaé se
rendra chez Anastasie le soir même. Les deux femmes
échangent les plus cruelles paroles, Aglaé s'enfuit, le
prince est retenu par Anastasie.

Quinze jours plus tard, au milieu des rumeurs les plus
folles rapportées par le narrateur, on prépare le mariage
du prince Mychkine avec Anastasie Filippovna, cependant qu'il continue d'aller chez les Épantchine, qui refusent de le recevoir et quittent bientôt Pavlovsk. Le lendemain de leur départ, Eugène Pavlovitch rend visite au
prince et tente d'analyser raisonnablement la nature des
sentiments du prince envers Anastasie ; mais Mychkine
persiste à vouloir tout expliquer à Aglaé. Cependant le
mariage approche, on apprend aussi que Rogojine a été
vu à Pavlovsk. Au dernier moment Anastasie fend la
foule et se précipite vers Rogojine pour qu'il l'emmène
où il voudra. Le prince se rend le lendemain en secret à
Pétersbourg, va tout droit chez Rogojine, qui lui fait dire
qu'il n'est pas chez lui. Après diverses courses infruc-
tueuses, le prince retourne à l'auberge où Rogojine avait
failli le tuer. Bientôt celui-ci l'aborde dans la rue et le
conduit chez lui. Dans la pénombre, il guide le prince,
tout tremblant, jusqu'au lit où l'on entrevoit une forme
immobile. Anastasie est là, elle a été poignardée
par Rogojine. Les deux hommes passent la nuit l'un
à côté de l'autre. La police les trouve plus tard,
Rogojine sans connaissance, atteint d'un transport
au cerveau, et Mychkine retombé dans une complète
idiotie.

L'épilogue, qui fait paraître une dernière fois le narrateur, apporte quelques données sur le sort des personnages survivants : Rogojine a été condamné à quinze ans de
bagne, Hippolyte est mort quinze jours plus tard, Eugène
Pavlovitch a obtenu que le prince Mychkine soit replacé
dans l'établissement du docteur Schneider en Suisse.
Quant à Aglaé, elle a épousé un comte polonais émigré,
dont le titre se révéla aussi inexistant que la prétendue
fortune. Convertie au catholicisme, elle est brouillée avec

sa famille. Sa mère, lasse de l'Occident, souhaite rentrer en Russie.

Quelques-uns des procédés dont Dostoïevski s'est servi dans la composition de *L'Idiot* ont fait l'objet d'études plus ou moins approfondies. On remarque en premier lieu les nombreux épisodes insérés dans la matière principale du roman. P. Pascal [39] en énumérait plusieurs : les histoires racontées par Mychkine dans le salon Épantchine, et notamment son séjour en Suisse où se combinent dans une sorte de nouvelle enchâssée la douloureuse histoire de Marie, le thème de l'entourage enfantin du prince, repris plus tard dans *Les Frères Karamazov* à propos d'Aliocha, enfin l'évocation, teintée de rousseauisme, des paysages et des mœurs suisses. Plusieurs critiques ont relié la figure de cette Marie, pécheresse stigmatisée par la société, à celle d'Anastasie, par qui le scandale se déchaîne à Pétersbourg [40]. On peut aussi se demander si le succès remporté par la «prédication» du prince en Suisse au milieu des montagnes ne renvoie pas à un passage de la *Vie de Jésus* de Renan, où l'auteur exalte la Galilée : «En aucun pays du monde, les montagnes ne se déploient avec plus d'harmonie et n'inspirent de plus hautes pensées. Jésus semble les avoir particulièrement aimées. Les actes les plus importants de sa carrière divine se passent sur les montagnes : c'est là qu'il était le mieux inspiré [...] et qu'il se montrait aux yeux de ses disciples déjà transfiguré [41] ».

Une autre «histoire», tout aussi importante, est «l'explication indispensable» d'Hippolyte Terentiev, elle-même comprenant plusieurs «historiettes». A remarquer la «mise en abyme» de l'image du moucheron bourdonnant dans un rayon de soleil : formulée d'abord par Hippolyte, elle est intégrée après coup par Mychkine dans une vision qui se rapporte à son séjour en Suisse, plusieurs années avant. J'ai tenté ailleurs de montrer que le tourbillon et le mouvement hélicoïdal sont des figures de l'espace très caractéristiques de *L'Idiot* [42]. La vrille et le tire-bouchon en sont l'expression comique, lors du dialogue d'Hippolyte avec le général Ivolguine, tandis que les cercles parcourus de plus en plus vite par la pensée fiévreuse du prince («il cherchait toujours quelque chose autour de lui», l'expression revient trois fois en une demi-page) aboutissent à l'«idée soudaine» que Rogojine va assassiner quelqu'un (II, 5), de même que les pensées du condamné à mort tournent en se rapprochant du point impossible à fixer comme à oublier, le moment de l'exécution (I, 5).

Certains objets s'installent dans l'imaginaire du prince et y présentent un caractère obsédant : leur récurrence, toujours symbolique, permet au prince de percer les secrets de l'avenir sans recourir à des enchaînements logiques. Ainsi les yeux étincelants de Rogojine qu'il entrevoit à plusieurs endroits lui apparaissent à juste titre comme une menace, de même que le couteau aperçu chez Rogojine, et sa réplique contemplée chez le marchand, qui sera finalement l'instrument du meurtre d'Anastasie Filippovna. L'«égorgement» est du reste annoncé par le prince dès le début du roman, puis répété comme un leitmotiv. L'anticipation [43] peut aussi revêtir un caractère comique : Aglaé annonce au prince qu'il cassera le vase, et il le casse en effet. Ainsi le même procédé peut être employé par Dostoïevski à des fins dramatiques ou à des fins comiques, de même que la figure du personnage central, le prince Mychkine, reçoit alternativement un éclairage gai (Don Quichotte, Pickwick) ou tragique (Shakespeare, le Christ).

Un des effets recherchés par Dostoïevski tout au long de son roman est l'effet de contraste. Il admirait depuis longtemps les applications les mieux réussies de ce principe de composition chez les romanciers français qu'il préférait, Balzac, Hugo, Eugène Sue [44]. Quelques années avant L'Idiot, Crime et Châtiment avait été conçu par le romancier comme une combinaison de mystère, de suspens et de contrastes destinés à maintenir constamment en éveil l'intérêt du lecteur. On retrouve en large partie ces ingrédients à travers la lecture de L'Idiot. Une mort violente menace le prince Mychkine et Anastasie Filippovna tout au long du roman, la lugubre maison de

Rogojine est pleine de mystère, l'entrevue des deux
femmes marque un point culminant de tension dramatique. Le contrepoint formé avec les nombreux éléments de
nature comique est cependant plus poussé que dans *Crime
et Châtiment*, dont la tonalité reste à peu près uniformément sombre. On a souvent rapproché la technique romanesque de Dostoïevski de la manière picturale de Rem-
brandt [45], et *L'Idiot* a été qualifié de « roman du clair-obscur » dans une étude récente [46].

D'une façon plus générale, ce roman abonde en scènes
que l'on peut qualifier de « carnavalesques », selon le
terme employé par M. Bakhtine [47], dans la mesure où
elles aboutissent à une inversion des données connues au
départ. Le pivot de telles scènes est toujours un « scandale », c'est-à-dire une révélation brutale, intempestive
selon les usages ordinaires de la société, qui met à nu les
vrais ressorts des comportements, les faiblesses essen-
tielles des caractères. Toute la gamme des nuances qui
unissent le comique au tragique peut y figurer, et parfois
se superposer. La soirée d'anniversaire d'Anastasie (I, 13
à 16) abonde en révélations honteuses ou burlesques,
culmine avec le spectacle des cent mille roubles qui
commencent à brûler, et s'achève dans la consternation
générale provoquée par le départ d'Anastasie avec la
bande à Rogojine. C'est en réalité une scène de vengeance publique : Anastasie par sa machination triomphe
de tous ceux qui la traitaient en objet vénal, sans montrer
l'audace cynique dont fait preuve Rogojine. Le triomphe
de Lucrèce Borgia, dans la pièce de Hugo (« Vous êtes
tous empoisonnés, messeigneurs »), se transforme ici en
scandale mondain.

Dans la deuxième partie, une autre « scène-concla-
ve [48] » occupe les chapitres VI à X : un vif contraste op-
pose le début de la scène, consacré à la récitation par
Aglaé de la ballade du Chevalier pauvre, au restant de la
soirée, occupé par les accusations des quatre jeunes gens
envers le prince Mychkine : la scène se termine sur le
triomphe moral de celui-ci. La longue « explication »
d'Hippolyte se situe dans la troisième partie, au centre
d'une réunion nocturne chez le prince (chapitres IV à VII).

Plusieurs des idées développées par Hippolyte correspondent, assez mystérieusement, à celles de Mychkine : le docteur Haas, le tableau de Holbein, le sentiment de déréliction au sein de la nature [48 bis]. Mais le dénouement est grotesque, Hippolyte manque plus ou moins intentionnellement son suicide et se couvre de ridicule.

Au cours de la quatrième partie, les chapitres VI à VII montrent le prince en action au cours de la soirée donnée à Pavlovsk par les Épantchine. Loin de rester muet et sombre comme Dostoïevski lors de la mémorable soirée chez les Korvine-Kroukovski, le prince ruisselle de bons sentiments à l'égard des nobles dignitaires qui l'écoutent, s'explique de façon prolixe à propos du Christ russe, casse le vase, se remet à parler et tombe, frappé par l'épilepsie. Cette scène, à la fois comique et pathétique, est le véritable tournant du livre : désormais Mychkine, incapable de maîtriser sa propre conduite, est brisé comme le vase, et les événements vont peu à peu le submerger. Comme Hippolyte, qui est à bien des égards son double, Mychkine se ridiculise en public et subit un échec social et mondain irréparable.

Au premier triomphe d'Anastasie dans la première partie correspond symétriquement son second et dernier triomphe dans la quatrième partie. Lors d'une entrevue avec Aglaé, en présence du prince et de Rogojine, elle garde d'abord son sang-froid, puis répond de façon méprisante aux attaques de sa rivale et la réduit à la fuite, tout en barrant le chemin au prince, qui reste totalement passif durant toute la scène. La confrontation des deux rivales repose visiblement sur un modèle littéraire bien connu de Dostoïevski : il s'agit, dans le drame de Schiller, de la scène célèbre entre Élisabeth d'Angleterre et Marie Stuart (acte III, scène IV), que Dostoïevski connaissait depuis sa jeunesse, puisqu'il avait composé avec son frère une *Marie Stuart* dont il n'est malheureusement rien resté, à une époque où il se nourrissait de Schiller, auquel renvoient tant d'allusions dans toute son œuvre et sa correspondance.

À cette variété foisonnante des procédés de composition correspond une diversité tout aussi frappante des moyens d'expression. La traduction de Pierre Pascal enregistre avec une rare fidélité les accumulations de mots, les surcharges, les répétitions, qui donnent au style de Dostoïevski cette allure haletante, fiévreuse, où se traduit l'intensité des émotions ressenties par les personnages. Les ruptures dans les faits, les idées, les sentiments sont annoncées par des mots dont la fréquence évoque les tics des grands nerveux : «tout à coup», «soudain», «brusquement». P. Pascal faisait aussi ressortir l'importance de l'approximation : «quelque chose», «en quelque sorte», «dirait-on», «semblait-il», etc. [49]. Chaque personnage a cependant son registre particulier, souvent caricatural : le pathos des positivistes, les tournures populaires du marchand Rogojine, les contorsions du langage de Lébédev, la fausse dignité de celui du général Ivolguine. Mychkine parle simplement, mais il se lance aussi dans des tirades emphatiques, et Dostoïevski use avec virtuosité du monologue intérieur pour mieux traduire les tourments, les scrupules, les retours en arrière du prince lorsqu'il en vient à imaginer Rogojine en assassin (II, 5). Le dialogue contribue fortement à «théâtraliser» le roman, car, d'une part, il occupe une place considérable et, d'autre part, les interlocuteurs sont fréquemment caractérisés par l'auteur-narrateur qui détaille le ton, les gestes, les réactions corporelles au discours de l'autre (voir, par exemple, le dialogue entre le prince Mychkine et Lébédev, II, 11).

Dostoïevski, au début de la quatrième partie de *L'Idiot*, fait part au lecteur de ses réflexions sur les hommes «ordinaires», qui constituent, nous dit-il, «l'énorme majorité de toute société» ; de fait, le XXᵉ siècle a développé l'étude de l'«uomo qualunque» et des diverses «majorités silencieuses». L'écrivain range expressément dans cette catégorie Barbe Ardalionovna, son mari l'usurier Ptitsyne, et, à un niveau d'intelligence supérieure, son frère Gabriel Ivolguine. Totalement dépourvu d'originalité, selon la cruelle observation du prince Mychkine (I, 11), Gabriel Ivolguine n'est même pas un véritable coquin : il est seulement avide et envieux. A partir de cette esquisse typologique formulée par l'écrivain lui-même, il est possible d'étendre quelque peu son observation à d'autres personnages du roman. Il existe, en effet, chez Dostoïevski une catégorie très importante de figures qu'on pourrait appeler les *âmes basses,* comprenant les rapaces, les cyniques, les bouffons, par opposition aux rêveurs, aux cœurs purs et aux âmes fières [50]. Au premier groupe appartiennent également, outre les personnages déjà cités, Athanase Ivanovitch Totzki, le premier séducteur d'Anastasie Filippovna, son ami le général Épantchine, qui espère se ménager un droit aux faveurs d'Anastasie en lui faisant épouser son secrétaire Gabriel Ivolguine, ainsi que les bouffons Lébédev, Ferdychtchenko et le général Ivolguine, à la fois touchant et répugnant, comme le Marmeladov de *Crime et Châtiment.* Avec une forte dose de mauvaise foi partisane, Dostoïevski entraîne son lecteur à mettre dans le même sac ceux que Lébédev présente comme une variante de l'espèce nihiliste (II, 7), Bourdovski, Keller, le neveu de Lébédev Doktorenko, et Hippolyte Térentiev. Celui-ci, comme Gabriel Ardalionovitch, appartient à la couche supérieure de la catégorie, car il est intelligent, mais il illustre à merveille la «corruption des idées» que Dostoïevski avait déjà incarnée dans son Raskolnikov. Hippolyte suscite de la part d'Eugène Pavlovitch une intéressante mise en garde à l'usage du trop candide prince Mychkine :

«Prenez garde à nos Lacenaire indigènes ! Je vous le répète, le crime est le refuge assez ordinaire de ces nullités sans talent, impatientes et avides.

— Serait-ce un Lacenaire ?

— Le fonds est le même, bien que, sans doute, les emplois soient différents...» (III, 7.)

Dostoïevski avait publié dans sa revue *Le Temps* un compte rendu du procès Lacenaire, et cite encore son nom dans les Carnets de *L'Adolescent* [51]. Un «effet de réel» très frappant dans *L'Idiot* est l'usage systématique de faits divers qui avaient causé une émotion considérable en Russie. Par exemple, le cas de l'étudiant Danilov, meurtrier d'un usurier, jugé en novembre 1867, qui avait peut-être été poussé au crime par certains propos de son

père, comme l'expose Nicolas Ivolguine (I, 12). Ou encore le crime de Gorski, assassin de la famille Jemarine
(six personnes), commis le 1er mars 1868 et relaté dans le
Messager russe d'avril : Dostoïevski y revient plusieurs
fois (II, 2, 5 et 9, III, 1) ; le crime du paysan Balabanov,
jugé en octobre 1867, que Mychkine raconte à Rogojine
(II, 4) ; le crime de Mazourine, jugé en novembre 1867,
cité par Dostoïevski dès février 1868 (I, 15) et utilisé à
fond dans la scène finale du roman, où les circonstances
du meurtre d'Anastasie par Rogojine sont directement
inspirées de ce fait divers [52]. Le prince Mychkine ne peut
s'empêcher de « confondre » le neveu de Lébédev, Vladimir Doktorenko, avec l'assassin de la famille Jemarine.
Anastasie Filippovna dit cruellement de Gabriel Ardalionovitch : « Maintenant, je le crois, cet homme-là, pour de
l'argent, égorgera ! Actuellement ils sont tous pris d'une
telle soif, ils ont une telle fièvre d'argent, qu'ils en sont
comme fous... » (I, 15.) Telles sont les « ténèbres de
l'âme russe », comme dit Mychkine [53] : une véritable folie
de meurtres s'abat sur la Russie, toutes les catégories
inférieures de la société y participent, paysans, marchands, étudiants. En effet, au moins dans le roman, les
nobles paraissent épargnés par cette contagion homicide :
mais ils sont néanmoins atteints par la corruption des
mœurs, comme le général Épantchine, et les affaires
d'Eugène Pavlovitch semblent en mauvaise posture (II,
11), car il est aux prises avec les usuriers. Le jeune Colas,
seule âme pure chez les Ivolguine, dresse un impression-
nant tableau de ce tourbillon où les ravages du capita-
lisme naissant enfoncent la Russie, à travers l'alcool,
l'usure et le désordre (I, 12). La générale Épantchine, de
son côté, malgré son attachement caricatural aux convenances, et son souci constant de marier ses filles à des
hommes d'un rang social élevé, mais aussi d'une moralité
sans défaut, dépasse de loin en valeur humaine les vieilles
princesses (la Biélokonskaïa) et les dignitaires de son
milieu habituel. Elle se lance dans une diatribe furieuse à
l'égard des amis d'Hippolyte : « Insensés ! Vaniteux ! Ils
ne croient pas en Dieu, ils ne croient pas au Christ ! Mais
vous êtes tellement pourris d'orgueil et de vanité que

vous finirez par vous dévorer les uns les autres, c'est moi qui vous le prédis. Et ce ne serait pas confusion, chaos, désordre, tout cela?» (II, 9.)

L'orgueil et la vanité ne sont pas l'apanage des seuls nihilistes ou de ceux qui leur ressemblent. Rogojine, Aglaé, Anastasie Filippovna, les trois principaux personnages du roman en dehors du prince Mychkine, sont certes bien différents des hommes «ordinaires» et des «âmes basses» dont il vient d'être question. L'argent, la considération, les convenances ne sont pas les mobiles de leurs actions. Mais les grandes passions élémentaires n'en ont que plus de pouvoir sur ces âmes ardentes: la sensualité et la jalousie chez Rogojine, une forme particulière d'ambition chez Aglaé, l'orgueil et la vengeance chez Anastasie Filippovna.

Rogojine est le fils d'un riche marchand appartenant, comme tant de marchands de l'ancienne Russie, à la secte des vieux-croyants. Dostoïevski a fortement souligné la perte de la foi chez Rogojine, par où s'explique le caractère illimité, dévastateur de sa passion pour Anastasie. Il s'efforce pourtant de dominer sa jalousie à l'égard de Mychkine, le traite en frère, essaie même de lui céder Anastasie: en vain, car aucune force morale n'est chez lui en mesure de freiner efficacement ses passions. La vanité au surplus n'est pas étrangère à ce caractère: la cravate de dandy, vert clair, dénote le parvenu, et les cent mille roubles sont étalés avec ostentation. Le marchand triomphant se révèle dans ces mots: «Si je veux, je vous achète tous. Tout, j'achète tout!» Rogojine symbolise clairement la démoralisation du peuple russe, la désagrégation des valeurs traditionnelles par l'argent.

Aglaé, dont le nom signifie en grec «la brillante», est belle, mais moins qu'Anastasie Filippovna. Elle est encore très jeune et ne sait rien de la vie, car elle n'est jamais sortie de son milieu familial. Sa naïveté enfantine, dont Mychkine lui-même se montre surpris, se combine avec une forte dose d'orgueil, qui l'apparente parfois à Anastasie Filippovna: celle-ci, on l'a dit, éprouve à son égard une espèce de fascination amoureuse. Désœuvrée, gâtée, Aglaé se montre capricieuse et fantasque. Mais elle est parfaitement capable, lorsqu'elle se fixe un but, de faire preuve de ténacité, de ruse, d'audace pour l'atteindre, et pourrait, selon Barbe Ivolguine, « tourner le dos au plus magnifique des fiancés pour s'enfuir chez un étudiant quelconque et mourir de faim dans un grenier, et cela avec plaisir » (IV, 1). C'est ainsi qu'elle entretient une correspondance secrète avec plusieurs personnes à la fois, qu'elle fixe des rendez-vous au prince, enfin qu'elle décide de se rendre chez Rogojine pour y rencontrer Anastasie Filippovna. Le prince voit en elle un « esprit de lumière », mais elle est plutôt, selon V. Ivanov[54], la créature terrestre dont Mychkine a tant besoin pour devenir pleinement un homme. Elle se montre en tout cas disposée à fuir son milieu pour se donner, sinon à un homme, du moins à une cause : le malheur est que Mychkine échoue lorsqu'il essaie de susciter en elle l'enthousiasme pour ses idées.

Anastasie Filippovna est, de l'avis général, une des plus fortes créations de l'univers dostoïevskien. L'auteur déclarait à son sujet : « Je crois toujours à la justesse absolue du caractère d'Anastasie Filippovna[55] ». E. Hallett Carr, dans l'ouvrage déjà cité, rapproche le personnage littéraire d'une femme assez mystérieuse, Marfa Braun, dont Leonid Grossman retrace l'existence mouvementée dans son livre, et qui apparaît brièvement dans la vie de l'écrivain, entre décembre 1864 et janvier 1865. Dans une lettre, elle remercie Dostoïevski d'avoir fait preuve de compassion à son égard, de n'avoir pas été rebuté par « l'aspect dépravé » de sa personnalité, et de l'avoir placée plus haut qu'elle ne l'était dans sa propre estime[56]. La ressemblance avec les sentiments que Mychkine et Anastasie éprouvent l'un envers l'autre est frappante. Il est tout aussi certain que l'autre aspect de la personnalité d'Anastasie, cette volonté implacable de domination, de vengeance, cette hauteur vis-à-vis des hommes rappelle une autre femme pour qui Dostoïevski a connu une véritable passion, Apollinaria Procofievna Souslova, qui figurait déjà dans *Le Joueur* sous le nom de Pauline. Cependant Anastasie n'appartient pas vraiment à la série des « femmes fières » de Dostoïevski, qui sont

avant tout narcissiques : Anastasie est un symbole de la
Beauté déchue, souillée par la matière et insultée par les
hommes, selon le point de vue pénétrant de V. Ivanov : le
ravissement et la pitié sans bornes qu'éprouve Mychkine
à la vue de son portrait peut s'expliquer comme la rémi-
niscence d'un paradis perdu ou d'un âge d'or antérieur à
la chute [57]. Certains commentateurs voient dans la Suisse
arcadique où Mychkine a connu une autre femme déchue
et méprisée, Marie, un reflet de ce paradis plus platoni-
cien que chrétien. Assez étrangement, Mychkine s'obs-
tine à tenir Anastasie pour folle (notamment III, 2) ;
Rogojine lui fait remarquer qu'il est le seul à la juger ainsi
(III, 3). Que veut dire Mychkine ? Rien ne permet de le
préciser, si ce n'est l'insistance avec laquelle il parle de la
« souffrance » que respire ce visage : la « folie » d'Anastasie serait alors peut-être le ressentiment, l'appétit de vengeance suscités par l'humiliation et la souffrance liées à
sa situation de femme de mauvaise vie.

Le personnage principal du roman, celui qui lui donne
son titre, est le prince Léon Nicolaïévitch Mychkine,
« l'Idiot ». On a vu quelle étonnante évolution avait
amené ce personnage, à l'origine plutôt satanique, à in-
carner aux yeux de Dostoïevski l'homme « positivement
beau ». Outre les indications déjà commentées sur les
parentés littéraires qui unissent Mychkine à Don Quichotte, à Pickwick, voire à Jean Valjean, il faut se rappeler que le 9 avril 1868 figure dans le Carnet n° 10
l'indication laconique « Prince Christ », répétée deux fois
le lendemain [58]. Pickwick et Don Quichotte reflètent à
leur manière, et sous forme littéraire, la beauté morale
qui rayonne dans le Christ. Seule la beauté divine, celle
du Christ, est absolue. La beauté proprement humaine,
physique, morale, psychologique, est ambiguë, elle par-
ticipe de la Madone et de Sodome, ou encore elle suscite
l'émotion et le rire à la fois : « Si Don Quichotte et
Pickwick sont sympathiques au lecteur en tant que figures
bienfaisantes, et sont réussis, c'est parce qu'ils sont ridicules. Le héros du roman, le prince, s'il n'est pas ridi-

cule, possède un autre trait sympathique : il est innocent »
(Carnet nº 10, 21 mars 1868 [59]).

Le défaut majeur du système si séduisant de M. Bakhtine est là : s'il a raison de faire tourner le roman autour
du couple « carnavalesque » de l' « idiot » et de la « folle »,
il ampute délibérément le livre de sa signification la plus
profonde, liée au caractère christique de Mychkine.
Dostoïevski s'explique clairement là-dessus le jour même
où il note à nouveau l'équation Prince Christ : « Pour
rendre plus enchanteur le caractère de l'Idiot (plus sympathique), il faut lui imaginer un champ d'action. Il
redresse N. F. et exerce une influence sur Rogojine. Il
rend Aglaé humaine. La générale l'adore à la folie. Action plus forte sur Rogojine et sur sa rééducation. Adélaïde — amour muet. Influence sur les enfants. Sur Gania — jusqu'au tourment [...] Même Lébédev et le général [60]. »

Dostoïevski, avant sa déportation en Sibérie, avait déjà
reproché à Biélinski son hostilité à la personne du
Christ [61]. Plus tard, il lut avec un intérêt passionné la *Vie
de Jésus* de Renan, qui écrivait dans sa conclusion : « En
lui s'est condensé tout ce qu'il y a de bon et d'élevé dans
notre nature. Il n'a pas été impeccable ; il a vaincu les
mêmes passions que nous combattons [62]... » Dès 1864,
Dostoïevski faisait écho à Renan : « Pas un athée, contes-
tant l'origine divine du Christ, n'a nié qu'Il fût l'idéal de
l'humanité. Le dernier mot, c'est Renan. C'est très remarquable [63]. » En outre, Dostoïevski, lui-même malade,
n'a pu manquer d'être frappé par un passage où Renan,
battant en brèche les conceptions de son époque sur la
folie, établit nettement un lien entre génie et maladie :
« Les mots de sain et de malade sont tout relatifs. Qui
n'aimerait mieux être malade comme Pascal que bien
portant comme le vulgaire ? Les idées étroites qui se sont
répandues de nos jours sur la folie égarent de la façon la
plus grave nos jugements historiques dans les questions
de ce genre [...] Les plus belles choses du monde sont
sorties d'accès de fièvre [64]. » Les crises d'épilepsie auxquelles est sujet Mychkine ont fait l'objet de maintes
discussions,   notamment   l'authenticité   clinique   de

l'«aura» qui précède certaines crises. Retenons seulement que Dostoïevski invoque l'exemple de Mahomet (II, 4), et que Mychkine considère l'état où il se
trouve immédiatement avant la crise comme un éclair de
béatitude : «Qu'importe que ce soit une maladie [...] si la
minute de sensation [...] se trouve être une harmonie, une
beauté au suprême degré?»

Ainsi la maladie de Mychkine, qualifiée généralement
d'«idiotie» par les autres, et même par son médecin
suisse, le docteur Schneider (en Suisse, un asile d'aliénés
se dit couramment Idiotenanstalt), n'empêche nullement
son rayonnement personnel, et lui permet de goûter des
moments d'extase comparables à ceux des grands mysti-
ques. Certes, il passe pour un innocent aux yeux du
général Épantchine, un enfant pour Anastasie Filippovna
et la générale Épantchine, une brebis pour Rogojine, un
idiot pour Gaby, Hippolyte, Eugène Pavlovitch et même
pour Aglaé, mais le lecteur attentif entend à travers l'ensemble du roman l'écho des Béatitudes : «Heureux les
pauvres en esprit, car le royaume des cieux est à eux»
(Mt, 15, 23), et Lébédev cite une autre parole évangélique (Mt 11, 25) : «Ce qui a été caché aux sages et aux
esprits forts a été révélé aux enfants [65].» Même l'inexpé-
rience sexuelle de Mychkine, qu'il présente pourtant
comme une conséquence de son mal, est interprétée
comme une marque d'élection par Rogojine : «Ah, si
c'est ainsi, prince, tu es un vrai fol en Christ (iourodivyi).
Les hommes comme toi, Dieu les aime» (I, 1).

Autre qualité évangélique de Mychkine, la sincérité.
Anastasie Filippovna déclare de Mychkine, après l'avoir
mis à l'épreuve : «C'est le premier, dans toute mon existence, en qui j'ai cru comme en un homme véritablement
dévoué. Il a cru en moi dès le premier coup d'œil, et je
crois en lui» (I, 14); un peu plus tard : «Adieu, prince,
pour la première fois, j'ai vu un homme» (I, 16). Cependant Aglaé, qui place Mychkine pour le cœur et l'intelligence au-dessus de toute sa famille et de sa société
habituelle, et l'appelle «le plus loyal et le plus véridique
des hommes» (III, 8), lui reproche de s'être mutilé et
d'être «dénué de fierté» (III, 2). Mychkine fait souvent

preuve d'une lucidité qui surprend ses interlocuteurs. Jésus manifeste à plusieurs reprises une telle pénétration, entre autres d'après Luc 9, 46-48 et Marc 9, 33-37, à propos de la rivalité qui s'est installée entre ses disciples. Bakhtine caractérise ce pouvoir chez Mychkine comme celui du « mot pénétrant [66] », et cite en exemple le reproche de Mychkine à Anastasie, qui joue à la femme perdue chez Gaby : « N'avez-vous pas honte ! Est-ce que vous êtes la femme que vous venez de montrer ? » (I, 10). Un effet analogue se manifeste dans la conversation entre Keller le boxeur et le prince, lorsque celui-ci lui demande tranquillement : « Peut-être vouliez-vous m'emprunter de l'argent ? » (II, 11). Vis-à-vis de plusieurs autres personnages, Aglaé, Gaby, Rogojine, Bourdovski, Élisabeth Procofievna, Hippolyte, le prince fait preuve de la même clairvoyance. Mais jamais sa supériorité d'esprit n'altère cette humilité profonde que lui reprochait Aglaé : « Ce n'est pas à moi de vous juger », dit-il à Keller, transposant les paroles du Christ : « Ne jugez point, afin que vous ne soyez point jugés » (Mt 7, 1-2 et Luc 6, 37). Mychkine sait que l'humilité est une force redoutable, comme le rappelle Hippolyte (III, 6), c'est pourquoi il n'accable jamais celui dont il met à nu les pensées secrètes, mais au contraire s'accuse lui-même de *doubles pensées* (II, 11), de malhonnêteté et de manque de cœur (II, 5). Une pareille disposition au scrupule, au repli sur soi, contraste puissamment avec le goût de la prédication, qui s'empare périodiquement de Mychkine, et suggère une fois encore une certaine analogie avec le Christ. En Suisse, le prince s'est maintes fois adressé à un auditoire restreint, celui des enfants du village, et a fait d'eux ses disciples, puisque leur attitude, d'abord hostile envers la pauvre Marie, s'est transformée en charité agissante. A Pétersbourg, l'action de Mychkine sur les individus est également perceptible, comme le voulait Dostoïevski ; mais la clef de voûte du roman est constituée par la grande scène chez les Épantchine à Pavlovsk, où Mychkine atteint par degrés une exaltation prophétique incontrôlable. Son humilité, sa peur le rendent insensible au ridicule ; sa charité devient un torrent d'amour du

prochain qui ruisselle sur les invités de façon comique en
les remplissant de gêne. Le Christ fait ici complètement
place à Don Quichotte. Aglaé l'avait menacé de ne plus le
revoir s'il abordait ses sujets favoris, la peine de mort, la
situation économique de la Russie, ou « la beauté sauvera
le monde ». Or il parle du Christ russe et casse le vase : la
prédiction s'est accomplie, il se sent « frappé au cœur
[...] dans une épouvante quasi mystique » (IV, 7).

Faut-il déduire de ces divers rapprochements avec la
tradition du Nouveau Testament que Mychkine est une
réplique humaine du Christ, et qu'il se meut dans un
espace évangélique, à peine altéré çà et là par quelques
touches comiques ? En réalité un autre espace figuratif
apparaît dans le roman et lui confère un sens beaucoup
plus complexe : il est légitime de l'appeler espace pictural, car la peinture y joue un rôle essentiel. La mort et le
doute y revêtent des formes symboliques très précises.
Déjà dans les Carnets le supplice de la Croix était évoqué,
ainsi que le mot du Christ : « Elloï ! Elloï [67] ! » Dans le
roman, c'est le tableau de l'exécution d'un condamné à
mort (la scène est décrite comme un tableau, propre à
stimuler l'inspiration d'Adélaïde Épantchine) qui prend la
place de la Passion, une rapide allusion renvoie à un
tableau de Bâle ayant pour sujet la décollation de saint
Jean-Baptiste, et le lien essentiel est établi par la phrase
de Mychkine lors de son premier récit : « De ce tourment
et de cet effroi le Christ aussi a parlé » (I, 2). Assez tôt
dans le roman, un important passage est consacré au
tableau de Hans Holbein du musée de Bâle, qui représente le Christ dans son tombeau (II, 4). Dostoïevski
l'avait contemplé plus de vingt minutes, le 24 août 1867,
et déclaré à sa femme qu'à la vue d'un pareil tableau, la
foi peut disparaître [68]. L'œuvre de Holbein, en effet d'un
réalisme saisissant, composée en 1521, a peut-être été
exécutée avec un noyé pour modèle. Aussi Karamzine
écrivait-il : « Dans le Christ [de Holbein] on ne voit rien
de divin, mais il est peint comme un homme mort, avec
beaucoup de naturel [69]. » Mychkine reprend l'idée à sa
façon : « Ce tableau ! A cause de ce tableau il y en a qui
peuvent perdre la foi ! » Il y revient encore au chapitre

suivant, mais ce ne sont ni Mychkine, ni Rogojine qui
expliquent pourquoi un tel tableau peut faire perdre la foi,
c'est Hippolyte dans son « Explication » (III, 6) qui donne
l'analyse si longtemps différée : comment les disciples,
en regardant un pareil cadavre, ont-ils pu croire que ce
supplicié allait ressusciter ?

Mychkine, malgré ses grandes tirades slavophiles où il
assimile le Christ et la Russie, est sujet aux mêmes doutes
que Rogojine et Hippolyte : le Christ a subi la loi de la
nature comme tout être humain, et la solitude de l'homme
lorsqu'il contemple la nature, selon le tableau que
Mychkine compose d'après ses souvenirs de Suisse (III,
7), n'est tempérée d'aucun sentiment religieux. Thème
profondément romantique, dont l'origine remonte au discours du Christ annonçant aux morts que le ciel est vide et
qu'il n'y a pas de Dieu, dans le fameux Songe du *Sieben-
käs* de Jean Paul Richter (1797) [70]. Le sens même de la
mission du Christ dans l'histoire de l'humanité est obscur
pour Hippolyte : « La nature a fait que le seul être qui ait
été reconnu sur cette terre pour la perfection même... elle
a fait en le montrant aux hommes... elle l'a prédestiné à
dire des choses pour lesquelles il a tant été versé de sang
que, s'il avait été versé d'un coup, les hommes en auraient sûrement été étouffés ! » (II, 10.)

Dostoïevski revient sur l'échec historique de la mission
du Christ dans *Les Frères Karamazov* avec sa fameuse
Légende du Grand Inquisiteur. Ivan Karamazov, le ratio-
naliste parmi les trois frères, incarne le doute métaphysi-
que d'une façon bien plus radicale qu'Hippolyte Terentiev. Mais dès 1854 Dostoïevski écrivait : « Je suis un
enfant du siècle, enfant de l'incroyance et du doute,
jusqu'à maintenant et même (je le sais) jusqu'au seuil de
la mort [71] ». Une confirmation de la fameuse polyphonie
où Bakhtine voyait un des secrets les plus efficaces du
roman dostoïevskien apparaît ici. L'espace pictural dont
il a été question semblait jusqu'ici lié à la mort et au
doute. La figure du Christ est réfractée à travers le discours de plusieurs personnages du roman : Mychkine,
mais aussi Rogojine, Hippolyte, mais aussi Lébédev. Et
voici la plus audacieuse figuration du Christ : il s'agit

encore d'un tableau imaginaire, comme Dostoïevski aime
tant à en composer dans ses romans, mais né cette fois
dans la pensée d'Anastasie Filippovna : « Les artistes pei-
gnent toujours le Christ selon les récits évangéliques ;
moi, je le peindrais autrement : je le représenterais seul
— les disciples le laissaient bien seul, quelquefois. Je
laisserais avec lui seulement un petit enfant [...] Vous
êtes innocente, et dans votre innocence est toute votre
perfection » (III, 10). A qui s'adressait-elle ainsi ? A
Aglaé, symbole à ses yeux de la pureté et de la lumière.
Elle unit dans son tableau le Prince Christ à l'enfant
innocente Aglaé, transférant ainsi ses propres aspirations
dans le domaine mystique, et cherchant à réaliser avant sa
mort, qu'elle sait proche, le bonheur d'autrui par la su-
blimation de ses propres désirs. Bientôt, telle une Marie-
Madeleine, elle se met à genoux devant le prince, expri-
mant par ce geste à la fois la détresse et la volupté du
sacrifice.

Mais le prince Mychkine n'est pas le Christ, c'est
l'échec qui s'inscrit dans son destin, nullement la gloire
de la Résurrection. Lentement sorti de son « idiotie », il y
retourne définitivement après la mort de celle qu'il avait
aimée, Anastasie Filippovna, et la rupture de ses fian-
çailles agitées avec Aglaé Épantchine. L'action qu'il
avait paru exercer sur les âmes, la fraternité qu'il avait
cru établir avec Rogojine, la réforme spirituelle qu'il
voulait apporter à un monde corrompu par l'argent, la
vanité et les passions basses, tout se termine en catastrophe. Dostoïevski a même parodié son héros en fragmen-
tant ses idées, qu'on retrouve en partie chez des personnages aussi divers que la générale Épantchine, Hippolyte,
Lébédev, Eugène Pavlovitch et même Keller le boxeur !
Victime de la « nature moqueuse [72] », de l'animalité de
Rogojine, le prince est condamné par les personnages
terrestres du roman, tels Aglaé, le prince Chtch., Eugène
Pavlovitch, qui se demande s'il est même capable d'aimer (IV, 9). « Je suis de trop dans la société », reconnaît
Mychkine lui-même (III, 2). Dostoïevski déclarait vers
1875 à un interlocuteur étonné : « Au fond, mon *Idiot* est
aussi un genre d'*Oblomov* [...] Seulement mon Idiot à

moi est meilleur. Le sien est un idiot petit-bourgeois, un esprit mesquin, alors que le mien est noble, sublime [73]. » Homme de trop, le prince Mychkine, comme le héros de Gontcharov ? Oui, car il représente une classe en pleine décadence, et son idéalisme est impuissant à redresser le cours de l'histoire aussi bien qu'à assurer le succès de sa propre action auprès des êtres qu'il côtoie. « Mon cher prince, le paradis sur terre n'est pas facile à obtenir ; or vous y comptez quand même un peu, sur ce paradis, le paradis est une chose [...] infiniment plus difficile qu'il ne paraît à votre bon cœur » (III, 1) dit avec sagesse le prince Chtch. *L'Idiot*, livre cher entre tous à son auteur, illustre l'échec de l'utopie dans un monde où pourtant, sans elle, la vie ne mérite guère d'être vécue.

A. N. Maïkov annonçait à Dostoïevski le succès des sept premiers chapitres de *L'Idiot* : « J'ai à vous communiquer une nouvelle très agréable : le succès, la curiosité, l'intérêt qui s'attache à plusieurs moments terribles personnellement vécus, la donnée originale qui est celle du héros [...], la générale, la promesse de quelque chose de puissant en Anastasie Filippovna, et bien d'autres choses encore, ont retenu l'attention de ceux avec qui j'ai parlé [74]. » Cependant, le même Maïkov tempérait ses éloges après la publication de la fin de la première partie en février 1868 : « Beaucoup de force, des éclairs de génie [...], mais dans toute l'action, *plus de possibilité et de vraisemblance que de vérité*. La figure la plus réelle, c'est l'Idiot (cela vous surprendra ?), les autres ont l'air de vivre dans un monde fantastique [75]. » Reproches caractéristiques à l'ère du réalisme triomphant. Si la première partie était, selon Strakhov, « sans défaut », le reste du roman ne suscita pas le même intérêt dans le public russe, et il fut impossible de publier *L'Idiot* en volume avant 1874, et encore à compte d'auteur. La première critique publique émanant d'un écrivain important fut celle de Saltykov-Chtchédrine en avril 1871 dans les *Annales de la Patrie*. Le célèbre satirique louait le dessein général de l'auteur, mais lui reprochait vivement de l'avoir affaibli par son «persiflage» à l'égard du «prétendu nihilisme», c'est-à-dire de gens dont les efforts allaient pourtant dans le même sens que les siens[76].

En France, *L'Idiot* ne fut guère apprécié par E.-M. de Vogüé, qui longtemps ne vit dans la conception du prince Mychkine qu'«un effort désespéré» pour agrandir la figure de Don Quichotte «aux proportions morales d'un saint», et trouvait chez Rogodine beaucoup plus de puissance et de vérité[77]. Paul Claudel au contraire écrivait: «Pas de plus belle composition, dans un mode beethovénien, que le début de *L'Idiot*. Les deux cents premières pages sont un véritable chef-d'œuvre de composition[78]. » Mais la trace la plus profonde laissée par *L'Idiot* dans la littérature française est certainement celle que révèle la correspondance et les journaux intimes d'André Gide. Un excellent article de K. O'Neill[79] précise que la première lecture de *L'Idiot* par Gide, en août 1896, succède immédiatement à la lecture de l'*Antéchrist* de Nietzsche, où Gide pouvait lire (aphorisme 31): «Il est très regrettable qu'il n'y ait pas eu de Dostoïevsky dans l'entourage de ce décadent très intéressant [le Christ] — j'entends quelqu'un qui aurait été sensible au charme poignant d'un tel mélange du sublime, du morbide et de l'enfantin. » Une lettre de Gide à Ruyters, datée de Cuverville, le 2 mars 1918, et publiée pour la première fois par le même auteur australien, commence ainsi: «Ta lettre me donne un immense désir de relire *L'Idiot*, dont ma première et je crois bien unique lecture remonte à fort loin... », se poursuit avec la remarquable notation à propos de Dostoïevski: «C'est, il me semble, *le seul* auteur chrétien que je connaisse... », et se termine sur ces phrases: «Quant à *L'Idiot* plus précisément, une véritable illumination s'est faite dans mon esprit le jour où un trait de lumière a rejoint en moi l'euphorie de Muishkine qui précède ses crises, le "Nul de vous n'entrera dans le royaume de Dieu s'il ne devient semblable à un de ces petits enfants" du Christ, et la pensée admirable de La Bruyère: "Les enfants n'ont ni passé, ni avenir, et, ce qui ne nous arrive guère, ils jouissent du présent"... Mais ceci n'est qu'un tout petit hublot entrouvert sur un

immense océan de clarté. » Cette nouvelle lecture de
L'Idiot semble n'avoir eu lieu qu'à la fin de novembre 1921, à en juger par le *Journal*, et causé une certaine
déception à Gide : « Achevé le premier volume de
L'Idiot ; mon admiration n'est plus tout à fait aussi vive.
Les personnages grimacent à l'excès et *coïncident*, si je
puis dire, trop facilement ; ils ont perdu pour moi beaucoup de leur mystère [...] certains personnages sont pro-
digieusement réussis ; ou, plutôt (car tous les portraits
sont admirables), certains propos de ceux-ci — en particulier ceux du général Ivolguine et de la générale Épantchine. Mais mon impression se confirme : je préfère *Les
Possédés* et *Les Karamazov ;* peut-être même *L'Adolescent* (sans parler de certains récits plus courts). Mais je
crois que *L'Idiot* est particulièrement fait pour plaire aux
jeunes gens et, de tous les romans de Dostoïevski, c'est
celui-là que je leur conseillerais de lire d'abord [80]. »

Charles-Louis Philippe, Romain Rolland, Georges
Bernanos comptèrent aussi parmi les lecteurs français
spécialement attirés par *L'Idiot* [81]. Chez les écrivains de
langue allemande, Jakob Wassermann, Gerhart Haupt-
mann, Robert Walser, Franz Kafka sont ceux dont certaines œuvres portent la marque indiscutable d'une lecture approfondie du roman [82]. En Angleterre,
D.-H. Lawrence le préférait aux autres œuvres de Dostoïevski, et *Pylone* du grand romancier américain
W. Faulkner présente quelques analogies avec *L'Idiot* [83].

De nombreuses adaptations ont porté *L'Idiot* à la scène
ou à l'écran. En Russie toutes les tentatives théâtrales
furent interdites par la censure de 1887 à 1899, date à
laquelle un premier spectacle fut monté au Maly Teatr de
Moscou et au Théâtre Alexandre de Pétersbourg. Après la
Révolution de 1917, *L'Idiot* fit partie du répertoire de
nombreuses troupes d'U.R.S.S. [84]. En 1925 une première adaptation française de Nozières et Bienstock fut
jouée au Théâtre du Vaudeville, décors et costumes du
Russe A. N. Benois. En 1957, une nouvelle adaptation
de G. Arout fut mise en scène par G. Vitaly au théâtre La
Bruyère, une autre de J. Gillibert au théâtre Récamier en
1962. Le succès le plus considérable fut celui de la pièce

en deux actes tirée de *L'Idiot* par André Barsacq à l'Ate-
lier en 1966 avec Ph. Avron en Mychkine, Catherine
Sellers en Anastasie Filippovna et Charles Denner en
Rogojine. Gérard Philipe fut le Mychkine du film de
G. Lampin (1946); mais la plus saisissante adaptation
pour le cinéma reste celle d'Akira Kurosawa (1950), un
des grands films du XXe siècle [85].

Michel CADOT.

NOTES DE LA PRÉFACE

1. Dans F. M. Dostoevskij, *Polnoe sobranie sočinenij v 30 tomakh*, t. 9, Leningrad, 1974, p. 337. Cette édition, préparée par l'Académie des sciences de l'U.R.S.S., est un instrument de travail de premier ordre, largement utilisé dans cette préface. Une petite erreur p. 337 : Dostoïevski n'est pas allé à *Hambourg*, mais dans la petite ville d'eaux de *Hombourg*, près de Wiesbaden, où il avait joué (et perdu) en mai 1867.

2. Lettre à A. N. Maïkov du 31 déc. 1867/12 janvier 1868, nᵒ 273 dans *Correspondance de Dostoïevski*, trad. N. Gourfinkel, Paris, Calmann-Lévy, t. III, 1960, p. 158-159.

3. Dans F. M. Dostoevskij, *P.S.S.*, t. 9, p. 357.

4. Lettre à Maïkov du 9/21 avril 1868, nᵒ 288, *Corresp.*, t. III, p. 234.

5. Lettre à S. A. Ivanova du 23 juin/5 juillet 1868, nᵒ 292, *ibid.*, p. 251.

6. Dostoïevski, *L'Idiot. Les Carnets de L'Idiot. Humiliés et offensés*. Paris, Bibl. de la Pléiade, NRF 1953, p. 927-928. Les renvois seront faits à cette traduction des Carnets, la seule disponible en français, sous le sigle Pl.

7. Dans F. M. Dostoevskij, *P.S.S.*, t. 9, p. 383.

8. Pl. p. 763.

9. Pl. p. 765.

10. Pl. p. 766.

11. Pl. p. 769.

12. Pl. p. 775.

13. Pl. p. 785.

14. Pl. p. 800.

15. Pl. p. 811.

16. Pl. p. 831.

17. Pl. p. 839.

18. Pl. p. 840.

19. S. V. Kovalevskaja, *Vospominanija detstva i avtobiografičeskie očerki*, Ak. Nauk, 1945, p. 61.

20. *L'Idiot*, la présente édition, t. II, p. 139. Désignée plus loin sous le sigle GF.

21. S. V. Kovalevskaïa, Extraits des « Souvenirs d'enfance », dans *Dostoïevski vivant — Témoignages*, trad. du russe par Raïssa Tarr,

Paris, NRF, 1972, p. 175, et C. Motchoulski, *Dostoïevski. L'homme et l'œuvre*, Paris, Payot, 1963, p. 321 (trad. peu sûre).

22. La lettre figure dans S. V. Kovalevskaja, *Vospominanija*, p. 169.

23. Voir cependant la lettre du 17 juin 1866 où l'écrivain envisage encore d'aller voir Anna Vassilievna à Pavlovsk et même à Palibino. *Corresp.*, t. III, n° 222, p. 40-42.

24. F. M. Dostoevskij. *Literaturnoe Nasledstvo*, t. 86, Moscou 1973, p. 234. Voir aussi *Dostoïevski vivant*, p. 202, 211-212 et 214.

25. Voir I. S. Knižnik-Vetrov, *Russkie dejatel'nicy pervogo internacionalai Parižskoj Kommuny...* Moscou-Leningrad, 1931, rééd. 1964. Sur Anna Vassilievna Jaclard, p. 135-216. Le mariage fut célébré le 27 mars 1871 à la mairie du 17ᵉ arrondissement par Benoît Malon (renseignement fourni par A. Lehning).

26. S. V. Kovalevskaja, *Vospominanija*, p. 120.

27. *Ibid.*, p. 58, 63. Un Pierre Korvin-Kroukovski (1844-1899), qui signait Pierre Newsky ou Pierre de Corvin, d'origine polonaise, fut avec A. Dumas fils l'auteur d'une pièce à succès, *Les Danischeff*, jouée à l'Odéon le 8 janvier 1876.

28. S. V. Kovalevskaja, *op. cit.*, p. 94-95 : elle parle de « société russo-allemande ». *Dostoïevski vivant*, p. 176-179.

29. *Corresp.*, t. III, n° 284, p. 218.

30. Pl. p. 891-892.

31. *Dostoïevski vivant*, p. 171.

32. E. H. Carr, *Dostoevsky*, Londres, 1931, rééd. Unwin Books, 1963, p. 100-104. F. M. Dostoevskij, *P.S.S.*, t. 9, p. 386-388. Sur les modèles vraisemblables d'autres personnages du roman, voir R. G. Nazirov, « Geroi romana "Idiot" i ikh prototipy », dans *Russkaja Literatura*, 1970, n° 2, p. 114-123.

33. Voir J. Catteau, *La Création littéraire chez Dostoïevski*, Paris, Institut d'Études Slaves, 1978, p. 156 et note 4.

34. *Corresp.*, t. III, n° 215, p. 23.

35. Leonid Grossman, *Dostoïevski*, Moscou, 1970 (en langue française), p. 326. Mais le prototype le plus remarquable du prince Mychkine est le comte Grégoire Alexandrovitch Kouchelev-Bezborodko (1832-1870), aussi original que fastueux, qui invita A. Dumas en Russie et aida Th. Gautier dans sa difficile mission. Sa femme Lioubov, née de Kroll, tenue pour une « belle aventurière », semble avoir eu pour Gautier un goût assez vif. Elle est peut-être à l'origine du personnage d'Anastasie Filippovna. *P.S.S.*, t. 9, p. 385-386, et Nazirov, *op. cit.*, p. 115-120.

35 *bis*. Voir Robin Ferrer Miller, *Dostoevsky and* The Idiot : *author, narrator, and reader*, Harvard, U.P. 1981.

36. *Corresp.*, t. III, n° 275, p. 174.

37. *Ibid.*, n° 273, p. 160.

38. *Ibid.*, p. 161.

39. Dostoïevski, *L'Idiot*, éd. de Pierre Pascal, Garnier, 1977, Introduction, p. xxii-xxiii. Bien entendu, l'édition de l'illustre slavisant a été largement utilisée dans cet ouvrage.

40. Voir Dennis P. Slattery, « The Frame Tale : temporality, fantasy

and innocence in *The Idiot* », dans le Bulletin de l'International Dostoevsky Society, n° 9, nov. 1979, p. 6-25.

41. E. Renan, *Vie de Jésus*, Folio 618, p. 153.

42. 3ᵉ Symposium international Dostoïevski (Copenhague, août 1977). Voir J. Catteau, *op. cit.*, p. 455-460 (« La courbe spiralée de *L'Idiot* »).

43. Nadine Natov, « Anticipation on the Major Action in Dostoevsky's Works as a Problem of Free Choice », *Forum International*, vol. 3, Fall 1980 : sur *L'Idiot*, p. 19-23.

44. M. Cadot, « Dostoïevski et le romantisme français : questions d'idéologie et de technique romanesque », *Russian Literature*, La Haye, n° 13, 1975/4, p. 285-298.

45. Voir R. Martin du Gard, *Notes sur André Gide*, Paris, NRF, 1951, p. 37-38, M. Proust, *La Prisonnière*, etc.

46. Philippe Chardin, *Un roman du clair-obscur. L'Idiot de Dostoïevski*, Archives des lettres modernes, n° 162, 1976/4.

47. M. Bakhtine, *Problèmes de la poétique de Dostoïevski*, L'Age d'Homme, 1970, notamment p. 203-208.

48. Expression de Dostoïevski, Carnets de *Crime et Châtiment*, Bibl. de la Pléiade, p. 884.

48 *bis*. Peut-être une transposition de Schiller *(Lettres philosophiques)*, voir Alexandra H. Lyngstad, *Dostoevskij and Schiller*, Mouton, La Haye, 1975, p. 41-6.

49. P. Pascal, Introduction à *L'Idiot*, p. xxvi.

50. On trouvera cette typologie plus détaillée dans mon essai « Quelques caractéristiques de la conscience de soi dans le roman dostoïevskien », in *Genèse de la conscience moderne*, ouvrage publié sous la direction de Robert Ellrodt, Paris, P.U.F., 1983, p. 363-377.

51. Voir Lacenaire, *Mémoires, poèmes et lettres*, suivis de témoignages, enquêtes et entretiens présentés par Monique Lebailly, Paris, Albin Michel, 1968. La note de Dostoïevski « Le procès Lacenaire » est au n° de février 1861 de sa revue : voir Dostoïevski, *Récits, chroniques et polémiques*, Bibl. de la Pléiade, 1969, p. 1093, et *P.S.S.* t. 16 (1976), p. 291.

52. P. Pascal, Introduction à *L'Idiot*, p. xxv. Voir V. S. Dorovatovskaïa-Lioubimova, « Idiot » Dostoevskogo i ugolovnaja khronika ego vremeni », dans *Pečat' i revoljucija*, 1928, 3, p. 31-53.

53. *L'Idiot*, GF, t. I, p. 339.

54. V. Ivanov, *Freedom and The Tragic Life*, New York, 1957. Paru d'abord en allemand en 1932 sous le titre *Dostojewskij. Tragödie. Mythos, Mystik*. Résumé en russe dans *Dostoevskij. Materialy i issledovanija*, 4, Leningrad, 1980, p. 218-238, par I. B. Rodnjanskaja.

55. *Corresp.*, t. III, n° 284, p. 218.

56. L. Grossman, p. 290.

57. V. Ivanov, *op. cit.*, p. 96-98.

58. Pl. p. 886, 889, 893. La date 10 avril p. 886 est à supprimer. Cf. *P.S.S.*, t. 9, p. 246, 249 et 253.

59. Pl. p. 879-880. Trad. révisée d'après *P.S.S.*, t. 9, p. 239.

60. Pl. p. 892, *P.S.S.* p. 252.

61. Dostoïevski, *Journal d'un Ecrivain*, Bibl. de la Pléiade, 1972, p. 11-12. Renan est encore mentionné dans ce texte de 1873.

62. Renan, *Vie de Jésus*, Folio, p. 426.

63. *Dostoïevski*, L'Herne, n° dirigé par J. Catteau, 1973, p. 63. Trad. revue d'après *Literaturnoe Nasledstvo*, t. 83, Moscou, 1971, p. 248. Voir l'article d'E. I. Kijko, « Dostoevskij i Renan » dans *Materialy i issledovanija*, 4, Leningrad, 1980, p. 106-122.

64. Renan, *Vie de Jésus*, p. 423. Je dois à M. Gwenhaël Ponnau plusieurs références utiles pour situer la pensée de Renan par rapport à ses devanciers sur la relation génie/folie/idiotie : Louis-Francisque Lélut, J. Moreau de Tours, F. Leuret entre autres.

65. *L'Idiot* (IV, 10), GF, t. II, p. 349.

66. M. Bakhtine, *op. cit.*, p. 283-284.

67. Pl. p. 811. Sur le cri du Christ, *Marc*, 15, 34 et *Matth.* 27, 46.

68. Voir le Journal d'A. G. Dostoevskaja 12/24 août 1867, dans *Dostoïevski vivant*, p. 281-282 et *Vospominanija*, Moscou, 1971, p. 165.

69. *P.S.S.*, t. 9, p. 399. Voir J. Catteau, *op. cit.*, p. 38-41.

70. Jean Paul, *Werke*, München, Hanser Verlag, t. II, 1971, p. 270-275 : « Rede des toten Christus vom Weltgebäude herab, dass kein Gott sei. » Devenu le *Songe* de Jean-Paul à travers *De l'Allemagne* de Mme de Staël (1814), ce texte connaît une immense fortune en France, brillamment retracée par Claude Pichois, *L'Image de Jean-Paul Richter dans les lettres françaises*, Paris, J. Corti, 1963. En Russie, Biélinski parle assez longuement des idées esthétiques de Jean-Paul et cite le Songe dans son article de 1841 sur les divisions de la poésie (V. G. Belinskij, *Sobranie sočinenij v 3 t.*, t. II, Moscou, 1948 : le Songe cité p. 62). Voir W. Rehm, *Jean-Paul Dostojewski. Eine Studie zur dichterischen Gestaltung des Unglaubens*. Göttingen, 1962.

71. Lettre du 20 février 1854, *Corresp.*, t. I, n° 60, p. 157. Voir les commentaires de Jean Drouilly in *La Pensée politique et religieuse de Dostoïevski*, Paris, Libr. des Cinq Continents, 1971, p. 132 et, sur *L'Idiot*, p. 314-336. P. 336 il faut remplacer le nom d'Aglaé par celui de Nastasja Filippovna.

72. *L'Idiot*, II, 10, GF, t. I, p. 425. Voir sur ce thème Louis Allain, *Dostoïevski et Dieu - la morsure du divin*, Presses Universitaires de Lille, 1981, p. 33-34, 66-68 et 85-90.

73. *Dostoïevski vivant*, p. 397. (Souvenirs du typographe M. A. Alexandrov.) Autre jugement intéressant sur Oblomov : « L'homme russe pèche beaucoup et souvent contre l'amour ; mais de ce fait il est sa première victime. Bourreau de soi-même. C'est la qualité la plus caractéristique de l'homme russe. Pour Oblomov ce serait seulement avec mollesse — il n'est qu'un paresseux, et pour couronner le tout un égoïste. Ce n'est même pas un homme russe. C'est un produit pétersbourgeois. Un hobereau paresseux, pas même russe, mais pétersbourgeois. » Dans un carnet de 1864-1865, *Literaturnoe Nasledstvo*, n° 83, Moscou, 1971, p. 284. Il y a bien un peu de Mychkine là-dedans.

74. *P.S.S.*, t. 9, p. 410.

75. *Ibid.*

76. *Ibid.*, p. 416. Texte traduit par P. Pascal, *L'Idiot*, Introduction, p. XXXIX-XL.

77. E.-M. de Vogüé, *Le Roman russe*, Paris, Plon, 1886, p. 258. C'est le finale du roman et le personnage de Rogojine qui lui semblent le mieux réussis.

78. Paul Claudel, *Mémoires improvisés*, dans P. Pascal, Introduction, p. XLI.

79. « Deux lettres sur Dostoïevski et Nietzsche », présentées par Kevin O'Neill dans *Australian Journal of French Studies*, n° 7 (spécial Gide), janv.-août 1970, p. 16-22.

80. André Gide, *Journal 1889-1939*, Bibl. de la Pléiade, 1948, p. 703-704.

81. Ch.-L. Philippe, *Lettres de jeunesse*, Paris, 1911, p. 64. R. Rolland, *Le Cloître de la rue d'Ulm*, Paris, Cahiers R. Rolland, 1952, p. 85-86. G. Bernanos, *L'Imposture* et *La Joie* contiennent des réminiscences de *L'Idiot*. Voir *Dostoïevski et les Lettres françaises*. Actes du Colloque de Nice, Centre du XXᵉ siècle 1981, in-8°, 165 p.

82. « Dostoevskij v Germanii (1846-1921) » par V. V. Dudkine et K. M. Azadovski, dans *Literaturnoe Nasledstvo*, n° 86, Moscou, 1973, p. 659-740. G. M. Fridlender, *Dostoevskij i mirovaja literatura*, Moscou, 1979, p. 295-418. M. Cadot, « Une lecture créatrice de Dostoevskij : le cas du romancier suisse Robert Walser (1878-1956) », dans « Dostoevskij européen », n° 219-220, *Revue de Littérature comparée*, juill.-déc. 1981, p. 377-391. Voir aussi les fines analyses de D. Iehl, « Le prince Muichkine, Karl Bühl, Ulrich », dans *Études germaniques*, avril-juin 1974, p. 179-191.

83. J. Weisgerber, *Faulkner et Dostoïevski. Confluences et influences*. Bruxelles-Paris, 1968.

84. Voir N. Ia. Berkovskij, *Literatura i teatr*, Moscou, 1969 (p. 558-588, un article de 1958, « Dostoevskij na scene »).

85. Voir l'analyse de Mychkine par A. Barsacq dans *L'Avant-scène* 1ᵉʳ nov. 1966, n° 367. L. Gitel'man, *Russkaja klassika na francuzskoj scene*, Leningrad, 1978. *P.S.S.*, t. 9, p. 424-426. N. L. Sukhačeva, « Dostoevskij na francuzskoj scene », dans *Literaturnoe Nasledstvo*, t. 86, Moscou, 1973, p. 741-759 (très bien documenté).

LISTE DES PERSONNAGES

MYCHKINE Léon Nicolaevitch, 26 ans (le prince).

ROGOJINE Parthène Semionovitch, 27 ans, fils de marchand.

LEBEDEV Lucien Timofeevitch, 40 ans, petit fonctionnaire.

IVOLGUINE Gabriel Ardalionovitch, 28 ans, fils du général Ivolguine, secrétaire du général Épantchine (Gaby).

ÉPANTCHINE Ivan Fiodorovitch, 56 ans, général.

ÉPANTCHINE Élisabeth Procofievna, 56 ans (la générale).

ÉPANTCHINE Alexandra Ivanovna, 25 ans (Alexandra).

ÉPANTCHINE Adélaïde Ivanovna, 23 ans (Adélaïde).

ÉPANTCHINE Aglaé Ivanovna, 20 ans (Aglaé).

IVOLGUINE Nina Alexandrovna, 50 ans, femme du général Ivolguine.

IVOLGUINE Barbe Ardalionovna, 23 ans, sœur de Gaby, épouse Ptitsyne au cours du roman. (Barbe, Babette.)

IVOLGUINE Nicolas Ardalionovitch, 13 ans, lycéen (Colas).

IVOLGUINE Ardalion Alexandrovitch, 55 ans, général en retraite.

PTITSYNE Ivan Petrovitch, 30 ans, prêteur sur gages.

FERDYCHTCHENKO, 30 ans, parasite.

BARACHKOV Anastasie Filippovna, 25 ans, pupille de Totski.

TERENTIEV Marthe Borisovna, 40 ans, mère d'Hippolyte, veuve du capitaine Terentiev (la capitaine).

TOTSKI Athanase Ivanovitch, 55 ans, homme d'affaires, ancien tuteur d'Anastasie Filippovna.

DARIA ALEXIEVNA, confidente d'Anastasie.
LEBEDEV Viera Loukianovna, 20 ans, fille de Lebedev.
DOCTORENKO Vladimir, 20 ans, neveu de Lebedev.
RADOMSKI Eugène Pavlovitch, 28 ans, vient de quitter
   l'armée.
KELLER, 30 ans, boxeur, lieutenant en retraite.
BOURDOVSKI Antipe, 22 ans, prétendu fils de Pavlicht-
   chev.
TERENTIEV Hippolyte, 17-18 ans, phtisique.
CHTCH, le prince, 35 ans, fiancé d'Adélaïde.

Tableau établi par P. Pascal, *L'Idiot*, Garnier, 1977,
p. LXI. Les personnages sont classés dans l'ordre de leur
apparition. Ne figurent que ceux qui interviennent dans
l'action.
   On a respecté les transcriptions de P. Pascal : Lebedev,
Nicolaevitch, Timofeevitch, etc.

AVANT-PROPOS

La présente traduction a été faite sur le texte du tome VI des *Œuvres artistiques* de Dostoïevski publié à Moscou-Leningrad en 1926. Ce texte est conforme à la dernière édition publiée du vivant de l'auteur, celle de 1874. Il a été tenu compte cependant de quelques variantes de l'édition suivante, de 1882, dite «Troisième édition» : ces variantes, qui ne concernent que la Quatrième partie (depuis le chapitre VI), semblent en effet avoir été apportées par l'auteur : la composition aurait été faite sur un original corrigé par lui, à une date inconnue. Ces variantes ont été prises en considération dans le tome VI de l'édition des œuvres en dix volumes publiée en 1957.

La traduction elle-même est absolument nouvelle. On ne s'est pas interdit cependant de profiter, le cas échéant, de telle ou telle expression heureuse d'un prédécesseur.

Le principe adopté a été la plus scrupuleuse exactitude. On a respecté le style de l'auteur et, dans la mesure du possible, celui de ses personnages. On s'est défendu de simplifier, alléger ou polir Dostoïevski.

On n'a pas cherché la couleur locale en conservant des termes russes qui peuvent fort bien être traduits. Ainsi on a traduit les prénoms, sauf «Ivan», trop éloigné de «Jean», et évité généralement les diminutifs : préféré par exemple «Anastasie» à «Nastassia». Le diminutif «Gania» a été rendu par «Gaby», qui existe en français, quoique employé, semble-t-il, plutôt pour «Gabrielle» que pour «Gabriel». Les patronymes ont été conservés.

On ne s'étonnera pas de ne pas trouver ici la traduction des *Carnets de l'Idiot*. Outre qu'il n'y a pas lieu de refaire

le très méritoire travail de Boris de Schloezer, ces *Carnets*
n'ont d'intérêt que pour l'érudit spécialisé. Par contre, la
liste des personnages, qui n'avait pas encore été dressée,
pourra aider le lecteur peu familier avec les noms russes à
suivre les péripéties du roman.

Une « édition académique » en 30 volumes des *Œuvres
complètes* est en cours de publication, dans laquelle
l'Idiot (vol. 8) reproduit également l'édition de 1874. De
très copieux *Compléments* (les Carnets, une étude sur la
genèse de l'œuvre, des Notes aux Carnets et au roman)
sont donnés dans le vol. 9 [1].

Pierre PASCAL.

---

1. Les notes en fin de volume sont, le plus souvent, tirées de celles
qui figurent au t. 9 de l'édition académique (1974). Lorsqu'elles repro-
duisent la teneur de celles de P. Pascal, l'origine en est mentionnée
entre parenthèses.

L'IDIOT

PREMIÈRE PARTIE

I

Fin novembre, un jour de dégel, sur les neuf heures du
matin, le train de Varsovie, filant à toute vapeur, approchait de Pétersbourg. L'humidité et le brouillard étaient
tels que la lumière venait tout juste de percer : à dix pas à
droite et à gauche de la voie on avait du mal à discerner
quoi que ce fût à travers les fenêtres du wagon. Parmi les
voyageurs il en était aussi qui rentraient de l'étranger,
mais les compartiments les plus garnis étaient ceux de
troisième classe : de petites gens, des travailleurs, qui ne
venaient pas de bien loin. Tous, comme il se doit, étaient
fatigués ; tous avaient les yeux lourds après une nuit sans
sommeil ; tous étaient transis de froid et tous les visages
étaient d'un jaune pâle, couleur de brouillard.

Dans l'un des wagons de troisième classe s'étaient
découverts depuis qu'il faisait jour, l'un en face de l'autre
contre la fenêtre, deux voyageurs : deux hommes jeunes,
tous deux presque sans bagages, tous deux vêtus sans
élégance, tous deux avec un visage assez remarquable, et
tous deux, enfin, désireux d'entrer en conversation. S'ils
avaient su, l'un touchant l'autre, ce qu'ils avaient, précisément à ce moment, de remarquable, ils se seraient
naturellement étonnés du hasard qui les avait d'aussi
singulière façon assis l'un devant l'autre dans un wagon
de troisième de la ligne Pétersbourg-Varsovie.

Le premier était de petite taille ; peut-être vingt-sept
ans ; les cheveux frisant naturellement et presque noirs ;
des yeux gris, petits, mais de feu. Il avait le nez large et
aplati, les pommettes saillantes ; ses lèvres fines ne ces-
saient pas de se pincer en une espèce de sourire moqueur,

impertinent et même mauvais ; mais son front haut et bien
modelé rachetait la partie inférieure du visage, d'une
lourdeur dénuée de noblesse. Ce qui frappait dans ce
visage, c'était une pâleur mortelle : elle communiquait à
toute la physionomie du jeune homme un air d'extrême
épuisement malgré son assez forte constitution, et en
même temps un je ne sais quoi de passionné, jusqu'à la
souffrance, qui ne s'accordait guère avec son sourire
insolent et grossier ni avec son regard dur et suffisant. Il
était chaudement vêtu, avec un ample touloup [1] fourré
d'une peau de mouton noir, et avait passé la nuit sans
sentir le froid, tandis que son vis-à-vis avait dû subir sur
son échine transie toutes les délices d'une de ces humides
nuits du novembre russe auxquelles il n'était visiblement
pas préparé.

Il portait, lui, une assez large et épaisse pèlerine avec
un énorme capuchon, tout à fait comme en portent souvent les voyageurs l'hiver, là-bas à l'étranger, en Suisse
ou, par exemple, dans la haute Italie du Nord, où, naturellement, on n'a pas à compter avec des trajets du genre
de celui d'Eydtkuhnen [2] à Pétersbourg. Ce qui eût été
convenable et entièrement suffisant pour l'Italie se trouvait assez mal indiqué en Russie. Le propriétaire de la
pèlerine au capuchon était un homme jeune, également
dans les vingt-six vingt-sept ans, d'une taille un peu
supérieure à la moyenne, très blond, avec une chevelure
bien fournie, des joues creuses et une légère barbiche en
pointe, presque blanche. Ses yeux étaient grands, bleus et
fixes ; leur regard avait quelque chose de doux, mais de
pesant, cette expression singulière qui suffit à certains
pour déceler d'emblée chez un individu la présence du
haut mal. Le visage était d'ailleurs agréable, fin et mat,
mais sans couleur et même, en ce moment, bleui par le
froid. Entre ses mains ballottait un maigre baluchon noué
dans un vieux foulard déteint, qui semblait contenir tout
son saint-frusquin de voyageur. Aux pieds il avait des
souliers à grosse semelle avec des guêtres : cela encore
n'était guère russe.

Son voisin, l'homme aux cheveux noirs et à la pelisse
de mouton, avait examiné tout cela, un peu par désœu-

vrement : finalement il demanda, avec ce sourire indiscret
qui sert parfois d'expression désinvolte et négligée à la
satisfaction des gens devant les misères du prochain :

— Alors, on est glacé ?

Et il eut un mouvement d'épaules, comme un frisson.

— Tout à fait, répondit l'autre avec une extrême complaisance. Et encore, remarquez-le bien, c'est le dégel.
Que serait-ce s'il gelait ? Je ne pensais même pas qu'il
faisait si froid chez nous. J'ai perdu l'habitude.

— Vous rentrez de l'étranger ?

— Oui, de Suisse.

— Bigre, vous m'en direz tant...

L'homme noir sifflota et rit bruyamment.

La conversation s'engagea. La complaisance du jeune
homme blond en pèlerine suisse à répondre à toutes les
questions de son basané voisin était étonnante : il semblait
très loin de soupçonner le parfait sans-gêne, le caractère
déplacé, la futilité de certaines d'entre elles. Il déclara,
entre autres, qu'en effet il était resté longtemps hors de
Russie, plus de quatre ans, qu'il avait été expédié à
l'étranger à cause de son mal, une bizarre maladie nerveuse dans le genre de l'épilepsie ou de la danse de
Saint-Guy, avec tremblements et convulsions. Au cours
de la conversation, plusieurs fois le noiraud eut un petit
rire ; il rit surtout lorsqu'il demanda : « Et alors, on vous a
guéri ? » et que l'autre répondit : « Non, pas du tout. »

— Tout ce qu'on a dû vous faire payer, c'est de
l'argent perdu ?

Et il eut cette remarque amère :

— Et nous ici, qui leur faisons confiance !

— Sainte vérité ! — C'était le voisin de côté qui entrait
dans la conversation. Un monsieur mal vêtu, une espèce
de petit fonctionnaire racorni sous le harnais : la quarantaine, fortement bâti, un nez rouge et un visage bourgeonnant.

— Sainte vérité, Monsieur, ils ne font que sucer toute
la substance de la Russie !

— Oh, comme vous faites erreur dans mon cas à moi !
fit le client des médecins suisses, d'une voix douce et
conciliante. Bien sûr, je ne peux pas discuter, parce que

je ne sais pas tout, mais c'est mon docteur qui m'a payé le voyage jusqu'ici, de ses derniers sous, et il m'avait entretenu là-bas près de deux ans.

— Comment cela? Il n'y avait donc personne pour payer? demanda le noiraud.

— Non. En effet. M. Pavlichtchev, qui m'entretenait, est mort il y a deux ans. J'ai écrit ici à la générale Épantchine, une parente éloignée. Mais je n'ai pas reçu de réponse. C'est pour cela que j'arrive ici.

— Où ça, ici?

— Vous demandez où je descendrai?... Mais je n'en sais rien encore... vraiment.

— Vous n'êtes pas encore fixé?

Et ses auditeurs, encore une fois, éclatèrent de rire.

— Et sûrement ce baluchon contient toute votre fortune? demanda le noiraud.

— Je suis prêt à parier que c'est cela même, reprit d'un air extrêmement satisfait le petit fonctionnaire au nez rouge..., et qu'il n'y a rien d'autre aux bagages, encore que pauvreté ne soit pas vice, ce qu'il faut bien noter.

Il se trouva que c'était, en effet exact : le jeune homme blond, sur-le-champ et avec un empressement peu ordinaire, en convint.

— Votre baluchon n'en a pas moins une certaine signification, continua le fonctionnaire, après qu'ils se furent esclaffés tout leur saoul (il est à remarquer que le détenteur du baluchon avait fini par rire, lui aussi, de les voir rire, ce qui avait accru encore leur hilarité), et bien qu'on puisse parier qu'il ne contient nuls rouleaux de pièces d'or étrangères, napoléons ou frédérics, non plus que ducats de Hollande [3], ce que l'on peut conclure encore ne fût-ce que d'après les guêtres qui recouvrent vos chaussures... Cependant si à votre baluchon on ajoute à titre de supplément une «parente» comme, disons, la générale Épantchine, alors ce baluchon peut prendre une certaine signification différente, naturellement au cas seulement où la générale Épantchine serait réellement votre parente et où vous ne vous tromperiez pas, par distraction... chose qui est bien propre à l'homme..., voyons, ne fût-ce que par excès d'imagination.

— Oh, vous êtes tombé juste encore une fois ! reprit le jeune homme blond. En effet, je ne suis pas loin de me tromper : ce n'est presque pas une parente. C'est au point que vraiment je n'ai nullement été étonné de ce qu'elle ne me réponde pas. Je m'y attendais.

— Vous avez perdu l'argent du port de la lettre. Hum... du moins vous êtes simple et sincère, et c'est à votre honneur. Hum... le général Épantchine, nous le connaissons, à vrai dire parce que c'est un homme que tout le monde connaît ; et feu M. Pavlichtchev, qui vous a entretenu en Suisse, nous l'avons connu aussi, du moins s'il s'agit de Nicolas Andreevitch, parce qu'il y en avait deux, cousins germains. L'autre vit encore, en Crimée, tandis que Nicolas Andreevitch, le défunt, était un homme respecté et ayant des relations ; il avait bien quatre mille âmes, en son temps...

— C'est bien cela : Nicolas Andreevitch Pavlichtchev. Ayant ainsi répondu, le jeune homme regarda fixement et d'un air interrogateur le monsieur qui savait tout.

Ces messieurs « je sais tout » se rencontrent parfois, même assez souvent, dans une certaine catégorie sociale. Ils savent tout, toute la curiosité inquiète de leur esprit, toutes leurs facultés sont orientées irrésistiblement dans une certaine direction, évidemment faute d'idées et de centres d'intérêt plus importants dans la vie, comme dirait un penseur contemporain. Par « ils savent tout », il faut entendre d'ailleurs un domaine assez limité : où travaille un tel, qui connaît-il, quelle fortune possède-t-il, où a-t-il été gouverneur, avec qui est-il marié, quelle dot lui a apportée sa femme, qui a-t-il comme cousin germain, comme issu de germain, etc., etc., et le reste à l'avenant. La plupart du temps, ces « je sais tout » ont des trous aux coudes et touchent dix-sept roubles par mois de traitement. Les personnes dont ils connaissent tous les tenants et les aboutissants seraient, bien sûr, fort empêchées d'imaginer le genre d'intérêt qui les anime, et pourtant ils sont nombreux, ceux à qui ce savoir, équivalant à toute une science, procure une véritable consolation, une haute considération d'eux-mêmes, et même une

suprême satisfaction morale. D'ailleurs c'est une science
séduisante. J'ai vu des savants, des littérateurs, des poètes, des hommes politiques qui, dans cette science,
avaient cherché et trouvé le summum de leurs désirs et de
leurs apaisements, et même n'avaient fait carrière véritablement que par là.

Durant tout cet entretien, le jeune noiraud bâillait,
regardait sans but par la fenêtre et attendait avec impatience la fin du voyage. Il avait l'air distrait, extrêmement
distrait, presque alarmé, il devenait même bizarre :
parfois il entendait sans entendre, regardait sans voir,
riait et ne savait lui-même ni ne comprenait de quoi il
riait.

— Mais permettez, avec qui ai-je l'honneur…, dit
soudain le monsieur bourgeonnant au jeune homme blond
au baluchon.

— Prince Léon Nicolaevitch Mychkine, répondit celui-ci avec un parfait et immédiat acquiescement.

— Le prince Mychkine ? Léon Nicolaevitch ? connais
pas. Même pas entendu parler, répondit, songeur, le
fonctionnaire. Je ne parle pas du nom, un nom historique
— on peut, on doit le trouver chez Karamzine —, mais
d'une personne de ce nom ; et puis les princes Mychkine
on n'en rencontre plus, il me semble, même le souvenir
en est perdu.

— Oh, bien sûr ! reprit aussitôt le prince. Il n'y a plus
de princes Mychkine aujourd'hui, en dehors de moi. Je
crois que je suis le dernier. Quant à nos pères et aïeux, ils
étaient gentilshommes-laboureurs[4]. Mon père, au fait,
était sous-lieutenant d'infanterie, ancien junker[5]. Et tenez, je ne sais pas comment la générale Épantchine peut
être née princesse Mychkine, la dernière aussi de sa
branche…

— Hé hé hé ! La dernière de sa branche ! Hé hé !
Comme vous avez tourné cela !

Le fonctionnaire ricanait.

Le noiraud rit aussi. Le prince fut tout surpris d'avoir
fait un jeu de mots[6], assez mauvais d'ailleurs.

— Figurez-vous que je l'ai dit sans y penser, finit-il
par expliquer, dans son étonnement.

— Nous comprenons, nous comprenons, acquiesça joyeusement le fonctionnaire.

— Et alors, prince, là-bas, vous avez en même temps étudié les sciences, chez ce professeur ? demanda soudain le noiraud.

— Oui..., j'ai fait des études...

— Eh bien, moi, je n'ai jamais rien étudié.

— Oh, vous savez, moi non plus je n'ai pas appris grand-chose, ajouta le prince, s'excusant presque. A cause de ma maladie, on n'a pas jugé possible de me donner une instruction régulière.

— Vous connaissez les Rogojine ? demanda rapidement le noiraud.

— Non, pas du tout. Je ne connais pas grand monde en Russie. Vous êtes un Rogojine ?

— Oui, je suis Rogojine Parthène.

— Parthène ? Mais alors ne serait-ce pas un de ces Rogojine..., commença, sur un ton plus grave, le fonctionnaire.

— Oui, de ceux-là mêmes, interrompit vivement, et avec une impatience dénuée de politesse, le noiraud, qui d'ailleurs jusque-là ne s'était pas une fois adressé au fonctionnaire bourgeonnant mais uniquement, dès le début, au prince.

— Oui... mais comment cela ? — Le fonctionnaire était frappé d'étonnement jusqu'à en rester médusé, les yeux hors de la tête. Son visage aussitôt prit une expression de vénération et d'obséquiosité, même d'épouvante. — Vous seriez le propre fils de ce Siméon Parthenovitch Rogojine, notable héréditaire [7], qui trépassa le mois dernier laissant deux millions et demi de capital ?

— Et d'où le sais-tu, qu'il a laissé deux millions et demi de capital net ? interrompit encore le noiraud, sans daigner, cette fois encore, regarder le fonctionnaire. Voyez-moi ça ? (D'un clin d'œil il le désigna au prince.) Et quel intérêt ont-ils, ces gens-là, à se jeter à vos pieds ? Ça c'est vrai : mon père est mort, et moi, un mois plus tard, je reviens de Pskov à la maison sans rien à me mettre sur le dos, ou tout comme : ni mon coquin de frère, ni ma mère ne m'ont envoyé d'argent, même pas un

faire-part, rien! Comme un chien! J'ai passé tout ce mois
à Pskov au lit avec la fièvre!

— Mais maintenant c'est un gentil petit million et
davantage que vous allez toucher du coup, au bas mot.
Ah, Seigneur!

Le fonctionnaire leva les bras au ciel.

— Mais enfin, qu'est-ce que ça peut bien lui faire,
dites-moi un peu! fit Rogojine, nerveux et rageur, avec
un signe de tête dans sa direction. Tu sais pourtant que tu
n'auras pas de moi un kopek, dusses-tu marcher devant
moi sur les mains.

— Je le ferai pour sûr, je marcherai sur les mains.

— Vous voyez ça? Mais je ne te donnerai rien, rien,
même si tu danses devant moi une semaine durant.

— A ton aise! C'est parfait: ne me donne rien. Ça ne
m'empêchera pas de danser. J'abandonnerai femme et
enfants, et je danserai devant toi. Flattons, flattons toujours!

— Pouah! — Le noiraud cracha de dégoût. Puis il
s'adressa au prince: Tenez, il y a cinq semaines, tout
comme vous, avec un simple baluchon, je me suis sauvé
de chez mon père pour aller à Pskov chez ma tante;
seulement là j'ai attrapé la fièvre, et lui, il est mort en
mon absence. Il a eu un coup de sang. Paix à son âme!
Seulement il a failli me tuer. Croyez-le ou non, prince,
mais je vous le jure! si je n'avais pas pris la fuite, il
m'aurait assommé.

— Vous l'aviez mis en colère? observa le prince, en
examinant avec une espèce de curiosité ce millionnaire en
peau de mouton. Il pouvait y avoir quelque chose de
remarquable en effet dans le million et dans l'héritage à
recevoir, mais ce qui étonnait et intriguait le prince c'était,
encore autre chose; et d'ailleurs Rogojine avait mis un
empressement particulier à prendre le prince comme interlocuteur, bien que son besoin de converser semblât
plus machinal que moral: c'était plutôt distraction qu'ouverture de cœur, inquiétude, agitation, pour avoir
quelqu'un à regarder et un prétexte à remuer la langue. Il
avait l'air d'être encore dans le délire, ou tout au moins
enfiévré. Pour ce qui est du fonctionnaire, il était comme

suspendu à Rogojine, n'osait pas respirer, guettait et soupesait chaque parole : on aurait dit qu'il cherchait un diamant.

— Pour être en colère, ça il l'était, et peut-être qu'il n'avait pas tort. Mais celui qui m'a achevé, c'est surtout mon frère. De ma mère, rien à dire : une vieille femme qui lit les vies des saints et passe son temps avec les autres vieilles. Tout ce que décide le petit Siméon, mon frère, pour elle c'est sans appel. Et lui il ne m'a pas prévenu en temps utile : pourquoi ça ? Je comprends la raison. C'est vrai, je n'avais pas ma tête à moi à ce moment-là. Il paraît aussi qu'un télégramme a été envoyé. Oui, mais voilà, c'est chez ma tante qu'il est arrivé. Elle, voilà trente ans qu'elle est veuve et elle passe ses journées du matin au soir avec des fols en Christ [8]. C'est pas une vraie nonne, mais pis qu'une nonne. Le télégramme lui a fait peur et, sans l'ouvrir, elle est allée le porter au commissariat, et il y est toujours. C'est Konev, Basile Vassilitch, qui m'a sauvé : il m'a tout écrit. Pendant la nuit, mon frère a coupé les glands d'or du poêle de brocart déposé sur la bière du père en disant : « Ça vaut de l'argent, ça ! » Rien que pour ça, il peut être envoyé en Sibérie, si je le veux, parce que c'est un sacrilège. Allons, toi, épouvantail à moineaux ! conclut-il en s'adressant au fonctionnaire. Qu'est-ce que dit la loi : c'est un sacrilège ?

— Oui, un sacrilège ! un sacrilège ! acquiesça aussitôt le fonctionnaire.

— On vous envoie en Sibérie, pour ça ?

— Oui, en Sibérie ! Tout de suite en Sibérie !

— Ils se figurent que je suis toujours malade, continua Rogojine pour le prince ; mais moi, sans dire un mot, tout doucement, je prends le train, toujours malade, et en route. Ouvre-moi la porte ! gentil frère Siméon Semionytch. Il montait mon père contre moi, je le sais. Maintenant, que j'aie fâché vraiment mon père, à cause d'Anastasie Filippovna, ça, c'est vrai. Là, je suis dans mon tort. C'est mon péché.

— Anastasie Filippovna ? prononça le fonctionnaire avec obséquiosité, comme rappelant ses souvenirs.

— Tu ne la connais pas! cria Rogojine impatient.

— Si, je la connais, répondit l'autre triomphant.

— Allons donc! Il n'en manque pas, d'Anastasie Filippovna! Et puis, je vais te dire, quel être insupportable tu es! Et il continua, pour le prince : — Je le savais d'avance, qu'il y aurait un individu de cette espèce qui me tomberait sur le dos!

— Et si je la connaissais quand même! insista le fonctionnaire. Lebedev la connaît. Vous me gourmandez, Altesse, mais si je vous donnais des preuves? Eh bien, c'est cette même Anastasie Filippovna à propos de laquelle votre papa a tenté de vous assagir avec sa canne d'olivier, et son nom est Barachkov, c'est même, pourrait-on dire, une dame bien née, une princesse en quelque sorte, et elle est en relation avec un certain Totski, Athanase Ivanovitch, sa seule liaison, un propriétaire noble et archicapitaliste, membre de diverses compagnies et sociétés, et à ce titre très ami avec le général Épanchine...

— Hé hé, mais c'est que tu..., fit enfin Rogojine, véritablement surpris. Diable, mais c'est qu'il la connaît pour de vrai.

— Il sait tout! Lebedev sait tout! Votre Altesse, j'ai aussi voyagé deux mois avec Likhatchev, le petit Alexis, après la mort de son père, à lui aussi, et je sais tout, tous les coins et recoins, au point que sans Lebedev il ne peut plus faire un pas. Il est maintenant à la prison pour dettes, mais en son temps il a eu l'occasion de les connaître toutes, et Armance et Coralie et la princesse Patski, et Anastasie Filippovna, et il y a beaucoup d'autres choses encore qu'il a pu connaître.

— Anastasie Filippovna? Mais est-ce qu'avec Likhatchev aussi elle a...

Rogojine lui lança un regard furieux. Ses lèvres mêmes avaient blêmi et tremblaient.

— Pas du tout! Pas du tout! Au grand jamais! se hâta de corriger le fonctionnaire. Même à force d'argent Likhatchev n'a pas pu arriver à ses fins! Non, ce n'est pas une Armance. Dans l'affaire il n'y a que Totski. Et le soir au Grand Théâtre ou au Français [9] elle a sa loge à elle. Les officiers peuvent bien dire entre eux ce qu'ils veu-

lent, ils ne peuvent rien prouver : « Tenez, ça c'est elle,
Anastasie Filippovna ! », et c'est tout : rien de plus. Parce
qu'il n'y a rien.

— Tout cela est bien vrai, confirma Rogojine sombre
et renfrogné : c'est exactement ce que me disait alors
Zaliojev. Un jour, prince, dans une redingote de mon
père vieille de trois ans, je traversais la Perspective
Nevski, et la voilà qui sort d'un magasin et qui monte
dans sa voiture. J'en ai été tout saisi. Je rencontre Zaliojev : lui, il n'était pas comme moi, il était vêtu comme un
garçon coiffeur, avec le lorgnon, tandis que chez nous on
n'avait pour faire les fiers que nos bottes graissées et nos
soupes maigres. Ça, qu'il me dit, c'est pas pour toi : c'est
une princesse. Son nom, c'est Anastasie Filippovna Barachkov, et elle vit avec Totski, seulement maintenant
Totski ne sait pas comment s'en défaire, parce qu'il est
arrivé à l'âge sérieux, cinquante ans, et il voudrait épouser la belle des belles de Pétersbourg. Alors, il m'a
insinué comme ça : tu peux la voir aujourd'hui, Anastasie, au Grand Théâtre, pour le ballet, elle sera dans sa
loge, sa baignoire. A la maison, avec mon père, aller au
ballet, il ne fallait pas y songer : il nous aurait tués !
Pourtant, moi, je me suis sauvé en cachette, pour une
heure, et j'ai revu Anastasie Filippovna. Toute cette
nuit-là je n'ai pas dormi. Le lendemain matin, mon père
me donne deux bons à 5 %, de cinq mille chacun : « Va
les vendre. Ensuite, tu passeras au bureau des Andreev,
tu verseras là 7 500 roubles, et tu me rapporteras le reste
des 10 000, sans t'arrêter nulle part en chemin. Je t'attends. » Eh bien, les bons, je les ai vendus, j'ai touché
l'argent, mais je n'ai pas été chez les Andreev : j'ai été
tout droit au Magasin anglais, et pour toute la somme j'ai
choisi une paire de pendants d'oreilles, chacun avec un
diamant gros presque comme une noix. Je redevais
400 roubles, mais j'ai dit mon nom et on m'a fait
confiance. Avec les pendants d'oreilles je cours chez
Zaliojev : Ceci et cela, mon cher, allons vite chez Anastasie. Nous voilà partis. Ce qu'il pouvait bien y avoir sous
mes pas, devant moi, à gauche et à droite, je n'en sais
rien et ne me souviens de rien. Nous entrons droit dans le

salon, elle nous reçoit. Moi, je ne lui dis pas tout de suite que ça vient de moi ; c'est Zaliojev qui parle : « Voilà, de la part de Parthène Rogojine, en souvenir de la rencontre d'hier. Daignez accepter. » Elle ouvre le paquet, jette un coup d'œil et avec un petit rire elle dit : « Remerciez votre ami monsieur Rogojine de son aimable attention », elle salue et s'en va. Ah, pourquoi ne suis-je pas mort sur-le-champ ? D'ailleurs si j'y suis allé, c'est parce que je pensais : « Peu importe : je ne reviendrai pas vivant. » Ce que je trouvai le plus vexant, c'est que cet animal de Zaliojev s'était tout attribué. Moi, petit comme j'étais, et habillé comme un malheureux, je restais là sans ouvrir la bouche, les yeux écarquillés, et j'avais honte, tandis que lui, à la dernière mode, pommadé et frisé, le teint ver-meil, une cravate à carreaux, il se confondait, il faisait des ronds de jambes. Sûrement, elle l'a pris pour moi. Alors je lui dis, une fois sortis : « Attention, ne t'avise pas de penser à elle. Compris ? » Il rit : « Eh bien, et toi, comment vas-tu faire tes comptes à cette heure avec Siméon Parfionytch ? » Ça, c'est vrai, je voulais aller me jeter à l'eau sans rentrer à la maison. Et puis je me suis dit : « C'est égal », et comme un maudit je suis rentré à la maison.

— Ah aï aï ! fit le fonctionnaire avec une grimace, et même il fut pris d'un frisson. Et le défunt, qui vous envoyait dans l'autre monde non point pour dix mille roubles, mais pour dix pièces ! ajouta-t-il en tournant la tête vers le prince.

Le prince, avec curiosité, examinait Rogojine : celui-ci lui parut encore plus pâle à cet instant.

— Dans l'autre monde ! reprit Rogojine. Qu'est-ce que tu en sais, toi ? — Et il continua pour le prince : — Aussitôt il apprit tout, et Zaliojev de son côté alla le colporter partout. Mon père me prit, m'enferma dans l'étage supérieur, et m'administra une de ces leçons... Et puis : « Ça, ce n'est qu'un avant-goût, je viendrai encore ce soir te dire bonsoir. » Et qu'est-ce que tu crois ? Le vieux est allé trouver Anastasie Filippovna, il l'a saluée jusqu'à terre, a supplié et pleuré, et finalement elle lui a apporté le coffret, elle le lui a lancé à la face plutôt :

«Tiens, les voilà, vieille barbe, tes pendants, et pourtant ils me sont maintenant dix fois plus précieux, après que Parthène a bravé ton courroux pour les avoir. Salue pour moi Parthène Semionytch et remercie-le.» Alors moi, avec la bénédiction de ma mère, j'emprunte vingt roubles à Serge Protouchine et je file par le train pour Pskov. Je suis arrivé là-bas avec la fièvre. Les vieilles se sont mises à me soigner en lisant sur moi le calendrier[10], et moi j'étais comme ivre, et ensuite j'ai couru effectivement les cabarets avec mes derniers sous. Toute la nuit j'ai traîné dans la rue comme un inconscient. Alors le matin ç'a été le délire, sans compter que les chiens pendant la nuit m'avaient mis à mal. J'ai eu du mal à reprendre mes sens.

— Bon, bon, et maintenant on va voir comment elle va chanter, Anastasie Filippovna, ricana en se frottant les mains le fonctionnaire. Plus question de pendants d'oreilles, maintenant. Maintenant on lui fera voir d'autres pendants d'oreilles...

— Toi, si tu prononces encore une fois le nom d'Anastasie Filippovna, je te donnerai le fouet, je te le jure... Peu importe que tu aies couru avec Likhatchev, s'écria Rogojine en le prenant fortement par le bras.

— Eh bien, si tu me donnes le fouet, c'est que tu ne me repousses pas. Fouette-moi. Le fouet sera le sceau apporté à mes dires... Tiens, nous voilà arrivés !

En effet, le train entrait en gare. Rogojine avait beau dire qu'il était parti en cachette, il était déjà attendu par plusieurs individus. Ils poussaient des cris et lui faisaient des signes avec leurs bonnets.

— Ah ah, Zaliojev est là aussi, murmura Rogojine en regardant tout ce monde avec un sourire triomphant et même assez mauvais. Soudain, il se tourna vers le prince : — Prince, je ne sais pourquoi, mais je t'ai pris en affection. C'est peut-être parce que je t'ai rencontré dans un pareil moment. Mais j'ai rencontré aussi celui-là (il montra Lebedev), et je ne l'ai pas aimé. Viens me voir, prince. Nous t'enlèverons ces drôles de guêtres, je te donnerai une pelisse de zibeline de toute première qualité ; je te ferai faire un habit de premier choix, un gilet blanc ou bien comme tu voudras, je te remplirai

les poches d'argent et... nous irons chez Anastasie Filippovna. Tu viendras ou non ?

— Écoutez, prince Léon Nicolaevitch, interrompit
Lebedev d'un air grave et solennel. Oh, ne laissez pas
échapper l'occasion. Ne la laissez pas échapper...

Le prince Mychkine se leva, tendit poliment la main à
Rogojine et lui dit aimablement :

— Je viendrai vous voir avec le plus grand plaisir, et je
vous remercie beaucoup de m'avoir pris en affection.
Peut-être viendrai-je aujourd'hui même, si j'ai le temps.
Car, je vous le dirai franchement, vous aussi vous m'avez
beaucoup plu, surtout quand vous avez raconté l'histoire
des pendants d'oreilles à brillants. Même avant les pendants
d'oreilles, vous m'avez plu, bien que vous ayez la mine
sombre. Je vous remercie également pour les vêtements et la
pelisse, parce que j'aurai véritablement besoin bientôt de
vêtements et d'une pelisse. Pour ce qui est de l'argent, je
n'ai actuellement pour ainsi dire pas un kopek.

— Tu auras de l'argent, ce soir tu l'auras, viens seulement !

— Vous en aurez, vous en aurez, reprit le fonctionnaire, ce soir avant le coucher du soleil !

— Et le sexe, prince, en êtes-vous amateur ? Dites-le-
moi d'avance.

— Moi, — non ! C'est que... Vous ne le savez peut-
être pas, mais avec ma maladie, que j'ai de naissance, je
ne connais absolument pas les femmes.

— Alors, si c'est ainsi, prince, s'exclama Rogojine, tu
es un vrai fol en Christ. Les hommes comme toi, Dieu les
aime.

— Ceux-là, le Seigneur Dieu les aime ! répéta le fonctionnaire.

— Toi, suis-moi, scribouillard ! dit Rogojine à Lebedev, et ils sortirent du wagon [11].

Lebedev était arrivé à ses fins. Bientôt la troupe
bruyante s'éloigna dans la direction de la Perspective de
l'Ascension [12]. Le prince devait obliquer vers la Liteinaia. Le temps était humide et brumeux. Le prince interrogea des passants : il avait un trajet de trois verstes à
faire, et il se décida à prendre un fiacre.

II

Le général Épantchine habitait une maison dont il était propriétaire, un peu à l'écart de la Liteinaia [13], du côté de l'église de la Transfiguration [14]. En plus de cette maison (de premier ordre), dont les cinq sixièmes étaient loués, il avait encore un énorme immeuble sur la Sadovaia [15], qui lui était aussi d'un excellent rapport. Outre ces deux maisons, il avait dans la proche banlieue de Pétersbourg un très avantageux et très important domaine ; ensuite, dans le district de Pétersbourg, il possédait une certaine fabrique. Dans les temps anciens, il avait participé — le fait était connu de tous — à la ferme de l'eau-de-vie [16]. Maintenant, il avait des intérêts et un nombre considérable de voix dans plusieurs solides sociétés par actions. Il passait pour avoir beaucoup d'argent, beaucoup d'occupations et beaucoup de relations.

Il était des endroits où il avait su se rendre absolument indispensable, entre autres dans son administration. Or il n'était pas moins de notoriété publique qu'Ivan Fiodorovitch Épantchine était un homme sans instruction, qui était sorti des enfants de troupe : cela, sans nul doute, ne pouvait que lui faire honneur. Seulement le général, tout intelligent qu'il était, n'était pas exempt de certaines petites faiblesses, bien pardonnables, et n'aimait pas certaines allusions. Quant à être intelligent et habile, il l'était sans conteste. Il avait, par exemple, une manière à lui de ne pas se mettre en avant, de s'effacer là où il fallait, et beaucoup l'appréciaient précisément pour sa simplicité, pour son art de se tenir toujours à sa place. Ah, s'ils avaient su seulement, ces juges-là, ce qui se passait parfois dans l'âme de cet Ivan Fiodorovitch qui se tenait si bien à sa place !

Bien qu'il eût réellement et la pratique et l'expérience de la vie et des affaires, et certaines capacités très remarquables, il aimait se présenter plutôt comme le metteur en œuvre des idées d'autrui que comme l'homme qui a des idées à lui. Il était l'homme sans flatterie, mais fidèle [17],

et même — où le siècle ne va-t-il pas se fourrer? —
Russe et homme de cœur. A propos de ce dernier point, il
lui était même arrivé quelques aventures amusantes; mais
le général ne se décourageait jamais, même dans les
aventures les plus amusantes; de plus, il avait de la
chance, même aux cartes, et il jouait très gros jeu, et très
intentionnellement, loin de vouloir cacher ce petit «faible» pour les cartes, qui dans bien des cas lui était d'un
immense secours, il l'affichait. Sa société était mélangée,
en tout cas elle comprenait naturellement des «gros bonnets». Mais tout pour lui était dans l'avenir, rien ne
pressait, on avait le temps, tout viendrait avec le temps et
à son tour. D'ailleurs, par le nombre des années, le
général Épantchine était, comme on dit, dans la force de
l'âge: cinquante-six ans, pas davantage, ce qui est en tout
cas un âge florissant, l'âge où commence vraiment la
vraie vie. Sa santé, son teint, des dents solides, bien
que trop noires, une complexion massive, trapue, une
mine préoccupée le matin au bureau, gaie le soir au jeu
ou bien chez Son Altesse, tout cela favorisait les succès
actuels et à venir et parsemait de roses la vie de Son
Excellence.

Le général était à la tête d'une florissante famille. Là,
il est vrai, il n'y avait pas que des roses; mais il y avait
aussi pas mal de choses sur lesquelles depuis longtemps
avaient commencé à se fonder sérieusement et cordiale-
ment les principales espérances et ambitions de Son Excellence. D'ailleurs, quelles ambitions dans la vie sont
plus importantes et plus saintes que celles d'un père? A
quoi s'attacher, sinon à sa famille? La famille du général
était composée de son épouse et de trois grandes filles. Il
s'était marié il y avait très longtemps, encore lieutenant, à
une fille à peu près du même âge que lui, n'ayant ni
beauté, ni instruction, et pour dot tout juste cinquante
âmes, lesquelles cependant furent le point de départ de sa
fortune. Le général n'avait jamais murmuré dans la suite
contre ce mariage précoce, ne l'avait jamais qualifié
d'entraînement d'une jeunesse imprévoyante: il respectait si bien son épouse et parfois la redoutait tellement
qu'il allait jusqu'à l'aimer.

La générale provenait de la race princière des Mychkine, race qui n'avait rien de brillant, mais très ancienne, et à cause de cette origine elle avait une haute opinion d'elle-même. Un personnage influent à l'époque, un de ces protecteurs à qui une protection, au fond, ne coûte rien, avait bien voulu s'intéresser au placement de la jeune princesse. Il avait ouvert un portillon au jeune officier et l'avait poussé : or celui-ci n'avait même pas besoin de coup d'épaule, un regard lui aurait suffi, et il n'aurait pas été perdu ! A de rares exceptions près, les époux vécurent toute leur longue union en bon accord. Dès son très jeune âge la générale avait su se trouver, en tant que princesse et dernière de sa race, et peut-être aussi grâce à ses qualités personnelles, quelques protectrices très haut placées. Dans la suite, avec la fortune et la position de son époux, elle arriva à se sentir, dans ces hautes sphères, même assez à l'aise.

Au cours des dernières années avaient grandi et mûri les trois filles du général : Alexandra, Adélaïde et Aglaé. Toutes trois, il est vrai, étaient simplement Épantchine, mais par leur mère elles étaient de race princière, avec une dot non négligeable, avec un père qui pouvait prétendre plus tard à une très haute situation, et enfin, chose également assez importante, toutes les trois étaient remarquablement belles, sans excepter l'aînée, Alexandra, qui avait déjà passé vingt-cinq ans. La seconde en avait vingt-trois et la cadette, Aglaé, venait d'en avoir vingt. Cette dernière était même une vraie beauté et commençait à attirer l'attention dans le monde. Mais ce n'était pas encore tout : toutes les trois se signalaient par leur instruction, leur intelligence et leurs talents. On savait qu'elles s'aimaient beaucoup entre elles et se soutenaient l'une l'autre. On parlait même de certains sacrifices consentis, paraît-il, par les deux plus âgées en faveur de l'idole domestique, leur cadette. Dans le monde, loin d'aimer se mettre en avant, elles étaient même modestes à l'excès. Nul ne pouvait les taxer de hauteur ou d'arrogance, et pourtant on savait qu'elles étaient fières et conscientes de leur valeur. L'aînée était musicienne, la seconde peignait à merveille : mais de cela, personne ou presque n'avait rien su durant de longues années, et on ne l'avait découvert que dans les tout derniers temps, et encore par hasard. Bref, on faisait d'elles quantité de compliments. Mais il y avait aussi des malveillants. On se montrait effrayé du nombre de livres qu'elles avaient lus. Elles n'étaient pas pressées de se marier ; il était une certaine société qu'elles appréciaient, mais quand même pas tellement. La chose était d'autant plus remarquable que tout le monde savait l'orientation, le caractère, les buts et les désirs de leur père.

Il était déjà sur les onze heures quand le prince sonna chez le général. Le général habitait au premier et occupait un appartement aussi modeste qu'il était possible, quoique répondant à sa situation. Un domestique en livrée ouvrit la porte, et le prince dut s'expliquer longuement avec cet homme, qui tout de suite avait considéré avec méfiance le visiteur et le baluchon. Enfin, devant son affirmation précise et réitérée qu'il était bien le prince Mychkine et qu'il devait absolument voir le général pour une affaire urgente, le valet interloqué le conduisit dans une petite antichambre précédant le salon de réception, et donnant accès au cabinet, et le remit entre les mains d'un second individu, qui le matin se tenait dans cette antichambre pour annoncer au général les visiteurs. Celui-là était en habit, avait dépassé la quarantaine, avec une mine préoccupée, et faisait fonctions d'huissier-introducteur attaché au cabinet de Son Excellence, ce pourquoi il avait une haute opinion de sa personne.

— Attendez dans le salon de réception, et laissez ici votre baluchon, prononça-t-il en se rasseyant gravement et sans hâte dans son fauteuil, sans cesser de considérer de temps en temps avec un étonnement sévère le prince, installé à côté de lui sur une chaise, son baluchon entre les mains.

— Si vous permettez, dit le prince, j'attendrai plutôt ici avec vous. Que ferais-je là-bas, seul ?

— Votre place n'est pas dans l'antichambre, puisque vous êtes un visiteur, autrement dit un hôte. Vous voulez voir le général en personne ?

Le valet, évidemment, ne pouvait se faire à l'idée

d'introduire un pareil visiteur, et s'était résolu à lui poser encore une fois la question.

— Oui, j'ai une affaire... commença le prince.

— Je ne vous demande pas quelle affaire vous avez, mon rôle à moi est seulement de vous annoncer. Mais sans le secrétaire, je vous l'ai dit, je n'irai pas vous annoncer.

La méfiance de cet homme semblait aller en augmentant. Le prince était décidément trop loin de rentrer dans la catégorie des visiteurs habituels et, bien que le général eût assez souvent, presque chaque jour à une certaine heure, à recevoir, justement *pour affaires*, des personnes de tout acabit, le valet, malgré sa pratique et des instructions assez larges, était dans un grand embarras : l'intervention du secrétaire était indispensable.

— Mais vous arrivez vraiment de l'étranger... demanda-t-il enfin, comme malgré lui. Puis il s'arrêta. Peut-être voulait-il demander « Mais vous êtes vraiment le prince Mychkine ? »

— Oui, je descends à l'instant du train. J'ai l'impression que vous vouliez demander si je suis bien le prince Mychkine, mais que vous ne l'avez pas fait, par politesse.

— Hum..., grogna le valet surpris.

— Je vous assure que je ne vous ai pas menti et que vous ne recevrez pas de reproches à cause de moi. Quant à mon accoutrement et à ce baluchon, il n'y a là rien d'étonnant : ma situation, actuellement, n'est pas brillante.

— Hum. Moi, voyez-vous, ce n'est pas là ce qui m'inquiète. Moi, je suis obligé d'annoncer, et le secrétaire vous verra, à moins que vous. ... Voilà ce qu'il y a : à moins que... Ce n'est pas pour votre indigence que vous viendriez solliciter le général, si je peux me permettre...

— Oh non, soyez-en absolument certain. Mon affaire est tout autre.

— Excusez-moi, mais c'est votre apparence qui m'a fait vous demander cela. Attendez le secrétaire. Le patron est occupé pour l'instant avec le colonel, ensuite viendra le secrétaire... de la Société.

— Alors, s'il y a longtemps à attendre, je vous demanderai une chose : n'y a-t-il pas ici un endroit où fumer ? J'ai ma pipe et du tabac.

— Où fu—mer ! Le valet leva sur lui un regard plein de mépris et de perplexité, comme s'il n'en croyait pas ses oreilles. Fumer ? Non, vous ne pouvez pas fumer ici, et de plus vous devriez avoir honte d'en avoir eu seulement l'idée. Heu... inouï !

— Oh, ce n'est pas dans cette pièce que je demandais la permission... Je sais. Mais je serais allé quelque part, là où vous m'auriez indiqué, parce que j'ai cette habitude, et voici déjà trois heures que je n'ai pas fumé. Au fait, ce sera comme il vous plaira et, vous savez, il y a un proverbe : charbonnier est maître chez lui.

— Bon, mais tel que vous êtes comment vais-je vous annoncer ? grommela presque malgré lui le valet. D'abord, vous ne devriez même pas être ici. Vous devriez être au salon, parce que vous êtes dans la catégorie des visiteurs, autrement dit un hôte, et j'aurai des reproches... Et puis, alors quoi ? Vous avez l'intention d'habiter chez nous ? ajouta-t-il en regardant du coin de l'œil, une fois de plus, le baluchon du prince, qui visiblement ne le laissait pas en paix.

— Non, je n'ai pas cette intention. Même si on m'en priait, je ne resterais pas. Je suis venu tout bonnement faire connaissance : rien de plus.

— Comment ? Faire connaissance ? fit le valet avec surprise. Sa méfiance avait triplé. — Mais vous aviez dit d'abord que c'était pour affaire ?

— Oh, il n'y a pour ainsi dire pas d'affaire ! Ou plutôt, si vous voulez, il y en a une, seulement un conseil à demander. Ce que je veux surtout, c'est me présenter, parce que je suis un prince Mychkine et que la générale Épantchine est aussi une Mychkine, la dernière des princesses Mychkine. En dehors de nous deux, il n'y a plus de Mychkine.

— Alors, vous êtes, de plus, un parent. Le valet, sérieusement épouvanté cette fois, avait sursauté.

— Cela aussi, pour ainsi dire pas. Au vrai, à la rigueur, bien sûr, nous sommes parents, mais si éloignés que, véritablement, il est presque impossible de nous qualifier de parents. J'ai une fois envoyé, de l'étranger, une lettre à la générale, mais elle ne m'a jamais répondu. J'ai quand même jugé nécessaire d'entrer en relations à mon retour. Je vous explique tout cela pour que vous n'ayez plus de doutes, parce que je vous vois encore inquiet. Annoncez le prince Mychkine et ce nom à lui seul fera connaître le motif de ma visite. Si on me reçoit, parfait; sinon, également parfait, peut-être cela n'en vaudra-t-il que mieux. Mais on ne peut pas, je crois, ne pas me recevoir : la générale voudra certainement voir l'aîné et l'unique représentant de sa race, car sa race, elle l'apprécie grandement, à ce que j'ai appris d'elle assez précisément.

Les discours du prince étaient bien simples, aurait-il dû sembler. Mais plus simples ils étaient, et plus ils étaient déplacés dans la circonstance, et un valet expérimenté ne pouvait pas ne pas sentir quelque chose qui eût été parfaitement convenable d'homme à homme, mais était parfaitement inconvenant entre visiteur et domestique. Or comme les *gens* ont beaucoup plus d'esprit que ne le croient d'habitude leurs maîtres, il vint à l'idée du valet que, de deux choses l'une : ou bien le prince était une espèce de clochard qui venait sûrement quémander une aumône, ou bien il était simplement un imbécile dénué d'amour-propre, parce qu'un prince ayant de l'intelligence et de l'amour-propre ne serait pas resté dans l'antichambre à parler de ses affaires avec un valet. Par conséquent, dans l'un comme dans l'autre cas, il risquait, à cause de lui, de recevoir un blâme.

— Quand même, vous devriez entrer au salon, observa-t-il sur le ton le plus insistant possible.

— Pourtant si je m'étais installé au salon, je ne vous aurais pas donné ces explications, fit remarquer le prince en riant gaiement, et par conséquent vous seriez encore dans l'inquiétude en regardant ma pèlerine et mon baluchon. Tandis que maintenant vous pourriez ne pas attendre le secrétaire et aller m'annoncer vous-même.

— Non, un visiteur de votre espèce, je ne peux pas l'annoncer sans le secrétaire, surtout que le patron a dit il n'y a pas longtemps qu'il n'y était pour personne quand il a chez lui le colonel. Gabriel Ardalionytch, lui, il entre sans être annoncé.

— Un fonctionnaire?

— Gabriel Ardalionytch? Non. Il travaille pour son compte à la Société. Votre baluchon, posez-le donc par ici.

— J'y pensais déjà. Avec votre permission. Et, vous savez, je vais ôter aussi ma pèlerine.

— Bien sûr, vous ne pouvez pas entrer avec elle.

Le prince se leva, se débarrassa en hâte de sa pèlerine, et resta en veston : un veston assez convenable et bien coupé, quoique passablement usé. Une chaîne d'acier barrait son gilet. A cette chaîne était attachée une montre d'argent, de marque genevoise.

Le prince avait beau être un imbécile — le valet en avait ainsi décidé —, l'huissier du général jugea enfin inconvenant de prolonger un entretien personnel avec un visiteur, bien que le prince lui plût, d'une certaine façon naturellement. Car, d'un autre point de vue, il n'éveillait chez lui qu'une indignation grossière et catégorique.

— Et la générale, quand reçoit-elle? demanda le prince en se rasseyant à la même place.

— Ça, ce n'est pas mon affaire. Madame reçoit différemment, selon la personne. La couturière, elle, peut être reçue même à onze heures. Gabriel Ardalionytch aussi, il est reçu avant les autres, même pour le petit déjeuner.

— Ici dans les intérieurs il fait plus chaud qu'à l'étranger, en hiver, remarqua le prince; là-bas c'est dehors qu'il fait plus chaud, et dans les maisons au contraire un Russe ne peut pas vivre, faute d'habitude.

— Elles ne sont pas chauffées?

— Si, seulement les maisons sont disposées autrement, je veux dire les poêles et les fenêtres.

— Hum! Et vous avez voyagé longtemps?

— Oui, quatre ans. En réalité, je suis toujours resté au même endroit, ou à peu près, à la campagne.

— Vous avez oublié la Russie?

— Ça, c'est exact. Croyez-le si vous pouvez, mais je m'étonne moi-même de n'avoir pas oublié le russe. Tenez, je suis là à causer avec vous, et je me dis : « Mais c'est que je parle bien ! » C'est peut-être pourquoi je parle tant. Vraiment, depuis hier, j'ai envie tout le temps de parler russe.

— Hum ! Hé ! C'est à Pétersbourg que vous habitiez, avant ? (Le valet avait beau faire, il lui était impossible de ne pas poursuivre une conversation aussi polie et aussi courtoise.)

— A Pétersbourg ? Presque pas, seulement de passage. Déjà avant, je ne connaissais pas grand-chose, ici, et maintenant, à ce qu'on dit, il y a tellement de nouveau que, paraît-il, ceux qui connaissaient sont obligés de tout réapprendre. On parle beaucoup maintenant des tribunaux.

— Hum !... les tribunaux. Les tribunaux, ça c'est vrai qu'il y a les tribunaux [18]. Eh bien, comment sont-ils, là-bas, sont-ils plus justes, ou non ?

— Je ne sais pas. Mais à propos des nôtres j'ai entendu dire beaucoup de bien. Tenez, encore ceci : la peine de mort n'existe plus chez nous [19].

— Et là-bas, on exécute ?

— Oui. J'ai vu cela en France, à Lyon. Schneider m'y avait conduit [20].

— On pend ?

— Non : en France on décapite.

— Et alors, l'homme, il crie ?

— Pensez-vous ? C'est fait en un instant. On l'installe, un couteau tombe, large comme ça, le long d'une machine, qu'on appelle la guillotine, lourdement, avec force... La tête vole par terre avant qu'on ait pu cligner de l'œil. Les préparatifs sont pénibles : la lecture de la sentence, la toilette, les cordes, la montée sur l'échafaud. Voilà ce qui est horrible ! Le peuple accourt, même les femmes, bien qu'on n'aime pas, là-bas, que les femmes regardent.

— Ce n'est pas leur affaire.

— Bien sûr ! Bien sûr ! Un pareil supplice !... Le criminel était un homme intelligent, courageux, fort, en pleine force. Son nom était Legros. Eh bien je vous le dis, croyez-moi, ou ne me croyez pas, en montant sur

l'échafaud il pleurait, blanc comme un linge. Est-ce
chose possible, cela? N'est-ce pas une horreur? Allons,
qui donc pleure d'épouvante? Je n'aurais jamais cru que
pût pleurer de peur non pas un enfant, mais un homme
qui n'avait jamais pleuré, un homme de quarante-cinq
ans. Que se passe-t-il à cet instant dans l'âme? A quelles
convulsions est-elle amenée? C'est une insulte à l'âme,
tout bonnement! Il a été dit: «Tu ne tueras pas[21].»
Alors, parce qu'il a tué, faut-il le tuer aussi? Non, ce
n'est pas permis. Tenez, voici déjà un mois que j'ai vu
cette chose, et c'est comme si je l'avais encore sous les
yeux. Cinq fois, je l'ai revue en rêve.

Le prince s'animait en parlant, un peu de couleur était
apparue sur son visage pâle, bien que son discours continuât d'être calme. Le valet le suivait avec un intérêt
sympathique, si bien qu'il n'avait plus envie, semblait-il,
de s'en détacher: peut-être était-il, lui aussi, un homme
doué d'imagination et s'essayant à penser.

— C'est encore bien qu'il n'y ait pas trop de souffrance au moment où la tête se détache, remarqua-t-il.

— Savez-vous une chose? reprit avec vivacité le
prince. Vous venez de faire cette remarque, et tout le
monde aussi la fait comme vous, et c'est pour cela que la
machine, la guillotine, a été inventée. Mais une idée
m'est venue à moi sur le moment: et si cela était même
pis? Cela vous semble ridicule, insensé, et cependant
avec un peu d'imagination elle vient à l'esprit cette idée.
Réfléchissez un peu: prenez, par exemple, la torture. Il y
a des souffrances et des plaies, une souffrance physique,
et tout cela donc distrait de la souffrance morale, de sorte
qu'on ne souffre que de ses blessures, jusqu'à l'instant de
la mort. Or la principale douleur, la plus forte, n'est
peut-être pas dans les blessures, mais dans le fait que
vous savez à coup sûr que dans une heure, ensuite dans
dix minutes, ensuite dans une demi-minute, ensuite
maintenant, à l'instant même, votre âme va quitter votre
corps et vous ne serez plus un homme, et que cela est sûr.
Voilà le principal: cela est sûr. Le moment où vous posez
la tête sous le couperet et où vous l'entendez glisser
au-dessus de votre tête, c'est ce quart de seconde-là qui

est le plus horrible. Savez-vous bien que ce n'est pas mon imagination à moi : beaucoup m'ont dit la même chose [22]. Et j'y crois tellement que je vais vous dire mon opinion.

Tuer en punition d'un meurtre est un châtiment qui dépasse incommensurablement le crime même. Le meurtre en vertu d'une sentence est incomparablement plus effroyable que le meurtre commis par un brigand. L'homme qu'assassinent les brigands est égorgé la nuit dans un bois, ou dans ce genre-là ; et sûrement il espère être sauvé, il l'espère jusqu'au tout dernier instant. Les exemples ne manquent pas de gens qui, la gorge coupée, espéraient encore, ou bien la fuite, ou bien la vie sauve. Ici, au contraire, cet ultime espoir, avec lequel la mort est dix fois moins pénible, vous a été enlevé *à coup sûr :* la sentence est là ; et cette certitude que vous n'échapperez pas, voilà l'effroyable tourment et il n'est pas au monde pire tourment. Amenez et placez un soldat juste en face d'un canon, au combat, et tirez sur lui : il espérera encore ; mais à ce même soldat donnez lecture d'une sentence inéluctable, il deviendra fou ou bien fondra en larmes. Qui a jamais affirmé que la nature humaine était capable de supporter cela sans perdre la raison ? A quoi sert une pareille offense, monstrueuse, inutile, vaine ? Peut-être existe-t-il un homme à qui on a lu sa sentence, qu'on a laissé en proie à son tourment, et à qui on a dit ensuite : « Va, tu es pardonné. » Eh bien, cet homme-là pourrait peut-être parler [23]. De ce tourment et de cet effroi le Christ aussi a parlé [24]. Non, il n'est pas permis d'agir ainsi avec un homme !

Le valet n'aurait pas été capable d'exprimer tout cela aussi bien que le prince : il avait cependant compris sinon tout, du moins l'essentiel, et cela parut même sur son visage devenu comme attendri.

— Si vous avez tellement envie de fumer, prononça-t-il, il y aurait peut-être moyen, seulement dépêchez-vous. Autrement, il vous demandera tout d'un coup, et vous ne serez pas là. Tenez : là-bas sous l'escalier, vous voyez, il y a une porte. Entrez, et à droite il y a un petit cagibi : là vous pouvez, seulement ouvrez le vasistas, parce que ce n'est pas régulier...

Mais le prince n'eut pas le temps de descendre fumer.
Soudain se montra dans l'antichambre un jeune homme
avec des papiers à la main. Le valet se mit en devoir de le
débarrasser de sa pelisse. Le jeune homme regarda du
coin de l'œil le prince.

— Celui-là, Gabriel Ardalionytch, commença confi-
dentiellement et presque familièrement le valet, il dit
qu'il est le prince Mychkine et parent de Madame, il est
arrivé de la gare, venant de l'étranger, un baluchon à la
main, seulement...

Le prince n'entendit pas la suite, parce que le valet
s'était mis à chuchoter. Gabriel Ardalionovitch écoutait
attentivement et jetait de temps en temps sur le prince un
coup d'œil curieux; enfin il s'arrêta d'écouter et impatiemment se dirigea vers lui.

— Vous êtes le prince Mychkine? demanda-t-il avec
beaucoup d'amabilité et de politesse. C'était un très beau
jeune homme, lui aussi, d'environ vingt-huit ans, blond
et bien fait, d'une taille plutôt au-dessus de la moyenne,
avec une petite barbiche à l'impériale, un visage intelligent et fort joli. Seulement son sourire, avec toute son
aménité, avait quelque chose de trop délicat; il découvrait
des dents trop uniformément semblables à une rangée de
perles; son regard, malgré sa gaieté et son apparente
naïveté, était trop appuyé et trop inquisiteur.

«Sûrement, quand il est seul, il ne regarde pas du tout
comme ça, et peut-être qu'il ne rit jamais»: tel fut le
sentiment qu'éprouva le prince.

Il expliqua ce qu'il put, à la hâte, à peu près comme il
avait fait au valet, et, encore avant, à Rogojine. Gabriel
Ardalionovitch, pendant ce temps, semblait rappeler des
souvenirs.

— N'est-ce pas vous qui, il y a un an ou peut-être
moins d'un an, avez adressé une lettre, de Suisse, je
crois, à Élisabeth Procofievna?

— En effet.

— Alors on vous connaît ici, et on se souvient sûrement de vous. Vous voulez voir Son Excellence? Je vais
tout de suite vous annoncer... Elle sera libre dans un
instant. Seulement soyez assez aimable... pour passer en

attendant au salon... Pourquoi Monsieur était-il ici? demanda-t-il sévèrement au valet.

— Je lui ai dit. C'est Monsieur qui n'a pas voulu...

A cet instant, s'ouvrit soudain la porte du cabinet, et un militaire, une serviette sous le bras, parlant à voix haute et prenant congé, en sortit.

— Tu es là, Gaby? cria une voix venant de l'intérieur. Viens par ici.

Gabriel Ardalionovitch fit un signe de la tête au prince et se hâta de passer dans le cabinet.

Deux minutes plus tard, la porte s'ouvrit de nouveau, et l'on entendit la voix sonore et affable de Gabriel Ardalionovitch:

— Prince, si vous voulez bien...!

III

Le général, Ivan Fiodorovitch Épantchine, était debout au milieu de son cabinet et, avec une extrême curiosité, regardait le prince faisant son entrée. Il fit même deux pas vers lui. Le prince l'aborda et se présenta.

— Alors, répondit le général, en quoi puis-je vous être utile?

— Je n'ai aucune affaire urgente: mon but était simplement de faire connaissance avec vous. Je ne voudrais pas vous importuner, car je ne sais ni votre jour, ni les ordres donnés... Mais je descends du train... j'arrive de Suisse...

Le général faillit lâcher un petit rire, mais il réfléchit et s'arrêta à temps. Puis il réfléchit encore, ferma à demi les paupières, toisa encore une fois son hôte des pieds à la tête, et enfin lui indiqua rapidement une chaise. Il s'assit lui-même un peu de biais et, dans une posture d'attente impatiente, se tourna vers le prince. Gaby était debout dans un coin, près du bureau, à classer des papiers.

— Pour faire de nouvelles connaissances j'ai en général peu de temps, dit le général, mais comme, évidemment, vous avez votre but...

— Je le pressentais, interrompit le prince, que vous ne manqueriez pas de voir dans ma visite je ne sais quel but particulier. Non, je vous le jure, en dehors du plaisir de faire connaissance, je n'ai aucun but déterminé.

— Le plaisir, évidemment, pour moi aussi, est extrême, mais il n'y a pas que les divertissements, il y a parfois aussi, vous le savez, les affaires... D'ailleurs, je n'arrive pas encore à découvrir entre nous quelque chose de commun..., disons : une raison...

— De raison, il n'y en a pas, c'est indiscutable, et de commun, naturellement, il y a peu. Car si je suis un prince Mychkine et si votre épouse appartient à notre famille, ce n'est, bien entendu, pas une raison. Je le comprends très bien. Et cependant mon seul motif réside là. J'ai été absent de Russie, quatre ans et davantage ; et encore dans quel état étais-je parti : n'ayant pas ma tête à moi, ou tout comme ! Je ne connaissais rien, alors, et maintenant moins encore. J'ai besoin de bonnes personnes ; il y a même une affaire que j'ai, et je ne sais où m'adresser. Déjà à Berlin je me suis dit : « Ce sont presque des parents, je commencerai par eux. Peut-être que nous serons utiles les uns aux autres, eux à moi, moi à eux, — si ce sont de bonnes personnes. » J'avais entendu dire que vous étiez de bonnes personnes.

— Je vous remercie bien, fit le général, étonné. Voulez-vous me dire où vous êtes descendu ?

— Mais nulle part encore.

— Donc, vous êtes arrivé tout droit du train chez moi ? Et... avec vos bagages ?

— Comme bagage, je n'ai qu'un petit baluchon contenant du linge, et c'est tout. Je le porte d'habitude à la main. J'ai le temps jusqu'à ce soir de trouver une chambre.

— Alors, vous avez quand même l'intention de prendre une chambre ?

— Mais oui, bien sûr.

— A en juger d'après vos paroles, je pensais que vous vouliez venir tout droit vous installer chez moi.

— Cela aurait pu se faire, mais seulement sur votre invitation. Mais, je vous l'avouerai, je ne serais pas resté, même après invitation. Non point pour une raison quelconque, mais comme ça, c'est mon caractère.

— Bon! Alors c'est heureux que je ne vous aie pas invité, et je ne vous invite pas. Permettez encore, prince, pour que tout soit bien clair: puisque nous venons de tomber d'accord qu'il ne saurait être question entre nous de parenté, — ce qui, cela va de soi, aurait été pour moi grandement flatteur, — il s'ensuit...

— Ceci — que je n'ai plus qu'à me lever et à m'en aller? Le prince se leva à demi, en riant même joyeusement malgré l'évidente difficulté de sa situation. — Et tenez, général, je vous l'assure, j'ai beau ne rien connaître absolument des usages de cette ville, ni en général de la façon dont les gens vivent ici, je prévoyais qu'il se passerait nécessairement entre nous ce qui vient de se passer. Qui sait, peut-être est-ce bien ainsi... D'ailleurs, déjà à l'époque, ma lettre n'avait pas eu de réponse... Allons, adieu et excusez-moi de vous avoir importuné.

Le regard du prince était si affable à ce moment, et son sourire à ce point exempt de la moindre nuance de sentiment inamical même déguisé, que le général soudain s'arrêta et soudain considéra d'un autre œil son visiteur: tout ce changement de physionomie s'opéra en un instant.

— Mais savez-vous, prince, dit-il d'une voix toute différente, c'est que, après tout, je ne vous connais pas encore, et puis Élisabeth Procofievna voudra peut-être voir une personne portant son nom... Attendez un peu, si vous voulez bien, si le temps ne vous presse pas.

— Oh, le temps ne me presse nullement. J'ai tout mon temps à moi (et le prince aussitôt déposa son chapeau mou, aux bords ronds, sur la table). Je l'avoue, je comptais bien que peut-être Élisabeth Procofievna se rappellerait que je lui ai écrit. Tout à l'heure votre domestique, comme j'attendais à côté, me soupçonnait d'être venu vous demander un secours; je l'ai remarqué, et sans doute avez-vous donné à ce sujet des ordres sévères. Mais ce n'est pas pour cela, vraiment, que je suis venu, mais bien vraiment et uniquement pour entrer en relations. Seulement j'ai un peu l'impression que je vous gêne, et cela m'ennuie.

— Eh bien, voici, prince, dit le général avec un sourire enjoué : si vous êtes en effet tel que vous paraissez, on aura même plaisir, j'imagine, à faire connaissance avec vous. Seulement voyez-vous, moi, je suis un homme occupé, et tenez, à cet instant même je vais me mettre à examiner et à signer des papiers ; ensuite je me rendrai chez Son Altesse, ensuite au bureau, — et c'est pourquoi j'ai beau aimer voir les gens... des gens bien, voulais-je dire... malgré cela... D'ailleurs je suis tellement convaincu que vous avez reçu une parfaite éducation, que... Mais quel âge avez-vous, prince ?

— Vingt-six.

— Ah ! Et moi qui vous donnais beaucoup moins.

— Oui, on dit que j'ai le visage jeune. Eh bien, j'apprendrai à ne pas vous gêner, et je saisirai vite, parce que je déteste gêner... Et enfin, à ce qu'il me semble, nous sommes tellement différents d'allure... pour bien des raisons, qu'il ne peut pas y avoir entre nous beaucoup de points communs. Mais, vous savez, quant à cette dernière idée, je n'y crois guère, car très souvent ce n'est qu'une apparence qu'il n'y a pas de points communs : ils existent bel et bien... C'est la paresse des gens qui les fait ainsi se trier entre eux à vue d'œil et les empêche de rien trouver... Mais au fait, je vous ennuie peut-être déjà ? Vous avez l'air de...

— Deux mots, je vous prie : vous avez au moins quelques moyens ? Ou bien vous avez l'intention de trouver quelque occupation ? Excusez-moi, si je...

— Je vous en prie. J'apprécie beaucoup votre question et je la comprends. Je n'ai aucune fortune pour le moment, ni aucune occupation, aussi pour le moment. Et pourtant ce serait nécessaire. L'argent que j'ai eu ne m'appartenait pas : c'est Schneider, mon professeur, chez qui j'ai suivi un traitement et j'ai étudié en Suisse, qui me l'avait donné pour la route, et il m'a donné tout juste ce qu'il fallait, de sorte que maintenant il ne me reste plus que quelques kopeks. J'ai une affaire, c'est exact, et j'ai besoin d'un conseil, mais...

— Dites-moi de quoi vous comptez vivre, pour le moment, et quelles étaient vos intentions, interrompit le général.

— Je voulais travailler d'une façon quelconque.

— Oh, mais vous êtes philosophe! Et, à propos... vous vous connaissez des talents, des capacités, au moins quelques-unes, je veux dire de celles qui assurent le pain quotidien? Excusez-moi encore une fois...

— Oh, ne vous excusez pas. Non, je crois que je n'ai ni talents, ni capacités particulières. C'est même tout le contraire, puisque je suis un malade et n'ai pas fait d'études régulières. Quant au pain, il me semble que...

Le général l'interrompit encore et se remit à l'interroger.

Le prince raconta de nouveau tout ce qui a été déjà rapporté. Il se trouva que le général avait entendu parler de feu Pavlichtchev et même l'avait connu personnellement. Pourquoi Pavlichtchev s'était intéressé à son éducation, le prince était incapable de l'expliquer: d'ailleurs c'était peut-être tout simplement par une vieille amitié pour son défunt père. Le prince était resté orphelin de père et de mère encore en bas âge, avait vécu et grandi dans divers endroits à la campagne, parce que sa santé réclamait la vie au grand air. Pavlichtchev l'avait confié à de vieilles dames nobles ses parentes; pour lui on avait loué d'abord une gouvernante, puis un gouverneur; il déclara qu'il se rappelait tout, mais ne pouvait pas tout expliquer de façon satisfaisante, parce qu'il ne se rendait pas compte à l'époque de bien des choses. Les fréquentes crises de son mal avaient fait de lui presque un idiot (le prince dit bien: un idiot). Il raconta enfin que Pavlicht-chev avait un jour rencontré à Berlin le professeur Schneider, un Suisse, qui s'occupait précisément de ces maladies-là, possédait une maison de santé en Suisse, dans le Valais, avait un traitement à lui par l'eau froide et la gymnastique, soignait et l'idiotie et la folie, et en même temps donnait un enseignement général et veillait au développement moral; que Pavlichtchev l'avait expé-dié à ce docteur en Suisse il y avait environ cinq ans, et puis était mort il y avait deux ans, subitement et sans avoir pris de dispositions; que Schneider l'avait gardé et avait continué à le soigner encore deux ans; qu'il ne l'avait pas guéri, mais lui avait fait beaucoup de bien; et qu'enfin, sur son propre désir et grâce à une occasion qui s'était rencontrée, il l'avait envoyé maintenant en Russie.

Le général fut très étonné.

— Et, en Russie, vous n'avez personne, absolument personne? demanda-t-il.

— Maintenant personne, mais j'espère... A propos, j'ai reçu une lettre...

— Au moins, interrompit le général, sans entendre le dernier mot, vous avez appris quelque chose, et votre maladie ne vous empêchera pas d'occuper une place quelconque, pas trop difficile, dans quelque administration?

— Oh non, bien sûr. Une place, c'est ce que je désirerais même beaucoup, parce que je voudrais voir moi-même à quoi je suis bon. J'ai étudié tous ces quatre ans constamment, quoique pas tout à fait régulièrement, mais comme ci comme ça, selon sa méthode à lui, et en plus j'ai lu beaucoup de livres russes.

— De livres russes? Donc vous savez lire et vous pouvez écrire sans fautes?

— Oh oui !

— Fort bien. Et votre écriture?

— Mon écriture? Excellente. Cela, c'est peut-être mon talent. Là, je suis vraiment un calligraphe [25]. Donnez-moi le nécessaire, et je vous écrirai tout de suite quelque chose à titre d'essai, dit le prince avec ardeur.

— Je vous en prie. C'est même nécessaire... Et j'aime chez vous cet empressement, prince. Vous êtes vraiment très gentil.

— Vous avez de si merveilleux instruments pour écrire, et combien de crayons, de plumes, quel papier épais, merveilleux... Et quel merveilleux cabinet vous avez! Tenez, ce paysage, je le connais, c'est une vue de Suisse. Je suis sûr que l'artiste l'a peint d'après nature, et je suis sûr que je l'ai vu, cet endroit: c'est dans le canton d'Uri...

— C'est fort possible, bien que je l'aie acheté ici.

— Gaby, donnez au prince du papier. — Voici des plumes et du papier. Mettez-vous à cette table, s'il vous plaît. — Qu'est-ce donc ? demanda le général à Gaby qui, dans l'intervalle, avait tiré de sa serviette un portrait, en photographie de grand format, qu'il lui remit.

— Ah bah ! Anastasie Filippovna ! C'est elle, elle-même qui te l'a envoyé, en personne ? Avec beaucoup de vivacité et beaucoup de curiosité il posait la question à Gaby.

— Tout à l'heure, quand j'ai été lui porter mes vœux, elle me l'a donné. Depuis longtemps je le lui avais demandé. Je ne sais pas, mais c'est peut-être une allusion de sa part, parce que je suis arrivé les mains vides, sans cadeau, un jour pareil, ajouta Gaby avec un sourire déplaisant.

— Mais non ! interrompit avec conviction le général. Et quelle drôle de forme d'esprit tu as, ma foi ! Avec ça, qu'elle ferait des allusions…, et puis elle n'est pas une femme intéressée. D'ailleurs qu'est-ce que tu pourrais bien lui donner : ce sont des mille qu'il faudrait ! Ton portrait peut-être ? Dis donc, à propos, elle ne l'a pas encore demandé, ton portrait ?

— Non, pas encore. Et peut-être qu'elle ne me le demandera jamais. Vous n'avez pas oublié, Ivan Fiodorovitch, la soirée d'aujourd'hui ? Sûrement pas : vous êtes parmi les personnes spécialement invitées.

— Non, non, bien sûr. Et j'irai. Comment n'y pas aller : son anniversaire, vingt-cinq ans ! Hum… Et puis tu sais, Gaby, tant pis, je vais te le dire, prépare-toi. Elle nous a promis, à Athanase Ivanovitch et à moi, qu'aujourd'hui, à cette soirée, elle dirait son dernier mot : oui ou non ! Alors attention, gare à toi.

Gaby soudain se troubla, pâlit même un peu.

— Elle l'a dit, c'est vrai ? demanda-t-il et sa voix parut trembler.

— Avant-hier elle en a donné sa parole. Nous l'avions tous les deux tellement pressée qu'elle a été obligée. Seulement elle a demandé qu'on ne te le dise pas.

Le général examinait attentivement Gaby : son trouble, visiblement, ne lui plaisait pas.

— Rappelez-vous, Ivan Fiodorovitch, dit Gaby hésitant et inquiet, elle m'a laissé toute liberté de me décider jusqu'au jour où elle déciderait elle-même de la chose, et même alors le dernier mot me resterait...

— Mais est-il possible que tu... que tu..., fit le général tout à coup épouvanté.

— Moi, rien.

— Permets-moi, mais que fais-tu de nous ?

— Moi, mais je ne refuse pas. Je me suis peut-être mal exprimé...

— Il ferait beau voir que tu refuses ! prononça le général avec dépit. Il ne voulait même pas cacher ce dépit.

— Mon ami, il ne s'agit plus de ne pas refuser, il s'agit d'être empressé, d'être content, d'être joyeux d'accueillir ses paroles... Qu'est-ce qui se passe chez toi ?

— Chez moi ? Chez moi tout marche à souhait, sauf que mon père, à son habitude, fait des bêtises, mais on sait qu'il est devenu un véritable scandaliste. Je ne lui adresse plus la parole, et je ne l'en tiens pas moins sous bonne garde, et vraiment, n'était ma mère, je lui aurais montré la porte. Ma mère, naturellement, ne fait que pleurer, ma sœur enrage, et moi je leur ai dit tout net, finalement, que j'étais le maître de ma destinée et qu'à la maison je voulais qu'on me... qu'on m'obéisse. A ma sœur du moins j'ai signifié tout cela, en présence de ma mère.

— Pour moi, mon ami, je continue à ne pas comprendre, remarqua le général, pensif, avec un léger haussement d'épaules et en écartant un peu les bras. Nina Alexandrovna aussi, l'autre jour, quand elle est venue, tu te rappelles ? poussait des gémissements et des oh ! Je lui ai demandé : « Qu'est-ce que vous avez ? » Eh bien, c'était parce que selon elle c'était pour eux « un déshonneur ». Mais quel déshonneur y a-t-il là, laissez-moi vous le demander ? Qui donc peut reprocher quoi que ce soit à Anastasie Filippovna, ou bien dire quelque chose sur son compte ? Le fait qu'elle a vécu avec Totski ? Mais c'est une bêtise, surtout dans les circonstances qu'on connaît ! « Vous ne la laisseriez pas approcher de vos filles »,

dit-elle. Allons bon! En voilà une affaire! Allez toujours,
Nina Alexandrovna! Mais comment ne pas comprendre,
comment ne pas comprendre cela...

— ... Sa situation? souffla Gaby au général, embarrassé. Elle la comprend, ne vous fâchez pas contre elle.
Je lui ai d'ailleurs lavé la tête pour lui apprendre à se
mêler des affaires des autres. Et malgré tout, chez nous,
les choses tiennent encore uniquement parce que le dernier mot n'est pas dit. Mais l'orage éclatera. S'il est dit
aujourd'hui, le dernier mot, alors tout se manifestera.

Le prince entendait cette conversation, assis dans un
coin, occupé à son épreuve de calligraphie. Quand il l'eut
terminée, il s'approcha de la table et remit sa feuille.

— Alors c'est Anastasie Filippovna? dit-il après avoir
attentivement et curieusement regardé le portrait. Elle est
étonnamment belle! ajouta-t-il aussitôt avec ardeur. Le
portrait représentait en effet une femme d'une extraordinaire beauté. Elle était photographiée dans une robe de
soie noire, d'une extrême simplicité mais d'une coupe
exquise; les cheveux, apparemment châtain clair, étaient
coiffés simplement, comme pour la maison; des yeux
sombres, profonds; un front pensif; une expression passionnée et presque hautaine. Elle était un peu maigre de
visage, peut-être pâle aussi...

Gaby et le général regardèrent le prince avec surprise.

— Comment, Anastasie Filippovna! Est-ce que vous
connaissez déjà Anastasie Filippovna? demanda le général.

— Oui, il n'y a pas vingt-quatre heures que je suis en
Russie, et déjà je connais cette belle des belles, répondit
le prince. Et aussitôt il raconta sa rencontre avec Rogojine et répéta le récit fait par ce dernier.

— Voilà encore des nouvelles! lança le général, de
nouveau alarmé, après avoir avec une extrême attention
écouté le récit. Il regarda Gaby d'un air interrogateur.

— Vraisemblablement, ce ne sont que des bêtises,
murmura Gaby, lui aussi un peu interloqué. Le fils à papa
fait des siennes. J'ai déjà entendu parler de lui.

— Moi aussi, mon ami, reprit le général. A l'époque,
après les boucles d'oreilles, Anastasie Filippovna allait

partout colporter l'histoire. Mais aujourd'hui c'est autre
chose. Au fond de l'affaire, il y a le million peut-être,
et... la passion, une passion désordonnée, admettons-le,
mais enfin cela sent la passion. Or on sait de quoi ces
messieurs sont capables, en pleine ivresse !... Hum !
Pourvu qu'il n'y ait pas quelque esclandre ! conclut le
général, pensif.

— C'est le million qui vous inquiète ?

Gaby ricana.

— Et toi, non, bien sûr ?

— Quelle a été votre impression, prince ? Gaby
s'adressait tout à coup à lui. — Est-ce un homme plus ou
moins sérieux, ou bien tout bonnement un dévoyé ? Votre
opinion, en somme ?

Il se passait chez Gaby quelque chose de particulier, au
moment où il posait cette question. C'était comme une
idée nouvelle et particulière qui avait lui dans son cerveau
et, impatiente, brillait dans ses yeux. Le général, lui,
sincèrement et naïvement inquiet, regarda du coin de
l'œil le prince, mais comme quelqu'un qui n'aurait pas
attendu grand-chose de sa réponse.

— Je ne sais comment vous dire, répondit le prince,
seulement il m'a semblé qu'il y a en lui beaucoup de
passion, et même une espèce de passion malsaine. D'ailleurs lui-même a l'air d'être encore malade. Il est fort
possible que, dès les premiers jours de son arrivée à
Pétersbourg, il prenne le lit encore une fois, surtout s'il
fait la fête.

— Vraiment ? Il vous a semblé ? — Le général se
raccrochait à cette idée.

— Oui, il m'a semblé.

— Malgré tout, des histoires de ce genre peuvent
arriver non point après quelques jours, mais aujourd'hui
même ; avant ce soir, il peut se produire quelque chose,
dit Gaby avec un rire à l'adresse du général.

— Hum ! Bien sûr... Dans ce cas, tout dépend de ce
qui lui passera par la tête, dit le général.

— Vous savez comment elle est, parfois ?

— Comment elle est ? Qu'entends-tu par là ? lança
encore une fois le général, parvenu au summum du dé-

sarroi. Écoute, Gaby, pour aujourd'hui ne la contredis pas trop et tâche, tu sais, d'être... bref, d'être selon son cœur... Hum! Qu'est-ce que tu as à faire la grimace? Écoute, Gabriel Ardalionovitch, à propos... et il sera même très à propos de te le dire en ce moment : pourquoi nous donnons-nous tant de mal? Tu le comprends, pour ce qui concerne mon avantage personnel dans cette affaire, je suis tranquille depuis longtemps; d'une façon ou de l'autre, je terminerai l'affaire à mon avantage. Totski a pris sa décision de manière irrévocable : donc je suis absolument rassuré. Aussi, si je désire quelque chose en ce moment c'est uniquement ton avantage à toi. Juges-en toi-même : allons, n'as-tu pas confiance en moi? De plus, tu es un homme... un homme... bref, un homme intelligent, et j'ai fondé des espoirs sur toi... et cela dans le cas présent, cela... c'est...

— C'est l'essentiel, acheva Gaby, venant encore une fois en aide au général embarrassé, tout en tordant ses lèvres en un sourire des plus venimeux, qu'il ne voulait plus cacher. Il regardait le général droit dans les yeux, de son regard enflammé, comme s'il avait souhaité que celui-ci pût lire dans ce regard toute sa pensée. Le général devint cramoisi et éclata :

— Eh bien oui, l'intelligence, c'est l'essentiel, confirma-t-il, en regardant durement Gaby. Et tu es un drôle d'être quand même, Gabriel Ardalionovitch! Tu as l'air d'être content de ce fils de marchand, je le remarque bien, comme d'une échappatoire pour toi. Mais c'est ici justement qu'il fallait faire preuve d'intelligence dès le début; c'est ici qu'il fallait comprendre et... agir des deux côtés loyalement et franchement, sinon... prévenir assez tôt, pour ne pas compromettre les autres, d'autant plus qu'il y avait suffisamment de temps — et encore maintenant il en reste suffisamment (le général haussa les sourcils d'un air significatif), bien qu'il ne reste en tout et pour tout que quelques heures... Tu as compris? Tu as compris? Veux-tu ou ne veux-tu pas, en vérité? Si tu ne veux pas, dis-le, et — à ta guise! Personne ne vous oblige, Gabriel Ardalionovitch, ni ne vous attire de force dans un piège, si vous voyez là un piège.

— Je veux bien, prononça Gaby, à mi-voix, mais fermement. Il baissa les yeux et, le visage sombre, se tut.

Le général était satisfait. Le général s'était échauffé, mais visiblement il regrettait déjà d'être allé trop loin. Il se tourna brusquement vers le prince ; et son visage semblait avoir été traversé tout à coup par une inquiétude : l'idée que le prince était là et, malgré tout, écoutait. Mais il fut aussitôt rassuré : un seul regard jeté sur le prince, et on pouvait être parfaitement tranquille.

— Oh ! Oh ! s'écria le général, en regardant l'échantillon de sa calligraphie que lui présentait le prince. Mais c'est un vrai modèle d'écriture ! Et encore un modèle comme il y en a peu ! Regarde-moi, Gaby, ce talent !

Sur la feuille épaisse de papier vélin le prince avait tracé en caractères russes moyenâgeux la phrase :

« Paphnuce [26], abbé indigne, a apposé sa main. »

— Tenez, expliqua le prince avec un contentement et un entrain extraordinaires : c'est la propre signature de l'abbé Paphnuce, d'après un manuscrit du XIVᵉ siècle. Ils avaient d'admirables signatures, tous ces abbés et métropolites de nos anciens temps, et quel goût parfois, quelle application ! N'avez-vous pas, à tout le moins, l'album de Pogodine [27], général ? Ensuite, voyez donc, j'ai employé ici une autre écriture : c'est la grosse ronde française du siècle passé — certaines lettres s'écrivaient d'une autre façon que maintenant —, écriture banale, celle des écrivains publics. Je l'ai reproduite d'après leurs modèles (j'en possédais un). Convenez qu'elle n'est pas sans mérites. Jetez un coup d'œil sur les ronds de ces *d*, de ces *a*. J'ai traduit les lettres françaises en lettres russes, ce qui est très difficile : mais elles sont bien venues. Voici encore une écriture originale et excellente. Regardez cette phrase : « Le zèle vient à bout de tout [28] ». C'est une écriture russe, de scribe ou, si vous voulez, de secrétaire d'état-major. C'est ainsi qu'on écrit les papiers destinés à un personnage important : une ronde également, la fameuse écriture *noire* ; c'est écrit très gras, mais avec un goût remarquable. Un calligraphe ne se permettrait pas

ces fioritures ou, pour mieux dire, ces tentatives de fioritures, ces demi-queues inachevées — vous remarquez ? — mais dans l'ensemble, vous pouvez voir, cela a
du caractère, et puis, ma foi, toute l'âme du secrétaire
d'état-major transparaît là : on voudrait s'en donner à
cœur joie, et le talent ne demande qu'à s'exercer, mais
voilà, le col de la tunique est étroitement serré, la discipline se marque jusque dans l'écriture, c'est une merveille ! Il n'y a pas longtemps, j'ai été frappé par un
échantillon de cette écriture ; je l'avais trouvé par hasard,
et où cela ? en Suisse ! Bon, et voici cette anglaise pure,
simple et nette : rien ne saurait être plus exquis, tout ici
est charme, verroterie, perles ; c'est d'un art consommé.
Mais voici une variante, française encore, je l'ai prise
d'un commis voyageur français : c'est toujours l'anglaise,
mais le trait noir est un tantinet plus noir et plus épais, et
du coup la proportion de clarté est faussée ; et, notez-le
aussi, l'ovale est autre, un tantinet plus rond, et de surcroît la fioriture est permise, or la fioriture, c'est un
immense danger ! La fioriture exige un goût extraordinaire ; seulement si elle est réussie, si la proportion a été
trouvée, alors votre écriture n'a rien de comparable, on
peut en tomber amoureux.

— Oh ! Oh ! Quel raffinement ! dit en riant le général.
Mais, mon cher, vous n'êtes pas un simple calligraphe,
vous êtes un artiste. Hein, Gaby ?

— Étonnant ! dit Gaby. Et même un artiste qui a
conscience de sa vocation, ajouta-t-il avec un rire moqueur.

— Ris, ris, n'empêche qu'il y a là une carrière, dit le
général. Savez-vous, prince, à quel personnage nous
vous donnerons à écrire des papiers ? Mais on peut de but
en blanc vous assigner trente-cinq roubles par mois, dès
le début. Quand même, il est déjà midi et demi, conclut-il
en regardant sa montre, à l'œuvre ! Prince, je dois me
dépêcher. Peut-être que nous ne nous rencontrerons plus
aujourd'hui. Asseyez-vous un instant ; je vous ai déjà
expliqué que je n'ai pas la possibilité de vous recevoir
très souvent, mais je désire sincèrement vous aider un
brin, un brin, bien entendu, c'est-à-dire pour le plus

indispensable; pour le reste, comme il vous plaira. Je vous dénicherai une petite place au secrétariat, pas difficile, mais exigeant de l'application. Et maintenant, autre chose : dans la maison, c'est-à-dire dans la famille de Gabriel Ardalionovitch Ivolguine, ce jeune homme, mon ami, avec lequel je vous prie de faire connaissance, sa maman et sa sœur ont libéré deux ou trois pièces meublées pour les louer à des personnes spécialement recommandées, avec la table et le service. Ma recommandation, j'en suis sûr, sera agréée par Nina Alexandrovna. Pour vous, prince, c'est plus qu'une aubaine, d'abord parce que vous ne serez pas seul, mais, pour ainsi dire, au sein d'une famille : or à mon avis, vous ne devez pas dès les premiers pas vous sentir seul dans une capitale comme Pétersbourg. Nina Alexandrovna, la maman, et Barbe Ardalionovna, la sœur de Gabriel Ardalionytch, sont des dames que je respecte énormément. Nina Alexandrovna est l'épouse d'Ardalion Alexandrovitch, général en retraite, un vieux camarade de mes premières années de régiment, mais que, à la suite de certaines circonstances, j'ai cessé de voir, ce qui ne m'empêche pas de le respecter en quelque sorte. Tout cela, je vous l'explique, prince, pour que vous compreniez que je vous recommande, pour ainsi dire, personnellement, donc que par là je me porte garant pour vous, pour ainsi dire. Le loyer est tout ce qu'il y a de modéré, et j'espère que votre traitement, bientôt, sera tout à fait suffisant. Évidemment, on a besoin aussi d'argent de poche, au moins de quelque argent de poche, mais ne vous fâchez pas, prince, si je vous fais observer que vous feriez mieux, vous, d'éviter l'argent de poche, et en général d'avoir de l'argent en poche. C'est l'idée que je me fais de vous qui me fait parler ainsi. Mais comme pour le moment vous avez la bourse tout à fait vide, pour le début, permettez-moi de vous proposer ces vingt-cinq roubles. Nous ferons nos comptes, naturellement, plus tard, et si vous êtes un homme aussi sincère et aussi bon que vous le paraissez dans vos discours, il ne pourra surgir entre nous, pour cela non plus, aucune difficulté. Si enfin je m'intéresse tellement à vous, c'est que j'ai sur vous quelques vues :

vous les apprendrez dans la suite. Vous le voyez, je suis
avec vous d'une parfaite simplicité. — J'espère, Gaby,
que tu n'as rien contre l'installation du prince dans votre
appartement ?

— Oh, au contraire ! Maman aussi sera enchantée...,
confirma Gaby poli et prévenant.

— Vous avez, n'est-ce pas, seulement une chambre
d'occupée. C'est comment l'appelle-t-on, ce Ferd...
Fer...

— Ferdychtchenko.

— Oui. Il ne me plaît pas, à moi, votre Ferdychtchenko. Une espèce de bouffon répugnant. Je ne comprends pas pourquoi Anastasie Filippovna l'encourage
tellement. Est-ce que vraiment il serait son parent ?

— Oh non, ce n'est qu'une plaisanterie ! Pas l'ombre
de parenté.

— Alors, qu'il aille au diable ! Eh bien, prince, est-ce
que vous êtes content, ou non ?

— Je vous remercie, général, vous avez agi envers
moi comme un homme d'une extrême bonté, d'autant
plus que je n'avais rien demandé. Ce n'est pas par orgueil
que je parle ainsi. Je ne savais véritablement pas où
reposer la tête. Il est vrai que tout à l'heure j'avais été
invité par Rogojine.

— Rogojine ? Mais non : je vous conseillerais pater-
nellement, ou si vous préférez, amicalement d'oublier
M. Rogojine. Et d'une façon générale je vous conseillerais de vous en tenir à la famille où vous allez entrer.

— Puisque vous êtes si bon, commença le prince...
j'ai une affaire. J'ai reçu avis...

— Excusez-moi, interrompit le général, maintenant je
n'ai plus une minute. Je m'en vais parler de vous à
Élisabeth Procofievna : si elle désire vous recevoir tout de
suite (dans ce cas je tâcherai de vous présenter), je vous
conseille de profiter de l'occasion et de vous faire bien
voir, parce qu'Élisabeth Procofievna peut vous être très
utile. Vous portez le même nom. Sinon, vous ne lui en
voudrez pas, ce sera pour une autre fois. Quant à toi,
Gaby, jette un coup d'œil, en attendant, sur ces comptes,
Fedosiéev et moi tout à l'heure nous nous sommes dis-

putés à ce propos. Il ne faut pas oublier de les faire
figurer…

Le général sortit, et le prince n'eut donc pas le temps
de parler de l'affaire qu'il avait annoncée pour la troisième ou quatrième fois. Gaby alluma une cigarette et lui
en offrit une autre ; le prince l'accepta, mais n'engagea
pas la conversation, ne voulant pas être importun, et se
mit à observer le cabinet. Mais Gaby se borna à jeter un
coup d'œil sur la feuille de papier couverte de chiffres
désignée par le général. Il était distrait : son sourire, son
regard, son air pensif étaient devenus plus pesants, semblait-il au prince, depuis qu'ils étaient restés tous deux
seuls.

Soudain il s'approcha du prince ; celui-ci, à cet instant,
était de nouveau penché sur le portrait d'Anastasie Filipp-
povna et l'examinait.

— Alors, prince, elle vous plaît tellement, cette
femme ? lui demanda-t-il tout à coup en le transperçant du
regard. On aurait pu croire vraiment qu'il avait une intention extrêmement précise.

— Un visage étonnant ! répondit le prince. Et je suis
sûr que sa destinée n'est pas ordinaire. Le visage est gai,
et pourtant elle a terriblement souffert, n'est-ce pas ? Les
yeux le disent : tenez, ces deux petits os, ces deux points
sous les yeux, à la naissance des joues. Ce visage est fier,
terriblement fier, et tenez ! je ne sais pas si elle est bonne.
Ah, si elle était bonne ! Tout serait sauvé.

— Est-ce que vous épouseriez une femme comme
celle-ci ? continua Gaby sans détourner de lui son regard
enflammé.

— Je ne peux épouser personne, dit le prince, je suis
malade.

— Et Rogojine, est-ce qu'il l'épouserait ? Qu'en pensez-vous ?

— Mais pourquoi pas ? Dès demain, il pourrait l'épouser, je crois. Mais au bout d'une semaine, sans doute, il
l'égorgerait.

A peine ce mot était-il dit, Gaby soudain eut un tel
tremblement que le prince faillit pousser un cri.

— Qu'avez-vous ? dit-il, le saisissant par le bras.

— Altesse ! Son Excellence vous prie de vous rendre
auprès de Son Excellence la générale ! annonça un valet
apparu sur le seuil du cabinet.

Le prince le suivit.

IV

Les trois filles des Épantchine étaient des demoiselles
saines, florissantes, grandes, avec des épaules étonnan-
tes, des poitrines puissantes, des bras forts, presque
comme des bras d'hommes, et, naturellement, par suite
de cette force et de cette santé, elles aimaient quelquefois
bien manger, ce qu'elles n'avaient d'ailleurs nul désir de
cacher. Leur maman, la générale Élisabeth Procofievna,
voyait parfois d'un mauvais œil la franchise de leur appétit, mais étant donné que certains de ses avis, malgré tout
le respect extérieur avec lequel ils étaient accueillis,
avaient en réalité et depuis longtemps perdu pour ses
filles leur autorité primitive indiscutable, à ce point même
que le consensus établi du conclave des trois demoiselles
commençait assez régulièrement à l'emporter, elle avait
trouvé plus commode, pour préserver sa dignité, de ne
pas discuter et de céder. Il est vrai que le caractère, bien
souvent, n'obéissait pas, ne se soumettait pas aux décisions de la raison : Élisabeth Procofievna se faisait d'année en année plus capricieuse et plus impatiente, elle était
même devenue une sorte d'originale ; cependant, comme
il lui restait quand même sous la main un mari tout à fait
docile et bien dressé, son trop-plein accumulé se déver-
sait d'ordinaire sur la tête de ce mari ; après quoi, l'harmonie familiale se rétablissait et tout allait pour le mieux.

La générale elle-même, d'ailleurs, ne perdait pas l'appétit et d'habitude, à midi et demi, elle prenait part à un
abondant déjeuner, semblable presque à un dîner, avec
ses filles. Une tasse de café avait déjà été bue par les
demoiselles, à dix heures exactement, au lit, au moment
du réveil. C'était leur plaisir et l'ordre adopté une fois
pour toutes. A midi et demi la table était mise dans la
petite salle à manger, près des appartements maternels, et

à ce déjeuner intime et familial paraissait quelquefois le
général aussi, si ses occupations le lui permettaient. Outre le thé, le café, le fromage, le miel, le beurre, les
beignets spéciaux que préférait la générale, les côtelettes
de viande hachée et le reste, on servait aussi un fort
bouillon chaud. Le jour où a commencé notre récit, toute
la famille était réunie dans la salle à manger, dans l'attente du général, qui avait promis d'être là à midi et demi.
S'il avait été en retard d'une minute seulement, on l'aurait envoyé chercher ; mais il arriva à l'heure exacte.

En abordant son épouse pour la saluer et lui baiser la
main, il remarqua sur son visage, cette fois-ci, quelque
chose de très particulier. Et bien que déjà la veille il eût
pressenti qu'il en serait précisément ainsi en ce jour, à
cause d'une certaine « histoire » (c'était ainsi qu'il avait
coutume de s'exprimer), et qu'en s'endormant il s'en fût
déjà inquiété, il n'en fut pas moins pris de peur encore
maintenant. Ses filles s'approchèrent pour l'embrasser :
elles n'étaient pas fâchées contre lui, néanmoins là aussi
il y avait, semblait-il, quelque chose de particulier. Il est
vrai que le général, pour certaines raisons, était devenu
méfiant à l'excès ; mais comme c'était un père et un
époux adroit et expérimenté, il prit aussitôt ses mesures.

Nous ne nuirons peut-être pas trop au relief de ce récit,
si nous nous arrêtons ici et recourons à l'aide de quelques
explications pour fixer nettement et exactement les relations et les circonstances où nous trouvons la famille du
général Épantchine au début de notre roman.

Nous venons de dire que le général lui-même avait
beau n'être pas un homme très instruit, mais au contraire,
selon sa propre expression, un autodidacte, il n'en était
pas moins un époux expérimenté et un père adroit. Entre
autres, il avait adopté ce système de ne pas presser ses
filles de se marier, c'est-à-dire de « ne pas leur être
toujours sur le dos » et de ne pas trop les tourmenter avec
les préoccupations de son amour paternel au sujet de leur
bonheur, comme il arrive constamment, tout naturellement et sans qu'on le veuille, dans les familles même les
plus intelligentes où s'accumulent les filles adultes. Il
avait même obtenu ce résultat d'amener Élisabeth Proco-

fievna à son système, bien que la chose en général fût difficile, — difficile, parce que non naturelle; mais les arguments du général étaient extrêmement solides, fondés sur des faits tangibles. D'ailleurs, laissées entièrement à leur libre arbitre et à leurs propres décisions, les filles seraient naturellement obligées, enfin, de raisonner par elles-mêmes, et alors la chose irait bon train, parce qu'elles s'y donneraient volontiers, laissant là caprices et exigences excessives; aux parents il resterait à exercer une surveillance de tous les instants, aussi peu visible que possible, pour éviter que se produise quelque choix bizarre ou écart anormal, et ensuite à saisir le moment favorable pour aider de toutes leurs forces et obtenir le succès en faisant jouer toutes les influences. Enfin, il y avait ce fait qu'avec chaque année, par exemple, croissaient en proportion géométrique leur fortune et leur importance sociale: en conséquence, plus le temps avançait, et plus gagnaient les filles, même en tant que fiancées. Mais parmi tous ces faits sans réplique, un autre encore s'était produit: l'aînée, Alexandra, subitement et presque sans qu'on s'y attendît (comme il arrive presque toujours) avait passé le cap des vingt-cinq ans. Presque au même moment, Athanase Ivanovitch Totski, un homme du grand monde, doté de très hautes relations et d'une richesse peu ordinaire, avait de nouveau manifesté son vieux désir de se marier. C'était un homme de cinquante-cinq ans, d'un caractère exquis, d'une rare finesse de goût. Il voulait se marier bien; pour apprécier la beauté il était extraordinaire. Comme depuis quelque temps il était avec le général Épantchine en d'exceptionnels rapports d'amitié, particulièrement renforcés par des participations mutuelles à certaines entreprises financières, il s'était ouvert à lui, pour ainsi dire, en lui demandant comme ami conseil et direction: jugeait-il possible, ou non, un projet de mariage avec une de ses filles? Dans le cours paisible et harmonieux de la vie familiale du général Épantchine une évidente révolution était survenue.

La beauté incontestée, dans la famille, nous l'avons déjà dit, était la cadette, Aglaé. Mais même Totski, malgré son extraordinaire égoïsme, avait compris que ce n'était pas là qu'il avait à chercher et qu'Aglaé ne lui était pas destinée. Peut-être l'amour un peu aveugle ou l'amitié trop vive de ses sœurs exagéraient-ils, mais l'avenir qu'entre elles, le plus sincèrement du monde, elles destinaient à Aglaé, n'était pas simplement un avenir, mais bien un idéal de paradis terrestre. Le futur mari d'Aglaé devait détenir toutes les perfections et tous les succès, sans parler de la richesse. Les sœurs avaient même convenu entre elles, et sans beaucoup de paroles, la possibilité de sacrifices, s'il le fallait, en faveur d'Aglaé : la dot prévue pour elle était hors de pair, colossale.

Les parents étaient au courant de cet accord des deux aînées ; aussi, lorsque Totski demanda conseil, n'y eut-il presque aucun doute entre eux, que l'une des aînées accepterait d'accéder à leur désir, d'autant plus qu'Athanase Ivanovitch ne pouvait être arrêté du fait de la dot. Or la proposition de Totski avait été appréciée d'emblée par le général, avec la connaissance de la vie qui lui était propre à un point extraordinaire. Comme Totski lui-même observait pour le moment, en raison de certaines circonstances particulières, une extrême prudence dans ses démarches et se bornait à sonder le terrain, les parents ne présentèrent aux filles que les plus lointaines suppositions.

En réponse, il leur fut fait cette déclaration, elle aussi, quelque peu indéterminée, mais du moins rassurante, que l'aînée, Alexandra, sans doute ne refuserait pas. C'était une jeune fille au caractère ferme, mais bonne, raisonnable et extrêmement arrangeante ; elle pouvait épouser Totski même volontiers et, si elle donnait sa parole, elle la tiendrait loyalement. Elle n'aimait pas le brillant, et loin de faire craindre embarras ou retournement radical, elle pouvait au contraire adoucir et pacifier l'existence. Elle était très bien de sa personne sans viser à l'effet. Quoi de mieux pour Totski ?

Et cependant l'affaire continuait à progresser comme à tâtons. D'un mutuel et amical accord, il avait été convenu entre Totski et le général d'éviter avant l'heure toute démarche formelle et sans retour. Les parents n'avaient toujours pas commencé à parler à leurs filles tout à fait ouvertement. Une dissonance avait même l'air de s'annoncer : la générale Épantchine, la mère de famille, se montrait mécontente, ce qui était très grave. Il y avait là un détail qui empêchait tout, un détail compliqué et embarrassant, à cause duquel tout pouvait être irrémédiablement rompu.

Ce « détail », comme disait Totski, compliqué et embarrassant, avait commencé depuis bien longtemps déjà, environ dix-huit ans. Côte à côte avec un des plus riches domaines d'Athanase Ivanovitch, dans une des provinces centrales, traînait la misère un hobereau, très petit propriétaire et très pauvre. C'était un homme remarquable par ses échecs ininterrompus et anecdotiques : un officier retraité, d'une bonne famille noble — et même, à cet égard, supérieur à Totski —, un certain Philippe Alexandrovitch Barachkov. Tout endetté et hypothéqué, il avait enfin réussi, par un travail de forçat, presque de manant, à organiser sa petite exploitation plus ou moins convenablement. La moindre réussite lui était un encouragement extraordinaire. Encouragé donc et rayonnant d'espérance, il s'absenta pour quelques jours, et alla au chef-lieu du district pour avoir une entrevue, et, si possible, s'entendre définitivement avec un de ses principaux créanciers. Le surlendemain de son arrivée à la ville, il vit venir à lui le maire de son village, à cheval, la joue brûlée et la barbe entamée par le feu [29], qui lui annonça que « le domaine avait brûlé » la veille, en plein midi, et que « Madame aussi avait brûlé, mais les enfants étaient restés sains et saufs ». Une pareille surprise, même un Barachkov, habitué « aux coups du sort », ne put la supporter : il perdit la raison, et un mois plus tard, mourut dans le délire. Le domaine incendié, avec les paysans réduits à la mendicité, fut vendu pour payer les dettes : quant aux enfants, deux petites filles en bas âge, six et sept ans, ce fut, par un effet de sa magnanimité, Athanase Ivanovitch Totski qui prit sur lui leur entretien et leur éducation. Elles furent élevées avec les enfants du gérant dudit Athanase, un petit fonctionnaire retraité, à la tête d'une nombreuse famille, et de plus, Allemand. Bientôt il n'en demeura plus qu'une, Nastia ; la plus jeune était morte de

la coqueluche. Totski, lui, eut tôt fait de les oublier toutes
les deux, pendant qu'il vivait à l'étranger. Cinq ans plus
tard, un beau jour, de passage, il eut l'idée de jeter un
coup d'œil sur son domaine, et soudain, remarqua dans sa
maison, dans la famille de son Allemand, une charmante
enfant, une fillette d'une douzaine d'années, vive, jolie,
intelligente, avec des promesses d'une rare beauté. (Sur
ce point, Athanase Ivanovitch était un connaisseur infail-
lible.) Cette fois-là il ne passa dans son bien que peu de
jours, mais il eut le temps de prendre ses dispositions :
dans l'éducation de la fillette, un changement sensible
s'opéra. Une gouvernante fut engagée, respectable et
d'âge mûr, experte en fait d'éducation supérieure des
demoiselles, une Suissesse instruite, qui enseignait, outre
la langue française, aussi diverses sciences. Elle fut installée dans la maison de campagne, et l'éducation de la
petite Nastia prit des proportions exceptionnelles. Quatre
ans plus tard exactement, cette éducation était terminée :
la gouvernante partit, et arriva une dame, une propriétaire
noble elle aussi, et aussi voisine de Totski, mais dans une
autre province, lointaine. Elle emmena avec elle Nastia,
en vertu d'instructions et de pouvoirs reçus d'Athanase
Ivanovitch. Dans ce petit bien, il se trouva aussi une
maison de bois, d'ailleurs petite, construite depuis peu ;
elle était meublée avec une recherche particulière, et
d'ailleurs le village, comme par un fait exprès, s'appelait
Monplaisir [30]. C'est tout droit dans cette tranquille maisonnette que la noble dame amena Nastia, et comme
elle-même, veuve sans enfants, avait sa résidence à une
verste seulement de là, elle s'installa avec Nastia. Autour
de Nastia firent leur apparition une vieille économe et une
jeune et experte femme de chambre. Il se trouva dans la
maison des instruments de musique, une excellente bibliothèque de demoiselle, des tableaux, des gravures, des
crayons, des pinceaux, des couleurs, une merveilleuse
levrette, et quinze jours plus tard arriva Athanase Ivanovitch en personne… A dater de ce jour, il sembla affec-
tionner tout spécialement cette propriété perdue dans la
steppe. Il y venait chaque été, y demeurait des deux et des
trois mois, et ainsi se passa un assez long temps, environ

quatre ans, dans le calme et le bonheur, le goût et l'élégance.

Un beau jour il arriva, dans le début de l'hiver, quatre mois environ après un des séjours estivaux d'Athanase Ivanovitch à Monplaisir (il n'y était resté cette fois-là que quinze jours), qu'un bruit circula, ou plus exactement, parvint aux oreilles de Nastia, devenue Anastasie Filippovna, qu'Athanase Ivanovitch allait épouser à Pétersbourg une femme belle, riche, aristocrate, bref, qu'il faisait un sérieux et brillant mariage. Ce bruit fut ensuite confirmé, mais non pas dans tous les détails : le mariage n'était encore qu'en projet, et tout restait encore très indéterminé. Mais chez Anastasie se produisit quand même, à partir de ce moment, un changement complet. Elle manifesta soudain une énergie extraordinaire, un caractère tout à fait inattendu. Sans hésiter davantage, elle quitta sa maisonnette villageoise et débarqua soudain à Pétersbourg, droit chez Totski, toute seule. Celui-ci se montra surpris, commença à discourir ; mais il découvrit subitement, presque au premier mot, qu'il lui fallait changer absolument de style et de ton, abandonner les agréables et exquises conversations employées jusque-là avec tant de succès, la logique, tout, tout, tout ! Devant lui était assise une tout autre femme, qui ne ressemblait en rien à celle qu'il connaissait et qu'il avait laissée au mois de juillet dernier au village de Monplaisir.

Cette nouvelle femme, il se trouva premièrement qu'elle savait et comprenait énormément de choses, tant de choses qu'on pouvait se demander, avec un étonnement profond, d'où elle avait pu acquérir tant de connaissances, se faire des idées aussi précises. Pouvait-ce être de sa bibliothèque de demoiselle ? Bien plus, elle s'entendait fort bien même en droit, et elle avait des notions exactes, sinon sur le monde, du moins sur la façon dont certaines affaires se traitent dans le monde.

Deuxièmement, c'était un tout autre caractère qu'avant : plus rien de ce je ne sais quoi de timide, d'indéterminé à la manière des pensionnaires, de charmant parfois par sa vivacité et sa naïveté originales, et parfois de triste et pensif, étonné, méfiant, pleurant et inquiet. Non! ce qui riait bruyamment devant lui et le piquait des plus venimeux sarcasmes, c'était un être inhabituel et inattendu, qui lui déclara qu'il n'avait jamais eu dans son cœur, à son endroit, que le plus profond mépris, un mépris allant jusqu'à la nausée, qui avait aussitôt succédé à l'étonnement premier. Cette femme nouvelle déclarait qu'il lui était tout à fait égal de savoir s'il allait maintenant se marier et avec qui, mais qu'elle était venue lui interdire ce mariage et l'interdire par mauvaise volonté, uniquement parce que c'était sa fantaisie, et que par conséquent il en serait ainsi, « ne fût-ce que pour que je puisse rire de toi tout mon saoul, car maintenant moi aussi, enfin, je veux rire ».

C'est ainsi du moins qu'elle s'exprimait; peut-être ne dit-elle pas tout ce qu'elle avait dans l'esprit.

Mais, tandis que la nouvelle Anastasie Filippovna riait bruyamment et exposait tout cela, Athanase Ivanovitch examinait à part soi l'affaire et, dans la mesure du possible, remettait en ordre ses idées quelque peu bousculées. Cet examen dura pas mal de temps : il réfléchit et rumina des résolutions définitives pendant près de deux semaines, mais au bout de ces deux semaines sa résolution fut prise. Il faut songer qu'Athanase Ivanovitch, à l'époque, avait déjà la cinquantaine, et que c'était un homme éminemment posé et solide. Sa position dans le monde et la société était établie depuis longtemps sur des bases extrêmement sûres. Sa personne, son repos et son confort étaient ce qu'il aimait et appréciait le plus au monde, ainsi qu'il seyait à un homme aussi parfaitement convenable. Le moindre accroc, le moindre ébranlement ne pouvait être toléré à ce qui avait été établi par toute sa vie et avait pris une forme aussi admirable.

D'autre part, son expérience et sa vue profonde des choses suggérèrent très vite à Totski, et avec une extrême exactitude, qu'il avait affaire maintenant à un être absolument hors ligne, que cet être était de force non seulement à menacer, mais à exécuter, et surtout qu'il ne s'arrêterait absolument devant rien, d'autant plus qu'il n'était absolument rien au monde à quoi il attachât du prix, de sorte qu'il était impossible même de le séduire.

Visiblement, il y avait là-dedans quelque chose d'autre, il fallait soupçonner une sorte de lie de l'âme et du cœur, quelque chose comme une indignation romantique, contre savoir qui et savoir quoi, un inassouvissable sentiment de mépris dépassant absolument toute mesure, bref quelque chose de ridicule au plus haut point, d'inadmissible dans une société comme il faut, et dont la rencontre constitue pour tout homme comme il faut un véritable châtiment de Dieu.

Bien entendu, avec la richesse et les relations d'un Totski, on pouvait aussitôt faire quelque petite scélératesse, tout à fait innocente, pour se débarrasser de ce désagrément. D'autre part, il était évident qu'Anastasie Filippovna, même elle, ne serait pas en état de faire grand-chose de nuisible, au sens juridique, par exemple ; elle ne pouvait même pas soulever un scandale de quelque importance, car il serait bien facile toujours de le limiter. Mais tout cela n'était vrai qu'au cas où elle se déciderait à agir comme tout le monde en général agit dans ces occasions, sans faire d'écarts trop excentriques hors de la normale. C'est ici précisément que servit à Totski sa justesse de vues : il avait su deviner qu'Anastasie Filippovna comprenait fort bien elle-même combien elle était inoffensive juridiquement, mais qu'elle avait quelque chose de tout à fait différent en tête et... dans ses yeux étincelants. N'attachant de prix à rien, et moins encore à soi-même (il lui avait fallu beaucoup d'intelligence et de pénétration pour deviner à ce moment que depuis longtemps déjà elle avait cessé d'attacher du prix à sa personne, et à lui, sceptique et cynique mondain, pour croire au sérieux de ce sentiment), Anastasie Filippovna était capable de se perdre elle-même, sans retour et sans raison, de risquer la Sibérie et le bagne, pour le plaisir d'insulter un homme envers lequel elle nourrissait un si inhumain dégoût. Athanase Ivanovitch n'avait jamais caché qu'il était un peu lâche, ou, pour mieux dire, au suprême degré conservateur. S'il avait su par exemple devoir être tué devant l'autel, ou qu'il se produirait quelque chose dans ce genre, d'inconvenant, de ridicule et d'inacceptable en société, il aurait naturellement été épouvanté, mais non pas tant de ce qu'on le tuerait ou blesserait jusqu'au sang, ou qu'on lui cracherait publiquement au visage, etc., etc., mais bien de ce que cela lui arriverait sous une forme aussi contraire à la normale et aux usages. Or c'était là précisément ce qu'Anastasie Filippovna laissait prévoir sans en dire mot encore ; il savait qu'elle le comprenait et l'avait étudié à fond, et qu'elle savait par conséquent de quelle façon l'atteindre. Comme le mariage, en réalité, n'était encore qu'en intention, Athanase Ivanovitch se soumit et céda à Anastasie Filippovna.

A sa décision contribua aussi une certaine circonstance : il était difficile de se figurer à quel point cette nouvelle Anastasie ressemblait peu, de visage, à la précédente. Avant, ce n'était qu'une très gentille fillette, tandis que maintenant... Totski pendant longtemps ne put se pardonner d'avoir durant quatre années regardé sans voir. En vérité, cela s'explique fort bien quand, des deux côtés, intérieurement et subitement, s'opère une révolution. Il se remémorait d'ailleurs, déjà autrefois, des instants où parfois des idées singulières lui venaient à la vue, par exemple, de ces yeux-là : on y pressentait comme des ténèbres profondes et mystérieuses. Ces yeux ne regardaient pas : ils posaient une énigme. Pendant les deux dernières années, il avait souvent admiré le changement de couleur du visage d'Anastasie Filippovna ; elle devenait terriblement pâle et — chose singulière — elle en était même embellie.

Totski, comme tous les gentlemen qui ont beaucoup couru dans leur vie, avait d'abord regardé avec mépris combien peu lui avait coûté cette âme qui n'avait pas vécu : mais dans ces derniers temps un doute lui était venu sur ce point. En tout cas, résolution avait été prise, déjà le printemps dernier, de marier à bref délai, excellemment et avec une petite fortune, Anastasie à quelque monsieur raisonnable et comme il faut travaillant dans une autre province. (Oh, comme, maintenant, Anastasie Filippovna se moquait terriblement et méchamment de ce projet !) Mais maintenant Athanase Ivanovitch, séduit par la nouveauté de son idée, avait songé qu'il pourrait de nouveau exploiter cette femme : il avait résolu d'installer Anastasie Filippovna à Pétersbourg et de l'entourer d'un luxueux confort. Sinon, encore autre chose : Anastasie Filippovna pouvait être un objet d'étalage et même de vanité dans un certain milieu. Athanase Ivanovitch tenait tellement à sa réputation dans ce domaine-là !

Cinq années de vie pétersbourgeoise s'étaient déjà écoulées, et, comme de juste, dans ce laps de temps bien des choses s'étaient fixées. La situation d'Athanase Ivanovitch n'avait rien de consolant : le pis était qu'ayant une fois eu peur, il n'arrivait plus à se rassurer. Il avait peur, et lui-même ne savait pas de quoi : tout bonnement il avait peur d'Anastasie Filippovna. Pendant quelque temps, les deux premières années, il avait soupçonné qu'Anastasie voulait l'épouser, lui, mais ne disait mot par un orgueil extraordinaire et attendait de lui une demande instante. La prétention aurait été singulière : Athanase Ivanovitch fronçait les sourcils et se plongeait dans de pénibles réflexions. A son grand étonnement, étonnement (le cœur de l'homme est ainsi fait !) quelque peu désagréable, il découvrit soudain, par occasion, que si même il présentait une demande, elle ne serait pas agréée. Longtemps il ne comprit pas cela. Une seule explication lui sembla possible : l'orgueil d'une femme « offensée et fantasque » peut atteindre ce degré de folie qu'elle trouve plus de plaisir à manifester une fois son mépris par un refus qu'à asseoir pour toujours sa situation et à gagner un sommet inaccessible. Le pis était qu'Anastasie avait pris terriblement d'ascendant. Elle n'était pas sensible non plus à l'intérêt, même très considérable, et elle avait beau avoir accepté le confort qui lui était offert, elle vivait très modestement et n'avait presque rien mis de côté pendant ces cinq ans.

Athanase Ivanovitch hasarda un moyen fort astucieux pour briser ses chaînes : imperceptiblement et adroitement, avec des concours habiles, il l'assiégea de séductions diverses, plus idéales les unes que les autres. Mais ces idéaux personnifiés : princes, hussards, secrétaires d'ambassades, poètes, romanciers, socialistes même, ne firent sur elle aucune impression, tout comme si au lieu

de cœur elle avait eu une pierre et si ses sens étaient
desséchés, morts à tout jamais. Elle vivait la plupart du
temps isolée, lisait, étudiait même, aimait la musique.
Elle avait peu de connaissances ; elle fréquentait toujours
on ne sait quelles femmes de petits fonctionnaires, pauvres et ridicules, voyait deux quelconques actrices, quelques vieilles, affectionnait la nombreuse famille d'un
respectable maître d'école, et dans cette famille elle était
très aimée et reçue avec plaisir.

Assez souvent le soir se réunissaient chez elle cinq ou
six personnes de connaissance, jamais plus. Totski venait
très souvent et régulièrement. Dans les derniers temps,
non sans mal, avait fait la connaissance d'Anastasie Filippovna le général Épantchine. En même temps, très
facilement et sans aucune peine, avait noué connaissance
avec elle un jeune fonctionnaire nommé Ferdychtchenko,
un plaisantin fort inconvenant et grivois, qui avait des
prétentions à la joyeuseté et buvait. Était reçu encore un
homme jeune et bizarre, nommé Ptitsyne, modeste, soigné, tiré à quatre épingles, sorti de la misère pour devenir
usurier. Dernière connaissance, enfin, Gabriel Ardalionovitch... Finalement, Anastasie Filippovna eut une réputation curieuse et bien établie : sa beauté était connue
de tous, mais sans plus ; nul ne pouvait se vanter de rien,
personne n'avait rien à raconter. Cette réputation, son
instruction, ses manières distinguées, son esprit, tout cela
fit qu'Athanase Ivanovitch s'arrêta définitivement à un
certain plan. C'est à ce moment que prend à cette histoire
une part active et exceptionnelle le général Épantchine.

Totski, lorsqu'il s'adressa si aimablement au général
pour lui demander un conseil d'ami quant à l'une de ses
filles, lui fit aussitôt, très noblement, les aveux les plus
francs et les plus complets. Il lui découvrit qu'il était
décidé désormais à ne reculer *devant aucun moyen* pour
recouvrer sa liberté ; qu'il ne serait pas rassuré avant
qu'Anastasie Filippovna ne lui eût déclaré elle-même
qu'elle le laisserait dorénavant absolument en repos ; qu'il
ne se contenterait pas de paroles et qu'il avait besoin de
garanties expresses. Tous deux s'entendirent et résolurent
d'agir d'un commun accord. D'abord il fut décidé d'es-

sayer des moyens les plus doux et de faire appel uniquement, pour ainsi dire, aux «cordes nobles du cœur». Ils se rendirent ensemble chez Anastasie Filippovna, et Totski, d'emblée, commença par lui parler de l'horreur intolérable de sa propre situation; il s'accusa de tout, il dit franchement qu'il ne pouvait regretter sa conduite première avec elle, parce qu'il était un sensuel endurci, incapable de se posséder, mais que maintenant il voulait se marier et que le sort de ce mariage hautement convenable et mondain était entre ses mains à elle; bref, qu'il attendait tout de son cœur généreux. Ensuite parla le général, en sa qualité de père: il parla raison, évita le sentiment, mentionna seulement qu'il lui reconnaissait entièrement le droit de décider du sort d'Athanase Ivanovitch, fit adroitement parade de sa propre soumission, en observant que la destinée de sa fille, et peut-être de ses deux autres filles aussi, dépendait désormais de ce qu'elle déciderait. Quand Anastasie Filippovna demanda ce qu'on voulait d'elle exactement, Totski, avec la même franchise, absolument à nu, que devant, lui avoua qu'il avait eu une telle épouvante cinq ans auparavant qu'il ne pourrait plus se rassurer aujourd'hui avant qu'elle ne fût mariée. Il ajouta aussitôt que pareille prière serait évidemment absurde de sa part si elle ne reposait pas sur quelques fondements. Il avait fort bien remarqué, et appris très positivement, qu'un jeune homme d'excellente origine, vivant dans une famille extrêmement digne, Gabriel Ardalionovitch Ivolguine, qu'elle connaissait et recevait chez elle, l'aimait depuis longtemps avec toute la violence de la passion et, naturellement, donnerait la moitié de sa vie pour le seul espoir de gagner sa sympathie. Cet aveu, c'était Gabriel Ardalionovitch en personne qui l'avait confié à lui-même, Athanase Ivanovitch, et cela depuis longtemps déjà, en ami et avec son cœur pur de jeune homme; et depuis longtemps aussi en était prévenu Ivan Fiodorovitch, qui le protégeait. Enfin, si seulement lui, Athanase Ivanovitch, ne faisait pas erreur, l'amour du jeune homme était depuis longtemps connu d'Anastasie Filippovna, et il lui avait semblé même qu'elle regardait cet amour avec indulgence. Bien

sûr, il lui était plus difficile qu'à quiconque de parler de
cela. Mais si Anastasie Filippovna voulait bien admettre
chez lui, Totski, outre l'égoïsme et le désir d'aménager
son propre sort, un quelconque désir de son bien à elle,
alors elle comprendrait que depuis longtemps il trouvait
anormal et même pénible d'observer sa solitude; qu'il n'y
avait là que ténèbres confuses, manque de foi dans le
renouvellement d'une vie qui pouvait si bien ressusciter
dans l'amour et la famille et poursuivre alors un nouveau
but; qu'il y avait là perdition de facultés peut-être brillantes, contemplation voulue de son propre ennui, bref un
certain romantisme, même, indigne et du bon sens et du
cœur généreux d'une Anastasie Filippovna.

Ayant répété encore une fois qu'il lui était plus difficile
qu'aux autres de parler, il conclut qu'il ne pouvait renoncer à l'espoir qu'elle ne lui répondrait pas par le mépris,
s'il exprimait son désir sincère d'assurer son avenir et lui
proposait une somme de soixante-quinze mille roubles. Il
ajouta en guise d'explication que cette somme lui était
destinée de toute façon dans son testament; bref, il n'y
avait nullement là un dédommagement quelconque... et
enfin pourquoi ne pas admettre chez lui et ne pas excuser
un désir humain de soulager un peu sa conscience, etc.,
etc. (tout ce qui se dit en pareil cas). Athanase Ivanovitch
parla longtemps et éloquemment non sans joindre, pour
ainsi dire en passant, ce très curieux renseignement, que
ces soixante-quinze mille il les mentionnait pour la première fois et que même Ivan Fiodorovitch, ici présent,
n'en savait encore rien; en un mot, *personne* n'en savait
rien.

La réponse d'Anastasie Filippovna surprit les deux
amis.

Non seulement ne se remarquait chez elle aucune trace
de son ironie d'antan, de son hostilité ni de sa haine
d'antan, ni de ce rire bruyant dont le seul souvenir faisait
courir un frisson dans le dos de Totski, mais au contraire
elle parut se réjouir de pouvoir enfin parler avec
quelqu'un franchement et amicalement. Elle avoua
qu'elle-même depuis longtemps désirait un conseil
d'ami, que seul l'orgueil l'empêchait de le demander,

mais que maintenant la glace était rompue et que tout était
pour le mieux. D'abord avec un sourire triste, ensuite
avec un rire joyeux et mutin, elle reconnut qu'en tout cas
la tempête passée n'avait plus de raison d'être ; qu'elle
avait depuis longtemps changé en partie sa façon de voir
et que, si son cœur n'avait pas changé, elle était obligée
d'admettre bien des choses en tant que faits accomplis : ce
qui était fait était fait, ce qui était passé — passé, et
même elle trouvait drôle qu'Athanase Ivanovitch continuât à être si épouvanté.

Sur ce, elle se tourna vers Ivan Fiodorovitch et de l'air
du plus profond respect déclara qu'elle avait beaucoup et
depuis longtemps entendu parler de ses filles et depuis
longtemps était habituée à les respecter profondément et
sincèrement. La seule pensée qu'elle pût leur être utile en
quoi que ce soit serait pour elle un bonheur et un orgueil.
Il était bien vrai qu'elle était dans la peine et l'ennui,
qu'elle s'ennuyait beaucoup ; Athanase Ivanovitch avait
deviné son rêve ; elle voudrait renaître, sinon dans
l'amour, du moins au sein d'une famille, avec un nouveau but. Mais de Gabriel Ardalionovitch elle ne pouvait
presque rien dire. Sans doute il semblait l'aimer ; elle
sentait qu'elle pourrait aussi l'aimer, si elle pouvait croire
à la solidité de son attachement ; mais il était très jeune, si
même il était sincère ; la décision était difficile. Ce
qu'elle appréciait surtout, c'était qu'il travaillait, se donnait du mal et soutenait seul toute une famille. Elle avait
entendu dire qu'il avait de l'énergie, de la fierté, voulait
faire carrière, percer. Elle avait entendu dire aussi que
Nina Alexandrovna Ivolguine, la mère de Gabriel Ardalionovitch, était une femme exceptionnelle et hautement
respectable ; que sa sœur, Barbe Ardalionovna, était une
demoiselle remarquable et énergique ; elle savait beaucoup d'elle par Ptitsyne. Elle avait entendu dire qu'ils
supportaient avec courage leurs malheurs ; elle désirerait
fort faire leur connaissance, mais il y avait une question :
l'accepteraient-ils volontiers dans leur famille ? En
somme, elle n'avait rien à dire contre la possibilité de ce
mariage, mais il fallait encore beaucoup y réfléchir ; elle
désirait qu'on ne la pressât point. Quant aux soixante-

quinze mille, Athanase Ivanovitch avait tort d'être si
embarrassé pour en parler. Elle savait la valeur de l'argent et, naturellement, elle les accepterait. Elle remerciait
Athanase Ivanovitch pour sa délicatesse de n'en avoir pas
fait mention même au général, sans parler de Gabriel
Ardalionovitch ; mais, au fait, pourquoi ne devrait-il pas
en être avisé, lui aussi, d'avance ? Elle n'avait pas à avoir
honte de cet argent, en entrant dans leur famille. En tout
cas, elle n'avait l'intention de demander pardon de rien ni
à personne, et elle voulait qu'on le sût. Elle n'épouserait
pas Gabriel Ardalionovitch avant de s'être convaincue
que ni chez lui, ni dans sa famille il n'y avait aucune
arrière-pensée sur son compte. En tout cas, elle ne s'estimait coupable de rien, et que Gabriel Ardalionovitch
s'informât plutôt des conditions dans lesquelles elle avait
vécu durant ces cinq ans à Pétersbourg, et de ses rapports
avec Athanase Ivanovitch et si elle avait amassé beaucoup. Enfin, si elle acceptait maintenant ce capital, ce
n'était nullement comme prix d'un déshonneur dont elle
n'était pas coupable, mais simplement comme un dédommagement pour son existence gâchée.

Sur la fin, elle s'échauffa même et s'irrita tellement, en
exposant tout cela (la chose, d'ailleurs, était trop naturelle), que le général Épantchine fut très satisfait et jugea
l'affaire dans le sac. Mais Totski, ayant été une fois
échaudé, n'y crut pas encore tout à fait, et longtemps
craignit qu'il n'y eût quelque serpent, là encore, dissimulé sous les fleurs [31]. Les pourparlers cependant s'en-
gagèrent. Le point sur lequel était fondée toute la manœuvre des deux amis, à savoir la possibilité d'un en-
gouement d'Anastasie Filippovna pour Gaby, commença
peu à peu à se dégager et à se vérifier, si bien que même
Totski était tenté parfois de croire au succès. Pendant ce
temps Anastasie Filippovna s'était expliquée avec Gaby :
il fut dit très peu de mots, comme si sa pudeur eût
souffert. Elle admettait pourtant son amour et le lui permettait ; mais elle déclara avec insistance qu'elle ne voulait se contraindre en rien ; que jusqu'au jour du mariage
(s'il devait avoir lieu) elle se réservait le droit de dire non,
même à la toute dernière minute ; elle reconnaissait ce

même droit à Gaby. Bientôt Gaby apprit de façon certaine, par un hasard serviable, que les mauvaises dispositions de toute sa famille envers ce mariage et envers Anastasie personnellement, manifestées par des scènes domestiques, étaient déjà connues d'elle dans tous leurs détails ; elle ne lui en avait pas soufflé mot, mais il s'y attendait chaque jour.

D'ailleurs il y aurait beaucoup d'autres choses encore à dire de toutes les histoires et circonstances venues au jour à l'occasion de ces projets et négociations ; mais nous avons déjà assez empiété sur les événements, d'autant plus que certaines de ces circonstances n'existaient encore qu'à l'état de bruits vagues. Ainsi le bruit, que Totski aurait appris on ne savait d'où, qu'Anastasie Filippovna était entrée en certains rapports, indéterminés et secrets pour tout le monde, avec les demoiselles Épantchine : bruit absolument invraisemblable. Par contre, il en était un autre auquel Totski croyait et qu'il craignait à en avoir le cauchemar : on lui avait donné pour certain qu'Anastasie Filippovna savait à n'en pas douter que Gaby se mariait uniquement pour l'argent ; que Gaby avait l'âme noire, cupide, impatiente, envieuse et dotée d'un immense, incommensurable amour-propre ; que Gaby avait réellement souhaité passionnément la conquérir auparavant, mais que depuis le jour où les deux amis avaient résolu d'exploiter dans leur intérêt la passion qui s'annonçait des deux côtés et d'acheter Gaby en lui vendant Anastasie à titre de femme légitime, il l'avait prise en haine comme son cauchemar. Dans son âme s'était formée disait-on une bizarre combinaison de passion et de haine, et, s'il avait donné finalement, après des hésitations douloureuses, son consentement à ce mariage avec «une femme de mauvaise vie», il s'était juré à lui-même de s'en venger sur elle cruellement et de lui «empoisonner l'existence» : c'était, paraît-il, son expression. Tout cela, Anastasie Filippovna le savait, disait-on, et elle préparait en secret quelque chose. Totski prit tellement peur que même à Épantchine il cessa de confier ses inquiétudes ; mais il y avait des moments où, comme tous les faibles, il reprenait décidément courage et son

moral aussitôt remontait ; il reprit courage, par exemple,
extraordinairement, quand Anastasie Filippovna donna
enfin sa parole aux deux amis que le même soir, le jour de
son anniversaire, elle dirait son dernier mot. Par contre,
le bruit le plus bizarre et le plus incroyable, concernant le
si respecté Ivan Fiodorovitch, se vérifiait hélas ! de plus
en plus.

Là tout, à première vue, paraissait une pure absurdité.
Il était difficile de croire qu'Ivan Fiodorovitch, sur le
déclin d'une carrière honorable, avec sa haute intelligence et sa connaissance approfondie de la vie, etc., etc.,
se fût laissé séduire par Anastasie Filippovna, et cela au
point, disait-on, que ce caprice ressemblait presque à de
la passion. Sur quoi comptait-il, dans son cas, il était
malaisé de se le figurer ; peut-être sur le concours de
Gaby lui-même. C'était du moins un soupçon de ce genre
qui se présentait à l'esprit de Totski : l'existence d'une
sorte d'entente tacite, basée sur une mutuelle perspica-
cité, entre le général et Gaby. On sait qu'un homme
emporté par la passion, surtout s'il est âgé, devient tout à
fait aveugle et capable de soupçonner une espérance là où
il n'y en a aucune : bien plus, il perd la faculté de
raisonner et agit comme un enfant stupide, fût-il un foudre d'intelligence. On savait que le général avait préparé
pour l'anniversaire d'Anastasie Filippovna, en guise de
cadeau personnel, une merveilleuse perle qui lui avait
coûté une somme énorme et qu'il comptait beaucoup sur
ce cadeau, quoique sachant qu'Anastasie Filippovna était
une femme désintéressée. La veille de cet anniversaire, il
était dans un état de fièvre, que d'ailleurs il cachait
adroitement. Cette perle, même la générale en avait entendu parler. Sans doute Élisabeth Procofievna savait
depuis longtemps à quoi s'en tenir sur le caractère volage
de son époux, et même s'y était faite plus ou moins ; mais
pouvait-on laisser passer un cas semblable ? Le bruit
concernant la perle l'intéressait au plus haut point. Le
général subodora la chose en temps utile ; la veille encore,
quelques paroles avaient été prononcées ; il pressentait
une explication capitale et la redoutait. Voilà pourquoi il
n'avait pas la moindre envie, en cette matinée où débute

notre récit, de venir déjeuner au sein de sa famille. Dès
avant l'arrivée du prince il avait décidé de s'excuser sur
ses occupations et de fuir l'épreuve. Fuir l'épreuve, chez
le général, signifiait parfois tout bonnement s'enfuir. Il
voulait passer au moins cette journée encore, et surtout
cette soirée, sans désagréments. Et tout à coup le prince
avait fait son apparition, tellement à propos ! « On dirait
que Dieu l'a envoyé ! » songeait à part soi le général, tout
en entrant chez son épouse.

<h1 style="text-align:center">V</h1>

La générale était jalouse de son origine. Que dut-elle
penser quand, tout de go et sans préparation, elle apprit
que ce prince Mychkine, dernier du nom, dont elle avait
déjà entendu parler, n'était rien de plus qu'un pauvre
idiot, presque un mendiant, et acceptait une aumône ! Le
général avait voulu produire de l'effet, pour l'intéresser
d'emblée et détourner ses idées dans une autre direction.

Dans les cas extrêmes, la générale roulait d'ordinaire
de gros yeux et, le buste quelque peu rejeté en arrière,
regardait dans le vague droit devant elle sans mot dire.
C'était une grande femme, du même âge que son mari,
avec des cheveux foncés fortement grisonnants, mais
encore épais, un nez légèrement aquilin, sèche, des joues
creuses et jaunes, et des lèvres fines et enfoncées. Elle
avait le front haut, mais étroit ; ses yeux gris, assez
grands, prenaient parfois une expression tout à fait inattendue. Elle avait eu jadis la faiblesse de croire que son
regard était extraordinairement puissant ; cette conviction
n'était pas encore effacée chez elle.

— Le recevoir ? Vous me dites de le recevoir, maintenant, tout de suite ? — et la générale, de toutes ses forces,
écarquilla les yeux sur Ivan Fiodorovitch qui se trémous-
sait devant elle.

— Oh, pour cela, sans aucune cérémonie, ma chère,
et seulement si tu as envie de le voir, se hâta-t-il d'expliquer. C'est un véritable enfant, et même si pitoyable ! Il a
des accès de je ne sais quelle maladie ; il arrive de Suisse,

il débarque du wagon, il a un accoutrement bizarre, à l'allemande peut-être, et de surcroît pas un kopek, à la lettre ; il en pleure presque. Je lui ai donné vingt-cinq roubles et j'ai l'intention de lui trouver au bureau quelque petite place de copiste. Pour ce qui est de vous, mesdames, je vous demande de lui donner à manger, parce que, je crois, il est affamé...

— Vous m'étonnez, continua la générale sur le même ton qu'avant ; affamé, et des accès ! Quels accès ?

— Oh, ils ne se répètent pas trop souvent, et puis, il est presque comme un enfant, d'ailleurs il a de l'instruction. Je voulais vous demander, mesdames, ajouta-t-il encore à l'adresse de ses filles, de lui faire passer un petit examen, il ne serait pas mauvais de savoir à quoi il est bon.

— Un pe-tit-exa-men ! reprit la générale en détachant les syllabes, et dans un étonnement profond elle recommença à déplacer ses gros yeux de ses filles sur son mari et vice versa.

— Ah, ma chère, n'attache pas tant de signification... Au fait, comme il te plaira ! J'avais en vue de l'accueillir et de le faire entrer chez nous ; ce serait presque une bonne œuvre.

— Le faire entrer chez nous ? De Suisse ?

— La Suisse n'empêche pas. D'ailleurs, je le répète, ce sera comme tu voudras. Ce que j'en disais, moi, c'est parce que d'abord il porte ton nom et est peut-être un parent, et ensuite il ne sait pas où reposer la tête. J'ai même cru que pour toi ce serait intéressant, puisqu'il est quand même de notre famille.

— Sûrement, maman, si avec lui il n'y a pas à faire de cérémonies. De plus, il est affamé par la route : pourquoi ne pas le nourrir, s'il ne sait pas où se fourrer ? dit Alexandra, l'aînée.

— Et de plus c'est un véritable enfant : on peut jouer avec lui à colin-maillard.

— Jouer à colin-maillard ? Comment cela ?

— Ah, maman, cessez de faire des manières, je vous prie, interrompit Aglaé, avec humeur.

La seconde, Adélaïde, rieuse, n'y tint plus et s'esclaffa.

— Appelez-le, papa. Maman permet, décida Aglaé.
Le général sonna et fit appeler le prince.

— Mais à une condition, décida la générale : qu'on lui
attache absolument la serviette derrière le cou quand il se
mettra à table, et qu'on appelle Théodore, ou au moins
Maure... pour se tenir derrière lui et le surveiller quand il
mangera. Est-ce qu'il est tranquille, au moins, pendant
les accès ? Il ne fait pas de gestes ?

— Au contraire, il est même très bien élevé et a d'excel-
lentes manières. Un peu trop simplet quelquefois... Mais
tenez : le voici !... Voici, je vous présente le prince
Mychkine, dernier du nom, un homonyme ou peut-être
même un parent. Accueillez-le, choyez-le. Prince, ce sera
tout à l'heure le déjeuner : faites-nous l'honneur... Pour moi,
excusez, je suis déjà en retard, je cours...

— On le sait, où vous courez, dit gravement la générale.

— Je cours, je cours, ma chère, je suis en retard !
Donnez-lui vos albums, mesdames, qu'il vous y écrive
quelque chose : c'est un calligraphe comme on en voit
peu ! Un vrai talent, comme il a tracé, chez moi là-bas, en
écriture ancienne : « L'abbé Paphnuce a apposé sa
main »... Bon, au revoir !

— Paphnuce ? Un abbé ? Mais attendez, attendez, où
courez-vous ? Quel est ce Paphnuce ? criait la générale,
avec une insistance mécontente et presque alarmée, à son
mari déjà parti.

— Oui, oui, ma chère, il y a eu un abbé comme cela
dans l'ancien temps... Mais je cours chez le comte, il
m'attend depuis un bon moment, surtout que c'est lui qui
m'a fixé... Prince, au revoir !

Le général, à grands pas, s'éloigna.

— Je sais chez quel comte il va ! dit aigrement Élisabeth Procofievna, et rageusement elle porta ses yeux sur
le prince. Que disais-je donc ? reprit-elle, en cherchant
avec dédain et dépit à rappeler ses souvenirs. Allons, de
quoi s'agissait-il ? Ah oui. Quel était cet abbé ?

— Maman, commença Alexandra, et Aglaé tapa
même du pied.

— Ne me gênez pas, Alexandra Ivanovna ! lança vi-

goureusement la générale. Moi aussi, je veux savoir.
Tenez, prince, asseyez-vous ici, dans ce fauteuil en face
de moi; non, ici, plus près du soleil, approchez-vous de
la lumière, que je vous voie. Allons, quel abbé était-ce?

— L'abbé Paphnuce, répondit le prince, attentif et
sérieux.

— Paphnuce? Voilà qui est intéressant. Et alors?

La générale interrogeait impatiemment, rapidement,
brutalement, sans quitter des yeux le prince, et tandis que
le prince répondait, elle hochait la tête après chaque mot.

— L'abbé Paphnuce, au XIVe siècle, commença le
prince, dirigeait un ermitage sur la Volga, dans notre
province actuelle de Kostroma. Il était renommé pour sa
vie sainte, fit un voyage à la Horde, contribua à arranger
les affaires et apposa sa signature sur une charte. J'ai vu
une copie de cette signature, l'écriture m'a plu et je l'ai
retenue. Quand tout à l'heure le général a voulu voir
comment j'écrivais, pour me trouver une place, j'ai écrit
plusieurs phrases en différentes écritures, et entre autres
celle-ci : « L'abbé Paphnuce a apposé sa main », dans la
propre écriture de l'abbé. Le général l'a beaucoup appréciée, et c'est ce qu'il vient de mentionner.

— Aglaé, dit la générale, retiens cela : « Paphnuce »,
ou plutôt note ce nom, autrement moi, j'oublie toujours.
D'ailleurs je pensais que ce serait plus intéressant. Où
donc est-elle, cette signature?

— Elle est restée, je crois, dans le cabinet du général,
sur son bureau.

— Qu'on y aille tout de suite, et qu'on me l'apporte!

— Mais je peux plutôt vous l'écrire une seconde fois,
si vous le désirez.

— Bien sûr, maman, dit Alexandra. Pour le moment,
il vaudrait mieux se mettre à table. Nous avons faim.

— C'est vrai, décida la générale. Allons, prince. Vous
avez très faim?

— Oui, maintenant, j'ai grande envie de manger, et je
vous suis très reconnaissant.

— C'est très bien d'être aussi poli, et je le remarque,
vous n'êtes pas du tout... l'original qu'on m'avait dé-
peint. Allons-y. Tenez, asseyez-vous ici, en face de moi,

dit-elle, affairée, en faisant asseoir le prince, une fois qu'ils furent entrés dans la salle à manger : je veux vous voir. Alexandra, Adélaïde, occupez-vous du prince. N'est-ce pas qu'il n'est pas du tout aussi... malade ? Peut-être que la serviette, il ne sera pas nécessaire de... Prince, on vous nouait la serviette autour du cou, pour manger ?

— Avant, quand j'avais sept ans, je crois, on me la nouait, mais maintenant je la pose d'habitude sur mes genoux.

— C'est ce qu'il faut faire. Et les accès ?

— Les accès ? — Le prince était quelque peu étonné. — Les accès me prennent maintenant assez rarement. D'ailleurs, je ne sais pas : on dit que le climat, ici, sera mauvais pour moi.

— Il parle bien, remarqua la générale, en se tournant vers ses filles et en continuant à hocher la tête à chaque mot du prince. Je ne m'y attendais pas. Donc ce n'étaient que sottises et mensonges, comme toujours ! Mangez, prince, et racontez-nous où vous êtes né, où vous avez été élevé. Je veux tout savoir, vous m'intéressez énormément.

Le prince remercia et, tout en mangeant avec grand appétit, se mit en devoir de répéter tout ce qu'il avait déjà dû plus d'une fois raconter cette matinée-là. La générale était de plus en plus satisfaite. Les demoiselles aussi écoutaient assez attentivement. On se chercha des liens de parenté ; il se révéla que le prince connaissait assez bien sa généalogie ; mais on eut beau chercher des rapprochements, il ne se trouva, entre la générale et lui, presque aucune parenté. Aïeux et aïeules auraient encore pu se considérer comme parents éloignés. Cet austère sujet de conversation plut particulièrement à la générale, qui n'avait presque jamais l'occasion de parler de sa généalogie malgré tout son désir, de sorte qu'elle se leva de table d'excellente humeur.

— Allons-nous-en tous dans notre pièce de réunion, dit-elle, on nous y portera le café. Nous avons comme cela une salle commune, toute simple, confia-t-elle au prince en l'emmenant, c'est mon petit salon, où nous

nous réunissons quand nous sommes seules. Chacune y fait ce qu'elle veut : Alexandra, celle-ci, mon aînée, joue du piano, ou bien lit, ou coud ; Adélaïde peint des paysages et des portraits (et n'achève jamais rien), et Aglaé reste là sans rien faire. Moi aussi, l'ouvrage me tombe des mains : je ne fais rien de bon. Nous y voilà : asseyez-vous ici, prince, près de la cheminée, et racontez. Je veux savoir comment vous racontez. Je veux me faire une conviction, et quand je verrai la princesse Biélokonsky, la vieille, je lui parlerai de vous. Je veux qu'elles s'intéressent à vous, elles aussi. Allons, parlez !

— Maman, mais c'est drôle de se mettre comme ça à raconter, fit remarquer Adélaïde, qui durant ce temps avait dressé son chevalet, pris ses pinceaux, sa palette et s'était mise à copier un paysage, depuis longtemps commencé, d'après une gravure. Alexandra et Aglaé étaient assises ensemble sur un petit canapé et, les bras croisés, se préparaient à écouter. Le prince remarqua qu'il était, de tous les côtés, l'objet d'une attention particulière.

— Moi, je ne pourrais rien raconter comme cela sur commande, observa Aglaé.

— Pourquoi ? Qu'y a-t-il là d'anormal ? Pourquoi ne raconterait-il pas ? Il a une langue. Je veux savoir comment il est capable de parler. Allons, n'importe quoi ! Racontez comment vous vous êtes plu en Suisse, votre première impression. Vous allez voir, il va tout de suite commencer, et il commencera très bien.

— Mon impression a été forte... commença le prince.

— Vous voyez, vous voyez... interrompit l'impatiente Élisabeth Procofievna en se tournant vers ses filles ; il a commencé.

— Laissez-le parler, au moins, maman ! trancha Alexandra. Ce prince est peut-être un gros malin, et pas du tout un idiot, chuchota-t-elle à Aglaé.

— Pour sûr. Je vois cela depuis longtemps, répondit Aglaé. Ce n'est pas honnête de sa part de jouer la comédie. Qu'est-ce qu'il compte y gagner ?

— Ma première impression a été très forte, répéta le prince. Au moment où on m'a amené de Russie, à travers diverses villes d'Allemagne, je me suis borné à regarder

en silence et, je m'en souviens, je ne posais même pas de
questions. C'était après une série de fortes crises, très
douloureuses, de ma maladie, et toujours, si le mal
augmentait, si les crises se répétaient plusieurs fois de
suite, je tombais dans un véritable abrutissement, je perdais entièrement la mémoire et, si mon cerveau fonction-
nait encore, la suite logique de mes pensées était comme
rompue. J'étais incapable de mettre ensemble plus de
deux ou trois idées. Voilà l'impression que j'ai conservée. Mais une fois les crises calmées, je retrouvais et ma
santé et mes forces, comme vous me voyez aujourd'hui.
Je m'en souviens, j'étais dans une tristesse insupportable,
j'avais envie de pleurer, tout m'étonnait et m'inquiétait.
Ce qui m'épouvanta, c'est que tout m'était étranger; cela
je l'ai bien compris. Toute chose étrangère me tuait. Je ne
m'éveillai vraiment de ces ténèbres, je m'en souviens,
qu'un soir, à Bâle, en entrant en Suisse, et ce qui
m'éveilla ce fut le cri d'un âne sur le marché. Cet âne me
fit une forte impression et, je ne sais pourquoi, me plut
énormément, et à ce même instant tout à coup la clarté se
fit dans ma tête.

— Un âne? Comme c'est singulier! observa la générale. Au fait, rien de singulier: il y en a parmi nous qui
pourraient tomber amoureuses d'un âne, ajouta-t-elle en
regardant d'un œil courroucé les demoiselles qui riaient.
On a vu ces choses-là dans la mythologie [32]. — Continuez, prince.

— Depuis, lors, j'aime beaucoup les ânes. C'est
même une espèce de sympathie. Je me suis mis à m'informer sur eux, parce que jusque-là je n'en avais pas vu,
et j'ai pu me convaincre aussitôt que l'âne est une bête
des plus utiles, travailleuse, forte, patiente, économique,
dure à la peine. Et à cause de cet âne, soudain toute la
Suisse me plut, et toute ma tristesse d'avant disparut
complètement.

— Tout cela est bien curieux, mais laissons là cet âne.
Passons à un autre sujet. Pourquoi ris-tu encore, Aglaé?
Et toi, Adélaïde? Le prince a très bien raconté l'histoire
de l'âne. Il l'a vu, tandis que toi, qu'est-ce que tu as vu?
Tu n'as pas été à l'étranger.

— J'ai vu un âne, maman, dit Adélaïde.

— Et moi, j'en ai entendu parler, dit Aglaé.

Toutes trois rirent de nouveau. Le prince rit avec elles.

— C'est très mal de votre part, observa la générale. Prince, excusez-les, ce sont quand même de bonnes filles. Je leur fais perpétuellement la guerre, mais je les aime. Elles sont étourdies, sans cervelle.

— Pourquoi donc? répondit le prince, en riant. Moi aussi, à leur place, je n'aurais pas manqué de rire. Je n'en prends pas moins la défense de l'âne : l'âne est une personne utile et bonne.

— Et vous, prince, vous êtes bon? C'est par curiosité que je vous le demande, interrogea la générale.

Tout le monde, encore une fois, éclata de rire.

— Encore ce maudit âne qui me poursuit : je ne pensais pas à lui! s'écria la générale. Croyez-moi, prince, je vous en prie : c'était sans la moindre...

— Allusion? Oh, je vous crois, sans nul doute!

Le prince riait sans pouvoir s'arrêter.

— C'est très bien que vous riiez. Je vois que vous êtes un très bon jeune homme, dit la générale.

— Quelquefois je ne suis pas bon, répondit le prince.

— Et moi je suis bonne, insinua à l'improviste la générale. Et si vous voulez le savoir, je suis bonne toujours, et c'est là mon unique défaut, parce qu'il ne faut pas être toujours bonne. Je me fâche très souvent, contre celles-ci, voyez-vous? contre Ivan Fiodorovitch surtout, mais ce qui est mauvais, c'est que je ne suis jamais aussi bonne que quand je suis fâchée. Tout à l'heure, avant votre arrivée, je me suis mise en colère, et je me suis figuré que je ne comprenais rien ni ne pouvais rien comprendre. Cela m'arrive; je suis comme un enfant. Aglaé m'a donné une leçon; je t'en remercie, Aglaé. D'ailleurs, ce sont des bêtises. Je ne suis pas encore aussi sotte que j'en ai l'air et que mes filles veulent le faire croire. J'ai du caractère et je ne suis pas trop timide. Je le dis sans amertume. — Approche, Aglaé, viens m'embrasser... — Bon... assez de tendresses! observa-t-elle quand Aglaé lui eut déposé, avec sentiment, deux baisers sur les lèvres et sur la main. — Continuez, prince. Peut-être vous rappellerez-vous quelque chose de plus intéressant que l'âne.

— Encore une fois, je ne comprends pas comment on peut raconter comme ça, à la file, dit de nouveau Adélaïde. Moi, je ne trouverais rien à dire.

— Eh bien, le prince trouvera, parce que le prince est extrêmement intelligent, au moins dix fois plus intelligent que toi, peut-être douze fois. J'espère que tu t'en apercevras après cela. Prouvez-leur, prince : continuez. L'âne, vraiment, on peut finalement le laisser de côté. Alors, à part l'âne, qu'est-ce que vous avez vu à l'étranger ?

— Mais même à propos de l'âne c'était intelligent, remarqua Alexandra. Le prince a raconté de façon très intéressante son cas pathologique et comment tout a commencé à lui plaire grâce à un choc extérieur. Cela m'a toujours intéressée de voir des gens perdre la raison et ensuite la retrouver. Surtout si c'est subitement.

— N'est-ce pas ? N'est-ce pas ? lança la générale. Je vois que toi aussi tu es quelquefois intelligente. Bon, assez ri ! Vous en étiez resté, il me semble, à la nature suisse, prince ! Allons !

— Nous sommes arrivés à Lucerne, et on m'a promené sur le lac. Je sentais combien il était beau, et en même temps je me trouvais mal à l'aise.

— Pourquoi ? demanda Alexandra.

— Je ne le comprends pas. J'ai toujours de la peine et de l'inquiétude à regarder une pareille nature pour la première fois ; c'est beau, et c'est inquiétant ; d'ailleurs, c'était encore du temps de ma maladie.

— Mais non, moi, je voudrais bien la regarder, cette nature ! dit Adélaïde. Et je ne vois encore pas le jour où nous irons à l'étranger ! Tenez, voici deux ans que je n'arrive pas à trouver un sujet de tableau : ...

Orient et Midi.
Depuis longtemps nous ont été décrits[33]...
Prince, trouvez-moi un sujet de tableau.

— Moi ? Je n'y entends rien. Il me semble qu'il suffit de regarder et de peindre.

— Je ne sais pas regarder.

— Mais qu'avez-vous à parler par énigmes ? Je ne

comprends rien ! interrompit la générale. Qu'est-ce que cela veut dire : « Je ne sais pas regarder. » Tu as des yeux : regarde ! Si tu ne sais pas regarder ici, ce n'est pas à l'étranger que tu l'apprendras. Racontez-nous plutôt, prince, comment vous avez regardé, vous, là-bas.

— Voilà qui vaudra mieux ! ajouta Adélaïde. Le prince, lui, a appris à regarder , à l'étranger.

— Je ne sais pas. Là-bas j'ai seulement rétabli ma santé ; je ne sais pas si j'ai appris à regarder. Au fait, presque tout le temps j'ai été très heureux.

— Heureux ! Vous savez être heureux !? s'écria Aglaé. Alors, comment pouvez-vous dire que vous n'avez pas appris à regarder ? Vous pourriez même nous l'enseigner.

— Enseignez-nous, s'il vous plaît ! dit en riant Adélaïde.

— Je ne peux rien enseigner, dit, riant aussi, le prince, j'ai vécu presque tout le temps, à l'étranger, dans ce village de Suisse. Rarement j'en suis sorti, et pour ne pas aller bien loin : que vous apprendrais-je ? Au début, je ne m'ennuyais pas, sans plus ; ma santé se rétablissait vite. Ensuite, chaque jour me devint précieux, et de plus en plus précieux, au point que j'en pris conscience. Je me couchais très satisfait, et je me levais encore plus heureux. Et pourquoi tout cela, il est asez difficile de le raconter.

— Si bien que vous n'aviez plus envie d'aller nulle part, rien ne vous attirait ? demanda Adélaïde.

— Au début, tout au début, oui, j'avais envie, et je tombais dans une grande agitation. Je réfléchissais tout le temps à la façon dont je vivrais ; je voulais éprouver ma destinée, à certains moments j'étais particulièrement agité. Vous le savez, il y a des moments comme cela, surtout dans la solitude. Nous avions là-bas une cascade pas très grande, l'eau tombait de haut en un mince filet, presque perpendiculairement, blanche, tapageuse, écumante ; la chute était haute, et elle paraissait assez basse, elle était à une demi-verste, et on l'aurait crue à cinquante pas. J'aimais, la nuit, écouter son bruit : eh bien, à ces moments-là, j'entrais dans une grande agitation. Parfois·

aussi vers midi, vous alliez quelque part en montagne,
vous vous arrêtiez seul à mi-côte : tout autour, des pins,
vieux, hauts, sentant la résine ; au sommet, sur un roc, un
vieux château moyenâgeux, des ruines : notre hameau,
dans le bas, loin, à peine visible ; un soleil éclatant, un
ciel bleu, un silence effrayant. Oui, alors, vous vous
sentiez appelé savoir où, et il me semblait toujours que, si
on pouvait avancer toujours droit devant soi, marcher
longtemps, longtemps et dépasser cette ligne-là, cette
ligne où le ciel et la terre se rencontraient, là se trouverait
le mot de l'énigme, et aussitôt se découvrirait une vie
nouvelle, mille fois plus forte et plus bruyante que la
nôtre. Je rêvais tout le temps d'une ville immense grande
comme Naples, où tout n'était que palais, bruit, tonnerre,
vie... Oui, que ne rêvais-je pas ? Mais plus tard il m'a
semblé que même en prison on peut trouver une vie
immense.

— Cette dernière et si louable pensée, je l'ai déjà lue
dans mes Morceaux choisis, quand j'avais douze ans, dit
Aglaé.

— Tout cela, c'est de la philosophie, remarqua Adélaïde. Vous êtes philosophe, et vous êtes venu nous
prêcher.

Le prince sourit :

— Vous avez peut-être raison. En effet, après tout,
je suis philosophe et, qui sait ? peut-être ai-je vraiment
en tête de prêcher... Cela peut être ; en vérité, cela peut
être.

— Et votre philosophie est exactement celle d'Eulam-
pie Nicolaevna, reprit encore Aglaé. C'est une veuve de
petit fonctionnaire, qui vient souvent chez nous, une
espèce de parasite. Tout son but dans la vie, c'est l'éco-
nomie : vivre à meilleur compte ; elle ne parle que de
kopeks. Et, notez-le bien, elle a de l'argent. C'est une
coquine. Eh bien, il en va de même de votre vie immense
en prison, et peut-être aussi de votre félicité de quatre
années dans un village, pour laquelle vous avez vendu
votre immense Naples, et, je crois, avec bénéfice, bien
que pour des kopeks.

— Sur la vie en prison, on peut encore ne pas être

d'accord, dit le prince. J'ai entendu le récit d'un homme qui est resté en prison dans les douze ans; c'était un des malades de mon professeur et il était là en traitement. Il avait des crises, il était parfois agité, il pleurait, il a même essayé une fois de se tuer. Sa vie en prison était très triste, je vous assure, mais, naturellement, elle n'était pas estimable en kopeks. Pour toutes connaissances, il n'avait là qu'une araignée [34], et aussi un arbuste qui avait poussé sous sa fenêtre... Mais je vous raconterai plutôt une autre rencontre que j'ai faite l'an passé. Il y a eu là une circonstance très singulière, singulière, au fond, en ceci, que le cas se produit très rarement.

Cet homme a été une fois hissé, avec d'autres, sur l'échafaud, et a entendu lecture de sa condamnation à mort : il serait fusillé, pour un crime politique. Une vingtaine de minutes plus tard lui a été lue aussi une décision de grâce : un autre degré de peine ; mais dans l'intervalle entre les deux sentences, durant vingt minutes ou au moins un quart d'heure, il n'en a pas moins vécu dans cette conviction, ne se faisant aucun doute que dans quelques minutes il mourrait. Je l'écoutais avec avidité, lorsque parfois il se remémorait ses impressions d'alors, et plusieurs fois je l'ai interrogé encore. Il se rappelait tout avec une clarté extraordinaire et disait qu'il n'oublierait jamais rien de ces minutes-là. A une vingtaine de pas de l'échafaud, autour duquel se tenaient le peuple et les soldats, étaient plantés trois poteaux, parce que les criminels étaient plusieurs. Les trois premiers furent amenés vers les poteaux, attachés, revêtus du costume mortuaire (de longues chemises blanches) et on tira sur leurs yeux leurs bonnets blancs, pour qu'ils ne vissent pas les fusils. Ensuite, devant chaque poteau se rangea un peloton de soldats. Mon homme était le numéro huit, et ainsi devait être conduit aux poteaux dans le troisième groupe. Le prêtre passa devant eux tous avec la croix. Il leur restait à vivre environ cinq minutes, pas plus. Il disait que ces cinq minutes lui avaient paru un délai sans fin, une immense richesse, il lui avait semblé que dans ces cinq minutes il vivrait tant de vies qu'il n'y aurait pas encore à penser à l'instant ultime, de sorte qu'il avait pris diverses dispositions : il avait calculé le temps nécessaire pour dire adieu à ses camarades et prévu pour cela deux minutes ; puis fixé deux minutes encore pour réfléchir une dernière fois à part soi ; et ensuite encore de quoi jeter un dernier regard circulaire. Il se souvenait fort bien d'avoir pris précisément ces trois dispositions-là et fait ces calculs. Il mourait à vingt-sept ans [35], sain et fort. Faisant ses adieux aux camarades, il s'en souvenait, il avait posé à l'un d'eux une question assez étrangère à la situation et écouté avec grand intérêt la réponse. Ensuite, les adieux achevés, arrivèrent les deux minutes qu'il avait réservées pour *réfléchir à part soi ;* il savait d'avance à quoi il réfléchirait. Il avait le désir de se représenter le plus tôt et le plus nettement possible une chose : « Comment cela ? Maintenant j'existe et je vis, et dans trois minutes je serai on ne sait quoi, un être ou une chose sans nom, alors qui donc enfin ? Où donc ? » Tout cela, il pensait le décider dans ces deux minutes ! Non loin de là était une église, et le faîte de l'église avec sa toiture dorée étincelait au grand soleil. Il se souvenait qu'il regardait avec opiniâtreté ce toit et les rayons qu'elle reflétait ; il ne pouvait s'en arracher : il lui semblait que ces rayons étaient sa nouvelle nature, que dans trois minutes il se confondrait avec eux... Son ignorance et son dégoût de l'état nouveau qui serait le sien et qui était maintenant imminent étaient effrayants. Mais, disait-il, rien à ce moment ne lui fut plus pénible que cette idée incessante : « Et si je ne mourais pas ? Et si je revenais à la vie, quel infini ! Et tout cela serait à moi ! De chaque minute, alors, je ferais tout un siècle, je ne laisserais rien perdre, de chaque minute je tiendrais un compte exact, je n'en dépenserais pas une inutilement ! » Il disait que cette pensée s'était changée finalement chez lui en une telle rage qu'il avait désiré être fusillé au plus vite.

Soudain le prince se tut. Tout le monde attendait qu'il continuât et tirât la conclusion.

— Vous avez terminé ? demanda Aglaé.

— Comment ?... J'ai terminé, dit le prince, sortant de sa rêverie d'un instant.

— Mais pourquoi avez-vous raconté cela ?

— Comme cela... Des souvenirs... A propos de notre conversation.

— Vous êtes très décousu, prince, observa Alexandra. Sûrement vous vouliez arriver à cette conclusion qu'il n'existe pas un instant qui puisse être estimé en kopeks, et que parfois cinq minutes ont plus de prix qu'un trésor. Tout cela est louable, mais permettez, cependant; cet ami, qui vous a raconté de pareilles horreurs..., on lui a commué sa peine, n'est-ce pas? — Donc on la lui a donnée, cette « vie sans fin ». Eh bien, qu'en a-t-il fait ensuite, de cette richesse? A-t-il vécu en « tenant compte » de chaque minute?

— Oh, non, il me l'a dit lui-même, je le lui ai demandé, il n'a pas du tout vécu comme cela, il a perdu beaucoup beaucoup de minutes.

— Eh bien, par conséquent, voilà une leçon pour vous, par conséquent il est impossible de vivre en tenant réellement ce compte. Pour une raison ou pour une autre, c'est impossible.

— Oui, pour une raison ou pour une autre, c'est impossible, répéta le prince. J'ai eu moi-même cette impression... Et pourtant je ne peux pas le croire...

— C'est-à-dire que vous pensez vivre plus intelligemment que les autres? dit Aglaé.

— Oui, j'ai eu quelquefois cette pensée-là aussi.

— Et vous l'avez encore?

— Et... je l'ai, répondit le prince, toujours avec un sourire doux et même timide et en regardant Aglaé; mais aussitôt il éclata encore une fois de rire et la fixa joyeusement.

— C'est modeste! dit Aglaé, presque irritée.

— Comme vous êtes brave, quand même : tenez, vous riez, tandis que moi j'ai été si frappé par tous ces détails de son récit qu'ensuite j'en ai rêvé, j'ai vu en songe précisément ces cinq minutes.

D'un regard interrogateur et sérieux il embrassa encore une fois ses auditrices.

— Vous n'êtes pas fâchées? demanda-t-il tout à coup, comme troublé, mais pourtant en les regardant toutes droit dans les yeux.

— Pour quoi donc ? s'écrièrent les trois demoiselles, étonnées.

— Mais... parce que j'ai toujours l'air de vous prêcher... Elles éclatèrent toutes de rire.

— Si vous êtes fâchées, alors ne restez pas fâchées, dit-il. Je sais bien moi-même que j'ai vécu moins que quiconque, et moins que quiconque je comprends la vie. Peut-être parfois parlé-je très bizarrement...

Et il parut absolument confus.

— Puisque vous dites que vous avez été heureux, vous avez vécu non pas moins, mais davantage : pourquoi biaiser et vous excuser ? commença Aglaé sévèrement et avec insistance. Et ne vous inquiétez pas, je vous prie, de nous prêcher : il n'y a là aucun triomphe de votre part. Avec votre quiétisme on peut emplir de bonheur même cent ans de vie. Qu'on vous montre une exécution capitale ou qu'on vous montre le petit doigt, vous tirerez de l'un et de l'autre cas la même louable pensée, et de plus vous en resterez satisfait. De cette façon-là, on peut vivre.

— Pourquoi enrages-tu toujours, je ne comprends pas ! lança la générale, qui depuis longtemps observait les visages. Et de quoi parlez-vous, je n'arrive pas à le comprendre non plus. De quel petit doigt s'agit-il ? Quelles sont ces sottises ? Le prince parle admirablement. Seulement, c'est un peu triste. Pourquoi le décourages-tu ? Quand il a commencé, il riait, tandis que maintenant il est tout éteint.

— Ça ne fait rien, maman. — C'est dommage, prince que vous n'ayez pas vu une exécution capitale, je vous aurais posé une question.

— J'en ai vu une.

— Vous avez vu ? s'écria Aglaé. J'aurais dû le deviner. Cela, c'est le comble ! Si vous avez vu, comment pouvez-vous dire que vous avez vécu tout le temps heureux ? Allons, n'est-ce pas vrai, ce que je dis ?

— Mais, est-ce qu'on exécute dans votre village ? demanda Adélaïde.

— C'est à Lyon que j'ai vu exécuter, j'y étais allé avec Schneider, il m'avait emmené. A peine arrivé, je suis tombé dessus.

— Et alors, ça vous a beaucoup plu? C'était très édifiant? Très profitable? demanda coup sur coup Aglaé.

— Ça ne m'a pas plu du tout, et après j'en ai été presque malade, mais je l'avoue, je regardais comme cloué sur place, je ne pouvais pas détourner les yeux.

— Moi non plus, je n'aurais pas pu détourner les yeux, dit Aglaé.

— Là-bas, on n'aime pas que les femmes viennent regarder, et même ces femmes-là, on en parle dans les journaux.

— Donc, si on trouve que ce n'est pas l'affaire des femmes, par là même on veut dire que c'est celle des hommes (et par conséquent justifier la chose). Je vous félicite de votre logique. Et vous, bien sûr, c'est ce que vous pensez?

— Parlez-nous de la peine de mort, interrompit Adélaïde.

— Je ne voudrais pas trop en ce moment..., fit le prince embarrassé et comme mécontent.

Aglaé voulut le piquer:

— On dirait qu'il vous en coûte de nous raconter cela.

— Non, ce que j'en disais, c'est parce que je viens d'en parler, de la peine de mort.

— A qui en avez-vous parlé?

— A votre domestique, pendant que j'attendais.

— A quel domestique? s'écria-t-on de tous les côtés.

— Eh bien, celui qui est dans l'antichambre, avec les cheveux grisonnants, le visage un peu rouge. J'étais là avant d'entrer chez Ivan Fiodorovitch.

— C'est bizarre, remarqua la générale.

— Le prince est un démocrate, trancha Aglaé. Eh bien, si vous avez raconté à Alexis, vous ne pouvez plus nous refuser à nous.

— Je veux absolument vous entendre, répéta Adélaïde.

— Tout à l'heure effectivement, lui répondit le prince en s'animant de nouveau quelque peu (il s'animait, semblait-il, et se livrait très vite), l'idée m'est venue, quand vous m'avez demandé un sujet de tableau, de vous donner celui-ci : dessiner le visage d'un condamné une minute avant la guillotine, au moment où il est encore

debout sur l'échafaud avant de s'allonger sur cette planche.

— Comment cela : le visage ? Le visage seulement ?
demanda Adélaïde. Singulier sujet ! Et quel tableau cela
donnera-t-il ?

— Je ne sais pas. Et pourquoi donc ? insista avec
ardeur le prince. Il n'y a pas longtemps, j'ai vu à Bâle un
tableau de cette sorte[36]. J'ai grande envie de vous raconter... Un jour, je vous raconterai. Il m'a frappé.

— Le tableau de Bâle, vous en parlerez après, absolument, dit Adélaïde. Maintenant, expliquez-moi le tableau que donnerait cette exécution. Pouvez-vous dire
comment vous vous le figurez ? Comment peindre ce
visage ? Vous dites bien : le visage seul ? Comment est-il,
ce visage ?

— C'était exactement une minute avant la mort...,
commença avec beaucoup de complaisance le prince emporté par ses souvenirs et oubliant apparemment tout le
reste, à l'instant même où, arrivé au sommet de l'échelle,
il venait de poser le pied sur l'échafaud. Il leva les yeux
dans ma direction ; je regardai son visage et compris
tout... Mais comment raconter cela ? Je voudrais terriblement, oui : terriblement, que vous ou quelqu'un d'autre dessiniez cela ! Ce serait mieux, si c'était vous. A ce
moment déjà j'ai pensé qu'un pareil tableau serait utile.
Vous savez, il faudrait représenter là tout ce qui a été
avant, tout, tout. Il était en prison et attendait l'exécution,
mais pas avant la semaine d'après ; il comptait sur les
formalités habituelles : le papier devait encore passer
quelque part et n'en sortirait pas avant huit jours. Et voilà
que tout à coup, par un hasard quelconque, les choses ont
été accélérées. A cinq heures du matin, il dormait. C'était
sur la fin d'octobre : à cinq heures, il fait encore froid et
sombre. Le directeur de la prison est entré, sans bruit,
avec la garde, et lui a prudemment touché l'épaule. Il
s'est soulevé, accoudé. Il a vu la lumière : « Qu'y a-t-il ? »
— « A neuf heures, l'exécution. » Mal réveillé, il n'y a
pas cru, a voulu protester que le papier ne sortirait que
dans huit jours. Mais une fois les yeux bien ouverts, il a
cessé de discuter et s'est tu — c'est ainsi qu'on me l'a

raconté —, et ensuite il a dit : « C'est quand même cruel,
comme ça, tout d'un coup... » et de nouveau il s'est tu et
désormais n'a plus rien voulu dire. Alors trois ou quatre
heures se passent en diverses choses : le prêtre, le petit
déjeuner, avec vin, café, viande (Allons, n'est-ce pas une
dérision, cela ? Réfléchissez combien c'est cruel. Et
d'autre part, je vous le jure, ces braves gens font cela le
cœur pur et sont persuadés que c'est là de l'humanité) ;
ensuite, la toilette (vous savez ce que signifie : la toilette
du condamné [37] ?) ; enfin le trajet à travers la ville jusqu'à
l'échafaud... Je pense que c'est alors aussi qu'on a l'impression qu'il vous reste infiniment à vivre, pendant ce
transport. Sûrement, il me semble, il se disait en route :
« Il y en a encore pour longtemps, il me reste encore trois
rues à vivre : je vais passer celle-ci, il restera encore
celle-là, puis celle où il y a un boulanger à droite... il y a
encore un moment avant d'arriver au boulanger ! » Autour
de lui, la foule, les cris, le bruit, dix mille visages, dix
mille paires d'yeux, tout cela, il faut le supporter, et
surtout cette idée : « Ils sont dix mille, et pas un d'eux ne
va être exécuté, moi je vais l'être ! » Tout cela, ce sont les
préparatifs. A l'échafaud conduit une échelle. Là, devant
cette échelle, soudain il a pleuré ; or c'était un homme fort
et courageux, un grand scélérat, disait-on. Il était accompagné tout le temps par le prêtre, qui était avec lui dans la
charrette et lui parlait toujours : l'autre n'écoutait sans
doute pas, ou bien s'il commençait à écouter, au troisième mot il ne comprenait déjà plus. Il devait en être
ainsi. Enfin il monta les marches : il avait les jambes
entravées et n'avançait qu'à petits pas. Le prêtre devait
être un homme intelligent : il cessa de parler, il lui donnait seulement la croix à baiser. Au bas de l'échelle il
était très pâle, mais une fois en haut, debout sur l'échafaud, il devint soudain blanc comme une feuille de papier, absolument comme une feuille de papier à lettre.
Sûrement ses jambes devenaient faibles et lourdes et il
avait la nausée — quelque chose lui serrait la gorge, et il
en éprouvait une espèce de chatouillement... — Avez-
vous éprouvé cette sensation quelquefois, dans un moment d'épouvante ou dans des minutes très effrayantes,

alors que vous gardiez toute votre raison, mais ne vous dominiez absolument plus ? La mort est inévitable, supposons, la maison s'écroule sur vous : alors, il me semble, une envie terrible vous prendra tout à coup de vous asseoir, de fermer les yeux, et d'attendre : advienne que pourra !... Eh bien, au moment où commençait cette faiblesse, le prêtre, vivement, d'un geste rapide et sans mot dire, soudain porta la croix à ses lèvres, une petite croix d'argent à quatre branches : il la lui présentait souvent, de minute en minute. Et dès que la croix touchait ses lèvres, il ouvrait les yeux, semblait se ranimer pour quelques secondes, et ses jambes avançaient. Il baisait la croix avec avidité, il se hâtait de la baiser : on aurait dit qu'il se dépêchait pour ne pas oublier de faire une provision de quelque chose à tout hasard, mais qu'il éprouvât dans ces instants un sentiment religieux quelconque, j'en doute. Et il en fut ainsi jusqu'à la planche... Une chose singulière, c'est que rarement, dans ces toutes dernières secondes, l'homme tombe en pâmoison. Au contraire, la tête vit et travaille à plein, sans doute fort, fort, fort, comme une machine en marche ; je me figure que c'est un heurt de toutes sortes de pensées, toutes inachevées, et peut-être de drôles d'idées, saugrenues, comme : « Celui-là qui regarde, il a une verrue sur le front ; tiens, le bourreau a son bouton du bas rouillé »... Et en même temps vous savez tout, vous vous rappelez tout : il y a un certain point qu'il est impossible d'oublier. Alors, il est impossible de tomber en pâmoison, et tout se meut et tourne autour de lui, autour de ce point. Et dire qu'il en est ainsi jusqu'au tout dernier quart de seconde, où la tête est déjà sur le billot et attend et... *sait,* et tout à coup elle entend au-dessus d'elle glisser le couperet ! Car cela, vous l'entendez sûrement. Moi, si j'étais dans cette position, exprès je l'écouterais et je l'entendrais ! Il n'y a là peut-être qu'un dixième d'instant, mais sûrement vous l'entendez ! Et figurez-vous, jusqu'à ce jour on discute sur ce point : la tête, une fois détachée, ne sait-elle pas, pendant une seconde peut-être encore, qu'elle a été détachée ? Belle idée, n'est-ce pas ? Et si cela durait cinq secondes ?...

Dessinez l'échafaud de telle sorte qu'on voie clairement et de près seulement la dernière marche; le
condamné y a posé le pied; la tête, le visage, sont blancs
comme une feuille de papier; le prêtre tend la croix;
l'autre tend avidement ses lèvres bleuies et regarde, et...
il sait tout. La croix et la tête, voilà le tableau; le visage
du prêtre, celui du bourreau et ceux de ses deux aides,
quelques têtes et quelques yeux dans le bas, tout cela peut
être peint comme au troisième plan, dans un brouillard,
comme des accessoires... Voilà votre tableau.

Le prince se tut et regarda tout son monde.

— Évidemment, cela ne ressemble pas à du quiétisme,
se dit à part soi Alexandra.

— Eh bien, maintenant, racontez comment vous avez
été amoureux, dit Adélaïde.

Le prince la regarda avec étonnement.

— Écoutez, dit avec une espèce de hâte Adélaïde,
vous nous devez l'histoire du tableau de Bâle, mais pour
le moment je veux savoir comment vous avez été amoureux; ne niez pas, vous l'avez été. Et puis dès que vous
vous mettez à raconter, vous cessez d'être philosophe.

— Et quand vous finissez, aussitôt vous avez honte de
ce que vous avez raconté, observa soudain Aglaé. Pourquoi cela?

— Comme tout cela est bête, enfin! trancha la générale, en regardant avec indignation Aglaé.

— Ce n'est pas intelligent, confirma Alexandra.

— Ne la croyez pas, reprit la générale en se tournant
vers le prince, elle fait exprès, par malice. Elle n'a pas du
tout été élevée aussi sottement. Ne vous faites pas je ne
sais quelles idées, si elles vous asticotent comme ça.
Elles ont sûrement machiné quelque chose; mais elles
vous aiment déjà. Je connais leurs physionomies.

— Moi aussi, je connais leurs physionomies, dit le
prince, en accentuant particulièrement ses paroles.

— Comment cela? demanda Adélaïde, curieuse.

— Que savez-vous de nos physionomies? interrogè-
rent, intriguées, les deux autres aussi.

Mais le prince gardait le silence, l'air sérieux. Tout le
monde attendait sa réponse.

— Je vous le dirai plus tard, dit-il doucement et gravement.

— Vous voulez absolument nous intriguer! s'écria Aglaé. Et quelle solennité!

— Bon, parfait! fit, toujours aussi pressée, Adélaïde. Mais si vous êtes tellement physionomiste, c'est sûrement que vous avez été amoureux. Par conséquent, j'ai deviné. Allons, racontez!

— Je n'ai pas été amoureux, répondit le prince toujours doucement et gravement. J'ai... été heureux autrement.

— Et comment? de quelle façon?

— Bon! Je vous raconterai. Il était comme plongé dans une profonde méditation.

VI

— Tenez, vous tous en ce moment, commença le prince, vous me regardez avec une telle curiosité que, si je ne la satisfais pas, vous serez, je suppose, fâchés contre moi... Non, je plaisante, ajouta-t-il vite, avec un sourire. — Là-bas... là-bas il n'y avait que des enfants, et moi j'étais tout le temps avec les enfants, seulement avec les enfants. C'étaient les enfants du village, toute la bande des écoliers. Moi, je ne leur faisais pas la classe: oh non, il y avait pour cela un instituteur, Jules Thibaud. Je les instruisais aussi, peut-être, mais surtout j'étais avec eux, et ces quatre années se sont écoulées ainsi. Je n'avais besoin de rien autre. Je leur parlais, je ne leur cachais rien. Leurs pères et leurs proches m'en voulaient tous parce que les enfants en étaient arrivés à ne plus pouvoir se passer de moi et tournaient toujours autour de moi, et le maître d'école finit par être mon plus grand ennemi. Je me suis fait beaucoup d'ennemis là-bas, toujours à cause des enfants. Même Schneider me faisait honte. Qu'est-ce qu'ils pouvaient bien craindre? A un enfant on peut tout dire, tout; une idée m'a toujours frappé: comme les grands connaissent mal les enfants, et les pères et mères leurs propres enfants! Il ne faut rien cacher aux enfants sous prétexte qu'ils sont trop petits et qu'ils ont le temps de savoir ensuite. Quelle triste et malheureuse idée! Et comme les enfants le remarquent bien, que leurs pères les jugent trop petits et incapables de rien comprendre, alors qu'ils comprennent tout[38]! Les grands ne savent pas qu'un enfant peut, même dans la plus difficile des affaires, donner un conseil extrêmement important. Mon Dieu, quand vous vous sentez regardé par ce gentil oisillon, confiant et heureux, n'auriez-vous pas honte de le tromper? Si je les appelle oisillons, c'est parce qu'il n'y a rien de mieux au monde qu'un petit oiseau.

Au fait, si tout le monde au village s'est fâché contre moi, c'est surtout à propos d'une certaine histoire... Thibaud, lui, était tout bonnement jaloux. D'abord il hochait la tête et s'étonnait de voir comme les enfants avec moi comprenaient tout, et avec lui presque rien; ensuite, il s'est moqué de moi, quand je lui ai dit que lui et moi nous ne leur apprendrions rien, mais qu'eux avaient à nous apprendre. Et comment a-t-il pu m'envier et me calomnier, alors qu'il vivait avec les enfants? Par les enfants l'âme s'assainit... Il y avait là-bas un malade, dans la maison de santé de Schneider, un homme très malheureux. C'était un malheur si affreux qu'il n'en saurait guère exister de semblable. On l'avait mis en traitement pour dérangement d'esprit; selon moi, il n'était pas fou du tout, il souffrait seulement terriblement, et c'était toute sa maladie. Eh bien, si vous saviez ce qu'ont été pour lui nos enfants, sur la fin!... Mais de ce malade je vous parlerai plus tard; pour le moment, je vous raconterai plutôt comment tout cela a commencé.

D'abord, les enfants ne m'aimèrent pas. J'étais tellement grand, toujours tellement empoté; je le sais, que je ne suis pas beau à voir..., et puis il y avait que j'étais un étranger. Au début, ils se sont moqués de moi, plus tard ils m'ont même jeté des pierres, un jour où ils m'ont vu embrasser Marie. Or je l'ai embrassée en tout une fois... Non, ne riez pas (le prince se hâta d'arrêter le petit rire de ses auditrices): il n'y avait pas du tout d'amour là-dedans. Si vous saviez quelle malheureuse créature c'était,

vous auriez vous-mêmes pitié d'elle, autant que moi. Elle
était de notre village. Sa mère était une vieille femme, et
dans leur petite maisonnette, toute délabrée, sur les deux
fenêtres, une avait été aménagée, avec l'autorisation des
autorités locales, et par cette fenêtre on lui permettait de
vendre des lacets, du fil à coudre, du tabac, du savon, le
tout pour de toutes petites pièces de monnaie, et voilà de
quoi elle subsistait. Elle était malade, les jambes tout
enflées, et restait clouée sur place. Marie, donc, était sa
fille : une vingtaine d'années, faible et maigriotte ; elle
avait depuis longtemps un début de phtisie, mais continuait à se louer à la journée chez les gens pour les gros
travaux : laver les planchers, faire la lessive, balayer les
cours, soigner les bêtes. Un commis voyageur français la
séduisit et l'emmena, une semaine après l'abandonna
seule sur la route et disparut. Elle rentra à la maison,
mendiant en chemin, toute souillée, tout en loques, les
souliers déchirés ; elle avait cheminé à pied toute une
semaine, passé les nuits dans les champs et avait pris
froid ; elle avait les pieds blessés, les mains enflées et la
peau crevassée. Déjà avant, elle n'était pas belle ; les
yeux seulement étaient doux, bons, innocents. Elle était
terriblement silencieuse. Une fois, déjà avant, tout en
travaillant, elle s'était mise à chanter et, je m'en souviens, tout le monde avait été surpris et avait ri : « Marie a
chanté ! Comment ? Marie a chanté ! » Elle avait été intimidée et s'était tue pour toujours. Jadis on la ménageait
encore, mais quand on l'eut vue revenir malade et déchi-
rée, il n'y eut plus nulle part de pitié pour elle ! Comme
ils sont cruels à cet égard ! Comme ils ont là-dessus des
idées dures ! Sa mère, la première, la reçut avec colère et
mépris : « Tu m'as déshonorée à cette heure. » Elle la
première la livra à l'opprobre. Quand on apprit au village
que Marie était de retour, tout le monde accourut pour la
voir, et tout le village ou presque afflua dans la chaumière
de la vieille : vieillards, enfants, femmes, jeunes filles,
toute une foule avide et impatiente. Marie était couchée à
terre aux pieds de la vieille, affamée, en haillons, et
pleurait. Quand tout ce monde fit irruption, elle se couvrit
de ses cheveux défaits et se colla face contre terre. Tout

autour on la regardait comme une vipère : les vieux la
condamnaient et l'injuriaient, les jeunes riaient, les femmes l'injuriaient aussi, la condamnaient, la regardaient
avec autant de mépris qu'une araignée.

Sa mère permit cela : elle était assise, hochait la tête et
approuvait. Cette mère, à cette date, était elle-même bien
malade, presque mourante, et pourtant elle n'eut pas un
instant l'idée de faire sa paix avec sa fille, jusqu'à l'heure
de sa mort elle ne lui dit pas un seul mot, elle l'envoyait
dormir dans le vestibule, elle ne lui donnait presque rien à
manger. Elle devait plonger fréquemment ses jambes
malades dans l'eau tiède : Marie chaque jour lui lavait les
pieds et la soignait ; elle recevait tous ces services en
silence, sans lui adresser jamais une parole aimable.
Marie supportait tout et lorsque plus tard je fis connaissance avec elle je remarquai qu'elle-même approuvait
tout cela et se considérait comme la dernière des créatures. Quand la vieille se coucha pour ne plus se relever, les
vieilles du village vinrent la servir à tour de rôle, comme
c'est là-bas la coutume. Alors on cessa tout à fait de
donner à manger à Marie.

Dans le village on la chassait de partout et personne ne
voulait plus lui donner de travail comme auparavant.
Tout le monde l'avait comme mise au rebut ; les hommes
avaient cessé de la considérer comme une enfant et lui
disaient les pires saletés. Quelquefois, très rarement, les
ivrognes, quand ils avaient bien bu le dimanche, lui
jetaient des sous pour s'amuser, comme ça, à terre ; Marie
les ramassait sans un mot. Elle avait commencé à cracher
le sang. Enfin, ses hardes ne furent plus que des loques,
elle avait honte de se montrer dans le village ; déjà depuis
son retour elle allait nu-pieds. C'est alors que les enfants
surtout en bande — ils étaient une quarantaine d'écoliers
et davantage — se mirent à la taquiner, même à lui lancer
de la boue. Elle alla supplier le berger de lui permettre de
garder les vaches, mais le berger la chassa. Alors d'elle-
même, sans autorisation, elle partait avec le troupeau
pour des journées entières loin de la maison. Comme elle
était très utile au berger, et qu'il s'en était rendu compte,
il cessa de la chasser et parfois même il lui donnait les

restes de son manger, du fromage et du pain. Il estimait cela une grande grâce de sa part.

Quand sa mère mourut, le pasteur, en plein temple, ne rougit pas de flétrir Marie publiquement. Marie se tenait derrière le cercueil telle qu'elle était toujours, dans ses loques, et pleurait. Beaucoup de gens étaient venus regarder comment elle allait pleurer et suivre le corps : alors le pasteur — c'était un homme encore jeune, et son ambition était de devenir un grand prédicateur — se tourna vers la foule et montra du doigt Marie : « Voici celle qui a été la cause de la mort de cette femme respectable (et c'était faux, car sa mère était malade depuis deux ans)... La voici devant vous, qui n'ose pas lever les yeux, parce qu'elle est marquée du doigt de Dieu. La voici nu-pieds et en haillons : exemple pour celles qui perdent leur vertu ! Et qui donc est-elle ? Elle est sa fille ! » et ainsi de suite.

Et, figurez-vous, cette vilenie leur a plu à tous. Mais... il se produisit alors un incident : les enfants prirent sa défense, parce qu'à ce moment-là les enfants étaient déjà de mon côté et s'étaient mis à aimer Marie. Voici comment c'était arrivé. L'envie m'avait pris de faire quelque chose pour Marie. Il aurait fallu lui donner de l'argent, mais là-bas je n'ai jamais eu un centime. Or, je possédais une épingle avec un petit brillant : je la vendis à un brocanteur qui courait les campagnes et faisait le commerce des vieux habits. Il m'en donna huit francs, alors qu'elle en valait sûrement quarante. Longtemps je tâchai de rencontrer Marie seule ; enfin nous nous rencontrâmes à la sortie du village, près d'une haie, sur un sentier latéral conduisant vers la montagne, derrière un arbre. Là je lui remis ces huit francs en lui disant de les ménager, parce que je n'en aurais plus d'autres ; ensuite je lui donnai un baiser et lui dis de ne pas croire que j'avais de mauvaises intentions : je l'embrassais non point parce que j'étais amoureux d'elle, mais parce que j'avais grand-pitié et que jamais je ne l'avais jugée le moins du monde coupable, mais seulement malheureuse. J'avais tellement envie tout de suite de la consoler et de la convaincre qu'elle ne devait pas se juger tellement basse devant les autres..., mais je crois qu'elle ne me comprit pas. Je le remarquai sur-le-champ, bien qu'elle restât presque tout le temps silencieuse, debout devant moi, les yeux baissés, toute honteuse. Quand j'eus terminé, elle me baisa la main; moi, je pris aussitôt la sienne et voulus la baiser, mais elle la retira vivement.

Soudain, à cet instant, les enfants nous virent, toute la bande; j'appris plus tard que depuis longtemps ils me surveillaient. Et de siffler, de battre des mains et de rire: Marie prit la fuite. Je voulais parler, mais ils commencèrent à me lancer des pierres. Le jour même, tout le monde l'apprit, tout le village; on tomba de plus belle sur Marie: on la détesta encore davantage. J'appris même qu'on voulait la condamner à je ne sais quelle peine, mais grâce à Dieu il n'en fut rien. Par contre, les enfants lui empoisonnèrent l'existence, la taquinèrent pis qu'avant, lui lancèrent de la boue. Ils la poursuivaient, elle courait devant eux avec sa poitrine faible, perdait la respiration, et eux continuaient, criant, l'injuriant. Une fois, je me suis même jeté sur eux pour les chasser. Ensuite, je leur ai parlé, parlé chaque jour, toutes les fois que je le pouvais. Parfois ils s'arrêtaient et écoutaient, tout en continuant à dire des injures. Je leur ai raconté combien Marie était malheureuse. Bientôt ils cessèrent de l'injurier: ils s'éloignaient en silence. Peu à peu nous conversâmes, je ne leur cachai rien, je leur ai tout raconté. Ils écoutaient avec beaucoup de curiosité, et bientôt ils en vinrent à plaindre Marie. Certains, en la rencontrant, la saluaient aimablement; il est d'usage là-bas, quand on se croise, connaissances ou non, de se saluer en disant: «Bonjour!» J'imagine combien Marie a pu s'étonner. Une fois, deux fillettes se procurèrent des victuailles et les lui portèrent, les lui remirent, revinrent et me le dirent. Elles racontaient que Marie avait fondu en larmes et que maintenant elles l'aimaient beaucoup. Sous peu tous l'aimèrent, et en même temps moi aussi on m'aima.

Ils venaient maintenant souvent chez moi et me demandaient de leur raconter des histoires; il me semble que je racontais bien, car ils aimaient beaucoup m'écouter. Plus tard, j'ai étudié et j'ai lu uniquement pour leur raconter ensuite, et pendant les trois années qui suivirent je leur racontai. Quand ensuite on m'accusait — Schneider aussi — de leur parler comme à des grandes personnes, de ne rien leur cacher, je répondais que j'aurais rougi de leur mentir, qu'ils savaient déjà tout ce qu'on pouvait leur cacher, et qu'ils apprendraient probablement de vilaines choses tandis que de moi ils n'apprendraient rien de semblable. Il suffisait à chacun de se rappeler qu'il avait été enfant aussi. Les gens n'étaient pas d'accord.

J'avais donné ce baiser à Marie quinze jours avant la mort de sa mère ; quand le pasteur prononça son prêche, tous les enfants étaient déjà de mon côté. Je leur racontai aussitôt et leur commentai la conduite du pasteur : ils se mirent en colère contre lui, quelques-uns assez pour aller briser ses vitres à coups de pierres. Je les arrêtai parce que cela c'était mal, mais sur-le-champ tout fut connu au village, et on m'accusa d'avoir corrompu les enfants. Ensuite on apprit que les enfants aimaient Marie, et ce fut un émoi terrible ; mais Marie, elle, était heureuse. On défendit même aux enfants de la rencontrer, mais ils couraient en cachette la retrouver au troupeau, assez loin, à près d'une demi-verste du village ; ils lui portaient de petits cadeaux, et certains accouraient tout bonnement pour l'embrasser, lui donner un baiser, dire : « Je vous aime, Marie ! » et ensuite à toutes jambes rentrer chez eux. Marie faillit perdre la tête, d'un bonheur aussi subit ; elle n'en avait même jamais rêvé ; elle était joyeuse et honteuse. Mais l'essentiel, c'était l'envie qu'avaient les enfants, surtout les filles, de courir auprès d'elle pour lui confier que je l'aimais et que je leur parlais beaucoup d'elle. Ils lui racontèrent que je leur avais confié toute son histoire et que maintenant ils l'aimaient et la plaignaient, et que c'était pour toujours. Ensuite ils accouraient chez moi et, avec les mêmes frimousses joyeuses et affairées, me confiaient qu'ils venaient de voir Marie et qu'elle me saluait. Le soir, j'allais à la cascade : il y avait là un endroit absolument caché du village, avec des peupliers tout autour, c'était là qu'ils venaient me trouver tous les soirs, certains même en cachette. J'ai l'impression que mon amour pour Marie était pour eux un immense plaisir, et sur ce seul point, durant tout mon séjour là-bas, je les ai trompés. Je ne les détrompais point, mais je n'aimais nullement Marie, en ce sens que je n'étais pas amoureux du tout, j'avais seulement une grande pitié d'elle. Tout me montrait qu'ils avaient tellement de plaisir à croire ce qu'ils imaginaient et avaient décidé entre eux ! Aussi je me taisais et faisais semblant qu'ils avaient deviné. Et à quel point ils étaient tendres et délicats, ces petits cœurs : il leur avait paru impossible, entre autres, que leur bon Léon aimât tant Marie, et que Marie fût si mal vêtue et sans souliers. Figurez-vous qu'ils lui procurèrent et souliers, et bas, et linge, et même une robe ; comment s'y prirent-ils, je l'ignore ; toute la bande s'y était prise. Quand je les interrogeais, ils se contentaient de rire joyeusement, les filles battaient des mains et me donnaient des baisers.

Parfois j'allais en secret, moi aussi, visiter Marie. Elle était maintenant bien malade et marchait avec peine ; finalement elle cessa tout à fait de servir le berger, mais quand même chaque matin elle partait avec le troupeau. Elle s'asseyait à l'écart : au bout d'un rocher à pic, presque à angle droit, il y avait une saillie ; elle s'asseyait à l'extrême pointe, cachée de tous, sur une pierre et restait là presque sans mouvement toute la journée, du matin jusqu'à l'heure où le troupeau s'en allait. Elle était si affaiblie désormais par la phtisie qu'elle gardait la plupart du temps les yeux clos, la tête appuyée contre le roc, et sommeillait en respirant péniblement ; son visage était amaigri, on aurait dit un squelette, et la sueur perlait sur son front et ses tempes. C'était ainsi que je la trouvais toujours. Je venais pour un instant, et je ne voulais pas non plus être vu. Dès que je me montrais, Marie tout de suite tressaillait, ouvrait les yeux et s'élançait pour me baiser les mains. Je ne les retirais plus, parce que c'était pour elle un bonheur ; tout le temps que j'étais assis là, elle tremblait et pleurait ; en vérité, à plusieurs reprises, elle essayait de parler, mais il était difficile de la comprendre. Elle était d'habitude comme folle, dans un trouble et une exaltation terribles. Parfois les enfants venaient avec moi : dans ce cas, ils se tenaient ordinairement un peu à distance et se mettaient en devoir de nous garder Dieu sait contre quoi ou contre qui, et cela leur était extrêmement agréable. Quand nous étions partis, Marie de nouveau restait seule, comme avant sans un mouvement, les yeux clos et la tête appuyée contre le roc; peut-être rêvait-elle.

Un matin, elle ne put plus sortir au-devant du troupeau : elle demeura chez elle, dans sa maison vide. Les enfants l'apprirent aussitôt et presque tous défilèrent chez elle ce jour-là, en visite : elle était couchée dans son lit, seule et abandonnée. Deux jours durant, les enfants furent seuls à la servir, accourant à tour de rôle pour un instant; mais ensuite, quand le bruit se répandit dans le village que Marie était réellement mourante, commencèrent à venir auprès d'elle les vieilles, pour rester là et la veiller. Sans doute s'était-on mis à la plaindre; du moins les enfants n'étaient plus retenus et grondés comme auparavant. Marie était tout le temps somnolente; son sommeil était agité : elle toussait terriblement. Les vieilles chassaient les enfants, mais ils accouraient sous les fenêtres, parfois un instant seulement, pour dire seulement : « Bonjour, notre bonne Marie ! » Et elle, dès qu'elle les apercevait ou les entendait, s'animait et, sans écouter les vieilles, tâchait de se soulever sur un coude, leur faisait signe de la tête, les remerciait. Ils continuaient à lui apporter de petits cadeaux, mais elle ne mangeait pour ainsi dire plus. Grâce à eux, elle a oublié son triste sort, elle a comme reçu d'eux son pardon — car jusqu'à la fin elle s'est jugée une grande criminelle. Eux, comme des oisillons, battaient des ailes contre ses fenêtres et lui criaient chaque matin : « Nous t'aimons, Marie. » Elle mourut très vite. Je pensais qu'elle vivrait beaucoup plus longtemps. La veille de sa mort, peu avant le coucher du soleil, je vins la voir; je crois qu'elle me reconnut et pour la dernière fois je lui serrai la main. Comme elle était desséchée cette main ! Et voilà que le matin suivant on vient me dire : Marie est morte. Là, il fut impossible de retenir les enfants : ils ornèrent son cercueil de fleurs et lui mirent une couronne sur la tête. Le pasteur dans son temple ne flétrit plus la morte, mais il y eut très peu de

monde à l'enterrement : certains étaient venus seulement
par curiosité ; mais quand il fallut po..er le cercueil, les
enfants, du coup, s'élancèrent tous pour le porter, eux.
Comme ils ne le purent pas, du moins ils aidèrent ; ils
couraient derrière, et tous pleuraient. Depuis ce jour la
modeste tombe de Marie a constamment été honorée par
les enfants : ils la fleurissent chaque année ; ils ont planté
des rosiers autour.

Mais cet enterrement a été le début de la grande persécution de tout le village contre moi, à cause des enfants.
Les principaux instigateurs étaient le pasteur et le maître
d'école. Interdiction absolue fut faite aux enfants même
de me rencontrer, et Schneider s'engagea même à y
veiller. Cependant nous nous voyions quand même, et de
loin nous nous expliquions par signes. Ils m'envoyaient
de petits billets. Dans la suite, tout cela s'est arrangé,
mais sur le moment c'était tout à fait bien : grâce à cette
persécution je me suis rapproché encore davantage des
enfants. La dernière année, je me suis même presque
réconcilié avec Thibaud et avec le pasteur.

Quant à Schneider, il m'a beaucoup parlé et a beaucoup discuté avec moi de mon pernicieux « système »
d'éducation. Quel système avais-je donc ? Enfin il m'a
exprimé une très singulière idée qu'il avait — c'était déjà
à la veille de mon départ : il m'a dit qu'il s'était
convaincu absolument que moi-même j'étais un véritable
enfant, c'est-à-dire de tous points un enfant, que par la
taille seulement et par le visage je ressemblais à un
adulte, mais que par le développement, l'âme, le caractère et peut-être même l'intelligence je n'étais pas un
adulte, et que je demeurerais tel, dussé-je vivre jusqu'à
soixante ans. Je ris beaucoup : il n'avait certainement pas
raison, car comment pouvais-je être un enfant ? Une
chose seulement était vraie, c'est qu'en effet je n'aime
pas être avec des adultes, des hommes, des grandes
personnes — cela, je l'ai remarqué depuis longtemps —,
et je ne l'aime pas parce que je ne sais pas être avec eux.
Quoi qu'ils me disent, si bons pour moi qu'ils soient, je
suis toujours mal à l'aise avec eux, et je ne suis content
que quand je peux m'enfuir au plus vite vers les camara-

des, et ces camarades, ç'a toujours été les enfants. Ce n'est point parce que j'étais moi-même un enfant mais parce que j'ai toujours été attiré par les enfants. Lorsque, au début encore de mon séjour à la campagne — tenez, lorsque je m'en allais promener mon spleen [39] seul dans la montagne —, errant ainsi solitaire, je rencontrais parfois, surtout sur les midi, alors qu'on la lâchait de l'école, toute leur bande bruyante, avec sacs et ardoises, courant, criant, riant, se livrant à mille jeux, toute mon âme s'élançait vers eux. Je ne sais comment, mais j'éprouvais à chacune de ces rencontres une sensation extraordinairement forte de bonheur. Je m'arrêtais et je riais de bonheur à voir leurs petites jambes, toujours en mouvement et perpétuellement en course, les gamins et les filles gambadant ensemble, les rires et les pleurs (car beaucoup avaient le temps de se battre, fondre en larmes, se réconcilier et jouer de nouveau durant le trajet de l'école à la maison), et j'oubliais alors tout mon spleen. Dans la suite, pendant ces trois années, je n'ai même plus pu comprendre comment ni pourquoi on pouvait avoir le spleen. Toute ma destinée s'est orientée vers eux. Je ne comptais pas quitter jamais le village et l'idée ne me venait pas que je reviendrais un jour ici, en Russie. Il me semblait que je resterais toujours là.

Mais je vis enfin que Schneider ne pouvait quand même pas m'entretenir, et puis se présenta une affaire si importante, sembla-t-il, que Schneider lui-même me pressa de partir et envoya pour moi la réponse ici. Eh bien, voilà : je verrai de quoi il s'agit, et je prendrai conseil. Peut-être que mon sort changera du tout au tout, mais ce n'est pas tout et ce n'est pas l'essentiel. L'essentiel, c'est que toute ma vie a déjà changé. J'ai laissé beaucoup, là-bas, vraiment beaucoup. Tout a disparu. Dans le train je me disais : «Maintenant, je vais à la rencontre des hommes [40]. Je ne sais peut-être rien, mais c'est une nouvelle vie qui commence. » J'ai résolu d'accomplir ma tâche loyalement et fermement. Avec les hommes je connaîtrai peut-être l'ennui et la peine. Pour commencer, j'ai résolu d'être avec tous poli et franc ; personne ne peut me demander davantage. Peut-être

qu'ici aussi on me prendra pour un enfant : soit ! Tout le
monde me prend aussi pour un idiot, Dieu sait pourquoi.
Il est de fait que j'ai été si malade jadis que j'étais alors
vraiment semblable à un idiot ; mais quel idiot suis-je,
aujourd'hui que je comprends moi-même qu'on me juge
idiot ? J'entre quelque part et je me dis : « Voilà qu'on me
juge idiot, et pourtant j'ai mon intelligence, ils ne s'en
doutent pas... » Souvent cette idée me vient. C'est seulement à Berlin, en recevant de là-bas quelques petites
lettres qu'ils m'avaient déjà écrites, que j'ai compris
combien je les aimais. J'ai eu beaucoup de peine en
recevant la première lettre ! Comme ils étaient tristes en
m'accompagnant à la gare ! Un mois avant, ils avaient le
sentiment déjà de me perdre : « Léon s'en va. Léon s'en va
pour toujours ! » Chaque soir nous nous réunissions
comme avant à la cascade et tous parlaient de la séparation. Parfois, c'était la même gaieté que jadis ; seulement,
au moment de se quitter pour la nuit, ils m'embrassaient
chaudement et fortement, ce qui n'arrivait pas jusque-là.
Certains passaient chez moi en secret de leurs camarades,
un à un, simplement pour m'embrasser et me donner un
baiser en particulier, non pas devant tout le monde.
Quand je me mis en route, toute la bande m'accompagna
à la gare. Le chemin de fer était à une verste environ de
notre village. Ils se retenaient de pleurer, mais beaucoup
n'en pouvaient plus et pleuraient bruyamment, surtout les
filles. Nous nous dépêchions pour ne pas être en retard,
mais de temps en temps il y en avait un qui se détachait de
la foule en pleine route et se jetait sur moi, m'entourant
de ses petits bras et me donnant un baiser : pour cela il
arrêtait toute la troupe, et nous avions beau être pressés
nous nous arrêtions quand même et attendions la fin de
ces adieux. Quand je fus dans le wagon, assis, et que le
train partit, ils me crièrent tous « Hurrah ! » et restèrent
longtemps sur place, jusqu'à ce que le wagon eut tout à
fait disparu. Et moi aussi je les regardais.

Écoutez-moi : quand tout à l'heure je suis entré ici et
que j'ai regardé vos gentils visages — maintenant j'aime
beaucoup sonder les visages — et que j'ai entendu vos
premières paroles, eh bien ! pour la première fois depuis

lors je me suis senti le cœur léger. Je me suis dit tout à l'heure que j'appartenais peut-être au nombre des heureux : je le sais en effet, des gens qu'on puisse d'emblée aimer, ce n'est pas si vite qu'on en découvre ; or vous, c'est au sortir du train que je vous ai rencontrées. Je le sais très bien, on a toujours honte de parler de ses sentiments, et pourtant, voyez, moi je vous en parle, et avec vous je n'ai pas honte. Je suis sauvage, et peut-être que de longtemps je ne reviendrai plus chez vous. Mais ne l'attribuez pas à une mauvaise pensée : si je vous dis cela, ce n'est pas que je ne vous apprécie pas, et ne croyez pas non plus que j'aie été blessé le moins du monde.

Vous m'avez demandé à propos de vos physionomies ce que j'y avais remarqué. Je vais vous le dire, très volontiers. Vous, Adélaïde Ivanovna, vous avez un visage heureux, de tous les trois le plus sympathique. Outre que vous êtes très bien de votre personne, en vous regardant on se dit : « Elle a le visage d'une excellente sœur. » Vous avez l'abord simple et gai, mais vous savez aussi connaître rapidement le cœur. Voilà ce qu'il me semble de votre visage. Vous, Alexandra Ivanovna, vous avez un visage également beau et très gentil, mais peut-être y a-t-il en vous une tristesse cachée ; votre âme, sans aucun doute, est très bonne, mais vous n'êtes pas gaie. Il y a une certaine nuance sur votre visage qui rappelle la Madone de Holbein à Dresde [41]. Bon, voilà pour votre physionomie : est-ce que je ne devine pas bien ? Mais vous-même me prenez pour un bon devineur. Pour ce qui est de votre visage à vous, Élisabeth Procofievna — il se tourna soudain vers la générale —, ce n'est plus « il me semble », mais je suis tout simplement convaincu que vous êtes un parfait enfant, en tout, en tout ce qui est bon et en tout ce qui est mauvais, malgré l'âge que vous avez. Vous ne m'en voulez pas, de parler ainsi ? Vous savez ce que je pense des enfants. Et ne croyez pas que ce soit par simplicité que j'aie parlé aussi franchement de vos visages : oh non ! pas du tout ! Peut-être avais-je mon idée.

VII

Quand le prince se fut tu, tout le monde le regarda gaiement, même Aglaé, mais surtout Élisabeth Procofievna.

— Ah ! l'examen est terminé ! s'écria-t-elle. Alors, mesdemoiselles, vous vous figuriez que vous alliez le protéger, comme un petit malheureux : eh bien, c'est lui qui vous a tout juste honorées de son choix, et encore avec cette réserve qu'il ne viendra que de temps à autre. C'est nous qui en sommes pour nos frais, et j'en suis enchantée ; mais le plus attrapé, ce sera Ivan Fiodorovitch. — Bravo, prince ! C'était vous, tout à l'heure, qu'on nous demandait d'examiner. Quant à ce que vous avez dit de mon visage, c'est la vérité vraie : je suis un enfant, je le sais. Déjà avant vous, je le savais ; vous avez exprimé précisément ma pensée, d'un seul mot. Votre caractère, à mon avis, est tout à fait semblable au mien, et j'en suis contente : on dirait deux gouttes d'eau. Seulement vous êtes un homme, et moi une femme, et je n'ai pas été en Suisse : voilà toute la différence.

— Ne vous dépêchez pas trop, maman, s'écria Aglaé : le prince dit qu'en faisant tous ses aveux il avait une idée à lui et qu'il ne parlait pas sans intention.

— Oui, oui, dirent les autres, riant.

— Ne vous moquez pas de moi, mes chéries : il est peut-être bien plus malin que vous trois ensemble. Vous verrez. — Seulement, prince, pourquoi n'avez-vous rien dit d'Aglaé ? Aglaé attend, et moi aussi.

— Je ne peux rien dire pour le moment. Plus tard.

— Pourquoi cela ? Elle ne passe pas inaperçue, il me semble ?

— Oh oui ! on la remarque. Vous êtes une extraordinaire beauté, Aglaé Ivanovna. Vous êtes si belle qu'on a peur de vous regarder.

— Et c'est tout ? Et le caractère ? insista la générale.

— La beauté est difficile à juger. Je ne suis pas encore préparé. La beauté est une énigme[42].

— C'est-à-dire que vous, vous posez à Aglaé une énigme, dit Adélaïde. — Allons, trouve le mot, Aglaé. — Mais elle est belle, prince, elle est belle ?

— Extraordinairement ! répondit le prince avec ardeur, en levant sur Aglaé un regard enthousiaste. Presque comme Anastasie Filippovna, bien que le visage soit tout autre !...

Elles se regardèrent toutes, surprises.

— Comme... qui ? prononça la générale. Comme Anastasie Filippovna ? Où avez-vous vu Anastasie Filippovna ? Quelle Anastasie Filippovna ?

— Tout à l'heure Gabriel Ardalionovitch a fait voir son portrait à Ivan Fiodorovitch.

— Comment ? Il a porté son portrait à Ivan Fiodorovitch ?

— Pour le lui montrer. Anastasie Filippovna a fait cadeau aujourd'hui de son portrait à Gabriel Ardalionovitch, et celui-ci l'a apporté pour le montrer.

— Je veux le voir ! s'écria la générale. Où est-il, ce portrait ? Si elle le lui a donné, il doit être chez lui, et lui-même, naturellement est encore à son bureau. Il vient toujours le mercredi, et il ne part jamais avant 4 heures. Appelez tout de suite Gabriel Ardalionovitch ! — Non, je ne meurs pas tellement d'envie de le voir. Faites-moi ce plaisir, prince, allez dans le cabinet du général, mon ami, prenez le portrait et apportez-le ici. Dites que c'est pour le regarder, je vous en prie.

— Il est bien, mais un peu trop simplet, dit Adélaïde, quand le prince fut sorti.

— Oui, décidément un peu trop, approuva Alexandra. Au point d'être même un peu ridicule.

Et l'une comme l'autre semblaient ne pas exprimer toute leur pensée.

— D'ailleurs, il s'en est fort bien tiré, avec nos visages, dit Aglaé : il a flatté tout le monde, même maman.

— Ne fais pas d'esprit, je t'en prie ! s'écria la générale. Il ne m'a pas flattée, mais je me sens flattée quand même.

— Tu crois qu'il voulait seulement « s'en tirer » ? demanda Adélaïde.

— Il me semble qu'il n'est pas si simplet.

— Allons, la voilà partie! dit la générale, fâchée. A mon avis, vous êtes encore plus ridicules que lui. Simplet, mais avec des idées de derrière la tête: au sens le plus favorable, s'entend. Tout à fait comme moi.

« Évidemment, c'est dommage que je me sois laissé entraîner à parler du portrait, raisonnait à part soi le prince, en se dirigeant vers le cabinet et en éprouvant quelque remords. Mais... peut-être ai-je bien fait en réalité de laisser échapper... » Une idée singulière commençait à poindre chez lui, d'ailleurs pas très claire encore.

Gabriel Ardalionovitch était encore dans le cabinet, plongé dans ses papiers. Sans doute ce n'était pas sans raison qu'il touchait un traitement de la société par actions. Il fut fortement troublé quand le prince lui demanda le portrait et raconta comment on avait appris là-bas son existence.

— Aï... aï... aï! Et quel besoin aviez-vous de bavarder! s'écria-t-il dans son dépit courroucé. Vous ne savez rien... Idiot! murmura-t-il à part soi.

— Pardon. C'est sans y penser. Cela m'est venu tout seul, en parlant. J'ai dit qu'Aglaé est presque aussi belle qu'Anastasie Filippovna.

Gaby lui demanda de raconter plus en détail. Le prince raconta. Gaby, de nouveau, le regarda d'un air moqueur:

— Qu'est-ce que vous avez après Anastasie Filippovna?..., murmura-t-il, mais il n'acheva pas et devint pensif.

Il était dans un émoi évident. Le prince lui rappela le portrait.

— Écoutez, prince! dit soudain Gaby, comme si une pensée subite l'avait illuminé: j'ai une immense prière à vous adresser... Mais je ne sais vraiment...

Il se troubla et n'acheva pas. Il était en train de prendre une décision et avait l'air de lutter contre lui-même. Le prince attendait sans mot dire. Gaby encore une fois le toisa d'un regard appuyé, inquisiteur.

— Prince, reprit-il, là-bas en ce moment on me... c'est à cause d'une circonstance tout à fait singulière... et ridicule... et dans laquelle je n'ai aucun tort... bon, bref, cela n'a rien à voir... donc, il me semble, on m'en veut quelque peu, si bien que depuis quelque temps je ne veux plus y aller sans être invité. J'aurais grand besoin de parler maintenant avec Aglaé Ivanovna. A tout hasard, j'ai écrit quelques mots (entre ses mains apparut un petit papier plié) et voilà, je ne sais comment le lui faire passer. Ne vous chargeriez-vous pas, prince, de remettre ceci à Aglaé Ivanovna, tout de suite, mais à Aglaé seule, je veux dire de façon que personne ne le voie, vous comprenez? Ce n'est pas un bien grand secret, il n'y a rien là-dedans de..., mais... Vous le ferez?

— Cela ne me fait pas trop plaisir, répondit le prince.

— Ah, prince, c'est pour moi d'une extrême nécessité! implora Gaby. Peut-être qu'elle répondra... Croyez-le, c'est seulement dans ce cas exceptionnel, absolument exceptionnel, que j'ai pu m'adresser... Par qui pourrais-je l'envoyer?... C'est très grave... terriblement grave pour moi...

Gaby craignait terriblement que le prince n'acceptât pas, et il le regardait dans les yeux, dans une supplication tremblante.

— Soit, je le remettrai.

— Mais de sorte que personne ne le remarque! suppliait Gaby tout réjoui. Et alors, prince, je compte sur votre parole d'honneur, n'est-ce pas?

— Je ne le montrerai à personne.

— Le billet n'est pas cacheté, mais...

Gaby, dans sa préoccupation, allait en dire trop long; il s'arrêta confus.

— Oh, je ne le lirai pas, répondit très simplement le prince. Il prit le portrait et sortit du cabinet.

Gaby, resté seul, se prit la tête dans les mains:

— Un seul mot d'elle, et je... et, ma foi, je romprai peut-être...

Dans son trouble et son impatience, il ne put pas revenir à ses papiers et se mit à marcher d'un coin à l'autre du cabinet.

Le prince avançait, pensif; il était désagréablement surpris par cette commission, désagréablement surpris aussi par l'idée d'un billet de Gaby à Aglaé. Mais, comme deux pièces encore le séparaient du salon, il s'arrêta soudain, comme se rappelant quelque chose, regarda tout autour de lui, s'approcha de la fenêtre, plus près de la lumière, et prit le portrait d'Anastasie Filippovna pour le regarder.

Il avait comme une envie de deviner ce qui se cachait sous ce visage, et qui l'avait frappé déjà tout à l'heure. Cette première impression ne l'avait pour ainsi dire pas quitté,.et maintenant il avait une espèce de hâte de vérifier à nouveau quelque chose. Ce visage exceptionnel par sa beauté et encore par un on ne savait quoi le frappa encore davantage dans cet instant. Une sorte de fierté et de dédain sans bornes, presque de la haine, s'y lisait, et en même temps quelque chose de confiant, d'étonnamment naïf. Un pareil contraste éveillait même, à regarder ces traits, une espèce de compassion. Cette éblouissante beauté était même intolérable : beauté d'un visage sans couleurs, de joues presque creuses, d'yeux brûlants ; beauté singulière ! Le prince regarda peut-être une minute, puis se reprit soudain, regarda tout autour, porta vivement le portrait à ses lèvres et le baisa. Quand, une minute après, il fit son entrée dans le salon, son visage était absolument calme.

Mais au moment où il venait de poser le pied dans la salle à manger (il restait une pièce encore, avant le salon) sur le pas de la porte, il faillit se heurter à Aglaé qui en sortait. Elle était seule.

— Gabriel Ardalionovitch m'a demandé de vous remettre ceci, dit le prince en lui tendant le billet.

Aglaé s'arrêta, prit le billet et regarda le prince d'un air bizarre. Il n'y avait pas le moindre trouble dans ce regard, seulement un étonnement l'avait traversé, et encore semblait-il ne se rapporter qu'à la personne du prince. Par ce regard, Aglaé avait l'air d'exiger de lui une explication : comment se trouvait-il dans cette affaire au côté de Gaby ? et elle exigeait cela calmement et de haut. Ils demeurèrent ainsi deux ou trois minutes l'un devant l'autre. Enfin, un je ne sais quoi de moqueur se marqua à peine sur son visage ; elle sourit légèrement et passa outre.

La générale resta quelque temps, sans mot dire et avec

une nuance de dédain, à examiner le portrait d'Anastasie
Filippovna, qu'elle tenait devant elle à bout de bras, en
l'éloignant démonstrativement et exagérément de ses
yeux.

— Oui, elle est bien, prononça-t-elle enfin, même très
bien. Je l'ai vue deux fois, seulement de loin. — Alors,
c'est là le genre de beauté que vous appréciez ? dit-elle
tout à coup au prince.

— Oui,... ce genre-là... répondit le prince avec effort.

— Précisément celui-là ?

— Oui, précisément.

— Pour quelle raison ?

— Dans ce visage... il y a beaucoup de souffrance...
prononça le prince comme involontairement, comme
se parlant à lui-même, au lieu de répondre à une
question.

— D'ailleurs, vous délirez peut-être, décida la générale. Et d'un geste cavalier elle rejeta le portrait loin
d'elle, sur la table.

Alexandra le prit, Adélaïde s'approcha d'elle, et toutes
deux se mirent à l'examiner. A cet instant, Aglaé rentra
au salon.

— Voyez-moi cette force ! s'écria soudain Adélaïde,
qui fixait avidement le portrait de derrière l'épaule de sa
sœur.

— Où cela ? Quelle force ? demanda, cassante, Élisabeth Procofievna.

— Une pareille beauté est une force, dit chaudement
Adélaïde. Avec cette beauté-là, on peut révolutionner le
monde !

Pensive, elle se retira vers son chevalet. Aglaé ne jeta
sur le portrait qu'un coup d'œil rapide, cligna des yeux,
avança la lèvre inférieure, s'écarta et s'assit dans un coin,
les bras croisés. La générale sonna.

— Priez Gabriel Ardalionovitch de venir ici, il est à
son bureau, ordonna-t-elle au domestique qui se présenta.

— Maman ! s'écria Adélaïde sur un ton significatif.

— J'ai deux mots à lui dire, et c'est tout ! trancha
vivement la générale, arrêtant net l'objection. Elle était
visiblement irritée.

— Voyez-vous, prince, à présent chez nous on fait de tout des secrets. Toujours des secrets! C'est soi-disant nécessaire, c'est une sorte d'étiquette, c'est bête! Et justement dans un cas comme celui-ci, il faut le maximum de franchise, de clarté, de loyauté. Il y a des mariages en train, ils ne me plaisent pas, ces mariages.

De nouveau, Alexandra se hâta de l'arrêter:

— Maman, que dites-vous là?

— Que me veux-tu, ma fille chérie? Est-ce qu'ils te plaisent, à toi?... Que le prince nous entende, cela m'est égal: nous sommes amis. Du moins, moi avec lui. Dieu cherche les bons, c'est clair; des méchants et des capricieux, il n'a pas besoin, des capricieux surtout, qui décident aujourd'hui une chose, et demain en disent une autre. Vous comprenez, Alexandra Ivanovna? — Prince, elles disent que je suis une originale, mais je sais distinguer: parce que le cœur est l'essentiel, le reste n'est que sottise. L'esprit aussi est nécessaire, bien sûr... peut-être que c'est l'esprit le principal. — Ne ris pas, Aglaé, je ne me contredis pas: une sotte avec du cœur et sans esprit n'est qu'une pauvre sotte, tout autant qu'une sotte avec de l'esprit et sans cœur. C'est une vieille vérité. Moi, je suis une sotte avec du cœur et sans esprit, et toi une sotte avec de l'esprit et sans cœur. Nous sommes toutes deux malheureuses, nous souffrons toutes les deux.

— Et de quoi êtes-vous donc si malheureuse, maman? dit Adélaïde, n'y tenant plus. Elle seule semblait, de toute la compagnie, n'avoir pas perdu sa bonne humeur.

— Premièrement, d'avoir des filles savantes, lança la générale. Et comme c'est déjà suffisant, inutile de nous attarder sur le reste. Assez de discours! Nous verrons comment vous deux — Aglaé, je ne la compte pas —, vous vous en tirerez, avec votre esprit et vos grands discours, et comment vous, très respectée Alexandra Ivanovna, vous serez heureuse avec votre honoré monsieur... Ah! s'écria-t-elle en voyant entrer Gaby, voici encore un mariage qui arrive! — Bonjour! répondit-elle à son salut, sans l'inviter à s'asseoir. Vous vous mariez?

— Je me marie?... Comment?... Quel mariage?

murmura Gabriel Ardalionovitch, abasourdi. Il était terriblement troublé.

— Vous prenez femme ? je vous demande, si vous préférez cette expression.

— N-non... je... n-non.

Gabriel Ardalionovitch mentait, et la rougeur de la honte inonda son visage. Il jeta un regard furtif sur Aglaé, assise dans son coin, et vivement détourna les yeux. Aglaé, froidement, fixement, calmement, le regardait sans détourner les yeux et observait son trouble.

— Non ? Vous avez dit : « Non » ? continuait à interroger Élisabeth Procofievna, impitoyable. C'est assez, je me souviendrai qu'aujourd'hui mercredi matin, répondant à ma question, vous m'avez dit : « Non ». C'est bien mercredi, aujourd'hui ?

— Mercredi, je crois bien, répondit Adélaïde.

— Elles ne savent jamais les jours de la semaine. Et le combien ?

— Le vingt-sept, répondit Gaby.

— Le vingt-sept ? C'est bien, à certains égards. Adieu, vous êtes très occupé, je crois, et quant à moi je dois m'habiller et sortir. Prenez votre portrait. Saluez de ma part la malheureuse Nina Alexandrovna. — Au revoir, prince, mon ami ! Viens me voir souvent. Moi, je m'en vais chez la vieille Bielokonski tout exprès pour lui parler de toi. Et écoutez-moi mon cher : je crois que Dieu vous a amené spécialement pour moi de Suisse à Pétersbourg. Peut-être vous, aurez-vous d'autres affaires ; mais essentiellement, c'est pour moi. C'est Dieu qui a tout combiné de la sorte. Au revoir, mes amis ! — Alexandra, viens chez moi, ma chérie.

La générale sortit. Gaby, renversé, éperdu, furieux, prit sur la table le portrait et, avec un sourire grimaçant, se tourna vers le prince :

— Prince, je rentre tout de suite chez moi. Si vous n'avez pas abandonné votre intention d'habiter chez nous, je vous y conduis. Vous ne savez pas l'adresse, n'est-ce pas ?

— Un instant, prince ! dit Aglaé, se levant soudain à demi de son fauteuil. Vous allez m'écrire quelque chose dans mon album. Papa a dit que vous êtes un calligraphe. Je vous l'apporte... Et elle sortit.

— Au revoir, prince : je m'en vais, dit Adélaïde.

Elle serra fortement la main du prince, lui adressa un sourire affable et caressant et s'en fut. Gaby n'eut d'elle pas un regard.

— C'est vous, lança Gaby avec un grincement de dents, en se jetant sur le prince aussitôt les dames parties, c'est vous qui leur avez raconté que je me marie ! — Il murmurait cela dans un demi-chuchotement rapide, la mine furieuse et les yeux lançant des éclairs de rage. — Ignoble petit bavard !

— Je vous assure que vous vous trompez, répondit calmement et poliment le prince ; je ne savais même pas que vous vous mariiez.

— Vous avez tout à l'heure entendu dire à Ivan Fiodorovitch que ce soir tout se déciderait chez Anastasie Filippovna, et vous le leur avez rapporté ! Vous êtes un menteur ! D'où l'auraient-elles appris ? Qui donc, morbleu, aurait pu le leur rapporter, en dehors de vous ? Est-ce que la vieille ne me l'a pas laissé entendre ?

— Vous devez savoir mieux que quiconque qui l'a rapporté, si vous avez cru saisir une allusion. Moi, je n'ai pas dit un mot de cela.

— Vous avez remis le billet ? La réponse ? interrompit Gaby avec une impatience fébrile.

Mais à cet instant précis Aglaé revint et le prince n'eut pas le temps de répondre.

— Voici, prince ! dit Aglaé en posant sur la table son album. Choisissez une page et écrivez-moi quelque chose. Voici une plume, et même toute neuve. C'est égal, qu'elle soit d'acier ? Les calligraphes, m'a-t-on dit, ne se servent pas de plumes d'acier.

En conversant avec le prince, elle semblait ne pas remarquer la présence de Gaby. Mais pendant que le prince ajustait la plume, cherchait une page et prenait ses dispositions, Gaby s'approcha de la cheminée où Aglaé se tenait debout immédiatement à la droite du prince, et d'une voix entrecoupée, tremblante, lui dit, presque à l'oreille :

— Un mot, un seul mot de vous, et je suis sauvé.

Le prince se retourna vivement et les regarda tous
deux. Le visage de Gaby reflétait un véritable désespoir ;
ces mots, il semblait les avoir prononcés sans y penser,
dans un coup de tête. Aglaé le considéra quelques secondes avec exactement le même étonnement tranquille que
tout à l'heure le prince. On avait l'impression que cet
étonnement tranquille, cet air perplexe qui semblait venir
d'une parfaite incompréhension de ce qu'on lui disait,
étaient dans ce moment plus terribles pour Gaby que le
plus violent mépris.

— Et que dois-je écrire ? demanda le prince.

— Eh bien, je vais vous le dicter, dit Aglaé en se
tournant vers lui. Vous êtes prêt... Alors écrivez : « Je
n'entrerai pas en marchandages. » Maintenant, le jour et
le mois. Montrez.

Le prince lui tendit l'album.

— Parfait ! Vous avez merveilleusement écrit ; vous
avez une splendide écriture. Je vous remercie. Au revoir,
prince... Attendez, ajouta-t-elle, comme se souvenant
brusquement : venez, je veux vous donner quelque chose
en souvenir.

Le prince la suivit. Mais une fois dans la salle à
manger, Aglaé s'arrêta :

— Lisez ceci.

Elle lui tendait le billet de Gaby. Le prince le prit et,
perplexe, regarda Aglaé.

— Je sais bien que vous ne l'avez pas lu et que vous ne
pouvez pas être l'avoué de cet homme. Lisez : je veux
que vous le lisiez.

Le billet avait manifestement été écrit à la hâte :

« Aujourd'hui mon sort se décide, vous savez de quelle
façon. Aujourd'hui je devrai donner ma parole sans retour. Je n'ai aucun droit à votre sympathie, je ne me
permets aucune espérance. Mais un jour vous avez prononcé un mot, un seul mot, et ce mot a éclairé la nuit
noire de mon existence et m'a servi de phare. Dites-le
encore maintenant, ce seul mot, et vous me sauverez de la
perdition ! Dites-moi seulement : Romps tout, et je romps
tout aujourd'hui même. Oh, que vous en coûte-t-il, de

dire cela? Ce mot, je l'implore uniquement comme le
signe de votre sympathie et de votre pitié, uniquement,
uniquement. Et rien de plus, *rien!* Je ne me permets pas
de nourrir une espérance quelconque, parce que je n'en
suis pas digne. Mais après ce mot de vous, j'accepterai à
nouveau ma pauvreté, je supporterai avec joie ma situation désespérée. J'accueillerai la lutte, je lui ferai bonne
mine, par elle je renaîtrai avec des forces nouvelles!

Envoyez-moi donc ce mot de compassion (*seulement et
uniquement* de compassion, je vous le jure!) Ne vous
courroucez pas contre l'audace d'un désespéré, contre un
naufragé, parce qu'il a osé faire un dernier effort pour se
sauver de la perdition.

                                                    G. I. »

— Cet homme assure, dit brutalement Aglaé, quand le
prince eut fini de lire, que le mot «Rompez tout» ne me
compromettra pas et ne m'obligera en rien, et il m'en
donne ici, comme vous voyez, par ce même billet, la
garantie écrite. Remarquez avec quelle naïveté il s'est
hâté de souligner certains petits mots et avec quelle gros-
sièreté transparaît sa secrète pensée. Il sait d'ailleurs que,
si lui rompait tout, mais de lui-même, seul, sans attendre
ce mot de moi et même sans m'en parler, sans nourrir sur
moi aucun espoir, alors je changerais de sentiments à son
égard et je deviendrais peut-être son amie. Il le sait à coup
sûr! Mais il a l'âme sordide: il sait cela, et il ne se décide
pas; il le sait, et quand même il demande des garanties. Il
n'est pas capable de se décider de confiance. Il veut que,
en échange de cent mille roubles, je lui permette un
espoir sur moi. Pour ce qui est de ce mot précédent dont il
parle dans son billet et qui aurait éclairé sa vie, il ment
effrontément. Tout simplement, une fois, j'ai eu pitié de
lui. Mais il est hardi et sans vergogne: aussitôt il a
entrevu la possibilité d'un espoir: je l'ai compris tout de
suite. Depuis lors, il a cherché à me surprendre, il continue encore. Mais c'en est assez: prenez ce billet et
rendez-le-lui tout de suite; quand vous sortirez de la
maison, bien entendu, pas avant.

— Et que lui dire en réponse?

— Rien, évidemment. C'est la meilleure réponse...
Ainsi vous avez l'intention d'habiter dans sa maison ?

— Tout à l'heure, Ivan Fiodorovitch me l'a recom-
mandé, dit le prince.

— Alors, méfiez-vous de lui, je vous préviens. Il ne
vous pardonnera pas de lui avoir rendu son billet.

Aglaé serra légèrement la main du prince et s'en fut.
Son visage était sérieux et rembruni, et même elle ne
sourit pas quand elle adressa au prince un signe de tête en
guise d'adieu.

— Je viens tout de suite, je n'ai que mon baluchon à
prendre, dit le prince à Gaby, et nous partons.

Gaby tapa du pied, d'impatience. Son visage était
devenu noir de rage. Enfin tous deux se trouvèrent dans la
rue ; le prince avait son baluchon à la main.

— La réponse ? La réponse ? lui lança Gaby. Que vous
a-t-elle dit ? Vous avez remis ma lettre ?

Le prince lui tendit le billet, sans un mot. Gaby en
demeura stupide.

— Comment ? Mon billet ! s'écria-t-il. Il ne l'a pas
remis ! Oh, j'aurais dû m'en douter ! Oh, le mau-au-dit...
Je vois pourquoi elle n'a rien compris tout à l'heure !
Mais pourquoi, pourquoi, pourquoi ne l'avez-vous pas
remis, ô mau-au-dit !...

— Excusez : au contraire, j'ai pu remettre votre billet
tout de suite, à la minute où vous me l'avez donné, et
exactement comme vous me l'avez demandé. Si je l'ai eu
de nouveau entre les mains, c'est qu'Aglaé Ivanovna me
l'a aussitôt rendu.

— Quand ? Quand ?

— Dès que j'ai eu fini d'écrire dans son album et
quand elle m'a invité à la suivre. (Vous l'avez entendue ?)
Nous sommes entrés dans la salle à manger, elle m'a
donné le billet, m'a demandé de le lire et m'a chargé de
vous le rendre.

— De le lire ! s'écria Gaby presque de toute sa voix.
De le lire ! Et vous l'avez lu ?

Et de nouveau il resta figé en plein trottoir, mais à ce
point stupéfait qu'il en demeurait bouche bée.

— Oui, je l'ai lu, sur-le-champ.

— Et c'est elle, c'est elle-même qui vous l'a donné à lire ? En personne ?

— En personne. Et croyez que je ne l'aurais pas lu sans son invitation.

Gaby resta une minute sans mot dire. Avec des efforts douloureux il parut rassembler ses idées. Puis, brusquement, il s'écria :

— C'est impossible ! Elle n'a pas pu vous dire de le lire. Vous mentez ! Vous l'avez lu de vous-même.

— Je vous dis la vérité, répondit le prince toujours sur le même ton, absolument imperturbable. Et croyez-moi, je regrette beaucoup que cela produise sur vous une impression aussi désagréable.

— Mais, malheureux, au moins elle vous a dit quelque chose en même temps ? Elle a donné une réponse ?

— Oui, naturellement.

— Alors dites-la donc ! ô démon !...

Et Gaby, à deux reprises, tapa du pied droit, chaussé d'un caoutchouc, contre le trottoir.

— Dès que j'eus lu, elle m'a dit que vous cherchiez à la surprendre ; que vous voudriez la compromettre pour obtenir d'elle une espérance et pour, vous appuyant sur cette espérance, rompre sans dommage avec une autre espérance moyennant cent mille roubles. Que si vous aviez fait cela sans marchander avec elle, si vous aviez rompu de vous-même sans lui demander de garantie préalable, peut-être serait-elle devenue votre amie. C'est tout, il me semble. Ah oui, encore ceci ; quand j'ai demandé, après avoir pris le billet, s'il y avait une réponse, elle a dit que sans réponse serait la meilleure réponse. C'est bien cela, il me semble. Excusez-moi, si j'ai oublié son expression exacte, mais je vous transmets les choses comme je les ai comprises.

Une fureur incommensurable s'empara de Gaby, et sa rage éclata sans la moindre retenue.

— Ah ! C'est ainsi ! (Il grinçait des dents.) On jette mes billets par la fenêtre ! Ah, ah, elle n'admet pas de marchandages. Eh bien je les admets, moi. Et nous verrons ! J'ai encore beaucoup d'atouts... nous verrons !.... Je la ferai plier !...

Il grimaçait, blêmissait, écumait. Il menaçait du poing. Ils firent ainsi quelques pas. Devant le prince il ne se gênait pas le moins du monde, comme s'il eût été seul dans sa chambre, parce qu'il le comptait au suprême degré pour rien. Mais soudain il songea à quelque chose et revint à lui. Il se tourna vers le prince :

— Mais comment se fait-il, comment donc se fait-il que vous (un pareil idiot! ajouta-t-il mentalement), vous soyez subitement l'objet d'une pareille confiance, deux heures après le premier contact ? Comment ?

A tous ses tourments, il ne manquait plus que la jalousie. Elle venait de le mordre en plein cœur.

— Cela, je ne saurais vous l'expliquer, répondit le prince.

Gaby le regarda avec haine.

— N'était-ce pas pour vous donner sa confiance qu'elle vous a appelé dans la salle à manger ? Elle avait bien l'intention de vous donner quelque chose.

— C'est bien ainsi que je le comprends.

— Mais pour quelle raison, bon Dieu! Qu'est-ce que vous avez donc fait ? En quoi lui avez-vous plu ? Écoutez-moi — il s'agitait de toutes ses forces (tout chez lui était dans ce moment dispersé et bouillonnait en désordre, au point qu'il ne pouvait concentrer ses idées) — écoutez-moi, ne pouvez-vous pas vous rappeler au moins un peu et rétablir là-dedans un peu d'ordre : de quoi avez-vous parlé là ? Toutes les paroles, depuis le début ? N'avez-vous rien remarqué ? Vous ne vous rappelez pas ?

— Oh si, c'est très faisable, répondit le prince. Tout au début, quand je suis entré et ai fait connaissance, nous avons parlé de la Suisse.

— Au diable la Suisse !

— Ensuite de la peine de mort...

— De la peine de mort ?

— Oui. A un certain propos... Ensuite, je leur ai raconté comment j'ai vécu là-bas trois ans, et puis l'histoire d'une pauvre villageoise...

— Au diable la pauvre villageoise ! Ensuite !

Gaby bondissait d'impatience.

— Ensuite, comment Schneider m'a dit ce qu'il pensait de mon caractère et m'a obligé...

— Qu'il crève, Schneider! Je me fiche de ce qu'il pense! Ensuite!

— Ensuite, à un certain propos, j'ai parlé des visages, c'est-à-dire de l'expression de certains visages, et j'ai dit qu'Aglaé Ivanovna était presque aussi belle qu'Anastasie Filippovna. C'est alors que j'ai mentionné malgré moi le portrait...

— Mais vous n'avez pas rapporté, vous n'avez pas répété ce que vous avez entendu tout à l'heure dans le bureau? Non? Non?

— Je vous répète que non.

— Mais d'où, alors... Bah! Et Aglaé n'a pas montré le billet à la vieille?

— A ce sujet, je peux vous garantir entièrement qu'elle ne le lui a pas montré. J'ai été là tout le temps, et d'ailleurs elle n'en a pas eu le loisir.

— Mais peut-être n'avez-vous pas remarqué... Oh, mau-au-dit idiot! s'écria-t-il, cette fois absolument hors de lui : il ne sait même pas raconter les choses.

Gaby, une fois lancé dans les injures et ne rencontrant pas de résistance, avait perdu petit à petit toute retenue, comme il arrive toujours à certaines gens. Encore un peu, et peut-être qu'il se serait mis à cracher de rage. Mais cette rage justement l'aveuglait : autrement, depuis longtemps il aurait remarqué que cet « idiot » qu'il maltraitait de la sorte savait très vite et très finement parfois comprendre les choses et très convenablement les raconter. Mais brusquement se produisit un fait inattendu.

— Je dois vous faire observer, Gabriel Ardalionovitch, dit soudain le prince, que jadis j'étais en effet si mal portant qu'effectivement j'étais presque idiot; mais aujourd'hui et depuis longtemps je suis guéri, et pour cette raison il m'est assez désagréable de m'entendre appeler en face idiot. Sans doute êtes-vous excusable, si on prend en considération vos insuccès, mais dans votre dépit vous avez été jusqu'à m'injurier à deux reprises. Voilà ce que je ne voudrais pas, surtout comme cela, tout d'un coup, comme vous l'avez fait, dès la première rencontre. Et, comme nous sommes maintenant à un carrefour, ne vaudrait-il pas mieux nous séparer ? Vous irez à droite, chez vous, et moi à gauche. J'ai vingt-cinq roubles, et je trouverai sûrement quelque hôtel garni.

Gaby fut horriblement confus et rougit même de honte.

— Excusez, prince ! s'écria-t-il avec chaleur, passant soudain du ton de l'injure à une extrême politesse. Pour l'amour de Dieu, excusez-moi ! Vous voyez mon malheur ! Vous ne savez presque rien encore, mais si vous saviez tout, sûrement vous m'excuseriez au moins un peu... bien que je sois inexcusable, j'en conviens...

— Oh, je n'ai pas besoin d'aussi grandes excuses, se hâta de répondre le prince. Je comprends que vous avez de grands désagréments et que c'est pour cela que vous dites des injures. Eh bien, allons donc chez vous ! C'est avec plaisir...

« Non, impossible de le laisser aller ainsi, pensait à part soi Gaby, tout en lançant chemin faisant des regards furieux sur le prince. Ce coquin m'a tiré les vers du nez, après quoi il a brusquement levé le masque... Il y a quelque chose là-dessous. Eh bien, nous verrons ! Tout se décidera, tout, tout ! Et aujourd'hui même ! »

Ils étaient maintenant devant la maison.

VIII

L'appartement de Gaby était au second. On y accédait par un très propre, lumineux et vaste escalier, et il se composait de six ou sept chambres ou chambrettes, d'ailleurs tout à fait ordinaires, mais en tout cas pas tout à fait dans les moyens d'un fonctionnaire père de famille, même touchant deux mille roubles de traitement. Mais il était destiné à loger des locataires avec la table et le service et il n'y avait pas plus de deux mois qu'il avait été occupé par Gaby et sa famille, au très grand déplaisir de Gaby lui-même, sur les instances et à la prière de Nina Alexandrovna et de Barbe Ardalionovna qui avaient voulu à leur tour se rendre utiles et augmenter un peu les

revenus de la famille. Gaby fronçait les sourcils et quali-
fiait de monstruosité l'acceptation de locataires; il en
avait honte, semblait-il, dans le monde, où il s'était
habitué à paraître comme un jeune homme de quelque
brillant et de quelque avenir. Toutes ces concessions à la
destinée et cette ennuyeuse promiscuité étaient pour lui
de profondes blessures morales. Depuis quelque temps,
n'importe quelle vétille l'irritait outre mesure, hors de
toute proportion, et s'il consentait encore pour un temps à
céder et à patienter, c'était uniquement parce qu'il avait
résolu de changer et transformer tout cela dans le plus
court délai. Cependant ce changement même, cette voie
de sortie à laquelle il s'était arrêté, constituaient un problème non médiocre, un problème dont la solution à venir
menaçait d'être plus compliquée et plus douloureuse que
tout ce qui avait précédé.

L'appartement était divisé par un couloir qui ouvrait
droit sur l'antichambre. D'un côté étaient les trois chambres destinées à être louées, à des locataires «spécialement recommandés»; en outre, de ce même côté, tout au
fond du couloir, touchant la cuisine, se trouvait une
quatrième chambrette, plus étroite que toutes les autres,
où se tenait le général en retraite Ivolguine, le père de
famille : il dormait sur un large divan et pour entrer ou
sortir devait passer par la cuisine et l'escalier de service.
Dans cette même chambrette logeait aussi le frère de
Gabriel Ardalionovitch, un lycéen de treize ans, Colas :
lui aussi, c'était là qu'il devait se blottir, étudier, dormir
— sur un autre divan étroit et court, très vieux, dans un
drap troué —, et surtout soigner et *surveiller* son père,
qui de plus en plus ne pouvait pas se passer de cette aide.
Au prince fut assignée la chambre du milieu; il avait
comme voisin à droite, dans la première, Ferdychtchenko, et la troisième, à sa gauche, était encore inoccu-
pée. Mais Gaby conduisit le prince, avant tout, dans la
moitié réservée à la famille. Cette moitié familiale était
composée d'une salle qui se transformait, en cas de besoin, en salle à manger; d'un salon, qui d'ailleurs n'était
salon que le matin, et le soir devenait le cabinet de Gaby
et sa chambre à coucher; enfin, d'une troisième pièce,

exiguë et toujours fermée à clé : la chambre à coucher de
Nina Alexandrovna et de Barbe Ardalionovna. En un
mot, tout dans cet appartement était étroit et resserré ;
Gaby ne cessait de grincer des dents intérieurement ; il
avait beau vouloir être respectueux avec sa mère, il
n'était pas difficile de remarquer, au premier pas chez
eux, que c'était le grand despote de la famille.

Nina Alexandrovna était au salon, non point seule,
mais avec Barbe Ardalionovna : toutes deux travaillaient
à quelque tricot et conversaient avec un visiteur, Ivan
Petrovitch Ptitsyne. Nina Alexandrovna paraissait cinquante-cinq ans, avec un visage tiré et maigre et beaucoup de noir sous les yeux. Son aspect était maladif et
légèrement triste, mais le visage et le regard étaient assez
agréables ; dès les premiers mots se manifestait un caractère sérieux et plein de dignité vraie. Malgré cet air de
tristesse, on pressentait chez elle de la fermeté et même
de la décision. Elle était habillée très modestement de
couleur sombre, et tout à fait en vieille dame, mais ses
gestes, sa conversation, toutes ses manières trahissaient
une femme qui avait connu la meilleure société.

Barbe Ardalionovna était une demoiselle de vingt-trois
ans environ, de taille moyenne, assez sèche, avec un
visage qui, sans être joli, possédait le secret de plaire sans
beauté et d'attirer jusqu'à la passion. Elle ressemblait
beaucoup à sa mère, et même était habillée à peu près
comme elle, par refus absolu de se parer. Le regard de ses
yeux gris pouvait être par instants très gai et très caressant, s'il n'eût été le plus souvent sérieux et pensif, et
parfois même à l'excès, surtout dans les derniers temps.
La fermeté et la décision se lisaient sur son visage à elle
aussi, mais on pressentait que cette fermeté pourrait être
même plus énergique et plus entreprenante que celle de sa
mère. Barbe Ardalionovna était assez emportée, et son
frère redoutait quelquefois cet emportement. Le redoutait
aussi le visiteur en ce moment installé chez elles, Ivan
Petrovitch Ptitsyne. C'était un homme assez jeune encore, approchant la trentaine, vêtu modestement, mais
avec goût, de manières agréables, mais peut-être trop
appuyées. Une barbiche châtain dénotait en lui un homme

sans fonctions officielles [43]. Il savait converser avec intelligence et intérêt, mais gardait plus souvent le silence.
D'une façon générale, il produisait une impression même
favorable. Visiblement Barbe Ardalionovna ne lui était
point indifférente et il ne cachait pas ses sentiments.
Barbe Ardalionovna le traitait en ami, mais il était certaines de ses questions auxquelles elle tardait encore à
répondre, ou même qu'elle n'aimait pas. Ptitsyne, d'ailleurs, était loin d'être découragé. Nina Alexandrovna,
avec lui, était aimable et dans les derniers temps elle lui
témoignait même beaucoup de confiance. Il était connu,
d'ailleurs, qu'il avait comme occupation particulière de
gagner de l'argent en prêtant à de gros intérêts sur gages
plus ou moins sûrs. Avec Gaby ils étaient grands amis.

   En réponse à la présentation circonstanciée, mais dé-
cousue de Gaby (qui salua très sèchement sa mère, ne
salua pas du tout sa sœur et emmena aussitôt Ptitsyne hors
de la pièce), Nina Alexandrovna adressa au prince quelques mots aimables et ordonna à Colas, qui venait de se
montrer dans la porte, de le conduire dans la chambre du
milieu. Colas était un garçon au visage joyeux et assez
agréable, avec un air confiant et bon.

   — Où sont vos bagages ? demanda-t-il tout en intro-
duisant le prince dans sa chambre.

   — J'ai un baluchon ; je l'ai laissé dans l'entrée.

   — Je vous l'apporte tout de suite. Nous n'avons pour
tous domestiques que la cuisinière et Matrone : alors,
moi, j'aide. Barbe contrôle tout le monde et gronde.
Gaby dit que vous arrivez, aujourd'hui même, de Suisse ?

   — Oui.

   — Et c'est bien, en Suisse ?

   — Très.

   — Des montagnes ?

   — Oui.

   — Je vous charrie ici vos ballots.

Sur ce, entra Barbe Ardalionovna.

   — Matrone va faire votre lit. Vous avez une valise ?

   — Non, un baluchon. Votre frère est allé le prendre ; il
est dans l'entrée.

   — Il n'y a pas du tout de ballot, simplement ce petit

baluchon. Où l'avez-vous déposé? demanda Colas, revenu dans la chambre.

— Mais il n'y a rien d'autre, en effet, annonça le prince, en prenant de ses mains son baluchon.

— Ah bon! Moi qui me demandais si Ferdychtchenko ne l'avait pas subtilisé.

— Ne raconte pas de bêtises, dit sévèrement Barbe, qui déjà avec le prince parlait fort sèchement et tout juste poliment.

— Chère Babette[44], avec moi on pourrait être plus tendre: je ne suis pas Ptitsyne.

— Toi, on pourrait encore te donner le fouet, Colas, tant tu es encore bête. — Pour tout ce dont vous aurez besoin vous pouvez vous adresser à Matrone. On dîne à quatre heures et demie. Vous pouvez dîner avec nous; vous pouvez aussi dîner dans votre chambre. C'est comme il vous plaira. Allons, Colas, ne gêne pas Monsieur.

— Allons-nous-en, ô caractère décidé!

En sortant, ils se heurtèrent à Gaby.

— Le père est à la maison? demanda Gaby à Colas. Sur sa réponse affirmative, il lui chuchota quelque chose à l'oreille.

Colas hocha la tête et sortit derrière Barbe Ardalionovna.

— Deux mots, prince: j'avais oublié, à cause de ces... affaires. Une prière, en quelque sorte! Faites-moi un plaisir, si seulement cela ne vous coûte pas un trop gros effort; ne bavardez pas ici sur ce qui s'est passé tout à l'heure entre Aglaé et moi, ni *là-bas* sur ce que vous trouverez ici. Car ici aussi il y a passablement de désordre. D'ailleurs, au diable!... Au moins aujourd'hui, tenez votre langue.

— Je vous assure que j'ai beaucoup moins bavardé que vous ne le pensez, dit le prince avec une certaine irritation devant les reproches de Gaby. Leurs rapports devenaient visiblement de plus en plus mauvais.

— Bon, mais j'en ai trop vu aujourd'hui à cause de vous. En un mot, je vous en prie.

— Remarquez encore une chose, Gabriel Ardalionovitch : en quoi étais-je lié, tout à l'heure, et pourquoi ne pouvais-je pas mentionner le portrait ? Vous ne m'aviez rien demandé.

— Pouah, quelle vilaine chambre ! observa Gaby, en promenant autour de lui un regard méprisant. Sombre, les fenêtres donnant sur la cour. Sous tous les rapports, vous arrivez mal à propos... Bon, ce n'est pas mon affaire : ce n'est pas moi qui loue les chambres.

Ptitsyne risqua un coup d'œil et appela Gaby. Celui-ci se dépêcha de quitter le prince et sortit, bien qu'il eût encore une autre chose à dire, mais visiblement il se tâtait et semblait retenu par la honte ; d'ailleurs s'il avait vilipendé la chambre, c'était également dans un sentiment de confusion.

A peine le prince eut-il fini de se débarbouiller et réparé quelque peu le désordre de sa toilette, que la porte s'ouvrit de nouveau ; une nouvelle figure se montra.

C'était un monsieur d'une trentaine d'années, d'une bonne taille, large d'épaules, avec une tête énorme, roussâtre et frisant naturellement. Sa face était charnue et vermeille, ses lèvres épaisses, son nez large et écrasé, ses yeux petits, bouffis et moqueurs, semblant sans cesse clignoter. Dans l'ensemble, tout cela était assez insolent. Il était vêtu plutôt salement.

D'abord il avait entrebâillé la porte juste assez pour passer la tête. Cette tête, durant cinq secondes, inspecta la chambre. Puis la porte continua lentement à s'ouvrir et une forme humaine entière se dessina sur le seuil, mais le visiteur n'entra pas encore : depuis le seuil il continuait, fermant l'œil à demi, à dévisager le prince. Enfin, il referma derrière lui la porte, s'approcha, s'assit sur une chaise, prit fortement le prince par le bras et le fit asseoir de biais par rapport à lui sur le divan.

— Ferdychtchenko ! prononça-t-il, en le fixant sous le nez, d'un regard interrogateur.

— Et alors ? répondit le prince, près d'éclater de rire.

— Un locataire, continua Ferdychtchenko, en regardant toujours de même.

— Vous voulez faire connaissance ?

— Hé oui! fit le visiteur, en se passant la main dans les cheveux et avec un soupir. Et il se mit à regarder du côté opposé.

— Vous avez de l'argent? demanda-t-il tout à coup en se tournant vers le prince.

— Pas beaucoup.

— Combien précisément?

— Vingt-cinq roubles.

— Montrez.

Le prince tira un billet de vingt-cinq roubles de la poche de son gilet et le tendit à Ferdychtchenko. Celui-ci le déplia, le regarda, puis le retourna sur son autre face, ensuite le regarda à la lumière.

— C'est assez étrange! prononça-t-il, comme plongé dans ses réflexions. Pourquoi faut-il qu'ils brunissent? Ces billets de vingt-cinq roubles brunissent quelquefois terriblement, les autres au contraire pâlissent tout à fait. Prenez.

Le prince reprit son billet. Ferdychtchenko se leva de sa chaise.

— Je suis venu vous prévenir: premièrement ne me prêtez pas d'argent. Parce que, sûrement, je vous en demanderai.

— Bon.

— Vous avez l'intention de payer, ici?

— J'ai cette intention.

— Moi pas. Grand merci. Je suis ici votre voisin, la première porte à droite: Vous avez vu? Tâchez de ne pas venir chez moi trop souvent. C'est moi qui viendrai chez vous, soyez tranquille. Vous avez vu le général?

— Non.

— Ni entendu?

— Non, bien sûr.

— Eh bien, vous le verrez et vous l'entendrez. De surcroît, même à moi il vient emprunter de l'argent! Avis au lecteur[45]. Adieu. Est-ce qu'on peut vivre avec ce nom: Ferdychtchenko? Hein?

— Et pourquoi pas?

— Adieu.

Et il se dirigea vers la porte. Le prince apprit ensuite

que ce monsieur s'était donné pour tâche, aurait-on dit, d'étonner tout le monde par son originalité et sa jovialité, mais n'y réussissait jamais. Sur certains il produisait même une impression désagréable, ce dont il était sincèrement désolé, mais il ne renonçait pas pour cela à sa tâche. Sur le seuil, il eut l'occasion, pour ainsi dire, de reprendre du poil de la bête, en se heurtant à un monsieur qui entrait : ayant laissé pénétrer ce nouveau visiteur, inconnu du prince, dans la chambre, il lança dans son dos, en clignant plusieurs fois de l'œil, des signaux d'avertissement contre lui et ainsi, malgré tout, il put se retirer non sans aplomb.

Ce nouveau monsieur était grand, dans les cinquante-cinq ans ou même un peu plus, assez gros, avec un visage empourpré, charnu et flasque, encadré par d'épais favoris gris, moustachu, avec de grands yeux passablement saillants. Son allure aurait été assez imposante, si elle n'avait eu un je ne sais quoi de dégradé, d'usé, de souillé même. Il portait une vieille redingote, aux coudes plus ou moins élimés ; son linge aussi était malpropre : une tenue d'intérieur. De près, il sentait un peu l'alcool ; mais ses manières visaient à l'effet et étaient quelque peu étudiées, avec un désir évident d'imposer par un air de dignité.

Le monsieur s'approcha du prince, sans hâte, avec un sourire affable, sans mot dire lui prit la main et, la conservant dans la sienne, fixa quelque temps son visage, comme s'il y reconnaissait des traits familiers.

— C'est lui ! Lui ! prononça-t-il doucement, mais avec solennité. En chair et en os ! J'entends répéter un nom familier et cher, et voici revenu à la mémoire un passé disparu à jamais... Le prince Mychkine ?

— Lui-même.

— Général Ivolguine, en retraite et infortuné. Votre petit nom et votre patronyme, s'il vous plaît ?

— Léon Nicolaevitch.

— C'est cela, c'est cela ! Le fils de mon ami, de mon camarade d'enfance, pourrais-je dire, Nicolas Petrovitch ?

— Mon père s'appelait Nicolas Lvovitch.

— Lvovitch, rectifia le général, mais sans hâte, avec

l'entière assurance d'un homme qui n'aurait nullement
commis un oubli, mais seulement un lapsus fortuit.

Il s'assit et, prenant encore le prince par la main, le fit
asseoir à son côté.

— Je vous ai porté dans mes bras.

— Est-il possible? dit le prince. Mon père est mort
voici déjà vingt ans.

— Oui, vingt ans; vingt ans et trois mois. Nous avons
été à l'école ensemble. Moi, je suis entré tout de suite
dans l'armée...

— Mon père aussi. Il a été sous-lieutenant au régiment
de Vassilkov.

— De Biélomir. Il a été muté à Biélomir presque à la
veille de sa mort. J'y étais et je lui ai fait mes adieux pour
l'éternité. Votre maman...

Le général s'arrêta, comme assailli par un souvenir
douloureux.

— Elle aussi est morte six mois plus tard, d'un refroidissement, dit le prince.

— Ce n'est pas d'un refroidissement. Non, pas d'un
refroidissement, croyez-en un vieillard. J'y étais, je l'ai
enterrée. De chagrin d'avoir perdu son prince, et non
d'un refroidissement. Mais oui, je me la rappelle bien, la
princesse!... Ah, jeunesse! A cause d'elle, le prince et
moi, des amis d'enfance, nous avons failli devenir meur-
triers l'un de l'autre.

Le prince commençait à écouter avec quelque méfiance.

— J'étais passionnément amoureux de votre mère
quand elle était encore fiancée, fiancée de mon ami. Le
prince le remarqua et en reçut un coup. Un matin, il
arrive chez moi, entre six et sept, et me réveille. Je
m'habille, étonné. Silence, de part et d'autre. J'avais
compris. Il sort de sa poche deux pistolets. Tir séparé par
un mouchoir. Sans témoins. A quoi bon des témoins,
quand cinq minutes après nous nous envoyons l'un l'autre
dans l'éternité? On charge, on déploie le mouchoir, on se
poste, on vise chacun le cœur de l'autre et on se regarde
l'un l'autre dans les yeux. Soudain voici que les larmes
nous jaillissent des yeux à tous deux, les mains nous

tremblent. A tous deux, du même coup ! Alors, naturellement, embrassades et assaut réciproque de grandeur
d'âme. Le prince crie : Elle est à toi ! Je crie : A toi ! En un
mot…, en un mot… Vous êtes venus chez nous…. pour
habiter.

— Oui, quelque temps peut-être, dit le prince en bé-
gayant un peu.

— Prince, maman vous demande, cria Colas en se
montrant à la porte.

Le prince commençait à se soulever pour y aller, mais
le général posa sa paume droite sur son épaule et le
recolla amicalement contre le divan :

— En véritable ami de votre père, je voudrais vous
prévenir. Vous le voyez, j'ai souffert : une catastrophe
tragique ! Mais sans jugement. Sans jugement ! Nina
Alexandrovna est une épouse rare. Barbe Ardalionovna,
ma fille, est une fille rare ! Vu les circonstances, nous
louons des appartements : une déchéance inouïe ! Moi à
qui il ne restait plus qu'à être gouverneur-général !…
Mais vous, vous serez toujours le bienvenu. Et cependant
c'est la tragédie chez moi !

Le prince regardait d'un air interrogateur et avec une
grande curiosité.

— Il se prépare un mariage, et un mariage rare. Le
mariage d'une femme équivoque et d'un jeune homme
qui aurait pu être gentilhomme de la chambre. Cette
femme, on veut l'introduire dans la maison où est ma fille
et où est ma femme ! Mais tant que je respirerai, elle
n'entrera pas ! Je me coucherai sur le seuil, elle devra me
passer sur le corps ! A Gaby je ne parle pour ainsi dire
plus, j'évite même de le rencontrer. Je vous préviens
exprès : dès lors que vous allez habiter chez nous, de
toute façon vous serez témoin. Mais vous êtes le fils de
mon ami et je suis en droit d'espérer…

— Prince, faites-moi un plaisir : venez me trouver au
salon.

C'était Nina Alexandrovna qui faisait cette invitation,
en apparaissant elle-même devant la porte.

— Figure-toi, mon amie, s'écria le général : il se
trouve que j'ai dorloté le prince dans mes bras !

Nina Alexandrovna lança au général un regard réprobateur et au prince un regard interrogateur, mais ne dit mot. Le prince la suivit. Mais ils venaient à peine d'arriver au salon et de s'asseoir, et Nina Alexandrovna avait à peine commencé à confier quelque chose au prince, à la hâte et à mi-voix, que le général soudain fit son entrée. Nina Alexandrovna aussitôt se tut et avec un dépit évident se pencha sur son ouvrage. Le général avait peut-être remarqué ce dépit, mais il continua à se montrer d'excellente humeur.

— Le fils de mon ami! s'écria-t-il, en s'adressant à Nina Alexandrovna. Et de façon si inattendue! Depuis longtemps j'avais cessé même d'imaginer une chose pareille. Mais, ma chère, ne te souviens-tu pas de feu Nicolas Lvovitch? Tu as pu encore le connaître... à Tver.

— Je ne me souviens pas d'un Nicolas Lvovitch. C'est votre père? demanda-t-elle au prince.

— Oui, mais il est mort. — Et, je crois, non pas à Tver [46], mais à Elizavetgrad [47], fit timidement observer le prince au général. Je l'ai appris de Pavlichtchev.

— A Tver, confirma le général. Juste avant sa mort, il a été muté à Tver. Et même avant l'aggravation de son mal. Vous étiez encore trop petit, et vous ne pouvez vous rappeler ni la mutation, ni le voyage; quant à Pavlichtchev, il a pu se tromper, si parfait honnête homme qu'il fût.

— Vous avez connu aussi Pavlichtchev?

— Un homme rare. Mais moi, je suis un témoin oculaire. Je l'ai béni sur son lit de mort...

— Mon père, vous le savez, est mort étant sous le coup de poursuites, observa de nouveau le prince, bien que je n'aie jamais pu savoir pour quelle raison précisément. Il est mort à l'hôpital militaire.

— Oh, c'était pour l'affaire du soldat Kolpakov. Et sans aucun doute, le prince aurait été acquitté.

— Ah? Vous le savez à coup sûr? demanda le prince avec une particulière curiosité.

— Et comment! s'écria le général. Le tribunal s'est séparé sans rien décider. Une affaire impossible! Et

même, on peut le dire, une affaire mystérieuse. Voici que
meurt un capitaine en second Larionov, commandant de
compagnie; le prince est désigné à titre temporaire pour
exercer les fonctions. Bien! Le soldat Kolpakov commet
un vol — du cuir de botte, au détriment d'un camarade — et boit le produit. Bien. Le prince — et remarquez bien cela : c'était en présence de l'adjudant et du
caporal — semonce Kolpakov et le menace des verges.
Très bien. Kolpakov regagne sa chambrée, se couche sur
le bat-flanc et un quart d'heure plus tard meurt. Parfait.
Mais le cas est inattendu, presque impossible. Quoi qu'il
en soit, Kolpakov est enterré, le prince fait son rapport, et
Kolpakov est rayé des contrôles. Quoi de mieux, sem-
blerait-il? Mais exactement six mois plus tard, lors d'une
revue de la brigade, le soldat Kolpakov, comme si de rien
n'était, est présent à la troisième compagnie du second
bataillon du régiment d'infanterie de Novozemliansk[48],
même brigade et même division!

— Comment? s'écria le prince, hors de lui d'étonnement.

— Ce n'est pas cela : Il y a erreur! dit brusquement
Nina Alexandrovna en se tournant vers lui et en le regardant presque avec angoisse. Mon mari se trompe[49].

— Mais, mon amie, «se trompe», c'est facile à dire.
Seulement résous-moi ce mystère! Tout le monde a
donné sa langue au chat. Moi tout le premier, j'aurais dit
«qu'on se trompe». Par malheur, j'étais témoin et membre de la commission. Toutes les confrontations ont
prouvé que c'était bien ce même Kolpakov, absolument
le même soldat Kolpakov qui six mois plus tôt avait été
enterré avec les honneurs habituels et sonnerie de tam-
bour. Un cas, effectivement, rare, presque impossible, je
le reconnais, mais...

— Papa, votre couvert est mis, annonça Barbe Ardalionovna, entrant dans la chambre.

— Ah, parfait, excellent! J'ai une de ces faims...
Mais c'est là un cas, je dirai même, psychologique...

— La soupe va encore refroidir, dit avec impatience
Barbe.

— Tout de suite, tout de suite, marmotta le général

tout en sortant. « Et en dépit de tous les renseignements »,
entendit-on encore dans le couloir.

— Vous devrez passer bien des choses à Ardalion
Alexandrovitch, si vous restez chez nous, dit au prince
Nina Alexandrovna. D'ailleurs il ne vous gênera guère : il
mange seul. Vous en conviendrez vous-même, chacun a
ses défauts et ses... traits originaux. Il en est qui en ont
peut-être plus que les gens qu'on a l'habitude de montrer
du doigt. Il y a une chose que je vous demanderai instamment : si mon mari s'adresse à vous pour le règlement
du logement, dites-lui que vous m'avez déjà donné l'argent. Sans doute la somme remise à Ardalion Alexandrovitch entrerait en ligne de compte, de toute façon, mais
pour le bon ordre je vous le demande... Qu'est-ce donc,
Barbe ?

Barbe était revenue dans la chambre : elle tendit silencieusement à sa mère le portrait d'Anastasie Filippovna.
Nina Alexandrovna tressaillit et, d'abord avec une sorte
d'épouvante, ensuite avec un sentiment prédominant
d'amertume, examina quelque temps ce portrait. Enfin,
d'un air interrogateur, elle regarda Barbe.

— Il l'a reçu d'elle aujourd'hui en cadeau, dit Barbe,
et ce soir tout se décide chez eux.

— Ce soir ! répéta à mi-voix Nina Alexandrovna,
comme en proie au désespoir. Que faire ? Il ne peut plus y
avoir de doutes, et il ne reste non plus aucun espoir : avec
ce portrait elle a tout dit... Et c'est lui-même qui te l'a
montré ? ajouta-t-elle avec étonnement.

— Vous savez bien que depuis un bon mois nous
n'échangeons pour ainsi dire plus un mot. C'est Ptitsyne
qui m'a tout dit ; quant au portrait, il traînait déjà par terre
devant sa table, je l'ai ramassé.

— Prince, dit Nina Alexandrovna, revenant tout à coup
à lui, je voulais vous demander (et c'est pour cela, au fond,
que je vous ai fait venir ici) s'il y a longtemps que vous
connaissez mon fils. Il a dit, il me semble, que vous étiez
arrivé seulement aujourd'hui je ne sais plus d'où.

Le prince raconta brièvement son histoire, en en re-
tranchant une bonne moitié. Nina Alexandrovna et Barbe
l'écoutèrent attentivement.

— Ce n'est pas pour en savoir plus long sur Gabriel
Ardalionovitch que je vous ai posé cette question, remarqua Nina Alexandrovna, vous ne devez pas vous y tromper. S'il y a quoi que ce soit qu'il ne puisse pas m'avouer
lui-même, je ne voudrais pas l'apprendre en dehors de
lui. Ce que j'en dis, au fond, c'est parce que tout à
l'heure Gaby, en votre présence et ensuite après votre
départ, m'a répondu à votre sujet : « Il sait tout, inutile de
se gêner ! » Qu'est-ce que cela signifie ? Autrement dit, je
voudrais savoir dans quelle mesure...

Soudain entrèrent Gaby et Ptitsyne : Nina Alexandrovna aussitôt se tut. Le prince resta sur sa chaise à côté
d'elle, et Barbe se mit de côté. Le portrait d'Anastasie
Filippovna était à l'endroit le plus en vue, sur la table à
ouvrage de Nina Alexandrovna, juste devant elle. Gaby,
l'apercevant, fronça les sourcils, le prit avec colère et le
jeta sur sa table à lui, qui était à l'autre bout de la pièce.

— Alors, c'est aujourd'hui, Gaby ? demanda soudain
Nina Alexandrovna.

— Quoi : aujourd'hui ?

Gaby tressaillit et tout à coup s'attaqua au prince :

— Ah, je comprends. C'est encore vous !... Mais
qu'est-ce que cette maladie que vous avez ? Vous ne
pouvez pas vous retenir ? Mais enfin, comprenez, Altesse...

— Ici, c'est moi le coupable, Gaby, et personne d'autre, interrompit Ptitsyne.

Gaby le regarda d'un air interrogateur.

— Mais n'est-ce pas mieux ainsi, Gaby ? D'autant
plus que, d'un côté, l'affaire est terminée, murmura Ptitsyne.

Et, se retirant de côté, il s'assit devant la table, sortit de
sa poche un papier couvert d'une écriture au crayon et se
mit à l'examiner attentivement. Gaby restait debout,
sombre, et attendait avec inquiétude la scène de famille.
Quant à s'excuser devant le prince, l'idée ne lui en vint
pas.

— Si tout est terminé, Ivan Petrovitch, bien entendu, a
raison, dit Nina Alexandrovna. Gaby, ne fronce pas les
sourcils, je t'en prie, et ne te fâche pas : je ne te deman-

derai rien de ce que tu ne veux pas dire et je t'assure que je suis maintenant tout à fait résignée. Fais-moi le plaisir de ne pas être inquiet.

Elle prononça cela sans se détacher de son ouvrage et en apparence tout à fait calmement. Gaby en était surpris, mais prudemment il se taisait et regardait sa mère, dans l'attente de déclarations plus explicites. Les scènes de famille, décidément, lui coûtaient trop de mauvais sang. Nina Alexandrovna lui fit remarquer cette prudence et ajouta avec un sourire amer :

— Tu continues à douter et à ne pas me croire. Sois tranquille ; il n'y aura ni larmes, ni supplications comme naguère, de ma part tout au moins. Mon seul désir est que tu sois heureux, et tu le sais. Je me suis résignée à la destinée, mais mon cœur sera toujours avec toi, que nous restions ensemble ou que nous nous séparions. Bien entendu, je ne réponds que de moi ; tu ne peux pas en exiger autant de ta sœur...

— Ah, encore elle ! s'écria Gaby, en regardant ironiquement et haineusement sa sœur. — Maman, je vous le jure encore une fois, tout comme je vous en ai déjà donné ma parole : nul ne se permettra jamais de vous manquer de respect, tant que je serai ici, tant que je vivrai. Qu'il s'agisse de n'importe qui, j'exigerai le plus entier respect envers vous, quelle que soit la personne qui passera notre seuil...

Gaby était si joyeux que c'était presque pacifiquement, presque tendrement qu'il regardait sa mère.

— Je ne craignais rien pour moi, Gaby, tu le sais bien. Ce n'est pas pour moi que j'ai été inquiète et tourmentée pendant tout ce temps. On dit que tout se terminera entre vous aujourd'hui ? Qu'est-ce donc qui se terminera ?

— Ce soir, chez elle, elle a promis de déclarer si elle est consentante, ou non, répondit Gaby.

— Presque trois semaines nous avons évité d'en parler, et c'était mieux. Maintenant que tout est terminé, je me permettrai de poser une seule question : comment a-t-elle pu te donner son consentement et même te faire cadeau de son portrait, alors que tu ne l'aimes pas ? Se peut-il que tu l'aies... une femme aussi... aussi...

— Allons, aussi expérimentée, tu veux dire ?

— Ce n'est pas le mot que je cherchais. Comment as-tu pu lui donner le change à ce point.

Une irritation exceptionnelle perça soudain dans cette question. Gaby resta un moment immobile, réfléchit et, sans dissimuler son ironie, prononça :

— Vous vous êtes laissé emporter, maman. Une fois de plus, vous n'y avez pas tenu : c'est bien ainsi qu'entre nous tout a toujours commencé et dégénéré. Vous disiez qu'il n'y aurait ni interrogatoires, ni reproches, et les voilà déjà commencés ! Laissons cela, plutôt. Vraiment, laissons cela. Du moins, vous aviez l'intention... Pour moi, je ne vous abandonnerai jamais ni pour rien au monde. Un autre, avec une pareille sœur, fuirait à tout le moins : voyez comme elle me regarde en ce moment. Terminons là-dessus ! Et moi qui me réjouissais déjà... Et où prenez-vous que je trompe Anastasie Filippovna ? Pour ce qui est de Barbe, c'est comme elle voudra, et — c'en est assez ! Oui, plus qu'assez, maintenant !

Gaby s'échauffait davantage à chaque mot et sans but arpentait la pièce. Les conversations de ce genre devenaient une plaie pour tous les membres de la famille.

— J'ai dit que, si elle entrait ici, j'en sortirais, et moi aussi je tiendrai parole, dit Barbe.

— Par entêtement ! s'écria Gaby. Par entêtement aussi tu refuses de te marier ! Qu'as-tu à te moquer de moi ? Moi, je m'en fiche, Barbe Ardalionovna. Si cela vous fait plaisir, aujourd'hui même vous pouvez mettre à exécution votre intention. J'en ai assez, enfin, de vous !

— Comment ? Vous vous décidez enfin à nous quitter, prince ? cria-t-il en voyant que le prince se levait.

La voix de Gaby trahissait ce degré d'exaspération où l'homme est presque heureux de cette exaspération, s'y livre sans aucune retenue et presque avec une jouissance croissante, quelles que puissent être les conséquences. Le prince s'était déjà retourné, sur le seuil, pour répondre : mais voyant, à l'expression malsaine du visage de son offenseur, qu'il ne manquait plus que la goutte qui ferait déborder le vase, il fit demi-tour et sortit sans rien dire. Quelques minutes plus tard, il put juger, par les échos provenant du salon, que la conversation, en son absence, était devenue plus bruyante encore et plus franche.

Il traversa la salle, arriva dans l'antichambre pour tomber dans le couloir et par là gagner sa chambre. En passant devant la porte d'entrée donnant sur l'escalier, il entendit et remarqua que quelqu'un essayait de toutes ses forces de tirer la clochette; mais sans doute elle était dérangée et ne faisait que trembler sans produire de son. Le prince tira le verrou, ouvrit la porte et... recula stupéfait, trembla même de tout son corps : devant lui était Anastasie Filippovna. Il la reconnut aussitôt, d'après le portrait. Quand elle l'aperçut ses yeux lancèrent un éclair de dépit; elle passa vivement dans l'entrée, en l'écartant de son chemin par un coup d'épaule et dit avec colère en se débarrassant de sa pelisse :

— Si on n'a pas le courage de réparer la sonnette, il faudrait au moins être là dans l'entrée pour entendre quand on frappe. Bon, voilà maintenant qu'il a laissé tomber ma pelisse, l'imbécile !

La pelisse, en effet, était par terre. Anastasie Filippovna, avant que le prince l'en débarrassât, la lui avait jetée dans les bras sans regarder, par-derrière, et le prince n'avait pas eu le temps de la recevoir.

— Tu mériterais qu'on te mette à la porte. Va m'annoncer.

Le prince aurait voulu dire quelque chose, mais il était si éperdu qu'aucune parole ne lui sortit du gosier. Avec la pelisse, qu'il avait ramassée sur le plancher, il partit pour le salon.

— Bon, voilà maintenant qu'il s'en va avec ma pelisse ! — Ma pelisse, pourquoi l'emportes-tu ? Ha... ha... ha ! Mais tu es fou, ma parole !

Le prince revint, et la regarda, stupide. Quand elle se mit à rire, il rit aussi, toujours incapable de remuer la langue. L'instant précédent, en lui ouvrant la porte, il était pâle; maintenant, le rouge envahit tout à coup son visage.

— Mais qu'est-ce que c'est que cet idiot ? s'écria dans son indignation, en tapant du pied contre lui, Anastasie Filippovna. — Allons, où vas-tu ? Qui vas-tu annoncer ?

— Anastasie Filippovna, murmura le prince.

— D'où me connais-tu, demanda-t-elle vivement. Je ne t'ai jamais vu. Va m'annoncer... Quels sont ces cris ?

— Ils se disputent, répondit le prince. Et il se dirigea vers le salon.

Il entra à un moment assez décisif. Nina Alexandrovna était prête à oublier tout à fait qu'elle s'était « résignée à tout » ; au fait elle ne faisait que défendre Barbe. Au côté de Barbe se tenait Ptitsyne, qui avait abandonné son papier écrit au crayon. Barbe d'ailleurs n'avait pas peur : en général, elle n'était pas de la race des timides. Mais les grossièretés de son frère devenaient avec chaque mot plus malhonnêtes et plus intolérables. Dans ces cas-là elle cessait ordinairement de parler et se contentait de regarder son frère, silencieuse et ironique, sans le quitter des yeux. Cette manœuvre, elle le savait, était capable de le faire sortir de ses gonds. C'est à ce moment-là que le prince fit un pas dans la pièce et proclama :

— Anastasie Filippovna !

IX

Un silence général s'installa. Tout le monde regardait le prince, et semblait ne pas le comprendre ou ne pas vouloir le comprendre. Gaby resta figé d'épouvante.

L'arrivée d'Anastasie Filippovna, surtout à la minute présente, était pour eux tous la plus singulière et la plus embarrassante des surprises. Ne fût-ce que ceci qu'Anastasie Filippovna venait pour la première fois : jusque-là elle se tenait avec tant de hauteur que dans ses conversations avec Gaby elle n'avait même pas manifesté le désir de faire connaissance avec ses proches, et dans les tout derniers temps elle n'avait pas fait d'eux la moindre mention, pas plus que s'ils n'existaient pas. Gaby avait beau être content de voir s'éloigner un sujet de conversation aussi gênant, il n'en avait pas moins, au fond du cœur, inscrit cette hauteur à son passif. En tout cas, il attendait d'elle plutôt des moqueries et des piques à l'adresse de sa famille qu'une visite ; il savait à coup sûr qu'elle était au courant de tout ce qui se passait chez lui à propos de son projet de mariage et de quel œil elle-même était considérée par ses parents. Sa visite, maintenant, après le don de son portrait et le jour de son anniversaire, jour où elle avait promis de décider de son sort à lui, équivalait presque à cette décision même.

La perplexité avec laquelle on regardait le prince ne dura pas longtemps : Anastasie Filippovna en personne apparut sur le seuil du salon, et encore une fois, en entrant dans la pièce, elle écarta d'un coup léger le prince :

— Enfin j'ai pu entrer... Pourquoi entravez-vous votre sonnette ? lança-t-elle gaiement en tendant la main à Gaby qui s'était élancé à toutes jambes à sa rencontre. Pourquoi cette mine renversée ? Présentez-moi, je vous prie...

Gaby, absolument éperdu, la présenta d'abord à Barbe, et les deux femmes, avant de se tendre la main, échangèrent des regards étranges. Anastasie Filippovna, d'ailleurs, riait et se masquait de gaieté ; Barbe, elle, ne voulait pas de masque, et avait l'œil sombre et fixe ; même l'ombre de sourire exigée par les simples convenances ne parut pas sur ses lèvres. Gaby sentit son sang se glacer : impossible et inutile maintenant de supplier ! Il lança à Barbe un regard si menaçant qu'elle comprit, à la violence de ce regard, de quelle importance était cette minute pour son frère. Alors sans doute décida-t-elle de lui céder : elle esquissa un sourire à l'adresse d'Anastasie Filippovna. (Ils s'aimaient encore assez dans la famille.) Les choses furent un peu arrangées par Nina Alexandrovna, que Gaby, ayant définitivement perdu la tête, présenta après sa sœur et même amena la première à Anastasie Filippovna. Mais à peine Nina Alexandrovna avait-elle exprimé « son grand plaisir... », qu'Anastasie Filippovna, sans la laisser finir, se tournait vivement vers Gaby et, s'asseyant (sans en avoir encore été priée) sur un petit canapé dans le coin près de la fenêtre, s'écriait :

— Où est donc votre cabinet ? Et... où sont les locataires ? Vous avez bien des locataires, n'est-ce pas ?

Gaby rougit terriblement et allait bégayer une espèce de réponse, mais Anastasie Filippovna ajouta aussitôt :

— Mais où loger ici des locataires ? Vous n'avez même pas de cabinet à vous. — Et c'est une chose avantageuse ? demanda-t-elle brusquement à Nina Alexandrovna.

— Cela procure pas mal de soucis, répondit celle-ci. Bien entendu, il doit y avoir quelque avantage. Mais nous venons seulement...

Mais déjà Anastasie Filippovna ne l'écoutait plus : elle regardait Gaby, riait et lui criait :

— Quelle tête faites-vous là ? O mon Dieu, quelle tête vous faites en ce moment !

Ce rire dura quelques instants. Le visage de Gaby était en effet très altéré : sa stupeur, son trouble lâche et comique l'avaient soudain quitté ; mais il avait effroyablement pâli ; ses lèvres étaient tordues de convulsions ; sans mot dire, d'un œil mauvais et fixe, sans s'en détacher, il regardait sous le nez la visiteuse qui continuait à rire.

Il y avait là encore un observateur, qui ne s'était pas encore libéré de l'espèce de stupeur qui lui avait enlevé la parole à la vue d'Anastasie Filippovna. Cependant il avait beau se tenir « comme une colonne » à la même place, à la porte du salon, il n'en avait pas moins remarqué la pâleur et le sinistre changement de visage de Gaby. Cet observateur était le prince. Presque saisi d'épouvante, il fit soudain, machinalement, un pas en avant :

— Buvez un peu d'eau, lui chuchota-t-il. Et ne regardez pas ainsi...

On le voyait, il avait dit cela sans le moindre calcul, sans aucune intention particulière, comme cela, par un mouvement spontané. Mais ses paroles eurent un effet extraordinaire. On aurait dit que toute la rage de Gaby s'était soudain reportée sur le prince : il le prit par l'épaule et le fixa en silence, d'un regard vindicatif et haineux, comme s'il n'avait pas la force de dire un mot. Ce fut un émoi général : Nina Alexandrovna poussa même un petit cri ; Ptitsyne avança d'un pas, dans son inquiétude ; Colas et Ferdychtchenko, apparus sur le seuil, s'arrêtèrent stupéfaits ; seule Barbe continua à regarder en dessous, tout en observant attentivement. Elle

ne s'asseyait pas, mais restait debout à l'écart, près de sa
mère, les bras croisés sur sa poitrine.

Mais Gaby se ressaisit aussitôt, presque dès la première minute de son geste, et eut un gros rire nerveux. Il
était complètement revenu à la raison.

— Alors, prince, vous êtes docteur ? s'écria-t-il avec
le maximum de gaieté et de naïveté. Il m'a fait peur.

— Anastasie Filippovna, on peut vous le recommander,
c'est un individu archiprécieux, bien que je ne le
connaisse moi-même que depuis ce matin.

Anastasie Filippovna, perplexe, regardait le prince.

— Prince ? Il est prince ? Figurez-vous que tout à
l'heure, dans l'antichambre, je l'ai pris pour un valet et je
l'ai envoyé m'annoncer ! Ha… ha… ha !

— Il n'y a pas de mal, pas de mal ! dit Ferdychtchenko, approchant à la hâte et heureux qu'on ait commencé à rire. Il n'y a pas de mal : se non è vero [50]…

— Et même c'est tout juste si je ne vous ai pas grondé,
prince. Pardonnez-moi, je vous en prie. Ferdychtchenko,
c'est vous ? Comment êtes-vous ici, à pareille heure ?
Je pensais que vous au moins je ne vous trouverais
pas ici. — Qui ? Quel prince ? Mychkine ? redeman-
da-t-elle à Gaby qui, tenant toujours le prince par
l'épaule, avait quand même eu le temps de le présenter.

— Un de nos locataires, répéta Gaby.

Visiblement, le prince était présenté comme une chose
rare (et fort utile à tous pour sortir d'une situation fausse) ;
on le fourrait presque entre les bras d'Anastasie Filippovna. Le prince entendit même clairement le mot
d'« idiot », chuchoté derrière lui, sans doute par Ferdychtchenko, à titre de commentaire destiné à Anastasie
Filippovna.

— Dites-moi, pourquoi donc ne m'avez-vous pas dé-
trompée tout à l'heure, quand j'ai commis cette effroyable… erreur à votre sujet ? continua Anastasie Filippovna, tout en examinant le prince de la tête aux pieds de
la plus désinvolte façon. Avec impatience, elle attendait
la réponse, comme persuadée qu'elle serait nécessairement si stupide qu'on serait obligé d'en rire.

— J'ai été surpris de vous voir ici tout à coup…, murmura le prince.

— Mais comment avez-vous su que c'était moi? Où m'aviez-vous vue auparavant? De fait, il me semble que je l'ai vu quelque part. Et permettez-moi de vous le demander, pourquoi tout à l'heure êtes-vous resté cloué sur place de stupéfaction? Qu'y a-t-il chez moi de si stupéfiant?

— Allons, allons! intervint Ferdychtchenko, continuant de grimacer. Allez-y donc! O Seigneur, j'en dirais des choses, moi, en réponse à une pareille question! Oh là là…! Quel balourd tu fais, prince, après cela!

— Mais moi aussi, j'en dirais beaucoup à votre place, rétorqua le prince à Ferdychtchenko, tout en riant. — Et il continua, pour Anastasie Filippovna: — Tout à l'heure votre portrait m'avait frappé; ensuite avec les Épantchine j'ai parlé de vous… et déjà de bon matin, dans le train, avant même d'arriver à Pétersbourg, je me suis laissé conter bien des choses sur vous par Parthène Rogojine… Et à l'instant même où je vous ai ouvert la porte, je pensais aussi à vous: et soudain vous voilà.

— Mais comment avez-vous reconnu que c'était moi?

— D'après votre portrait et…

— Et encore?

— Et encore parce que je vous imaginais justement ainsi… Et aussi, il me semble vous avoir vue quelque part.

— Où?… Où?

— Ce sont vos yeux que j'ai vus quelque part… Mais non, c'est impossible! C'est une idée… Je n'ai jamais été ici. En songe, peut-être…

— Bravo, prince! cria Ferdychtchenko. Non, je retire mon se non è vero. D'ailleurs… d'ailleurs, tout ce qu'il dit là, cela vient de son innocence! ajouta-t-il avec regret.

Le prince avait prononcé ses quelques phrases d'une voix émue, en s'interrompant et reprenant souvent sa respiration. Tout dénotait chez lui une agitation extrême. Anastasie Filippovna le considérait avec curiosité, mais ne riait plus.

A cet instant précis, tout à coup une voix nouvelle,

bruyante, se faisant entendre de derrière la foule qui entourait étroitement le prince et Anastasie Filippovna, écarta pour ainsi dire cette foule et la divisa en deux. Devant Anastasie Filippovna se tenait le père de famille en personne, le général Ivolguine. Il était en habit, avec un plastron immaculé ; ses moustaches étaient teintes...

Cela, Gaby ne put le supporter.

Égoïste et vaniteux jusqu'à la susceptibilité, jusqu'à l'hypocondrie ; ayant passé tous ces deux mois à chercher un point quelconque auquel s'appuyer plus sûrement pour se présenter plus noblement ; sentant qu'il était encore novice dans la carrière choisie et que sans doute il ne s'y maintiendrait pas ; résolu, par désespoir, à user finalement chez lui, où il était un despote, d'un total cynisme ; mais n'osant pas le faire devant Anastasie Filippovna qui le désarçonnait à la dernière minute et le dominait impitoyablement ; « mendiant impatient », selon l'expression même d'Anastasie, qui lui avait déjà été rapportée ; ayant juré ses grands dieux de lui revaloir tout cela cruellement dans la suite et parfois en même temps caressant à part soi le rêve enfantin de joindre les fils et de concilier les contraires, — il devait maintenant boire encore ce terrible calice, et surtout dans un pareil moment ! Encore un supplice imprévu, mais le plus épouvantable de tous pour un homme vaniteux : le tourment de rougir pour ses proches, dans sa propre demeure, lui était échu. Une idée lui traversa alors la tête : « Est-ce que, en fin de compte, la récompense vaut tout cela ? »

A l'instant même se produisit ce qu'il avait vu pendant ces deux mois seulement la nuit, sous forme de cauchemar, et qui le glaçait d'effroi, le consumait de honte : enfin eut lieu la rencontre en famille de son père avec Anastasie Filippovna. Parfois, se taquinant et s'irritant lui-même, il essayait de se représenter le général durant la cérémonie nuptiale ; mais jamais il n'avait été capable de mener jusqu'à son terme cette scène cruelle : il l'abandonnait plus tôt. Peut-être exagérait-il démesurément le malheur ; mais c'est ce qui arrive toujours aux vaniteux. Durant ces deux mois il avait eu le temps d'y réfléchir et de prendre des résolutions, et il s'était juré de se débarrasser à tout prix de son père, d'une façon ou de l'autre, ne fût-ce que momentanément, et de le faire disparaître, si possible, de Pétersbourg même, avec ou sans le consentement de sa mère. Dix minutes plus tôt, au moment où était entrée Anastasie Filippovna, il avait été si frappé, si abasourdi, qu'il avait complètement oublié l'éventualité d'une entrée en scène d'Ardalion Alexandrovitch et n'avait pris aucune disposition. Or le général était là, devant tout le monde, et encore solennellement paré et en habit, cela au moment précis où Anastasie Filippovna « ne cherchait qu'une occasion de le couvrir, lui et les siens, de railleries ». (De cela il était convaincu.) D'ailleurs que signifiait sa visite, sinon cela ? Était-ce pour faire amitié avec sa mère et sa sœur, ou bien pour les offenser dans sa propre maison à lui, qu'elle était venue ? D'après la façon dont étaient disposés les deux partis, il ne pouvait y avoir de doute : sa mère et sa sœur étaient assises à l'écart, comme des honnies, tandis qu'Anastasie Filippovna semblait avoir même oublié leur présence dans la même pièce... Si elle se conduisait ainsi, naturellement elle avait son but !

Ferdychtchenko prit le général par le bras et l'amena.

— Ardalion Alexandrovitch Ivolguine ! prononça avec dignité le général, s'inclinant et souriant. Un vieux soldat infortuné et père d'une famille heureuse de l'espoir de compter parmi les siens une aussi charmante...

Il n'acheva pas. Ferdychtchenko, vivement, de derrière, glissa une chaise sous lui, et le général, un peu faible sur ses jambes dans ces instants d'après-dîner, s'y affala ou, pour mieux dire, y tomba. Mais cela, d'ailleurs, ne le troubla pas : il s'installa juste en face d'Anastasie Filippovna et en faisant des mines agréables, lentement et démonstrativement, porta ses doigts délicats à ses lèvres. D'une façon générale, le général ne se laissait pas facilement troubler. Son extérieur, abstraction faite d'un certain laisser-aller, était encore assez convenable, ce dont il était très conscient. Il lui était arrivé autrefois de se trouver dans la meilleure société, dont il avait été exclu définitivement il y avait seulement deux ou trois ans.

Depuis lors il s'était livré sans aucune retenue à certaines faiblesses qu'il avait, mais des manières aisées et agréables lui restaient encore. Anastasie Filippovna, semblait-il, était extrêmement heureuse de l'apparition d'Ardalion Alexandrovitch, dont, évidemment, elle avait entendu parler.

— J'ai ouï dire que mon fils..., commença Ardalion Alexandrovitch.

— Ah, oui, votre fils! Et vous êtes joli, vous aussi le papa! Pourquoi ne vous a-t-on jamais vu chez moi? Alors, vous vous cachez, ou bien votre fils vous cache? Vous au moins, vous pouvez venir me voir sans compromettre personne.

— Les enfants du XIXe siècle et leurs parents..., commença de nouveau le général.

— Anastasie Filippovna, lâchez pour un instant, je vous prie, Ardalion Alexandrovitch, on le demande, dit à haute voix Nina Alexandrovna.

— Le lâcher! Permettez, j'en ai tant entendu parler, je désirais depuis si longtemps le voir! Et quelle affaire peut-il avoir? N'est-il pas à la retraite? Général, vous ne me quitterez pas, vous ne vous en irez pas?

— Je vous donne ma parole qu'il viendra vous retrouver, mais pour le moment il a besoin de repos.

— Ardalion Alexandrovitch, on dit que vous avez besoin de repos! s'écria Anastasie Filippovna avec une petite grimace dédaigneuse et mécontente, comme une petite écervelée à qui on enlève son joujou.

Le général fit justement tout ce qu'il fallait pour rendre encore plus sotte sa situation.

— Mon amie! Mon amie! prononça-t-il avec reproche, en s'adressant solennellement à sa femme et se posant la main sur le cœur.

— N'allez-vous pas sortir d'ici, maman? demanda Barbe à haute voix.

— Non, Barbe, je resterai jusqu'à la fin.

Anastasie Filippovna ne pouvait pas ne pas entendre la question et la réponse, mais sa bonne humeur en parut encore accrue. Elle assaillit aussitôt et de nouveau le général de questions, et au bout de cinq minutes le général était dans un état d'esprit plus solennel que jamais et paradait parmi les rires bruyants des assistants.

Colas tira le prince par ses basques :

— Mais emmenez-le donc d'une façon ou de l'autre ! Est-ce qu'il n'y a pas moyen ? Je vous en prie.

Et le pauvre garçon avait même des larmes d'indignation dans les yeux. « O, maudit Gaby ! » ajouta-t-il à part soi.

Le général répondait avec abondance aux questions d'Anastasie Filippovna :

— Avec Ivan Fiodorovitch Épantchine j'ai en effet été très ami. Lui, le défunt prince Léon Nicolaevitch Mychkine dont j'ai embrassé aujourd'hui le fils après une séparation de vingt ans, et moi nous étions tous trois inséparables. Une cavalcade : on aurait dit Athos, Porthos et Aramis [51]. Hélas, l'un est dans la tombe, abattu par la calomnie et une balle, le second est devant vous et lutte encore contre les calomnies et les balles...

— Contre les balles ! s'écria Anastasie Filippovna.

— Elles sont ici, dans ma poitrine. Je les ai reçues sous Kars [52], et quand il fait mauvais temps je les sens. Pour le reste, je vis en philosophe, je marche, je me promène, je joue aux dames dans mon café, comme un bourgeois retiré des affaires, et je lis *L'Indépendance* [53]. Mais avec notre Porthos, Épantchine, après cette histoire de bichon en chemin de fer il y a trois ans, j'ai rompu à jamais.

— De bichon ! De quoi s'agit-il ? demanda Anastasie Filippovna avec beaucoup de curiosité. Un bichon ? Permettez, et en chemin de fer !... — On aurait dit qu'elle cherchait à se rappeler.

— Oh, une histoire idiote. Il ne vaut pas la peine de la répéter. C'était à cause de la gouvernante de la princesse Bielokonski, mistress Schmidt, mais... ça ne vaut pas la peine.

— Racontez-la-moi, absolument ! s'écria gaiement Anastasie Filippovna.

— Moi non plus, je ne la connais pas encore ! remarqua Ferdychtchenko. C'est du nouveau [54].

— Ardalion Alexandrovitch ! fit encore une fois la voix suppliante de Nina Alexandrovna.

— Papa, on vous demande! cria Colas.

— Une histoire idiote, et la voici en deux mots, commença le général, content de lui. Il y a deux ans — oui, ou il s'en faut de peu — on venait d'inaugurer la nouvelle ligne de chemin de fer de X., et moi (en costume civil, déjà), ayant à traiter des affaires extrêmement importantes pour moi concernant la passation de mon service, je pris un billet de première. Je monte, je m'assois, je fume. Ou plutôt je continue de fumer, car j'avais commencé avant. Je suis seul dans mon compartiment. Il n'est pas interdit de fumer, mais ce n'est pas permis non plus : donc à demi permis, comme d'habitude ; ça dépend des personnes, si vous voulez. La vitre est baissée. Tout à coup, juste avant le coup de sifflet, s'installent deux dames avec leur bichon, juste en face de moi. Elles étaient en retard ; l'une, très richement vêtue, en bleu clair ; l'autre, plus modestement, en soie noire avec un collet. Pas vilaines. Elles ont la mine hautaine, se parlent en anglais. Moi, bien entendu, je ne bronche pas, je fume. C'est-à-dire que j'ai bien eu une hésitation ; mais quand même je continue de fumer, puisque la fenêtre était ouverte, par la fenêtre. Le bichon repose sur les genoux de la dame bleue, minuscule, pas plus gros que mon poing, noir avec les pattes blanches : une rareté ! Un collier d'argent, avec une devise. Je ne bronche toujours pas. Je remarque seulement que les dames ont l'air de se fâcher : à cause de mon cigare, évidemment. Une des deux ne quitte pas son face-à-main, en écaille. Moi, je ne bronche toujours pas : puisqu'elles ne disent rien ! Si elles avaient parlé, prévenu, demandé... Est-ce que les hommes n'ont pas une langue ? Mais elles n'ouvrent pas la bouche... Et tout à coup, sans le moindre avertissement, je peux le dire, mais vraiment sans le plus imperceptible, absolument comme si elle avait perdu la raison, la bleu clair m'arrache des doigts mon cigare, et... par la fenêtre ! Le train file, je regarde, presque fou. Une femme sauvage ; une femme sauvage, bel et bien à l'état sauvage ! Et, au reste, une forte femme, bien en chair, grande, blonde, vermeille (même trop), les yeux lançant sur moi des éclairs. Sans mot dire, avec une politesse exceptionnelle, une politesse parfaite, la plus raffinée, pour ainsi dire, des politesses, avec mes deux doigts tendus, j'approche du bichon, je le prends délicatement par la peau du cou et pan ! par la fenêtre, sur les traces du cigare ! Il n'a poussé qu'un cri. Le train file toujours...

— Vous êtes un monstre ! cria Anastasie Filippovna, en riant bruyamment et battant des mains comme une fillette.

— Bravo, bravo ! criait Ferdychtchenko.

Ptitsyne aussi eut un petit rire, à qui l'apparition du général avait été extrêmement désagréable. Même Colas rit et cria aussi « Bravo » !

— Et j'ai eu raison, j'ai eu raison, trois fois raison ! continuait avec ardeur le général, triomphant, car si les cigares sont défendus dans un wagon, à plus forte raison les chiens.

— Bravo, papa ! s'écria avec enthousiasme Colas. Magnifique ! Sûrement, sûrement j'en aurais fait autant !

— Et qu'a fait la dame ? interrogea, impatiente, Anastasie Filippovna ?

— Elle ? Eh bien, c'est là tout le désagrément, continua, en fronçant les sourcils, le général. Sans dire un mot et sans le moindre avertissement, elle m'a allongé... pan sur la joue ! Une femme sauvage, absolument à l'état sauvage !

— Et alors, vous ?

Le général baissa les yeux, leva les sourcils, haussa les épaules, serra les lèvres, écarta les bras, demeura un moment silencieux, et tout à coup prononça :

— Je me suis emporté...

— Et vous lui avez fait mal ?

— Aucun mal, je vous jure ! Il y a eu esclandre, mais sans grand mal. Je n'ai tapé qu'une seule fois, uniquement pour me défendre. Mais le diable s'en est mêlé : la bleu clair était une Anglaise, une gouvernante ou même quelque chose comme une amie de la princesse Bielokonski, et celle qui était en noir, celle-là était l'aînée des filles Bielokonski, une vieille fille dans les trente-cinq ans. Or on sait en quelles relations est la générale Épantchine avec les Bielokonski. Voilà toutes les princesses en pâmoison, en larmes, en deuil pour leur bichon favori, les cris perçants de six princesses, les cris de l'Anglaise, la fin du monde ! Naturellement, j'ai été présenter mes regrets, j'ai demandé pardon, j'ai écrit ; on n'a reçu ni moi ni ma lettre, et avec les Épantchine aussi disputes, exclusion, expulsion !

— Mais, permettez, comment cela se fait-il ? demanda soudain Anastasie Filippovna. Il y a cinq ou six jours j'ai lu dans *L'Indépendance* — je lis régulièrement *L'Indépendance* — exactement la même histoire ! Mais exactement la même ! Elle est arrivée sur une ligne rhénane, en wagon, à un Français et une Anglaise : exactement de la même façon il y a eu un cigare arraché, un bichon jeté par la fenêtre, et finalement tout s'est terminé comme chez vous. Même la robe était bleu clair !

Le général rougit terriblement. Colas aussi rougit et se prit la tête entre les mains. Ptitsyne se détourna vivement. Seul Ferdychtchenko rit comme précédemment. De Gaby, inutile de rien dire : il était toujours debout, endurant un tourment muet et intolérable.

— Mais je vous assure, murmura le général, qu'il m'est arrivé à moi aussi exactement la même chose...

— Papa a eu réellement des désagréments avec une mistress Smith, gouvernante chez les Bielokonski, s'écria Colas. Je m'en souviens.

— Comment ! Point pour point ? La même histoire aux deux bouts de l'Europe, et la même point pour point, dans tous les détails, jusqu'à la robe bleu clair ! insista, impitoyable, Anastasie Filippovna. Je vous enverrai *L'Indépendance belge*.

— Mais remarquez, insista encore le général, qu'elle m'est arrivée à moi deux ans plus tôt...

— Ah, vous m'en direz tant !

Anastasie Filippovna riait comme une folle.

— Papa, je vous en prie, sortez un instant, j'ai deux mots à vous dire, lança Gaby d'une voix énervée de douleur et tremblante, en prenant machinalement son père par l'épaule. Une haine sans bornes bouillait dans son regard.

A ce même instant, retentit un coup de sonnette extrê-

mement vigoureux. Un coup pareil pouvait arracher la
sonnette. Il ne pouvait annoncer qu'une visite extraordinaire. Colas courut ouvrir.

X

L'antichambre s'était faite soudain extrêmement
bruyante et peuplée. Du salon, on aurait cru qu'il était
entré du dehors un bon nombre de gens, et qu'il en entrait
toujours. Plusieurs voix parlaient et s'exclamaient à la
fois; on parlait et on s'exclamait aussi dans l'escalier:
visiblement la porte d'entrée n'avait pas été refermée.
L'arrivée de ces visiteurs était vraiment insolite. Tout le
monde s'entre-regarda. Gaby s'élança dans la salle commune: là aussi plusieurs individus avaient déjà pénétré.

— Ah le voilà, le Judas! s'écria une voix connue du
prince. Bonjour, Gaby, vaurien!

— C'est lui, c'est bien lui! confirma une autre voix.

Le prince n'en pouvait plus douter: la première voix
était celle de Rogojine: la seconde, celle de Lebedev.

Gaby se tenait, dans une sorte d'hébétement, sur le
seuil du salon et regardait silencieux, sans mettre obstacle
à l'entrée dans la salle commune de dix ou douze individus, l'un derrière l'autre, à la suite de Parthène Rogojine.
C'était une compagnie extrêmement hétéroclite, et remarquable non seulement par sa variété, mais aussi par
son sans-gêne. Certains entraient tels qu'ils étaient dans
la rue, en pardessus ou en pelisse. De totalement ivre, il
n'y avait, à vrai dire, personne, mais tous avaient l'air
fortement éméchés. Tous, apparemment, avaient besoin
les uns des autres pour s'introduire, aucun n'aurait eu
isolément assez de hardiesse: mais ils semblaient se
pousser l'un l'autre. Rogojine lui-même avançait avec
précaution à la tête de la troupe. Cependant il avait son
intention, et paraissait sombrement et nerveusement
préoccupé. Tous les autres formaient le chœur ou, pour
mieux dire, la bande destinée à le soutenir. En dehors de
Lebedev, il y avait là le frisé Zaliojev, qui s'était débar-
rassé de sa pelisse dans l'antichambre et était entré désin-

volte et dandy, et deux ou trois messieurs du même
acabit, visiblement des fils à papa de la classe mar-
chande. Un individu en manteau semi-militaire ; un
homme petit et très gros, qui riait sans arrêt ; un monsieur
immense de près de deux mètres [55], également extraordinairement gros, extrêmement sombre et silencieux, et de
toute évidence, comptant fortement sur ses poings. Il y
avait un étudiant en médecine ; il y avait un petit Polonais
papillonnant. De l'escalier risquaient un coup d'œil dans
l'antichambre, sans oser entrer, deux dames inconnues :
Colas leur ferma la porte au nez et mit le crochet.

— Bonjour, Gaby, vaurien ! Alors, tu ne l'attendais
pas, Parthène Rogojine ? répéta Rogojine, parvenu
jusqu'au salon et s'arrêtant sur le seuil devant Gaby. Mais
à cet instant il distingua dans le salon, juste en face,
Anastasie Filippovna. Visiblement, il ne croyait pas la
rencontrer là, car sa vue produisit sur lui une impression
extraordinaire : il pâlit au point que ses lèvres en bleui-
rent. — C'était donc vrai ! prononça-t-il à voix basse et
presque à part soi, l'air tout à fait désorienté. Fini !...
Bon. Tu me paieras ça, maintenant ? fit-il soudain en
grinçant des dents et en regardant Gaby avec une haine
furieuse. — C'est bon... ah !

Il en perdait le souffle, il articulait même avec peine. Il
avançait machinalement, mais, sitôt passé le seuil du
salon, il aperçut soudain Nina Alexandrovna et Barbe et
s'arrêta, légèrement intimidé, malgré toute son agitation.
Derrière lui entra Lebedev, qui le suivait comme son
ombre et était déjà fortement ivre, ensuite l'étudiant, le
monsieur aux poings, Zaliojev, saluant à droite et à gauche, et enfin se frayait un passage le courtaud obèse. La
présence de dames les retenait tous encore quelque peu et
visiblement les gênait beaucoup, naturellement seulement
en attendant *le début*, le premier prétexte à pousser des
cris et à *commencer*... Alors, aucune dame ne les gênerait
plus.

— Comment ? Toi aussi, prince, ici ? lança d'un air
distrait Rogojine, quelque peu étonné de rencontrer le
prince. Toujours avec tes petites guêtres, euh, euh ! sou-
pira-t-il, oubliant déjà le prince pour porter de nouveau

son regard sur Anastasie Filippovna, et continuant à s'avancer, attiré vers elle comme par un aimant.

Anastasie Filippovna aussi, avec une curiosité inquiète, regardait les visiteurs.

Gaby, enfin, revint à lui.

— Mais permettez : que signifie tout ceci, enfin ? commença-t-il d'une voix forte, en toisant sévèrement les intrus et en s'adressant principalement à Rogojine. Vous n'êtes pas dans une écurie, il me semble. Il y a ici ma mère et ma sœur.

— Nous le voyons, qu'il y a ta mère et ta sœur, murmura Rogojine entre ses dents.

— Ça se voit, qu'il y a sa mère et sa sœur, confirma Lebedev, pour se donner une contenance.

Le monsieur aux poings, estimant sans doute que le moment était arrivé, commença à grogner.

— Quand même ! s'écria Gaby, élevant la voix tout à coup et démesurément, dans une espèce d'explosion. D'abord, je vous demande à tous de passer d'ici dans la sàlle. Ensuite, permettez-moi de vous demander...

— Voyez un peu, il ne me reconnaît pas, dit Rogojine dans un rictus rageur et sans bouger de place. Tu n'as pas reconnu Rogojine ?

— J'ai dû vous rencontrer quelque part, mais...

— Voyez-moi ça : rencontré quelque part ! Mais il n'y a pas trois mois que tu m'as gagné aux cartes deux cents roubles appartenant à mon père. Le vieux est mort sans le savoir. C'est toi qui m'avais traîné là, et Kniff avait truqué le jeu. Tu ne me reconnais pas ? Mais Ptitsyne est témoin. D'ailleurs je n'ai qu'à te montrer trois pièces de monnaie, à les sortir tout de suite de ma poche, et tu courras derrière elles à quatre pattes, jusqu'à l'Ile Basile [56] : voilà quel homme tu es ! Voilà ton caractère ! Eh bien, à présent, je suis venu t'acheter tout entier pour de l'argent. Ne fais pas attention si je suis entré comme ça en bottes, j'ai de l'argent, mon cher, et beaucoup, et je t'achèterai, toi tout entier avec toute ta basse-cour... si je veux, je vous achète tous. Tout, j'achète tout. (Rogojine s'échauffait et s'enivrait de ses paroles, toujours davantage.) — Hé ! cria-t-il, Anastasie Filippovna ! Ne me

chassez pas, dites seulement un petit mot : vous l'épousez, ou non ?

Rogojine avait posé sa question en homme éperdu,
comme s'il s'adressait à une espèce de divinité, mais avec
la hardiesse du condamné à mort qui n'a plus rien à
perdre. Dans une angoisse mortelle il attendait la réponse.

Anastasie Filippovna le toisa d'un regard moqueur et
hautain, mais jeta un coup d'œil sur Barbe et sur Nina
Alexandrovna, vit Gaby et soudain changea de ton.

— Pas du tout, qu'est-ce qui vous prend ? Et de quel
droit osez-vous m'interroger ? répondit-elle doucement et
sérieusement avec, semblait-il, un certain étonnement.

— Non ? non ! s'écria Rogojine, entré presque en
transe, de joie. Alors c'est non ! Et eux qui me disaient...
Ah ! Bon !... Anastasie Filippovna ! Ils disent que vous
vous êtes fiancée avec Gaby ! Avec lui ? Mais est-ce
chose possible ? (Je le leur dis à tous !) Mais lui, je
l'achèterai tout entier pour cent roubles, et si je lui en
donne mille, trois mille si vous voulez, pour qu'il se
dédise, eh bien ! à la veille du mariage il prendra la fuite
et me laissera la fiancée. Je dis vrai, Gaby, vaurien ?
C'est qu'il les prendrait bien, les trois mille ! Tiens, les
voici ! C'est pour cela que je suis venu, pour te faire
signer ce pacte. J'ai dit : je l'achèterai, et je l'achèterai !

— Hors d'ici, tu es ivre ! cria Gaby, tour à tour rougissant et blêmissant.

Son cri fut immédiatement suivi de l'explosion subite
de plusieurs voix. Toute la troupe de Rogojine attendait
depuis longtemps ce premier prétexte. Lebedev, avec
beaucoup d'application, chuchotait quelque chose à
l'oreille de Rogojine.

— C'est vrai, bureaucrate ! répondit celui-ci. C'est
vrai, âme saoule. Hé, allons-y ! — Anastasie Filippovna !
s'écria-t-il en la regardant comme un fou, intimidé, et
soudain s'enhardissant jusqu'à l'insolence. Tenez : dix-
huit mille ! (Et il jeta devant elle sur le guéridon un paquet
enveloppé de papier blanc et ficelé de lacets en croix.)
Tenez ! Et... il y en aura d'autres !

Il n'osa pas aller jusqu'au bout et dire qu'il désirait.

— Ni — ni — ni! lui chuchota de nouveau Lebedev
avec une mine terriblement épouvantée. — On pouvait
deviner qu'il était épouvanté par l'énormité de la somme
et avait proposé d'essayer avec beaucoup moins.

— Non, dans ces affaires-là, tu n'es qu'un imbécile,
tu n'y comprends rien... Et puis, je vois que moi aussi je
suis un imbécile comme toi! se reprit Rogojine. Il venait
de tressaillir sous le regard étincelant d'Anastasie Filipp-
povna. — Aï, aï! J'ai fait une bêtise en t'écoutant,
ajouta-t-il avec un profond repentir.

Anastasie Filippovna, après avoir contemplé à loisir le
visage renversé de Rogojine, éclata brusquement de rire:

— Dix-huit mille, à moi? Ah, tout de suite on reconnaît là le rustre! ajouta-t-elle soudain avec une insolente
familiarité, et elle se leva à demi du divan comme pour
s'en aller. Gaby, le cœur défaillant, observait la scène.

— Alors, quarante mille, quarante, au lieu de dix-
huit! cria Rogojine. Jeannot Ptitsyne et Biskoup ont promis de m'apporter ces quarante mille pour sept heures.
Quarante mille! Le tout, argent comptant!

La scène prenait une tournure absolument scandaleuse,
mais Anastasie Filippovna continuait à rire et ne s'en
allait pas. On aurait dit vraiment qu'elle la prolongeait
avec intention. Nina Alexandrovna et Barbe s'étaient
aussi levées de leurs sièges et, l'air épouvanté, attendaient en silence, pour voir jusqu'où cela irait; les yeux
de Barbe étincelaient, mais sur Nina Alexandrovna tout
cela produisait une impression douloureuse, elle tremblait
et semblait prête à tomber en pâmoison.

— Alors, cent! Aujourd'hui même, j'apporte cent
mille! Ptitsyne, viens à mon aide, tu y gagneras gros!

— Tu as perdu la tête! lui chuchota tout à coup Ptitsyne, s'approchant vivement et le prenant par le bras. Tu
es ivre. On enverra chercher les agents. Où te crois-tu?

— L'ivresse le fait mentir! prononça Anastasie Filipp-
povna, comme si elle voulait le provoquer.

— Je vous dis que je ne mens pas: les cent mille
seront là! Ce soir, ils seront là. Ptitsyne, viens à mon
aide, âme d'usurier! Prends le prix que tu veux, mais
apporte-moi ce soir les cent mille; je te prouverai que je

ne regarde pas à la somme! dit Rogojine soudain animé
jusqu'à l'exaltation.

— Mais, quand même, qu'est-ce que cela signifie?
s'écria à l'improviste et sur un ton menaçant Ardalion
Alexandrovitch très en colère, en s'approchant de Rogojine. La soudaineté de cette sortie du vieil homme jusque-là silencieux lui conféra un grand comique. On entendit des rires.

— Et ça, d'où ça sort-il? lança Rogojine riant. Viens
avec nous, vieux, tu connaîtras l'ivresse!

— Voilà qui est ignoble! cria Colas, pleurant littéralement de honte et de dépit.

— Mais est-ce qu'il ne s'en trouvera pas un seul parmi
vous qui fasse sortir d'ici cette dévergondée? s'écria
soudain Barbe, tremblante tout entière de colère.

— C'est moi qu'on traite de dévergondée! protesta
avec une dédaigneuse gaieté Anastasie Filippovna. Et
moi qui étais venue, comme une sotte, les inviter chez
moi pour ce soir! Voilà comment votre petite sœur me
traite, Gabriel Ardalionovitch!

Pendant un bon moment Gaby demeura comme fou-
droyé par la sortie de sa sœur; mais voyant que cette fois
Anastasie Filippovna s'en allait réellement, il se jeta
comme un possédé sur Barbe et dans sa fureur lui prit le
bras.

— Qu'as-tu fait? — Il la regardait comme s'il avait
voulu la foudroyer sur place. Il était éperdu, incapable de
mettre deux idées bout à bout.

— Qu'ai-je fait? Où me traînes-tu? Je devrais peut-
être lui demander pardon, individu sans honneur, de ce
qu'elle a offensé ta mère, de ce qu'elle est venue déshonorer ta maison, cria de nouveau Barbe, triomphante et
regardant d'un air de défi son frère.

Durant quelques instants ils restèrent ainsi l'un en face
de l'autre, face contre face. Gaby continuait à tenir le
bras. Barbe chercha à s'arracher une fois deux fois, de
toute sa force, mais n'y tint plus et soudain, hors d'elle,
cracha au visage de son frère.

— Eh, voilà une fille! cria Anastasie Filippovna.
— Bravo, Ptitsyne, je vous félicite!

Gaby vit trouble. Perdant tout contrôle de ses actes, il leva le bras, de toute sa force, contre sa sœur. Le coup l'aurait frappé sûrement au visage. Mais soudain un autre bras arrêta au vol le bras de Gaby.

Entre lui et sa sœur était le prince.

— Suffit, en voilà assez! prononça-t-il avec autorité, mais tout tremblant lui aussi, comme après une secousse trop forte.

— Il faudra donc perpétuellement que tu me barres la route! hurla Gaby, abandonnant le bras de Barbe, et de son bras libéré, au dernier degré de la rage, de tout son élan, il donna au prince un soufflet.

— Ah! fit Colas en se tordant les mains. Ah, mon Dieu!

Des exclamations fusèrent de toutes parts. Le prince pâlit. D'un regard étrange et réprobateur il fixa Gaby droit dans les yeux; ses lèvres tremblaient et faisaient effort pour articuler quelque chose; un sourire bizarre et absolument déplacé les tordait.

— Moi, passe encore... mais elle, je ne le permettrai pas! dit-il enfin à voix basse. Mais soudain il n'y tint plus, laissa là Gaby, cacha son visage dans ses mains, se retira dans un coin, regardant le mur, et d'une voix entrecoupée prononça:

— Oh, comme vous aurez honte de votre geste!

Gaby en effet était comme anéanti. Colas se jeta sur le prince pour l'étreindre et l'embrasser; à sa suite se pressèrent Rogojine, Barbe, Ptitsyne, Nina Alexandrovna, tous, jusqu'au vieil Ardalion Alexandrovitch.

— Ce n'est rien, ce n'est rien! murmurait le prince en se tournant de tous les côtés, avec le même sourire déplacé.

— Et il s'en repentira! cria Rogojine. — Tu auras honte, Gaby, d'avoir offensé une pareille... brebis (il n'avait pu trouver d'autre mot)! Prince, mon ami, laisseles, crache dessus, allons-nous-en! Tu apprendras comment Rogojine sait aimer!

Anastasie Filippovna, elle aussi, avait été très frappée et par le geste de Gaby et par la réponse du prince. Son visage habituellement pâle et pensif, qui s'harmonisait si mal avec son rire sans doute factice de tout à l'heure, était manifestement ému maintenant d'un sentiment nouveau. Et cependant, malgré tout, elle avait l'air de ne pas vouloir le montrer, et la moquerie semblait faire effort pour s'attarder sur son visage.

— Vraiment, j'ai vu quelque part son visage! dit-elle soudain, sérieusement cette fois, en se rappelant tout à coup sa question de tout à l'heure.

— Et vous, n'avez-vous pas honte! Est-ce que vous êtes la femme que vous venez de vous montrer? est-ce que c'est possible? s'écria tout à coup le prince. Le reproche venait du fond du cœur.

Anastasie Filippovna s'étonna, eut un petit rire, mais comme si elle avait caché quelque chose sous son sourire, légèrement embarrassée, elle leva les yeux sur Gaby et sortit du salon. Cependant, avant d'arriver à l'antichambre, tout d'un coup elle revint sur ses pas, s'approcha vivement de Nina Alexandrovna, et lui prit la main, qu'elle porta à ses lèvres.

— En effet, je ne suis pas cette femme-là: il a bien deviné, chuchota-t-elle rapidement, chaudement, soudain enflammée et rougissante. Tournant les talons, elle sortit cette fois si vite que personne n'eut le temps de saisir pourquoi elle était revenue. On vit seulement qu'elle avait chuchoté quelque chose à Nina Alexandrovna et lui avait, semblait-il, baisé la main. Mais Barbe avait tout vu et entendu et, avec étonnement, elle l'accompagnait des yeux.

Gaby reprit ses esprits et s'élança pour accompagner Anastasie Filippovna, mais elle était déjà sortie. Il la rattrapa dans l'escalier.

— Ne m'accompagnez pas! lui cria-t-elle. Au revoir, à ce soir! Absolument, vous m'entendez!

Il revint troublé, pensif; une lourde énigme pesait sur son cœur, plus lourde encore qu'avant. L'image du prince aussi le hantait... Il était si absent qu'il vit à peine toute la bande de Rogojine passer devant lui et l'acculer même contre la porte, en se retirant à la hâte de l'appartement à la suite de Rogojine. Ils discutaient tous à haute voix, bruyamment. Rogojine, lui, marchait avec Ptitsyne

et avec insistance parlait d'une chose importante et sans
doute urgente.

— Tu as perdu, Gaby! cria-t-il en passant devant lui.
Gaby avec inquiétude les suivit des yeux.

XI

Le prince sortit du salon et s'enferma dans sa chambre.
Aussitôt Colas accourut pour le consoler. Le pauvre enfant, semblait-il, ne pouvait plus maintenant se détacher
de lui.

— Vous avez bien fait de vous en aller, lui dit-il: le
tapage va reprendre là-bas plus fort encore que tout à
l'heure, et chaque jour c'est la même chose, et c'est à
cause de cette Anastasie Filippovna que ça a commencé.

— Il y a chez vous beaucoup de douleurs de toutes
sortes accumulées, Colas, observa le prince.

— Oui, beaucoup. De nous, inutile de parler. C'est
notre faute. Mais, tenez, j'ai un grand ami: celui-là est
encore plus malheureux. Vous voulez que je vous fasse
faire connaissance?

— Bien sûr. C'est un camarade à vous?

— Oui, presque un camarade. Je vous expliquerai plus
tard... Dites-moi, elle est belle, Anastasie Filippovna,
qu'en pensez-vous? Moi, je ne l'avais encore jamais vue,
et pourtant j'avais tout fait pour la voir. Tout simplement
éblouissante. Je pardonnerais tout à Gaby, si c'était par
amour... Mais pourquoi se fait-il donner de l'argent?
Voilà le malheur!

— Oui, votre frère ne me plaît pas trop.

— Allons, bien sûr! A vous surtout, après... Mais
vous savez, je ne peux pas souffrir ces drôles d'opinions.
Un fou, ou un imbécile, ou un malfaiteur en état de folie
donne une gifle, et voilà un homme déshonoré pour toute
la vie, il ne peut laver cette tache que dans le sang, ou
bien il faut qu'on lui demande pardon à genoux. Selon
moi, c'est absurde, c'est du despotisme. Là-dessus est
bâti le drame de Lermontov Le Bal masqué [57], et c'est

bête, d'après moi. Ou plutôt je veux dire : ce n'est pas naturel. Il est vrai qu'il l'a écrit presque enfant.

— Votre sœur m'a beaucoup plu.

— Comme elle lui a craché sur la gueule, à Gaby ! Elle est courageuse, Barbe ! Vous, vous n'avez pas craché sur lui, et je suis sûr que ce n'est pas par manque de courage. Mais tenez, la voici : quand on parle du loup... Je le savais, qu'elle viendrait : elle est généreuse, bien qu'elle ait ses défauts.

Avant tout elle se jeta sur lui :

— Toi, tu n'as rien à faire ici. Va retrouver le père.

— Il vous ennuie, prince ?

— Pas du tout, au contraire !

— Allons, mon aînée, te voilà partie ! Tenez, c'est là ce qui est mauvais chez elle. A propos, je pensais que le père s'en irait sûrement avec Rogojine. Il doit regretter, maintenant. Si j'allais voir ce qu'il devient, quand même ? ajouta Colas, qui s'en fut.

— Dieu merci, j'ai emmené maman et je l'ai couchée, et il n'y a plus rien eu. Gaby est confus et très préoccupé. Il y a de quoi. Quelle leçon !... je suis venue pour vous remercier encore une fois et vous demander une chose, prince : vous ne connaissiez pas, jusqu'ici, Anastasie Filippovna ?

— Non.

— Alors de quel droit lui avez-vous dit en face qu'elle n'était pas « cette femme » ? Je crois que vous avez deviné juste. Il se trouve qu'en réalité, peut-être bien, elle n'est pas « cette femme ». Au fait, je n'arrive pas à la comprendre ! Certainement son but était de nous offenser, c'est clair. Déjà avant, j'avais entendu raconter sur elle bien des choses singulières. Mais si elle venait nous inviter, comment a-t-elle pu agir ainsi avec maman ? Ptitsyne la connaît admirablement, et il dit qu'il n'a pas pu comprendre sa conduite tout à l'heure. Et avec Rogojine ? Il n'est pas permis de parler ainsi, quand on se respecte, dans la maison de son... Maman aussi est très inquiète à votre sujet.

— Ce n'est rien ! dit le prince avec un geste de désintéressement.

— Et comme elle vous a écouté…

— En quoi, écouté ?

— Vous lui avez dit qu'elle devait avoir honte, et aussitôt elle a changé du tout au tout. Vous avez de l'influence sur elle, prince, — ajouta Barbe avec un petit rire tout juste perceptible.

La porte s'ouvrit, et de façon tout à fait inattendue entra Gaby.

Il n'eut pas un mouvement d'hésitation en apercevant Barbe ; un instant il s'arrêta sur le seuil, puis, décidé, s'approcha du prince.

— Prince, j'ai agi bassement, pardonnez-moi, mon cher ! dit-il soudain avec beaucoup de sentiment. Les traits de son visage trahissaient une violente douleur. Le prince avait l'air surpris et ne répondit pas tout de suite.

— Alors, pardonnez ! Pardonnez-moi ! insista Gaby impatient. Voulez-vous que je vous baise la main ?

Le prince était frappé au-delà de toute mesure et sans mot dire, de ses deux bras il étreignit Gaby. Ils échangèrent sincèrement des baisers.

— Je ne me figurais pas du tout, mais pas du tout, dit enfin le prince en reprenant avec peine sa respiration, que vous étiez ainsi, je ne vous croyais pas capable de…

— De reconnaître mes torts ? … Et moi, où avais-je pris tout à l'heure que vous étiez un idiot ? Vous remarquez ce que d'autres ne remarqueront jamais. Avec vous on pourrait parler, mais… il vaut mieux ne pas parler !

— Et voici encore devant qui vous avez à vous accuser, dit le prince en indiquant Barbe.

— Non : là, ce sont mes ennemis. Soyez certain, prince, que j'ai fait beaucoup d'expériences : ici on ne pardonne pas sincèrement !

Ces mots avaient échappé impétueusement à Gaby, et il se détourna de Barbe.

— Non : je pardonnerai ! dit Barbe aussitôt.

— Et ce soir tu iras chez Anastasie Filippovna ?

— J'irai, si tu le veux. Seulement, juges-en plutôt toi-même : y a-t-il la moindre possibilité pour moi d'y aller maintenant ?

— Elle n'est pas celle qu'on croit. Tu vois quelles énigmes elle pose ! Des lubies ! Et Gaby eut un rire amer.

— Je le sais, qu'elle n'est pas celle qu'on croit et qu'elle a des lubies : mais quelles lubies ? Et puis, regarde donc, Gaby, pour qui elle te prend. Elle a baisé la main de maman, je veux bien. Tout cela c'était des lubies, je veux bien ! mais quand même elle s'est moquée de toi ! Soixante-quinze mille, ce n'est pas payé, je te le jure, frère ! Tu es encore capable de bons sentiments, c'est pourquoi je te le dis. Ah ! n'y va pas, toi-même ! Ah, fais attention ! Cela ne peut pas bien tourner !

Ayant dit, Barbe toute bouleversée sortit rapidement de la pièce...

— Voilà : ils sont tous ainsi ! dit Gaby, avec un rire. Et est-ce qu'ils se figurent que je ne le sais pas, tout cela ? Mais j'en sais beaucoup plus qu'eux !

Cela dit, Gaby s'installa sur le canapé. Il désirait visiblement prolonger sa visite.

— Si vous le savez vous-même, comment se fait-il, demanda le prince assez timidement, que vous ayez accepté un pareil tourment, sachant qu'il n'est pas payé soixante-quinze mille ?

— Ce n'est pas de cela que je parle, murmura Gaby. Mais à propos, dites-moi, qu'en pensez-vous — je veux justement connaître votre opinion — ce « tourment » est-il payé, oui ou non, soixante-quinze mille ?

— Selon moi, non.

— Bon, c'était connu déjà. Et se marier ainsi, c'est honteux ?

— Très honteux.

— Eh bien alors, sachez que je me marie, et maintenant c'est sans faute. Tout à l'heure encore je balançais, plus maintenant ! Ne parlez pas ! Je sais ce que vous allez dire...

— Non, ce n'est pas ce que vous pensez, mais ce qui m'étonne fort, c'est votre extraordinaire certitude...

— De quoi ? Quelle certitude ?

— Qu'Anastasie Filippovna vous épousera absolument et que l'affaire est dans le sac ; et ensuite dans le cas où elle vous épouserait, que les soixante-quinze mille

tomberont comme cela dans votre poche. Au reste, il y a
là, naturellement, bien des choses que je ne sais pas.

Gaby fit un mouvement brusque dans la direction du
prince.

— Naturellement, vous ne savez pas tout. Et puis,
pour quelle raison m'embarrasserais-je de tout ce poids ?

— Il me semble que cela arrive constamment : on se
marie pour de l'argent, et l'argent reste à la femme.

— N-non, chez nous cela ne sera pas... Ici... il y a ici
des circonstances..., murmura Gaby alarmé et pensif.
Mais pour ce qui est de sa réponse, là il n'y a plus de
doute, ajouta-t-il rapidement. D'après quoi concluez-
vous qu'elle me refusera ?

— Moi, je ne sais rien, en dehors de ce que j'ai vu.
Tenez, Barbe Ardalionovna ne disait-elle pas à l'instant...

— Ah ! Cela, c'est bien eux, ils ne savent plus qu'inventer ! Pour ce qui est de Rogojine, elle se moquait de
lui, soyez-en convaincu, je l'ai bien vu. C'était évident.
Tout à l'heure j'ai eu peur, mais maintenant je vois clair.
Ou bien me direz-vous : la façon dont elle s'est conduite
avec ma mère, avec mon père, et aussi avec Barbe ?

— Et avec vous, aussi.

— D'accord : mais là c'était une vieille vengeance de
femme et rien de plus. C'est une femme terriblement
irritable, susceptible et orgueilleuse. On dirait un bureaucrate victime d'un passe-droit ! Elle avait envie de se faire
voir, avec tout son mépris à leur égard... et au mien ; c'est
vrai, je ne le nie pas... Mais malgré tout, elle m'épousera. Vous ne soupçonnez pas toutes les lubies dont
l'orgueil humain est capable. Tenez, elle me tient pour un
être vil parce que je me fais payer aussi ouvertement pour
la prendre, elle, la maîtresse d'un autre. Et elle ne sait pas
que tel autre la tromperait plus vilainement encore : il se
collerait à elle et se mettrait à lui débiter des sornettes
progressistes ou libérales, à lui servir toutes sortes d'histoires sur la question féminine, après quoi elle serait entre
ses mains comme le fil dans le chas d'une aiguille.
L'orgueilleuse sotte, il l'assurerait (et si facilement !) que
c'est uniquement « pour sa noblesse de cœur et pour ses

malheurs» qu'il la prend, alors qu'en réalité il l'épouserait bel et bien pour son argent. Je ne plais pas, ici, parce
que je ne veux pas biaiser : or on le voudrait. Et elle,
qu'est-ce qu'elle fait ? N'est-ce pas la même chose ?
Alors, après cela, pour quelle raison me méprise-t-elle et
fait-elle ces manigances ? C'est parce que je ne me rends
pas, parce que je montre quelque fierté. Eh bien, nous
verrons !

— Mais l'aimiez-vous avant cela ?

— Je l'aimais au début. Oui... Et puis assez... Il y a
des femmes qui ne sont bonnes qu'à être des amantes, et
rien d'autre. Je ne dis pas qu'elle ait été mon amante. Si
elle veut vivre en paix, je vivrai moi aussi en paix ; si elle
se révolte, je l'abandonne aussitôt et je garde l'argent. Je
ne veux pas être ridicule ; avant tout, je ne veux pas être
ridicule.

— Il me semble, observa prudemment le prince,
qu'Anastasie Filippovna est intelligente. Quelle raison
aurait-elle, pressentant tant de souffrances, de se laisser
prendre au piège ? Elle pourrait en épouser un autre.
Voilà ce qui m'étonne.

— C'est justement là qu'est le calcul ! Là-dedans,
vous ne savez pas tout, prince... là-dedans... et, de plus,
elle est convaincue que je l'aime à la folie, je vous le jure,
et savez-vous ? je soupçonne fort qu'elle aussi m'aime, à
sa façon, bien sûr, vous connaissez le dicton : «Celui que
j'aime, je le malmène.» Toute sa vie, elle me considérera
comme un valet de carreau [58] (et c'est peut-être justement
cela qu'il lui faut), et pourtant elle m'aimera à sa façon.
Elle s'y dispose, tel est son caractère. C'est une femme,
je vous dirai, extraordinairement russe. Mais moi, je lui
prépare une surprise de ma façon. Cette scène, tout à
l'heure, avec Barbe, elle est survenue à l'improviste,
mais elle est à mon avantage à moi : elle a vu maintenant
mon attachement et elle s'est convaincue que pour elle je
romprai tous mes liens. Donc, nous non plus, nous ne
sommes pas trop bête, soyez-en persuadé !

A propos, est-ce que vous ne me prenez pas pour un
fieffé bavard ? Mon cher prince, peut-être qu'en effet j'ai
tort de me confier à vous. Mais c'est justement parce que

vous êtes le premier être généreux qui me soit tombé sous la main que je me suis jeté sur vous. Oh! «jeté sur vous», ne voyez pas là un jeu de mots. Dites-moi, vous ne m'en voulez pas pour ce qui s'est passé? C'est peut-être la première fois, en deux ans, que je parle selon mon cœur. Il y a terriblement peu, ici, d'hommes loyaux; de plus loyal que Ptitsyne, il n'y en a pas. Quoi, vous riez, il me semble? ou non? Les coquins aiment les hommes loyaux: vous ne le saviez pas? Or moi, n'est-ce pas... Mais, au fond, en quoi suis-je un coquin, dites-le-moi en conscience. Qu'est-ce qu'ils ont tous, après elle, à me traiter de coquin? Et vous savez, après eux et après elle, moi-même je me traite de coquin! Ça, pour être ignoble, c'est ignoble!

— Quant à moi, plus jamais maintenant je ne vous considérerai comme un coquin, dit le prince. Tout à l'heure je vous ai pris même tout à fait pour un scélérat, et voilà que tout à coup vous m'avez fait une telle joie! C'est une leçon: ne pas juger avant d'avoir éprouvé! Je vois maintenant qu'on ne doit pas vous prendre pour un homme tellement corrompu, sans parler de scélérat. Selon moi, vous êtes simplement l'homme le plus ordinaire qui puisse être, sauf que peut-être vous êtes faible à l'excès et pas du tout original.

Gaby eut à part soi un petit rire sardonique, mais il ne dit rien. Le prince s'aperçut que son appréciation avait déplu, se troubla et se tut aussi.

— Mon père vous a demandé de l'argent? demanda soudain Gaby.

— Non.

— S'il vous en demande, ne lui en donnez pas. Et pourtant il a été un homme... même convenable, je m'en souviens. Il était reçu dans de bonnes maisons. Comme ils finissent vite, ces hommes convenables d'autrefois, plus rien ne reste de leur passé. La poudre est consumée. Il ne mentait pas ainsi, dans le temps, je vous assure; il était seulement trop exalté et... vous voyez en quoi cela a dégénéré! Bien sûr, la faute est à l'alcool. Savez-vous qu'il entretient une maîtresse? Ce n'est plus un simple et innocent petit menteur, maintenant. Je n'arrive pas à comprendre la longanimité de maman. Vous a-t-il raconté son histoire du siège de Kars? Ou bien comment son cheval gris s'est mis à parler? Voilà où il en est arrivé.

Et Gaby tout à coup éclata bel et bien de rire.

— Qu'avez-vous à me regarder de cette façon? demanda-t-il au prince.

— Mais je m'étonne que vous ayez ri si sincèrement. Vous avez un rire encore enfantin, vraiment. Tout à l'heure vous êtes venu faire la paix avec moi et vous disiez: «Si vous le voulez, je vous baise la main.» Exactement comme feraient des enfants. Par conséquent, vous êtes encore capable de pareilles expressions et de pareils gestes. Et puis tout à coup vous vous mettez à réciter tout un discours sur ces ténébreuses affaires et sur ces soixante-quinze mille. Vraiment, c'est trop absurde, cela ne peut pas être.

— Et que voulez-vous en conclure?

— Ceci: n'est-ce point par légèreté que vous vous avancez trop, et ne devriez-vous pas bien réfléchir auparavant? Barbe Ardalionovna dit peut-être vrai.

— Ah, sa morale! interrompit vivement Gaby. Que je suis un gamin, je le sais sans elle. Et déjà, du fait que j'ai engagé avec vous une pareille conversation. Prince, ce n'est point par calcul que je m'enfonce dans ces ténèbres. (Il continuait de se laisser aller à parler plus qu'il ne voulait, comme un jeune homme blessé dans son amour-propre.) Si c'était par calcul, je me tromperais sûrement, parce que et de tête et de caractère je ne suis pas encore bien solide. C'est la passion, c'est l'attrait qui me mènent, parce que j'ai un but capital. Tenez: vous croyez que je toucherai ces soixante-quinze mille et que j'achèterai aussitôt un équipage. Non, monsieur, je continuerai à user ma redingote vieille de trois ans, et je laisserai là toutes mes connaissances de club. Nous manquons d'hommes tenaces, bien que chez nous, tout le monde soit usurier: moi, je veux tenir bon. Ici, l'essentiel est de mener la chose jusqu'au bout, tout est là! Ptitsyne à dix-sept ans dormait dans la rue et vendait des canifs; il a commencé avec un kopek, et maintenant il est à la tête de soixante mille, mais après quelle gymnastique! Eh bien,

moi je sauterai par-dessus cette gymnastique et je commencerai d'emblée avec un capital; dans quinze ans on
dira: « Voici Ivolguine, le roi des Juifs. » Vous me dites
que je suis un homme sans originalité. Remarquez, mon
cher prince, qu'il n'est rien de plus offensant pour un
homme de notre temps et de notre race que de s'entendre
dire qu'il est sans originalité, faible de caractère, sans
talents particuliers, bref un homme ordinaire. Vous ne
m'avez pas même fait l'honneur de voir en moi un bon
coquin, et, vous savez, j'ai voulu tout à l'heure vous
dévorer pour cela! Vous m'avez blessé plus encore
qu'Épantchine, qui m'estime (et cela avant tous pourparlers ou tentatives, dans la simplicité de son cœur,
remarquez-le bien) capable de lui vendre ma femme!

Mon cher, cela m'enrage depuis longtemps déjà, et je
veux de l'argent. Quand j'aurai de l'argent, sachez-le, je
serai un homme au suprême degré original. L'argent est
vil et odieux surtout en ceci qu'il donne même le talent.
Et il le donnera jusqu'à la fin du monde. Vous direz que
c'est raisonner en enfant, ou peut-être que c'est de la
poésie: eh bien, je n'en serai que plus joyeux, et la chose
ne s'en fera pas moins. Je la mènerai à terme et je tiendrai
bon. Rira bien qui rira le dernier [59]! Épantchine, pourquoi me maltraite-t-il ainsi? Par hostilité, peut-être?
— Jamais. Simplement parce que je suis trop infime.
Oui, tandis qu'alors…

Quand même, en voilà assez, et il est l'heure. Colas a
déjà à deux reprises montré son nez: c'était pour vous
inviter à dîner. Moi, je m'en vais. Je viendrai quelquefois
vous voir. Vous ne serez pas mal chez nous. Vous allez
être reçu comme quelqu'un de la famille. Faites attention,
ne me trahissez pas. J'ai idée que vous et moi nous serons
ou amis ou ennemis. Mais qu'en pensez-vous, prince: si
tout à l'heure je vous avais baisé la main (comme je m'y
offrais sincèrement), je serais devenu pour cela votre
ennemi ensuite?

— Sûrement, vous le seriez devenu, mais pas pour
toujours, parce que vous n'auriez pas tenu bon et vous
m'auriez pardonné, décida le prince après avoir réfléchi
un instant et ri.

— Hé hé! c'est qu'avec vous il faut être prudent. Le diable sait si vous n'avez pas versé là-dedans un peu de venin. Et qui sait, peut-être que vous-même vous êtes mon ennemi? A propos, ha-ha-ha! j'ai oublié de vous le demander: est-ce exact, ce qu'il m'a semblé, qu'Anastasie Filippovna vous plaît assez? Hein?

— Oui… elle me plaît.

— Vous êtes amoureux.

— N-non.

— Et il a rougi tout entier, il souffre. Bon, ça ne fait rien, rien du tout. Je ne rirai pas. Au revoir! Mais vous savez, c'est une femme vertueuse. Croyez-moi, si vous pouvez. Vous croyez qu'elle vit avec cet homme, Totski? Ni-ni! Et depuis longtemps. Et puis, avez-vous remarqué comme elle est terriblement mal à l'aise, comme tout à l'heure elle s'est troublée à certains moments? Vraiment. Ce sont ces femmes-là qui aiment dominer. Sur ce, adieu!

Gaby sortit beaucoup plus dégagé qu'il n'était entré, et d'excellente humeur. Le prince resta une dizaine de minutes, immobile, à penser.

Colas passa de nouveau sa tête dans la porte.

— Je ne veux pas dîner, Colas. J'ai bien déjeuné, chez les Épantchine.

Colas entra tout à fait et remit au prince un billet. Il était du général, plié et cacheté. Sur le visage de Colas on lisait qu'il lui avait été pénible de le transmettre. Le prince le lut, se leva et prit son chapeau.

— C'est à deux pas, dit Colas très gêné. Il est là attablé devant une bouteille. Et comment a-t-il obtenu qu'on lui fasse crédit, je n'arrive pas à le comprendre. Prince, mon ami, je vous prie, ne dites à aucun des nôtres, ensuite, que je vous ai remis ce billet. J'ai juré mille fois de ne plus transmettre ses billets, seulement j'ai pitié de lui. Et puis, s'il vous plaît, ne vous gênez pas avec lui: donnez-lui n'importe quoi, et ça ira.

— Mais, Colas, j'y pensais moi-même: j'ai besoin de voir votre papa… pour une certaine affaire… Allons-y donc…

XII

Colas conduisit le prince non loin de là, à la Liteinaïa, dans un café-billard, au rez-de-chaussée, avec entrée sur la rue. Là, à droite, dans l'angle, dans une petite pièce à part, à titre de vieil habitué, était installé Ardalion Alexandrovitch, une bouteille devant lui sur un guéridon et avec *L'Indépendance belge*, en effet, entre les mains. Il attendait le prince. A peine l'eut-il aperçu, il mit de côté son journal et se lança dans des explications animées et verbeuses auxquelles d'ailleurs le prince ne comprit à peu près rien, parce que le général était déjà presque gris.

Le prince l'interrompit :

— Je n'ai pas de billet de dix roubles, mais en voici un de vingt-cinq. Vous le changerez, et vous me rendrez quinze roubles, parce que je reste moi-même sans un kopek.

— Oh, sans doute ! Et soyez certain qu'à l'instant même...

— En dehors de cela, général, j'ai une prière à vous adresser. Vous n'avez jamais été chez Anastasie Filippovna.

— Moi ? Jamais été ? C'est à moi que vous le dites ? Plusieurs fois, mon cher, plusieurs fois ! s'écria le général dans un accès d'ironie satisfaite et triomphante. Mais finalement j'ai cessé, de moi-même, parce que je ne veux pas encourager une union inconvenante. Vous avez vu vous-même, vous avez été témoin, cet après-midi : j'ai fait tout ce que pouvait faire un père, mais un père indulgent et doux. Maintenant va entrer en scène un père d'une autre sorte. Et alors nous verrons, nous verrons si c'est le vieux guerrier chargé de mérites qui met en déroute l'intrigue, ou bien si c'est la camélia[60] sans pudeur qui entre dans la plus noble des familles.

— Et, moi qui voulais justement vous demander si vous ne pourriez pas, en tant que connaissance, m'introduire ce soir chez Anastasie Filippovna ! Il me le faut absolument aujourd'hui même. J'ai affaire à elle, mais je ne sais pas du tout comment être introduit. J'ai été présenté tout à l'heure, mais je n'ai quand même pas été invité. — Il s'agit aujourd'hui d'une soirée sur invitation. Je suis prêt d'ailleurs à passer par-dessus certaines convenances, et je veux bien qu'on rie de moi, pourvu que j'entre, d'une façon ou de l'autre.

— Et vous avez parfaitement, parfaitement rencontré mon idée, mon jeune ami, s'écria le général avec enthousiasme. Ce n'était pas pour cette menue monnaie que je vous appelais ! continua-t-il tout en ramassant l'argent et l'expédiant dans sa poche. Si je vous ai appelé, c'était justement pour vous inviter à être mon compagnon dans cette expédition chez Anastasie Filippovna ou, pour mieux dire, contre Anastasie Filippovna. Le général Ivolguine et le prince Mychkine ! Voilà qui lui fera de l'impression ! Et moi, sous couleur d'amabilité le jour de son anniversaire, je proclamerai enfin ma volonté. Par allusion, pas directement, mais ce sera tout comme. Alors Gaby lui-même verra ce qu'il doit faire : ou bien un père chargé de mérites et... pour ainsi dire... etc., ou bien... Mais arrive que pourra ! Votre idée est au plus haut point féconde. A 9 heures, nous nous mettons en route. Nous avons encore du temps.

— Où habite-t-elle ?

— Pas loin d'ici, près du Grand Théâtre, maison Mytovtsov, presque directement sur la place, à l'entresol... Elle n'aura pas beaucoup de monde, bien que ce soit sa fête, et on s'en ira tôt...

La soirée était déjà avancée ; le prince était toujours là, écoutant et attendant le général, qui commençait une quantité infinie d'anecdotes et n'en terminait aucune. Après la venue du prince, il avait demandé une nouvelle bouteille, qu'il n'avait achevée qu'une heure après ; puis il en avait demandé une autre, qu'il avait aussi vidée. Il est à supposer que durant ce temps il avait pu raconter à peu près toute son histoire. Finalement, le prince se leva et dit qu'il ne pouvait plus attendre. Le général but jusqu'aux dernières gouttes de sa bouteille, se leva et sortit de la pièce, d'une démarche très mal assurée. Le prince était au désespoir. Il ne comprenait pas comment il avait pu si sottement lui faire confiance. Au fond, il ne lui avait pas un instant fait confiance : il comptait sur le général uniquement pour être introduit d'une façon quelconque chez Anastasie Filippovna, fût-ce même avec quelque scandale, mais il ne comptait pourtant pas sur un scandale extraordinaire : or le général était positivement ivre, en pleine veine d'éloquence, et parlait sans discontinuer, avec sentiment, avec des larmes dans la voix. Le thème était constamment que, à cause de la mauvaise conduite de tous les membres de sa famille, tout allait à la ruine et qu'il était temps enfin de mettre le holà.

Ils débouchèrent enfin sur la Liteinaia. Le dégel se prolongeait ; un vent malsain, triste, tiède sifflait dans les rues ; les voitures pataugeaient dans la boue, les coursiers et les rosses faisaient sonner la chaussée de leurs fers. Les piétons, foule morose et mouillée, traînaient sur les trottoirs. Il s'en rencontrait d'ivres.

— Voyez-vous ces entresols éclairés ? disait le général. Là habitent mes camarades, tandis que moi, qui ai le plus de services et qui de tous ai le plus souffert, je me traîne à pied vers le Grand Théâtre, jusqu'à l'appartement d'une femme suspecte ! Un homme qui a dans la poitrine treize balles... Vous ne le croyez pas ? Et pourtant c'est uniquement pour moi que Pirogov[61] a télégraphié à Paris et quitté temporairement Sébastopol assiégé, et que Nélaton[62], médecin de la Cour à Paris, a obtenu au nom de la science un laissez-passer et est venu à Sébastopol, pour m'examiner. Le fait est connu des plus hautes autorités : « Ah, c'est cet Ivolguine qui a treize balles !... » Voilà ce qu'on dit !

Vous voyez, prince, cette maison ? Ici à l'entresol habite un vieux camarade, le général Sokolovitch, avec sa très noble et très nombreuse famille. Eh bien, cette maison et encore trois autres sur la Perspective Nevski et deux sur la Morskaïa[63], voilà tout le cercle actuel de mes connaissances, je veux dire de mes connaissances vraiment personnelles. Nina Alexandrovna s'est depuis longtemps déjà pliée aux circonstances. Moi, je continue à me souvenir... et, pour ainsi dire, à trouver le repos dans la société éclairée de mes anciens camarades et

subordonnés qui jusqu'à ce jour m'adorent. Ce général
Sokolovitch (il y a assez longtemps, d'ailleurs, que je
n'ai été chez lui et que je n'ai vu Anne Fiodorovna)...
Vous savez, mon cher prince, quand on ne reçoit pas, on
cesse comme malgré soi d'aller chez les autres. Cependant... hum... il me semble, vous ne me croyez pas... En
somme, pourquoi n'introduirais-je pas le fils de mon
meilleur ami et camarade d'enfance dans cette charmante
maison familiale? Le général Ivolguine et le prince
Mychkine! Vous verrez une jeune fille merveilleuse, et
non pas une, mais deux, même trois, l'ornement de la
capitale et de la société : beauté, instruction, tendance...
la question féminine, les vers, tout cela réuni en un
heureux et multiforme mélange, sans compter pour le
moins quatre-vingt mille roubles de dot d'argent net pour
chacune, ce qui ne nuit jamais, en dépit de toutes les
questions féminines et sociales... bref, je le dois même
absolument, absolument, je suis obligé de vous présenter.
Le général Ivolguine et le prince Mychkine!

— Tout de suite? Maintenant? Mais vous avez oublié..., commença le prince.

— Non, non, je n'ai rien oublié. Allons! Par ici : ce
magnifique escalier. Je m'étonne qu'il n'y ait pas de
suisse. Mais... c'est jour de fête, le suisse est absent. On
ne l'a pas encore mis à la porte, cet ivrogne. Ce Sokolovitch, c'est à moi qu'il doit tout son bonheur, dans la vie
et au service, à moi seul et à personne d'autre. Mais...
nous y voilà.

Le prince ne protestait plus contre la visite et suivait
docilement le général pour ne pas l'irriter, dans le ferme
espoir que le général Sokolovitch et toute sa famille
s'évaporeraient petit à petit comme un mirage et se dé-
couvriraient inexistants, et que le plus tranquillement du
monde ils redescendraient l'escalier. Mais, à son épouvante, il commença à perdre cet espoir : le général le
faisait monter, en homme qui avait vraiment là des
connaissances, tout en plaçant à chaque instant des détails
biographiques et topographiques pleins d'une exactitude
mathématique. Enfin quand, arrivés à l'entresol, ils s'arrêtèrent à droite devant la porte d'un riche appartement et

que le général prit en main la sonnette, le prince décida
définitivement de s'échapper; mais une circonstance singulière le retint.

— Vous vous êtes trompé, général, dit-il : sur la porte
il est écrit Koulakov, et vous vouliez sonner chez Sokolovitch.

— Koulakov... Koulakov, ça ne prouve rien. L'appartement est celui de Sokolovitch et je sonne chez Sokolovitch. Je m'en fiche, de Koulakov... Tenez, on nous
ouvre.

La porte en effet s'était ouverte. Un valet se montra et
annonça : «Monsieur et Madame ne sont pas à la maison. »

— Comme c'est dommage, comme c'est dommage, et
comme par un fait exprès ! répéta plusieurs fois Ardalion
Alexandrovitch avec le plus profond regret. — Mon ami,
tu diras que le général Ivolguine et le prince Mychkine
désiraient présenter leurs respects et ont infiniment, infiniment regretté...

A cet instant, vers la porte ouverte se dirigea de l'intérieur de l'appartement le regard d'une autre personne,
visiblement une économe, peut-être même une gouvernante, une dame d'une quarantaine d'années, vêtue de
couleur sombre. Elle s'approcha avec curiosité et méfiance, en entendant les noms du général Ivolguine et du
prince Mychkine.

— Marie Alexandrovna n'est pas chez elle, dit-elle en
fixant particulièrement le général. Elle est sortie avec la
demoiselle, avec Alexandra Mikhailovna, pour aller chez
la grand-mère.

— Et Alexandra Mikhailovna aussi ! Mon Dieu, quelle
malchance ! Et figurez-vous, madame, il m'arrive toujours des malheurs pareils ! Je vous supplie de saluer ces
dames de ma part et de dire à Alexandra Mikhailovna
qu'elle se souvienne... bref, transmettez-leur mon sincère
désir qu'elles obtiennent ce qu'elles ont désiré elles-mêmes jeudi soir, en écoutant la ballade de Chopin... Elles
se souviendront... Mon sincère désir ! Le général Ivolguine et le prince Mychkine !

— Je n'oublierai pas.

Et la dame salua, devenue plus confiante.

En descendant l'escalier, le général, sa flamme brûlant toujours, continua à regretter qu'ils n'eussent trouvé personne et que le prince eût été privé de faire une aussi charmante connaissance.

— Vous savez, mon cher, je suis un peu poète dans l'âme : l'avez-vous remarqué ? Mais au fait... au fait, il me semble que nous nous sommes trompés d'adresse, conclut-il soudain de façon tout à fait inattendue. Les Sokolovitch, le souvenir m'en est revenu à l'instant, habitent une autre maison et même je crois qu'ils sont maintenant à Moscou. Oui, j'ai fait une petite erreur, mais... ce n'est rien.

— Je voudrais seulement savoir une chose, observa le prince d'un air ennuyé : dois-je absolument cesser de compter sur vous, et ne ferai-je pas mieux d'aller là-bas tout seul ?

— Cesser ? De compter ? Aller seul ? Mais à quel propos, alors que pour moi cela constitue une entreprise capitale, dont dépendent tant de choses dans la destinée de toute ma famille ? Mais, mon jeune ami, vous connaissez mal Ivolguine. Qui dit « Ivolguine » dit « un mur » : comptez sur Ivolguine comme sur un mur, voilà ce qu'on disait déjà à l'escadron où j'ai commencé à servir. Tenez, j'ai seulement à m'arrêter en route pour une minute dans une maison où mon cœur trouve le repos, depuis déjà quelques années, après les alarmes et les épreuves...

— Vous voulez rentrer à la maison ?

— Non ! Je veux... passer chez la capitaine Terentiev, veuve du capitaine Terentiev, mon ancien subordonné... et même ami... Là, chez la capitaine, je renais moralement et je dépose les peines reçues de la vie et de la famille... Et comme aujourd'hui je porte justement un lourd fardeau moral, je...

— Je crois que j'ai déjà commis tout à l'heure une terrible sottise, murmura le prince, en venant vous importuner. Et de plus, maintenant c'est vous qui... Adieu !

— Mais je ne peux pas, mon jeune ami, je ne peux quand même pas vous laisser me quitter ! attaqua le général. C'est une veuve, une mère de famille, et elle tire de son cœur des accents qui retentissent dans tout mon être. Une visite chez elle, c'est l'affaire de cinq minutes; dans cette maison, je suis chez moi, j'y habite presque. Je me laverai les mains, je ferai un brin de toilette, et après nous filerons en fiacre au Grand Théâtre. Je vous l'assure, j'ai besoin de vous pour toute la soirée... Tenez, c'est dans cette maison, nous y sommes... Ah, Colas, tu es déjà ici? Alors, Marthe Borissovna est chez elle, ou bien tu viens seulement d'arriver?

— Oh, non! répondit Colas, qui s'était heurté à eux dans l'entrée de la maison. Je suis ici depuis très longtemps avec Hippolyte. Il va plus mal, ce matin il était au lit. Je suis descendu pour aller chercher des cartes dans une boutique. Marthe Borissovna vous attend. Seulement, papa, dans quel état vous êtes! conclut Colas en observant la démarche et la tenue du général. — Eh bien, allons-y!

La rencontre de Colas incita le prince à accompagner le général aussi chez Marthe Borissovna, mais seulement pour une minute. Le prince avait besoin de Colas; quant au général, il avait résolu de le planter là de toute façon et il ne pouvait se pardonner d'avoir pensé faire fond sur lui. La montée fut longue, jusqu'au troisième et par l'escalier de service.

— Vous voulez présenter le prince? demanda Colas en chemin.

— Oui, mon ami, le présenter: le général Ivolguine et le prince Mychkine! Mais que... comment... Marthe Borissovna...

— Vous savez, papa, vous feriez mieux de ne pas y aller! Elle vous mangera! Depuis trois jours vous ne montrez pas le bout du nez, et elle attend son argent! Pourquoi donc lui avez-vous promis de l'argent? Vous êtes toujours le même! Maintenant tirez-vous de là!

Au troisième, ils s'arrêtèrent devant une porte basse. Le général, visiblement, avait peur et poussait en avant le prince.

— Moi, je resterai ici, murmurait-il, je veux lui faire une surprise...

Colas entra le premier. Une dame, fortement fardée de

blanc et de rouge, en pantoufles, en caraco et les cheveux
noués en petites tresses, d'une quarantaine d'années,
passa la tête par la porte et la surprise du général aussitôt fit fiasco. A peine la dame l'eut-elle aperçu, qu'elle
cria :

— Le voilà, cet homme vil et venimeux ! Mon cœur
l'avait deviné !

— Entrons, ce n'est rien ! murmura le général au
prince, en parant le coup d'un rire innocent.

Mais ce n'était pas rien. Ils étaient à peine entrés, par
une antichambre sombre et basse, dans une salle étroite
meublée d'une demi-douzaine de chaises cannées et de
deux tables à jeu, que la maîtresse de céans continua,
d'une voix coutumière et pleurarde, des jérémiades appri-
ses par cœur :

— Et tu n'as pas honte, tu n'as pas honte, barbare et
tyran de ma famille, barbare et fanatique ! Tu m'as pillée,
tu m'as sucé le sang, et tu n'es pas encore satisfait !
Jusqu'à quand devrai-je te supporter, homme sans vergogne et sans honneur !

— Marthe Borissovna, Marthe Borissovna ! C'est... le
prince Mychkine. Le général Ivolguine et le prince
Mychkine ! balbutiait le général éperdu et tremblant.

— Le croirez-vous, demanda la capitaine en s'adressant soudain au prince, le croirez-vous, que cet homme
sans vergogne n'a pas épargné mes enfants orphelins ? Il a
tout pillé, tout emporté, tout vendu ou engagé, il n'a rien
laissé. Qu'est-ce que je ferai de tes billets, homme rusé et
sans conscience ? Réponds, faux bonhomme, réponds,
faux bonhomme, réponds-moi, cœur insatiable : avec
quoi, avec quoi nourrirai-je mes enfants orphelins ? Le
voilà qui arrive ici ivre, ne tenant pas sur ses jambes... En
quoi ai-je courroucé le bon Dieu, dis-le-moi, ignoble et
monstrueux faux bonhomme !

Mais le général était loin de tout cela :

— Marthe Borissovna, voici vingt-cinq roubles... tout
ce que je peux, avec l'aide du plus généreux des amis.
Prince ! Je me suis cruellement trompé ! C'est... la vie...
Et maintenant... excusez-moi, je me sens faible, continua
le général, debout au milieu de la pièce et saluant dans

toutes les directions, je me sens faible, excusez-moi !
Petite Hélène, un coussin…, ma chérie !

La petite Hélène, une fillette de huit ans, courut tout de
suite chercher un coussin et le déposa sur le canapé
couvert d'une toile cirée, dur et déchiré. Le général s'y
assit, bien décidé à parler longtemps encore, mais à peine
eut-il pris contact avec le canapé qu'il se pencha de côté,
se tourna vers le mur et s'endormit du sommeil du juste.
Marthe Borissovna, cérémonieusement et tristement,
montra au prince une chaise près d'une table de jeu,
s'assit elle-même en face de lui, appuya sa joue droite sur
sa main et commença à soupirer sans mot dire, en regardant le prince. Trois petits enfants, deux fillettes et un
garçon, dont la petite Hélène était l'aînée, s'approchèrent
de la table, posèrent tous les trois leurs mains sur la table
et tous les trois aussi se mirent à contempler fixement le
prince. D'une autre pièce arriva Colas.

— Je suis très content de vous avoir rencontré ici,
Colas, lui dit le prince, ne pourriez-vous pas me rendre
un service ? Je dois absolument me rendre chez Anastasie
Filippovna. J'avais demandé à Ardalion Alexandrovitch,
mais le voici endormi. Voulez-vous m'y conduire, car je
ne sais ni la rue, ni le chemin. L'adresse, je l'ai : près du
Grand Théâtre, maison Mytovtsov.

— Anastasie Filippovna ? Mais elle n'a jamais habité
près du Grand Théâtre, et mon père n'a jamais été chez
elle, si vous voulez le savoir. C'est bizarre, que vous
ayez attendu de lui quelque chose. Elle habite près de la
rue Saint-Vladimir, aux Cinq Avenues [64], c'est beaucoup
plus près d'ici. Vous voulez tout de suite ? Il est neuf
heures et demie. Si vous voulez, je vous conduis.

Le prince et Colas s'en allèrent immédiatement. Hélas !
Le prince n'avait pas de quoi prendre un fiacre : il fallut
aller à pied.

— J'aurais voulu vous faire connaître Hippolyte, dit
Colas. C'est le fils aîné de cette capitaine en caraco, il
était dans une autre pièce. Il est malade, il a passé toute
cette journée au lit. Mais il est si bizarre : il est terriblement susceptible, et il m'a semblé qu'il serait gêné devant
vous, que vous soyez venu à un pareil moment… Moi, je

le suis quand même moins, parce que pour moi c'est mon
père, tandis que pour lui c'est sa mère... ça fait quand
même une différence, parce que pour un homme il n'y a
pas de déshonneur, en pareil cas. Au fait, il y a peut-être
là un préjugé, en ce qui concerne la prédominance du
sexe dans ce cas. Hippolyte est un garçon admirable,
mais il est esclave de certains préjugés.

— Vous dites qu'il est poitrinaire ?

— Oui. Je crois qu'il vaudrait mieux qu'il meure vite.
A sa place sûrement, je voudrais mourir. Il a pitié pour
ses frères et sœurs, ces petits que vous avez vus. Si c'était
possible, si nous avions de l'argent, nous louerions, lui et
moi, un logement à part et nous renoncerions à nos
familles. C'est notre rêve. A propos, savez-vous ? quand
je lui ai raconté, tout à l'heure, ce qui vous est arrivé, eh
bien, il s'est mis en colère, il a dit que celui qui se laisse
gifler et ne provoque pas en duel est un lâche. D'ailleurs,
il est effroyablement irritable, j'ai même cessé de discuter
avec lui. Et alors, comme ça, d'emblée, Anastasie Filipp-
povna vous a invité chez elle ?

— Justement pas.

— Et alors, comment y allez-vous ? s'écria Colas. Il
s'arrêta même en plein trottoir. — Et... et dans ce costume, pour une soirée priée ?

— Ah, ma foi, je ne sais comment je me présenterai.
Si on me reçoit, parfait ; sinon, l'affaire est manquée,
voilà tout. Pour ce qui est du costume, qu'y faire ?

— Vous avez affaire à elle ? Ou bien c'est seulement
pour passer le temps « dans la bonne société » ?

— Non, au fond... c'est-à-dire que j'ai une affaire...
c'est difficile à exprimer, mais...

— Bon, quelle qu'elle soit, c'est comme il vous
plaira ; pour moi, l'essentiel, c'est de savoir que vous ne
vous faites pas inviter à cette soirée tout simplement à
cause de la charmante société de camélias, de généraux et
d'usuriers. S'il en était ainsi, excusez, prince, mais je
rirais de vous et je vous mépriserais. Ici ils sont rudement
rares, les hommes d'honneur, il n'y a même personne
qu'on puisse tout à fait respecter. Malgré soi, on regarde
les gens de haut, tandis qu'eux ils exigent tous le respect ;

Barbe la première. Et l'avez-vous remarqué, prince, à
notre époque il n'y a que des aventuriers ! Et précisément
chez nous, en Russie, dans notre chère patrie. Et comment en est-il advenu ainsi, je n'y comprends rien. Tout
semblait si solide, et maintenant voilà ! C'est ce qu'on dit
et qu'on écrit partout. On accuse. Chez nous tout le
monde accuse. Les parents sont les premiers à tourner
bride et rougissent eux-mêmes de leur ancienne morale.
Tenez, à Moscou, un père adjurait son fils de ne reculer
devant rien pour se procurer de l'argent ; cela a été publié
dans la presse [65]. Regardez mon général : eh bien, à quoi
en est-il venu ? Pourtant, en somme, savez-vous, il me
semble que c'est un honnête homme, mon général. Je
vous assure ! Tout vient du désordre et de l'alcool. Je
vous assure ! Ça fait même pitié. Seulement, moi, j'ai
peur de parler, parce que les gens rient. Mais, je vous le
jure, ça fait pitié. Et qu'est-ce qu'ils valent, ces gens
intelligents ? Tous des usuriers, tous jusqu'au dernier !
Hippolyte approuve l'usure, il dit que ça doit être ainsi :
secousse économique, flux et reflux, que sais-je ? le diable les emporte ! J'ai peine à l'entendre parler ainsi, mais
il est aigri. Figurez-vous que sa mère, la capitaine, reçoit
de l'argent du général et lui rend cet argent avec de gros
intérêts : quelle honte ! Mais vous ne savez pas : maman
c'est-à-dire la mienne, Nina Alexandrovna, la générale,
avec son argent, vêtements, linge, et tout, aide Hippolyte
et même un peu les enfants à travers lui, parce que la
mère les néglige. Et Barbe aussi.

— Eh bien, vous voyez : vous dites qu'il n'y a personne d'honnête et de fort, qu'il n'y a que des usuriers.
Voilà quand même des personnes fortes, votre mère et
Barbe. Venir en aide, ici et dans ces circonstances,
n'est-ce pas un signe de force morale ?

— Notre Barbe, c'est par amour-propre qu'elle le fait,
par vantardise, pour ne pas en faire moins que sa mère.
Bon, mais maman, véritablement... je la respecte. Oui,
cela je le respecte et je l'approuve. Même Hippolyte le
sent, et pourtant il est tout à fait exaspéré. D'abord, il
riait et appelait cela, de la part de maman, de la bassesse ;
maintenant, il commence à comprendre, parfois. Hum !

Alors vous, vous appelez ça de la force? Je lui ferai
remarquer. Gaby n'en sait rien, autrement il l'appellerait
une indulgence coupable.

— Ah, Gaby n'en sait rien? Il y a bien des choses
encore, il me semble, que Gaby ne sait pas, laissa tomber
le prince, devenu pensif.

— Savez-vous, prince, vous me plaisez beaucoup.
Votre histoire de tout à l'heure ne me sort pas de l'esprit.

— Et vous aussi vous me plaisez beaucoup, Colas!

— Écoutez: comment comptez-vous vivre ici? Bientôt je me trouverai un emploi et je gagnerai peu ou prou.
Voulez-vous que nous vivions, vous, Hippolyte et moi,
tous trois ensemble? Nous trouverons un logement, et le
général nous le recevrons chez nous.

— Moi, avec le plus grand plaisir. Mais, au reste,
nous verrons, Je suis maintenant très... très désorienté.
Quoi? Déjà arrivés? C'est dans cette maison... quelle
magnifique entrée! Et un suisse. Allons, Colas, je ne sais
pas ce qui sortira de là.

Le prince restait là comme éperdu.

— Demain, vous me raconterez! N'ayez pas trop
d'inquiétude. Que Dieu vous donne de réussir, — car
moi, je partage en tout vos convictions. Adieu! Je retourne là-bas, et je raconterai à Hippolyte. Qu'on vous
recevra, là-dessus pas de doute, ne craignez rien! Elle est
rudement originale. Par cet escalier, au premier; le suisse
vous indiquera.

XIII

Le prince s'inquiétait fort, tout en montant, et tâchait
de toutes ses forces de se donner du courage. «Le pis,
pensait-il, c'est qu'on ne me reçoive pas et qu'on
conçoive mauvaise opinion de moi, ou bien, peut-être,
qu'on me reçoive pour ensuite me rire au visage... Bah,
c'est égal!» Et en effet cela ne l'effrayait pas encore
tellement; mais il y avait la question: «Que ferait-il là et
pourquoi y venait-il?» A cette question il ne trouvait
absolument pas de réponse rassurante. Si même il pouvait

d'une façon ou de l'autre, profitant d'une occasion, dire à Anastasie Filippovna : « N'épousez pas cet homme et ne vous perdez pas ; il ne vous aime pas, il aime votre argent, c'est lui qui me l'a dit, et Aglaé Épantchine aussi me l'a dit, et je suis venu vous le communiquer », cela ne serait pas trop régulier à tous égards. Il se posait encore une autre question non résolue, et à ce point capitale que le prince avait même peur d'y penser, ne pouvait ni n'osait même l'admettre, ne savait comment la formuler, rougissait et tremblait à son seul souvenir. Mais, malgré toutes ces alarmes et ces doutes, il finit par entrer et demanda Anastasie Filippovna.

Anastasie Filippovna occupait un appartement qui n'était pas très grand, mais vraiment magnifiquement aménagé. Au cours de ces cinq années de sa vie à Pétersbourg, il y avait eu un temps, au début, où Athanase Ivanovitch ne plaignait pas l'argent pour elle : il comptait encore, à cette époque, sur son amour et pensait la séduire, principalement par le confort et le luxe, car il savait avec quelle facilité s'acquièrent les habitudes de luxe et combien il est difficile ensuite de s'en défaire après que peu à peu ce luxe est devenu un besoin. En l'espèce, Totski restait fidèle aux bonnes vieilles traditions, sans y rien changer : il respectait sans réserve toute la puissance invincible des influences sensuelles. Anastasie Filippovna ne refusait pas le luxe, elle l'aimait même, mais — et cela paraissait extraordinaire — elle n'en était pas esclave ; elle donnait l'impression de pouvoir toujours s'en passer, et même elle s'efforçait à maintes reprises de le manifester, ce qui frappait désagréablement Totski.

D'ailleurs, il ne manquait pas, chez Anastasie Filippovna, de traits qui frappaient désagréablement — et, dans la suite, jusqu'au mépris même — Athanase Ivanovitch. Sans parler du manque de distinction de la sorte de gens que parfois elle approchait d'elle, et que, par conséquent, elle était encline à approcher, se faisaient jour chez elle certaines autres inclinations absolument singulières : c'était un mélange barbare de deux goûts, une faculté de s'arranger ou de s'accommoder de choses et de moyens dont la seule existence semblerait inadmissible à une personne comme il faut ou de quelque raffinement. En effet, si par exemple Anastasie Filippovna avait manifesté soudain quelque aimable et exquise ignorance, comme de croire que les paysannes pouvaient porter du linge de batiste comme elle, Athanase Ivanovitch en aurait été, sans doute, extrêmement satisfait. C'est à de pareils résultats que tendait primitivement toute l'éducation reçue par elle conformément au programme de Totki, lequel était en la matière un homme très entendu. Mais hélas ! les résultats se trouvèrent bizarres. Malgré cela, pourtant, il restait chez Anastasie Filippovna quelque chose qui parfois frappait même Athanase Ivanovitch par son originalité inaccoutumée et séduisante, une certaine énergie, et qui le charmait quelquefois, même maintenant que s'étaient écroulés tous ses précédents calculs au sujet d'Anastasie Filippovna.

Le prince fut accueilli par une femme de chambre (la domesticité d'Anastasie Filippovna était invariablement féminine). A son étonnement, elle écouta sa demande de l'annoncer sans aucun embarras. Ni ses bottes sales, ni son chapeau à larges bords, ni sa pèlerine, ni son air intimidé ne lui inspirèrent la moindre hésitation. Elle le défit de sa pèlerine, l'invita à attendre dans un salon de réception et aussitôt s'en fut l'annoncer.

La compagnie assemblée chez Anastasie Filippovna se composait de ses plus ordinaires et perpétuelles connaissances. Elle était assez peu nombreuse, en comparaison des précédentes réunions annuelles de ce jour-là. Étaient présents, d'abord et principalement, Athanase Ivanovitch Totski et Ivan Fiodorovitch Épantchine ; tous deux étaient aimables, mais tous deux dissimulaient une certaine inquiétude : l'attente mal déguisée de la déclaration promise concernant Gaby. En dehors d'eux, bien entendu, il y avait Gaby, lui aussi très sombre, très pensif et même « pas du tout aimable », se tenant la plupart du temps à l'écart, à distance, et taciturne. Il n'avait pas osé amener Barbe, mais Anastasie Filippovna ne l'avait d'ailleurs pas fait observer ; par contre, dès les premières salutations, elle avait rappelé à Gaby sa scène avec le prince. Le général, qui n'en avait pas encore entendu parler, s'y intéressa. Alors Gaby, sèchement, avec retenue, mais tout à fait franchement, raconta tout ce qui s'était passé et comment il avait déjà été présenter ses excuses au prince. A cette occasion, il exprima chaudement son opinion sur lui : « bien étrangement et Dieu savait pourquoi on l'avait appelé idiot ; il pensait de lui exactement l'opposé et, c'était maintenant certain, cet homme avait des idées de derrière la tête ». Anastasie Filippovna écouta ce jugement avec beaucoup d'attention et surveilla curieusement Gaby, mais la conversation tourna tout de suite sur Rogojine, qui avait pris une part si capitale à l'histoire du matin, et à qui avec une extrême curiosité s'intéressèrent Athanase Ivanovitch et Ivan Fiodorovitch. Il se trouva que des renseignements particuliers sur Rogojine purent être fournis par Ptitsyne, qui s'était débattu avec lui, pour ses affaires, jusque vers neuf heures du soir. Rogojine insistait de toutes ses forces pour obtenir le jour même cent mille roubles : « Il est vrai qu'il était ivre, observa à ce propos Ptitsyne, mais ces cent mille, si difficile que ce soit, on les lui procurera, je crois ; seulement, j'ignore si ce sera aujourd'hui et intégralement ; il y en a beaucoup qui y travaillent : Kinder, Trepalov, Biskoup ; il offre n'importe quel intérêt, naturellement toujours en état d'ivresse et dans sa première joie... » conclut Ptitsyne. Toutes ces nouvelles furent reçues avec intérêt, un intérêt plutôt morose : Anastasie Filippovna restait silencieuse, ne désirant visiblement pas se prononcer ; Gaby aussi. Le général Épantchine était plus inquiet, dans son for intérieur, que quiconque ; les perles offertes par lui le matin avaient été acceptées avec une amabilité assez froide, et même avec une espèce d'ironie. Seul Ferdychtchenko, parmi tous les invités, était de joyeuse et festive humeur, et riait bruyamment, parfois on ne savait pourquoi, et encore était-ce seulement parce qu'il s'était imposé le rôle de bouffon. Athanase Ivanovitch lui-même, qui passait pour un conteur exquis et raffiné et qui jadis dans ces sortes de soirées dirigeait habituellement la conversation, était évidemment mal disposé et même en proie à une espèce d'embarras qui ne lui était pas naturel. Tous les autres invités, qui d'ailleurs n'étaient pas nombreux (un misérable vieil instituteur, convié on ne savait trop pourquoi ; un très jeune homme inconnu, terriblement intimidé et perpétuellement silencieux ; une dame très combative d'une quarantaine d'années, actrice ; une jeune dame extrêmement jolie, extrêmement bien et richement vêtue et anormalement peu bavarde), non seulement étaient incapables de beaucoup animer la conversation, mais encore, parfois, ne savaient tout simplement pas de quoi parler.

De cette façon, l'apparition du prince fut tout à fait à propos. L'annonce de son nom provoqua quelque perplexité et un certain nombre de sourires étranges, surtout quand on eut lu sur la physionomie étonnée d'Anastasie Filippovna qu'elle n'avait jamais pensé l'inviter. Mais après cet étonnement Anastasie Filippovna manifesta tout à coup tant de plaisir que la plupart se disposèrent sur-le-champ à accueillir l'hôte inespéré avec rires et gaieté.

— Cela est arrivé, je suppose, à cause de son innocence, conclut Ivan Fiodorovitch Épantchine, et en tout cas encourager de pareils penchants est assez dangereux, mais pour le moment il n'est pas mauvais, en vérité, qu'il se soit mis en tête de venir, même d'une manière aussi originale. Peut-être même qu'il nous égayera, pour autant du moins que je puisse avoir sur lui une opinion.

— D'autant plus qu'il s'est invité lui-même ! plaça aussitôt Ferdychtchenko.

— Et après ? demanda sèchement le général, qui haïssait Ferdychtchenko.

— Eh bien, mais il payera son entrée, expliqua l'autre.

— Allons, le prince Mychkine n'est pas Ferdychtchenko, quand même ! reprit le général, n'y tenant plus. Il n'avait pas encore pu accepter l'idée de se trouver avec Ferdychtchenko dans la même société et sur un pied d'égalité.

— Hé, général, épargnez Ferdychtchenko, répondit l'autre, en souriant malicieusement. J'ai mon statut particulier.

— Quel statut particulier avez-vous donc ?

— L'autre fois j'ai eu l'honneur de l'expliquer en

détail à la société : pour Votre Excellence je le répéterai
encore une fois. Que Votre Excellence veuille bien regarder : tout le monde a de l'esprit, moi je n'ai pas d'esprit.
En compensation j'ai demandé la permission de dire la
vérité, vu qu'il est notoire que ceux-là seuls disent la
vérité qui n'ont pas d'esprit. De plus, je suis très vindicatif, également parce que je suis dénué d'esprit. Je sup-
porte humblement toutes les injures, mais jusqu'au premier échec de mon offenseur ; dès son premier échec, je
lui rafraîchis aussitôt la mémoire et sur-le-champ d'une
façon ou de l'autre je me venge, je donne le coup de pied
de l'âne, comme s'est exprimé à mon sujet Ivan Petrovitch Ptitsyne, lequel, bien sûr, ne donne jamais de coup
de pied. Vous connaissez la fable de Krylov, Excellence :
Le Lion et l'Ane [66] ? Eh bien, c'est nous deux, vous et
moi, c'est pour nous qu'elle a été écrite.

— Il me semble qu'une fois de plus vous faites le pitre,
Ferdychtchenko, dit le général au comble de la fureur.

— Mais pourquoi vous émouvoir, Excellence ? reprit
Ferdychtchenko, qui comptait précisément reprendre son
discours et le développer encore davantage. Ne vous
inquiétez pas, Excellence : je me tiendrai à ma place. Si
j'ai dit que nous sommes, vous et moi, le lion et l'âne de
la fable de Krylov, le rôle de l'âne, naturellement, je le
prends pour moi, et Votre Excellence est le lion, conformément à ce qui est dit dans la fable :

> Un puissant lion, terreur des bois,
> Se faisant vieux perdit ses forces

Moi, Excellence, je suis l'âne.

— Sur ce dernier point, je suis d'accord, lâcha impru-
demment le général.

Tout cela était, naturellement, grossier et prémédité,
mais il était admis que Ferdychtchenko avait permission
de jouer le rôle de bouffon.

— Mais si on me garde et si on m'admet ici, s'écria
Ferdychtchenko, c'est pour que je parle justement dans
cet esprit. Allons, serait-il possible autrement qu'on reçoive un homme comme moi ? Je comprends quand
même cela. Voyons, pourrait-on me faire asseoir, moi,

un Ferdychtchenko, à côté d'un gentilhomme aussi raffiné qu'Athanase Ivanovitch ? Il ne reste qu'une explication, qu'on le veuille ou non : on le fait pour la raison qu'il est impossible d'imaginer chose pareille.

C'était grossier ; ce n'en était pas moins mordant, et parfois même très mordant, et c'était sans doute ce qui plaisait à Anastasie Filippovna. Ceux qui voulaient absolument fréquenter chez elle devaient se résoudre à supporter Ferdychtchenko. Il avait peut-être deviné toute la vérité en supposant qu'on avait commencé à le recevoir parce que du premier coup sa présence avait été intolérable à Totski. Gaby, pour sa part, avait souffert de lui tout un infini de tourments et, à cet égard, Ferdychtchenko avait su se rendre très agréable à Anastasie Filippovna.

— Et le prince, avec moi, commencera par chanter une romance à la mode, conclut Ferdychtchenko, pour voir ce que dirait Anastasie Filippovna.

— Je ne crois pas, Ferdychtchenko. Et, je vous en prie, ne vous emballez pas, lui fit-elle observer sèchement.

— Ah-ah ! S'il est placé sous protection spéciale, alors je me laisse attendrir et je...

Mais Anastasie Filippovna s'était levée, sans l'écouter. Elle alla elle-même à la rencontre du prince.

— J'ai regretté, dit-elle, en apparaissant soudain devant le prince, tout à l'heure dans ma hâte, d'avoir oublié de vous inviter, et je suis très heureuse que vous me procuriez maintenant l'occasion de vous remercier et de vous féliciter pour votre esprit de décision.

Et ce disant elle regardait fixement le prince, en s'efforçant de s'expliquer tant bien que mal sa démarche.

Le prince aurait peut-être répondu quelque chose à ses paroles aimables, mais il était ébloui et abasourdi au point de ne pouvoir articuler une parole. Anastasie Filippovna le remarqua avec satisfaction. Ce soir-là elle était dans tous ses atours et produisait un effet inaccoutumé. Elle le prit par la main et le conduisit vers ses invités. Juste devant la porte du salon, le prince s'arrêta brusquement et, avec une émotion extraordinaire, hâtivement, lui chuchota :

— En vous tout est perfection... même ceci que vous
êtes maigre et pâle... On ne voudrait pas vous voir autrement... J'avais tellement envie de venir chez vous...
Excusez-moi, je...

— Ne vous excusez pas, protesta en riant Anastasie
Filippovna. Cela détruirait toute la singularité et l'originalité. On dit vrai, n'est-ce pas, en vous déclarant un
homme original? Alors, vous me prenez pour la perfection même? Oui?

— Oui.

— Vous avez beau être fort pour deviner, vous vous
êtes trompé quand même. Je vous le rappellerai aujourd'hui même...

Elle présenta le prince à ses invités, dont la bonne
moitié le connaissait déjà. Totski dit aussitôt quelque
amabilité. Tout le monde sembla s'animer, parla à la fois,
rit. Anastasie Filippovna fit asseoir le prince à côté d'elle.

— Quand même, qu'y a-t-il donc d'étonnant dans la
venue du prince? cria plus fort que tous Ferdychtchenko.
La chose est claire, la chose parle d'elle-même!

— La chose est trop claire et ne parle que trop d'elle-
même, reprit soudain Gaby, jusqu'alors silencieux. J'ai
observé aujourd'hui le prince presque sans interruption,
depuis l'instant où il a pour la première fois regardé le
portrait d'Anastasie Filippovna sur la table d'Ivan Fiodorovitch. Je me rappelle fort bien ce que déjà alors j'ai
pensé, dont je suis maintenant absolument convaincu et
que, pour le dire en passant, le prince lui-même m'a
avoué.

Toute cette phrase, Gaby la débita avec un sérieux
extrême sans la moindre envie de plaisanter, même sombrement, ce qui parut un peu étrange.

— Je ne vous ai pas fait d'aveux, répondit le prince en
rougissant. J'ai seulement répondu à votre question.

— Bravo, bravo! cria Ferdychtchenko. Voilà au
moins qui est sincère, et habile et sincère!

Tout le monde rit avec bruit.

— Ne criez donc pas, Ferdychtchenko! lui fit observer
à mi-voix Ptitsyne, dédaigneux.

— Pour moi, prince, je n'attendais pas de vous pa-

reilles prouesses[67]! prononça Ivan Fiodorovitch. Mais
savez-vous chez qui elles seraient de mise? Et moi qui
vous prenais pour un philosophe! Fiez-vous à ces petits
saints!

— Et du fait que le prince rougit d'une innocente
plaisanterie comme une jeune ingénue, je conclus qu'en
qualité de noble jeune homme il nourrit dans son cœur les
plus louables intentions, dit soudain et tout à fait inopinément, ou plutôt chevrota le vieux pédagogue septuagé-
naire, édenté et jusque-là parfaitement silencieux, dont
nul ne pouvait attendre qu'il ouvrirait la bouche ce
soir-là. Tout le monde rit de plus belle. Le vieillard,
pensant probablement qu'on riait de son esprit, se mit, en
regardant les autres, à rire encore plus fort : il en eut une
quinte de toux, au point qu'Anastasie Filippovna, qui
aimait sans mesure les originaux, vieux et vieilles, de
cette espèce et même les fols en Christ, se mit à le
choyer, à le couvrir de baisers, et lui fit servir encore une
fois du thé. A la servante qui se présenta elle demanda sa
mantille, dans laquelle elle s'emmitoufla, et elle ordonna
d'ajouter du bois dans la cheminée. Comme elle lui
demandait l'heure, la servante répondit qu'il était dix
heures et demie.

— Messieurs, voulez-vous boire le champagne? proposa tout à coup Anastasie Filippovna. Tout est prêt.
Peut-être cela mettra-t-il de la gaieté. Je vous en prie,
sans cérémonies.

Cette invitation à boire, et surtout en termes aussi
naïfs, sembla très étrange de la part d'Anastasie Filippovna : on savait le caractère exceptionnellement céré-
monieux de ses précédentes soirées. D'une façon générale, la soirée se faisait plus gaie, contre la coutume. Le
champagne, cependant, ne fut pas refusé, d'abord, par le
général, ensuite par la dame combative, par le petit
vieux, par Ferdychtchenko, et après eux par tous. Totski
aussi prit sa coupe, espérant réhabiliter le nouveau genre
en train de s'instituer en lui communiquant dans la mesure du possible un caractère d'agréable plaisanterie. Seul
Gaby ne but rien. Aux saillies étranges, parfois très
brusques et très rapides, d'Anastasie Filippovna, qui, elle

aussi, prit du champagne et déclara qu'elle en viderait ce
soir-là trois coupes, à son rire hystérique et sans motif
alternant soudain avec une rêverie taciturne et même
morose, il était difficile de comprendre quoi que ce fût.
Certains soupçonnaient chez elle un accès de fièvre : on
remarqua finalement qu'elle avait l'air d'attendre quelque
chose, regardait fréquemment l'heure, devenait impatiente, distraite.

— Est-ce que, par hasard, vous n'auriez pas une petite
fièvre ? demanda la dame combative.

— Pas une petite, une grande ! C'est pour cela que je
me suis enveloppée dans ma mantille, répondit Anastasie
Filippovna, qui en vérité était devenue plus pâle et semblait de temps en temps retenir un violent frisson.

Tout le monde s'alarma et s'agita.

— Ne faudrait-il pas laisser notre hôtesse se reposer ?
opina Totski, en regardant Ivan Fiodorovitch.

— Pas du tout, messieurs ! Je vous supplie au contraire
de rester. Votre présence, précisément aujourd'hui, m'est
indispensable, déclara avec insistance et sérieux Anastasie Filippovna. Et comme presque tous les invités savaient que ce soir-là devait être annoncée une très grave
décision, ces paroles parurent extrêmement importantes.
Le général et Totski, encore une fois, échangèrent des
coups d'œil. Gaby s'agita convulsivement.

— Si on jouait à quelque petit-jeu [68], ce ne serait pas
mal, proposa la dame combative.

— Moi, j'en connais un nouveau et tout à fait admirable, reprit Ferdychtchenko. Du moins, il n'a vu le jour
qu'une seule fois, et encore il n'a pas eu de succès.

— Lequel ? demanda la dame.

— Un jour, nous étions toute une compagnie. Donc,
on avait bu, il est vrai, et soudain quelqu'un fit une
proposition : chacun de nous, sans se lever de table,
raconterait à haute voix une histoire le concernant, mais
obligatoirement l'action que, sincèrement et en
conscience, il estimait la plus mauvaise de toutes ses
mauvaises actions au cours de toute sa vie… mais à
condition que ce fût sincèrement, la sincérité avant tout,
et pas de mensonge !

— Singulière idée, dit le général.

— Oui, on ne peut plus singulière, Excellence ! C'est en quoi elle est bonne.

— Drôle d'idée, dit Totski. Au fait, elle se comprend : une vantardise d'un genre spécial.

— Possible : c'est justement ce qu'il fallait, Athanase Ivanovitch.

— Mais nous allons pleurer, et non pas rire, avec ce petit jeu, observa la dame combative.

— C'est une chose absolument impossible et absurde, déclara Ptitsyne.

— Et elle a eu du succès ? demanda Anastasie Filippovna.

— Mais justement non. Le résultat a été déplorable. Chacun en effet a raconté son histoire, beaucoup ont dit la vérité, et figurez-vous, certains ont même éprouvé une satisfaction à se raconter. Mais ensuite on a eu honte, on n'a pas été jusqu'au bout ! Au total, d'ailleurs, ç'a été très gai, en son genre bien sûr.

— Mais vraiment, ce serait bien ! observa Anastasie Filippovna, s'animant tout à coup. Vraiment, si on essayait ! Effectivement, nous ne sommes pas trop gais. Si chacun de nous voulait bien raconter quelque chose... dans ce goût-là... naturellement de son plein gré, chacun est libre, n'est-ce pas ? Hein ? Peut-être tiendrons-nous jusqu'au bout ! Au moins, c'est terriblement original...

— Géniale idée ! lança Ferdychtchenko. Les dames, bien entendu, sont exclues. Les hommes commencent. On procède par tirage au sort, comme l'autre fois. Absolument, absolument ! Celui qui vraiment ne veut pas, celui-là, évidemment, ne raconte pas, mais avouez qu'il faudrait être bien peu aimable ! Donnez vos billets, messieurs, par ici, de mon côté, dans le chapeau ; le prince tirera. La chose est bien simple : raconter la plus vilaine action de toute votre vie. C'est extrêmement facile, messieurs ! Vous allez voir. Si quelqu'un a une absence, je l'aiderai à se souvenir !

L'idée ne plaisait à personne. Les uns se renfrognaient, d'autres faisaient un sourire malin. Certains objectaient, mais pas trop : ainsi Ivan Fiodorovitch, qui ne voulait pas

contrarier Anastasie Filippovna et qui avait remarqué
combien elle était emballée par cette idée bizarre. Dans
ses désirs Anastasie Filippovna était toujours irrésistible
et impitoyable, dès qu'elle avait résolu de les exprimer,
fût-ce les plus capricieux des désirs et même les plus
inutiles pour elle-même. Maintenant encore, elle était
comme en transe, s'agitait, riait convulsivement, par sac-
cades, en particulier devant les objections alarmées de
Totski. Ses yeux sombres lançaient des étincelles, sur ses
joues pâles avaient apparu deux taches rouges. La nuance
ennuyée ou dégoûtée des physionomies de certains de ses
invités attisait peut-être davantage son désir taquin : ce
qui lui plaisait là-dedans, c'était le cynisme et la cruauté
de l'idée. Certains étaient persuadés qu'il y avait là de sa
part une espèce de calcul. D'ailleurs on en demeura
d'accord : en tout cas c'était curieux ; pour beaucoup,
c'était même attrayant. Ferdychtchenko s'agitait plus que
tous les autres.

— Et s'il se trouve quelque chose qui soit impossible à
raconter... devant les dames, observa timidement le jeune
homme silencieux.

— Alors vous ne la raconterez pas. Comme s'il n'y
avait pas sans cela suffisamment de vilaines actions !
répondit Ferdychtchenko. Ah, jeune homme !

— Eh bien, moi je ne sais pas laquelle de mes actions
juger la plus vilaine, plaça la dame combative.

— Les dames sont dispensées de l'obligation de raconter, répéta Ferdychtchenko. Mais elles ne sont que
dispensées : l'inspiration personnelle est reçue avec reconnaissance. Quant aux hommes, s'ils sont trop
contraires, ils sont dispensés.

— Mais comment prouverez-vous que vous ne mentez
pas ? demanda Gaby. Car si je mens, tout le sens du jeu
est perdu. Or lequel de nous ne mentira pas ? Chacun,
nécessairement, mentira.

— Mais c'est déjà attrayant, de voir comment chacun
va mentir. Toi, mon petit Gaby, tu n'as pas spécialement
à craindre, puisque ta plus vilaine action est déjà connue
de tout le monde. — Et puis, pensez un peu, messieurs,
s'écria tout à coup, dans une espèce d'extase, Ferdycht-

chenko, pensez un peu de quel œil nous nous regarderons ensuite, demain par exemple, après ces récits-là !

— Est-ce chose possible ? Est-ce que c'est vraiment sérieux, Anastasie Filippovna ? demanda avec dignité Totski.

— Qui a peur du loup ne va pas au bois ! observa Anastasie Filippovna avec ironie.

— Permettez, monsieur Ferdychtchenko, peut-on avec cela faire un petit-jeu ? continua, de plus en plus alarmé, Totski. Je vous l'assure, ces sortes de choses ne réussissent jamais. Et vous le dites vous-même, déjà une fois ç'a été un échec.

— Comment, un échec ! Cette fois-là, j'ai raconté comment j'avais volé trois roubles. Eh bien, je l'ai bel et bien raconté !

— Admettons. Mais il n'y avait aucun moyen de la raconter de façon que cela ressemble à la vérité et qu'on vous croie. Or, Gabriel Ardalionovitch l'a très justement fait observer, à peine aura-t-on saisi quelque fausseté, tout le sens du jeu sera perdu. Là-dedans, la vérité n'est possible que par hasard, dans le cas d'une humeur vantarde d'un genre particulier, de très mauvais ton, impensable ici et absolument inconvenante.

— Quel homme archidélicat vous faites donc, Athanase Ivanovitch. Vous m'étonnez ! s'écria Ferdychtchenko. — Figurez-vous cela, messieurs, en faisant cette remarque que je n'ai pas pu raconter mon vol de façon que cela ressemble à la vérité, Athanase Ivanovitch insinue très délicatement que je n'ai pas pu réellement voler (parce que c'est une chose qu'il ne sied pas de dire tout haut), bien qu'au fond de lui-même il soit peut-être tout à fait convaincu que Ferdychtchenko a très bien pu voler !

— Mais à l'œuvre, messieurs, à l'œuvre ! Les bulletins sont déposés, et vous avez aussi déposé le vôtre, Athanase Ivanovitch. Par conséquent, personne ne refuse. Prince, tirez !

Le prince, sans mot dire, plongea la main dans le chapeau et tira le premier billet : Ferdychtchenko ; le second : Ptitsyne ; le troisième : le général ; le quatrième : Athanase Ivanovitch ; le cinquième : le sien ; le sixième :

celui de Gaby, puis les autres. Les dames n'avaient pas
déposé de billets.

— Seigneur, quelle malchance! s'écria Ferdychtchenko. Moi qui pensais que le premier serait le prince et
le second le général! Dieu merci, du moins Ivan Petrovitch vient après moi, et je serai dédommagé. Alors,
messieurs, me voici obligé, naturellement, de donner un
noble exemple; mais je regrette surtout en ce moment
d'être aussi inexistant, de n'avoir rien de remarquable;
même mon rang officiel est infime; qu'y a-t-il d'intéressant à ce que Ferdychtchenko ait commis une mauvaise
action? Et puis, laquelle de mes mauvaises actions est la
plus mauvaise? Il y a là embarras de richesse [69]. Faut-il
encore une fois parler de ce même vol, pour convaincre
Athanase Ivanovitch qu'on peut voler sans être un voleur?

— Vous me convainquez aussi, monsieur Ferdychtchenko, qu'on peut réellement éprouver un plaisir allant
jusqu'à l'enivrement à raconter ses plus sales actions,
même si on ne vous les demande pas... d'ailleurs...
Excusez-moi, monsieur Ferdychtchenko.

— Commencez, Ferdychtchenko. Vous bavardez
beaucoup sans nécessité, et vous n'en finirez jamais!
ordonna Anastasie Filippovna, impatiente et agacée.

Tout le monde avait remarqué qu'après son dernier
accès de rire elle était devenue soudain morose, bou-
gonne et nerveuse. Elle n'en tenait pas moins opiniâtrement et despotiquement pour son impossible caprice.
Athanase Ivanovitch souffrait terriblement. Celui qui
l'enrageait aussi, c'était Ivan Fiodorovitch : il était attablé
devant son champagne comme si de rien n'était et peut-
être même comptait-il raconter quelque chose quand son
tour viendrait.

XIV

— Pas d'esprit, Anastasie Filippovna, c'est pourquoi
je bavarde beaucoup! s'écria Ferdychtchenko en commençant son récit. Si j'avais l'esprit d'Athanase Ivano-

vitch ou d'Ivan Petrovitch, eh bien aujourd'hui je resterais sans ouvrir la bouche, comme Athanase Ivanovitch et
Ivan Petrovitch. Prince, permettez-moi cette question :
qu'en pensez-vous ? Il me semble toujours, à moi, qu'il y
a en ce monde beaucoup plus de voleurs que de non-
voleurs, et même qu'il n'y a pas d'homme, si honnête
qu'il soit, qui une fois dans sa vie n'ait volé quelque
chose. C'est mon idée. Je n'en conclus pas, d'ailleurs,
qu'il n'existe que des voleurs, bien que, je vous le jure,
j'aie parfois une terrible envie de tirer cette conclusion.
Qu'en pensez-vous donc ?

— Fi, comme vous racontez sottement ! décida Daria
Alexiéevna. Et quelle absurdité ! C'est impossible, que
tout le monde ait volé. Moi, je n'ai jamais rien volé.

— Vous n'avez jamais rien volé, Daria Alexiéevna ;
mais que dira le prince, qui vient de rougir tout entier,
subitement ?

— Il me semble que vous dites vrai ; seulement vous
exagérez beaucoup, dit le prince, qui en effet avait rougi
on ne voyait pas pourquoi.

— Mais vous-même, prince, vous n'avez rien volé ?

Le général intervint :

— Fi ! Comme c'est drôle ! Reprenez vos esprits,
monsieur Ferdychtchenko !

— Tout bonnement, le moment venu de vous exécuter, vous avez honte de parler : voilà pourquoi vous voulez vous annexer le prince, vous profitez de ce qu'il est
sans défense, lui assena Daria Alexiéevna.

— Ferdychtchenko, ou bien racontez, ou bien taisez-
vous et ne vous occupez que de vous. Vous lassez n'importe quelle patience, trancha Anastasie Filippovna, mécontente.

— Tout de suite, Anastasie Filippovna. Mais si le
prince a déjà avoué, car je maintiens qu'il a avoué ou tout
comme, alors que pourra dire n'importe qui d'autre (je ne
nomme personne), si seulement il veut une fois dire la
vérité ? Quant à moi, messieurs, je n'ai pas à en dire plus
long : c'est tout simple, et bête, et vilain. Mais je vous
assure que je ne suis pas un voleur : j'ai volé, je ne sais
comment. C'était il y a deux ans, au chalet de Siméon

Ivanovitch Ichtchenko, un dimanche. Il y avait des invités à dîner. Après le repas les hommes restèrent à boire. L'idée me vint de demander à Marie Semionovna, sa fille, une demoiselle, de jouer quelque chose au piano. Je traverse la pièce qui fait l'angle : sur la table à ouvrage de Marie Ivanovna je vois trois roubles, un billet vert : elle l'avait sorti pour envoyer acheter quelque objet de ménage. Dans la pièce, personne. Je prends le billet et le fourre dans ma poche ; pourquoi, je n'en sais rien. Quelle lubie m'a pris, je ne comprends pas. Seulement je reviens au plus vite et prends place à table. Je suis resté là à attendre, assez fortement ému : je bavardais sans relâche, contais des anecdotes, riais. Ensuite je m'installai auprès des dames. Une demi-heure plus tard, à peu près, on s'aperçut de la disparition et on interrogea les servantes. On soupçonna Daria. Je manifestai une curiosité et un intérêt extraordinaires. Je me souviens même que, voyant Daria tout à fait éperdue, je lui conseillai d'avouer, en me portant garant de la bonté de Marie Ivanovna : et cela à haute voix, devant tout le monde. Tout le monde regardait, et moi j'éprouvais une satisfaction extraordinaire, précisément parce que je prêchais de la sorte tandis que le billet était dans ma poche. Ces trois roubles, je les bus le soir même au restaurant. J'entrai et demandai une bouteille de château-lafite : jamais encore je n'avais ainsi demandé une bouteille seule, sans rien d'autre. Je voulais dépenser cet argent au plus vite. Je n'ai ressenti de remords particulier ni alors, ni dans la suite. Sûrement je ne recommencerais pas une seconde fois : croyez-le ou ne le croyez pas, c'est comme il vous plaira, cela ne m'intéresse pas. Voilà, et c'est tout.

— Seulement, c'est certain, ce n'est pas là votre plus mauvaise action, dit avec répulsion Daria Alexiéevna.

— C'est un cas psychologique, et non une action, observa Athanase Ivanovitch.

— Et la servante ? demanda Anastasie Filippovna, sans cacher son mépris et son aversion.

— La servante, elle a été mise à la porte dès le lendemain, bien entendu. C'est une maison sévère.

— Et vous avez permis...

— Admirable! Alors j'aurais dû y aller et me dénoncer?

Ferdychtchenko ricanait, mais peut-être était-il frappé par l'impression extrêmement désagréable produite par son histoire.

— Comme c'est sale! s'écria Anastasie Filippovna. ·

— Bah! Vous voulez entendre la plus vilaine action d'un homme, et en même temps vous exigez du lustre! Les plus vilaines actions sont toujours très sales, nous allons l'apprendre maintenant de la bouche d'Ivan Petrovitch. D'ailleurs il n'en manque pas, des choses qui ont du lustre et qui veulent passer pour de la vertu, parce qu'on roule carrosse... Il ne manque pas de gens qui roulent carrosse... grâce à quels moyens...

Bref, Ferdychtchenko ne joua pas son personnage jusqu'au bout et soudain s'irrita, au point même de s'oublier, de passer toute mesure; son visage était tout crispé. Si bizarre que ce fût, il était fort possible qu'il attendît de son récit un tout autre succès. Ces «erreurs» de mauvais ton et cette «vantardise d'un genre spécial», selon les expressions de Totski, se produisaient chez lui très souvent: elles étaient tout à fait dans son caractère.

Anastasie Filippovna tressaillit de colère et regarda fixement Ferdychtchenko. Celui-ci, instantanément, eut peur et se tut, presque glacé d'épouvante: décidément il était allé trop loin.

— Et si on s'en tenait là? proposa malicieusement Athanase Ivanovitch.

— C'est mon tour, mais je profite de la permission et je ne raconterai pas, déclara catégoriquement Ptitsyne.

— Vous refusez?

— Je ne peux pas, Anastasie Filippovna. D'ailleurs, d'une façon générale, j'estime ce petit jeu impossible.

— C'est le général, il me semble, qui vient après vous, dit Anastasie Filippovna, et elle se tourna vers lui:
— Si vous aussi vous refusez, tout sera ensuite désorganisé, et je le regretterai, car je comptais raconter en guise de conclusion une action «de ma propre vie». Je ne voulais le faire qu'après vous et après Athanase Ivano-

vitch, parce que c'est à vous à m'encourager, conclut-elle
en riant.

— Oh, si vous prenez cet engagement, s'écria avec
feu le général, alors je suis prêt à vous raconter tout du
long toute ma vie. Mais, je l'avoue, en attendant mon
tour, j'ai déjà préparé mon histoire…

— Et au seul aspect de Son Excellence on peut juger
du singulier contentement littéraire qu'elle a trouvé à
élaborer sa petite histoire, se permit d'observer Ferdychtchenko, toujours un peu troublé, mais souriant perfidement.

Anastasie Filippovna regarda à la dérobée le général et
sourit aussi à part soi. Mais on voyait que l'ennui et
l'irritation allaient croissant chez elle. Chez Athanase
Ivanovitch, l'épouvante avait redoublé, à l'entendre promettre de raconter son histoire.

— Il m'est arrivé, messieurs, comme à tout le monde,
commença le général, de commettre au cours de mon
existence des actions peu reluisantes, mais le plus étrange
c'est que je considère moi-même comme la plus vilaine
histoire de toute ma vie la courte anecdote que je vais
vous conter. Il s'est écoulé depuis lors près de trente-cinq
ans, mais je n'ai jamais pu me défendre, à ce souvenir,
d'une certaine impression qui me crispe le cœur, comme
on dit.

La chose, d'ailleurs, est extrêmement bête. Je venais
alors d'être nommé porte-enseigne et je faisais du service
dans la ligne. Alors, un porte-enseigne, vous savez ce
que c'est : un sang qui bout, et comme moyens quelques
sous. J'avais une ordonnance, Nicéphore, qui prenait de
mon ménage un soin extraordinaire, économisait, rapetassait, grattait et brossait, et même volait un peu partout
tout ce qu'il pouvait rafler pour augmenter mon avoir : le
plus fidèle et le plus loyal des hommes. Moi, bien entendu, j'étais sévère, mais juste. Pendant quelque temps
nous fûmes cantonnés dans une petite ville. On m'assigna
au faubourg un logement chez la veuve d'un sous-lieutenant retraité. Elle avait bien quatre-vingts ans ou dans les
environs, cette petite vieille. Sa maisonnette était vétuste,
une méchante maison de bois, et sa pauvreté ne lui

permettait pas d'avoir même une servante. Mais surtout
elle se distinguait en ceci qu'elle avait eu jadis une très
nombreuse famille, une masse de parents; mais les uns,
au cours des temps, étaient morts, les autres s'étaient
dispersés, les troisièmes l'avaient perdue de vue, et son
mari il y avait quarante-cinq ans qu'elle l'avait enterré.
Peu d'années avant moi avait habité avec elle une nièce,
bossue et mauvaise, paraît-il, comme une sorcière, qui lui
avait même une fois mordu le doigt, mais cette nièce était
morte, et la vieille depuis trois ans déjà végétait seule et
solitaire. Je m'ennuyais passablement chez elle : elle était
d'un vide, rien à en tirer. Enfin, elle me vola un coq.
L'affaire reste encore obscure : mais qui l'eût fait, sinon
elle ? A cause de ce coq nous nous querellâmes, et sérieusement; or voilà sur ces entrefaites que sur ma demande,
on me donna un autre logement, dans le faubourg opposé,
dans la très nombreuse famille d'un marchand à grande
barbe, une barbe immense : je le vois encore. Nous dé-
ménageons, Nicéphore et moi, avec joie, et nous laissons
là notre vieille avec son indignation. Trois jours se passent : je rentre de l'exercice, et Nicéphore me fait son
rapport : « Nous avons eu tort, Votre Noblesse, de laisser
notre soupière chez l'autre logeuse : nous n'avons plus
rien pour servir la soupe. » Moi, naturellement, je suis
surpris : « Et comme se fait-il que notre soupière soit
restée là-bas ? » Nicéphore étonné continue son rapport et
m'apprend que la logeuse, au moment du départ, a refusé
de lui rendre la soupière pour la raison que j'ai cassé son
pot à elle et qu'en échange elle garde notre soupière, et
que c'était moi-même qui lui avais proposé cette combinaison. Pareille bassesse de sa part, naturellement, me fit
sortir de mes gonds : mon sang de porte-enseigne bouil-
lonna, bondit, vola. Hors de moi, je m'en vais trouver la
vieille. Je la vois assise dans son vestibule, seule et
solitaire, dans un coin, comme pour se défendre du soleil; la joue appuyée sur sa main. A l'instant, vous savez,
je fonds sur elle comme la foudre : « Tu n'es qu'une...
ceci et cela ! » à la russe, vous savez... Je regarde, et que
vois-je ? Quelque chose d'étrange : elle est toujours assise, le visage fixé sur moi, les yeux révulsés, et pas un

mot ! Un air étrange, tout à fait étrange. On dirait qu'elle
vacille. Enfin je me sens un peu calmé, je la regarde bien,
je l'interroge : pas un mot en réponse ! Je reste interloqué.
Des mouches bourdonnent, le soleil se couche, tout est
silencieux. Complètement bouleversé, enfin je m'en vais.
Je n'étais pas encore arrivé chez moi, on me demande
chez le major ; ensuite il a fallu aller à la compagnie, de
sorte que je ne regagnai mon logis que tout à fait sur le
soir. Première parole de Nicéphore : « Vous savez, Votre
Noblesse, notre logeuse, eh bien elle est morte. »
— « Quand ? » — « Mais ce soir, il y a à peu près une
heure et demie. » Alors, c'est bien au moment où je l'ai
injuriée qu'elle a rendu l'âme ! — J'en ai été si frappé, je
vous dirai, que j'ai eu de la peine à reprendre mes esprits.
Ça s'est mis à me trotter dans la tête, à me revenir en
songe. Je suis sans préjugés, bien sûr, mais le surlendemain je suis allé à l'église pour l'enterrement. Bref, plus
le temps passe, et plus j'y pense. Ce n'est pas que je le
veuille, mais comme ça parfois vous revoyez les choses
et vous vous sentez mal à l'aise.

J'ai fini par juger ainsi : où est l'essentiel, là-dedans ?
D'abord, voici une femme, c'est-à-dire un être humain,
comme on dit aujourd'hui, qui a vécu, vécu longtemps,
vécu enfin plus que son compte. A une époque, elle a eu
des enfants, un mari, une famille, des parents, tout cela
autour d'elle a bouillonné, pour ainsi dire... tous ces
sourires... pour ainsi dire, et puis tout à coup, fini, tout
disparu ! Elle est restée seule, comme... une espèce de
mouche portant sur elle depuis l'éternité une malédiction.
Et voilà que Dieu, enfin, l'a conduite à son terme. Au
coucher du soleil, un doux soir d'été, ma vieille s'envole :
naturellement, tout cela n'est pas sans quelque enseignement moral. Et voilà à ce même instant, en guise de
pleurs ou de viatique, si je puis ainsi parler, un jeune et
téméraire porte-enseigne, les poings sur les hanches et
faisant le fier, fête son départ de la surface du globe par
un accompagnement bien russe d'injures choisies, pour
une soupière perdue ! Sans doute, je suis fautif, et j'ai
beau depuis belle lurette considérer ma conduite, vu
l'éloignement dans le temps et les changements de ca-

ractère, comme je ferais celle d'un étranger, je continue
quand même à la regretter. Je le répète, la chose est
même étrange pour moi, d'autant plus que, si je suis
coupable, je ne le suis pourtant pas totalement : pourquoi
donc s'est-elle avisée de mourir tout juste à ce moment ?
Bien entendu, j'ai là une justification, à savoir que mon
acte a été d'une certaine façon d'ordre psychologique,
mais quand même je n'ai pas pu me calmer avant d'avoir
installé, il y a de cela quinze ans, deux vieilles femmes
malades chroniques, à mes frais, dans un asile, pour
adoucir grâce à un traitement convenable les derniers
jours de leur existence terrestre. Je pense convertir cela
en une fondation perpétuelle en léguant un capital. Eh
bien, voilà, et c'est tout. Je le répète, j'ai peut-être au
cours de mon existence fauté bien des fois, mais ce cas-là
est celui où je vois en conscience l'action la plus mauvaise de toute ma vie.

— Au lieu de la plus vilaine, Excellence, vous avez
raconté une des bonnes actions de votre vie. Vous avez
roulé Ferdychtchenko ! conclut Ferdychtchenko.

— En effet, général, je ne me figurais même pas que
vous aviez malgré tout si bon cœur ; c'est même dommage, prononça négligemment Anastasie Filippovna.

— Dommage ? Pourquoi donc ? demanda le général
avec un rire aimable, et non sans satisfaction il but un peu
de champagne.

Mais le tour était venu d'Anathase Ivanovitch, qui, lui
aussi, s'était préparé. Tout le monde prévoyait qu'il ne se
récuserait pas, comme Ivan Petrovitch, et puis son récit,
pour certaines raisons, était attendu avec une curiosité
particulière, et en même temps on jetait des regards
furtifs sur Anastasie Filippovna. Avec une dignité peu
ordinaire, convenant parfaitement à son allure imposante,
d'une voix affable et douce, Athanase Ivanovitch entama
une de ses « charmantes histoires ». (A propos, c'était un
homme physiquement remarquable : une belle prestance,
une haute taille, un peu chauve, un peu grisonnant et
assez gros, les joues molles, vermeilles et quelque peu
pendantes, avec de fausses dents. Il avait des vêtements
amples et élégants et portait un linge admirable. Sur ses

mains blanches, dodues, l'œil avait envie de s'arrêter. A
l'index de sa main droite était une précieuse bague char-
gée de brillants.) Anastasie Filippovna, tout le temps de
son récit, examina attentivement la garniture de dentelle
de sa manche ; elle la pinçait entre deux doigts de sa main
gauche, si bien que pas une fois elle n'eut le temps de
lever les yeux sur le narrateur.

— Ce qui surtout me facilite la tâche, commença
Athanase Ivanovitch, c'est l'obligation absolue de raconter la plus mauvaise action de toute ma vie, et rien
d'autre. En pareil cas, évidemment, il ne peut y avoir
d'hésitation : la conscience et la mémoire du cœur vous
dictent immédiatement ce qu'il faut raconter. Je le
confesse avec amertume, au nombre des innombrables
actions peut-être légères et... évaporées de ma vie, il en
est une dont l'impression est restée péniblement gravée
dans mon souvenir.

C'était il y a une vingtaine d'années : j'étais alors venu
dans la propriété de Platon Ordyntsov. Il venait d'être élu
maréchal [70] et était arrivé avec sa jeune femme pour
passer les fêtes de la Noël. Sur ces entrefaites se présenta
l'anniversaire d'Amphyse Alexiéevna, et deux bals
étaient prévus. A ce moment était très à la mode et faisait
grand bruit dans la société le charmant roman de Dumas
fils *La Dame aux camélias,* un poème qui, à mon avis, ne
mourra ni ne vieillira jamais. En province, toutes les
dames en étaient ravies jusqu'à l'enthousiasme, au moins
celles qui l'avaient lu. Le charme du récit, l'originalité de
la conception du principal personnage, ce monde séduisant, finement analysé, et enfin tous ces détails délicieux
disséminés dans le livre (par exemple à propos de l'emploi, à tour de rôle, de bouquets blancs et de camélias
roses), bref tous ces délicieux détails et le tout ensemble
firent sensation. Il y eut une mode extraordinaire des
fleurs de camélias. Tout le monde voulait des camélias,
tout le monde les recherchait. Je vous le demande :
peut-on en trouver beaucoup, de camélias, dans un chef-
lieu de district, quand ils sont réclamés pour tous les bals,
même si ces bals ne sont pas très nombreux ? Pierrot
Vorkhovskoï soupirait alors, le pauvret, pour Amphyse

Alexiéevna. Je ne sais vraiment s'il y avait quelque chose
entre eux, je veux dire : s'il pouvait avoir quelque espoir
sérieux. Le malheureux perdait la tête à chercher des
camélias pour le soir, pour le bal d'Amphyse Alexiéevna.
La comtesse Sotskaia, de Pétersbourg, invitée de la
femme du gouverneur, et Sophie Bezpalova, on le savait,
arriveraient sûrement avec des bouquets de fleurs blanches. Amphyse Alexiéevna, pour produire un effet original, en voulait de rouges. Le pauvre Platon était sur les
dents. Vous savez, un mari ! Il s'était fait fort d'en trouver. Or que se passait-il ? La veille, tout avait été raflé par
Mytichtcheva, Catherine Alexandrovna, la terrible rivale
en toutes choses d'Amphyse Alexiéevna ; elles étaient à
couteaux tirés. Comme il se doit, crise d'hystérie, pâmoison. Platon, disparu. Il était clair que si Pierrot, dans ce
moment intéressant, dénichait quelque part un bouquet,
ses actions pouvaient fortement monter : la reconnaissance d'une femme, dans ces cas-là, est sans bornes. Il
court comme un dératé : mais c'est chose impossible, et
rien à faire. Tout à coup je tombe sur lui, à onze heures
du soir déjà, la veille de l'anniversaire et du bal, chez
Marie Petrovna Zoubkova, une voisine d'Ordyntsov. Il
est rayonnant. « Qu'est-ce qui t'arrive ? » — « J'ai trouvé.
Eurêka ! » — « Mon cher, tu m'étonnes : où ? Comment ? » — « A Ekchaisk (un petit trou, qui s'appelle
comme ça, à vingt verstes de là, mais dans un autre
district). Il y a là-bas un certain Trepalov, un marchand,
un barbu et un richard, qui habite avec une vieille, sa
femme, et au lieu d'enfants ils n'ont que des canaris.
Tous les deux sont passionnés de fleurs : ils ont des
camélias ! » — « Allons, ce n'est pas vrai ! Et s'il ne te les
donne pas ? » — « Je me mettrai à genoux et je me traî-
nerai à ses pieds jusqu'à ce qu'il me les donne. Je ne
m'en irai pas sans eux ! » — « Quand y vas-tu ? » —
« Demain, à l'aube, à cinq heures. » — « Eh bien, que
Dieu te vienne en aide ! » Et, vous savez, me voilà heureux pour lui. Je rentre chez Ordyntsov. Enfin, entre une
et deux heures, il me vient une espèce d'illumination.
J'allais me coucher, quand tout à coup voici une idée
archi-originale ! Je me glisse aussitôt dans la cuisine, je

réveille le cocher Sabellius, je lui allonge quinze roubles :
« Les chevaux dans une demi-heure ! » Une demi-heure
après, bien entendu, le traîneau est devant la porte ; on
m'avait dit qu'Amphyse Alexiéevna avait la migraine, la
fièvre, le délire ; je monte et je pars. Avant cinq heures,
me voici à Ekchaisk, à l'auberge. J'attends là le jour,
mais pas davantage : avant sept heures, j'étais chez Trepalov : « Ceci et cela. Tu as des camélias ? Mon ami, mon
père, aide-moi, sauve-moi, je te le demande à genoux. »
Le vieux, je le vois, est grand, chenu, sévère : un terrible
vieux. « Non, pas moyen ! Je ne veux pas. » Je tombe à
ses pieds. Je m'aplatis bel et bien. « Que faites-vous là,
mon bon monsieur ? que faites-vous là ? » Il était vraiment
épouvanté. Je crie : « Mais il s'agit de la vie d'un être
humain ! » — « Alors, prenez, si c'est ainsi, et que Dieu
vous aide ! » Alors ce que j'en cueillis, des camélias
rouges ! Une merveille, un charme ; c'était toute une petite orangerie qu'il avait ! Le vieux soupire. Je sors cent
roubles.   « Non,   monsieur,   ne   m'offensez   pas. »
— « Alors, brave homme, recevez ces cent roubles pour
l'hôpital, pour améliorer le régime et la nourriture. »
— « Ah ça, monsieur, c'est une autre chose, et bonne, et
noble, et agréable à Dieu. Je les donnerai, pour votre
bonne santé aussi ! » Et il m'a plu, vous savez, ce vieillard, ce vieux Russe, de la vraie souche[71], pourrait-on
dire.

Enthousiasmé de mon succès, je repars, et je prends
des chemins détournés, pour ne pas rencontrer Pierrot.
Aussitôt arrivé, j'envoie mon bouquet à Amphyse
Alexiéevna pour son réveil. Vous pouvez vous figurer
l'enthousiasme, la reconnaissance, les pleurs de reconnaissance ! Platon, hier encore abattu et mort, Platon
sanglote sur ma poitrine. Hélas ! Tous les maris sont ainsi
faits depuis la création... du mariage légal !

Je n'ose rien ajouter, mais les actions du pauvre Pierrot, après cet épisode, tombèrent bien bas. Je pensais
d'abord qu'il allait m'étrangler dès qu'il apprendrait la
vérité, j'étais même prêt à l'affronter, mais il arriva une
chose à laquelle je ne crus même pas : évanouissement,
sur le soir délire, et le matin fièvre chaude ; il sanglote

comme un enfant, tout en convulsions. Un mois plus
tard, à peine guéri, il demande à être envoyé au Caucase :
un vrai roman, enfin ! Il finit par se faire tuer en Crimée.
Son frère Étienne Vorkhovskoi, qui commandait le régiment, se distingua dans cette affaire. J'avoue que durant
bien des années après j'ai été tourmenté de remords :
pourquoi, dans quelle intention l'avais-je ainsi écrasé ?
Encore si j'avais été moi-même amoureux ! Mais ce
n'était qu'une simple lubie, par simple galanterie, rien de
plus. Et si je ne lui avais pas soufflé ce bouquet, qui sait ?
il serait peut-être encore vivant, il serait heureux, il aurait
des succès, et il ne lui serait pas venu à l'idée de chercher
le Turc.

Athanase Ivanovitch se tut avec sérieux et dignité,
comme il avait commencé. On remarqua Anastasie Filipp-
povna : ses yeux brillèrent de façon singulière et ses
lèvres tremblèrent même, quand Athanase Ivanovitch eut
terminé. Tout le monde les regardait avec curiosité tous
deux.

— On a roulé Ferdychtchenko ! Ah, on l'a bien roulé !
Non, mais comme on l'a roulé ! s'écria d'une voix lar-
moyante Ferdychtchenko, comprenant qu'il pouvait et
devait placer son mot.

— Mais vous, qui vous a interdit de comprendre les
choses ? Mettez-vous à l'école des personnes intelligentes ! lui lança presque triomphante Daria Alexiéevna (la
vieille et fidèle amie et complice de Totski).

— Vous avez raison, Athanase Ivanovitch, ce petit-
jeu est tout ce qu'il y a de plus ennuyeux, et il faut en finir
au plus vite, laissa tomber négligemment Anastasie Filippovna. Je vais raconter ce que j'ai promis, et puis nous
jouerons tous aux cartes.

— Mais l'histoire promise avant tout ! approuva avec
feu le général.

— Prince, déclara sèchement et inopinément Anastasie Filippovna en se tournant brusquement vers lui, vous
voyez ici mes vieux amis, le général et Athanase Ivanovitch, qui veulent toujours me marier. Dites-moi, qu'en
pensez-vous : dois-je, oui ou non, me marier ? Ce que
vous direz, je le ferai.

Athanase Ivanovitch pâlit, le général se figea; tout le monde ouvrit de grands yeux et tendit le cou. Gaby s'immobilisa sur place.

— Avec... avec qui? demanda le prince d'une voix mourante.

— Avec Gabriel Ardalionovitch Ivolguine, continua Anastasie Filippovna, toujours sèchement, fermement et distinctement.

Il s'écoula quelques secondes de silence; le prince semblait faire effort pour parler, et ne pas pouvoir, comme si un poids terrible lui écrasait la poitrine.

— Non..., ne vous mariez pas! murmura-t-il enfin, et avec peine il respira.

— Soit! Gabriel Ardalionovitch! — Elle parlait impérieusement, comme triomphante. — Vous avez entendu ce qu'a décidé le prince? Eh bien, c'est là ma réponse. Et que c'en soit fini une fois pour toutes!

— Anastasie Filippovna! prononça d'une voix tremblante Athanase Ivanovitch.

— Anastasie Filippovna! prononça, d'une voix persuasive, mais alarmée, le général.

Tous s'agitèrent et s'alarmèrent.

— Eh quoi, messieurs? reprit-elle en fixant ses invités d'un regard étonné, pourquoi tant d'émoi? Et quelles mines vous faites tous!

— Mais... rappelez-vous, Anastasie Filippovna, murmura Totski hésitant, vous avez donné une promesse... parfaitement volontaire, et vous auriez pu épargner un peu... Je suis embarrassé et... naturellement, troublé, mais... Bref, aujourd'hui, dans un pareil moment, et... en public, et de cette façon... mettre fin par un pareil petit-jeu à une affaire sérieuse, une affaire d'honneur et de cœur... dont dépend...

— Je ne vous comprends pas, Athanase Ivanovitch. Vraiment, vous vous égarez complètement. D'abord, que signifie : « en public » ? Ne sommes-nous pas en excellente et intime compagnie ? Et pourquoi parler de « petit-jeu » ? Je voulais en effet raconter mon histoire : eh bien, c'est fait! Est-ce qu'elle n'est pas bonne? Et pourquoi dites-vous que ce n'est pas « sérieux » ? Est-ce que ce

n'est pas sérieux? Vous avez entendu, j'ai dit au prince :
«Ce que vous direz, je le ferai.» S'il avait dit oui,
j'aurais sur-le-champ donné mon consentement; mais il a
dit non, et j'ai refusé. Toute ma vie était suspendue à un
fil : quoi de plus sérieux?

— Mais le prince, que vient faire ici le prince? Et
enfin, qu'est-ce que le prince? murmura le général, qui
n'avait presque plus la force de retenir son indignation
contre un aussi blessant appel à l'autorité du prince.

— Le prince, pour moi, c'est le premier, dans toute
mon existence, en qui j'ai cru, comme en un homme
véritablement dévoué. Il a cru en moi dès le premier coup
d'œil, et je crois en lui.

— Il ne me reste qu'à remercier Anastasie Filippovna
de l'extrême délicatesse avec laquelle elle a... agi à mon
égard, prononça enfin, d'une voix tremblante et les lèvres
grimaçantes, le pâle Gaby. C'est évidemment ce qui
devait arriver... Mais... le prince... Le prince, dans cette
affaire...

— Est tenté par les soixante-quinze mille? C'est cela?
interrompit brusquement Anastasie Filippovna. C'est ce
que vous vouliez dire? Ne niez pas; vous vouliez dire
précisément cela! Athanase Ivanovitch, j'ai oublié
d'ajouter : ces soixante-quinze mille, prenez-les pour
vous, et sachez que je vous accorde votre liberté gratuitement. C'en est assez! Vous avez besoin vous aussi de
respirer! Neuf ans et trois mois! Demain, tout commence
à nouveau; mais aujourd'hui c'est ma fête, et je m'appar-
tiens à moi-même, pour la première fois de toute ma vie!
Général, vous aussi, reprenez vos perles, faites-en cadeau
à votre épouse : les voici! Et demain, je quitte l'appartement. Et finies les soirées, messieurs!

Ayant dit, elle se leva brusquement, comme pour s'en
aller :

— Anastasie Filippovna! Anastasie Filippovna! entendit-on de toutes parts. Tout le monde était ému, s'était
levé. On l'entoura. On écoutait avec inquiétude ses paroles saccadées, fiévreuses, délirantes. On avait un sentiment de désordre. Personne ne pouvait se faire une
opinion, personne n'y pouvait rien comprendre.

A cet instant retentit tout à coup un coup de sonnette violent, éclatant, tout à fait comme auparavant chez Gaby.

— Ah... ah... ah! Voici le dénouement! Enfin! Onze heures et demie! s'écria Anastasie Filippovna. Je vous prie, messieurs, asseyez-vous; c'est le dénouement!

Ayant dit, elle s'assit elle-même. Un rire étrange tremblait sur ses lèvres. Elle était silencieuse, dans une attente fiévreuse, et regardait la porte.

— Rogojine et ses cent mille, à coup sûr, murmura à part soi Ptitsyne.

XV

La femme de chambre Catherine se présenta fortement épouvantée.

— C'est Dieu sait quoi, Anastasie Filippovna! Une dizaine d'individus ont fait irruption, et tous ivres; ils demandent à entrer; ils disent que c'est Rogojine, et que vous êtes au courant.

— C'est exact, Catherine. Fais-les entrer tout de suite, tous.

— Comment? Tous, Anastasie Filippovna? Mais ce sont de vrais voyous. Quelle horreur!

— Tous, fais-les entrer tous, Catherine, n'aie crainte, tous jusqu'au dernier. Autrement, ils entreront sans ta permission. Tu vois déjà le tapage qu'ils font, comme cet après-midi. — Messieurs, vous serez peut-être offensés, dit-elle en s'adressant à ses invités, que je reçoive devant vous une pareille compagnie? Je le regrette fort et je vous en demande pardon. Mais c'est nécessaire, et je désire beaucoup, beaucoup, que vous acceptiez d'être témoins de ce dénouement; mais au reste, comme il vous plaira...

Les invités continuaient à s'étonner, chuchoter et se regarder, mais il était maintenant évident que tout cela avait été calculé et organisé d'avance et qu'Anastasie Filippovna avait sans doute perdu la raison mais qu'on ne l'en ferait plus démordre. Tous étaient dévorés de curiosité. Au fait, il n'y avait personne à s'épouvanter vraiment. Il n'y avait que deux dames : Daria Alexiéevna, dame combative qui en avait vu de toutes les couleurs et qu'il était malaisé d'intimider ; et la belle, mais silencieuse inconnue. Mais la silencieuse inconnue n'était guère en état de comprendre quoi que ce fût : c'était une voyageuse allemande qui ne savait pas un mot de russe ; de plus, elle était, semblait-il, aussi sotte que belle. Elle était nouvelle venue, et il était déjà admis de l'inviter à certaines soirées, dans son costume très luxueux, coiffée comme pour une exposition ; on l'installait comme une charmante image pour embellir la soirée, tout comme on emprunte à des connaissances, pour une fois, un tableau, un vase, une statue ou un paravent. Pour ce qui est des hommes : Ptitsyne, par exemple, était ami de Rogojine ; Ferdychtchenko était comme un poisson dans l'eau ; Gaby n'arrivait pas encore à se remettre, mais il éprouvait, vaguement peut-être, mais irrésistiblement, un besoin fébrile de rester jusqu'à la fin collé à son poteau d'infamie ; le vieux maître d'école, qui ne comprenait guère de quoi il s'agissait, pleurait presque et tremblait littéralement de peur, ayant remarqué une sorte d'alarme inaccoutumée autour de lui et chez Anastasie Filippovna, qu'il adorait comme sa petite-fille ; mais il serait mort plutôt que de la quitter dans un pareil moment. En ce qui concerne Athanase Ivanovitch, naturellement il ne pouvait pas se compromettre dans des aventures de ce genre, mais il était trop intéressé à l'affaire, même si elle prenait un tour aussi insensé ; d'ailleurs Anastasie Filippovna avait laissé tomber sur son compte deux ou trois petits mots qui l'empêchaient de s'en aller avant d'avoir éclairci définitivement les choses. Il était résolu à rester jusqu'au bout, à ne plus ouvrir la bouche et à n'être plus qu'un observateur ; sa dignité, naturellement l'exigeait. Seul le général Épantchine, qui venait à l'instant d'être profondément blessé par la restitution ridicule et cavalière de son cadeau, pouvait évidemment être plus blessé encore, maintenant, par toutes ces folles excentricités ou, par exemple, par l'apparition de Rogojine ; un homme comme lui ne s'était déjà que trop abaissé en acceptant de s'asseoir à côté de Ptitsyne et de Ferdychtchenko ; mais ce qu'avait pu faire la violence de la passion pouvait être vaincu finalement par le sentiment du devoir, la conscience de ses obligations, de son rang et de son importance et en général par le respect de soi-même, de sorte que Rogojine avec sa bande, en présence de Son Excellence, était chose en tout cas impossible.

— Ah, général, l'interrompit aussitôt Anastasie Filippovna, à peine eut-il tenté de lui faire une déclaration dans ce sens, mais j'ai oublié ! Soyez assuré que j'ai prévu votre cas. Si c'est pour vous tellement blessant, je n'insiste plus et je ne vous retiens pas. Et pourtant, j'aurais beaucoup désiré vous avoir, vous précisément, auprès de moi en ce moment. En tout cas, je vous remercie infiniment de votre visite et de votre flatteuse attention, mais si vous craignez...

— Permettez, Anastasie Filippovna, s'écria le général dans un accès de chevaleresque générosité, à qui parlez-vous ainsi ? Moi, mais par pur dévouement je resterai auprès de vous et, si par exemple il existe quelque danger... De plus, je l'avoue, je suis extrêmement intrigué. Tout ce que je voulais dire, c'est qu'ils gâteront les tapis et casseront sûrement quelque chose... D'ailleurs il ne faudrait pas du tout les laisser entrer, à mon avis, Anastasie Filippovna !

— Rogojine en personne ! proclama Ferdychtchenko.

— Qu'en pensez-vous, Athanase Ivanovitch, lui chuchota rapidement le général, est-ce qu'elle n'est pas folle ? Je l'entends sans allégorie, au vrai sens médical. Hein ?

— Je vous l'ai dit, elle a toujours eu des prédispositions, lui chuchota malicieusement, en réponse, Athanase Ivanovitch.

— Ajoutez la fièvre...

La bande de Rogojine était composée à peu près comme dans la journée. En plus, il n'y avait qu'un vieux dévoyé qui en son temps avait été directeur d'une misérable petite gazette accusatrice et au sujet duquel courait cette anecdote qu'il avait engagé et ensuite bu son râtelier à monture d'or, et aussi un sous-lieutenant retraité, rival et concurrent décidé, en fait de métier et d'emploi, du monsieur aux poings; nul dans la bande ne le connaissait, mais il avait été ramassé sur le côté ensoleillé de la perspective Nevski [72] où il arrêtait les passants et, dans le style de Marlinski [73], leur demandait l'aumône sous le perfide prétexte que lui-même «en son temps distribuait des quinze roubles aux solliciteurs». Les deux concurrents se comportèrent aussitôt, l'un vis-à-vis de l'autre, en ennemis. Le monsieur aux poings, après la réception dans la bande du «solliciteur», se jugea même offensé et, étant taciturne de nature, il se bornait à grogner parfois comme un ours et à regarder avec un profond mépris les avances et les coquetteries à son égard dudit solliciteur, qui se trouva être un homme du monde et un politique. A première vue, le sous-lieutenant promettait de l'emporter, «dans l'action», plutôt par l'adresse et l'astuce que par la force, et d'ailleurs par la taille il le cédait au monsieur aux poings. Délicatement, sans engager de débat proprement dit, mais en se vantant terriblement, il avait plusieurs fois fait allusion aux avantages de la boxe anglaise: bref, c'était un pur occidentaliste. Le monsieur aux poings, à ce seul mot de boxe, souriait avec mépris et mécontentement et pour sa part, sans honorer son rival d'une discussion en règle, mettait parfois en évidence une chose tout à fait nationale: un énorme poing, musclé, noueux, garni d'une sorte de duvet roux, et il était clair pour tous que, si cette chose profondément nationale s'abaissait sans erreur de frappe sur un objet, il ne resterait plus de celui-ci que bouillie.

De véritablement «mûr» cette fois encore, il n'en était aucun, tout comme le matin, grâce aux efforts de Rogojine, qui durant toute la journée avait eu en vue sa visite chez Anastasie Filippovna. Lui-même avait eu le temps de se dégriser presque complètement; par contre, il avait la tête alourdie par toutes les impressions accumulées durant cette journée désordonnée, qui n'avait pas sa pareille dans toute son existence. Un point seulement demeurait constamment présent à sa mémoire et à son cœur, chaque minute, chaque instant. Pour ce seul point il avait passé tout son temps, de cinq heures après-midi jusqu'à onze heures, dans une alarme et une angoisse perpétuelles, à se démener avec les Kinder et les Biskoup, qui, eux aussi, avaient presque perdu la tête à courir comme des dératés pour satisfaire ses exigences. Et cependant ces cent mille roubles en argent liquide auxquels avait fait allusion en passant, moqueusement et tout à fait vaguement, Anastasie Filippovna, étaient déjà réunis, moyennant des intérêts dont Biskoup lui-même, par pudeur, ne parlait pas à Kinder à haute voix, mais seulement en sourdine.

Comme dans l'après-midi, Rogojine marchait au-devant et tous les autres venaient derrière lui, avec la pleine conscience de leurs avantages, pourtant un peu inquiets. C'était surtout, et Dieu sait pourquoi, Anastasie Filippovna qui les intimidait. Certains croyaient même que tout de suite on les «précipiterait du haut de l'escalier». De ceux-là était, entre autres, le petit-maître et tombeur de cœurs Zaliojev. Mais d'autres, et principalement le monsieur aux poings, non pas à haute voix bien sûr, mais au fond du cœur, considéraient Anastasie Filippovna avec le plus profond mépris et même avec haine : ils allaient chez elle comme à l'assaut. Mais le magnifique ameublement des deux premières pièces, les objets ignorés d'eux et jamais vus, les meubles rares, les tableaux, une immense statue de Vénus, tout cela produisit sur eux une impression irrésistible de respect et presque, même, d'effroi. Cela ne les empêcha naturellement pas, eux tous, de se faufiler peu à peu et avec une curiosité insolente, malgré leurs craintes, à la suite de Rogojine, dans le salon. Mais quand le monsieur aux poings, le «solliciteur» et quelques autres eurent remarqué parmi les invités le général Épantchine, ils furent au premier instant si décontenancés qu'ils reculèrent même petit à petit vers l'autre pièce. Seul Lebedev, qui était parmi les plus hardis et les plus convaincus, avança presque jusqu'à la hauteur de Rogojine, car il saisissait ce que signifiaient un million quatre cent mille en argent liquide et cent mille maintenant, en cet instant, entre ses mains. Il faut d'ailleurs remarquer que tous, sans excepter même un connaisseur comme Lebedev, se trompaient un peu dans l'appréciation des frontières et des bornes de leur puissance : tout leur était-il vraiment et immédiatement permis, ou non ? Lebedev, à certains moments, était prêt à jurer que oui, mais à d'autres moments il éprouvait un besoin inquiet de rappeler à sa mémoire, à tout hasard, certains articles du Code, et surtout les plus encourageants et les plus tranquillisants.

Sur Rogojine lui-même, le salon d'Anastasie Filippovna produisit l'impression inverse de celle qu'il avait faite à ses compagnons. A peine la portière soulevée, aperçut-il Anastasie Filippovna, que tout le reste cessa pour lui d'exister, comme tout à l'heure l'après-midi, et même plus fortement. Il pâlit et s'arrêta, l'espace d'un instant ; on pouvait deviner que son cœur battait effroyablement. Timidement, l'air éperdu, il regarda quelques secondes, sans la quitter des yeux, Anastasie Filippovna. Soudain, comme s'il avait perdu la raison et titubant presque, il s'approcha de la table ; il heurta en chemin la chaise de Ptitsyne et posa ses grosses bottes sales sur la garniture de dentelle de l'admirable robe bleue de la taciturne belle Allemande ; il ne s'excusa pas et ne remarqua rien. Arrivé à la table, il déposa dessus un objet singulier, avec lequel il était entré dans le salon et qu'il tenait à deux mains devant lui. C'était un grand paquet de papier, de 13 centimètres de haut et 18 de long, solidement et fortement enveloppé dans *Les Nouvelles de la Bourse* [74] et ficelé en croix, serré, serré de tous les côtés et par deux fois d'une de ces cordelettes dont on attache les pains de sucre. Ensuite il se tint là, sans mot dire et les bras le long du corps, comme s'il attendait sa sentence. Son costume était celui de la dernière fois sauf un foulard de soie, tout neuf, autour du cou, vert clair et rouge, avec une énorme épingle, — des brillants représentant un scarabée, — et une bague massive ornée aussi de brillants sur un doigt malpropre de la main droite. Lebedev s'arrêta à trois pas de la table ; les autres, comme il a été dit, se massaient petit à petit dans le salon. Catherine et Prascovie, les femmes de chambre d'Anastasie Filippovna, accoururent aussi pour regarder, de derrière les portières soulevées, avec une stupéfaction et une peur profondes.

— Qu'y a-t-il là-dedans ? demanda Anastasie Filippovna, après avoir attentivement et curieusement toisé Rogojine. Elle désignait des yeux « l'objet ».

— Les cent mille ! répondit l'autre à mi-voix.

— Ah ! il a tenu parole, quand même ! Quel homme ! Asseyez-vous, s'il vous plaît, ici, sur cette chaise ; je vous dirai ensuite quelque chose. Qui est-ce, avec vous ? Toute la compagnie de cet après-midi ? Bon, qu'ils entrent et qu'ils s'assoient ! Tenez : là sur ce divan, et encore sur cet autre divan. Il y a là-bas deux fauteuils... Qu'est-ce qu'ils ont, ils ne veulent pas ?

En effet, quelques-uns étaient positivement intimidés, s'étaient retirés et s'étaient assis, pour attendre, dans l'autre pièce ; mais d'autres étaient restés et s'assirent comme on les y invitait, seulement assez loin de la table, surtout dans les coins : les uns avaient encore envie de s'éclipser ; les autres s'enhardissaient de plus en plus et avec une rapidité peu naturelle.

Rogojine s'installa sur la chaise indiquée, mais il n'y resta pas longtemps : bientôt il se leva pour ne plus se rasseoir. Peu à peu il commença à distinguer et examiner les invités. Ayant aperçu Gaby, il eut un sourire venimeux et chuchota à part soi : « Voyez-moi ça ! » Sur le général et sur Athanase Ivanovitch il leva un regard sans trouble et même sans curiosité particulière. Mais quand il remarqua, au côté d'Anastasie Filippovna, le prince, il ne put de longtemps se détacher de lui, tant il était surpris et incapable, semblait-il, de se rendre bien compte de cette rencontre. On pouvait soupçonner, par moments, qu'il était en proie à un véritable délire. Outre les secousses de cette journée, il avait passé toute la nuit précédente dans le train et n'avait pas dormi depuis près de quarante-huit heures.

— Ceci, messieurs, c'est cent mille roubles, dit Anastasie Filippovna, adressant à tous les présents une sorte de défi fébrilement impatient. Oui, dans ce paquet malpropre ! Cet après-midi, il a crié comme un fou qu'il m'apporterait ce soir cent mille roubles, et je l'attendais. C'était le prix dont il m'achetait : il avait commencé par dix-huit mille, puis il avait sauté brusquement à quarante, et ensuite aux cent que voici. Il a tenu parole! Oh, comme il est pâle!... Tout cela s'est passé tout à l'heure chez Gaby: j'étais venue faire visite à sa maman, dans ma future famille, et là sa sœur m'a lancé à la face: «Est-ce qu'on ne va pas mettre à la porte cette dévergondée?» et à Gaby, son frère, elle a craché au visage. Elle a du caractère, cette demoiselle!

— Anastasie Filippovna! prononça le général avec reproche.

Il commençait à comprendre un peu les choses à sa façon.

— Comment, général? C'est inconvenant, peut-être? Mais j'en ai assez des cérémonies! Si j'ai trôné au Théâtre Français, dans ma loge, comme une vertu inabordable et si pendant cinq ans j'ai fui comme une sauvage tous ceux qui me poursuivaient et arboré des airs de fière innocence, eh bien tout cela, c'était l'effet de ma sottise. Voyez, devant vous, il est venu et il a posé ces cent mille sur la table, après cinq ans d'innocence! Et sûrement ils ont en bas des équipages tout prêts et ils m'attendent! Cent mille, voilà mon prix! Gaby, je le vois, tu es encore fâché contre moi? Mais est-ce que vraiment tu voulais m'introduire dans ta famille? Moi, une femme à Rogojine? Qu'est-ce que le prince a dit à l'instant?

— Moi, je n'ai pas dit cela, que vous étiez à Rogojine. Vous n'êtes pas à Rogojine! dit le prince, d'une voix tremblante.

— Anastasie Filippovna, assez, ma bonne, assez, ma chérie, dit tout à coup, n'y tenant plus, Daria Alexiéevna. S'ils t'ont fait tellement souffrir, à quoi bon prendre des gants avec eux? Est-il possible que tu veuilles partir avec ces gens-là, même pour cent mille! Sans doute, cent mille, c'est quelque chose! Prends ses cent mille, et mets-le dehors, voilà comme il faut agir avec eux! Ah, à ta place je les aurais tous... en vérité!

C'était du courroux. Daria Alexiéevna était une femme bonne et très impressionnable.

Anastasie Filippovna sourit.

— Ne te fâche pas, Daria Alexiéevna; vois-tu, c'est sans colère que je lui parle. Lui ai-je adressé un reproche ? Je ne comprends vraiment pas comment cette lubie m'est venue, de vouloir entrer dans une famille honorable. J'ai vu sa mère, je lui ai baisé la main. Et si cet après-midi j'ai fait un scandale chez toi, Gaby, c'est que je voulais, exprès, une dernière fois, voir jusqu'où tu pouvais aller. Eh bien, tu m'as étonnée, vraiment ! Il y a bien des choses que j'attendais, mais pas cela. Mais est-ce que vraiment tu pouvais me prendre, sachant que celui-ci me donnait un pareil collier de perles, presque à la veille de ton mariage, et que moi je l'acceptais ? Et Rogojine ? C'est pourtant dans ta maison, devant ta mère et ta sœur, qu'il m'a marchandée : et toi, après cela, tu n'en es pas moins venu me demander, et c'est tout juste si tu n'as pas amené ta sœur ? Alors ne serait-ce pas la vérité, ce qu'a dit de toi Rogojine : que pour trois roubles tu ramperais jusqu'à l'Ile Basile ?

— Il rampera, dit soudain Rogojine doucement, mais avec l'accent de la plus grande conviction.

— Encore si tu mourais de faim, mais tu touches un bon traitement, à ce qu'on dit ! Et pour parfaire le tout, outre la honte, faire entrer chez soi une femme abhorrée ! (Car tu me hais, je le sais !) — Non, maintenant je le crois, cet homme-là, pour de l'argent, égorgera ! Actuellement, ils sont tous pris d'une telle soif, ils ont une telle fièvre d'argent, qu'ils en sont comme fous ! Encore enfant, on postule pour être usurier ! Ou bien vous enveloppez de soie un rasoir, vous serrez, et puis tout doucement, par-derrière, vous saignez votre ami comme un mouton, comme je l'ai lu il n'y a pas longtemps [75]. Allons, impudent que tu es ! Moi, je suis une dévergondée, mais tu es pire encore. Et je ne parle pas de cet amateur de bouquets...

— Est-ce vous, est-ce vous qui parlez ainsi, Anastasie Filippovna ! dit le général en levant les bras au ciel dans un véritable désespoir. Vous si délicate, aux pensées si raffinées : et voilà ! Quelle langue ! Quel style !

— Je suis ivre, général, lâcha brusquement Anastasie Filippovna avec un rire. Je veux me donner du plaisir ! C'est mon jour, ma fête officielle, mon jour bissextile, depuis longtemps je l'attendais ! — Daria Alexiéevna, tu

vois cet amateur de bouquets, ce Monsieur aux camélias [76], il est assis et se rit de nous...

— Je ne ris pas, Anastasie Filippovna, j'écoute seulement, avec la plus grande attention, riposta Totski avec
dignité.

— Tenez : pourquoi l'ai-je tourmenté cinq années
durant et refusé de le lâcher ? En valait-il la peine ? Il est
tout bonnement ce qu'il doit être... Et encore il me jugera
coupable envers lui : il m'a donné une éducation, n'est-ce
pas ? il m'a entretenue comme une comtesse, combien
d'argent, ô combien ! il a dépensé, il m'a cherché un
honnête mari déjà là-bas, et ici Gaby. Et que croyez-
vous ? Pendant ces cinq ans j'ai refusé de vivre avec lui,
et j'ai accepté son argent : je pensais en avoir le droit !
J'avais perdu le sens, n'est-ce pas ? Tu dis : prends les
cent mille, et mets-le dehors, s'il te dégoûte. C'est vrai,
qu'il me dégoûte... J'aurais pu depuis longtemps me
marier, et pas avec Gaby ! Mais cela aussi me dégoûtait.
Et pourquoi ai-je perdu mes cinq années dans cette colère ! Crois-le si tu veux, mais il y a quatre ans, je me suis
demandé par moments si je n'épouserais pas tout bonnement mon Athanase Ivanovitch. Alors, c'était par mali-
gnité : quelles idées ne m'ont pas traversé le cerveau
alors ? C'est que je l'aurais obligé, vraiment ! Il me faisait
des avances, crois-moi si tu peux. Sans doute il mentait,
mais il est très porté là-dessus, il ne peut pas résister.
Ensuite, Dieu merci, j'ai réfléchi : il ne mérite pas tant de
haine ! Et alors, subitement, j'ai éprouvé pour lui tant de
dégoût que, même s'il avait demandé le mariage, je
n'aurais pas voulu. Et cinq années durant j'ai ainsi fait la
fière ! Non, il vaut mieux aller dans la rue : c'est ma
place ! Ou bien faire la noce avec Rogojine, ou bien dès
demain faire la blanchisseuse ! Car je n'ai rien sur moi qui
m'appartienne : je m'en irai, et je lui jetterai tout à la
figure, je lui laisserai jusqu'au dernier chiffon, et alors
qui me prendra, sans rien ? Tiens ! demande un peu à
Gaby : est-ce qu'il me prendra ? Mais Ferdychtchenko
lui-même ne voudra pas de moi !

— Ferdychtchenko, peut-être bien qu'il ne voudra pas
de vous, Anastasie Filippovna. Je suis franc, moi ! inter-

rompit Ferdychtchenko. Mais le prince voudra… Vous voilà assise à vous lamenter : mais regardez donc le prince ! Moi, voilà longtemps que je l'observe… Anastasie Filippovna se tourna curieusement vers le prince :

— C'est vrai ?

— C'est vrai, chuchota le prince.

— Vous me prendrez, comme je suis, sans rien !

— Je vous prendrai, Anastasie Filippovna…

— Ah ça, c'est une nouvelle anecdote ! murmura le général. On pouvait s'y attendre.

Le prince portait un regard douloureux, sévère et pénétrant, sur le visage d'Anastasie Filippovna qui continuait à l'observer.

— Encore un ! dit-elle soudain en se retournant vers Daria Alexiéevna. Et vraiment de bon cœur : je le connais. J'ai trouvé un bienfaiteur ! Au fait, c'est peut-être la vérité, ce qu'on dit de lui, qu'il est… bizarre. — Et de quoi vivras-tu, si tu es amoureux au point d'épouser une femme à Rogojine, toi un prince ?…

— Je prends une honnête femme, Anastasie Filippovna, et non une femme à Rogojine, dit le prince.

— C'est moi, la femme honnête ?

— Vous.

— Bon ! Mais ça, c'est… dans les romans ! Ça, mon cher prince, ce sont de vieilles histoires ; aujourd'hui, le monde a pris de la raison. Ce ne sont plus que des sottises ! Et puis comment te marierais-tu, quand tu as encore besoin d'une bonne d'enfant !

Le prince se leva et, d'une voix timide, tremblante, mais en même temps de l'air d'un homme profondément convaincu, prononça :

— Je ne sais rien, Anastasie Filippovna, je n'ai rien vu, vous avez raison, mais… j'estimerai que c'est vous qui me faites un honneur, et non pas moi. Je ne suis rien, tandis que vous avez souffert et vous êtes sortie pure d'un pareil enfer, et c'est beaucoup. Pourquoi avez-vous honte et voulez-vous partir avec Rogojine ? C'est la fièvre… Vous avez rendu à M. Totski ses soixante-quinze mille et vous me dites que tout ce qui est ici, vous l'abandonnez : ici, personne ne ferait cela. Moi,… Anastasie Filippovna... je vous aime. Je mourrai pour vous, Anastasie Filippovna. Je ne permettrai à personne de dire un mot à propos de vous, Anastasie Filippovna... Si nous devons être pauvres, je travaillerai, Anastasie Filippovna...

A ces derniers mots, se firent entendre des ricanements de Ferdychtchenko, de Lebedev, et même le général, pour lui-même, eut un grognement de grand mécontentement. Ptitsyne et Totski ne purent pas ne pas sourire, mais ils se continrent. Les autres restèrent simplement bouche bée d'étonnement.

— ... Mais peut-être que nous ne serons pas pauvres, mais au contraire très riches, Anastasie Filippovna, continua le prince de la même voix timide. Je ne sais rien de façon certaine, et je regrette de n'avoir encore rien pu apprendre pendant cette journée, mais étant en Suisse j'ai reçu une lettre de Moscou d'un M. Salazkine, qui m'informait que je pouvais recevoir un très gros héritage. Voici cette lettre...

Le prince en effet tira de sa poche une lettre.

— Mais il délire. oui ou non? murmura le général. Une vraie maison de fous!

Le silence se fit pour un instant.

— Vous avez dit, prince, il me semble, que la lettre vous était adressée par Salazkine? demanda Ptitsyne. C'est un homme très connu dans son milieu. C'est un agent d'affaires très connu et, s'il vous donne vraiment cet avis, vous pouvez avoir toute confiance. Par bonheur je connais sa signature, parce que j'ai eu affaire à lui récemment... Si vous me laissiez jeter un coup d'œil, je pourrais peut-être vous dire quelque chose.

Le prince, sans mot dire, lui tendit d'une main tremblante la lettre.

— Mais qu'est-ce que cela veut dire, qu'est-ce que c'est? s'écria le général en regardant toute la compagnie comme un insensé. Un héritage, pas possible!

Tout le monde observait fixement Ptitsyne, en train de lire la lettre. La curiosité générale avait reçu un nouveau choc extraordinaire. Ferdychtchenko ne tenait pas en place. Rogojine avait un air perplexe et, dans une effrayante inquiétude, portait son regard tantôt sur le prince, tantôt sur Ptitsyne. Daria Alexiéevna était comme sur des charbons ardents. Même Lebedev n'y tint plus, sortit de son coin, et courbé en deux, vint regarder la lettre par-dessus l'épaule de Ptitsyne, avec la mine de celui qui craint de recevoir pour cela une taloche.

XVI

— La chose est sûre, déclara enfin Ptitsyne en pliant la lettre pour la rendre au prince. Vous avez à toucher, sans aucune démarche, en vertu du testament inattaquable de votre tante, un très gros capital.

— Ce n'est pas possible ! s'exclama le général.

C'était parti comme un coup de feu. Tous, encore une fois, restèrent bouche bée.

Ptitsyne expliqua, en s'adressant principalement à Ivan Fiodorovitch, que le prince, il y avait cinq mois, avait perdu une tante qu'il n'avait jamais connue personnellement, une sœur aînée de sa mère, fille d'un marchand moscovite de la troisième guilde, Papouchine, mort dans la misère et la faillite. Mais le frère aîné de ce Papouchine, mort lui aussi depuis peu, était un riche marchand, bien connu. Il y avait environ un an, il avait perdu presque en un mois ses deux seuls fils : c'était ce qui avait frappé le vieil homme au point qu'à peu de temps de là il était tombé malade et était mort. Il était veuf, absolument sans héritiers, sauf la tante du prince, nièce de Papouchine, une femme très pauvre et qui était entretenue dans une maison amie. Au moment où cet héritage lui advint, elle était presque mourante d'hydropisie : elle se mit aussitôt à rechercher le prince, chargea de cette recherche Salazkine et eut le temps de rédiger son testament. Visiblement, ni le prince, ni le docteur chez qui il était en Suisse, n'avaient voulu attendre un avis officiel, demander des renseignements, et le prince, la lettre de Salazkine en poche, avait décidé de faire le voyage...

— Je ne puis vous dire qu'une chose, conclut Ptitsyne en s'adressant au prince, c'est que tout cela doit être indiscutable et véridique : tout ce que vous écrit Salazkine

sur la légalité inattaquable de votre affaire, vous pouvez
le prendre pour argent comptant. Je vous félicite, prince !
Vous allez toucher peut-être, vous aussi, un million et
demi, et sans doute davantage. Papouchine était un très
riche marchand.

— Pas mal pour un prince Mychkine dernier de sa
race ! hurla Ferdychtchenko.

— Hurrah ! râla de sa voix d'ivrogne Lebedev.

— Et moi qui lui ai prêté ce matin vingt-cinq roubles,
à ce malheureux ! Ha-ha-ha ! Fantastique, il n'y a pas
d'autre mot ! prononça le général, presque abasourdi par
la surprise.

— Eh bien, je vous félicite, je vous félicite ! Et, se
levant de sa place, il alla embrasser le prince. Derrière
lui, les autres se levèrent et s'approchèrent du prince.
Même ceux qui s'étaient retirés derrière la portière revinrent dans le salon. C'étaient un bruit confus de voix,
des exclamations ; on réclama même du champagne ; ce
n'était que bousculade et agitation. Pour un instant on
faillit oublier Anastasie Filippovna et qu'elle était malgré
tout la maîtresse de maison. Mais peu à peu, à tous à peu
près simultanément, se présenta l'idée que le prince venait de lui faire une déclaration. La situation apparaissait
par conséquent trois fois plus folle encore et plus extraordinaire qu'auparavant. Profondément étonné, Totski
haussait les épaules ; il était presque le seul assis, toute la
foule des autres se pressait en désordre autour de la table.
Tous affirmèrent dans la suite que c'était à partir de ce
moment qu'Anastasie Filippovna avait perdu la tête. Elle
restait assise, et quelque temps encore elle comtempla la
foule de son regard étonné, un peu étrange, comme si elle
ne comprenait pas et s'efforçait de comprendre. Ensuite
elle se tourna brusquement vers le prince et, fronçant
sévèrement les sourcils, le regarda fixement. Mais ce ne
fut qu'un instant. Peut-être lui avait-il soudainement
semblé que tout cela n'était que plaisanterie, moquerie :
mais la vue du prince la détrompa aussitôt. Elle devint
songeuse, puis sourit de nouveau, sans trop clairement
savoir pourquoi...

— Alors, je suis princesse ! Vraiment ? se chuchota-

t-elle à elle-même, d'un air railleur. Et, ayant involontairement levé les yeux sur Daria Alexiéevna, elle rit.
— Voilà un dénouement inattendu... je... ne m'y attendais pas... Mais, messieurs, vous restez debout? Faites-
moi le plaisir de vous asseoir, et félicitez-nous, le prince
et moi! Quelqu'un, il me semble, a demandé du champagne: Ferdychtchenko, allez donc le commander.
— Catherine, Prascovie! (elle venait d'apercevoir, à la
porte du salon, ses femmes de chambre) venez par ici: je
me marie, vous avez entendu? Avec le prince. Il a un
million et demi. Il est un prince Mychkine et il m'épouse.

— Et Dieu vous protège, ma bonne amie: il était
temps! Il ne faut pas laisser passer cela! cria Daria
Alexiéevna, profondément secouée par l'événement.

— Mais assois-toi donc à côté de moi, prince! continua Anastasie Filippovna. Comme ça! Ah, voici le
champagne: allons, messieurs, félicitez-nous!

— Hurrah! crièrent une multitude de voix. Beaucoup
se pressèrent devant le champagne: du nombre était presque toute la bande de Rogojine. Cependant, ils avaient
beau crier et être prêts à crier encore, beaucoup d'entre
eux, malgré l'étrangeté des circonstances et de la situation, avaient senti que le décor était en train de changer.
D'autres étaient troublés et attendaient avec méfiance.
Beaucoup, au contraire, se chuchotaient l'un à l'autre que
c'était la chose du monde la plus ordinaire, que les
princes épousaient toutes sortes de femmes, et qu'ils
allaient prendre des tsiganes dans leurs campements. Rogojine était là, lui aussi, à regarder, le visage tordu dans
un sourire perplexe, immobile.

— Prince, mon cher, reviens à toi! chuchota dans son
épouvante le général, en s'approchant de côté et en tirant
le prince par la manche.

Anastasie Filippovna le remarqua, et éclata de rire.

— Ah non, général! Maintenant je suis princesse moi-
même, vous avez entendu. Le prince ne me laissera pas
insulter! Athanase Ivanovitch, vous tout spécialement,
félicitez-moi! Maintenant je m'assoirai partout à côté de
votre femme. Qu'en pensez-vous, est-ce avantageux
d'avoir un pareil mari? Un million et demi, et avec cela

prince, et encore, à ce qu'on dit, idiot par-dessus le
marché : quoi de mieux ? C'est maintenant que va commencer la vraie vie ! Trop tard, Rogojine ! Ramasse ton
paquet, j'épouse le prince et je serai plus riche que toi !

Mais Rogojine avait saisi de quoi il s'agissait. Une
souffrance inexprimable était gravée sur son visage. Il
leva les bras au ciel et un gémissement s'échappa de sa
poitrine.

— Désiste-toi ! cria-t-il au prince.

Tout autour on rit.

— Pour toi, qu'il se désiste ? lança Daria Alexiéevna
triomphante. Voyez-moi ce rustre : il avait jeté son argent
sur la table ! Le prince, il offre le mariage, tandis que toi
tu n'es venu que pour faire scandale !

— Moi aussi, j'offre le mariage. Tout de suite, à
l'instant ! Je sacrifierai tout...

— Voyez-moi ça, un pilier de cabaret ! Tu mériterais
qu'on te mette dehors ! répéta, indignée, Daria Alexiéevna.

On rit de plus belle.

Anastasie Filippovna se tourna vers le prince :

— Tu entends, prince ? Voilà comment un rustre mar-
chande ta fiancée.

— Il est ivre, dit le prince. Il vous aime beaucoup.

— Et tu n'auras pas honte, plus tard, que ta fiancée ait
failli partir avec Rogojine ?

— Vous aviez la fièvre, et vous l'avez encore, une
espèce de délire.

— Et tu ne rougiras pas, quand on te dira, plus tard,
que ta femme a été la maîtresse de Totski ?

— Non, je ne rougirai pas... Ce n'était pas de votre
bon gré que vous étiez chez Totski.

— Et jamais tu ne m'en feras reproche ?

— Jamais.

— Attention : ne t'engage pas pour toute la vie !

— Anastasie Filippovna, dit le prince à voix basse et
avec une sorte de compassion, je vous ai dit tout à l'heure
que je considérerais comme un honneur votre consentement et que c'est vous qui me feriez honneur, et non pas
moi. Vous avez répondu à ces mots par un rire, et tout

autour, je l'ai entendu, on a ri aussi. Peut-être que je me
suis exprimé de façon très risible et que j'étais moi-même
ridicule, mais il me semblait que je... comprenais en quoi
consiste l'honneur, et je suis sûr que j'ai dit la vérité.
Tout à l'heure vous vouliez vous perdre, et sans retour,
car vous ne vous le seriez ensuite jamais pardonné : mais
vous n'êtes en rien coupable. Il est impossible que votre
vie soit déjà perdue. Qu'est-ce que cela fait, que Rogojine soit venu vous chercher, et que Gabriel Ardalionovitch ait voulu vous tromper ? A quoi bon rappeler cela
sans cesse ? Ce que vous avez fait, très peu en sont capables,
je vous le répète. Et si vous vouliez partir avec Rogojine, eh
bien, c'est dans un accès maladif que vous l'aviez décidé.
Maintenant encore vous êtes dans cet état maladif, et vous
feriez mieux d'aller vous coucher. Vous seriez allée dès
demain faire la blanchisseuse, vous ne seriez pas restée avec
Rogojine. Vous êtes fière, Anastasie Filippovna, mais
peut-être êtes-vous à ce point malheureuse que vous vous
jugez réellement coupable. Vous avez besoin qu'on prenne
soin de vous, Anastasie Filippovna. Moi, je prendrai soin de
vous. Aujourd'hui j'ai vu votre portrait, et j'ai cru reconnaître un visage familier. Il m'a aussitôt semblé que déjà
vous m'appeliez... Je... je vous respecterai toute ma vie,
Anastasie Filippovna ! conclut soudain le prince, comme
brusquement revenu à lui, rougissant et saisissant devant
quelles personnes il disait cela.

Ptitsyne, par pudeur, avait même baissé la tête et
regardait le plancher. Totski pensa à part soi : « Idiot ? Il
sait quand même que la flatterie est le meilleur moyen
d'arriver à ses fins. L'instinct ? » Le prince remarqua
aussi dans son coin le regard étincelant de Gaby, qui
semblait vouloir le réduire en cendre.

— Voilà un homme bon ! proclama, attendrie, Daria
Alexiéevna.

— Un homme instruit, mais perdu d'avance ! chuchota
à mi-voix le général.

Totski prit son chapeau et se disposa à se lever pour
s'éclipser sans bruit. Lui et le général échangèrent un
coup d'œil, pour sortir ensemble.

— Merci, prince, personne ne m'a encore parlé de la

sorte, dit Anastasie Filippovna. On m'a marchandée, mais personne, parmi les gens comme il faut, ne m'a jamais demandée en mariage. — Vous avez entendu, Athanase Ivanovitch? Que vous en semble, de ce que le prince a dit? C'est presque inconvenant, n'est-ce pas?...

— Rogojine! Attends un instant, ne t'en va pas. Mais tu ne t'en iras pas, je le vois. Peut-être que je partirai encore avec toi. Où voulais-tu me mener?

— A Ekaterinhof [77], déclara de son coin Lebedev. Rogojine, lui, se borna à tressaillir; il ouvrait de grands yeux, n'en croyant pas ses oreilles. Il était complètement abasourdi, comme s'il avait reçu un coup violent sur la tête.

— Mais qu'est-ce que tu as, qu'est-ce que tu as, ma bonne? C'est une vraie crise. As-tu perdu la raison? s'écria, épouvantée Daria Alexiéevna.

— Alors, tu l'as cru vraiment? — Anastasie Filippovna, avec un grand rire, avait bondi du canapé. — Un pareil bébé, je voudrais sa perte! Bon pour Athanase Ivanovitch : lui, il aime les bébés! Allons-nous-en, Rogojine! Prépare ton paquet! C'est égal que tu veuilles le mariage, donne quand même l'argent! Je ne t'épouserai peut-être pas, qui sait? Tu croyais que, comme tu voulais te marier, le paquet te resterait? Erreur! Je suis une dévergondée, moi! J'ai été la concubine de Totski... — Prince, maintenant c'est Aglaé Épantchine qu'il te faut, et non pas Anastasie Filippovna : Ferdychtchenko te montrerait du doigt! Toi, tu n'as pas peur, mais moi j'aurais peur d'avoir causé ta perte, et que tu me le reproches ensuite. Quand tu déclares que c'est moi qui te ferai de l'honneur, Totski sait ce que cela veut dire. — Toi, Gaby, tu as raté Aglaé Épantchine. Le savais-tu? Si tu n'avais pas marchandé avec elle, elle t'aurais sûrement épousé! C'est comme cela que vous êtes, tous : entre les femmes sans honneur et les honnêtes femmes, il faut choisir! Autrement, immanquablement on s'y perd... Voyez comme le général nous regarde, il est bouche bée...

— C'est Sodome, Sodome! répétait le général, en haussant les épaules. Lui aussi s'était levé de son canapé;

de nouveau tout le monde était debout. Anastasie Filippovna était comme hors d'elle.

— Est-ce possible! C'était le prince qui avait poussé ce gémissement en se tordant les bras.

— Pourquoi pas? J'ai peut-être ma fierté, moi aussi; même si je suis une dévergondée! Tu m'as appelée tout à l'heure une perfection: jolie perfection, qui, pour se vanter d'avoir foulé aux pieds un million et un titre princier, s'en va dans les bas-fonds! Voyons, quelle femme suis-je pour toi, après cela? — Athanase Ivanovitch, vous savez, ce million, je l'ai réellement jeté par la fenêtre! Comment avez-vous pu croire que je considérais comme un bonheur pour moi d'épouser Gaby, avec vos soixante-quinze mille? Ces soixante-quinze mille, prends-les pour toi, Athanase Ivanovitch (il n'est pas allé jusqu'à la centaine: Rogojine a été plus généreux!). Le petit Gaby, je le consolerai, moi; j'ai une idée. Et maintenant, je veux m'amuser: je suis une fille des rues, n'est-ce pas? Dix ans, j'ai été en prison, maintenant c'est mon tour de bonheur! Alors, Rogojine? Prépare-toi, nous partons!

— Partons! rugit Rogojine, presque hors de lui de joie. Allons, vous autres… du champagne! Ouf!

— Fais provision de vin, je veux boire! Et de la musique il y en aura?

— Oui, oui! N'avance pas! cria Rogojine hors de lui, en voyant Daria Alexiéevna s'approcher d'Anastasie Filippovna. Elle est à moi! Toute à moi! C'est ma reine! Un point, c'est tout.

De joie, il étouffait; il marchait autour d'Anastasie Filippovna en criant après tout le monde: N'approchez pas! Toute la compagnie était déjà tassée dans le salon. Les uns buvaient, d'autres criaient ou riaient bruyamment, tous étaient au comble de l'excitation et du sans-gêne. Ferdychtchenko commençait à essayer de se joindre à la troupe. Le général et Totski firent de nouveau un mouvement pour s'éclipser vivement. Gaby aussi avait le chapeau à la main, mais restait là sans mot dire, comme s'il ne pouvait encore s'arracher à la scène qui se déroulait devant lui.

— N'approche pas! criait Rogojine.

— Qu'est-ce que tu as à brailler! lui disait en riant Anastasie Filippovna. Je suis encore maîtresse chez moi : je n'ai qu'à vouloir, et je te jette dehors. Je ne l'ai pas encore pris, ton argent : tu vois, il est là, passe-le-moi, tout le paquet! C'est dans ce paquet-là qu'ils sont, les cent mille? Fi, quelle misère. — Qu'est-ce que tu as, Daria Alexiéevna? Tu ne voulais pourtant pas que je fasse son malheur? (Elle montra le prince.) Comment pourrait-il se marier, il a encore besoin d'une bonne d'enfant. Tiens, le général sera sa bonne d'enfant : vois comme il frétille autour de lui! — Vois-tu, prince, ta fiancée a accepté l'argent, parce qu'elle est dévergondée, et toi tu voulais la prendre comme femme! Mais pourquoi pleures-tu? Tu en as gros sur le cœur? Ris donc, comme moi! continua Anastasie Filippovna, tandis que sur ses joues brillaient justement deux grosses larmes. Fais confiance au temps, tout passera! Il vaut mieux se raviser maintenant que plus tard... Mais qu'est-ce que vous avez tous à pleurer : voilà Catherine aussi qui pleure! — Qu'est-ce que tu as, ma petite Catherine, ma chérie? Je vous laisse beaucoup de choses, à toi et à Prascovie, j'ai déjà pris mes dispositions. Et maintenant, adieu! Toi, une honnête fille, je t'ai obligée à servir une dévoyée... — Ce sera mieux ainsi, prince, vraiment mieux : ensuite, tu m'aurais méprisée et nous n'aurions pas été heureux! Pas de serments, je n'y crois pas! Et puis, comme ç'aurait été bête!... Non, disons-nous adieu plutôt, à l'amiable, autrement... moi aussi je suis une rêveuse, ça n'aurait rien donné de bon! Est-ce que je n'ai pas rêvé de toi? Là, tu as raison, depuis longtemps je rêvais, déjà au village, chez lui, quand j'ai vécu cinq ans seule et solitaire; je pensais, je pensais toujours, je rêvais, je rêvais, et c'était toujours un homme comme toi que j'imaginais, bon, loyal, beau et gentiment bête aussi, qui arriverait tout à coup et me dirait : «Vous n'êtes pas fautive, Anastasie Filippovna, et moi je vous adore!» Et comme ça, je nageais dans les rêves, à en perdre la raison... Et alors arrivait celui-là : il restait là deux mois par an, me déshonorait, m'outrageait, m'enflammait, me pervertissait, et s'en allait. Mille fois j'ai voulu me jeter dans l'étang, mais j'étais lâche, je n'avais pas le courage... Alors maintenant... — Rogojine, tu es prêt ?

— C'est prêt ! N'approchez pas !

— Prêt ! lancèrent plusieurs voix.

— Les troïkas attendent. Et à clochettes !

Anastasie Filippovna prit en main le paquet.

— Gaby, j'ai une idée : je veux te dédommager. Pourquoi devrais-tu tout perdre ? — Rogojine, est-ce qu'il rampera jusqu'à l'Ile Basile, pour trois roubles ?

— Oui !

— Alors, écoute bien, Gaby : je veux contempler ton âme une dernière fois ; pendant trois mois tu m'as tourmentée, maintenant c'est mon tour. Tu vois ce paquet : il y a là-dedans cent mille roubles ! Je vais le jeter dans la cheminée, dans le feu, là devant tout le monde, tous seront témoins. Dès que le feu l'enveloppera tout entier, entre dans la cheminée, mais sans gants, les mains nues, retrousse tes manches et retire le paquet du feu ! Si tu le retires, il est à toi, à toi les cent mille ! Tu te brûleras un brin les doigts, mais cent mille roubles ! penses-y ! Ce ne sera pas long de les saisir ! Et moi je contemplerai ton âme, j'admirerai comment tu entres à quatre pattes dans le feu pour aller chercher mon argent. Tout le monde est témoin : le paquet sera à toi ! Si tu n'y entres pas, il brûlera, voilà tout. Je ne laisserai personne approcher. Écartez-vous ! Écartez-vous tous ! C'est mon argent, je l'ai reçu pour une nuit, chez Rogojine. Est-il à moi, Rogojine ?

— Il est à toi, ma joie ! A toi, ma reine !

— Bon. Alors écartez-vous tous. Ce que je veux, je le fais. Qu'on ne m'empêche pas ! Ferdychtchenko, attise le feu !

— Anastasie Filippovna, les bras refusent de me servir ! répondit Ferdychtchenko, abasourdi.

— Ah... ah ! cria Anastasie Filippovna. Et elle saisit les pincettes, remua deux bûches qui se consumaient sous la cendre et, dès que la flamme jaillit, jeta par-dessus le paquet.

Un cri général retentit ; beaucoup, même, se signèrent.

— Elle a perdu la tête, elle est folle! criait-on tout autour.

— Ne devrions-nous pas... la lier? chuchota le général à Ptitsyne. Ou bien prévenir... C'est qu'elle a perdu la raison, elle a perdu la raison? Elle l'a perdue, n'est-ce pas?

— N-non, ce n'est peut-être pas tout à fait la folie, chuchota Ptitsyne, tremblant et pâle comme un linge. Il n'avait pas la force de détourner ses yeux du paquet qui commençait à brûler lentement.

— Une folle! Mais c'est une folle? insistait le général, s'adressant à Totski.

— Je vous le disais: c'est une femme qui a *de la couleur*, murmura Athanase Ivanovitch, qui, lui aussi, avait un peu pâli.

— Mais il s'agit de cent mille roubles, quand même...

— Seigneur! Seigneur! entendait-on tout autour. Tout le monde s'était massé autour de la cheminée. Tout le monde voulait voir; tout le monde s'exclamait... Certains même avaient grimpé sur les chaises pour voir par-dessus les épaules. Daria Alexiéevna avait bondi dans la pièce voisine et, apeurée, chuchotait des choses à Catherine et à Prascovie. La belle Allemande s'était enfuie.

— Notre mère! Notre reine! Toute-puissante! clamait Lebedev, rampant sur les genoux devant Anastasie Filippovna et tendant les bras vers la cheminée. Cent mille! Cent mille! Je les ai vus de mes yeux, ils ont été empaquetés devant moi! Notre mère! Miséricordieuse! Envoie-moi dans la cheminée: j'y entrerai tout entier, je mettrai dans le feu ma tête blanche!... Une femme malade, privée de ses jambes, treize enfants tous orphelins, leur père enterré la semaine dernière, un homme affamé, Anastasie Filippovna! Et, ayant clamé de la sorte, il allait entrer dans la cheminée.

— Au large! cria Anastasie Filippovna, en le repoussant. Laissez le passage libre, vous autres! — Gaby, qu'attends-tu? N'aie pas honte! Vas-y! Ton bonheur est là!

Mais Gaby en avait déjà trop vu dans cette journée et cette soirée, et à cette dernière épreuve, inattendue, il n'était pas préparé. La foule se divisa devant lui en deux moitiés, et il resta face à face avec Anastasie Filippovna, à trois pas d'elle. Elle était debout contre la cheminée et attendait, sans en détourner son regard enflammé, immobile. Gaby, en habit, le chapeau et les gants à la main, se tenait devant elle silencieux et résigné, les bras croisés et regardant le feu. Un sourire insane errait sur son visage pâle comme un linge. Sans doute, il ne pouvait pas quitter des yeux le paquet en train de se consumer ; mais quelque chose de neuf semblait avoir germé dans son âme : on aurait dit qu'il s'était juré de subir jusqu'au bout le supplice. Il ne faisait pas un mouvement. Au bout de quelques instants, il fut clair pour tous qu'il n'irait pas prendre le paquet, qu'il ne voulait pas y aller.

— Hé, ils vont brûler, on te fera honte ! lui criait Anastasie Filippovna. Après, tu te pendras, je ne plaisante pas !

Le feu, qui avait jailli au début entre les deux tisons finissant de brûler, s'était d'abord éteint, quand le paquet était tombé sur lui et l'avait écrasé. Mais une petite flamme bleue s'accrochait encore, en dessous, à un angle de la bûche du bas. Enfin, une langue de feu, longue et ténue, lécha le paquet ; le feu s'accrocha et courut vers le haut, le long du papier, et prit aux angles, et soudain le paquet tout entier s'enflamma dans la cheminée, et une flamme vive s'élança vers le haut. Tout le monde fit : Ah !

— Notre mère ! clama encore Lebedev, en se ruant de nouveau en avant. Mais Rogojine le retint et le repoussa encore une fois.

Rogojine lui-même n'était plus qu'un regard immobile. Il ne pouvait se détacher d'Anastasie Filippovna, il s'enivrait, il était au septième ciel.

— Ça, c'est une reine ! répétait-il à chaque instant, en se tournant à l'entour vers le premier venu. — Ça, c'est notre genre ! s'écria-t-il, ne se sentant plus. — Allons, qui de vous, petits voyous, en ferait autant ? Hein ?

Le prince observait, triste et taciturne.

— Pour un seul billet de mille, moi, je le tire avec les dents ! proposa Ferdychtchenko.

— Avec les dents, moi aussi je saurais le faire ! dit de derrière les autres, en grinçant des dents, le monsieur aux poings, dans un accès de désespoir caractérisé. — Diable, mais il brûle, il brûlera tout entier, s'écria-t-il, en voyant la flamme.

— Il brûle, il brûle ! De tous les côtés ce n'était qu'un cri, et presque tous aussi s'élançaient vers la cheminée.

— Gaby, pas de manières : je te le dis pour la dernière fois !

— Vas-y ! hurla Ferdychtchenko, se jetant sur Gaby dans une véritable rage et le tirant par la manche. Vas-y, petit fanfaron ! Il va brûler tout entier ! O, maudit !

Gaby, avec force, repoussa Ferdychtchenko, se retourna et se dirigea vers la porte ; mais il n'avait pas fait deux pas qu'il oscilla et s'écroula.

— Il s'est évanoui ! cria-t-on tout autour.

— Notre mère, ils vont brûler ! clama Lebedev.

— Ils vont brûler, perdus pour tous ! hurlait-on de tous les côtés.

— Catherine, Prascovie ! De l'eau, pour lui, de l'alcool ! cria Anastasie Filippovna. Elle prit les pincettes et retira le paquet.

Le papier de l'emballage, presque tout entier, avait été touché par le feu et se consumait lentement, mais on voyait immédiatement que l'intérieur était intact. Le paquet était enveloppé d'une triple épaisseur de papier journal, et l'argent était sain et sauf. Tous respirèrent plus librement.

— Peut-être quelque billet de mille aura été endommagé, mais les autres sont entiers, prononça Lebedev avec attendrissement.

— Le tout lui appartient ! Tout le paquet est à lui ! Vous entendez, messieurs ? proclama Anastasie Filippovna en posant le paquet à côté de Gaby. Il n'y a pas été, il a tenu bon ! Donc, il a encore plus d'amour-propre que de soif de l'argent. Ce n'est rien, il reviendra à lui. Autrement, il m'aurait tuée, je crois… Voyez, il reprend déjà connaissance. Général, Ivan Petrovitch, Daria Alexiéevna, Catherine, Prascovie, Rogojine, vous avez entendu ? Le paquet est à lui, à Gaby. Je le lui donne en

toute propriété, à titre de dédommagement… oui, de tout
ce qu'il voudra! Dites-le-lui. Qu'il reste ici à côté de
lui… Rogojine, en avant marche! Adieu, prince, pour la
première fois j'ai vu un homme! Adieu, Athanase Ivanovitch, merci[78]!

Toute la troupe de Rogojine, avec bruit et fracas, avec
des cris, traversa les pièces de l'appartement jusqu'à la
sortie, à la suite de Rogojine et d'Anastasie Filippovna.
Dans la salle, ses femmes de chambre lui tendirent sa
pelisse; la cuisinière Marthe accourut de la cuisine,
Anastasie Filippovna les embrassa toutes l'une après
l'autre.

— Mais est-il possible, notre mère, que vous nous
abandonniez tout à fait? Où irez-vous? Et encore le jour
de votre anniversaire, un jour pareil!

Elles lui posaient ces questions en fondant en larmes,
en lui baisant les mains.

— J'irai dans la rue, Catherine, tu m'as entendue.
C'est là ma place. Ou bien je ferai la blanchisseuse!
Assez vu Athanase Ivanovitch! Saluez-le de ma part, et
moi ne m'oubliez pas…

Le prince s'élança la tête la première vers le perron, où
tous s'installaient dans quatre troïkas à clochettes. Le
général le rattrapa dans l'escalier.

— Prince, je t'en prie, un peu de raison! disait-il en le
prenant par le bras, laisse-la! Tu vois comme elle est!
C'est en père que je te parle…

Le prince le regarda, mais, sans mot dire, lui échappa
et courut vers le bas.

Arrivé au perron, d'où venaient de partir les troïkas, le
général put voir le prince prendre le premier fiacre et crier
au cocher: « A Ekaterinhof, derrière les troïkas ». Ensuite
avança son pur-sang gris, qui l'emporta chez lui, avec de
nouveaux espoirs et de nouveaux calculs et avec son
collier de perles, qu'il n'avait quand même pas oublié
d'emporter. Entre ces calculs, lui apparut à deux ou trois
reprises l'image séduisante d'Anastasie Filippovna. Il
soupira:

— Dommage! Franchement, c'est dommage! Voilà
une femme perdue! Une folle!… Oui, mais au prince,

maintenant, ce n'est pas une Anastasie Filippovna qu'il faut...

Un certain nombre de paroles édifiantes et morales du même genre furent prononcées aussi par deux autres des invités d'Anastasie Filippovna, qui avaient décidé de faire un bout de chemin à pied.

— Vous savez, Athanase Ivanovitch, il se passe chez les Japonais, à ce qu'on dit, quelque chose comme cela, disait Ivan Petrovitch Ptitsyne. Là-bas, l'offensé va trouver l'offenseur et lui dit : « Tu m'as offensé, et pour cela je viens m'ouvrir le ventre sous tes yeux » ! à ces mots, il s'ouvre en effet le ventre sous les yeux de son offenseur et il éprouve, paraît-il, une extrême satisfaction, comme s'il s'était vengé vraiment de lui. Il y a de drôles de caractères en ce monde, Athanase Ivanovitch.

— Et vous croyez qu'il s'agissait ici de quelque chose de semblable ? répondit avec un sourire Athanase Ivanovitch. Hum ! Vous faites là, quand même, une bien jolie et... spirituelle comparaison. Mais vous avez vu malgré tout vous-même, mon très cher Ivan Petrovitch, que j'ai fait tout ce que j'ai pu. Je ne peux pourtant pas l'impossible, vous en conviendrez vous-même. Mais reconnaissez aussi, cependant, que cette femme possédait des qualités exceptionnelles... des traits brillants. Je voulais même lui crier, tout à l'heure, si j'avais pu me le permettre dans ce tohu-bohu, qu'elle était elle-même ma meilleure justification, contre toutes ces accusations. Allons, qui donc n'aurait pas été captivé parfois par cette femme au point d'oublier sa raison et... tout ? Vous voyez, ce rustre, Rogojine, lui a apporté cent mille roubles ! Admettons-le, tout ce qui vient de se passer est éphémère, romantique, inconvenant, mais c'est coloré, c'est original, avouez-le ! Dieu, que n'aurait-il pas pu sortir d'un pareil caractère avec une pareille beauté. Mais malgré tous les efforts, malgré même son instruction, voilà tout perdu ! Un diamant non taillé, je l'ai dit bien des fois...

Et Athanase Ivanovitch soupira profondément.

DEUXIÈME PARTIE

I

Deux jours peut-être après l'étrange aventure de la soirée chez Anastasie Filippovna, sur laquelle nous avons terminé la première partie de notre récit, le prince Mychkine se hâta de partir pour Moscou, régler l'affaire de cet héritage inattendu qu'il avait à recevoir. On parla alors d'autres raisons encore qui avaient pu précipiter ainsi son voyage : mais là-dessus, comme sur les aventu-res du prince à Moscou et en général durant son absence de Pétersbourg, nous n'avons qu'assez peu d'informa-tions à fournir.

Le prince fut absent exactement six mois, et ceux-là mêmes qui avaient quelques raisons de s'intéresser à son sort n'ont pas pu apprendre grand-chose à son sujet pen-dant tout ce temps. A certains, il est vrai, parvenait, d'ailleurs très rarement, tel ou tel bruit, mais ces bruits étaient le plus souvent étranges et presque toujours se contredisaient l'un l'autre. C'était naturellement chez les Épantchine qu'on s'intéressait le plus au prince. Il n'avait même pas pris le temps de leur faire ses adieux. Le général, d'ailleurs, l'avait vu à l'époque, et même deux ou trois fois ; ils avaient parlé sérieusement d'une certaine chose. Mais si Épantchine l'avait vu, il n'en avait rien dit à sa famille. Au reste, dans les premiers temps, c'est-à-dire durant à peu près tout le premier mois suivant son départ, il avait été admis dans la maison de ne pas prononcer le nom du prince. La générale seulement, Élisabeth Procofievna, avait déclaré tout au début qu'elle s'était «cruellement trompée sur son compte». Puis, deux ou trois jours après, elle ajouta, mais sans le nommer cette fois, d'une façon indéterminée, qu'elle avait pour «particularité principale, dans la vie, de se tromper constamment sur les hommes». Enfin, une dizaine de jours plus tard, elle conclut sous forme de sentence, dans un moment d'irritation contre ses filles: «Assez d'erreurs! Il n'y en aura plus, à l'avenir!» On est obligé de noter à ce propos qu'assez longtemps régna chez eux une sorte de mauvaise humeur. C'était une atmosphère lourde, tendue, réticente, querelleuse; tout le monde était renfrogné. Le général était jour et nuit occupé, en démarches pour affaires; rarement on l'avait vu aussi occupé et aussi actif, surtout à son bureau. Les siens le voyaient à peine. Quant aux demoiselles Épantchine, aucune opinion, naturellement, ne fut par elles exprimée à haute voix. Peut-être que même entre elles il ne fut pas dit grand-chose. C'étaient des demoiselles fières, altières, et, même entre elles, timides parfois. D'ailleurs elles se comprenaient non seulement du premier mot, mais même du premier coup d'œil, de sorte que bien des fois les paroles auraient été inutiles.

Il est une seule conclusion qu'aurait pu tirer un observateur du dehors, s'il s'en était trouvé un : c'est qu'à en juger d'après toutes les données ci-dessus mentionnées, peu nombreuses il est vrai, le prince avait laissé cependant chez les Épantchine une impression particulière, bien qu'il n'y eût paru qu'une fois, et encore en passant. Peut-être était-elle faite de pure curiosité, explicable par ses quelques aventures excentriques. De toute façon, l'impression demeurait.

Petit à petit, même les bruits qui s'étaient répandus par la ville s'estompèrent dans les ténèbres de l'ignorance. On parlait sans doute d'un petit prince idiot (nul n'aurait pu dire son nom) qui avait reçu soudain un immense héritage et avait épousé une Française de passage connue comme danseuse de cancan au Château des Fleurs [79] à Paris. Mais d'autres disaient que l'héritage, c'était un certain général qui l'avait reçu, et que la Française de passage et danseuse de cancan avait été épousée par un

fils de marchand, immensément riche, qui le jour de ses
noces, par simple vantardise, étant ivre, avait brûlé à la
flamme d'une bougie pour sept cent mille roubles exactement de billets du dernier emprunt à lots. Mais tous ces
bruits s'étaient très vite éteints, à quoi avaient beaucoup
contribué les circonstances.

Toute la compagnie de Rogojine, par exemple, où
nombreux étaient ceux qui auraient eu quelque chose à
raconter, partit en bloc, lui-même en tête, pour Moscou,
une semaine presque jour pour jour après une effroyable
orgie au Vauxhall[80] d'Ekaterinhof, à laquelle avait assisté Anastasie Filippovna. Des personnes, très peu nombreuses, s'intéressant à la chose, apprirent par on ne sait
quels bruits qu'Anastasie Filippovna, dès le lendemain de
l'histoire d'Ekaterinhof, s'était enfuie, avait disparu,
qu'on avait, paraît-il, retrouvé sa trace et qu'enfin elle
était partie pour Moscou, — de sorte que dans le départ
de Rogojine aussi pour Moscou on trouvait quelque coïncidence avec ce bruit.

Il se mit à courir également des bruits sur le compte de
Gabriel Ardalionovitch Ivolguine, qui était assez connu
aussi dans son milieu. Mais là encore se produisit une
circonstance qui eut tôt fait de refroidir, et ensuite
d'anéantir entièrement tous les méchants racontars à son
sujet : il tomba sérieusement malade et ne put se montrer
nulle part dans le monde, ni même au bureau. Après un
mois de maladie, il recouvra la santé, mais pour une
raison ou pour une autre renonça tout à fait à son travail à
la société anonyme, où sa place fut prise par un autre.
Chez le général Épantchine également, il ne se montra
plus, pas une seule fois, de sorte que ce fut un autre
fonctionnaire qui vint chez le général. Les ennemis de
Gabriel Ardalionovitch auraient pu supposer qu'il avait
été si confus de ce qui lui était arrivé qu'il avait honte
même de sortir dans la rue; mais véritablement il était
mal portant; il était tombé même dans la mélancolie,
perdu dans ses pensées, irritable. Barbe Ardalionovna,
durant ce même hiver, épousa Ptitsyne; tous ceux qui les
connaissaient attribuèrent tout net ce mariage au fait que
Gaby ne voulait pas reprendre ses occupations et non

seulement avait cessé d'entretenir sa famille, mais commençait lui-même à avoir besoin d'aide et presque de soins.

Remarquons entre parenthèses que le nom de Gabriel Ardalionovitch, lui aussi, n'était jamais mentionné chez les Épantchine, comme s'il n'avait existé personne de ce nom non seulement dans leur maison, mais même dans le monde. Et cependant ils avaient tous su, et même très vite, une circonstance très remarquable le concernant : dans la nuit fatale pour lui, après sa désagréable aventure chez Anastasie Filippovna, Gaby, rentré chez lui, ne s'était pas mis au lit, mais avait attendu le retour du prince dans une impatience fébrile. Le prince, parti pour Ekaterinhof, en était revenu entre 5 et 6 heures du matin. Gaby alors était entré dans sa chambre et avait déposé devant lui, sur la table, le paquet de billets, léché par le feu, que lui avait donné Anastasie Filippovna alors qu'il était étendu sans connaissance. Avec insistance, il avait prié le prince de restituer à la première occasion ce cadeau à Anastasie. En entrant chez le prince, Gaby était d'humeur hostile et presque désespérée ; mais entre lui et le prince il avait été prononcé, disait-on, de certaines paroles, après lesquelles Gaby serait resté assis chez le prince deux heures et tout ce temps aurait sangloté fort amèrement. Ils s'étaient séparés dans des dispositions amicales.

Cette information, qui avait touché tous les Épantchine, était — la chose fut confirmée dans la suite — absolument exacte. Certes il est étrange que des nouvelles de cette sorte eussent pu aussi vite leur parvenir et être connues ; tout ce qui s'était passé chez Anastasie Filippovna, par exemple, fut connu chez les Épantchine dès le lendemain, ou tout comme, et même avec des détails assez exacts. Pour ce qui est des informations sur Gabriel Ardalionovitch, on eût pu supposer qu'elles leur avaient été apportées par Barbe Ardalionovna, qui était apparue soudain chez les demoiselles Épantchine et même s'était placée très vite chez elles sur un pied de grande intimité, à l'extrême étonnement d'Élisabeth Prokofievna. Mais si Barbe Ardalionovna avait jugé nécessaire, on ne sait pourquoi, de se rapprocher tellement des Épantchine, certainement elle n'aurait jamais parlé avec eux de son frère. C'était, elle aussi, une femme assez fière, en son genre évidemment, quoique ayant fait amitié avec une maison d'où on avait presque chassé son frère. Surtout, elle avait beau connaître les demoiselles Épantchine, elles se voyaient rarement. Dans leur salon, en particulier, même maintenant, elle ne se montrait pour ainsi dire pas : elle entrait par-derrière, comme en passant. Élisabeth Prokofievna ne l'avait jamais beaucoup aimée, bien qu'elle eût pour sa mère, Nina Alexandrovna, une grande considération. Elle s'étonnait, s'irritait, attribuait la liaison de ses filles avec la petite Barbe à leur caractère capricieux et impérieux : «Elles ne savaient vraiment qu'imaginer pour lui être désagréables». Mais Barbe Ardalionovna n'en continua pas moins à venir chez eux avant et après son mariage.

Cependant un mois environ s'était passé depuis le départ du prince, quand la générale Épantchine reçut de la vieille princesse Bielokonski, partie quinze jours auparavant pour aller retrouver à Moscou sa fille aînée mariée, une lettre qui lui fit un visible effet. Elle n'en dit rien à ses filles, ni à Ivan Fiodorovitch, mais à de nombreux indices il fut reconnu dans la famille qu'elle était particulièrement émue, même bouleversée. Elle avait des façons bizarres d'adresser la parole à ses filles, et toujours à propos de choses extraordinaires : visiblement, elle avait envie de s'épancher, mais quelque chose la retenait. Le jour de la réception de la lettre, elle fut aux petits soins pour tous, embrassa même Aglaé et Adélaïde, leur exprima des regrets, mais de quoi précisément, elles ne purent le démêler. Même à Ivan Fiodorovitch, que depuis un bon mois elle tenait en disgrâce, elle témoigna soudain de l'indulgence. Bien sûr, dès le lendemain elle se mit dans une colère terrible contre sa sensiblerie de la veille et avant l'heure du dîner elle s'était déjà fâchée avec tout le monde, mais sur le soir l'horizon s'éclaircit de nouveau. D'une façon générale, elle demeura toute la semaine d'assez bonne humeur, ce qui n'était pas arrivé depuis longtemps.

Mais une semaine encore se passa, et de la princesse Bielokonski arriva une seconde lettre, et cette fois la générale se résolut à parler. Elle déclara solennellement que « la vieille Bielokonski » (elle n'appelait jamais autrement la princesse, hors de sa présence) lui avait communiqué des renseignements tout à fait rassurants sur « cet original, voyons..., le prince, donc ! » La vieille l'avait découvert, à Moscou, s'était informée, avait appris quelque chose de très bien : le prince, enfin s'était présenté à elle et lui avait fait une impression presque extraordinaire. « C'est visible, puisqu'elle l'a invité à venir la voir tous les jours, de une heure à deux, et que lui fait chaque jour le voyage, et n'est pas encore fatigué », conclut la générale, en ajoutant que « grâce à la vieille », le prince était reçu dans deux ou trois bonnes maisons. « C'est excellent, qu'il ne s'enlise pas, qu'il ne se terre pas comme un idiot. » Les demoiselles, à qui tout cela fut communiqué, remarquèrent aussitôt que leur mère leur avait caché bien des choses de sa lettre. Peut-être l'avaient-elles su par Barbe Ardalionovna, qui pouvait savoir, qui savait certainement tout ce que savait Ptitsyne du prince et de son séjour à Moscou. Or Ptitsyne pouvait en savoir plus long que quiconque. C'était un homme très taciturne en affaires, mais à Barbe, naturellement, il parlait. La générale, aussitôt et encore plus, en voulut pour cela à Barbe Ardalionovna.

Quoi qu'il en fût, la glace était rompue, et il devint possible de parler du prince à haute voix. En outre, une fois de plus se manifestèrent l'impression extraordinaire et l'intérêt immense qu'avait éveillés et laissés le prince chez les Épantchine. La générale avait été frappée de l'effet produit sur ses filles par les nouvelles de Moscou. Les filles aussi s'étonnèrent de voir leur mère, qui leur avait déclaré si solennellement que « la particularité principale de sa vie était de se tromper constamment sur les hommes », confier ainsi le prince à l'attention de la « puissante » vieille Bielokonski, ce qu'il avait fallu obtenir, bien sûr, avec la croix et la bannière, car « la vieille », dans certains cas, n'était pas facile à remuer.

Mais aussitôt la glace rompue, un vent frais souffla et

le général aussi se dépêcha de parler. Il apparut que lui
aussi était extrêmement intéressé. Il ne parla, d'ailleurs,
que «du côté pratique de la chose». Il se trouva qu'il
avait confié la mission de surveiller le prince, dans son
propre intérêt, et surtout son mentor Salazkine, à deux
messieurs de toute confiance et très influents, d'une certaine façon, à Moscou. Tout ce qui avait été dit de
l'héritage, «du fait de l'héritage, pour ainsi dire», était
vrai, mais l'héritage lui-même, finalement, était loin
d'être aussi important qu'on l'avait d'abord publié. La
fortune, pour moitié, n'était pas nette; il y avait des
dettes, il y avait des prétendants, et puis le prince, malgré
toutes les directives, se conduisait de la façon la plus
impratique. «Bien sûr, à la grâce de Dieu!» Maintenant
que «la glace du silence» était rompue, le général était
heureux de faire cette déclaration «dans toute la sincérité» de son cœur, car «ce garçon avait beau être un peu
dérangé», il en valait la peine. Et pourtant il avait fait des
sottises: ainsi il s'était présenté des créanciers du marchand défunt, avec des papiers discutables, sans valeur,
certains même sans papiers du tout, parce qu'ils avaient
eu vent du caractère du prince; eh bien, que croyez-vous?
le prince les avait presque tous satisfaits, en dépit de ses
amis qui lui représentaient que tous ces individus et
créanciers douteux étaient absolument sans droits; et il
les avait satisfaits pour cette seule raison que certains
d'entre eux avaient réellement souffert[81].

A cela la générale répondit que la Bielokonski aussi lui
avait écrit dans ce sens, et que «c'était bête, très bête: on
ne guérit pas un imbécile», ajouta-t-elle brutalement;
mais on lisait sur son visage qu'elle était heureuse de la
conduite de cet «imbécile». En conclusion de tout cela,
le général remarqua que son épouse s'intéressait au prince
exactement comme à un fils et qu'elle s'était prise d'une
terrible affection pour Aglaé. Voyant cela, Ivan Fiodorovitch fit mine quelque temps de ne pas sortir des questions d'affaires.

Cependant toute cette bonne humeur, encore une fois,
ne dura guère. Quinze jours n'étaient pas passés, qu'il
était survenu de nouveau un changement: la générale

s'était rembrunie, et le général, après quelques hausse-
ments d'épaules, s'était de nouveau soumis à « la glace du
silence ». C'est que quinze jours exactement auparavant il
avait reçu sous main une information, brève sans doute et
par suite peu claire, mais par contre véridique, selon
laquelle Anastasie Filippovna, disparue de Moscou et
ensuite retrouvée, toujours à Moscou, par Rogojine, ensuite redisparue et redécouverte encore par lui, lui avait
enfin donné sa parole, à peu près sûre, de l'épouser. Or
voilà que, quinze jours seulement après, la nouvelle était
soudain parvenue à Son Excellence qu'elle avait une
troisième fois pris la fuite, presque au moment de prononcer son oui, et cette fois pour disparaître on ne savait
dans quel coin de la province, et que le prince Mychkine
aussi dans le même temps avait quitté Moscou, laissant
toutes ses affaires aux bons soins de Salazkine : « Était-il
parti avec elle, ou s'était-il précipité à sa suite, on
l'ignorait, mais il y avait sûrement quelque chose »,
conclut le général. Élisabeth Procofievna, de son côté
aussi, avait reçu certaines nouvelles désagréables. Finalement, deux mois après le départ du prince, toute mention de lui à Pétersbourg avait définitivement cessé, et
chez les Épantchine « la glace du silence » n'avait plus
jamais été rompue. Barbe Ardalionovna cependant continuait à voir les demoiselles.

Pour en terminer avec ces bruits et nouvelles, nous
ajouterons ceci qu'il s'était produit vers le printemps chez
les Épantchine une quantité de révolutions, de sorte qu'il
leur aurait été difficile de ne pas oublier le prince, lequel
d'ailleurs ne leur donnait pas de ses nouvelles et peut-être
ne voulait pas leur en donner. Dans le cours de l'hiver on
s'était peu à peu résolu à aller passer l'été à l'étranger,
c'est-à-dire Élisabeth Procofievna et ses filles ; le général,
bien entendu, n'avait pas de temps à perdre « en vaines
distractions ». La décision avait été prise sur les instances
opiniâtres et extraordinaires des demoiselles, tout à fait
persuadées qu'on ne voulait pas les emmener à l'étranger
parce que le perpétuel souci de leurs parents était de les
marier et de leur chercher des fiancés. Peut-être les parents s'étaient-ils enfin convaincus que les fiancés pou-

vaient se rencontrer aussi à l'étranger et qu'un voyage
d'un été, loin de rien déranger, pourrait même, peut-être,
« aider ». Il faut mentionner à ce propos que le mariage
projeté d'Athanase Ivanovitch Totski avec l'aînée des
Épantchine avait été complètement abandonné et qu'il
n'y avait même pas eu de demande formelle. La chose
s'était faite d'elle-même, sans grandes conversations et
sans aucune lutte familiale. Depuis le départ du prince,
tout était rentré dans le silence des deux côtés. Cette
circonstance était d'ailleurs au nombre des causes de
l'atmosphère lourde qui régnait alors chez les Épantchine, bien que la générale eût déclaré sur le moment
même qu'elle était prête, de joie, « à se signer des deux
mains ». Le général avait beau être en disgrâce et se sentir
coupable, il ne resta pas longtemps à bouder ; il regrettait
Athanase Ivanovitch : « Une pareille fortune et un homme
si adroit ! » Peu après, il apprit qu'Athanase Ivanovitch
avait été séduit par une voyageuse française de la plus
haute société, marquise et légitimiste, que le mariage
allait se faire et qu'Athanase serait emmené à Paris, et
ensuite quelque part en Bretagne. « Allons ! avec cette
Française, le voilà perdu ! » décida le général.

Les Épantchine, donc, se préparaient à partir au début
de l'été, mais soudain se produisit une circonstance qui
de nouveau changea tout et le voyage fut encore une fois
remis, pour la plus grande joie du général et de la générale. A Pétersbourg arriva de Moscou un certain prince
Chtch., personnage d'ailleurs connu, et connu du bon et
du meilleur côté. C'était un de ces hommes, ou même,
pourrait-on dire, de ces hommes d'action de ces derniers
temps, honnêtes, modestes, sincèrement et consciemment désireux de se rendre utiles, qui toujours travaillent
et se distiguent par cette qualité heureuse et rare de se
trouver toujours un travail. Sans se mettre en vedette,
évitant les acharnements et les vains discours des partis,
ne s'estimant pas du nombre des tout premiers, le prince
avait compris beaucoup de ce qui s'accomplit dans ces
derniers temps, et cela très solidement. D'abord il avait
servi l'État, ensuite participé à l'activité des zemstvos [82].
En outre, il était le précieux correspondant de plusieurs

sociétés savantes. De concert avec un technicien connu, il contribuait, par les données recueillies et les recherches effectuées, à faire donner un plus juste tracé à une des plus importantes lignes de chemin de fer en projet. Il avait dans les trente-cinq ans. Il appartenait à «la plus haute société» et de plus possédait «une belle fortune, sérieuse, indiscutable», comme disait le général, qui avait eu l'occasion dans une affaire assez importante, de le voir et de faire connaissance avec lui chez le comte, son directeur. Le prince, par une certaine curiosité qui lui était propre, ne laissait jamais échapper l'occasion de connaître «un homme d'action». Le prince avait fait connaissance aussi avec la famille du général. Adélaïde Ivanovna, la seconde des trois sœurs, avait produit sur lui une assez forte impression. Au début du printemps, donc, il se déclara. Il plaisait beaucoup à Adélaïde, il plut aussi à Élisabeth Procofievna. Le général était très content. Naturellement, le voyage fut remis. Le mariage devait avoir lieu au printemps.

Le voyage, d'ailleurs, pouvait se faire aussi bien au milieu ou vers la fin de l'été, ne fût-ce que sous la forme d'une promenade d'un mois ou deux d'Élisabeth Procofievna avec ses deux filles restantes, pour dissiper leur chagrin après le départ d'Adélaïde. Mais il y eut encore un fait nouveau : sur la fin du printemps (le mariage avait un peu traîné et était remis jusqu'au milieu de l'été) le prince Chtch. introduisit chez les Épantchine un de ses parents éloignés, d'ailleurs fort bien connu de lui. C'était un certain Eugène Pavlovitch R., un homme encore jeune, dans les vingt-huit ans, aide de camp de S.M., fort bien de sa personne, «d'une illustre famille», spirituel, brillant, «moderne», «d'une instruction exceptionnelle» et d'une richesse absolument inouïe. Sur ce dernier point, le général était toujours prudent. Il avait pris ses renseignements : «Véritablement, il y a quelque chose comme cela, mais il faut encore vérifier.» Ce jeune aide de camp de S. M. «plein d'avenir» était porté aux nues par la princesse Bielokonski, dans ses lettres de Moscou. Dans sa réputation, il n'y avait qu'un point un peu délicat : plusieurs liaisons, et, assurait-on, des «victoires» sur certains cœurs infortunés. Ayant vu Aglaé, il se fit extraordinairement assidu chez les Épantchine. En vérité, rien encore n'avait été dit, il n'avait même pas été fait d'allusions, mais il sembla quand même aux parents qu'il ne pouvait pas être question pour cet été de voyage à l'étranger. Aglaé, elle, était peut-être d'un autre avis.

Voilà ce qui se passait presque à la veille de la seconde apparition de notre héros sur la scène de notre récit. A ce moment, selon toute apparence, le pauvre prince Mychkine, à Pétersbourg, était parfaitement oublié. S'il s'était montré maintenant à l'improviste parmi ceux qui le connaissaient, il aurait semblé tomber des nues. Pourtant nous allons relater encore un fait et nous achèverons par là notre introduction.

Colas Ivolguine, après le départ du prince, continua d'abord sa vie d'avant : il allait au lycée, rendait visite à son ami Hippolyte, veillait sur le général, aidait Barbe à mener la maison, c'est-à-dire faisait les courses. Mais les locataires disparurent rapidement : Ferdychtchenko s'en alla on ne sait où trois jours après la scène chez Anastasie Filippovna et assez vite devint introuvable, si bien qu'on n'eut plus aucun vent de lui ; on disait qu'il était quelque part à boire, mais sans rien affirmer. Le prince était parti pour Moscou. C'en était fini avec les locataires. Dans la suite, quand Barbe fut mariée, Nina Alexandrovna et Gaby se transportèrent avec elle chez Ptitsyne, au quartier Izmaïlov [83]. Quant au général Ivolguine, presque à la même époque, il lui arriva une aventure tout à fait imprévue : il fut enfermé à la prison pour dettes. Il y avait été envoyé par sa bonne connaissance, la capitaine, pour des billets qu'il lui avait souscrits à diverses dates, d'un montant d'environ deux mille roubles. Tout cela avait été pour lui une complète surprise, et le pauvre général était « véritablement victime de sa confiance démesurée dans la générosité du cœur humain, pour parler en général ». Ayant contracté l'habitude rassurante de souscrire des reconnaissances de dettes et des billets à ordre, il n'envisageait pas la possibilité de leur mise à exécution à un moment quelconque ; il se figurait que c'était « comme ça », sans importance. Il se trouva que ce n'était pas

« comme ça ». « Après cela, ayez foi dans les gens, faites preuve d'une noble confiance ! » s'écriait-il avec amertume, attablé avec ses nouvelles connaissances de la maison Tarassov devant une bouteille d'eau-de-vie, à leur raconter des histoires sur le siège de Kars et sur le soldat ressuscité. Il s'acclimata là à merveille. Ptitsyne et Barbe disaient que c'était là sa véritable place ; Gaby le confirma entièrement. Seule la pauvre Nina Alexandrovna pleurait amèrement en sourdine (ce qui étonnait ses familiers) et, toujours égrotante, se traînait aussi souvent qu'elle le pouvait jusqu'à la maison Tarassov pour voir son mari.

Mais depuis « l'histoire du général », comme disait Colas, et en général depuis le mariage de sa sœur, Colas avait presque totalement échappé aux siens, il en était même venu dans les derniers temps, à rentrer rarement à la maison pour la nuit. Le bruit courait qu'il avait fait quantité de nouvelles connaissances ; en outre, il était bien connu aussi à la prison pour dettes. Là, Nina Alexandrovna ne pouvait pas se passer de lui ; à la maison, on ne l'inquiétait même pas de questions indiscrètes. Barbe, qui le traitait naguère si sévèrement, ne le soumettait plus maintenant au moindre interrogatoire sur ses pérégrinations ; quant à Gaby, au grand étonnement de la famille, il conversait avec lui tout à fait amicalement et le recherchait même parfois malgré son humeur noire, ce qui n'arrivait jamais auparavant, car Gaby avec ses vingt-sept ans n'accordait pas la moindre attention sympathique à ce frère de quinze ans, le traitait grossièrement, voulait que tout le monde n'eût pour lui que sévérité et menaçait constamment de « lui tirer les oreilles », ce qui poussait Colas « aux dernières limites de la patience humaine ». On aurait pu croire que maintenant Gaby avait parfois besoin de Colas. Une chose avait beaucoup frappé celui-ci : Gaby avait rendu l'argent à Anastasie ; pour cela il était prêt à beaucoup lui pardonner.

Trois mois étaient passés depuis le départ du prince, quand chez les Ivolguine on apprit que Colas avait fait connaissance avec les Épantchine et était très bien reçu par les demoiselles. Barbe en avait été informée rapide-

ment; Colas avait fait ces connaissances non point par
Barbe, mais «de lui-même». Peu à peu, chez les Épantchine, on l'avait pris en affection. La générale, au début,
était très mécontente de lui, mais bientôt elle le combla
d'attentions «pour sa franchise et parce qu'il n'était pas
flatteur». Que Colas ne fût pas flatteur, c'était parfaitement exact; il sut se mettre chez eux sur un pied d'égalité
et d'indépendance complètes, tout en faisant parfois à la
générale la lecture d'un livre ou d'un journal, — mais il
avait toujours été serviable. Une ou deux fois cependant il
se fâcha sérieusement avec Élisabeth Procofievna, en lui
déclarant qu'elle était un tyran et qu'il ne mettrait plus le
pied chez elle. La première fois, la querelle avait surgi à
propos de «la question féminine [84]»; la seconde fois à
propos de ce problème : à quel moment de l'année vaut-il
mieux faire la chasse aux serins? La chose est invraisemblable, mais le surlendemain de la discussion la générale
envoya à Colas un valet avec un billet lui demandant de
venir sans faute la voir; il ne fit pas de manières et vint
aussitôt. Seule Aglaé était toujours mal disposée à son
égard et le traitait de haut. C'était justement elle qu'il
était destiné à étonner. Un jour — dans la semaine de
Pâques —, saisissant un instant où ils étaient seuls, Colas
remit à Aglaé une lettre en lui disant seulement qu'il
devait la remettre à elle seule. Aglaé toisa d'un œil
menaçant «le gamin prétentieux». Mais Colas n'entendit
pas et s'en fut. Elle ouvrit la lettre et lut :

« Vous m'avez naguère honoré de votre confiance.
Peut-être ne m'avez-vous pas tout à fait oublié. Comment
se fait-il que je vous écrive? Je n'en sais rien; mais un
désir irrésistible m'est venu de me rappeler à votre souvenir, précisément au vôtre. Combien de fois vous
m'avez toutes trois été nécessaires, mais des trois je ne
voyais que vous. Vous m'êtes nécessaire, très nécessaire.
De moi je n'ai rien à vous écrire, rien à vous raconter. Je
n'en avais d'ailleurs pas l'intention; je souhaite terriblement que vous soyez heureuse. Êtes-vous heureuse?
Voilà : c'est tout ce que je voulais vous dire.

                    Votre frère, le prince L. Mychkine. »
Après avoir lu ce billet tout court et assez insensé,

Aglaé soudain rougit tout entière et se prit à songer. Il
nous serait difficile de reproduire le cours de ses pensées.
Entre autres, elle se demanda : « Faut-il le montrer ? » Elle
éprouvait une espèce de honte. Elle finit par jeter la lettre,
avec un sourire railleur et bizarre, au fond d'un tiroir. Le
lendemain, elle l'en retira et la plaça dans un gros livre à
forte reliure (ce qu'elle faisait toujours avec ses papiers,
pour les retrouver plus vite en cas de besoin [85]). Seulement huit jours après, il lui arriva de regarder quel livre
c'était : *Don Quichotte de la Manche* [86]. Elle éclata de
rire : savoir pourquoi ?

On ne sait pas non plus si elle montra son nouveau bien
à l'une ou l'autre de ses sœurs.

Mais déjà au moment où elle avait lu la lettre, une idée
lui était subitement venue : est-ce que ce gamin prétentieux, ce petit fanfaron aurait été élu par le prince comme
son correspondant et qui sait même comme son unique
correspondant ici ? Était-ce chose possible ? Elle prit alors
un air d'extrême dédain, mais n'en interrogea pas moins
Colas. Le « gamin » toujours susceptible, pour une fois,
ne prêta pas la moindre attention au dédain ; très brièvement et assez sèchement il expliqua à Aglaé qu'il avait
sans doute, à tout hasard, communiqué son adresse au
prince lors de son départ de Pétersbourg et qu'il lui avait
offert ses services, mais que c'était la première commission qu'il eût reçue de lui, et la première lettre, et à
l'appui de ses dires, il présenta la lettre qui lui était
adressée à lui. Aglaé, sans vergogne, la lut. Voici ce qu'il
était dit :

« Mon cher Colas, ayez la bonté de remettre le billet
ci-inclus et cacheté à Aglaé Ivanovna. Portez-vous
bien.

Votre affectionné prince L. Mychkine. »

— C'est quand même ridicule de prendre pour confi-
dent un bambin pareil, prononça Aglaé vexée, en rendant
à Colas sa lettre, et méprisante elle passa devant lui.

Cela, décidément, Colas ne put le souffrir : il avait,
justement pour la circonstance, emprunté à Gaby, sans lui
dire la raison, son foulard vert tout neuf. Il était cruellement blessé.

II

On était dans les premiers jours de juin, il y avait une bonne semaine que, chose rare, le temps se maintenait au beau à Pétersbourg. Les Épantchine possédaient une luxueuse villa à Pavlovsk. Élisabeth Procofievna soudain s'agita et se mit en branle ; il y eut à peine deux jours d'agitation, et on se transporta à la villa.

Le lendemain ou le surlendemain du départ des Épantchine, par le train du matin, arriva de Moscou le prince Léon Nicolaevitch Mychkine. Personne n'avait été l'attendre à la gare ; mais à sa descente du wagon le prince crut soudain saisir le regard brûlant, étrange, de deux yeux[87] dans la foule qui entourait les arrivants. Quand il regarda plus attentivement, il ne distingua plus rien. Évidemment, ce n'avait été qu'une impression fugitive ; mais une impression désagréable. A cela s'ajoutait que le prince était déjà chagrin et pensif et semblait préoccupé.

Son cocher le conduisit à un hôtel situé non loin de la Liteinaia. C'était un assez mauvais hôtel. Le prince prit deux petites pièces, sombres et mal meublées, fit sa toilette, s'habilla, ne demanda rien et sortit précipitamment, comme s'il avait craint de perdre son temps ou de manquer quelqu'un.

Si quelqu'un l'avait regardé maintenant, de ceux qui l'avaient connu six mois plus tôt à Pétersbourg lors de sa première apparition, il aurait conclu sans doute qu'il avait changé en mieux, en beaucoup mieux. Mais au fond il n'en était rien. Le vêtement seul était complètement changé : toutes les pièces en étaient autres, coupées à Moscou et chez le bon faiseur. Mais son vêtement même avait un défaut : il était trop à la mode (comme font toujours les tailleurs consciencieux, mais sans grand talent), surtout pour un homme qui ne s'y intéressait aucunement, de sorte qu'à un examen attentif du prince un individu porté à la moquerie aurait peut-être trouvé matière à sourire. Mais de quoi ne rit-on pas ?

Le prince prit une voiture et se rendit aux Sablons. Dans une des rues Rojdestvenski[88] il trouva bientôt une maison de bois de petites dimensions. Avec surprise, il découvrit qu'elle était jolie, proprette, bien entretenue, avec un jardinet où poussaient des fleurs. Les fenêtres donnant sur la rue étaient ouvertes, et s'en échappait un bruit violent et ininterrompu de voix, presque des cris ; on aurait dit que quelqu'un lisait à haute voix ou même prononçait un discours ; la voix était coupée parfois par les rires sonores de plusieurs personnes. Le prince entra dans la cour, monta les marches du perron et demanda M. Lebedev.

— Mais le voici, répondit, en ouvrant la porte, une cuisinière aux manches retroussées jusqu'au coude, qui pointa le doigt dans la direction du « salon ».

Dans ce salon, tendu d'un papier peint bleu foncé et meublé avec soin et même quelques prétentions — à savoir : une table ronde et un canapé, une pendule de bronze sous globe, une glace assez étroite entre les fenêtres et un très ancien petit lustre à pendentifs, suspendu par une chaîne de cuivre au plafond —, se tenait, en plein milieu, M. Lebedev en personne, tournant le dos au prince, en gilet, mais sans veste, à cause de l'été, et, se frappant la poitrine, il pérorait amèrement sur un certain sujet. Les auditeurs étaient : un garçon d'une quinzaine d'années avec un visage assez joyeux et pas sot et un livre à la main ; une jeune personne dans les vingt ans, toute en deuil avec un enfant à la mamelle sur les bras ; une fillette de treize ans aussi en deuil, qui riait beaucoup en ouvrant une large bouche ; et enfin un très singulier auditeur était couché sur le divan : un garçon de vingt ans, assez beau, le teint foncé, de longs cheveux épais, de grands yeux noirs, avec des commencements de favoris et de barbe. Cet auditeur, semblait-il, interrompait et critiquait fréquemment les exercices oratoires de Lebedev ; c'était sans doute à lui que faisaient écho les rires du reste du public.

— Lucien Timofiéitch ! Hé, Lucien Timofiéitch ! Voyez-vous ça ! Mais regardez donc par ici !... Que le diable vous emporte, alors !

Et la cuisinière s'en alla, levant les bras au ciel, fâchée au point d'en être toute rouge.

Lebedev se retourna, et aperçut le prince. Il resta quelque temps inerte, comme frappé par la foudre, puis il s'élança vers lui avec un sourire obséquieux, mais en chemin se figea de nouveau, en prononçant seulement :

— Prince sé-sé-sérénissime !

Mais soudain, comme s'il n'avait toujours pas la force de prendre une contenance, il se retourna et sans rime ni raison se jeta d'abord sur la personne en deuil qui avait dans les bras un enfant, et qui de surprise fit un pas en arrière ; puis, la laissant là, aussitôt il s'élança sur la fillette de treize ans plantée sur le seuil de la pièce suivante et qui continuait à sourire des restes de son rire de tout à l'heure. Celle-là ne soutint pas ses cris et sur le champ s'enfuit à la cuisine. Lebedev tapa des pieds contre elle, pour l'épouvanter encore plus ; mais, rencontrant le regard du prince, qui le considérait interdit, il prononça en guise d'explication :

— C'est pour... me faire respecter, hé-hé-hé !

— Vous avez tort..., commença le prince.

— Tout de suite, tout de suite, tout de suite... en ouragan !

Et Ledebev, rapidement, disparut de la pièce. Le prince regarda avec étonnement la jeune personne, le jeune garçon et l'homme allongé sur le canapé : tous riaient. Le prince aussi rit.

— Il est allé endosser son habit, dit le garçon.

— Comme tout cela est ennuyeux, dit le prince... Et moi qui pensais... Dites-moi, il est...

— Ivre, vous croyez ? cria la voix du canapé. Pas le moins du monde ! Oui, peut-être trois ou quatre petits verres, allons, cinq à la rigueur. Qu'est-ce que c'est que ça ? Une discipline.

Le prince se tournait vers la voix venant du canapé, quand la jeune personne parla et, avec le plus grand air de franchise sur son gentil visage, elle dit :

— Le matin, il ne boit jamais beaucoup. Si vous avez besoin de lui pour quelque affaire, parlez-lui maintenant. C'est le moment. Le soir, quand il revient, il est ivre. Et même maintenant, c'est surtout avant de se coucher qu'il pleure et nous lit la Bible, parce que la mère est morte, il y a de cela cinq semaines.

— S'il s'est sauvé, c'est sûrement parce qu'il lui aurait été difficile de vous répondre, dit en riant le jeune homme du canapé. Je parie qu'il est en train de vous mettre dedans et qu'en ce moment il médite son coup.

— Tout juste cinq semaines ! Juste cinq semaines ! répéta Lebedev, réapparaissant en habit, clignant des yeux et tirant de sa poche un mouchoir pour essuyer ses larmes. Nous sommes orphelins !

— Allons, pourquoi vous montrez-vous tout troué ? dit la jeune personne. Là, derrière la porte, vous avez une redingote toute neuve : vous ne l'avez pas vue, peut-être ?

— Silence, la cigale ! lui lança Lebedev. Tais-toi ! Il tapa des pieds. Mais cette fois elle se contenta de rire.

— N'essayez pas de me faire peur, je ne suis pas Tania, je ne me sauverai pas. Tenez, vous ne ferez que réveiller la petite Aimée et elle y gagnera encore des convulsions. A quoi bon crier ?

— Ni ni ni ! Puisse ta langue... fit Lebedev, très épouvanté. Et, se jetant sur l'enfant qui dormait dans les bras de sa fille, il le signa plusieurs fois d'un air effrayé. — Seigneur conserve-le ! Seigneur, préserve-le ! — C'est mon enfant nouveau-né, ma fille Aimée, reprit-il à l'adresse du prince. Elle est née de mon très légitime mariage avec Hélène, ma défunte femme, morte en couches. Quant à ce bout de femme, en deuil, c'est ma fille Viéra... Et celui-ci, ô celui-ci...

— Quoi ? Le souffle te manque ? cria le jeune homme. Continue donc ! N'aie pas honte !

— Altesse ! s'écria Lebedev dans un élan soudain. Vous avez suivi, dans les journaux, le massacre de la famille Jemarine[89] ?

— Je l'ai lu, fit le prince, non sans quelque étonnement.

— Bon ! Eh bien, celui-ci, c'est le véritable assassin de la famille Jemarine. C'est lui en personne !

— Que dites-vous là ? fit le prince.

— Je veux dire : allégoriquement, c'est le futur second

assassin d'une seconde famille Jemarine à venir, s'il doit
y en avoir une. Il s'y prépare...

Tout le monde rit. L'idée vint au prince que peut-être
Lebedev se défendait et faisait le pitre parce que, pré-
voyant ses questions, il ne savait comment y répondre et
tâchait de gagner du temps.

— Il est en révolte! Il trame des complots! criait
Lebedev, comme incapable désormais de se retenir. Allons, ai-je la possibilité, suis-je en droit de considérer une
pareille vipère, une pareille prostituée [90] si j'ose dire, un
pareil monstre, comme mon propre neveu, le fils unique
de ma défunte sœur Anysie?

— Mais cesse donc, espèce d'ivrogne! Le croiriez-
vous, prince, il s'est mis en tête, maintenant, de faire
l'avocat, de suivre des affaires en justice; il s'est lancé
dans l'éloquence et il ne s'exprime plus à la maison, avec
les enfants, qu'en style sublime. Il y a cinq jours, il a
parlé devant les juges de paix [91]. Et qui a-t-il imaginé de
défendre? Non pas une vieille femme qui le priait et
suppliait, et qu'un gredin d'usurier avait dépouillée en
s'appropriant toute sa fortune, cinq cents roubles, mais
cet usurier même, un certain Zeidler, un Juif. Il lui avait
promis cinquante roubles...

— Cinquante roubles si je gagnais, et cinq seulement
si je perdais, expliqua soudain Lebedev, d'une voix tout
autre que précédemment, comme s'il n'avait jamais crié.

— Et il a foiré, bien sûr: ce n'est plus l'ancien régime.
On l'a tout bonnement tourné en ridicule. Mais il est resté
content de lui. Il pérorait: «Rappelez-vous, messieurs les
juges impartiaux, que ce triste vieillard, privé de ses
jambes, vivant de son honnête labeur, va perdre son
dernier morceau de pain; rappelez-vous des sages paroles
du législateur: Que règne dans les tribunaux la clémence [92]!» Et, le croirez-vous, chaque matin il nous
ressert ici ce même discours, exactement comme il
l'a prononcé là-bas; aujourd'hui, c'était la cinquième
fois: tenez, juste avant votre arrivée il le récitait encore,
tellement il lui a plu. Il s'en lèche les babines. Et il
se prépare à défendre encore quelqu'un. Vous êtes,
je crois, le prince Mychkine? Colas m'a dit qu'il n'a ja-

mais rencontré sur terre une personne plus intelligente...

— Non ! Non ! Il n'y a pas sur terre plus intelligent ! reprit sur-le-champ Lebedev.

— Celui-là, bien sûr, ment. L'un vous aime, l'autre veut vous plaire. Moi, je n'ai nulle intention de vous flatter, sachez-le bien. Vous avez votre bon sens, vous : eh bien, décidez entre lui et moi. Voyons, veux-tu que le prince nous départage ? lança-t-il à son oncle. Je suis même enchanté, prince, que vous vous soyez trouvé là.

— Je le veux ! s'écria Lebedev, décidé, et involontairement il se retourna vers le public qui commençait de nouveau à s'approcher.

— Mais enfin, que se passe-t-il ici ? dit le prince en fronçant les sourcils.

Il avait vraiment mal à la tête, et puis il était de plus en plus persuadé que Lebedev le bernait et ne tenait qu'à retarder les choses sérieuses.

— Exposé de la cause. Je suis son neveu, là-dessus il n'a pas menti, bien qu'il mente toujours. Je n'ai pas terminé mes études, mais je veux les terminer et j'en ferai à mon idée, parce que j'ai du caractère. Pour l'instant, pour vivre, je prends une place de vingt-cinq roubles au chemin de fer. A côté de cela, je l'avoue, deux ou trois fois il m'est venu en aide. J'avais vingt roubles, je les ai perdus au jeu !

— Au profit d'un gredin, à qui il ne fallait pas les payer ! cria Lebedev.

— Oui, un gredin, mais à qui il fallait les payer, continua le jeune homme. Que ce soit un gredin, ça, j'en témoigne moi aussi, et pas seulement parce qu'il t'a rossé. Prince ! C'est un officier mis au rebut, un ancien lieutenant, de l'ancienne bande de Rogojine, et il donne des leçons de boxe. Ils sont tous maintenant à battre le pavé, depuis que Rogojine les a licenciés. Mais le pis, c'est que je le savais, que c'est un gredin, un vaurien et un filou, et j'ai quand même accepté de jouer avec lui, et je me suis dit, en lâchant mon dernier rouble (nous jouions aux bâtons [93]) : Si je perds, j'irai trouver l'oncle Lucien, je le saluerai bien bas, et il ne me refusera pas.

Ça, c'est de la bassesse, oui, elle est là! la bassesse! Et c'est une vilenie consciente!

— Oui, c'est une vilenie consciente, oui! répéta Lebedev.

— Allons, ne triomphe pas, attends encore, cria le neveu offensé. Comme il est content! Je suis venu ici le trouver, prince, et je lui ai tout avoué; j'ai agi noblement, je ne me suis pas ménagé, je me suis insulté devant lui tant que j'ai pu, tout le monde ici a été témoin. Pour prendre cette place au chemin de fer, il faut absolument que j'aie de quoi m'équiper tant bien que mal: je suis en loques. Tenez, regardez mes bottes! Autrement, je ne peux pas me montrer, et si je ne me présente pas le jour fixé, la place sera prise par un autre, et me voilà de nouveau sur le pavé, et savoir quand je trouverai une autre place. Je ne lui demande que quinze roubles et je m'engage à ne plus jamais rien demander, et de surcroît dans les trois premiers mois je lui payerai toute ma dette jusqu'au dernier kopek. Je tiendrai parole. Je sais me mettre au pain et à l'eau [94] des mois entiers, parce que j'ai du caractère. Dans ces trois mois je toucherai soixante-quinze roubles. Avec les sommes précédentes, je lui devrai en tout trente-cinq roubles. Donc j'aurai de quoi lui rendre. Qu'il me prenne l'intérêt qu'il voudra, soit! Est-ce qu'il ne me connaît pas? Demandez-lui, prince: avant, quand il m'aidait, lui ai-je rendu, ou non? Pourquoi refuse-t-il maintenant? Il est furieux de ce que j'aie payé son dû à ce lieutenant, c'est l'unique raison! vous voyez quel homme c'est: pour lui rien, rien pour les autres!

— Et il reste là! s'écria Lebedev. Il s'est installé ici et il ne s'en va plus.

— Je te l'ai déjà dit. Je ne m'en irai pas jusqu'à ce que tu me donnes. Vous avez l'air de sourire, prince? Il me semble que vous ne me donnez pas raison?

— Je ne souris pas, mais, à mon avis, en effet, vous n'avez pas tout à fait raison, répondit le prince à contre-cœur.

— Alors, dites franchement que j'ai tort tout à fait, ne vous défilez pas. Qu'est-ce que «pas tout à fait»?

— Si vous le voulez, vous avez tout à fait tort.

— Si je le veux ! Voilà qui est drôle. Mais est-ce que vous vous figurez que je ne sais pas moi-même qu'il est délicat d'agir ainsi, que son argent lui appartient, qu'il est libre, et qu'en un sens je lui fais violence. Mais vous, prince..., vous ne connaissez pas la vie. Si on ne leur apprend pas à vivre, on n'en fera jamais rien. Il faut leur apprendre. J'ai la conscience tranquille, en conscience je ne lui cause aucun tort, je lui rendrai avec les intérêts. La satisfaction morale, il l'a reçue aussi : il a vu mon abaissement. Que lui faut-il de plus ? A quoi sera-t-il bon, lui, s'il ne se rend pas utile ? Permettez : que fait-il ? demandez-lui donc ce qu'il fait avec les autres et comment il trompe le monde. Avec quoi a-t-il payé cette maison ? Je donne ma tête à couper, s'il ne vous a pas déjà berné ? et s'il n'a pas déjà étudié le moyen de continuer à vous berner ! Vous souriez, vous ne me croyez pas ?

— Il me semble que tout cela ne concerne pas trop votre affaire, observa le prince.

— C'est le troisième jour déjà que je couche ici, et qu'est-ce que je n'ai pas vu ! cria le jeune homme, sans écouter. Figurez-vous que cet ange, cette fille maintenant orpheline, ma cousine germaine, sa propre fille, eh bien il la soupçonne, chaque nuit il cherche si elle ne cache pas des amants ! Ici, où je suis, il vient en cachette, il cherche sous le divan. Il a perdu la raison à force de méfiance, il voit des voleurs dans tous les coins. Toute la nuit à chaque instant il se lève en sursaut, tantôt il va voir si les fenêtres sont bien fermées, tantôt il vérifie les portes, il regarde dans le poêle et cela six ou sept fois dans la nuit. Au tribunal, il défend les gredins, et ici à trois reprises il se relève la nuit pour faire des prières, tenez, ici au salon, à genoux, il tape du front contre le plancher, une demi-heure chaque fois et pour qui ne s'avise-t-il pas de prier, qu'est-ce qu'il ne raconte pas ? Est-ce l'ivresse ? Il a prié pour le repos de l'âme de la comtesse du Barry [95], je l'ai entendu de mes propres oreilles, et Colas aussi l'a entendu. Il a tout à fait perdu la raison !

— Vous voyez, vous entendez comme il me couvre de honte, prince, s'écria Lebedev, rouge et visiblement hors de lui. Mais ce qu'il ne sait pas, c'est que moi, l'ivrogne

et le coureur, le brigand et le mauvais sujet, j'ai peut-être
ce mérite que ce persifleur, encore nouveau-né, je l'ai
langé, je l'ai baigné dans son baquet, et puis que chez ma
sœur Anysie, veuve et misérable, j'ai passé des nuits,
moi, misérable comme elle, j'ai passé des nuits blanches
à les soigner l'un et l'autre dans leurs maladies, j'ai volé
du bois en bas chez le dvornik, je lui ai chanté des
chansons, en faisant claquer mes doigts, le ventre creux,
enfin je l'ai élevé, et maintenant, vous voyez, il se moque
de moi ! Et qu'est-ce que ça peut te faire si vraiment j'ai
fait un jour ou l'autre des signes de croix pour le repos de
l'âme de la comtesse du Barry ? C'est il y a trois jours,
prince, que j'ai lu sa vie pour la première fois dans
l'Encyclopédie [96]. Mais le sais-tu, toi, ce que c'était, la
comtesse du Barry ? Dis-le, le sais-tu, ou non ?

— Tu es le seul à le savoir, peut-être ? murmura le
jeune homme railleur, mais sans entrain.

— C'était une comtesse qui, sortie de l'infamie, a fait
la reine et qu'une grande impératrice, dans une lettre
autographe, a appelée ma cousine. Un cardinal, nonce du
pape, au lever du roi [97] (tu sais ce que c'était, le lever du
roi ?), s'est proposé pour lui enfiler ses bas de soie sur les
jambes nues, et encore comme un grand honneur : un
prince de l'Église [98] ! Sais-tu cela ? Je lis sur ton visage
que tu ne le savais pas. Bon, et comment est-elle morte ?
Réponds, si tu le sais !

— Va-t'en au diable ! Tu m'embêtes.

— Elle est morte voici comment. Après tant d'honneurs, cette ancienne potentate a été traînée à la guillotine
par le bourreau Sanson, innocente, pour la joie des pois-
sardes parisiennes. De peur, elle ne comprend pas ce qui
lui arrive. Elle sent qu'il lui courbe le cou sous le couperet et qu'il la pousse à coups de pied — les autres
riaient — et elle crie : «Encore un moment, monsieur le
bourreau, encore un moment [99] ! » Eh bien, pour ce «encore un moment », le Seigneur lui pardonnera peut-être,
parce qu'il est impossible de se figurer pour l'âme humaine une pire misère [100]. Sais-tu ce que signifie ce mot
«misère » ? Eh bien, la misère, c'est justement ce moment-là. Ce cri de la comtesse, ce «encore un moment »,

quand je l'ai lu, j'en ai eu le cœur comme pris entre des tenailles. Et qu'est-ce que ça peut te faire à toi, vermisseau, si avant de me coucher l'envie m'a pris de la nommer, cette grande pécheresse, dans mes prières? Et peut-être que je l'ai nommée parce que, depuis que le monde est monde, personne, j'en suis sûr, n'a jamais fait un signe de croix pour elle et n'y a même jamais pensé. Et s'il lui est agréable à elle, dans l'autre monde, de sentir qu'il s'est trouvé un autre pécheur comme elle qui, au moins une fois sur cette terre, a prié pour elle? Qu'est-ce que tu as à rire? Tu ne crois pas, tu es athée. Mais qu'en sais-tu? Et puis tu en as menti, si tu m'as vraiment écouté. Je n'ai pas prié seulement pour la comtesse du Barry, j'ai dit comme ceci: «Donne le repos, Seigneur, aux âmes de la grande pécheresse la comtesse du Barry et de tous ceux qui lui ressemblent», et c'est une tout autre chose, car il y en a beaucoup de ces grandes pécheresses et de ces exemples des retournements de la Fortune et de ces malheureux qui maintenant là-bas sont troublés et gémissent et attendent. Et d'ailleurs moi, j'ai prié en même temps aussi pour toi et pour ceux qui te ressemblent, les insolents et les offenseurs, — puisque tu as voulu écouter comment je priais...

— Bon, assez, ça suffit. Prie pour qui tu veux, va-t'en au diable, assez crié! interrompit le neveu, vexé. C'est qu'il a de la lecture, prince, vous ne saviez pas? ajouta-il avec un rire gêné. Il est en train de lire toutes sortes de petits livres et de mémoires... de cette espèce.

— Votre oncle, malgré tout... il n'est pas insensible quand même, observa le prince sans enthousiasme. — Ce jeune homme lui devenait tout à fait antipathique.

— Mais vous allez, ma foi, le pourrir de louanges! Regardez: le voilà déjà la main sur le cœur, la bouche gourmande, vous l'avez affriolé. «Pas insensible», je veux bien, mais filou, voilà le malheur, et de plus ivrogne; il est tout détraqué, comme tout homme qui boit depuis des années, et pour cela tout grince chez lui. Ses enfants, il les aime, admettons, et il respectait ma tante défunte... Moi, il va jusqu'à m'aimer; la preuve, c'est

qu'il m'a laissé quelque chose, je vous jure, dans son
testament...

— Rien ! je ne te laisserai rien ! cria avec acharnement
Lebedev.

— Écoutez-moi, Lebedev, dit fermement le prince en
se détournant du jeune homme. Je sais par expérience que
vous êtes un homme pratique, quand vous le voulez. J'ai
maintenant très peu de temps, et si vous... Excusez-moi,
comment vous appelle-t-on, j'ai oublié ?

— Ti-ti-timothée.

— Et ?

— Loukianovitch.

De nouveau, tous les assistants éclatèrent de rire.

— Il a menti ! cria le neveu. Même là, il a menti !
Prince, il ne s'appelle pas du tout Timothée Loukianovitch, mais Lucien Timofieevitch. Allons, dis-nous pourquoi tu as menti ! Est-ce que ça ne t'est pas égal, de
t'appeler Lucien ou Timothée, et au prince qu'est-ce que
ça lui fait ? Vous savez, c'est uniquement par habitude
qu'il ment. Je vous assure !

— Pas possible, c'est vrai ? demanda le prince avec
impatience.

— Lucien Timofieevitch, en effet, reconnut Lebedev
tout confus, baissant humblement les yeux et de nouveau
posant la main sur son cœur.

— Mais pourquoi cela, mon Dieu ?

— Par auto-humiliation, chuchota Lebedev, baissant
toujours plus et plus humblement la tête.

— Eh, quelle auto-humiliation y a-t-il là ! Si je savais
seulement où trouver Colas maintenant ! dit le prince, et il
tournait déjà le dos pour s'en aller.

Le jeune homme offrit de nouveau ses services.

— Je vais vous dire, moi, où est Colas.

— Non, non, non ! intervint précipitamment Lebedev,
en s'agitant.

— Colas a passé la nuit ici, mais sur le matin il est parti
à la recherche de son général, que vous avez racheté, Dieu
sait pourquoi, prince, de la prison pour dettes. Le général
avait promis hier de venir coucher ici, mais il n'est pas
venu. Le plus probable est qu'il aura passé la nuit à l'hôtel

de « la Balance », tout près d'ici. Donc Colas est là, ou bien
à Pavlovsk chez les Épantchine. Il avait de l'argent, déjà
hier il voulait y aller. Ainsi, par conséquent : à « la Balance » ou bien à Pavlovsk.

— A Pavlovsk, à Pavlovsk !... Et nous, allons par ici,
par ici, au jardin et... un petit café....

Et Lebedev entraîna le prince, qu'il avait pris par le
bras. Ils sortirent de la pièce, traversèrent une courette et
passèrent un portillon. Il y avait là, en effet, un très petit
et très gentil jardinet où, grâce au beau temps, tous les
arbres étaient déjà partis. Lebedev fit asseoir le prince sur
un banc de bois peint en vert, devant une table verte fixée
au sol, et prit place en face de lui. Une minute après
apparut effectivement le café. Le prince ne refusa pas.
Obséquieux et avide, Lebedev continuait à le regarder
dans les yeux.

— Je ne savais pas, vraiment, que vous aviez une
pareille installation, dit le prince de l'air d'un homme qui
pense à tout autre chose.

— Or-orphelins !... commença Lebedev, courbé en
deux, mais il s'arrêta net : le prince regardait distraitement devant lui et déjà, bien sûr, avait oublié sa réflexion. Il se passa encore une minute. Lebedev surveil-
lait et attendait.

— Eh bien quoi ? dit le prince, comme revenant à lui.
Ah oui ! Vous savez bien vous-même, Lebedev, en quoi
consiste notre affaire : je suis venu à la suite de votre
lettre. Parlez.

Lebedev se troubla. Il voulait dire quelque chose, mais
il se borna à bégayer : rien d'articulé ne sortit. Le prince
attendit et sourit tristement.

— Je crois très bien vous comprendre, Lucien Timofieevitch : sûrement, vous ne m'attendiez pas. Vous ne
pensiez pas que je sortirais de mon trou au premier avis
de vous, et vous m'avez écrit par acquit de conscience.
Or, vous voyez, je suis venu. Allons, suffit ! n'essayez
pas de me tromper ! Assez servi deux maîtres. Rogojine
est ici depuis trois semaines déjà, je sais tout. La lui
avez-vous vendue déjà, comme l'autre fois, ou non ?
Dites la vérité.

— Le monstre l'a découverte de lui-même, de lui-même.

— Ne l'injuriez pas; sans doute, il a mal agi avec vous...

— Il m'a battu, battu! enchérit Lebedev, avec une fougue effrayante. Et dans Moscou, en pleine rue, il a lancé contre moi son chien, une levrette. Une chienne féroce.

— Vous me prenez pour un enfant, Lebedev. Dites-moi, c'est sérieux cela, qu'elle l'a laissé là... à Moscou, maintenant?

— C'est sérieux; c'est sérieux, et encore une fois presque à l'autel. L'autre comptait déjà les minutes, et elle volait ici à Pétersbourg, tout droit chez moi : « Sauve-moi, garde-moi, Lucien, et ne dis rien au prince... » Prince, elle a encore plus peur de vous que de lui, et là est la sagesse!

Et Lebedev, d'un air malin, porta le doigt à son front.

— Et maintenant vous les avez remis ensemble?

— Très illustre prince, comment pouvais-je... comment aurais-je pu empêcher?

— Bon, suffit. Je tâcherai de savoir par moi-même. Dites-moi seulement, où est-elle actuellement? Chez lui?

— Oh non! Ni-ni! Elle s'appartient. « Je suis libre », dit-elle. Et vous savez, prince, elle insiste beaucoup là-dessus : « Je suis encore parfaitement libre! » dit-elle. Elle demeure toujours au Quartier de Pétersbourg [101] dans la maison de ma belle-sœur, comme je vous l'ai écrit.

— Et elle y est en ce moment?

— Oui, si elle n'est pas à Pavlovsk [102], vu le beau temps, dans le chalet de Daria Alexieevna. « Je suis entièrement libre », dit-elle; hier encore, elle s'est beaucoup vantée à Nicolas Ardalionovitch de sa liberté. Mauvais signe!

Et Lebedev fit un large sourire.

— Colas est souvent chez elle?

— Il est léger et incompréhensible, incapable de garder un secret.

— Il y a longtemps que vous y avez été?

— Chaque jour, chaque jour.

— Hier, par conséquent?

— N-non; il y a trois jours.

— Comme c'est dommage que vous ayez un peu bu, Lebedev! Autrement, je vous aurais demandé une chose.

— Ni-ni-ni, pas une gorgée!

Lebedev dressa les oreilles.

— Dites-moi: comment l'avez-vous laissée?

— En quête...

— En quête?

— On dirait qu'elle est toujours en quête de quelque chose qu'elle aurait perdu. Pour son prochain mariage, la seule pensée lui en est odieuse, et elle la prend pour une injure. De lui personnellement, elle se soucie comme d'une pelure d'orange, pas davantage, ou plutôt elle n'y pense qu'avec épouvante et horreur, elle défend même qu'on lui en parle, et s'ils se voient, c'est seulement par nécessité... et lui le sent bien! Mais il faudra en passer par là!... Elle est inquiète, moqueuse, sans parole, querelleuse...

— Sans parole et querelleuse?

— Querelleuse; car c'est tout juste si elle ne m'a pas pris aux cheveux, l'autre fois, pour des paroles. J'ai tâché de la sermonner avec l'Apocalypse.

— Comment cela? interrogea le prince, pensant avoir mal entendu.

— En lui lisant l'Apocalypse. La dame a l'imagination inquiète, hé-hé! Et avec cela, j'ai fait l'observation qu'elle a un fort penchant pour les sujets sérieux, fût-ce même étrangers à sa vie. Elle aime, elle aime cela et même elle y voit une marque particulière d'estime à son égard. Mais oui! Or moi, je suis fort dans l'explication de l'Apocalypse. Voilà quinze ans bientôt que je m'en occupe. Elle est d'accord avec moi que nous sommes dans l'âge du troisième cheval, le cheval noir, et du cavalier qui tient à la main une mesure, car tout, au siècle où nous sommes, est mesure et contrat, et tous les hommes recherchent seulement leur droit. «Une mesure de blé pour un denier et trois mesures d'orge pour un denier...» et encore ils veulent conserver avec cela l'esprit libre et le cœur pur et le corps sain et tous les dons de Dieu. Mais ce n'est pas avec le droit pur et simple qu'ils les conserveront, et ensuite viendront le cheval pâle et Celui dont le nom est Mort, et derrière lui, l'Enfer [103]... Voilà de quoi, dans nos rencontres, nous traitons, et cela a fortement agi.

— Vous-même, vous croyez ainsi? demanda le prince, en embrassant Lebedev d'un regard étrange.

— Je crois et j'interprète ainsi. Car je suis pauvre et nu, un atome dans la sarabande des hommes. Et qui honorera Lebedev? Chacun s'exerce à ses dépens et c'est tout juste si chacun ne l'accompagne pas d'un coup de pied. Mais là, dans l'interprétation, je suis l'égal d'un seigneur. L'intelligence! Et un seigneur a tremblé devant moi... sur son fauteuil, en touchant le vrai par son esprit. Son Excellence Nil Alexieevitch, il y a deux ans, peu avant Pâques, ayant entendu parler de moi — alors que j'étais encore dans sa Direction, — me fit appeler tout spécialement, par Pierre Zakharytch, du bureau où je suis dans son cabinet et me demanda, seul à seul: «Est-ce vrai, que tu es professeur d'Antéchrist?» Je ne le dissimulai point: «Je le suis», dis-je, et j'exposai, et présentai, et loin d'atténuer les menaces, les augmentai encore en pensée, en développant le rouleau des allégories, et apportai des chiffres. Et il avait un petit rire, mais devant les chiffres et le reste il commença à trembler et me demanda de fermer le livre et de m'en aller, et pour Pâques il me fit donner une gratification; mais dans la semaine de Quasimodo il rendit son âme à Dieu.

— Que dites-vous là, Lebedev?

— C'est comme cela. Il est tombé de sa voiture après dîner... sa tempe a touché une borne, et, comme un petit enfant, comme un petit enfant, sur-le-champ, il s'en est allé. Soixante-treize ans, d'après ses états de service; rougeaud, les cheveux blancs, tout parfumé; il souriait tout le temps, tout le temps souriait, comme un petit enfant. Pierre Zakharytch s'est rappelé alors: «Tu l'avais prophétisé», m'a-t-il dit.

— Le prince fit mine de se lever. Lebedev s'étonna et même se montra préoccupé qu'il se levât déjà:

— Vous êtes devenu bien indifférent, hé-hé! osa-t-il observer, avec obséquiosité.

— Vraiment, je ne me sens pas très bien, j'ai la tête lourde, du voyage, sans doute, répondit le prince en fronçant les sourcils.

— Vous devriez aller à la campagne, insinua timidement Lebedev. Le prince, debout, restait pensif.

— Tenez, moi-même, dans deux ou trois jours, avec toute la maisonnée, je m'en vais au chalet, et pour préserver l'oisillon, le nouveau-né, et pour tout remettre en état ici, dans mon taudis, pendant ce temps. Et c'est aussi à Pavlovsk.

— Vous aussi, vous allez à Pavlovsk? demanda tout à coup le prince. Mais que se passe-t-il ici: tout le monde va à Pavlovsk? Et vous avez là-bas, dites-vous, un chalet à vous?

— Tout le monde ne va pas à Pavlovsk. C'est Ivan Petrovitch Ptitsyne qui m'a cédé un des chalets qu'il a acquis à bon compte. C'est joli, et élevé et vert et pas cher et de bon ton et musical, et voilà pourquoi on va à Pavlovsk. Moi, au fait, j'occuperai un petit pavillon, le chalet proprement dit...

— Vous l'avez loué?

— N-non. Pas... pas tout à fait.

— Louez-le-moi, proposa soudain le prince.

C'était, semblait-il, à quoi tendait Lebedev. Cette idée lui avait traversé le cerveau trois minutes plus tôt. Cependant il n'avait plus besoin de locataire; il en avait déjà reçu un, qui l'avait avisé qu'il prendrait peut-être le chalet. Or il savait positivement que ce n'était pas «peut-être», mais qu'il le prendrait sûrement. Mais à l'instant lui était venue soudain une autre idée, très féconde, selon ses calculs: céder le chalet au prince, en profitant de ce que le précédent candidat ne s'était pas prononcé catégoriquement. «Un conflit et un tour tout nouveau de l'affaire» s'étaient immédiatement présentés à son imagination. Il accueillit la proposition du prince presque avec enthousiasme, au point qu'à sa question concernant le prix il répondit d'un geste négligent.

— Eh bien, comme vous voudrez: je m'informerai;

vous ne perdrez rien. Tous deux sortaient alors du jardin.

— Je pourrais... vous... si vous le désiriez, je pourrais vous communiquer quelque chose de tout à fait intéressant, très honoré prince, se rapportant à ce même sujet, murmura Lebedev, qui dans sa joie papillonnait à côté et autour du prince.

Le prince s'arrêta.

— Daria Alexieevna aussi a un chalet à Pavlovsk.

— Et alors?

— Une certaine personne est son amie et apparemment a l'intention de lui rendre fréquemment visite à Pavlovsk. Elle a un but.

— Et alors?

— Aglaé Ivanovna...

— Ah, assez, Lebedev! interrompit le prince avec une sensation désagréable, comme si on avait touché son point douloureux. Tout cela... ce n'est pas ainsi. Dites-moi plutôt quand vous partez. Le plus tôt, pour moi, sera le mieux, parce que je suis à l'hôtel...

Tout en conversant, ils étaient sortis du jardin et, sans passer par les chambres, ils traversèrent la courette et se dirigèrent vers la porte.

— Mais quoi de mieux? imagina enfin Lebedev. Venez vous installer directement de l'hôtel chez moi, dès aujourd'hui, et après-demain nous irons tous ensemble à Pavlovsk.

— Je verrai, dit le prince, pensif, et il sortit dans la rue.

Lebedev le suivit du regard. Il avait été frappé par la soudaine distraction du prince. En sortant, il avait oublié même de dire «Adieu!», n'avait même pas fait un signe de la tête, ce qui ne s'accordait guère avec la politesse et les attentions que Lebedev lui connaissait.

III

Il était déjà près de midi. Le prince savait que chez les Épantchine, en ville, il ne pourrait trouver maintenant que le général, à cause de son service, et encore c'était

douteux. L'idée lui vint que le général, peut-être bien, le
prendrait avec lui et l'emmènerait tout de suite à Pavlovsk; or il avait grande envie, avant cela, de faire
une visite. Au risque d'arriver en retard chez les Épantchine et de devoir remettre au lendemain son départ pour
Pavlovsk, il décida d'aller à la recherche de la maison
dans laquelle il voulait tellement pénétrer.

Cette visite était d'ailleurs pour lui, à certains égards,
risquée. Il était embarrassé et hésitant. Il savait de cette
maison qu'elle se trouvait sur la Gorokhovaia [104], non
loin de la Sadovaia, et il décida de se rendre dans ces
parages dans l'espoir que, sur place, il aurait toujours le
temps de se décider définitivement.

En approchant du carrefour où se croisent la Gorokhovaia et la Sadovaia, il s'étonna lui-même de son trouble
inaccoutumé; il ne s'attendait pas à ce que le cœur lui
battît si douloureusement. Une maison, sans doute par sa
physionomie particulière, avait déjà de loin attiré son
attention, et le prince se souvint dans la suite qu'il s'était
dit: «C'est sûrement celle-ci.» Avec une extrême curiosité il continua à avancer pour vérifier sa conjecture; il
sentait qu'il lui serait fort désagréable, il ne savait pourquoi, d'avoir deviné juste. Cette maison était grande,
sombre, haute de trois étages, sans aucun style, d'un vert
sale. Quelques maisons, très peu nombreuses d'ailleurs,
dans ce genre, bâties à la fin du siècle dernier, subsistent
encore dans ces rues-là de Pétersbourg (où tout change si
vite) presque sans modifications. Elles sont construites
solidement, avec des murs épais et de très rares fenêtres;
celles du rez-de-chaussée ont quelquefois des grilles. La
plupart du temps, il y a en bas une boutique de changeur.
Le castrat qui siège dans la boutique a son logement
au-dessus. Et dehors et dedans, tout a l'air sec et inhos-
pitalier, tout, dirait-on, se cache et se tapit, et pourquoi la
seule physionomie de la maison donne-t-elle cette impression, il serait difficile de l'expliquer. Les combinai-
sons des lignes architecturales ont, naturellement, leur
mystère. Ces maisons sont habitées, presque exclusive-
ment, par des gens de commerce.

Parvenu devant la porte cochère, en jetant un coup

d'œil sur un écriteau, le prince lut : « Maison du notable héréditaire Rogojine. » Cessant d'hésiter, il poussa une porte vitrée, qui se referma bruyamment derrière lui, et se mit en devoir de monter par le grand escalier jusqu'au premier. L'escalier était sombre, de pierre, de construction grossière, et ses parois étaient peintes en rouge. Il savait que Rogojine, avec sa mère et son frère, occupait tout le premier étage de cette triste maison. Le domestique qui ouvrit au prince l'introduisit sans l'annoncer, et cela dura longtemps : ils traversèrent une salle d'apparat dont les murs étaient « en imitation de marbre », avec un parquet de lattes de chêne et un mobilier genre 1820, lourd et massif ; ils traversèrent des sortes de petites cellules, en faisant des crochets et des zigzags, montant deux marches, trois marches et en descendant autant, et enfin ils heurtèrent à une porte. Ce fut Parthène Semionytch en personne qui l'ouvrit. Apercevant le prince, il pâlit et se figea sur place au point de ressembler un moment à une statue de pierre ; il considérait le prince d'un regard immobile et épouvanté, la bouche tordue dans une espèce de sourire hautement perplexe : on aurait dit qu'il trouvait à la visite du prince je ne sais quoi d'impossible et de quasi surnaturel. Le prince avait beau s'attendre à quelque chose de semblable, il fut surpris.

— Parthène, je tombe peut-être mal à propos, je peux m'en aller, dit-il enfin, gêné.

— Mais non, au contraire ! finit par dire Parthène, revenu à lui. Je t'en prie, entre !

Ils se disaient *tu*. A Moscou, il leur arrivait de se rencontrer souvent et longuement ; et même certains moments de leurs entrevues étaient demeurés gravés dans leur mémoire et leur cœur à tous deux. Mais il y avait maintenant plus de trois mois qu'ils ne s'étaient vus.

Sa pâleur et une sorte de tremblement convulsif, fugitif et léger, n'avaient toujours pas quitté le visage de Rogojine. Bien qu'il eût invité son visiteur à entrer, son trouble extraordinaire persistait. Tandis qu'il le conduisait à un fauteuil et l'invitait à s'asseoir devant la table, le prince se tourna par hasard vers lui et s'arrêta net sous l'impression de son regard terriblement étrange et lourd. Un souvenir lui revenait, récent, pénible, sombre. Il ne s'assit pas et demeurant immobile, regarda quelque temps Rogojine droit dans les yeux : ces yeux lui semblèrent briller encore plus fort, au premier instant. Enfin, Rogojine eut un petit rire, mais il était toujours un peu gêné et comme interloqué.

— Qu'as-tu à me fixer ainsi ? murmura-t-il. Assieds-toi !

Le prince s'assit.

— Parthène, dit-il, dis-moi franchement si tu savais que j'arriverais aujourd'hui à Pétersbourg, ou non ?

— Que tu arriverais, je le pensais bien, et, tu vois, je ne me suis pas trompé, ajouta l'autre avec un petit rire incisif. Mais d'où aurais-je pris que tu arriverais aujourd'hui ?

La brusquerie accusée et la nervosité singulière de la question qui était contenue dans la réponse frappèrent davantage encore le prince.

— Mais quand même tu aurais su que j'arrivais aujourd'hui, pourquoi t'énerver tellement ? prononça doucement le prince, troublé.

— Et toi, pourquoi me poses-tu la question ?

— Tout à l'heure, en descendant du wagon, j'ai aperçu une paire d'yeux absolument les mêmes que ceux avec lesquels tu viens de me regarder dans mon dos.

— Ah voilà ! Et à qui donc étaient ces yeux ? murmura Rogojine, soupçonneux. — Le prince crut l'avoir vu tressaillir.

— Je ne sais pas. Dans la foule, il me semble même que j'ai pu avoir un mirage ; je commence à avoir de ces mirages. Frère Parthène, je me sens à peu près dans l'état où j'étais il y a cinq ans quand j'avais des attaques.

— Eh bien quoi ? Un mirage, c'est possible, en effet. Moi, je ne sais pas, murmura Parthène.

Le sourire aimable qu'il avait sur son visage ne lui allait guère à cet instant : il semblait avoir quelque chose de brisé, que Parthène n'aurait pas eu la force de recoller, malgré ses efforts.

— Alors, tu repars pour l'étranger ? demanda-t-il, et soudain il ajouta : Tu te rappelles, quand nous étions dans le train, l'automne dernier, venant de Pskov, moi pour venir ici, et toi... avec ta pèlerine, tes mauvaises guêtres, tu t'en souviens?

Et Rogojine soudain rit, cette fois avec une sorte de franche méchanceté, qu'il était heureux, aurait-on dit, d'exprimer d'une façon quelconque.

— Tu t'es fixé ici tout à fait? demanda le prince, embrassant du regard le cabinet.

— Oui, je suis chez moi. Où pourrais-je aller encore?

— Il y a longtemps que nous ne nous sommes vus. J'ai entendu dire de toi des choses qui ne te ressemblent pas.

— Qu'est-ce qu'on ne peut pas raconter? observa sèchement Rogojine.

— Cependant tu as chassé toute ta troupe; toi-même, te voilà dans la maison paternelle; finies, les frasques! Que veux-tu, c'est bien. La maison est à toi, ou est-elle indivise?

— Elle est à ma mère. On va chez elle en traversant le couloir.

— Et ton frère, où habite-t-il?

— Siméon Semionytch, mon frère, est dans le pavillon.

— Il est marié?

— Il est veuf. Quel besoin as-tu de le savoir?

Le prince le regarda et ne répondit pas; il était soudain devenu pensif et semblait n'avoir pas entendu la question. Rogojine n'insista pas et attendit. Il y eut un silence.

— En venant ici, j'ai deviné ta maison à cent pas, dit le prince.

— Et pourquoi cela?

— Je ne sais pas du tout. Ta maison a la physionomie de toute votre famille et de toute votre vie rogojinienne; mais si on me demandait de quoi j'ai tiré cette conclusion, je serais incapable de l'expliquer. Un délire, bien sûr. Je suis même effrayé de voir à quel point cela m'inquiète. Avant, je n'aurais jamais pensé que tu habitais une pareille maison, mais à peine l'eus-je aperçue que je me suis dit: «Mais c'est précisément ainsi que doit être sa maison!»

— Voyez-vous ça! fit Rogojine, avec un vague rire,

ne saisissant pas bien la pensée obscure du prince. Cette maison a été construite par mon grand-père, remarqua-t-il. Elle a été tout le temps habitée par des castrats [105], les Khloudiakov, et encore aujourd'hui nous les avons pour locataires.

— Quelle obscurité ! Tu vis dans le noir, dit le prince en regardant, tout autour, le cabinet.

C'était une vaste pièce, haute, assez sombre, encombrée de toutes sortes de meubles : surtout de grandes tables à dossiers, un bureau, des armoires où étaient gardés des livres de commerce et certains papiers. Un large divan rouge, en cuir de Russie, servait évidemment de lit à Rogojine. Le prince remarqua sur la table devant laquelle Rogojine l'avait fait asseoir deux ou trois livres : l'un d'eux, l'*Histoire* de Soloviev [106], était ouvert et marqué d'un signet. Aux murs étaient pendus, dans des cadres dédorés, plusieurs tableaux à l'huile, sombres, enfumés, où il était très difficile de distinguer quelque chose. Un portrait grandeur nature attira l'attention du prince : il représentait un homme sur la cinquantaine en redingote de coupe allemande, mais aux longs pans, avec deux médailles au cou, une barbe grisonnante rare et assez courte, un visage jaune et ridé, le regard renfermé, douloureux, soupçonneux.

— Ne serait-ce pas ton père ? demanda le prince.

— Lui-même, répondit avec un petit rire désagréable Rogojine ; on aurait dit qu'il préparait immédiatement quelque plaisanterie osée sur son défunt père.

— Il n'était pas vieux-croyant, n'est-ce pas ?

— Non, il allait à l'église. C'est vrai qu'il disait que la vieille foi est plus juste. Il estimait beaucoup aussi les castrats. C'était son cabinet, ici. Pourquoi as-tu demandé s'il était de la vieille foi [107] ?

— Et le mariage, c'est ici qu'il sera célébré ?

— Ou-i ! répondit Rogojine. Il avait failli tressaillir à cette question inattendue.

— Ce sera bientôt ?

— Tu sais toi-même si cela dépend de moi.

— Parthène, je ne suis pas ton ennemi et je n'ai l'intention de te gêner en rien. Je te le répète aujourd'hui comme je te l'ai déclaré déjà une fois, dans un moment presque semblable. Quand ton mariage était en train de se faire, à Moscou, je ne t'ai pas gêné, tu le sais. La première fois, c'est *elle* qui s'est élancée vers moi, étant déjà presque devant l'autel, en me suppliant de la « sauver » de toi. Je te répète ses propres paroles. Ensuite, de moi aussi elle s'est sauvée, tu l'as de nouveau recherchée et conduite à l'autel, et voilà, à ce qu'on dit, qu'elle s'est encore sauvée de toi jusqu'ici. Est-ce vrai ? Moi, j'ai été informé par Lebedev, et c'est pourquoi je suis arrivé. Maintenant, que les choses se soient de nouveau arrangées ici entre vous, c'est seulement hier, en chemin de fer, que je l'ai appris pour la première fois, d'une de tes anciennes connaissances, Zaliojev, si tu veux le savoir. Je m'étais mis en route avec cette intention : la persuader enfin d'aller à l'étranger rétablir sa santé, elle est très détraquée de corps et d'âme, de la tête tout particulièrement, et, à mon avis, elle a grand besoin de se soigner. Moi-même, je ne voulais pas l'accompagner à l'étranger ; j'avais en vue d'organiser tout cela sans moi. Je te dis la vérité vraie. Si c'est la vérité vraie que les choses sont arrangées de nouveau entre vous, je ne me montrerai même pas à elle, et chez toi aussi je ne viendrai jamais plus. Tu sais toi-même que je ne te trompe pas, car j'ai toujours été franc avec toi. Je ne t'ai jamais caché ma pensée à ce sujet, et je t'ai toujours dit qu'avec toi elle ira fatalement à sa perte. Ce sera ta perte, à toi aussi, encore plus, peut-être, que pour elle. Si vous vous sépariez de nouveau, j'en serais très content ; mais je n'ai aucune intention de vous désunir et de vous désaccorder. Donc sois tranquille et ne me suspecte pas. D'ailleurs tu le sais toi-même : ai-je jamais été pour toi un rival *véritable*, même au moment où elle s'est sauvée chez moi ? Tiens, tu ris maintenant : je sais pourquoi tu as ri. Oui, nous avons vécu là-bas séparément et dans des villes différentes, et tu sais tout cela de façon certaine. Je t'ai bien expliqué, déjà à l'époque, que je l'aimais « non d'amour, mais par pitié ». Je pense que je définis exactement la chose. Tu as dit alors que tu comprenais mes paroles : c'est vrai ? Tu as compris ? Voilà ! Comme tu me regardes

haineusement! Je suis venu te tranquilliser parce que, toi
aussi, tu m'es cher. Je t'aime beaucoup, Parthène. Eh
bien, maintenant, je m'en vais et je ne reviendrai plus.
Adieu!

Le prince se leva.

— Reste encore avec moi, dit Parthène à voix basse,
sans se lever et la tête penchée sur sa paume droite. Je ne
t'ai pas vu depuis longtemps.

Le prince se rassit. Tous deux, encore une fois, se
turent.

— Moi, dès que je ne t'ai pas devant moi, aussitôt
j'éprouve contre toi de la haine, Léon Nicolaevitch. Durant ces trois mois pendant lesquels je ne t'ai pas vu, je
t'ai haï chaque minute, je te le jure. J'avais envie de te
prendre et de t'empoisonner d'une façon ou de l'autre!
C'est comme ça. Maintenant, tu n'es pas depuis un quart
d'heure avec moi, et déjà toute ma haine disparaît, et de
nouveau tu m'es cher comme avant. Reste encore avec
moi...

— Quand je suis avec toi, tu me crois, et quand je ne
suis pas là, aussitôt tu cesses de me croire et tu me
soupçonnes. Tu es comme ton père!

Le prince avait répondu avec un rire amical et en
s'efforçant de cacher son sentiment.

— J'en crois ta voix, lorsque je suis avec toi. Je
comprends bien, quand même, qu'on ne peut pas nous
mettre sur le même plan, toi et moi...

— Pourquoi as-tu ajouté cela? Et te voilà de nouveau
fâché, dit le prince, en regardant avec surprise Rogojine.

— Mais, frère, c'est qu'on ne demande pas notre avis,
en cette matière, ç'a été décidé sans nous. Nous-mêmes,
tu vois, nous aimons différemment; en tout il y a une
différence, continua-t-il à voix basse, après un bref silence. — Tu dis que c'est par pitié que tu l'aimes. Chez
moi, pas l'ombre de cette pitié. Et d'ailleurs elle me hait
pis que tout. Je la vois en rêve chaque nuit, maintenant:
toujours elle est avec un autre et se moque de moi. Et
c'est bien cela, frère, en réalité. Elle va avec moi à
l'autel, et elle ne pense pas plus à moi qu'à ses vieilles
savates. Le croiras-tu: je ne l'ai pas vue de cinq jours,

parce que je n'ose pas aller la trouver; elle me demandera: «Qu'est-ce que tu viens faire?» Elle m'a assez couvert de honte...

— Couvert de honte? Comment cela?

— Comme s'il ne le savait pas! Mais c'est avec toi qu'elle s'est sauvée de moi «déjà à l'autel», tu l'as dit toi-même.

— Toi-même tu ne crois pas que...

— A Moscou, avec un officier, Zemtioujnikov, est-ce qu'elle ne m'a pas couvert de honte? Je le sais sûrement, elle m'a couvert de honte, et cela après avoir elle-même fixé la date du mariage.

— Ce n'est pas possible! s'écria le prince.

— Je le sais sûrement, répéta avec conviction Rogojine. Quoi, n'est-elle pas comme ça? Non, frère, on ne peut pas le dire, qu'elle ne soit pas comme ça. Pure sottise! Avec toi elle ne sera pas comme ça, et elle serait horrifiée par une chose pareille, mais avec moi c'est justement comme ça qu'elle est. Oui, c'est ainsi. Elle me regarde comme le dernier des derniers! Avec Keller, cet officier qui faisait le boxeur, elle a inventé des histoires sur moi, uniquement pour se moquer de moi, je le sais à coup sûr... Et tu ne sais pas encore les tours qu'elle m'a joués, à Moscou! Et pour ce qui est de l'argent, combien d'argent j'ai dépensé...

— Mais... comment, maintenant, l'épouses-tu!... Comment feras-tu ensuite? demanda le prince avec épouvante.

Rogojine le regarda d'un œil lourd et effrayé et ne répondit rien.

— Voilà cinq jours que je n'ai pas été chez elle, continua-t-il après une minute de silence. J'ai toujours peur qu'elle me chasse: «Je suis encore mon maître; si je le veux, je te chasserai tout à fait et je partirai pour l'étranger» (cela, elle me l'a déjà dit, qu'elle partirait pour l'étranger, remarqua-t-il comme entre parenthèses, en regardant le prince dans les yeux d'une façon un peu particulière); il y a des fois, sans doute, où elle veut seulement me faire peur, ça l'amuse toujours de se moquer de moi. Mais d'autres fois c'est pour de vrai qu'elle

fronce les sourcils, se renfrogne, n'ouvre pas la bouche,
et voilà ce que je crains. L'autre jour je me dis : Je
n'arriverai pas chez elle les mains vides. Eh bien je n'ai
réussi qu'à la faire rire de moi, et ensuite elle est même
entrée en fureur. Elle a fait cadeau à sa femme de chambre, Catherine, d'un châle que je lui avais donné, comme
elle n'en avait peut-être jamais vu un pareil, bien qu'elle
ait vécu autrefois dans le luxe. Quant à la date du mariage, impossible d'en toucher mot. Le joli fiancé, qui a
peur tout bonnement de se montrer ! Alors je reste chez
moi et quand je n'y tiens plus je vais me promener dans sa
rue devant sa maison en cachette et à pas de loup, ou bien
je me cache dans quelque coin. L'autre fois, que je
montais la garde presque avant le jour devant sa porte,
j'ai cru voir quelque chose. C'était elle, vois-tu, qui me
guettait par la fenêtre ; elle me dit : « Qu'est-ce que tu
ferais, si tu t'apercevais que je te trompe ? » Je n'y tins
pas, et j'ai répondu : « Tu le sais toi-même. »

— Qu'est-ce qu'elle sait ?

— Et qu'en sais-je moi-même ? fit Rogojine avec un
rire méchant. A Moscou, à l'époque, je n'ai jamais pu la
surprendre avec personne, bien que j'aie longtemps été à
ses trousses. Une fois je l'ai attrapée et je lui dis : « Tu as
promis de m'épouser, tu entres dans une famille honnête.
Alors, maintenant, tu sais ce que tu es ? Eh bien, voilà ce
que tu es ! »

— Tu le lui as dit ?

— Je le lui ai dit.

— Et alors ?

— « Je ne voudrais peut-être pas de toi pour valet, à
cette heure, sans parler d'être ta femme. » Voilà ce
qu'elle m'a dit. Et moi : « Et moi, je ne veux plus de toi,
c'est fini ! » Alors elle : « Eh bien moi, je vais tout de suite
appeler Keller, je lui dirai, il te jettera dehors. » Je me
suis jeté sur elle, ç'a été jusqu'aux bleus : je l'ai battue.

— Ce n'est pas possible ! s'écria le prince.

— Je te dis : c'est arrivé, confirma Rogojine doucement, mais les yeux étincelants. Un jour et une nuit
exactement, je n'ai pas dormi, pas mangé, pas bu, je ne
suis pas sorti de sa chambre, je me suis mis à genoux

devant elle : « Je mourrai, mais je ne m'en irai pas avant
que tu me pardonnes, et si tu me fais mettre à la porte je
me noierai. Qu'est-ce que je deviendrais, sans toi ? » Elle
a été comme une folle tout ce jour-là, tantôt elle pleurait,
tantôt elle voulait me tuer avec un couteau, tantôt elle
m'injuriait. Zaliojev, Zemtioujnikov, elle les a tous fait
venir, elle me montrait à eux, me faisait honte : « Allons
tous ensemble, messieurs, au théâtre ce soir, et lui qu'il
reste ici, puisqu'il ne veut pas sortir. Je ne suis pas collée
à lui. Parthène Semionytch, on vous servira le thé ici, en
mon absence, vous devez mourir de faim. » Elle est
rentrée du théâtre seule : « Ce sont, m'a-t-elle dit, de
petits lâches et des coquins, ils ont peur de toi et ils
veulent me faire peur à moi, ils disent : « Il ne s'en ira pas
comme ça, il est capable de t'égorger. » Eh bien, moi,
quand j'irai dans ma chambre, je ne fermerai pas à clé :
voilà comment j'ai peur de toi ! Il faut que tu le saches et
que tu le voies ! As-tu pris le thé ? » — « Non, je n'en
prendrai pas. » — « Tu y mets un point d'honneur, mais
ça ne te va pas du tout. » Et elle a fait comme elle avait
dit, elle n'a pas fermé sa porte à clé. Le matin, elle en
sort, et en riant : « Tu as perdu la tête, alors ? Mais, de
cette façon-là, tu mourras de faim. » — « Pardonne-
moi ! » — « Je ne veux pas te pardonner, je ne t'épouserai
pas : c'est chose dite. Alors, tu as passé toute la nuit assis,
sur ce fauteuil, sans dormir ? » — « Non, je n'ai pas
dormi. » — « Comme c'est intelligent ! Et tu ne vas toujours pas prendre le thé, ni le déjeuner ? » — « J'ai dit : je
ne les prendrai pas. Pardonne-moi ! » — « Décidément,
comme ça ne te va pas ! Si seulement tu savais ! Comme
un tablier à une vache ! Est-ce que tu n'aurais pas imaginé
de me faire peur, par hasard ? Le beau malheur pour moi,
que tu restes le ventre creux ! Voilà bien une épouvante ! »
Elle s'est fâchée, mais pas pour longtemps, elle a re-
commencé à me harceler. Et j'ai été surpris qu'elle n'ait
pas de rancune. Pourtant elle est rancunière, elle en veut
longtemps, aux autres ! Alors l'idée m'est venue qu'elle
me plaçait trop bas pour pouvoir m'en vouloir beaucoup.
Et c'est la vérité. Elle me demande : « Sais-tu ce que c'est
que le pape de Rome ? » — « J'en ai entendu parler. »

— « Parthène Semionytch, tu n'as pas étudié l'histoire
universelle, toi. » — « Moi, je n'ai rien étudié ! » — « Eh
bien, je te donnerai quelque chose à lire : il y a eu un pape
qui s'est fâché contre un empereur, et celui-ci est resté
trois jours sans boire ni manger, nu-pieds, à genoux
devant son palais, en attendant qu'il lui pardonne. Qu'en
penses-tu, cet empereur, pendant ces trois jours, à genoux, quelles pensées a-t-il eues, quels serments a-t-il
faits ?... Mais attends un peu, je vais te la lire, cette
histoire ! » Elle a fait un saut, a apporté le livre : « Ce sont
des vers [108] ! » et elle m'a lu dans ces vers comment cet
empereur, durant ces trois jours, s'était juré de se venger
de ce pape. « Est-ce que ça ne te plaît pas, Parthène
Semionytch ? » — « C'est vrai, ce que tu as lu là. »
— « Ah ah, tu dis toi-même que c'est vrai, donc toi aussi,
peut-être que tu te fais des serments : quand elle sera ma
femme, c'est alors que je lui revaudrai ça, c'est alors que
je lui en ferai voir ! » — « Je ne sais pas, dis-je, c'est
possible en effet que je me dise ça. » — « Comment, tu ne
sais pas ? » — « Non, je ne sais pas, dis-je, je n'y pense
pas toujours, maintenant. » — « Et à quoi penses-tu,
maintenant ? » — « Eh bien par exemple, tu vas te lever,
tu passeras devant moi, je te regarderai et je te suivrai des
yeux ; ta robe froufroutera, et mon cœur va chavirer, tu
sortiras de la chambre et je me rappellerai chaque parole
de toi, et ce que tu as dit, et avec quelle voix ; pour ce qui
est de cette nuit-ci, je n'ai pensé à rien, j'écoutais tout le
temps comment tu respirais en dormant, et comment,
deux fois, tu as remué... » Elle rit : « Et que tu m'as
battue, tu n'y penses pas, tu ne t'en souviens pas ? »
— « Peut-être que j'y pense, je ne sais pas. » — « Et si je
ne pardonne pas, si je ne t'épouse pas ? » — « J'ai dit que
je me noierai. » — « Peut-être bien que tu me tueras
avant... » Elle dit, et devint songeuse. Ensuite elle se
fâcha et sortit. Une heure après, voilà qu'elle revient près
de moi toute sombre : « Je t'épouserai, Parthène Semionytch, non pas que tu me fasses peur, mais périr pour
périr... Qu'est-ce qui vaut le mieux ? Mets-toi à table, on
va te donner à manger. Mais dès lors que je t'épouserai,
ajouta-t-elle, je serai une femme fidèle, n'en doute point

et ne sois pas inquiet. » Elle se tut un instant, et puis :
« Quand même, tu n'es pas un valet ; avant, je pensais que
tu étais un vrai valet. » Sur l'heure, elle a fixé la date du
mariage, et puis, une semaine plus tard, elle s'est sauvée
de moi chez Lebedev et ici. Quand je suis arrivé, la
voilà qui dit : « Je ne me dédis pas du tout : seulement
je veux attendre encore un peu, tant qu'il me plaira,
parce que je suis encore maîtresse de mon sort. Attends,
toi aussi, si tu veux. » Voilà où nous en sommes
aujourd'hui... Qu'en penses-tu, de tout cela, Léon
Nicolaevitch ?

— Toi-même, qu'en penses-tu ? rétorqua le prince en
regardant tristement Rogojine.

— Est-ce que je pense, moi ? — La phrase lui avait
échappé ; il voulait ajouter encore quelque chose, mais il
se tut, dans un désespoir sans issue.

Le prince se leva et de nouveau voulut s'en aller.

— Je ne te mettrai quand même pas de bâtons dans
les roues, prononça-t-il à voix basse, presque pensive-
ment, comme répondant à une pensée intérieure gardée
secrète.

— Tu sais ce que je te dirai ? dit Rogojine s'animant
tout à coup, et ses yeux brillèrent. Comment peux-tu me
céder ainsi, je ne comprends pas. Ou bien as-tu complètement cessé de l'aimer ? Avant, tu étais quand même
triste, je l'ai bien vu. Alors pourquoi as-tu galopé à
perdre haleine jusqu'ici ? Par pitié ? (Et son visage se
tordit dans une ironie méchante.) Hé hé !

— Tu penses que je te trompe ? demanda le prince.

— Non, je te crois, seulement je n'y comprends rien.
Le plus vrai, c'est que ta pitié est encore plus forte que
mon amour !

Quelque chose de mauvais et qui voulait absolument
s'exprimer sur-le-champ s'alluma sur son visage.

— Ton amour, il ne se distingue pas de la haine, dit le
prince avec un sourire. S'il passe, ce sera peut-être pis
encore. C'est moi, frère Parthène, qui te le dis...

— Alors, quoi : je l'égorgerai ?

Le prince tressaillit.

— Tu la haïras grandement à cause de cet amour

d'aujourd'hui, pour tout ce tourment que tu souffres aujourd'hui. Le plus extraordinaire pour moi, c'est qu'elle puisse de nouveau t'épouser. Quand je l'ai appris hier, j'ai eu peine à y croire, et j'ai été peiné. Deux fois déjà elle a renoncé à toi et s'est sauvée, déjà à l'autel : il y avait donc là un pressentiment !... Qu'est-ce qui l'intéresse chez toi maintenant ? Serait-ce ton argent ? Sottise ! Et puis ton argent, tu l'as, il me semble, fortement dilapidé. Serait-ce pour trouver à tout prix un mari ? Mais elle pouvait en trouver en dehors de toi. Et n'importe lequel vaudrait mieux que toi, puisque véritablement, tu es capable de l'égorger, et maintenant elle ne le comprend que trop, peut-être. Est-ce parce que tu l'aimes si violemment ? Vraiment, ce ne peut être que ça... J'ai entendu dire qu'il y en a qui cherchent justement ce genre d'amour... seulement...

Le prince s'arrêta et devint pensif.

— Pourquoi as-tu encore eu un petit rire devant le portrait de mon père ? demanda Rogojine, qui observait avec une extrême attention chaque changement, chaque trait fugitif sur le visage du prince.

— Pourquoi j'ai ri ? C'est que l'idée m'est venue que, si tu n'avais pas eu cette infortune, si tu n'avais pas rencontré cet amour, tu serais devenu sans doute tout à fait comme ton père, et même en très peu de temps. Tu te serais tapi sans mot dire dans cette maison, seul avec ta femme, docile et sans réplique, la parole rare et sévère, ne croyant homme qui vive, et d'ailleurs n'en ayant nul besoin, et ne faisant qu'amasser silencieusement et sombrement de l'argent. Et tout au plus parfois tu aurais loué les vieux livres, et marqué de l'intérêt pour le signe de croix bidigital[109], et encore seulement sur tes vieux jours...

— Moque-toi toujours. C'est mot pour mot ce qu'elle me disait il n'y a pas longtemps, elle aussi en regardant ce portrait ! C'est étonnant, comme vous êtes d'accord en tout à cette heure...

— Elle a déjà été chez toi ? demanda le prince avec curiosité.

— Oui. Elle a longuement regardé ce portrait, m'a

interrogé sur le défunt. « Tu serais tout à fait pareil, m'a-t-elle dit finalement, avec un rire. Tu as de violentes passions, Parthène Semionytch, des passions à te faire envoler jusqu'en Sibérie, au bagne, si tu n'avais aussi de l'intelligence, car tu as une grande intelligence. » Voilà comment elle a parlé, crois-le si tu veux. C'était la première fois que j'entendais de sa bouche ces mots-là. « Toutes ces fantaisies de maintenant, tu les aurais vite abandonnées. Et comme tu es absolument inculte, tu aurais amassé de l'argent et tu te serais enfermé, comme ton père, dans cette maison avec tes castrats ; sans doute, sur la fin, tu aurais adopté leur croyance et tu serais si bien tombé amoureux de ton argent que ce n'est pas deux millions, mais dix sans doute, que tu aurais amassés et sur tes sacs tu serais mort de faim, parce que chez toi tout est passion, tu pousses tout jusqu'à la passion. » Voilà exactement comment elle a parlé, presque en propres termes. Jamais encore elle ne m'avait parlé ainsi ! C'est qu'elle me parle toujours de bêtises ou bien elle plaisante ; cette fois encore elle a commencé en riant, et puis elle est devenue morose ; elle a fait la visite de toute cette maison et on dirait qu'elle a eu une épouvante. Moi, je lui dis : « Je changerai tout ça et je l'arrangerai, ou bien pour notre mariage j'achèterai peut-être une autre maison. » Et elle : « Ni-ni, il ne faut rien changer ici, nous y vivrons comme ça. Je veux vivre aux côtés de ta mère, quand je serai ta femme. » Je l'ai conduite à ma mère : elle a été pour elle respectueuse comme une vraie fille. Maman, déjà avant, depuis deux ans, avait l'air de ne pas avoir toute sa tête, elle est malade, mais après la mort de mon père elle était devenue tout à fait comme un petit enfant, sans pouvoir parler : assise, les jambes paralysées, elle se contentait de saluer de sa place les gens qu'elle voyait ; si on ne l'avait pas fait manger, je crois qu'elle aurait été trois jours sans s'en apercevoir. J'ai pris la main droite et j'ai joint les doigts en disant : « Maman, bénissez-la, je la conduis à l'autel » ; alors elle a baisé avec sentiment la main de maman et elle m'a dit : « Sans doute, ta mère a eu bien des chagrins. » Tiens, ce livre, elle l'a aperçu chez moi : « Alors comme ça, tu t'es mis à lire l'*Histoire de*

Russie? (C'est elle qui, une fois, à Moscou, l'avait dit: «Tu devrais te cultiver un peu, lire au moins l'*Histoire de Russie* de Soloviev, parce que tu ne sais rien de rien».) Tu as raison, continue à lire. Je te ferai moi-même une petite liste des livres que tu dois lire en tout premier lieu; si tu veux, ou non?» Et jamais, jamais jusque-là elle ne m'avait parlé ainsi, j'en ai été surpris; pour la première fois j'ai respiré comme un vivant.

— J'en suis très content, Parthène, dit le prince avec sincérité, très content! Qui sait, Dieu vous accordera peut-être ensemble.

— Cela n'arrivera jamais! cria Rogojine avec force.

— Écoute, Parthène, si tu l'aimes tellement, pourquoi ne voudrais-tu pas mériter son respect? Et si tu le veux, comment ne pas l'espérer? Tiens, j'ai dit tout à l'heure que c'était pour moi un curieux problème: pourquoi t'épouse-t-elle? Je n'arrive pas à le résoudre, mais quand même il est hors de doute pour moi qu'il doit nécessairement y avoir une raison suffisante, un raisonnement. De ton amour, elle est convaincue; mais elle est sûrement convaincue aussi de quelques autres de tes qualités. C'est impossible autrement. Ce que tu viens de dire le confirme. Tu le dis toi-même, elle a trouvé malgré tout le moyen de te parler une autre langue que celle dont elle usait avec toi auparavant. Tu es susceptible et jaloux et c'est pourquoi tu as exagéré tout ce que tu as remarqué de mauvais. Décidément, elle ne pense pas autant de mal de toi que tu le dis. Autrement, il faudrait admettre que consciemment elle se jette à l'eau ou bien sous ton couteau, en t'épousant. Est-ce que c'est possible, cela? Qui donc s'exposerait consciemment à l'eau ou au couteau?

Avec un petit rire amer Parthène écouta jusqu'au bout les chaudes paroles du prince. Sa conviction semblait être déjà établie inébranlablement.

— Quel regard lourd tu poses en ce moment sur moi, Parthène! laissa échapper le prince avec un sentiment pénible.

— A l'eau ou au couteau! prononça l'autre enfin. Hé! Mais si elle m'épouse, c'est que sûrement elle attend avec moi le couteau ! Mais est-ce que vraiment, prince, tu n'aurais pas encore saisi de quoi il retourne ?

— Je ne te comprends pas.

— Allons, peut-être en effet qu'il ne comprend pas, hé hé ! On dit bien de toi que tu es... un peu chose. C'est un autre qu'elle aime, comprends-le donc ! Tout comme je l'aime, elle, elle en aime un autre, à cette heure. Et cet autre, sais-tu qui c'est ? C'est toi ! Quoi, tu ne le savais pas ?

— Moi !

— Toi. Elle t'a aimé déjà alors, depuis ce moment-là, depuis sa fête, donc. Seulement elle pense qu'il lui est impossible de t'épouser parce que d'après elle elle te déshonorerait et causerait ta perte à jamais : « Quelle femme je suis, c'est connu ! » C'est ce qu'elle dit toujours d'elle-même encore aujourd'hui. Elle me l'a toujours lancé en plein visage. Elle a peur de ruiner ton avenir et de te déshonorer, tandis que moi, c'est égal, on peut m'épouser. La voilà, l'estime qu'elle fait de moi. Remarque bien ça aussi !

— Mais comment donc a-t-elle pu te fuir pour moi, et... moi...

— Et toi pour moi ! Hé ! Mais qu'est-ce qui ne peut pas lui entrer tout d'un coup dans la tête ? Elle est tout enfiévrée, on dirait, maintenant. Tantôt elle me crie : « Je t'épouse comme j'irais me jeter à l'eau. Au plus vite, ce mariage ! » Elle me presse, elle fixe le jour. Et puis quand le moment approche, elle a peur, ou bien d'autres idées lui sont venues, Dieu seul sait quoi... Mais tu l'as vue : elle pleure, elle rit, elle a la fièvre. Mais qu'y a-t-il là d'étonnant, qu'elle t'ait fui toi aussi ? Elle t'a fui à l'époque, parce qu'elle a senti tout à coup avec quelle violence elle t'aimait. Elle n'a pas eu la force. Tu as dit tout à l'heure que je l'avais cherchée, à Moscou : c'est faux, c'est elle qui est accourue à moi pour te fuir : « Fixe un jour, m'a-t-elle dit, je suis prête ! Apporte le champagne ! Allons chez les Tsiganes ! » Et des cris !... Mais sans moi il y a longtemps qu'elle se serait jetée à l'eau : je dis vrai. Si elle ne le fait pas, c'est que je lui fais peut-être plus peur que l'eau. C'est par désir du mal qu'elle m'épouse...

Si la chose se fait, je te le dis en vérité, ce sera bien par désir du mal.

— Que dis-tu là... comment peux-tu!... s'écria le prince. Il n'acheva pas. Il regardait avec effroi Rogojine.

— Pourquoi n'achèves-tu pas, ajouta l'autre avec un large rictus. Tiens, si tu veux, je te dirai comment tu raisonnes, en ce moment, à part toi : « Allons, comment pourrait-elle maintenant être sa femme ? Comment lui permettre ça ! » On le sait, ce que tu penses...

— Je ne suis pas venu ici dans cette intention, Parthène, je te le dis, je n'avais rien de tel dans l'esprit...

— C'est possible, que tu n'aies pas eu « l'intention » ni « dans l'esprit », seulement maintenant elle y est l'intention, hé-hé ! Allons, assez ! Pourquoi es-tu ainsi renversé ? Mais est-ce que tu ne le savais pas, vraiment ? Tu m'étonnes !

— C'est la jalousie, Parthène, c'est ta maladie, tout cela, tu exagères immensément... murmura le prince dans un émoi extrême. Qu'est-ce que tu as ?

— Laisse ! prononça Parthène, et il arracha vivement des mains du prince le petit couteau que celui-ci avait pris sur la table, près du livre, pour le remettre à sa place.

— Je le savais bien, en arrivant à Pétersbourg, je le pressentais... continua le prince ; je ne voulais pas venir ici ! je voulais oublier tout ce qui est ici, l'extirper de mon cœur ! Allons adieu... Mais que fais-tu ?

Tout en parlant, le prince distrait avait de nouveau pris en main le petit couteau, et de nouveau Rogojine le lui retira des mains pour le jeter sur la table. C'était un couteau de forme assez simple avec un manche en bois de cerf, non pliant, avec une lame de quinze centimètres et large en proportion.

Voyant que le prince attachait une particulière attention au fait qu'on lui avait à deux reprises arraché des mains ce couteau, Rogojine le saisit avec un mécontentement rageur, le mit dans le livre et lança le livre sur une autre table.

— Tu t'en sers pour couper les pages, alors ? demanda le prince, mais d'un air distrait, toujours, aurait-on dit, sous l'empire de ses réflexions.

— Oui, pour couper les pages...

— Mais c'est un couteau de jardin, n'est-ce pas ?

— Oui. Est-ce qu'on ne peut pas couper les pages avec un couteau de jardin ?

— Mais il est... tout neuf.

— Et alors, qu'est-ce que ça fait qu'il soit neuf ? Est-ce que je ne peux pas m'acheter un couteau neuf ? cria enfin, dans une espèce de frénésie, Rogojine, qui enrageait davantage à chaque mot.

Le prince tressaillit et le regarda fixement.

— Ah, voilà comme nous sommes ! dit-il en riant soudain, s'étant entièrement ressaisi. Pardonne-moi, frère : quand j'ai la tête lourde comme en ce moment, avec cette maladie... je deviens tout à fait distrait et ridicule. Ce n'est pas du tout ce que je voulais te demander... je ne sais plus ce que c'était. Adieu...

— Pas par ici, dit Rogojine.

— J'avais oublié.

— Par ici, par ici, allons, je te montrerai.

IV

Ils traversèrent ces mêmes pièces par lesquelles le prince avait déjà passé ; Rogojine marchait un peu en avant, et le prince derrière. Ils entrèrent dans une vaste salle. Il y avait là, aux murs, quelques tableaux, des portraits de prélats et des paysages, où il était impossible de rien distinguer. Au-dessus de la porte ouvrant sur la pièce suivante, était suspendu un tableau, assez étrange de forme, d'environ un mètre quatre-vingts de long et sûrement pas plus de trente centimètres de haut. Il représentait le Sauveur tout juste descendu de la croix. Le prince jeta sur lui un coup d'œil rapide, comme s'il lui rappelait quelque chose, mais sans s'arrêter, et allait passer la porte. Il se sentait très mal à l'aise et avait envie de quitter au plus vite cette maison. Mais Rogojine s'arrêta tout à coup devant le tableau.

— Tu vois tous ces tableaux, dit-il : ils ont été achetés tous pour un rouble, deux roubles à des ventes aux en-

chères par mon défunt père, il les aimait. Un homme qui
s'y connaît les a tous examinés ici ; il a dit : c'est tout de la
pacotille, mais tenez, celui-ci, au-dessus de la porte,
acheté lui aussi deux roubles, n'est pas de la pacotille.
Déjà du temps de mon père, il s'est trouvé quelqu'un qui
en offrait trois cent cinquante roubles, et Saveliev, Ivan
Dmitritch, le marchand, grand amateur, est allé, lui,
jusqu'à quatre cents, et la semaine passée il en a proposé
cinq cents à mon frère Siméon Semionytch. Je l'ai gardé
pour moi.

— Mais cela,... C'est une copie de Hans Holbein [110],
dit le prince qui avait eu le temps de bien regarder le
tableau ; et, bien que je sois un piètre connaisseur, une
copie excellente. J'ai vu ce tableau à l'étranger et je ne
peux pas l'oublier. Mais... tu...

Rogojine avait soudain laissé là le tableau pour continuer à avancer. Sans doute, la distraction et l'humeur
curieusement irritable dont il avait fait preuve si subitement auraient pu à la rigueur expliquer cette précipitation ; cependant il parut singulier au prince qu'eût été si
brusquement interrompu un entretien qui n'avait pas été
commencé par lui, et que Rogojine ne lui eût même pas
répondu.

— Léon Nicolaevitch, il y a longtemps que je voulais
te demander si tu crois en Dieu, ou non ? reprit subitement Rogojine après avoir fait quelques pas.

— Quelle question singulière... et quel regard singulier ! observa le prince malgré lui.

— Ce tableau, j'aime le regarder, murmura, après un
silence, Rogojine, comme s'il avait de nouveau oublié sa
question.

— Ce tableau ! s'écria le prince sous l'impression
d'une idée subite, ce tableau ! Mais à cause de ce tableau
il y en a qui peuvent perdre la foi !

— On la perd en effet, confirma de façon inattendue
Rogojine. Ils étaient arrivés à la porte de sortie. Le prince
s'arrêta net :

— Comment ? Mais que dis-tu là ? Moi, je plaisantais
presque, et toi tu parles si sérieusement. Et pourquoi
m'as-tu demandé si je crois ou non en Dieu ?

— Mais pour rien, comme ça. Déjà avant, je voulais te poser la question. C'est que bien des gens, par le temps qui court, ne croient pas. Et ceci, est-ce vrai ? tu as vécu à l'étranger : un homme après avoir bu m'a dit que chez nous en Russie il y en a plus que dans les autres pays, de gens qui ne croient pas en Dieu ? « Cela nous est plus facile qu'à eux à ce qu'il dit, parce que nous avons été plus loin qu'eux… »

Rogojine eut un rire mordant ; ayant formulé sa question, il ouvrit brusquement la porte et, tenant la poignée, attendit que le prince sorte. Le prince fut surpris, mais sortit. L'autre sortit derrière lui sur le palier et referma la porte derrière lui. Tous deux se tenaient l'un devant l'autre, de sorte qu'on eût dit qu'ils avaient oublié où ils étaient et ce qu'ils avaient maintenant à faire.

— Adieu donc ! dit le prince en donnant la main.

— Adieu, prononça Rogojine, en serrant fortement, mais tout à fait machinalement la main tendue.

Le prince descendit un degré et se retourna.

— Pour ce qui est de la foi, commença-t-il avec un sourire (visiblement, il ne voulait pas quitter Rogojine ainsi) et en s'animant sous l'impression d'un souvenir soudain, pour ce qui est de la foi j'ai eu la semaine dernière en deux jours quatre diverses rencontres. Un matin, je voyageais sur une nouvelle voie ferrée et quatre heures d'affilée je conversai dans mon compartiment avec un certain S. [111], avec qui j'avais fait sur-le-champ connaissance. J'avais déjà beaucoup entendu parler de lui, entre autres, comme athée. C'est un homme certainement très instruit, et je me suis réjoui de parler à un vrai savant. En outre, il est exceptionnellement bien éduqué, de sorte qu'il me parlait comme à un égal en fait de connaissances et d'idées. Il ne croit pas en Dieu. Une chose seulement m'a frappé : c'est qu'il avait l'air tout le temps de parler à côté et cela m'a frappé parce qu'avant aussi, toutes les fois que j'ai rencontré des incroyants ou lu des livres de cette sorte, il m'a semblé qu'ils parlaient ou écrivaient tout à fait à côté, bien qu'en apparence ce fût le sujet. Je lui en fis part au même moment, mais sans doute pas assez clairement, ou bien je n'ai pas su m'ex-

primer, car il n'a rien compris... Le soir, je m'arrêtai
pour passer la nuit dans un hôtel du chef-lieu de district.
Justement un assassinat venait d'y être commis la nuit
précédente, et tout le monde en parlait lorsque j'arrivai.
Deux paysans, et d'âge mûr, et nullement ivres, et se
connaissant depuis longtemps, amis, avaient pris le thé et
avaient voulu dormir ensemble, dans la même chambre.
Mais l'un avait distingué chez l'autre, les deux jours
précédents, une montre, en argent, avec un cordon jaune
orné de perles de verre, tous objets qu'il ne lui connaissait
pas encore. Cet homme n'était pas un voleur, il était
même honnête et, pour le milieu paysan, il n'était pas du
tout un pauvre. Mais cette montre lui avait tellement plu
et l'avait si bien tenté que finalement il n'y tint plus : il
prit un couteau et quand son ami eut le dos tourné il
s'approcha prudemment par-derrière, calcula son coup,
leva les yeux au ciel, se signa et, avec cette prière désespérée : « Seigneur, pardonne-moi pour l'amour du
Christ ! », égorgea son ami d'un seul coup, comme un
mouton, et lui retira sa montre [112].

Rogojine éclata de rire. Il riait bruyamment, comme en
proie à une crise. Il était même curieux d'entendre ce rire
après sa sombre humeur récente.

— Voilà ce que j'aime ! Non, voilà qui est supérieur à
tout ! criait-il convulsivement, perdant presque le souffle.
L'un ne croit pas du tout en Dieu, et l'autre croit au point
qu'il égorge les gens après une prière... Non, prince,
mon frère, cela ne saurait s'inventer ! Ha-ha-ha ! Non,
voilà qui dépasse tout.

— Le matin je sortis pour errer à travers la ville,
continua le prince dès que Rogojine se fut arrêté (bien que
son rire tremblât encore, convulsivement et par accès, sur
ses lèvres), et que vois-je ? Sur le trottoir de bois marche
en titubant un soldat ivre et dans une tenue absolument
impossible. Il s'approche de moi : « Achète-moi, maître,
cette croix d'argent, je la cède pour un gros sou ; une
croix d'argent ! » Je vois dans sa main cette croix, que
sans doute il venait d'ôter de son cou, sur un ruban bleu
très usé, seulement au premier coup d'œil on voyait
qu'elle était d'étain. Elle était de grandes dimensions, à

huit branches, de dessin purement byzantin. Je tirai un gros sou et le lui donnai, et mis la croix aussitôt sur moi. On lisait sur son visage combien il était content d'avoir roulé un imbécile de monsieur et aussitôt il s'en fut... boire sa croix : là-dessus pas l'ombre d'un doute.

Moi, frère, j'étais alors sous la plus forte impression de tout ce qui avait fondu sur moi dans la sainte Russie ; jusque-là je ne l'avais pas du tout comprise, comme si j'avais grandi sourd et muet, et je m'étais nourri à son sujet de souvenirs fantastiques durant ces cinq années à l'étranger. Donc, je continue à marcher et je me dis : Non, non, je ne dois pas me hâter de condamner ce Judas. Dieu sait ce qui se cache dans ces cœurs faibles d'ivrognes. Une heure plus tard, en rentrant à l'hôtel, je me heurte à une femme du peuple avec un enfant à la mamelle. Une femme encore jeune, l'enfant peut avoir six semaines. L'enfant vient de lui sourire, elle l'a observé, pour la première fois depuis sa naissance. Je la vois se signer soudain, pieusement, pieusement. « Pourquoi cela, ma jeune maman ? » lui demandé-je (car à ce moment-là je posais toujours des questions), et elle me répond : « C'est que tout comme une maman se réjouit quand elle voit le premier sourire de son petit enfant, chez Dieu aussi il y a de la joie chaque fois qu'il voit du haut du ciel un pécheur se mettre en prière de tout son cœur devant lui. » Cela, c'est une femme du peuple qui me l'a dit, à peu près en ces termes, et cette pensée si profonde, si délicate et si véritablement religieuse, cette pensée où tout l'essentiel du christianisme s'est exprimé du coup, je veux dire cette idée de Dieu comme notre propre père et de la joie de Dieu pour un homme comme celle d'un père pour son enfant, c'est la pensée principale du Christ ! Une simple femme du peuple ! Une mère, il est vrai,... et, qui sait ? peut-être était-elle la femme de ce même soldat.

Écoute, Parthène, tu m'as posé à l'instant une question, voici ma réponse : l'essentiel du sentiment religieux n'est concerné ni par les raisonnements, ni par les fautes et les crimes, ni par aucun athéisme ; il y a là quelque chose d'autre, et qui sera éternellement autre ; il y a là un je ne sais quoi sur lequel glisseront éternellement les athéismes et sur lequel on parlera éternellement *à côté*. Mais le principal, c'est que c'est sur le cœur russe que cela peut être vérifié le plus clairement et le plus rapidement, et c'est là ma conclusion! Voilà une des toutes premières convictions que j'ai pu rapporter de notre Russie. Il y a à faire, Parthène! Il y a à faire dans notre monde russe, crois-moi! Rappelle-toi les réunions et les conversations que nous avons eues ensemble à Moscou, un moment... Et je ne voulais pas du tout revenir ici maintenant! Et je ne pensais pas du tout, pas du tout, te rencontrer ainsi! Allons, à quoi bon tout cela?... Adieu, au revoir! Que Dieu ne t'abandonne pas!

Il tourna le dos et descendit l'escalier.

— Léon Nicolaevitch! cria d'en haut Parthène, comme le prince en était déjà au palier du rez-de-chaussée, la croix que tu as achetée au soldat, tu l'as sur toi?

— Oui.

Et le prince s'arrêta de nouveau.

— Fais-la voir ici.

Encore une nouvelle lubie! Il réfléchit un peu, remonta l'escalier et lui exhiba sa croix sans l'enlever du cou.

— Donne-la-moi, dit Rogojine.

— Pourquoi? Est-ce que tu...

Le prince n'aurait pas voulu se séparer de cette croix.

— Je la porterai, et je te donnerai la mienne, tu la porteras.

— Tu veux que nous échangions nos croix? D'accord, Parthène, puisque c'est ainsi, je suis content: soyons frères [113].

Le prince ôta sa croix d'étain, Parthène sa croix d'or, et ils firent l'échange. Parthène était silencieux. Avec un pénible étonnement le prince remarqua que sa précédente méfiance, son précédent sourire amer et presque moqueur n'avaient pas quitté le visage de son «frère», ou du moins s'y marquaient par instants fortement. Sans mot dire, Rogojine prit enfin la main du prince et demeura quelque temps comme indécis sur la conduite à tenir; finalement il l'attira brusquement à lui en disant d'une voix à peine perceptible: «Allons!» Ils traversèrent le palier du rez-de-chaussée et sonnèrent à la porte opposée à celle par laquelle ils étaient sortis. On leur ouvrit bientôt. Une petite vieille, toute voûtée et vêtue de noir, la tête serrée dans un mouchoir, sans mot dire et très bas salua Rogojine ; celui-ci posa rapidement une question et, sans attendre la réponse, conduisit le prince plus avant, à travers les chambres. De nouveau ce furent des pièces sombres d'une espèce de propreté froide, inaccoutumée, froidement et sévèrement meublées de meubles anciens dans des housses d'une blancheur immaculée. Sans se faire annoncer, Rogojine introduisit tout droit le prince dans une petite pièce semblable à un salon que divisait une cloison luisante, en acajou, avec deux portes aux extrémités, derrière laquelle devait se trouver la chambre à coucher. Dans un coin du salon, devant le poêle était assise dans un fauteuil une petite vieille, à la voir pas tellement vieille et même avec un visage assez sain, agréable et rond, mais déjà tout à fait blanche et (autant qu'on pouvait s'en douter à première vue) tout à fait tombée en enfance. Elle avait une robe de laine noire, un grand foulard noir au cou, un bonnet blanc bien propre avec des rubans noirs. Ses pieds étaient appuyés contre un tabouret. A côté d'elle était une autre vieille proprette, plus âgée qu'elle, aussi en deuil et aussi en bonnet blanc, sans doute quelque parasite, qui tricotait en silence un bas. Toutes deux devaient rester perpétuellement silencieuses. La première vieille, en apercevant Rogojine et le prince, leur sourit et à plusieurs reprises inclina aimablement la tête en signe de satisfaction.

— Maman, dit Rogojine après lui avoir baisé la main, voici mon grand ami, le prince Léon Nicolaevitch Mychkine. Nous avons échangé nos croix, il m'a quelque temps tenu lieu de frère à Moscou, il a beaucoup fait pour moi. Bénis-le, maman, comme tu bénirais ton propre fils. Attends, chère vieille, comme ça... laisse-moi joindre tes doigts...

Mais la vieille, avant que Parthène en eût le temps, leva sa main droite, joignit les trois doigts et trois fois signa pieusement le prince. Ensuite encore une fois elle lui fit un signe de tête aimable et tendre.

— Maintenant, allons-nous-en, Léon Nicolaevitch, dit

Parthène. C'était seulement pour cela que je t'ai amené...

Quand ils se retrouvèrent dans l'escalier, il ajouta :

— Tu vois : elle ne comprend rien de ce qu'on dit, et elle n'a rien compris de ce que je lui ai dit, et pourtant elle t'a béni ; donc, c'est qu'elle l'a voulu d'elle-même... Alors, adieu, et pour toi et pour moi il est temps.

Et il ouvrit sa porte.

— Mais laisse-moi quand même t'embrasser avant que nous nous quittions, quel drôle d'individu tu es ! s'écria le prince, en le regardant avec un tendre reproche. Il voulait le serrer dans ses bras. Mais Parthène, qui avait commencé à lever les siens, les laissa aussitôt retomber. Il ne se décidait pas ; il se détournait pour ne pas regarder le prince. Il ne voulait pas l'embrasser.

— N'aie crainte ! J'ai eu beau te prendre ta croix, je ne t'égorgerai pas pour une montre ! murmura-t-il entre ses dents, pris soudain d'un rire étrange. Mais tout à coup son visage tout entier se transfigura : il pâlit terriblement, ses lèvres tremblèrent, ses yeux s'allumèrent. Il leva les bras, étreignit fortement le prince et, haletant, prononça :

— Prends-*la* donc, si le sort le veut ! Elle est à toi ! Je la cède !... Souviens-toi de Rogojine !

Et laissant là le prince, sans le regarder il se hâta de rentrer chez lui et claqua la porte derrière.

V

Il était déjà tard, près de deux heures et demie, et le prince ne trouva pas Épantchine chez lui. Il laissa sa carte, et résolut d'aller à l'hôtel de « la Balance » pour y voir Colas, et s'il n'y était pas, lui laisser un mot. A « la Balance », on lui dit que Nicolas Ardalionovitch « était sorti dès le matin, mais avait prévenu que, si on le demandait, il serait là peut-être sur les trois heures. Si cependant il n'était pas rentré à trois heures et demie, cela signifierait qu'il avait pris le train pour Pavlovsk, pour se rendre au chalet de la générale Épantchine, où il prendrait son repas ». Le prince s'assit pour l'attendre et en profita pour demander à manger.

A trois heures et demie et même à quatre heures, Colas n'avait pas reparu. Le prince sortit et se dirigea machinalement droit devant lui. Au début de l'été il se rencontre à Pétersbourg des journées délicieuses : lumineuses, chaudes, tranquilles. Comme par hasard, on était dans une de ces rares journées.

Le prince erra quelque temps sans but. La ville lui était peu familière. Il s'arrêtait quelquefois aux carrefours, devant certaines maisons, sur les places, sur les ponts ; il entra se reposer dans une confiserie. Parfois il se mettait avec une grande curiosité à dévisager les passants ; mais le plus souvent il ne remarquait ni les passants, ni l'endroit où il se trouvait. Il était en proie à une tension et à une inquiétude douloureuses, et en même temps éprouvait un besoin extraordinaire de solitude. Il avait envie d'être seul et de se livrer tout entier à cette tension dont il souffrait, mais de s'y livrer tout à fait passivement, sans chercher la moindre issue. Avec répulsion il se refusait à résoudre les problèmes qui assaillaient son âme et son cœur. « Eh quoi, est-ce ma faute, tout cela ? » murmurait-il à part soi, sans presque avoir conscience de ses propres paroles.

Vers les six heures, il se trouva sur le débarcadère de la gare de Tsarskoe-Selo [114]. La solitude lui était vite devenue insupportable. Un nouvel accès de chaleur embrasa son cœur et pour un instant une vive lumière éclaira la ténèbre où se désolait son âme. Il prit un billet pour Pavlovsk et attendit avec impatience le moment du départ ; mais décidément quelque chose le poursuivait, et c'était une réalité et non une imagination, comme il était peut-être porté à le croire. Presque au moment de monter en wagon, soudain il jeta à terre le billet qu'il venait de prendre et sortit de la gare, troublé et pensif. Un peu après, dans la rue, il eut l'impression d'un certain souvenir qui lui revenait, il lui sembla avoir eu à l'improviste, une idée, très étrange et qui depuis longtemps l'inquiétait. Il se surprit soudain, consciemment, en train de se livrer à une occupation qui durait déjà depuis longtemps, mais que jusqu'à cet instant il n'avait pas remarquée : depuis déjà plusieurs heures, déjà à « la Balance » et

même, lui semblait-il, avant « la Balance », il avait commencé à chercher une certaine chose autour de lui. Et puis
il avait oublié, même longtemps, une demi-heure ; et
voilà que de nouveau il se retournait soudain avec inquiétude et cherchait tout autour. Mais à peine eut-il noté
en lui-même ce mouvement maladif et jusque-là absolument inconscient qui depuis si longtemps s'était emparé
de lui, que soudain passa devant lui comme un éclair un
autre souvenir qui l'avait beaucoup intéressé : il se souvint qu'à la minute où il avait remarqué qu'il cherchait
toujours quelque chose autour de lui, il était sur le trottoir
devant la vitrine d'une boutique et considérait avec
grande curiosité les objets exposés. Il eut envie maintenant de vérifier si réellement il s'était arrêté là, pas plus
de cinq minutes peut-être plus tôt, devant la vitrine de
cette boutique, s'il n'avait pas été victime d'une illusion,
s'il n'avait pas fait une confusion. Cette boutique et ces
objets existaient-ils vraiment ? En effet, il se sentait ce
jour-là dans un état particulièrement maladif, presque
celui où il se trouvait autrefois au commencement des
crises de sa maladie passée. Il savait que, dans ces moments précédant la crise, il était extraordinairement distrait et souvent confondait même les choses et les gens,
s'il ne les regardait pas avec une attention particulièrement soutenue. Mais il y avait aussi une raison spéciale
pour laquelle il voulait tellement vérifier s'il était arrêté
devant la boutique : au nombre des objets exposés là pour
la montre, il y en avait un qu'il avait regardé et qu'il avait
même évalué à soixante kopeks argent ; de cela il se
souvenait, malgré toute sa distraction et son anxiété. Par
conséquent, si cette boutique existait et si cet objet était
réellement en montre parmi les autres, c'était bien pour
cet objet qu'il s'était arrêté. Donc cet objet présentait en
lui-même un intérêt assez puissant pour avoir attiré son
attention dans le même temps où il était dans un trouble si
pénible, aussitôt après sa sortie de la gare. Il marchait,
portant presque avec angoisse son regard sur le côté droit,
et son cœur battait d'une impatience inquiète. Mais voici
cette boutique : il l'a enfin trouvée ! Il en était déjà à cinq
cents pas, quand l'idée lui était venue de rebrousser che-

min. Et voici cet objet de soixante kopeks, « bien sûr,
soixante kopeks, il ne vaut pas davantage ! » s'affirma-t-il
de nouveau à lui-même, et il rit. Mais d'un rire hystérique : il se sentait très mal. Il venait de se souvenir clairement, qu'ici précisément, arrêté devant cette boutique, il
s'était tout à coup retourné, comme précédemment quand
il avait surpris sur lui les yeux de Rogojine.

S'étant assuré qu'il ne s'était pas trompé (ce dont,
d'ailleurs, même avant la vérification, il était absolument
certain), il laissa là la boutique et s'en éloigna au plus
vite. Tout cela, il fallait vite le méditer, obligatoirement ;
il était clair maintenant qu'il n'avait pas été victime d'une
illusion à la gare non plus, que ce qui lui était arrivé était
nécessairement quelque chose de réel et lié nécessairement à toute son inquiétude précédente. Mais une sorte de
répulsion intérieure invincible de nouveau prit le dessus :
il ne voulut rien méditer, il refusa de méditer, il se
plongea dans des pensées tout autres.

Il songea, entre autres, que son état épileptique
connaissait un degré, presque immédiatement avant la
crise (si seulement la crise le prenait en état de veille), où
soudain, parmi la tristesse, la ténèbre mentale, l'oppres-
sion, son cerveau lui semblait par instants s'embraser et
toutes ses forces vitales se tendre d'un coup dans un élan
extraordinaire. La sensation qu'il avait de sa vie, de sa
conscience, était quasi décuplée dans ces instants, qui ne
duraient qu'un éclair. Son esprit, son cœur s'éclairaient
d'une lumière inaccoutumée ; toutes ses émotions, doutes, inquiétudes semblaient s'apaiser d'un coup, se résoudre en une sorte de calme supérieur, plein d'une joie
et d'une espérance claires et harmonieuses, plein de raison et de vision de la cause finale.

Mais ces moments, ces lueurs, n'étaient encore que le
pressentiment de cette seconde finale (jamais plus d'une
seconde) où commençait la crise elle-même. Cette seconde était, naturellement, insupportable. En réfléchis-
sant plus tard à cet instant, une fois revenu à la santé, il se
disait souvent : tous ces éclairs et ces traits lumineux d'un
sentiment ou conscience de soi supérieurs, et par conséquent aussi d'une « existence supérieure » ne sont rien

d'autre qu'une maladie, une atteinte à l'état normal, et, s'il en est ainsi, ils ne sont nullement une existence supérieure, mais au contraire doivent être attribués au degré d'existence le plus bas.

Et cependant il était arrivé finalement à une conclusion extrêmement paradoxale : « Et qu'importe, que ce soit une maladie ? avait-il décidé enfin, qu'importe que cette tension soit anormale, si le résultat, si la minute de sensation, telle qu'elle est évoquée et considérée une fois revenue la santé, se trouve être une harmonie, une beauté au suprême degré, procure un sentiment inouï et jusqu'alors insoupçonné de plénitude, de mesure, d'apaisement et de fusion, exalté dans la prière, avec la plus haute synthèse de vie ? » Ces expressions obscures lui paraissaient à lui-même très compréhensibles, bien qu'encore trop faibles. Mais qu'il y eût réellement « beauté et prière », que ce fût réellement « la plus haute synthèse de vie », là-dessus il ne pouvait avoir ni tolérer de doutes. Car les visions qu'il avait dans ces moments n'avaient rien de commun avec celles que produisent le haschich, l'opium ou l'alcool, qui ravalent la raison et mutilent l'âme, sont anormales et inexistantes. Il pouvait en juger sainement, après la cessation de l'état maladif. Ces instants n'étaient qu'un renforcement extraordinaire de son autoconscience — si l'on peut par un seul mot exprimer cet état — de son autoconscience et en même temps de son autosensation la plus immédiate. Si à cette seconde, c'est-à-dire dans le tout dernier instant conscient avant la crise, il lui arrivait d'avoir le temps de se dire clairement et consciemment : « Oui, pour ce moment on peut donner toute une vie ! » il était clair que ce moment à lui seul valait toute une vie.

D'ailleurs, à la partie dialectique de sa déduction il ne tenait pas tellement : l'hébétement, la ténèbre mentale, l'idiotie se dressaient devant lui comme la suite manifeste de ces « minutes sublimes ». Il n'aurait pas, bien entendu, engagé là-dessus une discussion sérieuse. Sa conclusion, je veux dire son appréciation de cette minute, contenait certainement une erreur, mais la réalité de la sensation ne l'en troublait pas moins un peu. Que faire, en effet,

devant la réalité ? Cette sensation, quand même, existait
et lui, il avait le temps, quand même, de se dire, pendant
cette seconde, que cette même seconde, par un bonheur
infini pleinement ressenti par lui, pourrait vraiment valoir
toute une vie [115]. « A ce moment, comme il le disait un
jour à Rogojine lors de leurs entrevues à Moscou, à ce
moment me devient intelligible cette phrase extraordinaire : *il n'y aura plus de temps* [116]. » Et il avait ajouté
avec un sourire : « C'est sans doute cette même seconde
pendant laquelle n'avait pas eu le temps de se vider la
cruche d'eau renversée de l'épileptique Mahomet, qui,
lui, avait eu le temps, pendant cette seconde, de visiter
toutes les demeures d'Allah [117]. » Oui, à Moscou, ils se
réunissaient souvent, Rogojine et lui, pour parler de cela
et d'autre chose aussi. « Rogojine a dit aujourd'hui que
j'étais alors un frère pour lui ; c'est la première fois qu'il a
dit cela », pensa en lui-même le prince.

Il pensa cela, assis sur un banc, sous un arbre, au
Jardin d'Été. Il était sur les sept heures. Le jardin était
désert ; une sorte d'obscurité avait voilé pour un instant le
soleil couchant. L'air était étouffant ; cela ressemblait à
l'annonce lointaine d'un orage. Dans son état contempla-
tif actuel, le prince trouvait là une sorte d'attrait. Il
adhérait, par le souvenir et par l'esprit, à chaque objet
extérieur, et cela lui plaisait. Il avait continuellement
envie d'oublier une certaine chose, présente, actuelle,
mais au premier regard porté autour de lui aussitôt il
reconnaissait de nouveau son idée sombre, l'idée dont il
aurait tant voulu se libérer. Il se rappela avoir parlé tout à
l'heure, pendant le repas, avec le garçon de restaurant,
d'un meurtre récent, extrêmement singulier, qui avait fait
du bruit et beaucoup fait parler. Mais à peine survenu ce
souvenir, de nouveau se produisit soudain chez lui quelque chose de particulier. Un désir extraordinaire, irrésistible, presque une tentation, paralysa soudain toute sa
volonté. Il se leva du banc et sortit du jardin pour se
diriger droit vers le Quartier de Pétersbourg. Tout à
l'heure, sur le quai de la Néva, il avait demandé à un
passant de lui montrer par-delà la Néva ce quartier. On le
lui avait montré, mais il n'y était pas allé. Et puis de toute

façon il n'avait pas à y aller ce jour-là; il le savait.
L'adresse, il l'avait depuis longtemps; il pouvait aisément découvrir la maison de la parente de Lebedev; mais
il savait presque à coup sûr qu'il ne la trouverait pas chez
elle : « Elle est certainement partie pour Pavlovsk; autrement Colas aurait laissé un mot à « la Balance », comme il
était convenu ». Ainsi, s'il y allait maintenant, ce ne
serait pas pour la voir. Une autre curiosité, sombre,
torturante, le tentait. Une idée nouvelle, subite, lui était
venue...

Mais il lui suffisait de s'être mis en route et de savoir
où il allait : une minute plus tard, il marchait déjà sans
presque remarquer sa route. Pousser plus à fond son
« idée subite » lui était devenu aussitôt affreusement
odieux et quasi impossible. Avec une attention tendue
jusqu'à la souffrance il fixait tout ce qui se présentait à
ses yeux, regardait le ciel, la Néva. Il engagea la conversation avec un petit enfant qu'il rencontra. Peut-être son
état épileptique allait-il en augmentant. Un orage, vraiment, semblait se rapprocher, quoique lentement. Un
tonnerre lointain commençait. L'air se faisait très lourd...

Pourquoi le souvenir lui revenait-il constamment, à
cette heure — comme cela se produit parfois pour un
motif musical lancinant et dont on est saturé jusqu'à
l'hébétude —, du neveu de Lebedev qu'il avait vu le jour
même ? Le bizarre était qu'il lui revenait toujours sous la
forme de l'assassin dont lui avait parlé Lebedev lui-même
en lui présentant ce neveu. Oui, il avait lu naguère encore
quelque chose à propos de cet assassin. Il avait beaucoup
lu et entendu parler à propos de ces sortes de choses
depuis son retour en Russie; il suivait avec ténacité tout
cela. Tout à l'heure il s'était même grandement intéressé,
en causant avec le garçon de restaurant, à ce même
assassinat des Jemarine. Le garçon avait été d'accord
avec lui, il s'en souvenait. Il se rappela aussi ce garçon :
c'était un homme point sot, sérieux et prudent, mais « au
reste, Dieu sait ce qu'il vaut. Il est difficile, dans un pays
nouveau, de deviner des hommes nouveaux ». D'ailleurs,
il commençait à croire, passionnément, à l'âme russe.
Oh, combien, combien il avait retiré pour lui-même de

nouveau pendant ces six mois, et d'insoupçonné, et
d'inouï et d'inattendu ! Mais l'âme d'autrui est ténèbres,
l'âme russe aussi est ténèbres ; ténèbres pour bien des
gens. Ainsi il avait longtemps fréquenté Rogojine, ils
s'étaient fréquentés de près, ils s'étaient fréquentés « fraternellement », — mais connaissait-il Rogojine ? Au fait,
dans toutes ces choses, parfois, quel chaos, quelle confusion, quel désordre ! « Et enfin, quand même, quel chan-
cre ignoble et vaniteux que ce neveu de Lebedev que je
viens de voir ! Au fait, que dis-je là ? (C'était sa rêverie
qui se prolongeait.) Est-ce lui qui a tué ces créatures, ces
six personnes ? Il me semble que je confonds... comme
c'est étrange ! La tête me tourne... Mais quel gentil et
sympathique visage elle a, la fille aînée de Lebedev, celle
qui tenait l'enfant ; quelle expression innocente, presque
enfantine, et quel rire presque enfantin ! » C'était étrange,
qu'il eût presque oublié ce visage et que maintenant
seulement il lui fût revenu. Lebedev, qui tapait des pieds
contre eux, sûrement les adorait tous. Mais le plus certain, comme deux fois deux quatre, c'était que Lebedev
adorait aussi son neveu !

D'ailleurs, qu'est-ce qui lui avait pris de les juger aussi
définitivement, lui, arrivé de ce jour, et de prononcer de
pareilles sentences ? Tenez : ce même Lebedev, aujourd'hui, lui avait posé une énigme : allons ! s'atten-
dait-il à un pareil Lebedev ? Connaissait-il jusque-là un
pareil Lebedev ? Lebedev et la du Barry, — Seigneur !
D'ailleurs, si Rogojine devait tuer, du moins il ne le ferait
pas de façon aussi désordonnée. Ce ne serait pas le même
chaos. Un instrument fait sur commande, et six personnes
étendues, dans un véritable délire ! Est-ce que Rogojine
avait un instrument fait sur commande ?... Lui, il...
mais... était-ce décidé, que Rogojine tuerait ? Le prince
brusquement tressaillit. « N'est-ce pas un crime, une vilenie de sa part, de faire avec cette franchise cynique une
pareille supposition ? » s'exclama-t-il, et la rougeur de la
honte envahit d'un coup son visage. Il était stupéfait, il
restait là comme cloué sur place. Il se rappela du coup et
la gare de Pavlovsk de tout à l'heure et la gare Nicolas [118]
de tout à l'heure, et la question posée en face à Rogojine à

propos *des yeux*, et la croix de Rogojine qui maintenant était sur lui, et la bénédiction de sa mère, à qui il l'avait lui-même conduit, et la dernière embrassade convulsive, la renonciation ultime de Rogojine tout à l'heure dans l'escalier. Après tout cela, se surprendre en train de chercher toujours quelque chose autour de soi, et puis cette boutique, et cet objet... quelle bassesse ! Et après tout cela le voilà qui s'en allait maintenant avec « un but spécial », avec une spéciale « idée subite » ! Le désespoir et la souffrance s'étaient emparés de toute son âme. Le prince voulait immédiatement retourner chez lui, à l'hôtel ; même il tourna les talons et se mit en marche ; mais une minute après il s'arrêta, réfléchit et reprit sa direction première.

Le voilà qui était déjà dans le Quartier de Pétersbourg, il était près de la maison. Ce n'était quand même pas avec son but d'avant qu'il y allait, ce n'était pas avec cette « idée spéciale » ! Et comment cela aurait-il pu être ? Oui, son mal revenait, c'était certain ; il pouvait avoir une crise le jour même. C'était la crise et toute cette ténèbre, c'était la crise qui avait amené aussi « l'idée ! » Maintenant, les ténèbres étaient dissipées, le démon expulsé, il n'existait plus de doutes, son cœur était dans la joie ! Et — il y avait si longtemps qu'il ne *l'* avait vue, il avait besoin de *la* voir et... oui ! il aurait voulu maintenant rencontrer Rogojine, il l'aurait pris par la main et ils y seraient allés ensemble... Son cœur était pur ; était-il un rival pour Rogojine ? Demain il irait de lui-même dire à Rogojine qu'il était allé la voir ; n'avait-il pas volé jusqu'ici, comme avait dit tout à l'heure Rogojine, pour la voir et rien de plus ? Peut-être la trouverait-il, car il n'était pas sûr enfin qu'elle fût à Pavlovsk !

Oui, il fallait que maintenant tout fût tiré au clair, que tous deux lussent clairement l'un dans l'autre, qu'il n'y eût plus de ces renoncements sombres et passionnés comme tout à l'heure celui de Rogojine... Si tout pouvait s'accomplir librement et... dans la lumière ! N'était-il pas capable de lumière, Rogojine ? Il dit qu'il l'aime autrement, qu'il n'y a pas chez lui de compassion, « pas du tout de cette pitié ». Il est vrai qu'il a ajouté ensuite : « Ta

pitié est peut-être plus forte que mon amour », mais il se
calomnie. Hum! Rogojine devant un livre, n'est-ce pas
déjà de la « pitié », un commencement de « pitié » ? Est-ce
que la seule présence de ce livre ne prouve pas qu'il a
parfaitement conscience de ses relations futures avec
elle? Et son récit de tout à l'heure? Non, voilà qui est
plus profond que la seule passion. Et est-ce la seule
passion que son visage à elle inspire? D'ailleurs, peut-il
même inspirer maintenant la passion, ce visage? Il inspire une souffrance, il vous saisit toute l'âme, il... Et un
souvenir douloureux, cuisant, traversa soudain le cœur du
prince.

Oui, douloureux. Il se rappela comment, naguère encore, il s'était tourmenté quand pour la première fois il
avait remarqué chez elle des signes de folie. Il avait
éprouvé alors presque du désespoir. Et comment avait-il
pu l'abandonner quand elle l'avait fui pour aller chez
Rogojine? C'était lui qui aurait dû courir après elle, au
lieu d'attendre des nouvelles. Mais... est-ce que Rogojine
n'avait pas encore remarqué chez elle cette folie?...
Hum! Rogojine voyait partout d'autres causes, des causes tenant à la passion! Et quelle folle jalousie!
Qu'avait-il voulu dire, avec sa supposition de tout à
l'heure? (Le prince rougit soudain, et il eut comme un
frisson au cœur.)

A quoi bon, cependant, rappeler cela? Il y a là folie des
deux côtés. Et pour lui, prince, aimer passionnément
cette femme était presque impensable, ce serait presque
de la cruauté, de l'inhumanité. Oui, oui! Non, Rogojine
se calomniait; il avait un cœur immense, capable et de
pâtir et de compatir. Quand il apprendrait toute la vérité
et reconnaîtrait quelle pitoyable créature était cette détraquée, cette demi-folle, est-ce qu'il ne lui pardonnerait pas
alors tout le passé, tous ses propres tourments? Est-ce
qu'il ne se ferait pas son serviteur, son frère, son ami, sa
providence? La compassion raisonnera et instruira même
Rogojine. La compassion est la principale et peut-être
l'unique loi de la condition humaine. Oh, comme il était
impardonnablement et malhonnêtement coupable envers
Rogojine! Non, ce n'était pas « l'âme russe » qui était

ténèbre, c'était son âme à lui, s'il avait pu imaginer
pareille horreur ! Pour quelques paroles cordiales et cha-
leureuses dites à Moscou, Rogojine le nommait déjà son
frère, et lui... Mais c'étaient la maladie et le délire ! Tout
cela se dissiperait !... De quel air sombre Rogojine avait
dit tout à l'heure « qu'on perd la foi ». Cet homme
doit durement souffrir. Il dit qu'il « aime regarder
ce tableau » ; il n'aime pas, il éprouve le besoin.
Rogojine n'est pas seulement une âme passionnée ;
c'est tout de même un lutteur : il veut récupérer par
la force sa foi perdue. Elle lui est à cette heure nécessaire jusqu'au tourment... Oui, croire à quelque
chose ! croire à quelqu'un ! Qu'il est étrange, quand
même, ce tableau de Holbein !... Tiens, la voici, cette
rue ! Voici sans doute la maison aussi ; c'est bien cela :
N° 16 « Maison de la secrétaire de collège [119] Filissova ». C'est ici ! Le prince sonna et demanda Anastasie
Filippovna.

La propriétaire de la maison lui répondit qu'Anastasie
Filippovna était partie dès le matin pour Pavlovsk ; elle
devait aller chez Daria Alexieevna « et il pouvait se faire
même qu'elle y restât plusieurs jours ». Cette Filissova
était une petite femme aux yeux aigus, au visage aigu,
d'une quarantaine d'années, au regard fixe et malin.
Comme elle lui demandait son nom — question à laquelle, avec intention sans doute, elle donna une nuance
de mystère —, le prince ne voulut d'abord pas répondre :
mais aussitôt il revint et la pria instamment de communiquer son nom à Anastasie Filippovna. Filissova accueillit
cette insistance avec une attention redoublée et d'un air
extrêmement secret, qui voulait dire : « Soyez tranquille,
j'ai compris. » Le nom du prince lui fit visiblement une
très forte impression. Le prince la regarda distraitement,
tourna le dos et s'en retourna à son hôtel. Mais il s'en
retourna avec une mine autre que celle qu'il avait en
sonnant. Il s'était de nouveau produit chez lui, en un clin
d'œil, aurait-on dit, un changement extraordinaire : il
marchait de nouveau pâle, faible, souffrant, bouleversé,
ses genoux tremblaient, et un sourire trouble, éperdu,
errait sur ses lèvres bleues ; son « idée subite » s'était tout

à coup confirmée et justifiée et — il croyait de nouveau à son démon !

Mais s'était-elle confirmée ? Mais s'était-elle justifiée ? Pourquoi de nouveau ce tremblement, cette sueur froide, cette ténèbre et ce poids dans l'âme ? Était-ce parce que de nouveau il venait d'apercevoir *ces yeux* ? Mais n'était-il pas venu du Jardin d'Été uniquement pour les voir ! N'était-ce pas en cela que consistait son « idée subite » ? Il avait voulu instamment apercevoir « ces yeux de tout à l'heure », pour se persuader définitivement qu'il les rencontrerait nécessairement là-bas, devant cette maison. Ç'avait été son désir convulsif, alors pourquoi donc était-il si écrasé et si frappé maintenant pour les avoir en effet aperçus ? Comme s'il ne s'y était pas attendu ! Oui, c'était bien *ces mêmes yeux* (et là-dessus, que c'étaient *ceux-là mêmes*, il n'y avait maintenant plus aucun doute !) qui avaient lancé un éclair sur lui le matin, dans la foule, comme il sortait du train à la gare Nicolas ; ceux-là mêmes (absolument les mêmes !) dont il avait saisi le regard ensuite, dans son dos, en s'asseyant chez Rogojine. Rogojine tout à l'heure avait nié : il avait demandé avec un sourire glacial, contrefait : « A qui étaient-ils, ces yeux ? » Et le prince avait eu une terrible envie, il n'y avait pas longtemps, à la gare de Tsarskoe-Selo (comme il montait dans le train pour aller chez Aglaé et que tout à coup il avait de nouveau aperçu ces yeux, pour la troisième fois déjà dans cette journée), d'aborder Rogojine et lui dire, *à lui*, « à qui étaient ces yeux » ! Mais il s'était sauvé de la gare et n'avait repris ses esprits que devant la boutique du coutelier, étant planté là et évaluant à soixante kopeks un certain objet au manche en bois de cerf. Un bizarre et terrible démon s'était attaché à lui définitivement et ne voulait plus le quitter. Ce démon lui avait chuchoté au Jardin d'Été, comme il était assis, à demi conscient, sous un tilleul, que si Rogojine avait tellement besoin de le suivre depuis le matin et de chercher à l'attraper à chaque pas, alors forcément, ayant appris qu'il n'irait pas à Pavlovsk (renseignement, naturellement, fatal pour Rogojine), il irait *là-bas*, lui, Rogojine, devant cette maison du Quartier de Pétersbourg et y

guetterait le prince, qui lui avait le matin même donné sa
parole d'honneur qu'il «ne la verrait plus» et que «ce
n'était pas pour cela qu'il était venu à Pétersbourg».

Et voici qu'il se hâtait fiévreusement vers cette maison,
et quoi d'étonnant à ce qu'il y eût rencontré en effet
Rogojine? Il avait vu seulement un homme malheureux
dont l'état d'âme était sombre, mais bien compréhensible. Cet homme malheureux ne se cachait même plus
maintenant. Oui, Rogojine, ce matin, avait nié et avait
menti, mais à la gare il était là, ne se cachant presque pas.
C'était plutôt lui, le prince, qui se cachait, et non Rogojine. Et maintenant, devant la maison, il se tenait de
l'autre côté de la rue, à une cinquantaine de pas en
travers, sur le trottoir opposé, les bras croisés, attendant.
Là, il était tout à fait en vue, et avait l'air de vouloir être
en vue. Il se dressait en accusateur, en juge, et non en...
et non en quoi?

Mais pourquoi lui, le prince, ne l'avait-il pas abordé le
premier et s'était-il détourné de lui comme s'il n'avait
rien remarqué bien que leurs yeux se fussent rencontrés?
(Oui, leurs yeux s'étaient rencontrés! et ils s'étaient re-
gardés.) Ne voulait-il pas tout à l'heure le prendre par la
main et aller *là-bas* avec lui? Ne voulait-il pas aller le
lendemain le trouver pour lui dire qu'il avait été chez
elle? N'avait-il pas lui-même renié son démon, en y
allant, à mi-chemin, au moment où la joie avait empli son
cœur? Ou bien y avait-il en effet quelque chose chez
Rogojine, c'est-à-dire dans toute sa figure *d'aujourd'hui*
dans tout l'ensemble de ses paroles, gestes, actes, regards, qui pouvait justifier ses horribles pressentiments et
les chuchotements révoltants de son démon? une de ces
choses qui se voient d'elles-mêmes, mais qui sont diffi-
ciles à analyser et à raconter, qu'il est impossible de
justifier par des motifs satisfaisants, mais qui n'en produisent pas moins, en dépit de cette difficulté et de cette
impossibilité, une impression globale absolument irrésistible, se muant involontairement en la plus entière
conviction?...

Conviction, de quoi? (Oh, comme le prince était tourmenté par la monstruosité, «le caractère avilissant» de

cette conviction, de «ce bas pressentiment», et comme il
s'accusait lui-même!) Dis-le donc, si tu l'oses: de quoi?
— se disait-il sans cesse à lui-même, avec reproche et
défi —, formule, ose énoncer toute ta pensée, clairement, exactement, sans hésitation! Oh, malhonnête que
je suis! répétait-il avec indignation et le rouge au front,
de quel œil regarderai-je maintenant cet homme toute ma
vie! Oh quelle journée! Mon Dieu, quel cauchemar!

Il y eut une minute, sur la fin de ce long et douloureux
trajet depuis le Quartier de Pétersbourg, où soudain le
prince fut pris d'un désir invincible: aller tout de suite
chez Rogojine, l'attendre, l'embrasser avec honte, avec
larmes, tout lui dire et en finir d'un coup. Mais il était
déjà devant son hôtel... Comme lui avaient déplu cet
hôtel, ces couloirs, toute cette maison, cette chambre; du
premier coup d'œil, ils lui avaient déplu; à plusieurs
reprises au cours de cette journée il s'était souvenu avec
une espèce de dégoût qu'il faudrait y retourner... «Mais
qu'est-ce qui me prend aujourd'hui, de croire à toutes
sortes de pressentiments, comme une femme malade!»
pensa-t-il, avec un mécontentement railleur, en s'arrêtant
dans l'entrée. Un nouvel et insupportable flux de honte,
de désespoir presque, l'avait cloué sur place, au moment
même de passer la porte. Il resta sur place une minute.
C'est ce qui arrive parfois: des souvenirs inattendus et
intolérables, surtout accompagnés de honte, vous arrêtent
ainsi sur place, l'espace d'une minute. «Oui, je suis un
sans-cœur et un lâche!» répéta-t-il sombrement, et il se
remit en marche, mais... de nouveau s'arrêta...

Dans cette entrée, déjà sombre, il faisait à cet instant
très sombre: un nuage noir d'orage était survenu qui avait
englouti la lumière vespérale et comme le prince approchait de l'hôtel, il s'était soudain ouvert et déchargé en
une ondée. Au moment où le prince s'était mis fébrilement en mouvement, après sa halte d'un instant, il se
trouvait au début de la porte cochère, sur le seuil qui lui
donnait accès depuis la rue. Et soudain il aperçut dans la
profondeur, dans la demi-obscurité, juste à l'entrée de
l'escalier, un homme. Cet homme avait l'air de guetter,
mais il passa comme un éclair et disparut. Cet homme, le

prince n'avait pas pu le distinguer nettement, et naturellement il n'aurait pas su dire à coup sûr qui il était. De
plus, il pouvait passer là tant de personnes : c'était un
hôtel et constamment on passait, on s'engageait en courant dans les couloirs et vice versa. Mais il eut tout à coup
la conviction la plus entière et la plus irrésistible que cet
homme, il l'avait reconnu et que c'était, obligatoirement,
Rogojine. Un instant après, il s'élança à sa suite dans
l'escalier. Son cœur avait cessé de battre. « A l'instant,
tout va se décider ! » prononça-t-il à part soi avec une
étrange conviction.

L'escalier dans lequel il s'élança en quittant la porte
cochère conduisait aux couloirs du premier et du second,
où se trouvaient les chambres. Cet escalier, comme dans
toutes les maisons de construction ancienne, était de
pierre, obscur, étroit et tournait autour d'une épaisse
colonne aussi de pierre. Sur le premier palier était prati-
qué dans cette colonne un évidement, une sorte de niche,
ne dépassant pas un pas en largeur et un demi-pas en
profondeur. Un homme pouvait cependant y trouver
place. Si sombre que fût l'endroit, le prince, en posant le
pied sur ce palier, distingua aussitôt qu'il y avait là, dans
cette niche, un homme caché. Il eut envie de passer sans
regarder à droite. Il fit un pas, mais n'y tint pas et se
retourna.

Les deux yeux de tout à l'heure, *les mêmes*, se rencon-
trèrent soudain avec son regard à lui. L'homme qui se
dissimulait dans la niche avait eu le temps de faire un pas
en dehors. Pendant une seconde, ils furent tous deux l'un
devant l'autre, se touchant presque. Brusquement, le
prince prit l'autre par les épaules et lui fit faire demi-tour,
vers l'escalier, plus près de la lumière : il voulait mieux
voir son visage.

Les yeux de Rogojine étincelèrent et un sourire furieux
déforma son visage. Sa main droite se leva et quelque
chose y brilla ; le prince ne pensait pas à l'arrêter. Il se
souvint seulement plus tard d'avoir crié, lui semblait-il :

— Parthène, je ne le crois pas !

Ensuite, soudain il se fit devant lui comme une large
ouverture : une extraordinaire lumière *intérieure* éclaira

son âme. Cet instant dura, peut-être, une demi-seconde ; il se rappelait pourtant, clairement et consciemment, le début, le tout premier son du terrible sanglot qui s'échappa tout seul de sa poitrine et qu'aucun effort de sa part n'aurait pu arrêter. Ensuite, sa conscience s'éteignit instantanément et ce fut la ténèbre complète.

Il eut une crise d'épilepsie, de ce mal qui depuis longtemps l'avait quitté. On sait que la crise d'épilepsie, le haut mal comme on dit, survient instantanément. Dans cet instant, le visage soudain s'altère, surtout le regard. Des convulsions s'emparent de tout le corps et de tous les traits du visage. Un sanglot effrayant, irreprésentable et ne ressemblant à rien, s'échappe de la poitrine ; dans ce sanglot disparaît, dirait-on, tout caractère humain, et il est impossible, du moins très difficile, pour un observateur, d'imaginer et d'admettre que celui qui crie ainsi est ce même homme. On a même l'impression que c'est un autre qui crie, se trouvant à l'intérieur de cet homme. Beaucoup du moins ont énoncé de la sorte leur impression, et à beaucoup la vue d'un homme pendant la crise inspire une horreur catégorique et intolérable, qui a même quelque chose de mystique. Il faut supposer que cette impression d'horreur subite, conjuguée avec toutes les autres impressions effrayantes de cet instant, figea sur place Rogojine et par là sauva le prince du couteau prêt à s'abattre inévitablement sur lui. Ensuite, n'ayant pu encore se rendre compte de la crise d'épilepsie et voyant que le prince avait fait un écart devant lui et était tombé soudain à la renverse, et avait roulé dans l'escalier après avoir dans son élan heurté de la nuque la marche de pierre, Rogojine se précipita tête baissée vers le bas, contourna le corps allongé et presque inconscient s'enfuit de l'hôtel.

Sous l'effet des convulsions, des battements du cœur et des contorsions, le corps du malade roula de marche en marche — il n'y en avait pas plus de quinze — jusqu'au bas de l'escalier. Très vite, pas plus de cinq minutes après, on le remarqua, et il se fit un attroupement. Une mare de sang autour de la tête donnait à penser : l'homme s'était-il blessé, ou « y avait-il eu péché » ? Bientôt cepen-

dant certains distinguèrent l'épilepsie ; un des garçons
reconnut dans le prince un nouveau client. Les doutes
furent enfin très heureusement résolus grâce à une heureuse circonstance.

Colas Ivolguine, qui avait promis d'être pour quatre
heures à « la Balance » et au lieu de cela était allé à
Pavlovsk, avait pour une certaine raison imprévue renoncé à manger chez la générale Épantchine et était rentré
à Pétersbourg. Il s'était hâté de regagner « la Balance »,
où il arriva sur les sept heures du soir. Apprenant, par le
billet qui lui avait été laissé, que le prince était parti en
ville, il se précipita à l'adresse indiquée dans ce billet.
Informé à l'hôtel que le prince était sorti, il descendit au
buffet et se disposa à attendre, en prenant le thé et en
écoutant l'orgue mécanique. Entendant par hasard parler
de quelqu'un qui avait eu une crise d'épilepsie, il courut à
l'endroit indiqué, mû par un pressentiment, et reconnut le
prince. Aussitôt les mesures convenables furent prises.
Le prince fut transporté dans sa chambre ; il revint à lui,
mais ne retrouva sa pleine connaissance qu'au bout d'un
assez long temps. Un docteur, appelé pour examiner la
blessure à la tête, lui fit mettre une compresse et déclara
que les contusions ne présentaient aucun danger. Quand,
une heure plus tard, le prince commença à comprendre
assez bien ce qui l'entourait, Colas le transporta en voiture de l'hôtel chez Lebedev. Lebedev accueillit le malade avec une chaleur extraordinaire et de grands saluts.
A cause de lui, il hâta même son départ pour le chalet ;
deux jours plus tard, tout le monde était déjà à Pavlovsk.

VI

Le chalet de Lebedev n'était pas grand, mais commode
et même joli. Une partie, destinée à la location, était
décorée tout particulièrement. Sur la terrasse, assez spa-
cieuse, qui se trouvait près de l'accès aux chambres
depuis la rue, on avait disposé quelques orangers, citron-
niers et jasmins dans de grandes cuves de bois peintes en
vert, ce qui procurait, dans l'idée de Lebedev, la vue la

plus séduisante. Plusieurs de ces arbustes avaient été acquis par lui en même temps que le chalet et il avait été tellement charmé par l'effet qu'ils produisaient sur la terrasse qu'il s'était décidé, grâce à une occasion, à acheter d'autres arbres semblables en cuves pour compléter la collection, à une vente aux enchères. Quand ils eurent tous été transportés au chalet et mis en place, on vit à plusieurs reprises ce jour-là Lebedev descendre de la terrasse dans la rue pour admirer de là son domaine, augmentant chaque fois mentalement la somme qu'il demanderait à son futur locataire.

Au prince épuisé, nostalgique et physiquement détraqué le chalet plut beaucoup. Au fait, le jour de son départ pour Pavlovsk, c'est-à-dire le surlendemain de sa crise, il avait l'air, extérieurement, d'un homme presque bien portant, bien qu'intérieurement il ne se sentît pas encore remis. Il accueillait avec joie tous ceux qu'il avait vus autour de lui durant ces trois jours, Colas qui ne l'avait presque pas quitté, toute la famille de Lebedev (moins le neveu, qui avait disparu on ne savait où), Lebedev lui-même ; il reçut même avec plaisir le général Ivolguine qui l'avait visité déjà en ville. Le jour même de l'installation, qui eut lieu sur le soir, se réunirent autour de lui sur la terrasse un bon nombre de visiteurs : d'abord arriva Gaby, que le prince eut de la peine à reconnaître, tant il avait changé et maigri, pendant ce temps. Ensuite parurent Barbe et Ptitsyne, eux aussi en villégiature à Pavlovsk. Quant au général Ivolguine, il était chez Lebedev presque constamment, et semblait même s'y être installé en même temps que lui. Lebedev tâchait de ne pas le laisser aller chez le prince et de le garder près de lui ; il le traitait en familier ; visiblement, ils se connaissaient depuis longtemps. Le prince remarqua que durant ces trois jours ils avaient eu entre eux de longs entretiens, criant et discutant souvent, même, à ce qu'il semblait, sur des sujets savants, ce qui procurait à Lebedev une visible satisfaction. On aurait pu penser qu'il avait même besoin du général. Mais les mêmes précautions à l'égard du prince furent observées par Lebedev également quant à sa famille, dès l'arrivée au chalet : sous prétexte de ne pas l'importuner, il ne laissait entrer chez lui absolument personne, tapait des pieds, se jetait sur ses filles et les poursuivait, sans excepter Viéra avec son enfant, au premier soupçon qu'elles se dirigeaient vers la terrasse où se trouvait le prince, en dépit des prières de celui-ci de ne repousser personne.

— Premièrement, plus de respect possible, si on leur lâche ainsi la bride ; deuxièmement, c'est même inconvenant, expliqua-t-il enfin, en réponse à une question directe du prince.

— Mais pourquoi donc ? essayait de le raisonner le prince. Vraiment, avec toutes ces façons de me surveiller et de me garder, vous ne faites que me tourmenter. Je m'ennuie, seul, je vous l'ai dit bien des fois, et vous, à force de lever vos bras au ciel et de marcher sur la pointe des pieds, vous redoublez ma tristesse.

Le prince faisait allusion au fait que Lebedev, s'il chassait tout le monde sous prétexte de la tranquillité nécessaire à un malade, entrait, lui, chez le prince presque à chaque instant, durant ces trois jours ; chaque fois, il commençait par entrebâiller la porte, avancer la tête, inspecter la chambre, comme s'il avait voulu s'assurer s'il était là, s'il ne s'était pas sauvé ; ensuite, sur la pointe des pieds maintenant, lentement, à pas de loup, il avançait vers le fauteuil, si inopinément qu'il faisait peur quelquefois à son locataire. Continuellement il s'informait s'il n'avait besoin de rien, et quand le prince lui demandait enfin de le laisser en paix, il tournait les talons docilement et sans bruit, se faufilait sur la pointe des pieds vers la porte et, tout en marchant, levait les bras au ciel comme pour faire savoir que c'était seulement «comme ça», qu'il ne dirait mot et que — voyez donc ! — il était déjà sorti et ne reviendrait plus ; et néanmoins dix minutes, un quart d'heure au plus après, il réapparaissait. Colas, qui avait ses entrées chez le prince, éveillait de ce fait chez Lebedev une profonde amertume et même une indignation blessée. Colas avait remarqué que Lebedev restait des demi-heures devant la porte à écouter ce qu'ils se disaient, le prince et lui, et naturellement il en avisa le prince.

— On dirait que vous vous êtes approprié ma personne, que vous me tenez sous clé, protesta le prince. A la campagne du moins, je veux qu'il en soit autrement, et soyez assuré que je recevrai qui il me plaira et que je me rendrai où il me plaira.

— Sans l'ombre d'un doute ! — Et Lebedev leva les bras au ciel.

Le prince le regarda fixement de la tête aux pieds.

— Alors, Lucien Timofieevitch, le petit coffre que vous aviez suspendu au-dessus de votre lit, au chevet, vous l'avez transporté ici ?

— Non.

— Vous l'avez laissé là-bas ?

— C'était impossible de le transporter, il aurait fallu l'arracher du mur... C'est solide, solide.

— Peut-être qu'il y en a un pareil ici ?

— Même meilleur, même meilleur, c'est à cette condition que j'ai acheté le chalet.

— Ah ah ! Qui était-ce que vous n'avez pas laissé entrer chez moi tout à l'heure ? Il y a une heure.

— C'était... c'était le général. En effet, je ne l'ai pas laissé entrer, il n'a rien à faire avec vous. Moi, prince, j'estime profondément cet homme, c'est... c'est un grand homme ; vous ne croyez pas ? Bon, vous verrez, malgré tout... il vaut mieux, illustrissime prince, que vous ne le receviez pas chez vous.

— Et pourquoi cela, permettez-moi de vous le demander ? Et pourquoi, Lebedev, êtes-vous en ce moment sur la pointe des pieds, et m'abordez-vous toujours comme si vous vouliez me dire un secret à l'oreille ?

— Je suis vil, vil, je le sens, répondit Lebedev de façon inattendue, en se frappant avec sentiment la poitrine. Mais le général ne sera-t-il pas pour vous trop hospitalier ?

— Trop hospitalier ?

— Oui, hospitalier. Premièrement, déjà s'il se prépare à habiter chez moi ; ça va encore, seulement c'est hasardé, tout de suite il se fourre dans votre parenté. Lui et moi nous avons déjà plusieurs fois recherché nos liens de parenté : il se trouve que nous sommes parents par alliance. Vous aussi vous êtes par votre mère son petit-neveu, il me l'a expliqué encore hier. Si vous êtes son neveu, nous sommes donc vous et moi, illustrissime prince, parents. Ce ne serait encore rien, une petite faiblesse, mais tout à l'heure il m'assurait encore que toute sa vie, depuis le grade d'enseigne jusqu'au 11 juin de l'année dernière, il n'a jamais eu chaque jour à sa table moins de deux cents personnes. Il en est arrivé enfin à ceci qu'on ne se levait même pas de table, on déjeunait, on dînait, on prenait le thé quinze heures sur vingt-quatre pendant quelque treize années de suite sans la moindre interruption ; à peine avait-on le temps de changer la nappe. L'un se lève et s'en va, un autre arrive, et les jours de fête légale ou impériale, il y avait jusqu'à trois cents personnes. Le jour du millénaire de la Russie [120], il en a compté sept cents. C'est terrible, n'est-ce pas ? C'est histoires-là, c'est très mauvais signe ; des gens aussi hospitaliers, il est redoutable de les recevoir chez soi, et alors j'ai pensé : pour vous et moi ne sera-t-il pas trop hospitalier ?

— Mais il me semble que vous êtes dans les meilleures relations ?

— Je le reçois en effet fraternellement, pour rire ; que nous soyons parents par alliance, qu'est-ce que cela me fait ? C'est plutôt un honneur. Je distingue chez lui, à travers les trois cents couverts et le millénaire de la Russie, le plus remarquable des hommes. Je le dis sincèrement. Vous venez de parler de secrets, prince ; je m'approcherais de vous, paraît-il, comme si je voulais vous communiquer un secret. Eh bien, le secret, comme par hasard, il existe : une certaine personne m'a fait savoir à l'instant qu'elle désirerait fort avoir avec vous une entrevue secrète.

— Pourquoi donc secrète ? Pas du tout. J'irai moi-même chez elle, aujourd'hui si elle veut.

— Pas du tout, pas du tout — et Lebedev leva les bras au ciel —, elle ne craint pas ce que vous pourriez penser. A propos : le monstre vient strictement chaque jour s'informer de votre santé, le savez-vous ?

— Vous le traitez bien souvent de monstre, cela me paraît très suspect?

— Vous ne pouvez avoir aucun soupçon, aucun, se hâta d'objecter Lebedev. Je voulais seulement expliquer que cette personne, ce n'est pas lui, c'est tout à fait un autre qu'elle craint, tout à fait autre.

— Mais de quoi s'agit-il, dites-le vite, interrogea le prince avec impatience, en voyant les contorsions mystérieuses de Lebedev.

— Là est le secret.

Et Lebedev eut un petit rire.

— De qui, le secret?

— Le vôtre. Vous m'avez vous-même interdit, illustrissime prince, de parler devant vous..., murmura Lebedev. Et, ayant suffisamment savouré le plaisir d'avoir poussé la curiosité de son interlocuteur jusqu'à une impatience fébrile, il conclut soudain: — C'est d'Aglaé Ivanovna qu'elle a peur.

Le prince fronça les sourcils et demeura une minute silencieux.

— Je vous le jure, Lebedev, je vais quitter votre chalet, dit-il tout à coup. Où sont Gabriel Ardalionovitch et les Ptitsyne? Chez vous? Vous les avez eux aussi attirés chez vous?

— Ils y viennent, ils y viennent. Et même le général, à leur suite. J'ouvrirai toutes les portes et j'appellerai toutes mes filles, toutes, à l'instant, chuchotait avec épouvante Lebedev, en levant les bras au ciel et en se jetant d'une porte à l'autre.

A cet instant, Colas apparut sur la terrasse, venu de la rue, et déclara que derrière lui arrivaient des visiteurs, Élisabeth Procofievna et ses trois filles.

— Faire entrer, ou ne pas faire entrer les Ptitsyne et Gabriel Ardalionovitch? Faire entrer, ou ne pas faire entrer le général? demanda Lebedev, écrasé par cette nouvelle.

— Pourquoi pas? Tous ceux qui voudront! Je vous assure, Lebedev, il y a quelque chose que vous avez mal compris, dans mes relations, dès le début; vous êtes continuellement dans l'erreur. Je n'ai pas la moindre raison de me cacher de qui que ce soit ni de dissimuler, dit le prince en riant.

Le voyant rire, Lebedev jugea de son devoir de rire aussi. Lebedev, malgré son trouble extrême, était lui aussi visiblement très content.

La nouvelle apportée par Colas était juste; il avait devancé les Épantchine seulement de quelques pas, pour les annoncer, de sorte qu'il arriva des visiteurs des deux côtés; par la terrasse, les Épantchine, et par les chambres, les Ptitsyne, Gaby et le général Ivolguine.

Les Épantchine n'avaient su la maladie du prince et qu'il était à Pavlovsk qu'à l'instant même, par Colas, et jusque-là la générale avait été dans une pénible perplexité. L'avant-veille déjà le général avait communiqué à sa famille la carte du prince : cette carte avait déterminé chez Élisabeth Procofievna la certitude absolue que le prince en personne arriverait à Pavlovsk pour les voir immédiatement après. En vain les demoiselles assuraient qu'un homme qui n'avait pas écrit de six mois ne serait peut-être pas du tout aussi pressé, maintenant encore, et qu'il avait peut-être, sans eux, beaucoup de soucis à Pétersbourg — comment savoir ses affaires? La générale s'était positivement courroucée de ces remarques; elle était prête à parier que le prince se présenterait au moins le lendemain, et pourtant ce serait déjà tard. Le lendemain, elle avait attendu toute la matinée, on l'avait attendu pour le repas, puis le soir, et comme il faisait déjà tout à fait sombre, Élisabeth Procofievna s'était fâchée contre tout, et querellée avec tous, naturellement sans mentionner d'un seul mot le prince parmi les motifs de ses fâcheries. Pas un mot à son sujet n'avait été prononcé non plus de toute la troisième journée.

Quand il échappa par mégarde à Aglaé que *maman* était fâchée parce que le prince n'arrivait pas — sur quoi le général observa aussitôt que «ce n'était pas sa faute à lui» —, Élisabeth Procofievna se leva et, courroucée, quitta la table. Enfin sur le soir Colas apparut, avec toutes ses nouvelles et avec le récit de toutes les aventures du prince, autant qu'il en pouvait savoir. Le résultat fut qu'Élisabeth Procofievna triompha, mais en tout cas il en

cuisit fortement à Colas : « Des journées entières il tourne
ici, pas moyen de le mettre dehors, et cette fois il ne
trouve pas seulement le moyen de prévenir, s'il ne dai-
gnait pas venir lui-même ! » Colas voulait tout de suite se
fâcher à cause de « mettre dehors », mais il remit cela à la
prochaine fois, et, si l'expression n'avait été décidément
trop offensante, il l'aurait sans doute complètement excu-
sée : tant lui avaient plu l'émotion et l'inquiétude d'Élisabeth Procofievna à l'annonce de la maladie du prince.
Elle avait longuement insisté sur la nécessité d'expédier
immédiatement un exprès à Pétersbourg pour alerter une
sommité médicale de première grandeur et l'amener par
le premier train. Ses filles la dissuadèrent ; d'ailleurs elles
ne voulurent pas demeurer en reste quand leur mère se
disposa instantanément à aller rendre visite au malade.

— Il est sur son lit de mort, disait, affairée, Élisabeth
Procofievna ; et nous irions faire des cérémonies ! Est-il
un ami de notre maison, oui ou non ?

— Seulement, il ne faut pas se jeter à l'eau sans s'être
informé du gué, observa Aglaé.

— Eh bien, alors n'y va pas. Et tu feras même bien :
Eugène Pavlovitch doit venir, il n'y aurait personne pour
le recevoir.

Après ces mots Aglaé, bien entendu, se dépêcha de
suivre les autres, ce qui était, d'ailleurs, déjà son intention. Le prince Chtch., qui était avec Adélaïde, consentit
immédiatement, sur sa prière, à accompagner les dames.
Déjà avant, au début de ses relations avec les Épantchine,
il s'était beaucoup intéressé au prince, en les entendant
parler de lui. Il se trouva qu'il l'avait connu, qu'ils
avaient fait connaissance quelque part il n'y avait pas
longtemps et avaient habité ensemble dans une petite ville
pendant une quinzaine. C'était environ trois mois avant.
Le prince Chtch. avait même raconté bien des histoires
sur le prince et en général il parlait de lui avec beaucoup
de sympathie, de sorte que maintenant c'était avec un
plaisir sincère qu'il allait rendre visite à une vieille
connaissance. Le général Ivan Fiodorovitch, pour cette
fois, n'était pas à la maison. Eugène Pavlovitch non plus
n'était pas arrivé. De chez les Épantchine jusqu'au chalet

de Lebedev il n'y avait pas plus de trois cents pas. La première impression désagréable d'Élisabeth Procofievna chez le prince, ce fut de trouver autour de lui toute une compagnie de visiteurs, sans parler des deux ou trois, dans le nombre, qui lui étaient catégoriquement odieux; la seconde, ce fut son étonnement de voir un homme jeune apparemment en parfaite santé, élégamment vêtu et riant, s'avancer à sa rencontre, au lieu de l'agonisant sur son lit de mort qu'elle s'attendait à trouver. Même elle s'arrêta, interdite, à l'extrême contentement de Colas, qui naturellement aurait pu fort bien lui expliquer, avant qu'elle quittât son chalet, que personne ne se mourait et qu'il n'y avait aucun lit de mort, mais qui n'en avait rien fait parce qu'il pressentait malignement le futur courroux comique de la générale lorsque immanquablement, selon ses calculs, elle serait furieuse de trouver le prince, son ami véritable, en bonne santé. Colas fut même assez peu délicat pour exprimer à haute voix sa prophétie, afin de taquiner davantage Élisabeth Procofievna: il était toujours à lui lancer des piques, parfois même très cruelles, en dépit de l'amitié qui les liait.

— Attends, mon cher, pas si vite, ne gâte pas ton triomphe! répondit Élisabeth Procofievna en s'installant dans le fauteuil avancé par le prince.

Lebedev, Ptitsyne, le général Ivolguine s'empressèrent d'offrir des chaises aux demoiselles. A Aglaé, ce fut le général qui la présenta. Lebedev en avança une aussi au prince Chtch., et à cette occasion réussit à faire exprimer à la courbure de sa taille un respect extraordinaire. Barbe, à son habitude, échangea avec entrain et à voix basse des salutations avec les jeunes filles.

— C'est vrai, prince, que je pensais te trouver au lit, ou presque, tant j'avais exagéré, de peur, et, je ne veux mentir à aucun prix, j'ai été terriblement ennuyée à l'instant de te voir ce visage heureux. Mais, je te le jure, ç'a été seulement l'espace d'une minute, avant d'avoir réfléchi. Moi, après réflexion, j'agis et je parle toujours plus intelligemment; toi aussi, j'imagine. En réalité, la guérison de mon propre fils, si j'en avais un, me rendrait peut-être moins heureuse que la tienne; et si tu ne m'en crois pas, la honte est pour toi, et non pour moi. Et voilà ce méchant gamin qui se permet de me jouer des tours, pires encore parfois que celui-ci. Tu le protèges, il me semble : eh bien, je te préviens qu'un beau matin, crois-moi, je me priverai du plaisir de jouir plus longtemps de l'honneur de le connaître.

— Mais en quoi donc suis-je coupable ? cria Colas. J'aurais eu beau vous assurer que le prince était presque guéri, vous n'auriez pas voulu me croire, parce que vous le représenter sur son lit de mort était beaucoup plus intéressant.

— Te voilà chez nous pour longtemps ? demanda au prince Élisabeth Procofievna.

— Pour tout l'été, et peut-être plus longtemps.

— Tu es seul ? Pas marié ?

— Non ! Et le prince sourit de la naïveté de cette pointe.

— Pas besoin de sourire ; cela arrive. Je pense au chalet : pourquoi ne t'es-tu pas installé chez nous ? Nous avons tout un pavillon libre. Mais, c'est comme tu veux. Tu es son locataire... à celui-là ? ajouta-t-elle à mi-voix en désignant de la tête Lebedev. Qu'a-t-il à se contorsionner tout le temps ?

A cet instant, Viera sortit de l'intérieur sur la terrasse, selon son habitude, avec un enfant sur les bras. Lebedev, qui se tortillait autour des chaises et ne savait vraiment pas où se fourrer, mais ne voulait absolument pas se retirer, se jeta soudain sur Viera, leva les bras contre elle pour la chasser de la terrasse, et s'oublia même jusqu'à taper des pieds.

— Il est fou ? ajouta soudain la générale.

— Non, il est...

— Ivre, peut-être ? Pas très jolie, ta compagnie, trancha-t-elle en enveloppant aussi dans son regard les autres visiteurs. Au fait, quelle est cette gentille jeune fille ? Qui est-elle ?

— C'est Viera Loukianovna, la fille de Lebedev.

— Ah !... Très gentille. Je veux faire sa connaissance.

Mais Lebedev, qui avait entendu les éloges d'Élisabeth Procofievna, attirait déjà sa fille pour la présenter.

— Des orphelins, des orphelins ! geignait-il en s'approchant. Et cet enfant sur ses bras est un orphelin, c'est sa sœur, ma fille Aimée, née en très légitime union de feu Hélène, ma femme, morte en couches il y a six semaines, par la permission du Seigneur... oui... elle lui sert de mère, tout en n'étant que sa sœur... rien de plus, rien de plus...

— Et toi, mon bonhomme, tu n'es rien de plus qu'un imbécile, excuse-moi. Allons, ça suffit, tu le comprends toi-même, je pense, trancha soudain Élisabeth Procofievna en pleine indignation.

Lebedev s'inclina profondément, très respectueusement.

— C'est la vérité vraie !

— Écoutez, monsieur Lebedev, est-ce vrai, ce qu'on dit de vous, que vous commentez l'Apocalypse ? demanda Aglaé.

— C'est la vérité vraie... depuis bientôt quinze ans.

— J'ai entendu parler de vous. On a écrit sur vous dans les journaux, il me semble ?

— Non, c'était sur un autre commentateur, oui, un autre. Celui-là est mort, et moi je suis resté à sa place, prononça Lebedev, qui ne se connaissait pas de joie.

— Faites-moi un plaisir, un de ces jours venez m'expliquer l'Apocalypse, en voisin. Je n'y comprends rien, moi, dans l'Apocalypse.

— Je suis obligé de vous prévenir, Aglaé Ivanovna, que tout cela, chez lui, n'est que charlatanisme, croyez-moi ! insinua rapidement le général Ivolguine qui attendait comme sur des charbons ardents et désirait de toutes ses forces engager la conversation ; il s'installa à côté d'Aglaé et continua : — Naturellement, la villégiature a ses droits et ses plaisirs, et recevoir un intrus [121] aussi peu ordinaire pour entendre expliquer l'Apocalypse est une fantaisie comme une autre, et même une fantaisie remarquable par son intelligence, mais je... Vous me regardez avec étonnement, il me semble ? J'ai l'honneur de me présenter : général Ivolguine. Je vous ai portée dans mes bras, Aglaé Ivanovna.

— Enchantée. Je connais Barbe Ardalionovna et Nina

Alexandrovna, murmura Aglaé, qui se tenait à quatre pour ne pas éclater de rire.

Élisabeth Procofievna éclata. Ce qui depuis longtemps s'était accumulé dans son cœur demanda tout à coup à sortir. Elle ne pouvait pas sentir le général Ivolguine, qu'elle avait connu jadis, mais il y avait très longtemps.

— Tu mens, mon cher, à ton habitude : tu ne l'as jamais portée dans tes bras, lui lança-t-elle dans son indignation.

— Vous avez oublié, *maman ;* c'est ma foi vrai qu'il m'a portée, à Tver, confirma tout à coup Aglaé. Nous habitions alors Tver. J'avais alors dans les six ans, je m'en souviens. Il m'a fait une flèche et un arc et il m'apprit à tirer et j'ai tué un pigeon. Vous vous rappelez, nous avons tué ensemble un pigeon ?

— Et moi, il m'a apporté un casque de carton et une épée de bois, moi aussi, je m'en souviens ! s'écria Adélaïde.

— Et moi je m'en souviens, confirma Alexandra. Vous vous êtes disputées à cause du pigeon blessé, et on vous a envoyées chacune au coin ; Adélaïde était là avec son casque et son épée.

Le général, qui avait déclaré à Aglaé qu'il l'avait portée dans ses bras, l'avait dit « comme ça », uniquement pour engager la conversation et parce que toujours il l'engageait ainsi avec tous les jeunes gens, s'il trouvait nécessaire de faire connaissance avec eux. Mais il s'était trouvé pour une fois, comme par un fait exprès, qu'il avait dit la vérité, et que cette vérité, comme par un fait exprès, il l'avait lui-même oubliée. Quand Aglaé eut confirmé qu'ils avaient à eux deux tué un pigeon, sa mémoire soudain s'éclaira, et il se souvint de tout jusqu'au plus infime détail, comme assez souvent dans un âge avancé vous revient un souvenir d'un lointain passé. Il serait difficile de dire ce qui dans le souvenir en question avait pu si fortement agir sur le pauvre général, à son accoutumée, un peu éméché, mais il fut soudain extraordinairement ému.

— Je me rappelle, je me rappelle tout ! s'écria-t-il. J'étais alors capitaine en second. Vous étiez si pouponne, si jolie. Nina Alexandrovna… Gaby… J'étais reçu chez vous, Ivan Fiodorovitch…

— Et tu vois où tu en es arrivé, à cette heure ! reprit la générale. Il faut croire que tu n'as quand même pas laissé dans le vin tes nobles sentiments, si ce souvenir t'a touché à ce point. Seulement, ta femme, tu lui as fait subir le martyre. Au lieu de servir de guide à tes enfants, te voilà à la prison pour dettes. Va-t'en d'ici, mon bon ami, va-t'en n'importe où, cache-toi dans un coin derrière la porte, rappelle-toi ton ancienne innocence et pleure, et peut-être que Dieu te pardonnera. Va, va, je te parle sérieusement ! Rien de mieux pour se corriger que de se rappeler le passé avec repentir.

Mais il n'était pas nécessaire de lui répéter qu'on parlait sérieusement : le général, comme tous ceux qui sont constamment sous l'effet de l'alcool, était très sensible et, comme tous les alcooliques tombés assez bas, supportait mal le souvenir d'un passé heureux. Il se leva et se dirigea humblement vers la porte, de sorte qu'aussitôt Élisabeth Procofievna eut pitié de lui.

— Ardalion Alexandrytch, mon cher ! lui cria-t-elle, arrête un instant. Nous sommes tous pécheurs ; quand tu sentiras que ta conscience te fait moins de reproches, viens me trouver, nous nous installerons, nous bavarderons un peu du passé. Je suis peut-être, moi, cinquante fois plus pécheresse que toi. Allons, et maintenant adieu, va, tu n'as rien à faire ici… — Elle avait eu peur de nouveau qu'il ne revînt.

— Ne le suivez pas, pour le moment, dit le prince pour arrêter Colas, qui s'était précipité derrière son père. Autrement, dans une minute il sera vexé et toute cette minute-ci sera gâtée.

— C'est vrai, ne le touche pas. Vas-y dans une demi-heure, décida Élisabeth Procofievna.

— Voilà ce que c'est que d'avoir dit une fois dans sa vie la vérité : ça l'a saisi jusqu'aux larmes ! osa placer Lebedev.

Élisabeth Procofievna le remit aussitôt à sa place :

— Eh bien, et toi, mon bon, tu dois être joli, si c'est vrai, ce que j'ai entendu dire.

La situation respective de tous les visiteurs réunis chez le prince s'était peu à peu définie. Le prince, bien entendu, était capable d'apprécier et appréciait le degré de sympathie à son égard de la générale et de ses filles : naturellement, il leur fit savoir avec sincérité qu'il avait l'intention, aujourd'hui même, dès avant leur visite, de se présenter chez elles, en dépit et de sa maladie et de l'heure tardive. Élisabeth Procofievna répondit, en jetant un regard rapide sur les assistants, que la chose pouvait s'accomplir encore maintenant. Ptitsyne, homme poli et extrêmement accommodant, se leva très vite et se retira dans le pavillon chez Lebedev, désirant entraîner avec lui Lebedev lui-même. Celui-ci lui promit de venir bientôt ; cependant Barbe était en grande conversation avec les demoiselles et resta. Elle et Gaby étaient enchantés du départ du général ; Gaby aussi ne tarda pas à partir à la suite de Ptitsyne. Durant les quelques minutes qu'il avait passées sur la terrasse auprès des Épantchine, il s'était tenu modestement, avec dignité, et ne s'était nullement laissé troubler par les regards décidés d'Élisabeth Procofievna, qui l'avait toisé à deux reprises de la tête aux pieds. En réalité, ceux qui l'avaient connu avant pouvaient le croire très changé. Cela plut beaucoup à Aglaé.

— Mais c'est Gabriel Ardalionovitch qui est sorti ? demanda-t-elle soudain, à haute voix, d'un ton tranchant, comme elle aimait faire quelquefois, interrompant par sa question la conversation générale et ne s'adressant à personne en particulier.

— Oui, répondit le prince.

— J'ai eu de la peine à le reconnaître. Il a beaucoup changé et... tout à fait à son avantage.

— J'en suis très heureux pour lui, dit le prince.

— Il a été très malade, ajouta Barbe avec une commisération joyeuse.

— Changé à son avantage : en quoi ? demanda Élisabeth Procofievna presque alarmée, avec un doute courroucé. Où as-tu pris ça ? Je ne lui trouve rien de mieux. Qu'est-ce qui te paraît mieux, à toi ?

— Il n'y a rien de mieux que le « chevalier pauvre » !

proclama soudain Colas, qui était resté tout le temps debout auprès de la chaise d'Élisabeth Procofievna.

— C'est que je pense, moi aussi, dit le prince Chtch. et il rit.

— Je suis tout à fait du même avis, proclama solennellement Adélaïde.

— Quel «chevalier pauvre»? demanda la générale, en regardant avec perplexité et mécontentement tous ceux qui avaient parlé; mais s'apercevant qu'Aglaé avait rougi, elle·ajouta avec colère: — Quelque sottise encore! Quel est ce «chevalier pauvre»?

— Ce n'est pas la première fois que ce gamin-là, votre favori, déforme les paroles des autres! répondit Aglaé avec une indignation hautaine.

Chaque sortie courroucée d'Aglaé (elle se courrouçait très souvent), presque à chaque coup, malgré son sérieux et son implacabilité apparents, laissait transparaître encore tant d'enfantin, impatiemment scolaire et mal dissimulé, qu'il n'y avait pas moyen, à la regarder, de s'empêcher de rire, au très grand dépit d'ailleurs d'Aglaé, qui ne comprenait pas de quoi on riait ni «comment on pouvait, comment on osait rire». Cette fois encore, rirent ses sœurs, le prince Chtch., et même sourit le prince Léon Nicolaevitch en personne, qui on ne sait pourquoi avait aussi rougi. Colas riait aux éclats et triomphait. Aglaé se fâcha pour de bon et embellit du double. La confusion lui allait à merveille, et maintenant s'y ajoutait le dépit qu'elle avait contre elle-même de cette confusion.

— Combien n'a-t-il pas déformé de vos paroles à vous? ajouta-t-elle.

— C'est sur votre propre exclamation que je me fonde! s'écria Colas. Il y a un mois, en relisant *Don Quichotte*, vous avez lancé cette exclamation, qu'il n'y avait rien de mieux que le «chevalier pauvre». Je ne sais pas de qui vous vouliez parler: de Don Quichotte, ou d'Eugène Pavlytch, ou d'une autre personne encore, mais vous parliez de quelqu'un, et la conversation a été longue...

Élisabeth Procofievna l'arrêta, mécontente:

— Toi, je le vois bien, tu te permets beaucoup trop, mon ami, avec tes suppositions.

— Moi, suis-je le seul ? — Colas ne voulait pas se taire. — Tout le monde en a parlé alors, et d'ailleurs en parle encore. Tenez, à l'instant, le prince Chtch., et Adélaïde Ivanovna, et tous ont déclaré qu'ils étaient pour le « chevalier pauvre ». Par conséquent, le « chevalier pauvre » existe, il existe absolument, et à mon avis, n'était Adélaïde Ivanovna, nous saurions tous, depuis longtemps, qui est ce « chevalier pauvre ».

— Moi, qu'est-ce que j'ai fait de mal ? demanda en riant Adélaïde.

— Le portrait que vous n'avez pas voulu dessiner, voilà ce que vous avez fait de mal ! Aglaé Ivanovna vous a priée de dessiner le portrait du « chevalier pauvre » et vous a même raconté tout le sujet d'un tableau, composé par elle-même, vous vous rappelez ce sujet ? Et vous n'avez pas voulu...

— Mais comment l'aurais-je dessiné, et qui ? Du sujet, il ressort que ce « chevalier pauvre »

Ne relevait devant personne

Sa visière sur son visage.

Alors quel visage lui donner ? Que dois-je dessiner : une visière ? un anonyme ?

— Je ne comprends rien de rien, de quelle visière s'agit-il ? — La générale était énervée : elle commençait à comprendre fort bien, à part soi, qui était sous-entendu sous le nom (sans doute depuis longtemps convenu) de « chevalier pauvre ». Mais ce qui l'avait fait bondir surtout, c'était que le prince Léon Nicolaevitch lui aussi était troublé et était finalement tombé dans une confusion digne d'un enfant de dix ans. — Allons, est-ce que ces bêtises vont bientôt finir, ou non ? Est-ce qu'on va m'expliquer, ou non, ce « chevalier pauvre » ? Est-ce un secret si terrible, qu'on ne puisse en approcher ?

Mais tout le monde continuait à rire.

— Tout bonnement, il y a une poésie russe étrange, commença enfin le prince Chtch., visiblement désireux d'arranger les choses et de changer de sujet de conversation — à propos d'un « chevalier pauvre » : un fragment sans commencement ni fin. Une fois, il y a un mois environ, on a tous ri après le repas et on a cherché,

comme toujours, un sujet pour le prochain tableau
d'Adélaïde Ivanovna. Vous le savez, le grand problème
de toute la famille consiste depuis longtemps à trouver un
sujet de tableau pour Adélaïde Ivanovna. C'est alors
qu'on est tombé sur le «chevalier pauvre». Qui le premier, je ne me rappelle plus...

— Aglaé Ivanovna! cria Colas.

— Peut-être, je veux bien, seulement moi, je ne me
rappelle pas, continua le prince Chtch. Les uns ont ri de
ce sujet, d'autres ont proclamé qu'il ne pouvait rien y
avoir au-dessus, mais que, pour représenter le «chevalier
pauvre», il fallait en tout cas avoir son visage. On a passé
en revue les visages de toutes les connaissances et pas un
n'a convenu. On en est resté là. Voilà toute la chose. Je
ne saisis pas pourquoi l'idée est venue à Nicolas Ardalionovitch de rappeler tout cela et de lui faire un sort. Ce qui
a été amusant et à propos un jour n'a plus aucun intérêt
maintenant.

— C'est parce qu'il y a quelque nouvelle bêtise sous-
entendue, blessante et injurieuse, trancha Élisabeth Procofievna.

— Pas la moindre bêtise, rien que le plus profond
respect! prononça tout à coup absolument à l'improviste,
d'une voix grave et sérieuse, Aglaé qui avait eu le temps
de se remettre et de maîtriser son trouble précédent. Bien
plus, à de certains signes on pouvait penser, en la regardant, qu'elle était maintenant enchantée que sa plaisanterie allât de plus en plus loin, et cette révolution s'était
produite chez elle à l'instant précisément où était devenu
vraiment trop manifeste le trouble toujours croissant du
prince, parvenu déjà à un degré extraordinaire.

— Tout à l'heure ils riaient comme des fous, et voilà
tout d'un coup «le plus profond respect»! Ils sont enra-
gés! Pourquoi ce respect? Dis-le tout de suite: d'où
t'est-il venu, de but en blanc subitement, ce plus profond
respect?

— Le plus profond respect, continua non moins sérieusement et gravement Aglaé en réponse à la question
presque méchante de sa mère, parce que dans ces vers est
représenté franchement un homme capable premièrement

d'avoir un idéal; et secondement, une fois choisi cet idéal, d'avoir foi en lui; enfin, ayant foi en lui, de lui vouer aveuglément toute sa vie. Cela n'arrive pas toujours dans notre siècle. Il n'est pas dit, dans ces vers, en quoi précisément consistait l'idéal du «chevalier pauvre», mais on y voit que c'était une figure lumineuse, «une figure d'une pure beauté [122]», et le chevalier amoureux, en guise d'écharpe, s'était noué au cou un chapelet. C'est vrai, il y a encore là une certaine devise, obscure, inachevée; les lettres A. N. B. tracées par le chevalier sur son bouclier...

— A. N. D., rectifia Colas.

— Moi, je dis A. N. B. et c'est ainsi que je veux dire — interrompit mécontente, Aglaé. Quoi qu'il en soit, il est clair que pour ce pauvre chevalier tout était devenu indifférent: et ce que pouvait être sa dame et ce qu'elle pouvait faire. Il lui suffisait de l'avoir choisie et d'avoir eu foi dans sa «pure beauté»; et après cela il s'était prosterné devant elle à jamais; en ceci était son mérite que, si plus tard elle était devenue une voleuse, il aurait dû quand même lui garder sa foi et rompre des lances pour elle. Le poète a voulu, semble-t-il, rassembler dans une figure exceptionnelle toute l'immense conception que se faisait le Moyen Age de l'amour platonique, de l'amour platonique d'un chevalier pur et sublime; bien entendu, il s'agit d'un idéal. Chez le «chevalier pauvre», ce sentiment a atteint le suprême degré, l'ascétisme; il faut reconnaître que l'aptitude à un pareil sentiment signifie bien des choses et que ces sentiments-là laissent derrière eux un trait profond et, d'un côté fort louable, sans parler de Don Quichotte. Le «chevalier pauvre», c'est Don Quichotte, seulement sérieux, au lieu d'être comique. Au début je ne comprenais pas et je riais, mais maintenant j'aime le «chevalier pauvre» et surtout je respecte ses exploits.

Ainsi conclut Aglaé et, à la regarder, il était difficile de juger si elle parlait sérieusement ou pour rire.

— Allons, ce n'est qu'un imbécile, et lui et ses exploits! décida la générale. Et toi, ma petite, tu as exagéré: toute une leçon! C'est même inconvenant de ta part, à mon avis. En tout cas, ce n'est pas permis. Quels sont ces vers ? Récite-les-nous, sûrement tu les sais ! Je veux absolument les connaître. Toute ma vie je n'ai pas pu souffrir les vers, c'était peut-être un pressentiment. Pour l'amour de Dieu, prince, prends patience, nous aurons, je le vois, à exercer ensemble notre patience, dit-elle en s'adressant au prince Léon Nicolaevitch. Elle était très vexée.

Le prince Léon Nicolaevitch aurait voulu dire quelque chose, mais il ne put rien articuler à cause de son trouble persistant. Seule Aglaé, qui s'était permis tant de choses dans sa « leçon », n'était nullement intimidée ; elle avait même l'air enchantée. Elle se leva aussitôt, toujours sérieuse et grave, avec la même allure que si elle s'y était préparée d'avance et n'attendait qu'une invitation, elle avança vers le milieu de la terrasse et se posta en face du prince qui était encore assis dans son fauteuil. Tout le monde la regardait avec un certain étonnement, et presque tous, le prince Chtch., ses sœurs, sa mère, considéraient avec un sentiment désagréable cette nouvelle folie en préparation et en tout cas poussée déjà assez loin. Mais il était visible que ce qui plaisait à Aglaé, c'était justement cette affectation avec laquelle elle commençait la cérémonie de la récitation des vers. Élisabeth Procofievna faillit la renvoyer à sa place, mais à la minute même où Aglaé commença à déclamer la ballade connue, deux nouveaux visiteurs, parlant haut, montèrent de la rue sur la terrasse. C'étaient le général Ivan Fiodorovitch Épantchine et, à sa suite, un jeune homme. Il y eut une petite émotion.

VII

Le jeune homme qui accompagnait le général avait dans les vingt-huit ans, grand, bien bâti, avec un visage beau et intelligent ; on remarquait le regard plein d'esprit et d'ironie de ses grands yeux noirs. Aglaé ne se retourna même pas pour le voir et continua à réciter ses vers en affectant de ne regarder toujours que le prince et de s'adresser à lui seul. Il était évident pour lui qu'elle agissait de la sorte avec un dessein particulier. Mais les nouveaux arrivants améliorèrent un peu la situation gênante où il se trouvait. Les apercevant, il se leva à moitié, fit de loin un signe de tête aimable au général, fit signe de ne pas interrompre la lecture, et en profita pour se retirer derrière son fauteuil, où accoudé du bras gauche sur le dossier, il continua à écouter la ballade, cette fois dans une position plus commode et moins « ridicule » qu'enfoncé dans son fauteuil. De son côté, Élisabeth Procofievna, d'un geste impératif, invita par deux fois les nouveaux venus à s'arrêter.

Le prince cependant était fort intéressé par son nouveau visiteur, le compagnon du général; visiblement il avait deviné en lui Eugène Pavlovitch Radomski, dont il avait déjà beaucoup entendu parler et auquel il avait pensé plus d'une fois. Il était seulement dérouté par son costume civil : il avait appris qu'Eugène Pavlovitch était militaire. Un sourire ironique ne cessa d'errer sur les lèvres du nouveau visiteur tout le temps de la récitation, comme s'il avait été lui aussi informé de l'histoire du « chevalier pauvre ».

« Peut-être est-ce lui qui l'a imaginée », pensa à part soi le prince.

Mais tout autre était le cas d'Aglaé. Toute l'affectation et l'emphase avec lesquelles elle avait débuté avaient été couvertes par tant de sérieux, tant de pénétration dans le sens et l'esprit de l'œuvre poétique, tant d'intelligence dans la prononciation de chaque mot, tant de souveraine simplicité dans l'articulation, qu'à la fin elle ne captiva pas seulement l'attention générale, mais encore justifia en partie, en rendant la haute inspiration de la ballade, la gravité affectée avec laquelle elle s'était si solennellement produite, au milieu de la terrasse. Dans cette gravité on pouvait voir maintenant uniquement l'infinité et peutêtre même la naïveté de son respect pour ce qu'elle avait pris sur elle d'interpréter. Ses yeux brillaient et le léger, à peine perceptible tremblement de l'inspiration et de l'enthousiasme passa à deux reprises sur son joli visage. Voici ce qu'elle récita [123].

Il était un chevalier pauvre,
Silencieux et le cœur simple,
Avec la face sombre et pâle,
L'esprit hardi et l'âme droite.

Avait eu une vision
Inaccessible à la raison,
Qui cependant profondément
S'était dans son cœur imprimée.

Et depuis lors, l'âme embrasée,
Il ne regardait plus les femmes ;
Jusqu'à la tombe avait promis
De ne dire mot à aucune ;

A son col, en guise d'écharpe,
Avait noué un chapelet ;
Et ne levait devant personne
La grille d'acier de son heaume.

Étant empli d'un pur amour,
Fidèle à son rêve enchanteur,
Il avait tracé de son sang
Sur son bouclier *A. M. D.* [124]

Dans les déserts de Palestine,
Cependant qu'à travers les rocs
Se ruaient au combat les preux
En nommant à grands cris leurs dames,

« Lumen coeli, sancta Rosa ! »
S'écriait-il, ardent, sauvage,
Et sa menace, ainsi que foudre,
Frappait d'effroi les musulmans.

Rentré dans son lointain château,
Il vivait, strictement reclus,
Toujours silencieux et triste,
Il y mourut comme insensé.

En se remémorant plus tard cette minute, le prince fut
longtemps extrêmement troublé, tourmenté par une question pour lui insoluble : comment pouvait-on allier un
aussi beau sentiment à une aussi évidente et méchante

raillerie ? Qu'il y eût raillerie, il n'en doutait pas ; il l'avait fort bien compris, et il avait pour cela ses raisons : en lisant, Aglaé s'était permis de changer les lettres A.M.D. en A.F.B. [125] ; qu'il eût lui-même fait erreur ou mal entendu, il ne pouvait le croire (dans la suite, cela fut prouvé). En tout cas, l'incartade d'Aglaé — une plaisanterie, naturellement, mais trop vive et inconsidérée — avait été préméditée. Du «chevalier pauvre», tout le monde parlait (et «riait») déjà un mois avant. Et cependant le prince avait beau, dans la suite, rappeler ses souvenirs, il trouvait qu'Aglaé avait énoncé ces lettres non seulement sans aucune espèce de plaisanterie ou de raillerie ou même d'insistance particulière pour en mettre en relief le sens caché, mais au contraire avec un sérieux si imperturbable, une simplicité si naïve et si innocente, qu'on pouvait penser que ces lettres étaient celles de la ballade et étaient ainsi imprimées dans le livre.

Un je ne sais quoi de pénible et de déplaisant avait blessé le prince. Élisabeth Procofievna, naturellement, n'avait pas compris, n'avait remarqué ni la substitution des lettres, ni l'allusion. Le général Ivan Fiodorovitch avait saisi seulement qu'on déclamait des vers. Parmi les autres auditeurs, beaucoup avaient compris et avaient été étonnés et de la hardiesse de la scène et de son intention, mais ils gardèrent le silence et s'efforcèrent de n'en rien montrer. Eugène Pavlovitch, lui (le prince était prêt à le parier), n'avait pas seulement compris, il s'efforçait de montrer qu'il avait compris : son sourire était décidément trop moqueur.

— Quelle chose charmante ! s'écria la générale, dans un véritable ravissement, aussitôt la récitation achevée. De qui sont ces vers ?

— De Pouchkine, *maman*, ne nous faites pas honte, vous devriez rougir ! s'écria Adélaïde.

— Avec vous autres, on pourrait devenir plus sotte encore ! répliqua, amère, Élisabeth Procofievna. C'est honteux ! Dès que nous serons rentrées, donnez-moi ces vers de Pouchkine !

— Mais je crois que nous n'avons pas de Pouchkine.

— Depuis un temps immémorial, il y a, ajouta Alexandra, deux volumes qui traînent, tout défaits.

— Qu'on envoie tout de suite quelqu'un à la ville en acheter un! Théodore ou Alexis, par le premier train, — plutôt Alexis. Aglaé, approche par ici! Embrasse-moi, tu as admirablement récité : seulement, si tu l'as fait sincèrement — ajouta-t-elle en chuchotant presque —, alors je te plains; si tu l'as fait pour te moquer de lui, alors je n'approuve pas tes sentiments, car de toute façon il aurait mieux valu ne rien réciter du tout. Tu comprends. Va, mademoiselle, j'aurai encore à te parler, mais nous nous sommes attardées ici.

Cependant le prince échangeait des compliments avec le général Ivan Fiodorovitch, et celui-ci lui présentait Eugène Pavlovitch Radomski.

— Je l'ai trouvé en chemin, il arrivait tout droit du train; il a appris que je venais ici et que tous les nôtres y étaient...

— J'ai appris que vous aussi y étiez, interrompit Eugène Pavlovitch, et comme depuis longtemps déjà j'avais conçu le projet de rechercher absolument non seulement votre connaissance, mais aussi votre amitié, je n'ai pas voulu perdre de temps. Vous êtes souffrant? Je viens d'apprendre...

— Je suis tout à fait bien portant et enchanté de vous connaître, j'ai beaucoup entendu parler de vous et même parlé de vous avec le prince Chtch., répondit Léon Nicolaevitch en lui tendant la main.

Ces mutuelles politesses prononcées, tous deux se serrèrent la main et se regardèrent dans les yeux, fixement. En un instant la conversation devint générale. Le prince remarqua (maintenant, il remarquait tout rapidement et avidement, et peut-être même des choses qui n'étaient pas) que le costume civil d'Eugène Pavlovitch avait causé l'étonnement général, un étonnement extrêmement fort, au point que toutes les autres impressions avaient été pour un moment effacées et oubliées. On aurait pu penser que ce changement de costume renfermait une signification particulière. Adélaïde et Alexandra interrogeaient, intriguées, Eugène Pavlovitch. Le prince

Chtch., son parent, le faisait même avec beaucoup d'inquiétude; le général parlait presque avec émotion. Seule, Aglaé regarda une minute avec curiosité, mais tout à fait tranquillement, Eugène Pavlovitch, comme si elle avait voulu seulement juger de ce qui lui allait le mieux, du costume civil ou de l'uniforme, mais au bout d'une minute elle se détourna et ne le regarda plus. Élisabeth Procofievna aussi ne voulut poser aucune question, bien que, peut-être, elle aussi fût un peu inquiète. Il sembla au prince qu'Eugène Pavlovitch n'était pas dans ses bonnes grâces.

— J'ai été étonné, stupéfait! répétait Ivan Fiodorovitch en réponse à toutes les questions. Je n'en ai pas cru mes yeux, quand je l'ai rencontré aujourd'hui à Pétersbourg. Et pourquoi, tout d'un coup: voilà la question? Lui-même il est le premier à crier qu'il ne faut pas casser les chaises [126].

Il résulta des conversations engagées qu'Eugène Pavlovitch avait annoncé cette retraite depuis longtemps déjà; mais chaque fois il avait dit cela si peu sérieusement qu'il était impossible d'y croire. D'ailleurs, même des choses sérieuses il parlait toujours sur un ton si plaisant qu'il n'était pas possible de savoir la vérité, surtout s'il voulait lui-même qu'on ne la sût pas.

— Mais ce n'est que pour un temps, quelques mois, au maximum un an, que j'ai pris un congé, disait en riant Radomski.

Le général continuait à s'échauffer.

— Pourtant, vous n'en aviez nul besoin, pour autant du moins que je connais votre situation.

— Et mes terres à visiter? Vous-même me l'avez conseillé; de plus, je voudrais aller à l'étranger...

La conversation, d'ailleurs, changea bientôt, mais l'inquiétude assez spéciale qui persistait toujours dépassait quand même, de l'avis du prince qui l'observait, la mesure normale: il devait y avoir là-dedans quelque chose de particulier.

— Donc, voilà le «chevalier pauvre» de nouveau en scène? demanda Eugène Pavlovitch en s'approchant d'Aglaé.

A la surprise du prince, celle-ci le toisa d'un regard perplexe et interrogateur, comme pour lui notifier qu'il ne pouvait être question entre eux du «chevalier pauvre» et qu'elle ne comprenait même pas sa demande.

— Mais il est trop tard, trop tard maintenant pour envoyer en ville acheter un Pouchkine, il est trop tard! assurait Colas à Élisabeth Procofievna, en discutant avec elle tant qu'il pouvait. Je vous l'ai dit trois mille fois; il est trop tard.

— Oui, réellement, il est trop tard maintenant pour envoyer en ville, dit Eugène Pavlovitch qui se trouva là justement, laissant au plus vite Aglaé. Je pense que les boutiques sont fermées à Pétersbourg, il est plus de huit heures, confirma-t-il en tirant sa montre.

— On a tellement attendu, on s'en passait bien, on peut patienter jusqu'à demain, insinua Adélaïde.

— D'ailleurs, c'est inconvenant, ajouta Colas, pour des personnes du grand monde, de trop s'intéresser à la littérature. Demandez à Eugène Pavlytch. On est bien plus convenable, en char à bancs jaune à roues rouges.

— Encore une chose que vous avez prise dans un livre, Colas! observa Adélaïde.

— Mais il ne parle jamais autrement que d'après les livres, continua Eugène Pavlovitch, il reproduit des phrases entières des revues critiques. J'ai depuis longtemps l'avantage de connaître la conversation de Nicolas Ardalionovitch. Mais pour une fois il ne parle pas d'après un livre. Nicolas Ardalionovitch fait allusion, manifestement, à mon char à bancs jaune à roues rouges. Seulement je l'ai déjà changé, vous arrivez en retard.

Le prince prêtait l'oreille à ce que disait Radomski... Il lui parut qu'il se tenait fort bien, modestement, gaiement, et il lui plut tout particulièrement qu'il parlât amicalement et comme avec un égal à Colas qui le taquinait.

— Qu'est-ce donc? demanda Élisabeth Procofievna à Viera, la fille de Lebedev, qui se tenait devant elle avec plusieurs livres à la main, de grand format, admirablement reliés et presque neufs.

— Pouchkine, dit Viera. Notre Pouchkine. Papa m'a dit de vous le présenter.

— Comment cela ? comment est-il possible ? dit Élisabeth Procofievna, étonnée.

— Non, pas en cadeau, pas en cadeau ! Je ne me le permettrais pas. — C'était, surgi de derrière les épaules de sa fille, Lebedev. — Pour le prix qu'il vaut. C'est notre Pouchkine propre, de famille, l'édition Annenkov, introuvable actuellement [127]. Pour le prix qu'il vaut. Je vous l'offre avec vénération, désirant le vendre et par là rassasier la généreuse impatience des plus nobles sentiments littéraires de Votre Excellence.

— Ah, tu le vends. Alors, je te remercie. Tu ne perdras rien, n'aie crainte ; seulement ne joue pas la comédie, je t'en prie, mon ami. J'ai entendu parler de toi, tu as lu énormément, à ce qu'on dit, nous causerons ensemble un jour ; tu me l'apporteras toi-même chez moi, alors ?

— Avec vénération et... respect ! — Continuant ainsi à jouer la comédie, Lebedev, extrêmement satisfait, prit les livres des mains de sa fille.

— C'est bon. Ne les perds pas en route, apporte-les-moi, même sans respect, mais à une condition, ajouta-t-elle en le regardant fixement : jusqu'au seuil seulement, car quant à te recevoir aujourd'hui je n'en ai pas l'intention. Ta fille Viera, envoie-la-moi tout de suite si tu veux, elle me plaît beaucoup.

— Pourquoi ne dites-vous rien de ces autres gens ? demanda impatiemment Viera à son père. C'est que, si ça dure, ils vont entrer sans demander, ils font déjà du bruit. Léon Nicolaevitch — le prince avait déjà pris son chapeau —, il y a là depuis longtemps des gens, quatre personnes, qui vous attendent chez nous et qui grondent ; seulement papa ne les laisse pas aller chez vous.

— Qui sont ces visiteurs ? demanda le prince.

— C'est pour affaires, à ce qu'ils disent, seulement ils ont des mines... à vous arrêter en chemin... si on ne les laisse pas entrer tout de suite. Il vaut mieux, Léon Nicolaevitch, les laisser entrer, et ensuite vous vous débarrasserez d'eux. Il y a là-bas Gabriel Ardalionovitch et Ptitsyne qui parlementent avec eux, ils ne les écoutent pas.

— Le fils de Pavlichtchev! Le fils de Pavlichtchev!
Ça ne vaut pas la peine, non, pas la peine! — Lebedev
agitait les bras. — Ça ne vaut même pas la peine de les
écouter; vous déranger pour eux, illustrissime prince, ce
serait inconvenant. Voilà! Ils ne le méritent pas...

— Le fils de Pavlichtchev! Mon Dieu! s'écria le
prince en grand émoi. Je sais... mais j'ai... j'ai confié
cette affaire à Gabriel Ardalionovitch. A l'instant même,
Gabriel Ardalionovitch me disait...

A ce moment Gabriel Ardalionovitch sortant de l'appartement parut sur la terrasse; derrière lui, Ptitsyne.
Dans la pièce voisine on entendit du bruit et la voix
sonore du général Ivolguine, qui semblait vouloir dominer les cris de plusieurs personnes. Colas courut aussitôt
au bruit.

— C'est fort intéressant! observa à haute voix Eugène
Pavlovitch. «Donc, il connaît l'affaire!» pensa le prince.

— Quel fils de Pavlichtchev? Et... comment peut-il y
avoir un fils de Pavlichtchev? demandait, perplexe, le
général Ivan Fiodorovitch, en regardant avec curiosité
tous les visages et remarquant avec étonnement que cette
nouvelle histoire n'était inconnue que de lui seul.

En réalité, l'excitation et l'attente étaient générales. Le
prince fut profondément étonné qu'une affaire aussi parfaitement personnelle intriguât déjà si fortement tout le
monde.

— Ce sera très bien, si vous terminez tout de suite
cette affaire *vous-même*, dit Aglaé en s'approchant du
prince avec un sérieux particulier, et si vous nous permettez à nous tous d'être vos témoins. On veut vous salir,
prince, vous devez vous justifier solennellement, et moi,
j'en suis d'avance très heureuse pour vous.

— Moi aussi, je veux que se termine enfin cette honteuse réclamation, s'écria la générale. Arrange-les de la
belle manière, prince, ne les ménage pas! On m'en a
rebattu les oreilles, de cette affaire, et je me suis fait bien
du mauvais sang pour toi. Ce sera curieux de voir ça.
Appelle-les, et nous nous rassoirons. Aglaé a eu une
bonne idée. — Vous en avez entendu parler, prince?
demanda-t-elle en s'adressant au prince Chtch.

— Naturellement ! Et chez vous-même. Mais ce sont surtout ces jeunes gens que j'ai envie de voir, répondit le prince Chtch.

— Ce sont bien eux, les nihilistes [128] ?

— Non, ce ne sont pas tout à fait des nihilistes, dit Lebedev en avançant d'un pas (lui aussi tremblait presque d'émotion). Ce sont d'autres, spéciaux. Mon neveu dit qu'ils vont plus loin que les nihilistes. Vous avez tort de penser que votre témoignage les confondra, Excellence, ils ne seront pas du tout confondus. Les nihilistes sont quand même quelquefois des personnes entendues, même savantes, tandis que ceux-ci, ils vont plus loin parce qu'avant tout ils sont des hommes d'action. C'est, au fond, une sorte de suite du nihilisme, seulement pas directe, mais par transmission orale et indirecte, et ils ne se manifestent pas par un quelconque article de revue, mais tout de suite dans des actes ; par exemple, il ne s'agit pas de l'inutilité d'un certain Pouchkine [129], ni par exemple de la nécessité de dépecer la Russie [130] ; non, maintenant on considère tout net que c'est un droit, si on a trop envie de quelque chose, de ne se laisser arrêter par aucun obstacle, dût-on estourbir pour cela huit personnes. Cependant, prince, je ne vous conseillerais pas...

Mais le prince allait déjà ouvrir la porte aux visiteurs.

— Vous les calomniez, Lebedev, dit-il avec un sourire. Vous êtes aigri par votre neveu. Ne le croyez pas, Élisabeth Procofievna. Je vous assure que les Gorski et les Danilov ne sont que des cas particuliers ; quant à ceux-ci, ils se trompent... pas davantage... Seulement, je ne voudrais pas que cela se passe ici, devant tout le monde. Excusez-moi, Élisabeth Procofievna : ils vont entrer, je vous les montrerai, et ensuite je les emmène. Veuillez entrer, messieurs !

Il était inquiété plutôt par une autre idée, qui le tourmentait. Elle se présentait ainsi : cette affaire n'avait-elle pas été montée d'avance par quelqu'un, précisément pour ce moment et cette heure, précisément pour ces témoins, et peut-être dans l'espoir de le couvrir de honte, et non pour son triomphe ? Mais il était peiné de cette « monstrueuse et mauvaise susceptibilité ». Il serait mort, croyait-il, si quelqu'un avait su qu'il avait cette idée en tête et, à l'instant où entrèrent les nouveaux arrivants, il était sincèrement disposé à se croire, de tous ceux qui l'entouraient, le dernier des derniers au point de vue moral.

Ils entrèrent cinq, quatre nouveaux arrivants et, derrière eux, le général Ivolguine, échauffé, en émoi, dans un violent accès d'éloquence. « Celui-ci est pour moi, certainement ! » pensa, avec un sourire, le prince. Colas se glissa avec eux : il parlait avec chaleur à Hippolyte, qui était du nombre des visiteurs ; Hippolyte l'écoutait, avec un petit rire.

Le prince fit asseoir ses hôtes. C'était une telle jeunesse, tellement mineure encore, qu'on pouvait être surpris et de la circonstance et de toute la cérémonie qui en était résultée. Ivan Fiodorovitch Épantchine, par exemple, qui ne savait ni ne comprenait rien de cette « nouvelle affaire », s'indignait même, à voir une pareille jeunesse, et sans doute aurait-il protesté d'une façon ou d'une autre, s'il n'avait été retenu par l'ardeur, étrange pour lui, que manifestait son épouse pour les intérêts particuliers du prince. D'ailleurs, s'il resta, ce fut en partie par curiosité, en partie par bonté de cœur, espérant même être utile et en tout cas user de son autorité ; mais le salut que lui adressa de loin, en entrant, le général Ivolguine renouvela son indignation ; il se rembrunit et décida de garder opiniâtrement le silence.

Sur les quatre jeunes visiteurs, il y en avait un cependant d'une trentaine d'années, « lieutenant en congé de la compagnie de Rogojine, boxeur et qui distribuait des quinze roubles aux quémandeurs ». On pouvait deviner qu'il accompagnait les autres pour leur donner du courage, à titre d'ami sincère, et, en cas de besoin, pour leur prêter main-forte.

Parmi ces autres, la première place et le premier rôle appartenaient à celui à qui s'appliquait le nom de « fils de Pavlichtchev », bien qu'il se présentât comme Antipe Bourdovski. C'était un jeune homme pauvrement et négligemment vêtu, portant une redingote dont les manches crasseuses avaient un luisant de glace, un gilet graisseux

boutonné jusqu'en haut, sous lequel le linge avait disparu, une écharpe de soie noire tachée à un point impossible et roulée en corde, avec des mains non lavées, un
visage extraordinairement boutonneux, la tête blonde, et
le regard, si l'on peut dire, candidement insolent. Il était
tout autre que petit de taille, sec ; vingt-deux ans peut-
être. Pas la moindre ironie sur son visage, pas trace de
réflexion ; au contraire, une totale et obtuse infatuation de
son droit, avec en même temps une sorte de besoin
étrange et perpétuel d'être ou de se sentir constamment
offensé. Il parlait avec agitation, en se dépêchant et
trébuchant, comme s'il n'articulait pas les mots jusqu'au
bout ; on aurait pu le prendre pour un bègue ou même un
étranger, bien qu'il fût d'origine entièrement russe.

Il était accompagné, en premier lieu, du neveu de
Lebedev, connu des lecteurs, et en second lieu, d'Hippolyte. Hippolyte était un très jeune homme, d'environ
dix-sept ans, peut-être dix-huit, avec un visage intelligent, mais constamment irrité, sur lequel la maladie avait
imprimé de terribles marques. Il était maigre comme un
squelette, d'un jaune pâle, ses yeux brillaient et deux
taches rouges brûlaient sur ses joues. Il toussait sans
discontinuer ; chacune de ses paroles, presque chaque
souffle, s'accompagnait d'un râle. On voyait chez lui la
phtisie au dernier degré. Il semblait n'avoir pas plus de
deux ou trois semaines à vivre. Il était las et fut le premier
à se laisser tomber sur une chaise. Les autres, en entrant,
firent quelques cérémonies, parurent presque intimidés ;
ils prenaient cependant un air important et craignaient
visiblement de perdre de leur dignité, ce qui cadrait mal
avec leur réputation de négateurs de toutes les inutiles
minuties mondaines, de tous les préjugés et à peu près de
toute chose au monde, en dehors de leurs intérêts propres.

— Antipe Bourdovski, proclama précipitamment et en
trébuchant, « le fils de Pavlichtchev ».

— Vladimir Doctorenko ! distinctement, clairement,
comme s'il se vantait même d'être Doctorenko, dit le
neveu de Lebedev.

— Keller ! murmura le lieutenant en congé.

— Hippolyte Terentiev ! susurra le dernier d'une voix

glapissante inattendue. Tous enfin s'assirent sur une seule rangée de chaises en face du prince ; tous, s'étant présentés, aussitôt froncèrent les sourcils et, pour se donner une contenance, firent passer leur casquette d'une main dans l'autre ; tous se préparèrent à parler et tous cependant demeuraient silencieux, attendant on ne savait quoi d'un air provocant, dans lequel on lisait fort bien : « Non, l'ami, tu blagues, tu ne nous rouleras pas ! » On sentait qu'il suffirait que quelqu'un, pour débuter, prononçât le premier mot, et aussitôt ils parleraient tous à la fois, se dépassant et se coupant les uns les autres.

VIII

— Messieurs, je n'attendais aucun de vous, commença le prince. J'étais moi-même malade jusqu'à ce jour, et j'ai confié votre affaire (il se tourna vers Antipe Bourdovski), il y a déjà un mois, à Gabriel Ardalionovitch Ivolguine, ce dont je vous ai alors même informés. D'ailleurs, je ne me dérobe pas à une explication personnelle, seulement, avouez-le, cette heure... Je vous invite à me suivre dans une autre pièce, si ce n'est pas pour trop longtemps... J'ai ici en ce moment des amis, et croyez...

— Des amis... tant qu'il vous plaira, pourtant permettez, interrompit brusquement, d'un ton doctoral quoique sans élever encore beaucoup la voix, le neveu de Lebedev, permettez-nous, à nous aussi, de déclarer que vous auriez pu vous comporter avec nous plus poliment, et ne pas nous faire attendre deux heures dans votre antichambre...

— Et, naturellement... moi aussi... et c'est bien ça, les princes ! Et ça... vous êtes donc un général ! Et moi je ne suis pas votre valet ! Et je... je..., balbutia tout à coup dans un trouble extraordinaire, Antipe Bourdovski, les lèvres tremblantes, un tremblement de dignité ulcérée dans la voix, des jets de salive volant de sa bouche comme si tout entier il avait crevé ou explosé ; mais il se précipitait tant qu'à partir du dixième mot il était devenu impossible de le comprendre.

— C'était agir en prince! cria Hippolyte, de sa voix brisée, glapissante.

— Si ça m'était arrivé, grogna le boxeur, c'est-à-dire si ça s'était adressé à moi directement, en tant qu'homme d'honneur, à la place de Bourdovski, j'aurais...

— Messieurs, il n'y a qu'une minute que j'ai appris que vous étiez ici, je vous assure, répéta encore le prince.

— Nous n'avons pas peur, prince, de vos amis, quels qu'ils soient, parce que nous sommes dans notre droit, déclara de nouveau le neveu de Lebedev.

— Quel droit aviez-vous, quand même, permettez-moi de vous le demander, glapit encore une fois Hippolyte, mais cette fois en s'échauffant beaucoup, de remettre l'affaire de Bourdovski au jugement de vos amis? Peut-être que nous n'en voulons pas, nous, du jugement de vos amis; on le sait du reste, ce que peut être le jugement de vos amis!...

— Mais, monsieur Bourdovski, réussit enfin à placer le prince, très frappé par un pareil début, si vous ne désirez pas parler ici, je vous l'ai dit, allons tout de suite dans une autre pièce; c'est à l'instant même, je vous le répète, que j'ai entendu dire que vous...

— Mais vous n'avez pas le droit, vous n'avez pas le droit, vous n'avez pas le droit!... vos amis... voilà! — balbutia de nouveau Bourdovski en promenant autour de lui un regard inquiet et farouche, et s'échauffant d'autant plus qu'il était plus méfiant et plus intimidé, vous n'avez pas le droit! et, cela dit, il s'arrêta net, comme si un fil était coupé, et écarquillant sans paroles des yeux myopes extrêmement bombés, striés de petites veines rouges, il les fixa interrogativement sur le prince, le buste tout entier penché en avant. Cette fois, le prince fut si surpris qu'il se tut et lui aussi le regarda, les yeux écarquillés, sans mot dire.

— Léon Nicolaevitch! appela soudain Élisabeth Procofievna, tiens il faut lire ceci tout de suite, à l'instant même, c'est une chose qui concerne directement ton affaire.

Elle se hâta de lui tendre un journal hebdomadaire du genre humoristique et lui désigna du doigt un article.

Lebedev, au moment où les arrivants faisaient leur entrée, avait sauté de côté sur Élisabeth Procofievna, dont il recherchait la faveur, et sans rien dire, tirant de sa poche de côté ce journal, le lui avait placé sous les yeux en lui montrant une colonne marquée d'un trait[131]. Ce qu'elle avait eu le temps de lire déjà l'avait frappée et troublée énormément.

— Pas à haute voix, quand même, balbutia le prince, très ému : cela vaudrait peut-être mieux. Je pourrais le lire seul… plus tard…

— Alors, lis-le toi, lis-le tout de suite, à haute voix ! A haute voix ! lança Élisabeth Procofievna à Colas, en prenant impatiemment des mains du prince le journal qu'il avait à peine eu le temps de toucher. A haute voix, pour tout le monde, que chacun puisse entendre !

Élisabeth Procofievna était une dame bouillante et enthousiaste : tout d'un coup et soudainement, sans réfléchir, elle levait parfois les ancres et se lançait en pleine mer sans s'informer du temps. Ivan Fiodorovitch eut un mouvement inquiet. Mais tandis que, à la première minute, tous s'étaient arrêtés malgré eux et se tenaient dans l'expectative, Colas déploya le journal et commença à haute voix le passage que Lebedev accouru lui avait montré :

«Prolétaires et rejetons, un épisode des brigandages de ce jour et de tous les jours ! *Progrès ! Réforme ! Justice !* »

«D'étranges choses se passent dans notre prétendue sainte Russie, dans notre siècle de réformes et d'initiatives de grandes compagnies, siècle de la nationalité et des centaines de millions exportés chaque année à l'étranger, siècle d'encouragement à l'industrie et de paralysie de la main-d'œuvre ! etc., etc. Impossible de tout énumérer, messieurs, et c'est pourquoi allons droit au fait !

Une singulière aventure est arrivée à un rejeton de notre défunte noblesse foncière (de profundis !), un de ces rejetons dont les aïeux se sont ruinés définitivement à toutes les roulettes, les pères ont dû servir comme junkers ou lieutenants et d'ordinaire sont morts poursuivis en justice pour d'innocentes erreurs dans la gestion des deniers de l'État, et dont les enfants, semblables au héros de notre récit, ou bien grandissent idiots, ou bien même figurent dans des affaires criminelles, où d'ailleurs, aux fins d'édification et de correction, ils sont acquittés par les jurés, ou bien, enfin, finissent par lâcher un de ces numéros qui étonnent le public et sont la honte de notre époque déjà passablement honteuse.

Notre rejeton, il y a environ six mois, chaussé de souliers à guêtres à la mode étrangère et tremblant de froid dans une mauvaise capote sans doublure, revenait en hiver en Russie de Suisse, où il soignait son idiotisme *(sic!)*. Il faut reconnaître que quand même la chance lui a souri, au point que, sans parler de l'intéressante maladie dont il se soignait en Suisse (allons! peut-on soigner l'idiotisme, vous figurez-vous cela?) il pourrait prouver par son exemple la vérité du proverbe russe : « A une certaine sorte d'hommes, le bonheur! » Jugez-en vous-mêmes : étant encore enfant à la mamelle à la mort de son père, un lieutenant mort, dit-on, sous le coup de la disparition subite aux cartes de tous les fonds de la compagnie, et peut-être aussi pour distribution exagérée de coups de verges à un subordonné (rappelez-vous le bon vieux temps, messieurs!) notre baron fut recueilli par charité par un de nos très riches propriétaires fonciers qui voulait l'élever. Ce gentilhomme russe, appelons-le, si vous voulez, P., possesseur dans cet âge d'or disparu de quatre mille âmes serves (des âmes serves, comprenez-vous, messieurs, cette expression? Moi, je ne la comprends pas. Il faut s'enquérir d'un dictionnaire : « la mémoire en est fraîche est pourtant incroyable [132] »), était visiblement un de ces Russes fainéants et parasites qui passaient leur inutile existence à l'étranger, l'été aux eaux, l'hiver au Château-des-Fleurs [133] à Paris, où ils ont laissé tout au long de leur vie des sommes fabuleuses. On pouvait affirmer catégoriquement qu'un tiers au moins des redevances en argent de toute la Russie serve était empoché par le tenancier du Château-des-Fleurs de Paris (heureux homme!). Quoi qu'il en soit, l'insouciant P. éleva le petit seigneur orphelin princièrement, loua pour lui gouverneurs et gouvernantes (sans nul doute, excellents) qu'il amenait lui-même de Paris. Mais ce dernier

rejeton d'une race seigneuriale était idiot. Les gouvernantes du Château-des-Fleurs n'y firent rien et jusqu'à
vingt ans notre pupille n'apprit à parler aucune langue, y
compris le russe. Ce dernier fait est d'ailleurs pardonna-
ble. Enfin dans la tête esclavagiste de P. germa cette idée
fantaisiste qu'un idiot pouvait être rendu à la raison en
Suisse, — fantaisie au reste logique : un fainéant et un
propriétaire pouvait se figurer très naturellement que pour
de l'argent on pouvait acheter sur le marché même l'intelligence, surtout en Suisse. Il s'écoula cinq années de
traitement en Suisse chez un fameux professeur, et il fut
dépensé des milliers et des milliers : l'idiot, évidemment,
ne devint pas intelligent, mais il commença, dit-on, à
ressembler à un homme, sans doute jusqu'à un certain
point. Soudain P. meurt prématurément. Bien entendu,
pas de testament ; les affaires comme toujours, en désordre, une masse d'héritiers avides, qui n'ont plus le moindre intérêt pour les derniers rejetons d'une race noble en
cours de traitement en Suisse pour un noble idiotisme. Le
rejeton, tout idiot qu'il était, n'en essaya pas moins de
rouler son professeur et pendant deux ans, dit-on, continua à se soigner chez lui gratuitement, en lui cachant la
mort de son bienfaiteur. Mais le professeur était lui-
même un charlatan hors ligne ; effrayé finalement du
manque d'argent, et plus encore de l'appétit de son fainéant de vingt-cinq ans, il lui fit enfiler ses vieilles
guêtres, lui donna son manteau élimé et l'expédia chari-
tablement en troisième classe *nach Russland* [134] : bon
débarras pour la Suisse !

Le bonheur, semblait-il, avait tourné le dos à notre
héros. Pas le moins du monde ! La fortune, qui fait mourir
de faim des provinces entières, déverse tous ses dons à la
fois sur le petit aristocrate, comme le *Nuage* de Krylov [135], qui s'était promené au-dessus du champ desséché
et s'était déchargé sur l'océan ! Presque au même instant
où il débarquait de Suisse à Pétersbourg, voici que meurt
à Moscou un des parents de sa mère (laquelle était, bien
entendu, de la classe des marchands), un vieux solitaire
sans enfants, marchand, barbu et vieux-croyant, laissant
un héritage de plusieurs millions, héritage indiscutable,

rondelet, net, en argent comptant, et (voilà qui nous arrangerait bien, ami lecteur, vous et nous!) le tout à notre rejeton, le tout à notre baron qui soignait en Suisse son idiotisme! Bon, mais alors est entrée en jeu une autre musique. Autour de notre baron en guêtres, qui s'était amouraché d'une célèbre beauté entretenue, s'amassa soudain une foule d'amis et connaissances, il se trouva même des parents, et surtout des légions de vieilles filles nobles ayant faim et soif d'un légitime mariage. Quoi de mieux? aristocrate, millionnaire, idiot, toutes les vertus à la fois, pareil mari ne se rencontre pas tous les jours, on ne le fabrique pas sur commande!... »

— Ça... ça, alors je ne comprends pas! s'écria Ivan Fiodorovitch, au summum de l'indignation.

— Arrêtez, Colas! s'écria le prince, d'une voix suppliante. Des exclamations éclatèrent de toutes parts.

— Lisez! Lisez à tout prix! trancha Élisabeth Procofievna, qui visiblement avait toutes les peines du monde à se retenir. — Prince! Si on arrête la lecture, nous serons fâchés.

Il n'y avait rien à faire : Colas, tout échauffé, ému, rouge, continua d'une voix bouleversée!

« Mais tandis que notre frais émoulu millionnaire était, pour ainsi dire, dans l'empyrée, se produisit une circonstance absolument étrangère. Un beau matin, se présente à lui un visiteur, le visage calme et sévère, le discours poli, mais digne et juste, modestement et noblement vêtu, avec une visible nuance progressiste dans la pensée, qui en deux mots lui explique la cause de sa visite : il est un avocat connu ; une affaire lui a été confiée par un jeune homme ; il est venu en son nom. Ce jeune homme est, ni plus ni moins, que le fils de feu P., bien qu'il porte un autre nom. Ce libertin de P., ayant séduit dans sa jeunesse une honnête et pauvre fille de serfs domestiques [136], mais éduquée à l'européenne (non sans application, évidemment, des droits seigneuriaux de l'époque) et ayant remarqué la suite inévitable, mais imminente de sa liaison, la maria au plus vite à un homme qui gagnait sa vie et même avait un emploi officiel, doté d'un noble caractère et qui depuis longtemps aimait cette jeune fille.

D'abord, P. aida les nouveaux mariés ; mais bientôt cette aide fut repoussée par le noble caractère du mari. Il se passa quelque temps, et P. peu à peu oublia et la jeune fille et le fils qu'il avait eu d'elle ; ensuite, à ce qu'on sait, il mourut sans laisser de dispositions. Dans l'intervalle son fils, né après un mariage légitime mais qui avait grandi sous un autre nom et avait été complètement adopté par le généreux caractère du mari de sa mère, n'en resta pas moins, après la mort en son temps de celui-ci, réduit à ses seules ressources avec une mère maladive, souffrante, impotente, dans une province lointaine ; lui-même, dans la capitale, gagnait quelque argent par un noble labeur quotidien, des leçons chez les marchands : de la sorte il s'entretint lui-même d'abord au lycée, ensuite comme auditeur de conférences utiles au but éloigné qu'il se proposait. Mais que peut-on gagner chez un marchand russe avec des leçons à un gros sou l'une, cela avec une mère maladive et impotente, dont même la mort dans sa province lointaine ne fut pas un grand soulagement ?

Maintenant, une question : comment, en bonne justice, devait raisonner notre rejeton ? Vous pensez bien sûr, ami lecteur, qu'il s'est dit ceci : « J'ai profité toute ma vie des bienfaits de P. ; pour mon éducation, pour mes gouvernantes et pour soigner mon idiotisme, il a dépensé des dizaines de mille en Suisse ; me voici maintenant à la tête de millions, et ce noble caractère, le fils de P., qui n'est en rien responsable des frasques d'un père léger et oublieux, se tue à donner des leçons. Tout ce qui a été dépensé pour moi devait en bonne justice aller à lui. Ces sommes énormes dépensées pour moi, au fond, ne sont pas à moi. Ç'a été seulement une faute aveugle de la fortune ; elles revenaient au fils de P. Elles auraient dû être employées pour lui, et non pour moi, produit de la fantaisie capricieuse du léger et oublieux P. Si j'étais pleinement noble, délicat, juste, je devrais rendre à son fils la moitié de tout mon héritage ; mais comme je suis avant tout un homme de calcul et que je comprends fort bien que ce n'est pas une affaire juridique, je ne lui donnerai pas cette moitié de mes millions. Mais du

moins il serait trop bas et trop cynique (le rejeton a oublié
que ce serait aussi un mauvais calcul) de ma part de ne
pas restituer maintenant à son fils les dizaines de mille
qu'a coûté à P. mon idiotisme. Il n'y a là qu'une affaire
de conscience et d'équité ! Car que serait-il advenu de
moi, si P. ne s'était pas chargé de mon éducation et si, au
lieu de moi, il s'était occupé de son fils ? »

Eh bien, non, messieurs ! Nos rejetons raisonnent autrement. L'avocat du jeune homme, qui s'était chargé de
ses intérêts uniquement par amitié et presque contre sa
volonté, presque de force, a eu beau lui représenter les
obligations de l'honneur, de la noblesse, de l'équité et
même du simple calcul, le pupille de Suisse est demeuré
inflexible. Ce ne serait encore rien, mais voici qui est
véritablement impardonnable et qu'aucune intéressante
maladie ne saurait excuser : ce millionnaire à peine sorti
des guêtres de son professeur n'a même pas pu saisir que
ce n'était pas une grâce ni un subside que lui demandait le
noble caractère d'un jeune homme qui se tue à donner des
leçons, mais son droit et son dû, même s'il n'est pas
juridique ; et même il ne le demande pas, mais ses amis le
sollicitent pour lui. Avec un air majestueux et dans l'enivrement causé par la possibilité nouvelle d'écraser impu-
nément les gens de ses millions, notre rejeton tire un
billet de cinquante roubles et l'envoie au noble jeune
homme comme une insultante aumône. Vous ne le croyez
pas, messieurs ? Vous êtes révoltés, vous êtes blessés,
vous laissez échapper un cri d'indignation ? Mais il a fait
cela ! Bien entendu, l'argent lui fut aussitôt retourné, pour
mieux dire : vomi à la face. Quel moyen reste-t-il de
régler cette affaire ? Elle n'est pas du ressort de la justice ;
reste la seule opinion publique ! Nous livrons cette histoire vraie au public, en nous portant garant de son
exactitude. A ce qu'on dit, un de nos humoristes les plus
connus [137] a composé à cette occasion une ravissante
épigramme, digne de prendre place dans les croquis de
nos mœurs non seulement provinciales, mais aussi péters-
bourgeoises :

> « Notre Léon joua cinq ans
> De la capote de Schneider.
> Des balivernes ordinaires
> Il cherchait à remplir le temps.
> Venu dans des guêtres étroites,
> Il hérita d'un million ;
> En bon Russe il fait oraison,
> Mais vola les étudiants. »

Lorsque Colas eut terminé, il remit au plus vite le journal au prince et, sans mot dire, se jeta dans un coin, s'y enfonça et cacha son visage dans ses mains. Il éprouvait une honte insupportable, et sa sensibilité enfantine, qui n'avait pas encore eu le temps de s'habituer à la boue, était révoltée au-delà de toute mesure. Il lui semblait qu'il s'était passé quelque chose d'exorbitant qui avait tout fait crouler d'un coup, et qu'il en était presque la cause, du seul fait qu'il avait lu ces choses à haute voix.

D'ailleurs tout le monde semblait éprouver un sentiment du même genre. Les demoiselles étaient très mal à l'aise et avaient honte. Élisabeth Procofievna réprimait en elle-même un courroux extraordinaire et peut-être aussi se repentait amèrement de s'être mêlée de cette affaire ; maintenant elle se taisait. Au prince il arrivait ce qui arrive souvent, en pareil cas, aux personnes trop timides : il avait tellement honte de la conduite d'autrui, tellement honte pour ses hôtes, qu'au premier instant il eut même peur de les regarder. Ptitsyne, Barbe, Gaby, même Lebedev, tous avaient l'air un peu confus. Le plus singulier était qu'Hippolyte et « le fils de Pavlichtchev », eux aussi, semblaient stupéfaits ; le neveu de Lebedev était visiblement mécontent. Seul le boxeur restait absolument calme, tortillait ses moustaches, la mine grave et les yeux légèrement baissés, non point cependant par gêne, mais au contraire, semblait-il, par une noble modestie et pour cacher un trop évident triomphe. Tout montrait que l'article lui plaisait extrêmement.

— Le diable sait ce que ça veut dire, grogna à mi-voix Ivan Fiodorovitch. On dirait que cinquante valets se sont mis ensemble pour fabriquer ça, et y ont réussi.

— Permettez-moi de vous le demander, mon cher monsieur ; comment pouvez-vous émettre des suppositions aussi offensantes ? déclara Hippolyte, qui se mit à trembler.

— Ça, ça, ça, pour un gentilhomme... convenez-en vous-même, mon général, si vous êtes un homme d'honneur. Oui, c'est offensant ! grogna le boxeur. Lui aussi tout à coup tressaillit, tout en tordant ses moustaches, avec des mouvements convulsifs des épaules et du buste.

— D'abord, je ne suis pas votre cher monsieur, et secondement je n'ai l'intention de vous donner aucune explication, répondit vertement Ivan Fiodorovitch terriblement échauffé. Il se leva et sans mot dire se dirigea vers la sortie de la terrasse. Sur la marche du haut, il s'arrêta le dos au public, dans le plus grand mécontentement contre Élisabeth Procofievna qui, même à ce moment, ne pensait pas à bouger de sa place.

— Messieurs, messieurs, permettez-moi enfin, messieurs, de parler ! s'écria le prince dans sa tristesse et son émoi. Et faites-moi un plaisir : parlons de façon à nous comprendre les uns les autres. Je n'ai rien à dire, messieurs, sur l'article : soit ! Seulement, messieurs, tout ce qui est imprimé là est faux : je le dis, parce que vous le savez vous-mêmes ; c'est même une honte. Et je serais absolument étonné si quelqu'un d'entre vous en était l'auteur.

— Moi, jusqu'à la minute présente je ne savais rien de cet article, déclara Hippolyte. Je ne l'approuve pas.

— Moi, je savais qu'il existait, mais... moi non plus je n'aurais pas été d'avis de l'imprimer, parce que c'était trop tôt, ajouta le neveu de Lebedev.

— Je savais, mais j'ai le droit... je..., murmura le fils de Pavlichtchev.

— Comment ! C'est vous qui avez inventé tout cela ? demanda le prince, en regardant curieusement Bourdovski. Mais ce n'est pas possible !

Le neveu de Lebedev intervint :

— On pourrait quand même ne pas vous reconnaître le droit de poser de pareilles questions.

— Je me suis seulement étonné que M. Bourdovski ait

réussi..., mais... je veux dire ceci : si vous avez déjà livré cette affaire à la publicité, pourquoi tout à l'heure vous êtes-vous tant offensés quand j'en ai parlé devant mes amis ?

— Enfin ! murmura dans son indignation Élisabeth Procofievna.

— Et même, prince, vous avez oublié... — C'était Lebedev qui, n'y tenant plus, presque en proie à la fièvre, s'était glissé entre les chaises. — Vous avez oublié que seules votre bonne volonté et la bonté sans pareille de votre cœur vous ont amené à les recevoir et à les écouter, et qu'ils n'ont aucun droit d'exiger, d'autant plus que cette affaire a été confiée par vous à Gabriel Ardaliono-vitch, et que c'est grâce à votre excessive bonté que vous avez agi ainsi, et que maintenant, illustrissime prince, en demeurant parmi vos amis élus, vous ne pouvez sacrifier leur compagnie pour ces messieurs-là, et que vous pour-riez, tous ces messieurs, pour ainsi dire, tout de suite, les mettre à la porte, ce que moi, en qualité de propriétaire de la maison, avec le plus grand plaisir...

— Absolument juste ! tonna soudain, du fond de la pièce, le général Ivolguine.

— Assez, Lebedev, assez, assez... commença le prince, mais une explosion d'indignation couvrit ses paroles.

— Non, excusez, prince, excusez, maintenant ce n'est plus ce qu'il faut dire, cria, couvrant toutes les voix, le neveu de Lebedev. Maintenant, il faut exposer l'affaire clairement et fermement, parce que, visiblement, on ne la comprend pas. On y a mêlé des arguties juridiques, et sous prétexte de ces arguties on menace de nous jeter à la porte ! Mais, prince, est-ce que vous nous jugez assez stupides pour ne pas comprendre nous-mêmes combien notre affaire est peu juridique et que, si on la prend juridiquement, nous n'avons pas le droit légal d'exiger de vous un seul rouble ? Non, mais ce que nous comprenons précisément fort bien, c'est que, s'il n'y a pas là de droit juridique, il y a un droit humain, naturel, le droit du bon sens et la voix de la conscience. Que ce droit ne soit inscrit dans aucun des codes pourris des hommes, soit !

mais un homme noble et loyal, c'est-à-dire équivalemment un homme de bon sens, est obligé de demeurer noble et loyal même dans les cas qui ne sont pas inscrits dans les codes. Si nous sommes entrés ici sans craindre d'être jetés dehors (comme vous venez de nous en menacer) pour la seule raison que nous ne prions pas, mais exigeons, ou pour l'inconvenance d'une visite à une heure aussi tardive (bien que nous soyons arrivés à une heure qui n'était pas tardive, seulement vous nous avez fait attendre dans votre antichambre), si nous sommes venus, dis-je, sans rien craindre, c'est que nous avons supposé en vous un homme de bon sens, c'est-à-dire doué d'honneur et de conscience. Oui, c'est vrai, nous ne sommes pas entrés humblement, comme des parasites ou des solliciteurs, mais la tête haute comme des hommes libres, et nullement avec une supplique, mais avec une exigence libre et fière (vous entendez : non pas une supplique, mais une exigence : dites-vous bien cela !). Nous vous posons dignement et franchement la question : dans l'affaire Bourdovski jugez-vous que vous avez raison ou que vous avez tort ? Reconnaissez-vous avoir été couvert de bienfaits et même, peut-être, sauvé de la mort par Pavlichtchev ? Si vous le reconnaissez (et c'est l'évidence !) avez-vous l'intention, ou trouvez-vous équitable en conscience, après avoir à votre tour reçu des millions, de dédommager le fils de Pavlichtchev dans le besoin, même s'il porte le nom de Bourdovski ? Oui ou non ? Si c'est oui, en d'autres termes si chez vous existe ce que vous appelez dans votre langue honneur et conscience et que nous désignons plus exactement par le terme de bon sens, alors donnez-nous satisfaction, et l'affaire est réglée. Donnez-nous satisfaction sans suppliques et sans remerciements de notre part, n'en attendez pas de nous, parce que vous ne le faîtes pas pour nous, mais pour la justice. Si au contraire vous ne voulez pas nous donner satisfaction, c'est-à-dire si vous répondez « Non », alors nous nous retirons immédiatement, et l'affaire en reste là. Mais nous vous disons en face, devant tous vos témoins, que vous êtes un homme d'un esprit grossier et d'un développement inférieur, que dorénavant vous n'avez pas le droit de vous appeler un homme doué d'honneur et de conscience, et que ce droit vous voulez l'acheter trop bon marché. J'ai fini. J'ai posé la question. Maintenant mettez-nous à la porte, si vous l'osez. Vous pouvez le faire, vous avez la force. Mais souvenez-vous quand même que nous exigeons, nous ne demandons pas. Nous exigeons, nous ne demandons pas !...

Le neveu de Lebedev, très échauffé, s'arrêta.

— Nous exigeons, nous exigeons, nous exigeons, nous ne demandons pas ! balbutia Bourdovski, et il rougit comme une écrevisse.

Après le discours du neveu de Lebedev, il se fit un certain mouvement général, il s'éleva même un murmure, bien que dans l'assemblée tout le monde évitât manifestement d'intervenir dans l'affaire, sauf le seul Lebedev, saisi d'une espèce de fièvre. (Chose singulière : Lebedev, qui, apparemment, était pour le prince, semblait éprouver maintenant une certaine satisfaction d'orgueil familial après le discours de son neveu ; du moins il avait promené sur le public un regard de contentement marqué.)

— A mon avis, commença le prince à voix assez basse, à mon avis, vous, monsieur Doctorenko, dans tout ce que vous venez de dire, vous avez pour moitié absolument raison, et même, je veux bien, beaucoup plus que pour moitié, et je serais tout à fait d'accord avec vous si vous n'aviez pas oublié quelque chose. Qu'avez-vous oublié, je n'ai pas la force ni ne suis en état de vous l'exprimer précisément, mais pour que vos paroles soient entièrement justes, il leur manque évidemment quelque chose. Mais revenons plutôt au fait, messieurs : dites-moi, pourquoi avez-vous publié cet article ? Car il n'y a pas là-dedans un mot qui ne soit une calomnie : ainsi, messieurs, à mon avis, vous avez commis une infamie.

— Permettez !...

— Monsieur !...

— C'est... c'est... c'est, lancèrent de toutes parts des voix bouleversées.

— Pour ce qui est de l'article, glapit Hippolyte, cet article, je vous ai déjà dit que et moi et d'autres aussi ne

l'approuvons pas! C'est lui qui l'a écrit — il désigna,
assis à côté de lui, le boxeur; il est inconvenant, je le
reconnais, il est écrit incorrectement et dans le style cher
à ses pareils, les anciens militaires. C'est un sot et, de
surcroît, un chevalier d'industrie, je le reconnais, je le lui
dis chaque jour tout net et en face; mais malgré tout il
était dans son droit: l'appel au public est le droit légal de
chacun, et par conséquent de Bourdovski aussi. Ses ab-
surdités, c'est à lui seul à en répondre. Quant à ceci, que
tout à l'heure j'ai protesté au nom de tous contre la
présence de vos amis, je crois nécessaire, messieurs, de
vous expliquer que j'ai protesté uniquement pour affirmer
notre droit, mais qu'au fond nous sommes même désireux
qu'il y ait des témoins; tout à l'heure, avant d'entrer ici,
nous nous sommes tous les quatre mis d'accord là-dessus.
Qui que soient vos témoins, même s'ils sont vos amis,
comme ils ne peuvent pas ne pas reconnaître le bon droit
de Bourdovski (qui est d'une évidence mathématique), il
vaut même mieux qu'ils soient vos amis: la vérité n'en
sera que plus évidente.

— C'est la vérité, nous nous sommes mis d'accord
là-dessus, confirma le neveu de Lebedev.

Le prince marqua son étonnement:

— Alors, pourquoi tous ces cris et tout ce bruit, tout à
l'heure, dès les premiers mots, puisque c'était ce que
vous vouliez?

— Quant à l'article, prince, intervint le boxeur, qui
brûlait de placer son mot et paraissait saisi d'une agréable
animation (on pouvait soupçonner qu'influait sur lui,
visiblement et fortement, la présence des dames), quant à
l'article, j'avoue que j'en suis en effet l'auteur, bien que
mon ami malade, à qui j'ai coutume de pardonner en
raison de son affaiblissement, vienne de le critiquer rudement. Mais je l'ai publié dans le journal d'un intime
ami, à titre de correspondance. Les vers seulement ne
sont pas de moi, ils appartiennent en effet à la plume d'un
célèbre humoriste. Je les ai lus seulement à Bourdovski,
et encore pas tous, et j'ai reçu aussitôt de lui la permission de les imprimer, mais avouez que je pouvais les
imprimer aussi bien sans permission. La publicité est un

droit universel, noble et bienfaisant. J'espère, prince, que vous serez assez progressiste pour ne pas le nier...

— Je ne nierai rien du tout, mais reconnaissez que votre article...

— Est brutal, voulez-vous dire? Mais c'était, pour ainsi dire, pour le bien de la société, avouez-le vous-même, et enfin pouvait-on laisser passer un cas aussi provocant? Tant pis pour les coupables; le bien de la société passe avant tout. Pour ce qui est de certaines inexactitudes, de ces hyperboles, pour ainsi dire, avouez aussi que ce qui importe avant tout c'est l'initiative, le but, l'intention; avant tout, ce qui importe, c'est l'exemple bienfaisant, après quoi on pourra examiner les cas particuliers, et enfin le style; là, pour ainsi dire, eh bien, c'est le genre humoristique, et enfin tout le monde écrit comme ça, avouez-le vous-même, ha-ha!

— Mais vous faites tout à fait fausse route! Je vous assure, messieurs, s'écria le prince, vous avez publié cet article dans l'idée que je ne consentirais pour rien au monde à accorder satisfaction à M. Bourdovski, et, par conséquent, pour me faire peur et tirer de moi une vengeance quelconque. Mais qu'en saviez-vous? J'ai peut-être résolu de satisfaire Bourdovski. Je vous déclare, en ce moment, devant tout le monde, que je satisferai...

— Voici, enfin, la parole intelligente et noble d'un homme intelligent et très noble! proclama le boxeur.

— Seigneur! laissa échapper Élisabeth Procofievna.

— C'est intolérable! marmonna le général.

— Alors permettez, messieurs, permettez, je vais exposer l'affaire, implorait le prince. Il y a cinq semaines de cela, est venu me trouver à Z. votre fondé de pouvoir et solliciteur, monsieur Bourdovski, Tchebarov [138].' Vous l'avez décrit en termes bien flatteurs, monsieur Keller, dans votre article — le prince se tourna tout à coup, en riant, vers le boxeur —, mais à moi il ne m'a pas plu. J'ai seulement compris, du premier coup, que ce Tchebarov représentait l'essentiel de l'affaire, que c'était peut-être lui qui, abusant de votre simplicité, monsieur Bourdovski, vous avait incité à tout entreprendre, pour parler franchement.

— Là, vous n'avez pas le droit... je ne suis pas si...
simple... c'est..., balbutia Bourdovski dans son émotion.

— Vous n'avez aucun droit de faire de pareilles suppositions, intervint sur un ton sentencieux le neveu de
Lebedev.

— C'est offensant au plus haut point! glapit Hippolyte. C'est une supposition offensante, mensongère et ne
se rapportant pas à l'affaire!

Le prince se hâta de reconnaître ses torts:

— Pardon, messieurs, pardon, excusez-moi, je vous
prie, c'est que j'avais pensé qu'il valait peut-être mieux
pour nous tous être absolument francs les uns avec les
autres; mais ce sera comme vous le voudrez: J'ai dit à
Tchebarov que, comme je n'étais pas à Pétersbourg, je
chargeais immédiatement une connaissance à moi de mener l'affaire et que je vous en informerais, vous, monsieur Bourdovski. — Je vous dirai tout net, messieurs,
que cette affaire m'a paru la pire des escroqueries, précisément parce que Tchebarov est dedans... Oh, ne vous
offensez pas, messieurs! Pour l'amour de Dieu, ne vous
offensez pas! s'écria le prince, en voyant de nouveau se
manifester l'émoi blessé de Bourdovski, le trouble et les
protestations de ses amis; cela ne saurait vous concerner
directement, si je dis que j'ai vu dans cette affaire une
escroquerie! Je ne connaissais encore aucun de vous
personnellement, je ne connaissais même pas vos noms;
j'en jugeais d'après le seul Tchebarov; je parle en général, parce que... si vous saviez comme j'ai été affreusement trompé depuis que j'ai reçu cet héritage!

— Prince, vous êtes terriblement naïf, remarqua moqueusement le neveu de Lebedev.

— Et avec cela, prince et millionnaire! Malgré votre
cœur peut-être réellement bon et simple, vous ne pouvez
pas, évidemment, échapper à la loi générale, proclama
Hippolyte.

— C'est possible, tout à fait possible, messieurs, se
hâta de dire le prince, bien que je ne comprenne pas de
quelle loi générale vous parlez; mais je poursuis; seulement ne vous offensez pas sans raison; je vous jure que je
n'ai pas le moindre désir de vous offenser. Que signifie

cela en vérité, messieurs ? On ne peut pas prononcer un mot sincèrement, aussitôt vous vous offensez ! Mais d'abord, j'ai été terriblement frappé d'apprendre qu'il existait un « fils de Pavlichtchev », et qu'il était dans une situation aussi affreuse que me l'a décrite Tchebarov. Pavlichtchev est mon bienfaiteur et l'ami de mon père. (Ah, pourquoi, monsieur Keller, avez-vous écrit dans votre article un pareil mensonge à propos de mon père ? Il n'y a jamais eu ni dilapidation des deniers de la compagnie ni aucun tort envers des subordonnés, de cela je suis positivement convaincu. Comment votre main a-t-elle pu se prêter à pareille calomnie ?) Quant à ce que vous avez écrit de Pavlichtchev, cela, c'est absolument inadmissible ; vous qualifiez le plus noble des hommes de libidineux et léger avec la hardiesse et le ton catégorique de celui qui dit la vérité, alors que c'était le plus chaste des hommes qui ont jamais vécu ici-bas ! C'était même un remarquable savant ; il était correspondant de beaucoup d'hommes de science respectés et il a dépensé beaucoup d'argent pour aider la science. Quant à son cœur, à ses bonnes actions, oh certainement, vous avez eu raison d'écrire que j'étais alors presque idiot et que je ne pouvais rien comprendre (quoique je pusse quand même parler le russe et le comprendre), mais je peux cependant apprécier ce dont j'ai gardé le souvenir...

— Permettez, glapit Hippolyte, ne sera-ce pas trop sentimental ? Nous ne sommes pas des enfants. Vous vouliez aller droit au fait : il est plus de neuf heures, souvenez-vous-en.

— Comme il vous plaira, messieurs, acquiesça tout de suite le prince. Après le premier moment de méfiance j'ai décidé que je pouvais me tromper et que Pavlichtchev pouvait en effet avoir eu un fils. Mais ce qui m'étonna grandement, ce fut que ce fils livrât si légèrement, je veux dire si publiquement, le secret de sa naissance et, surtout, déshonorât sa mère. Car déjà alors Tchebarov me menaçait de la publicité...

— Quelle sottise ! cria le neveu de Lebedev.

— Vous n'avez pas le droit... vous n'avez pas le droit !... s'écria Bourdovski.

— Le fils ne répond pas de la conduite libidineuse du père, et la mère n'est pas coupable, glapit avec chaleur Hippolyte.

— Il fallait d'autant plus l'épargner, semble-t-il, dit timidement le prince.

— Vous, prince, vous n'êtes pas seulement naïf, vous êtes peut-être quelque chose de plus, lança méchamment, avec un petit rire, le neveu.

— Et quel droit aviez-vous !… glapit Hippolyte d'une voix peu naturelle.

— Aucun droit, aucun ! se hâta de l'interrompre le prince, en cela vous avez raison, j'en conviens. Mais ç'a été malgré moi, et je me suis dit tout de suite que mes sentiments personnels ne devaient pas influer sur la chose, parce que, si je me reconnais obligé de satisfaire les exigences de M. Bourdovski au nom de mes sentiments envers Pavlichtchev, je dois les satisfaire dans n'importe quel cas, c'est-à-dire que je respecte ou non M. Bourdovski. Si j'ai entamé cette question, messieurs, c'est seulement parce qu'il m'a paru quand même contre nature que le fils découvre ainsi publiquement le secret de sa mère… Bref, c'est principalement pour cela que j'ai été convaincu que Tchebarov devait être une canaille et que c'était lui qui avait incité M. Bourdovski, par tromperie, à une pareille canaillerie.

— Mais c'est intolérable, décidément ! entendit-on du côté des visiteurs dont quelques-uns bondirent même de leurs chaises.

— Messieurs ! Mais c'est pour cela justement que j'ai décidé que le malheureux M. Bourdovski devait être un homme simple, sans défense, se livrant aisément à des aigrefins, et que je n'en étais que plus obligé de l'aider, en tant que « fils de Pavlichtchev », d'abord en m'opposant à M. Tchebarov, deuxièmement de mon dévouement et de mon amitié, afin de le diriger, et troisièmement… j'ai décidé de lui remettre dix mille roubles, c'est-à-dire tout ce que, d'après mes calculs, Pavlichtchev a pu dépenser d'argent pour moi…

— Comment ? Seulement dix mille ! cria Hippolyte.

— Allons, prince, vous n'êtes pas très fort en

arithmétique, ou bien vous êtes trop fort, bien que vous fassiez le benêt! s'écria le neveu de Lebedev.

— Je ne suis pas d'accord pour dix mille, dit Bourdovski.

— Antipe! Accepte! lui souffla dans un chuchotement rapide, mais perceptible, le boxeur, penché par-derrière sur le dossier de la chaise d'Hippolyte. Accepte, ensuite nous verrons!

— É...coutez, monsieur Mychkine, glapit Hippolyte. Comprenez que nous ne sommes pas des imbéciles, de plats imbéciles, comme le pensent sans doute tous vos invités et ces dames, qui rient de nous avec tant d'indignation, et surtout ce monsieur du grand monde (il montra Eugène Pavlovitch), que, bien entendu, moi, je n'ai pas l'honneur de connaître, mais dont j'ai entendu, il me semble, dire des choses...

— Permettez, permettez, messieurs, encore une fois vous ne m'avez pas compris! dit le prince en se tournant vers eux avec émotion. Premièrement, vous, monsieur Keller, dans votre article, vous avez très inexactement évalué ma fortune : je n'ai pas reçu de millions, je n'ai que la huitième ou la dixième partie de ce que vous me supposez. Deuxièmement, il n'a pas du tout été dépensé pour moi en Suisse des dizaines de mille : Schneider touchait six cents roubles par an, et encore seulement pendant les trois premières années; Pavlichtchev n'a jamais été chercher à Paris de gentilles gouvernantes : c'est encore une calomnie. D'après moi, il a été dépensé pour moi beaucoup moins de dix mille roubles, mais j'ai fixé dix mille et avouez que, payant ma dette, je ne pouvais proposer davantage à M. Bourdovski, même si je l'avais aimé à la folie; et je ne le pouvais pas, par un sentiment de délicatesse, justement pour la raison que c'était une dette que je lui payais, et non une aumône que je lui envoyais. Je ne vois pas pourquoi, messieurs, vous ne comprenez pas cela! Mais je voulais rendre ensuite tout cela par mon amitié, un intérêt actif pour le malheureux M. Bourdovski, visiblement induit en erreur, parce qu'il n'a quand même pas pu de lui-même, sans être trompé, consentir à une infamie comme, par exemple, cette di-

vulgation, dans le présent article de M. Keller, à propos
de sa mère... Mais, enfin, messieurs, qu'avez-vous encore une fois à sortir de vos gonds? Nous finirons ainsi
par ne plus du tout nous comprendre les uns les autres!
Est-ce que je n'avais pas bien deviné? Me voici
convaincu par mes propres yeux que mon hypothèse était
juste...

Le prince tout échauffé, s'efforçait de les persuader
et, en voulant calmer l'agitation, il ne s'apercevait pas
qu'il ne faisait que l'augmenter.

— Comment? De quoi êtes-vous convaincu? — Ils
l'attaquaient presque avec furie.

— Mais voyons : premièrement, j'ai eu le temps de
discerner parfaitement la physionomie de M. Bourdovski, je vois maintenant qui il est... C'est un homme
sans malice, mais que tout le monde trompe! Un homme
sans défense, et c'est pourquoi je dois, moi, l'épargner.
Et en second lieu Gabriel Ardalionovitch, à qui cette
affaire a été confiée et dont je n'ai pas reçu de nouvelles
depuis longtemps parce que j'étais en voyage et ensuite
pendant trois jours malade à Pétersbourg, vient à l'instant, il y a juste une heure, de me communiquer, lors de
notre première entrevue, qu'il a découvert toutes les intentions de Tchebarov, qu'il a des preuves, et que Tchebarov est exactement tel que je me le figurais. Je sais fort
bien, messieurs, que bien des gens me considèrent
comme un idiot : Tchebarov, sur ma réputation de distri-
buer l'argent facilement, a pensé me tromper sans difficulté, justement en tablant sur mes sentiments à l'égard
de Pavlichtchev. Mais le principal — écoutez-moi enfin,
messieurs, écoutez-moi jusqu'au bout! — le principal
c'est qu'il apparaît tout à coup que M. Bourdovski n'est
nullement le fils de Pavlichtchev! Gabriel Ardalionovitch
me l'a communiqué à l'instant, et il assure en avoir
recueilli des preuves positives. Qu'allez-vous en penser :
il vous est impossible d'y croire, après l'histoire que vous
avez montée! Écoutez cependant : des preuves positives!
Je n'y crois pas encore, moi-même je n'y crois pas, je
vous assure ; je doute encore, parce que Gabriel Ardalionovitch n'a pas encore eu le temps de me communiquer

tous les détails; mais que Tchebarov soit une canaille,
là-dessus il ne reste plus maintenant aucun doute! C'est
lui qui vous a tous trompés, et ce malheureux M. Bourdovski, et vous, messieurs, qui êtes noblement venus
soutenir votre ami (vu qu'il a manifestement besoin de
soutien, cela je le comprends bien!), il vous a tous mis
dedans et embarqués dans une affaire d'escroquerie, car il
s'agit bien, au fond, de filouterie, d'escroquerie!

— Comment cela, d'escroquerie!... Comment, il ne
serait pas le fils de Pavlichtchev?... Ce n'est pas possible!... — Des exclamations retentissaient. Toute la
bande de Bourdovski était dans une agitation indescrip-
tible.

— Mais bien entendu : d'escroquerie! Car s'il apparaît
que M. Bourdovski n'est pas le fils de Pavlichtchev, la
réclamation de M. Bourdovski est évidemment une véritable escroquerie (j'entends, naturellement, au cas où il
aurait su la vérité!). Mais le fait est qu'on l'a trompé, et
c'est pourquoi j'insiste pour qu'on ne l'accuse pas : c'est
pourquoi je dis qu'il est digne de pitié, à cause de sa
simplicité, et qu'il ne peut rester sans soutien... Autrement, lui aussi, il serait dans cette affaire un escroc. Je
suis déjà convaincu qu'il ne comprend rien! Moi-même,
j'ai été dans cet état avant mon départ pour la Suisse, je
balbutiais aussi des paroles sans suite : on veut s'exprimer, et on ne le peut pas... Je comprends cela; je peux y
compatir grandement, parce que je suis moi-même presque comme cela; il m'est permis de parler! Et enfin,
malgré tout — bien qu'il n'y ait plus maintenant de «fils
de Pavlichtchev» et que tout se réduise à une mystifica-
tion —, malgré tout je ne change pas ma décision et je
suis prêt à rendre ces dix mille, en mémoire de Pavlichtchev. Je voulais, en effet, dès avant M. Bourdovski, les
employer à fonder une école en mémoire de Pavlichtchev. École, ou M. Bourdovski, ne sera-ce pas tout un
maintenant, puisque M. Bourdovski, s'il n'est pas «le fils
de Pavlichtchev», est presque comme le fils de Pavlichtchev. On l'a trompé si méchamment : il se prenait sincèrement pour le fils de Pavlichtchev! Vous allez écouter,
messieurs, Gabriel Ardalionovitch, et nous en termine-

rons avec cette affaire : ne vous fâchez pas, ne vous agitez pas, asseyez-vous ! Gabriel Ardalionovitch va tout de suite nous expliquer tout, et moi aussi, je l'avoue, je désire extrêmement savoir tous les détails. Il dit qu'il est même allé à Pskov voir votre maman, monsieur Bourdovski, et qu'elle n'a jamais pensé mourir, comme on vous a obligé à l'écrire dans votre article... Asseyez-vous, messieurs, asseyez-vous !

Le prince s'assit et réussit à faire rasseoir la troupe de M. Bourdovski, qui avait bondi de ses sièges. Dans les dernières dix ou vingt minutes, il avait parlé très échauffé, à très haute voix, en un débit rapide et impatient, avec fougue, en s'efforçant de couvrir les voix et les cris et naturellement il eut ensuite à se repentir amèrement de certains mots ou suppositions qui lui avaient échappé. S'il ne s'était pas emporté et si on ne l'avait pas fait sortir quasiment de ses gonds, il ne se serait pas permis d'énoncer à haute voix si hâtivement et si ouvertement certaines hypothèses ou affirmations trop franches. A peine se fut-il assis qu'un repentir cuisant jusqu'à la douleur lui traversa le cœur. Outre qu'il avait « offensé » Bourdovski, en lui supposant publiquement la même maladie dont il s'était soigné lui-même en Suisse, outre cela, l'offre des dix mille roubles, au lieu d'école, avait été, pensait-il, grossière et imprudente, ressemblait à une aumône, du fait précisément qu'elle avait été faite publiquement, à haute voix. « Il aurait fallu attendre et faire cette proposition demain seul à seul — pensa-t-il tout de suite. Maintenant c'est, je crois bien, irréparable ! Oui je suis un idiot, un véritable idiot ! » décida-t-il à part soi dans un accès de honte et d'immense amertume.

Cependant Gabriel Ardalionovitch, qui jusqu'alors s'était tenu à l'écart et s'était tu opiniâtrement, s'avança sur l'invitation du prince, s'arrêta à son côté et commença, clairement et calmement, son rapport sur l'affaire à lui confiée par le prince. Toutes les conversations se turent instantanément. Tout le monde écoutait avec une extrême curiosité, et surtout la troupe de Bourdovski.

IX

— Vous ne nierez naturellement pas, commença Gabriel Ardalionovitch en s'adressant directement à Bourdovski, qui l'écoutait de toutes ses forces, ouvrait sur lui
des yeux exorbités d'étonnement et était visiblement en
proie à un trouble violent, vous ne nierez et d'ailleurs
vous ne voudrez même par nier sérieusement ce fait que
vous êtes né deux ans exactement après le légitime mariage de Madame votre mère avec le secrétaire de collège
M. Bourdovski votre père. La date de votre naissance est
trop facile à prouver documentairement, de sorte que la
falsification — fort offensante pour vous et pour votre
mère — de ce fait dans l'article de M. Keller ne s'explique que par l'enjouement et la fantaisie personnelle de
M. Keller, qui a cru par là renforcer l'évidence de votre
bon droit et servir vos intérêts. M. Keller dit qu'il vous a
lu préalablement l'article, bien que partiellement... sans
aucun doute, il ne vous l'a pas lu jusqu'à cet endroit...

— Je ne l'ai pas lu jusque-là, en effet, interrompit le
boxeur, mais tous les faits m'ont été communiqués par
une personne compétente, et je...

Gabriel Ardalionovitch l'arrêta :

— Pardonnez-moi, monsieur Keller, permettez-moi
de parler. Je vous assure que nous allons en venir à votre
article, et alors vous donnerez vos explications; maintenant, continuons plutôt dans l'ordre. Tout à fait par hasard, avec l'aide de ma sœur Barbe Ardalionovna Ptitsyne, j'ai obtenu d'une bonne amie à elle, Viera Alexiéevna Zoubkov, propriétaire foncière et veuve, une lettre
de feu Nicolas Andreevitch Pavlichtchev, à elle adressée
par lui, de l'étranger, il y a vingt-quatre ans. M'étant mis
en rapport avec Viera Alexiéevna, je me suis adressé, sur
ses indications, au colonel en retraite Timothée Fiodorovitch Viazovkine, parent éloigné et en son temps grand
ami de M. Pavlichtchev. J'ai pu obtenir de lui deux autres
lettres de Nicolas Andreevitch, également envoyées de
l'étranger. Par ces trois lettres, par les dates et les faits
qui y sont mentionnés, il est prouvé mathématiquement,
sans aucune possibilité de réfutation ni même de doute,

que Nicolas Andreevitch est parti pour l'étranger (où il passa d'affilée trois années) exactement un an et demi avant votre naissance, monsieur Bourdovski. Votre mère, comme il vous est connu, n'est jamais sortie de Russie... Pour le moment, je ne lirai pas ces lettres. Il est déjà tard ; je me borne à déclarer en tout cas le fait. Mais s'il vous plaît, monsieur Bourdovski, de fixer fût-ce pour demain matin une entrevue chez moi et d'amener vos témoins (en n'importe quel nombre) et vos experts pour comparer l'écriture, il ne fait pour moi aucun doute que vous ne pourrez pas ne pas vous convaincre de l'évidente vérité du fait que je vous ai communiqué. Or, s'il en est ainsi, toute l'affaire tombe et cesse d'elle-même.

De nouveau, il y eut un mouvement général et une profonde émotion. Bourdovski lui-même se leva brusquement de sa chaise.

— S'il en est ainsi, j'ai été trompé, trompé, seulement pas par Tchebarov, mais depuis très longtemps ; je ne veux pas de témoins, pas d'experts, je vous crois, je renonce... vos dix mille, je n'en veux pas... adieu !...

Il prit sa casquette et repoussa sa chaise, pour s'en aller.

— Si vous le pouvez, monsieur Bourdovski, dit à voix basse et douce Gabriel Ardalionovitch, en l'arrêtant, restez encore cinq minutes. Il apparaît dans cette affaire quelques faits encore d'une extrême importance, surtout pour vous, et en tout cas très curieux. A mon avis, il est impossible que vous n'en soyez pas informé et il vous sera peut-être plus agréable à vous-même que la lumière soit faite complètement...

Bourdovski se rassit sans mot dire, baissant légèrement la tête et l'air fortement songeur. Après lui se rassit le neveu de Lebedev, qui s'était aussi levé pour l'accompagner ; celui-ci n'avait pas perdu la tête ni sa hardiesse, mais il était, visiblement, très interloqué. Hippolyte était rembruni, morose et semblait fortement étonné. A cet instant, d'ailleurs, il eut une quinte de toux si violente que son mouchoir fut taché de sang. Le boxeur était presque dans l'épouvante.

— Hé, Antipe ! cria-t-il avec amertume. Je te le disais

bien l'autre fois… avant-hier, que tu ne l'étais peut-être
pas pour de vrai, le fils de Pavlichtchev !

Il y eut un rire contenu ; deux ou trois rirent plus haut
que les autres.

— Le fait que vous venez à l'instant de nous communiquer, monsieur Keller, reprit Gabriel Ardalionovitch,
est extrêmement précieux. Néanmoins j'ai parfaitement
le droit d'affirmer, d'après les données les plus précises,
que M. Bourdovski, quoique connaissant fort bien, évidemment, l'époque de sa naissance, n'était absolument
pas au courant de ce séjour de Pavlichtchev à l'étranger,
où M. Pavlichtchev a passé la plus grande partie de sa
vie, ne revenant jamais en Russie que pour de courts laps
de temps. En outre, le fait de son départ à ce moment
n'est pas en lui-même assez remarquable pour avoir laissé
un souvenir, après plus de vingt ans… même à ceux qui
l'ont connu de près, sans parler de M. Bourdovski, lequel
alors n'était pas né. Naturellement, recueillir maintenant
des renseignements n'a rien d'impossible, mais je dois
avouer que ceux que je possède me sont arrivés tout à fait
par hasard et auraient fort bien pu ne pas m'arriver ainsi ;
pour M. Bourdovski et même pour Tchebarov, ces renseignements étaient presque impossibles, même s'ils
s'étaient avisés de les rechercher. Mais ils pouvaient ne
pas s'en aviser…

— Permettez, monsieur Ivolguine, interrompit soudain Hippolyte avec irritation, à quoi bon tout ce galimatias ?… Excusez-moi. L'affaire est claire maintenant,
nous voulons bien croire le fait principal, à quoi bon
prolonger cette histoire pénible et blessante ? Vous désirez peut-être vous vanter de l'habileté de vos recherches,
exposer devant nous et devant le prince quel bon enquê-
teur, quel bon policier vous êtes ? Ou bien n'auriez-vous
pas l'intention d'entreprendre d'excuser et de justifier
Bourdovski parce qu'il s'est engagé dans cette affaire par
ignorance ? Mais c'est là de l'insolence, mon bon monsieur ! Bourdovski n'a pas besoin de vos justifications ni
de vos excuses, sachez-le bien ! Il en est offensé, il est
déjà sans cela accablé maintenant, en fâcheuse posture,
vous deviez le prévoir, comprendre cela…

— Suffit, monsieur Terentiev, suffit! — Gabriel Ardalionovitch avait réussi à l'interrompre. — Calmez-
vous, ne vous énervez pas; vous êtes, il me semble, très
souffrant? Je compatis. En ce cas, si vous voulez, j'ai
terminé, c'est-à-dire que je serai obligé de donner seulement en abrégé des faits que, j'en suis convaincu, il ne
serait pas inutile de connaître dans toute leur étendue,
ajouta-t-il, ayant remarqué un certain mouvement général
ressemblant à de l'impatience. — Je désire seulement
porter à la connaissance de tous les intéressés, avec preuves à l'appui, que votre maman, monsieur Bourdovski, a
joui des bonnes dispositions et de la sollicitude de Pavlichtchev uniquement parce qu'elle était la propre sœur de
la serve domestique dont Nicolas Andreevitch Pavlichtchev avait été amoureux dans sa toute première jeunesse, au point qu'il aurait certainement épousé cette
serve, si elle n'était morte subitement. J'ai des preuves
que ce fait familial, absolument exact et sûr, a été fort peu
connu, sinon tout à fait oublié. Ensuite, je pourrais expliquer comment votre maman, encore enfant de dix ans,
avait été prise par M. Pavlichtchev pour être élevée par
lui comme une parente, qu'il lui avait constitué une dot
importante et que tous ces soins avaient suscité des bruits
extrêmement inquiétants dans la nombreuse parenté de
Pavlichtchev; on pensait même qu'il épouserait sa pupille, mais tout se termina autrement: elle épousa par
inclination (je pourrais en apporter les preuves les plus
précises) un fonctionnaire de l'Arpentage, M. Bourdovski, alors qu'elle était dans sa vingtième année. Ici,
j'ai un ensemble de faits très précis tendant à prouver que
votre père, monsieur Bourdovski, qui n'entendait absolument rien aux affaires, ayant reçu quinze mille roubles
pour dot de votre mère, abandonna l'administration, entra
dans des entreprises commerciales, fut trompé, perdit son
capital, ne résista pas à son chagrin, se mit à boire, en
tomba malade et, finalement, mourut prématurément
moins de huit ans après son mariage avec votre mère.
Ensuite, d'après son propre témoignage, votre mère resta
dans le besoin et aurait été perdue sans l'aide généreuse et
constante de Pavlichtchev, qui lui donnait jusqu'à six

cents roubles par an. Ensuite il y a d'innombrables témoignages disant que vous, enfant, il vous aima énormément. De ces témoignages confirmés encore une fois
par votre maman, il ressort qu'il vous avait pris en affection pour cette raison principalement que vous aviez,
bébé, l'air d'un bègue, l'air d'un infirme, l'air d'un
enfant malheureux, pitoyable (or Pavlichtchev, je l'ai
conclu de preuves précises, a eu toute sa vie une sorte de
penchant, une tendresse particulière pour tout ce qui est
opprimé ou déshérité par la nature, surtout les enfants :
fait, à mon avis, d'une extrême importance dans notre
affaire). Enfin, je peux me vanter d'avoir mené des recherches très précises sur ce fait essentiel que l'attachement exceptionnel qu'avait pour vous Pavlichtchev (c'est
grâce à ses efforts que vous avez pu entrer au lycée et
faire vos études sous surveillance spéciale) avait peu à
peu éveillé parmi ses parents et familiers l'idée que vous
étiez son fils et que votre père n'était qu'un mari trompé.
Mais l'essentiel est que cette idée ne s'est fortifiée
jusqu'à devenir une conviction précise et générale que
dans les dernières années de la vie de Pavlichtchev, où
tous eurent peur pour le testament, alors que les faits
premiers étaient oubliés et les recherches impossibles.
Sans doute cette idée est-elle arrivée jusqu'à vous, monsieur Bourdovski, et s'est-elle emparée de vous totalement. Votre mère, avec qui j'ai eu l'honneur de faire
connaissance personnellement, connaissait tous ces
bruits, mais elle ne sait pas jusqu'à ce jour (je le lui ai
caché) que vous aussi, son fils, vous vous trouviez sous le
charme de ce bruit. J'ai trouvé votre très respectable
maman, monsieur Bourdovski, à Pskov, en proie à la
maladie et dans la même extrême pauvreté où elle est
tombée après la mort de Pavlichtchev. Avec des larmes
de reconnaissance elle m'a confié qu'elle ne vivait plus
que grâce à vous et à votre aide ; elle attend beaucoup de
vous dans l'avenir et croit avec ferveur à vos succès
futurs…

— Voilà qui est enfin intolérable ! déclara soudain le
neveu de Lebedev à voix forte et impatiente. A quoi bon
tout ce roman ?

— Révoltant! Inconvenant! s'écria Hippolyte, en s'agitant.

Mais Bourdovski ne remarqua rien, ne bougea même pas.

— A quoi bon? Pourquoi? demanda avec un feint étonnement Gabriel Ardalionovitch, préparant malicieusement sa conclusion. Mais, premièrement, M. Bourdovski peut maintenant être parfaitement convaincu que M. Pavlichtchev l'aimait par bonté d'âme, et non comme son fils. Ce fait à lui seul devait absolument être connu de M. Bourdovski, qui tout à l'heure encore a confirmé et approuvé M. Keller après la lecture de l'article. Je parle ainsi parce que je vous tiens pour un honnête homme, monsieur Bourdovski. En second lieu, il apparaît qu'il n'y a pas eu la moindre tentative de vol ou escroquerie même de la part de Tchebarov: ce point est important même pour moi, puisque le prince tout à l'heure, s'étant emporté, a dit que j'étais de son avis quant à la présence de vol ou escroquerie dans cette malheureuse affaire. Il y a eu, au contraire, entière conviction de tous les côtés et Tchebarov peut être en effet une grande canaille, mais dans cette affaire il agit tout simplement en chicaneur, basochier, affairiste. Il espérait gagner beaucoup d'argent comme avocat, et son calcul n'était pas seulement plein de finesse et d'adresse, il était aussi très sûr: il se basait sur la facilité avec laquelle le prince donne l'argent et sur sa vénération reconnaissante pour feu Pavlichtchev; il se basait enfin (ce qui est le plus important) sur certaines vues chevaleresques du prince quant à ses obligations d'honneur et de conscience. En ce qui concerne particulièrement M. Bourdovski, on peut même dire que, grâce à certaines de ses convictions, il s'est laissé inspirer par Tchebarov et par la compagnie qui l'entoure jusqu'à entreprendre cette affaire presque sans intérêt, mais presque pour servir la vérité, le progrès et l'humanité. Maintenant, après les faits communiqués, il est clair pour tous que M. Bourdovski est un homme propre, malgré toutes les apparences, et le prince peut désormais plus aisément et plus volontiers que tout à l'heure lui proposer et son aide amicale et le secours effectif

dont il a fait mention en parlant d'écoles et de Pavlichtchev.

— Arrêtez, Gabriel Ardalionovitch, arrêtez ! cria le
prince véritablement épouvanté ; mais il était trop tard.

— J'ai dit, j'ai déjà dit trois fois que je ne voulais pas
d'argent, cria avec irritation Bourdovski. Je ne le prendrai pas... pourquoi... je ne veux pas... je m'en vais !

Et il s'enfuyait déjà de la terrasse. Mais le neveu de
Lebedev le prit par le bras et lui chuchota quelque chose.
L'autre revint vite et, sortant de sa poche une enveloppe
de grand format, non cachetée, la jeta sur le guéridon qui
était à côté du prince.

— Voilà votre argent !... Vous n'aviez pas le droit...
pas le droit !... Cet argent...

— Ce sont les deux cent cinquante roubles que vous
avez osé lui envoyer comme une aumône par Tchebarov,
expliqua Doctorenko.

— Dans l'article, il est dit : cinquante ! cria Colas.

— Je suis coupable, dit le prince en s'approchant de
Bourdovski, je suis très coupable envers vous, Bourdovski, mais je ne vous les ai pas envoyés comme une
aumône, croyez-le bien. Je suis coupable encore maintenant ; ... j'ai été coupable tout à l'heure... (Le prince était
très affecté, avait l'air las et faible, et ses paroles étaient
décousues.) J'ai parlé d'escroquerie... mais ce n'était pas
à propos de vous, je me suis trompé. J'ai dit que vous...
étiez comme moi un malade. Mais vous n'êtes pas
comme moi : vous... donnez des leçons, vous entretenez
votre mère. J'ai dit que vous aviez déshonoré votre mère,
mais vous l'aimez, elle le dit elle-même... je ne le savais
pas... Gabriel Ardalionovitch ne m'avait pas tout dit... je
suis coupable. J'ai osé vous proposer dix mille roubles,
mais j'ai eu tort, j'aurais dû m'y prendre autrement,
maintenant... c'est impossible parce que vous me méprisez...

— Mais c'est une maison de fous ! s'écria Élisabeth
Procofievna.

— Sûrement, une maison de fous ! trancha Aglaé, qui
n'en pouvait plus. Mais ses paroles se perdirent dans le
tumulte général ; tous parlaient à haute voix, tous raison-

naient, qui discutait, qui riait. Ivan Fiodorovitch Épantchine était au summum de l'indignation et, avec un air de
dignité blessée, attendait Élisabeth Procofievna. Le neveu de Lebedev plaça son dernier mot :

— Oui, prince, il faut vous rendre cette justice que
vous savez profiter de votre... disons : maladie (pour
m'exprimer poliment) ; vous avez su proposer sous une
forme si adroite votre amitié et votre argent qu'il est
maintenant impossible à un honnête homme de les accepter. C'est ou bien trop innocent, ou bien trop habile...
au fait, à vous de choisir.

— Permettez, messieurs, s'écria Gabriel Ardalionovitch qui venait d'ouvrir l'enveloppe contenant l'argent :
il n'y a pas ici deux cent cinquante roubles, mais seulement cent. Ce que j'en dis, prince, c'est pour éviter tout
malentendu.

— Laissez, laissez ! répondit le prince avec un geste
d'indifférence.

— Non, pas de « laissez », attaqua aussitôt le neveu de
Lebedev. Votre « laissez » est insultant pour nous, prince.
Nous ne nous cachons pas, nous déclarons ouvertement :
oui, il n'y a ici que cent roubles, et non deux cent
cinquante, mais est-ce que ce n'est pas égal...

— N-non, ce n'est pas égal, réussit à placer de l'air le
plus naïf Gabriel Ardalionovitch.

— Ne m'interrompez pas ; nous ne sommes pas aussi
bêtes que vous le pensez, monsieur l'avocat, s'écria avec
dépit et colère le neveu de Lebedev. Bien entendu, cent
roubles ne sont pas deux cent cinquante et ce n'est pas
égal, mais l'important est le principe ; c'est l'initiative qui
importe ici et, qu'il manque cent cinquante roubles, c'est
seulement un fait particulier. L'important est que Bourdovski n'accepte pas votre aumône, prince, vous la jette
au visage, et en ce sens cent ou deux cent cinquante c'est
égal. Bourdovski n'a pas accepté les dix mille ; vous
l'avez vu ; il n'aurait pas apporté même les cent roubles,
s'il avait été malhonnête ! Ces cent cinquante roubles ont
servi à payer les frais du voyage de Tchebarov pour aller
voir le prince. Riez vite de notre maladresse, de notre
ignorance des affaires ; déjà sans cela vous avez fait tout

ce que vous avez pu pour nous rendre ridicules; mais ne
dites pas que nous sommes malhonnêtes. Ces cent cinquante roubles, monsieur, c'est nous tous qui les verse-
rons au prince; nous les lui rendrons s'il le faut rouble à
rouble, nous les rendrons avec les intérêts. Bourdovski
est pauvre, Bourdovski n'a pas de millions, et après son
voyage Tchebarov a présenté sa note. Nous espérions
gagner... Qui à sa place aurait agi autrement?

— Comment cela : qui? s'écria le prince Chtch.

— Je deviendrai folle ici! cria Élisabeth Procofievna.

— Cela rappelle, dit en riant Eugène Pavlovitch, qui
était là à observer, le récent et déjà fameux plaidoyer de
cet avocat qui, invoquant comme excuse la pauvreté de
son client, meurtrier de six personnes à la fois pour les
voler, conclut subitement ainsi : « Il est naturel que mon
client, vu sa pauvreté, ait eu l'idée de commettre ce
meurtre de six personnes, et qui à sa place ne l'aurait pas
eue [139]? » C'est du même genre, seulement c'est bien
amusant.

— Assez! prononça tout à coup, tremblant presque de
colère, Élisabeth Procofievna. Il est temps de cesser ce
galimatias!...

Elle était dans une terrible exaspération, elle avait
rejeté la tête en arrière et embrassait dans un regard
brillant de défi impatient, altier et brûlant toute la compagnie, sans distinguer sans doute à cet instant amis et
ennemis. C'était ce degré de courroux longtemps
contenu, mais explosant enfin, où l'on n'a plus qu'une
impulsion, le combat immédiat, le besoin immédiat de se
jeter au plus tôt sur quelqu'un. Ceux qui connaissaient
Élisabeth Procofievna sentirent aussitôt qu'il lui arrivait
quelque chose d'exceptionnel. Ivan Fiodorovitch disait le
lendemain au prince Chtch. que « cela lui arrivait, mais
rarement au point où ç'avait été la veille, peut-être une
fois en trois ans, en tout cas pas plus souvent! Pas plus
souvent! » ajouta-t-il sur un ton de persuasion.

— Assez, Ivan Fiodorovitch! Laissez-moi! s'exclamait Élisabeth Procofievna. Qu'est-ce que vous avez
maintenant à m'offrir votre bras? Vous n'avez pas su
m'emmener, tout à l'heure; vous êtes mon mari, le chef

de la famille, vous deviez me prendre par l'oreille, sotte que je suis, pour m'emmener, si je ne vous écoutais pas et si je ne m'en allais pas. Si vous songiez au moins à vos filles ! Maintenant, nous trouverons la route sans vous. Nous en aurons pour un an à rougir de honte !... Attendez, j'ai encore le prince à remercier !... Merci, prince, pour ce régal ! Et moi qui m'étais installée pour écouter la jeunesse !... C'est une infamie, une infamie ! Un chaos, une horreur, on ne peut rien rêver de pareil ! Mais est-ce qu'ils sont beaucoup comme ça ?... Tais-toi, Aglaé ! Tais-toi, Alexandra ! Ce n'est pas votre affaire !... Ne tournez pas autour de moi, Eugène Pavlytch, vous m'ennuyez à la fin !... — Et toi, mon petit, c'est à eux que tu demandes pardon, attaqua-t-elle aussitôt, en s'adressant au prince : « Pardon d'avoir osé vous offrir un capital ! » — Et toi, petit fanfaron, pourquoi ris-tu ? lança-t-elle tout à coup au neveu de Lebedev : « Nous refusons votre capital, nous exigeons, nous ne demandons pas ! » Comme s'il ne savait pas que cet idiot dès demain se traînera à leurs pieds pour leur proposer encore une fois son amitié et son argent ! — Car tu iras, n'est-ce pas ? Tu iras, oui ou non ?

— J'irai, prononça à voix basse et soumise le prince.

— Vous avez entendu ! C'est bien là-dessus que tu comptes ! — elle s'était tournée de nouveau vers Doctorenko ; — c'est comme si cet argent était déjà dans ta poche ; alors tu fais le fier pour nous jeter de la poudre aux yeux... Non, mon cher, va-t'en trouver d'autres imbéciles, moi, je vous ai percés à jour... je vois votre jeu !

— Élisabeth Procofievna ! s'écria le prince.

— Allons-nous-en d'ici, Élisabeth Procofievna, il est plus que temps, et nous emmènerons le prince avec nous, dit avec un sourire et le plus calmement possible le prince Chtch.

Les demoiselles se tenaient à l'écart, presque épouvantées ; le général était positivement épouvanté et tout le monde en général dans l'étonnement. Certains, qui se trouvaient un peu plus loin, riaient à la dérobée et chuchotaient ensemble ; le visage de Lebedev reflétait le summum de l'exaltation.

— Désordre et chaos, madame, on peut trouver cela partout, prononça, sérieusement interloqué d'ailleurs, le neveu de Lebedev.

— Oui, mais pas à ce point ! Pas comme chez vous en ce moment, pas comme cela ! répliqua avec une joie mauvaise, comme entrant en crise, Élisabeth Proco-fievna. — Mais me laisserez-vous enfin ? lança-t-elle à ceux qui voulaient raisonner. Non, si même vous, Eu-gène Pavlytch, vous avez déclaré à l'instant qu'un avocat a proclamé en plein tribunal qu'il n'y a rien de plus naturel que d'estourbir six personnes sous prétexte qu'on est pauvre, alors décidément les derniers temps sont ve-nus. Voilà une chose que je n'avais jamais encore enten-due ! Maintenant pour moi tout est clair ! Oui, ce bègue-là — elle montra Bourdovski, qui la regardait tout à fait interdit — est-ce qu'il ne vous égorgerait pas ? Je parie qu'il égorgera ! Ton argent, tes dix mille, il ne les prendra pas, mais il viendra la nuit et il t'égorgera, après quoi il les tirera de ton coffre. En conscience, il les tirera ! Pour lui, rien de malhonnête à cela : « un accès de noble déses-poir », un acte de « négation », ou le diable sait quoi encore !... Pouah ! c'est le monde à l'envers, les gens marchent les pieds en l'air ! Une jeune fille grandit chez ses parents, et soudain en pleine rue elle saute dans un fiacre : « Maman, j'ai épousé il y a quelques jours un tel... un Karlytch ou un Ivanytch quelconque. Adieu [140] ! » Alors, c'est bien, tout cela, selon vous ? C'est digne de respect, c'est normal ? C'est « la question féminine » ? Vous voyez ce gamin — elle montra Co-las —, eh bien il a soutenu l'autre jour que c'était cela, la question féminine. Admettons que votre mère soit une sotte, mais sois quand même humain avec elle !... Qu'est-ce que vous aviez, en entrant ici, à lever le nez tellement ? « Ne vous y frottez pas, c'est nous ! Nous avons tous les droits, et toi ne pipe pas mot devant nous ! Rends-nous tous les honneurs, même ceux qui n'existent pas, et toi nous te traiterons comme le dernier des va-lets ! » Ils cherchent la vérité, ils se réclament du droit, et dans leur article ils l'ont calomnié comme des païens. « Nous exigeons, nous ne demandons pas, et vous n'aurez de nous aucune reconnaissance, parce que c'est pour la satisfaction de votre propre conscience que vous agissez ! » En voilà, une morale ! Mais s'il n'y a aucune reconnaissance à attendre de toi, alors le prince peut aussi te dire, en réponse, qu'il n'éprouve pour Pavlichtchev aucune reconnaissance, parce que Pavlichtchev aussi a fait le bien pour la satisfaction de sa conscience. Et pourtant c'est uniquement sur sa reconnaissance pour Pavlichtchev que tu comptais : ce n'est pas à toi, n'est-ce pas, qu'il a emprunté de l'argent, ce n'est pas à toi qu'il doit, alors sur quoi comptais-tu, sinon sur sa reconnaissance ? Comment peux-tu ensuite la nier ? Les insensés ! Ils traitent de sauvage et d'inhumaine la société, parce qu'elle honnit une fille séduite. Mais si tu dis la société humaine, tu reconnais donc que cette fille souffre de la société. Si elle en souffre, comment peux-tu présenter cette fille à cette même société dans les journaux, et exiger qu'elle ne souffre plus ? Insensés ! Vaniteux ! Ils ne croient pas en Dieu, ils ne croient pas au Christ ! Mais vous êtes tellement pourris d'orgueil et de vanité que vous finirez par vous dévorer les uns les autres, c'est moi qui vous le prédis. Et ce ne serait pas confusion, chaos, désordre, tout cela ? Et après cela, voilà ce sans-vergogne qui va encore les supplier ! Mais y en a-t-il beaucoup de votre espèce ? Pourquoi ricanez-vous : est-ce que je me suis déshonorée en vous parlant ? Oui, n'est-ce pas, je le suis déjà, plus rien à faire !... Allons, cesse de ricaner, blanc-bec ! (elle se jetait soudain sur Hippolyte). Ça respire à peine, et ça déprave les autres. C'est toi qui m'as dépravé ce gamin (elle montra encore une fois Colas) ; il ne rêve que de toi ; tu lui enseignes l'athéisme, tu ne crois pas en Dieu, alors qu'on pourrait encore te donner le fouet, mon petit monsieur ! Mais pouah, vous me dégoûtez tous... Alors, prince Léon Nicolaevitch, tu iras les trouver demain, tu iras ? demanda-t-elle encore, en haletant presque.

— J'irai.

— Je ne veux plus te connaître, après ça ! — Elle fit rapidement demi-tour pour s'en aller, mais subitement revint. — Et cet athée, tu iras le voir ? — Elle désigna

Hippolyte. — Tu as fini de me ricaner en face ? cria-
t-elle d'une voix qui n'avait plus rien d'humain, en se
jetant tout à coup sur Hippolyte ; elle ne supportait pas
son rire mordant.

— Élisabeth Procofievna ! Élisabeth Procofievna ! Élisabeth Procofievna ! entendit-on de tous les côtés à la
fois.

— *Maman*, c'est honteux ! s'écria à haute voix Aglaé.

— Ne vous inquiétez pas, Aglaé Ivanovna ! répondit
tranquillement Hippolyte, dont Élisabeth s'était saisie et
qu'elle tenait fortement par le bras, on ne savait pourquoi ; elle était debout devant lui et plongeait en lui son
regard furieux. Ne vous inquiétez pas, votre *maman* verra
bien qu'il ne faut pas se jeter sur un mourant... je suis
prêt à expliquer pourquoi je riais... je serais enchanté de
la permission...

Là-dessus il fut pris d'un soudain et violent accès
de toux et fut une bonne minute sans pouvoir le répri-
mer.

— Vous voyez, il se meurt, et il continue à pérorer !
s'écria Élisabeth Procofievna en lâchant son bras et en le
regardant presque avec effroi essuyer le sang de ses
lèvres. — Mais comment pourrais-tu parler ? Il faut tout
simplement aller te coucher...

— C'est ce que je vais faire, répondit Hippolyte presque à mi-voix, tout bas, avec un râle. Dès que je serai
rentré, je me coucherai... Dans quinze jours je le sais, je
dois mourir... C'est B. [141] qui me l'a déclaré la semaine
dernière... Alors, si vous le permettez, je vous dirai deux
mots d'adieu.

— Tu as perdu la tête ? Des sottises ! Il s'agit de te
soigner, plus de discours qui tiennent ! Va-t'en, va te
coucher ! cria, épouvantée, Élisabeth Procofievna.

— Une fois couché, je ne me relèverai plus jusqu'à la
mort, dit Hippolyte avec un sourire. Déjà hier, je voulais
me coucher pour ne plus me relever, mais j'ai décidé
d'attendre jusqu'à après-demain, pendant que mes jambes me portent encore... pour venir ici avec eux aujourd'hui... seulement je suis bien fatigué...

— Mais assois-toi, assois-toi, pourquoi rester debout ?

Tiens, prends cette chaise. — Élisabeth Procofievna s'était précipitée et lui avait approché une chaise.

— Je vous remercie, continua à voix basse Hippolyte. Et vous, asseyez-vous en face de moi, et nous causerons... il faut absolument que nous causions ensemble, Élisabeth Procofievna; maintenant, j'y tiens. Il lui sourit encore. — Songez que c'est aujourd'hui la dernière fois que je suis en plein air et en compagnie. Dans quinze jours sûrement je serai sous terre. Donc, ce sera comme un adieu aux hommes et à la nature. J'ai beau ne pas être sentimental, je suis très content, figurez-vous, que tout cela se soit produit ici, à Pavlovsk : au moins je peux regarder un arbre avec ses feuilles.

— Mais de quoi causer, à cette heure ? Élisabeth Procofievna était de plus en plus effrayée. — Te voilà tout fiévreux. Tout à l'heure, tu glapissais et tu grinçais, et maintenant tu respires à peine, tu étouffes !

— Dans un instant, j'irai me reposer. Pourquoi voulez-vous repousser mon dernier désir ?... Savez-vous que je rêvais depuis longtemps d'avoir une rencontre avec vous, Élisabeth Procofievna; j'ai beaucoup entendu parler de vous... par Colas; il est à peu près le seul qui ne m'abandonne pas... Vous êtes une femme originale, une femme excentrique... et je m'aperçois maintenant... le savez-vous ? que je vous aime même un peu.

— Seigneur, et moi qui ai failli le frapper !

— C'est Aglaé Ivanovna qui vous a retenue; je ne me trompe pas ? C'est votre fille, n'est-ce pas, Aglaé Ivanovna ? Elle est si belle que tout à l'heure j'ai deviné au premier coup d'œil qui elle était, sans l'avoir jamais vue. Laissez-moi une dernière fois regarder une beauté — Hippolyte sourit, d'un sourire grimaçant, maladroit. — Et voici aussi le prince, et votre mari, et toute la compagnie. Pourquoi repoussez-vous mon dernier désir ?

— Une chaise ! cria Élisabeth Procofievna; mais elle la prit elle-même et s'assit en face d'Hippolyte. — Colas, commanda-t-elle, tu vas t'en aller avec lui immédiatement, accompagne-le, et demain c'est moi qui...

— Si vous permettez, je demanderai au prince une tasse de thé... Je suis très fatigué. Savez-vous, Élisabeth

Procofievna : vous vouliez, il me semble, conduire le prince chez vous pour prendre le thé, restez donc ici, nous passerons quelque temps ensemble, et sûrement le prince nous offrira le thé à tous. Pardonnez-moi de disposer ainsi de vous... Mais je vous connais, vous êtes bonne, le prince aussi... nous sommes tous très très bons, c'en est même comique...

Le prince s'élança, Lebedev se précipita à toutes jambes hors de la pièce, derrière lui courut Viera.

— Et c'est la vérité, trancha la générale. Parle, seulement plus bas, et ne t'emballe pas. Tu m'as apitoyée... Prince, tu ne mérites pas que je boive le thé chez toi, mais soit ! je reste, bien que je ne demande pardon à personne ! A personne ! Ce serait trop bête !... Au fait, si je t'ai vertement grondé, prince, pardonne-moi, si tu le veux bien, d'ailleurs. D'ailleurs, je ne retiens personne : — elle se tourna soudain avec une mine terriblement courroucée vers son mari et ses filles, comme s'ils étaient effroyablement coupables envers elle — je saurai bien rentrer à la maison toute seule...

Mais on ne la laissa pas achever. Tout le monde s'approcha et l'entoura avec empressement. Le prince pria instamment les assistants de rester pour prendre le thé et s'excusa de n'y avoir pas pensé plus tôt. Même le général eut l'amabilité de murmurer quelques paroles apaisantes et demanda affectueusement à Elisabeth Procofievna : « N'aurez-vous pas un peu frais, malgré tout, sur la terrasse ? » Il faillit même demander à Hippolyte s'il était à l'Université depuis longtemps, mais il n'en fit rien. Eugène Pavlovitch et le prince Chtch. devinrent tout à coup extrêmement aimables et gais ; les physionomies d'Adélaïde et d'Alexandra exprimaient, à travers un étonnement persistant, une vraie satisfaction : bref, tous étaient visiblement enchantés que fût passée la crise d'Élisabeth Procofievna. Seule Aglaé s'était rembrunie et sans mot dire s'était assise à l'écart. Tout le reste de la société était encore là ; personne ne voulait s'en aller, même le général Ivolguine, à qui Lebedev, d'ailleurs, chuchota en passant quelque chose de peu agréable sans doute, car le général s'éclipsa aussitôt dans un coin. Le prince aborda Bour-

dovski aussi pour l'inviter lui et sa compagnie : il ne
négligeait personne. Ils murmurèrent, l'air tendu, qu'ils
attendraient Hippolyte, et aussitôt se retirèrent dans le
coin le plus éloigné de la terrasse, où ils s'assirent, encore
une fois côte à côte. Le thé était sans doute prêt depuis
longtemps chez Lebedev pour son usage personnel, car
il fit aussitôt son apparition. On entendit sonner onze
heures.

X

Hippolyte trempa ses lèvres dans la tasse de thé que lui
avait servie Viera Lebedev, posa la tasse sur le guéridon
et soudain, comme intimidé, presque confus, regarda
autour de lui.

— Regardez, Élisabeth Procofievna, ces tasses, commença-t-il avec une étrange précipitation. Ces tasses de
porcelaine et, semble-t-il, d'excellente porcelaine sont
toujours, chez Lebedev, dans un chiffonnier, enfermées
sous verre ; jamais elles ne servent... comme d'habitude... c'était la dot de sa femme... c'est l'usage chez
eux... et, vous voyez, il les a sorties pour nous, en votre
honneur, bien entendu, tant il est content...

Il voulait en dire plus long, mais les mots ne lui
venaient plus.

— Il est rudement confus, je m'y attendais ! chuchota
Eugène Pavlovitch à l'oreille du prince. C'est dangereux,
hein ? C'est le signe le plus sûr qu'il va, de dépit, commettre une de ces excentricités à faire fuir, j'imagine,
même Élisabeth Procofievna.

Le prince le regarda d'un air interrogateur.

— Vous ne craignez pas les excentricités ? ajouta Eugène Pavlovitch. Moi non plus, je les souhaite même. Ce
que je veux, c'est seulement que notre chère Élisabeth
Procofievna soit punie ; et aujourd'hui même, à cet instant même. Je ne m'en irai pas avant. Vous avez la fièvre,
il me semble ?

— Plus tard. Ne m'empêchez pas d'écouter. Oui, je
ne me sens pas bien, répondit le prince distraitement,

impatiemment même. Il avait entendu son nom : Hippolyte parlait de lui.

— Vous ne croyez pas ? disait Hippolyte avec un rire
hystérique. C'est dans l'ordre des choses, mais le prince,
lui, croira du premier coup et ne sera nullement étonné.

— Tu entends, prince ? — Élisabeth Procofievna
s'était tournée vers lui. — Tu entends ?

Tout autour on riait. Lebedev affairé se mettait en
avant et s'agitait sous le nez d'Élisabeth Procofievna.

— Il dit que ce pitre, ton propriétaire,... a corrigé
l'article de ce monsieur, celui qu'on a lu tout à l'heure à
ton propos.

Le prince regarda, l'air étonné, Lebedev.

Élisabeth Procofievna tapa des pieds :

— Tu ne dis rien ?...

— Eh quoi ! murmura le prince en continuant de regarder Lebedev. Je vois tout de suite qu'il l'a corrigé.

Élisabeth Procofievna se retourna vivement vers Lebedev :

— C'est vrai ?

— C'est la vérité vraie, Excellence ! répondit fermement et sans balancer Lebedev, la main sur le cœur.

— On dirait qu'il s'en vante ! — Elle faillit sursauter
sur sa chaise.

— Ignoble ! Je suis ignoble ! murmura Lebedev, en se
frappant la poitrine et en penchant la tête de plus en plus
bas.

— Qu'est-ce que cela me fait, que tu sois ignoble ! —
Il croit qu'en disant : Je suis ignoble, il se tirera d'affaire.
Et tu n'as pas honte, prince, de fréquenter des êtres
pareils, je te le demande encore une fois ? Je ne te le
pardonnerai jamais !

— Moi, le prince me pardonnera ! dit Lebedev avec
conviction et attendrissement.

— Uniquement par noblesse d'âme, lança d'une voix
haute et sonore Keller, surgi tout à coup et s'adressant à
Élisabeth Procofievna, uniquement par noblesse d'âme,
madame, et afin de ne pas trahir un ami compromis, j'ai
tu, tout à l'heure, ces corrections, bien qu'il ait proposé
de nous précipiter du haut de l'escalier, comme vous

l'avez vous-même entendu. Pour établir la vérité, j'avoue que je me suis en effet adressé à lui, moyennant six roubles, non point cependant pour le style, mais pour l'établissement des faits, qui m'étaient pour la plupart inconnus, en sa qualité de personne compétente. Ce qui concerne les guêtres, ce qui concerne l'appétit chez le professeur suisse, ce qui concerne les cinquante roubles au lieu des deux cent cinquante, bref tout cet ensemble, tout cela lui appartient à lui, moyennant six roubles, mais le style n'a pas été corrigé.

— Je dois faire observer, l'interrompit Lebedev avec une impatience fébrile et une espèce de voix rampante, tandis que les rires s'étendaient toujours davantage, que j'ai corrigé seulement la première moitié de l'article; comme, vers le milieu, nous n'avons pas été d'accord et nous nous sommes querellés pour certaine idée, je n'ai pas corrigé la seconde moitié, de sorte que tout ce qu'il y a là d'incorrect (et il y en a, là, des incorrections!) ne doit pas m'être attribué...

— Voilà ce qui l'inquiète! s'écria Élisabeth Procofievna.

— Permettez-moi de vous demander, dit Eugène Pavlovitch en s'adressant à Keller, quand vous avez corrigé l'article.

— Hier matin, lui rapporta Keller, nous avons eu une entrevue, et nous nous sommes promis de part et d'autre de garder le secret.

— Cela, au moment où il rampait devant toi et t'assurait de sa fidélité! En voilà, des bonshommes! Je n'ai pas besoin de ton Pouchkine, et que ta fille ne se montre pas chez moi!

Élisabeth Procofievna allait se lever, mais brusquement, avec irritation, elle se tourna vers Hippolyte qui riait :

— Alors, toi, mon petit, c'est pour faire rire de moi que tu as voulu m'exposer ici ?

— Dieu m'en garde! — Hippolyte eut un sourire forcé. — Mais ce qui me frappe surtout, c'est votre excentricité extraordinaire, Élisabeth Procofievna ! J'avoue avoir amené exprès l'histoire de Lebedev : je savais l'effet qu'elle produirait sur vous, sur vous seule, car le prince en effet pardonnera, et sûrement a déjà pardonné... peut-être même qu'il lui a trouvé dans son esprit une excuse. N'est-ce pas la vérité, prince ?

Il haletait, son émotion étrange allait grandissant avec chaque mot.

— Eh bien ? prononça, coléreuse, Élisabeth Procofievna, que son ton surprenait. Eh bien ?

— J'ai déjà beaucoup entendu parler de vous, dans ce genre-là... avec beaucoup de plaisir... j'ai appris à vous estimer grandement, continua Hippolyte. Il disait une chose, mais il avait l'air de vouloir dire avec les mêmes mots tout autre chose. Il parlait avec une nuance de moquerie et en même temps était en proie à un trouble disproportionné, regardait autour de lui avec inquiétude, s'embrouillait manifestement et se perdait à chaque mot : tout cela, avec sa mine de poitrinaire et son regard étrange, brillant et comme extasié, continuait à attirer sur lui l'attention.

— Je pourrais m'étonner, ne connaissant d'ailleurs pas du tout le monde (je l'avoue), que non seulement vous soyez vous-même restée dans la société de notre compagnie, qui pour vous est inconvenante, mais encore que vous ayez laissé ces demoiselles écouter jusqu'au bout cette affaire scandaleuse, bien qu'elles aient lu déjà tout cela dans les romans. D'ailleurs, peut-être que je ne sais pas... parce que je m'embrouille, mais en tout cas qui d'autre que vous aurait pu rester... sur la demande d'un gamin (eh bien oui : d'un gamin, cela aussi, je l'avoue) pour passer la soirée avec lui et prendre... part à tout... quitte à... en avoir honte le lendemain ?... (J'en conviens d'ailleurs, que je m'exprime mal.) Tout cela, je le loue grandement et je l'estime hautement, bien qu'au seul visage de Son Excellence votre époux on voie combien cela lui est désagréable... Hi-hi !

Il ricana, complètement perdu, et tout à coup fut pris d'un accès de toux qui pendant deux minutes l'empêcha de continuer.

— Le voilà qui étouffe ! prononça froidement et brutalement Élisabeth Procofievna, tout en l'examinant avec une curiosité sévère. Allons, mon petit, en voilà assez pour toi. Il est temps !

— A moi aussi permettez, mon cher monsieur, de vous faire observer pour ma part, ajouta nerveusement Ivan Fiodorovitch qui était à bout de patience, que ma femme est ici chez le prince Léon Nicolaevitch, notre commun ami et voisin, et qu'en tout cas ce n'est pas à vous, jeune homme, de juger de la conduite d'Élisabeth Procofievna, non plus que de faire à haute voix et à ma face des réflexions sur ce qui est écrit sur mon visage. Oui, monsieur. Et si ma femme est restée ici, continua-t-il, son irritation croissant avec chaque mot, c'est plutôt à cause de son étonnement et d'une curiosité compréhensible de voir les étranges jeunes gens d'aujourd'hui. Moi-même je suis resté, tout comme je m'arrête parfois dans la rue quand je vois quelque chose qui attire mon regard, comme... comme... comme...

— Comme une rareté, lui souffla Élisabeth Procofievna.

— Excellent et exact ! approuva avec plaisir Son Excellence, qu'embarrassait sa comparaison. Justement : comme une rareté. Mais en tout cas ce qui est pour moi le plus étonnant et même le plus chagrinant, si l'on peut ainsi s'exprimer grammaticalement, c'est que vous, jeune homme, vous n'avez même pas su comprendre qu'Élisabeth Procofievna est restée avec vous parce que vous êtes malade (si seulement vous êtes vraiment mourant), par compassion, pour ainsi dire, à cause de vos paroles pitoyables, monsieur, et qu'aucune boue ne peut en aucun cas s'attacher à son nom, à ses qualités et à sa valeur... Élisabeth Procofievna ! conclut, tout rouge, le général, si tu veux t'en aller, nous prendrons congé de notre bon prince et...

— Je vous remercie de la leçon, général, interrompit sérieusement et à l'improviste Hippolyte en le regardant l'air pensif.

— Allons-nous-en, *maman*, combien de temps ça va-t-il durer ? prononça avec impatience et colère Aglaé, en se levant.

— Encore deux minutes, cher Ivan Fiodorovitch, si tu

veux bien. — Élisabeth Procofievna s'était avec dignité
tournée vers son époux. Il me semble qu'il a la fièvre ;
tout bonnement, il délire ; j'en suis persuadée d'après ses
yeux ; on ne peut pas le laisser ainsi. Léon Nicolaevitch,
est-ce qu'il pourrait passer la nuit chez toi, pour éviter de
le traîner aujourd'hui jusqu'à Pétersbourg ? — *Cher
prince* [142], vous vous ennuyez ? — Elle s'adressait soudain, on ne savait pourquoi au prince Chtch. — Arrive
ici, Alexandra, arrange ta coiffure, mon amie.

Elle lui arrangea les cheveux, qui n'en avaient nul
besoin, et lui donna un baiser : c'était seulement pour cela
qu'elle l'avait appelée.

— Je vous jugeais capable de développement, reprit
Hippolyte, sortant de ses réflexions. Oui ! voici ce que je
voulais dire. — Il se réjouit comme d'un souvenir soudain revenu. — Bourdovski, c'est sincèrement qu'il veut
défendre sa mère, n'est-il pas vrai ? Eh bien, il se trouve
que c'est lui qui la déshonore. Le prince veut aider
Bourdovski, il lui offre de bon cœur sa tendre amitié et un
capital, il est peut-être le seul de vous tous à ne pas
éprouver pour lui d'aversion, et voilà qu'ils sont l'un
devant l'autre comme de véritables ennemis... Ha-ha-ha !
Vous haïssez tous Bourdovski parce que selon vous sa
conduite avec sa mère n'est ni jolie ni élégante : c'est bien
cela ? oui ? oui ? C'est que vous aimez terriblement la
joliesse et l'élégance des formes, vous ne tenez qu'à
elles, n'est-il pas vrai ? (Je le soupçonnais depuis longtemps, que vous ne tenez qu'à elles !) Eh bien, sachez
donc qu'aucun de vous, peut-être, n'a jamais aimé sa
mère comme Bourdovski ! Vous prince, je le sais, vous
avez envoyé secrètement, par Gaby, de l'argent à la mère
de Bourdovski, et tenez ! je parierais (hi-hi-hi ! il riait
d'un rire hystérique), je parierais que ce même Bourdovski vous accusera maintenant d'indélicatesse dans les
formes et d'irrespect envers sa mère, oui, je vous le jure,
ha-ha-ha !

Là-dessus il perdit de nouveau le souffle et toussa.

— Eh bien, c'est tout ? Maintenant, tu as tout dit ?
Alors, va te coucher : tu as la fièvre, interrompit impatiemment Élisabeth Procofievna, qui ne le quittait pas de

son regard inquiet. — Ah, Seigneur, mais il parle encore !

— Vous riez, il me semble ? Qu'avez-vous à rire toujours de moi ? Je l'ai remarqué, vous riez toujours de moi.

— Il s'adressait tout à coup, inquiet et nerveux, à Eugène Pavlovitch : celui-ci riait en effet.

— Je voulais seulement vous demander, monsieur... Hippolyte. Excusez : j'ai oublié votre nom.

— M. Terentiev, dit le prince.

— Oui, Terentiev, je vous remercie, prince, on me l'avait dit tout à l'heure, mais il m'avait échappé... Je voulais vous demander, monsieur Terentiev, si c'est vrai, ce que j'ai entendu dire, que vous estimiez qu'il vous suffirait de parler seulement un quart d'heure par une fenêtre avec le peuple pour qu'aussitôt il soit en tout d'accord avec vous et vous suive.

— C'est bien possible, que je l'aie dit..., répondit Hippolyte, comme cherchant à se rappeler. Sûrement, je l'ai dit ! ajouta-t-il soudain en s'animant de nouveau et en regardant fermement Eugène Pavlovitch. Et puis après ?

— Absolument rien. C'était seulement pour savoir, pour compléter...

Eugène Pavlovitch se tut, mais Hippolyte continuait à le regarder dans une attente impatiente.

— Alors, tu as fini ? demanda Élisabeth Procofievna à Eugène Pavlovitch. Termine vite, mon cher, il est temps qu'il aille dormir. Ou bien tu ne sais pas... (Elle était terriblement mécontente.)

— Moi, j'aurais bien envie d'ajouter, continua en souriant Eugène Pavlovitch, que tout ce que j'ai entendu de la bouche de vos camarades, monsieur Terentiev, et tout ce que vous venez d'exposer, et avec un aussi indubitable talent, se ramène, à mon avis, à la théorie du triomphe du droit avant tout et en dépit de tout et même à l'exclusion de tout le reste, et même, peut-être, avant toute recherche de ce en quoi consiste le droit. Peut-être fais-je erreur ?

— Naturellement, vous faites erreur, je ne vous comprends même pas... Ensuite ?

Dans un coin s'entendit une rumeur. Le neveu de Lebedev murmura quelque chose à mi-voix.

— Ensuite, à peu près rien, continua Eugène Pavlo-

vitch. Je voulais seulement faire observer que de là on peut
passer directement au droit de la force, c'est-à-dire au droit
du poing et de l'arbitraire personnel : les choses ont très
souvent fini par là ici-bas. Proudhon [143] s'est bien arrêté au
droit de la force. Dans la guerre d'Amérique beaucoup de
libéraux parmi les plus avancés se déclarèrent en faveur des
planteurs, en ce sens que « les nègres sont les nègres, une
race inférieure aux Blancs » et que par conséquent le droit de
la force appartenait aux Blancs...

— Eh bien ?

— Alors, vous ne niez pas le droit de la force ?

— Ensuite ?

— Vous êtes conséquent. Je voulais seulement faire
observer que du droit de la force au droit des tigres et des
crocodiles et même jusqu'à Danilov et à Gorski il n'y a
pas loin.

— Je ne sais pas. Ensuite ?

Hippolyte écoutait à peine Eugène Pavlovitch et, s'il
lui disait : « Eh bien ? » ou « Ensuite », c'était plutôt par
une vieille habitude acquise dans les conversations que
par intérêt ou curiosité.

— Mais rien, ensuite... c'est tout.

— D'ailleurs, je ne vous en veux pas, conclut soudain
Hippolyte, de façon tout à fait inattendue. Et, sans en
avoir parfaitement conscience, il lui tendit la main, même
avec un sourire. Eugène Pavlovitch fut d'abord étonné,
mais le plus sérieusement du monde il toucha la main
tendue, avec l'air de recevoir une supplique.

— Je ne puis m'empêcher d'ajouter, dit-il du même
ton respectueux mais ambigu, mes remerciements pour
l'attention avec laquelle vous m'avez laissé parler, car,
d'après mes très nombreuses observations, le libéral,
chez nous, n'est jamais capable de permettre aux autres
d'avoir leur opinion, ni de se retenir de répondre aussitôt
à son adversaire par des injures, ou pis encore...

— Vous avez tout à fait raison, remarqua le général
Ivan Fiodorovitch et, les mains derrière le dos, de l'air le
plus excédé il fit retraite vers la sortie de la terrasse, où,
de dépit, il bâilla.

— Allons, en voilà assez, mon ami, déclara soudain à

Eugène Pavlovitch Élisabeth Procofievna, vous m'ennuyez enfin...

— Il est temps ! dit Hippolyte, qui se leva soudain, d'un air préoccupé et presque épouvanté, en promenant tout autour un regard embarrassé. Je vous ai retenus ; je voulais tout dire... je pensais... pour la dernière fois... c'était une fantaisie...

On voyait qu'il s'animait par accès, sortait soudain d'un quasi-délire, pour quelques instants retrouvait la pleine conscience et la mémoire et parlait, le plus souvent, par fragments de phrases, depuis longtemps peut-être médités et appris durant ses longues heures ennuyeuses de maladie, sur son lit, dans la solitude et l'insomnie.

— Eh bien, adieu ! dit-il avec brusquerie. Vous pensez qu'il m'est facile de vous dire : Adieu ! Ha-ha ! — Il rit lui-même de sa question *maladroite* et soudain, comme enrageant de ne jamais réussir à dire ce qu'il voulait, il prononça fortement et rageusement : — Excellence ! J'ai l'honneur de vous inviter à mon enterrement, si cependant vous me jugez digne de cet honneur, ainsi que... vous tous, messieurs, à la suite du général !...

De nouveau il rit, mais c'était cette fois le rire d'un dément. Élisabeth Procofievna épouvantée s'approcha de lui et le prit par la main. Il la regardait fixement, avec ce même rire, qui pourtant ne se prolongeait pas, mais était comme arrêté et figé sur son visage.

— Savez-vous que j'étais arrivé ici pour voir des arbres ? Tenez, ceux-ci... (Il montra les arbres du parc.) Ce n'est pas ridicule, hein ? Il n'y a rien là de ridicule ? demanda-t-il sérieusement à Élisabeth Procofievna. Et subitement il devint pensif ; ensuite, un instant après, il releva la tête et se mit à chercher des yeux dans la foule, curieusement. Il cherchait Eugène Pavlovitch, qui n'était pas bien loin, à droite, au même endroit qu'avant ; mais il l'avait déjà oublié et cherchait tout autour. — Ah, vous n'êtes pas parti ! (Il l'avait enfin trouvé.) Tout à l'heure vous riiez parce que je voulais parler par la fenêtre un quart d'heure... Mais savez-vous que je n'ai pas dix-huit ans : je suis resté si longtemps allongé sur cette couchette, j'ai tant regardé par cette fenêtre, et tant passé

en revue d'idées... sur tout... que...? Un mort n'a pas
d'âge, vous savez. La semaine dernière déjà, cette idée
m'est venue, une fois que je m'étais réveillé la nuit...
Mais savez-vous ce que vous craignez plus que tout?
C'est notre franchise que vous craignez plus que tout,
bien que vous nous méprisiez! Cela aussi, au même
moment, je l'ai pensé, sur mon oreiller, la nuit... Vous
croyez que j'ai voulu rire de vous tout à l'heure, Élisabeth
Procofievna? Non, je ne riais pas de vous, je voulais
seulement vous féliciter... Colas a dit que le prince vous a
appelée une enfant... c'est bien... Oui, mais que disais-je?... je voulais encore...

Il se cacha le visage dans ses mains et réfléchit.

— Voici: quand tout à l'heure vous preniez congé, je
me suis dit tout à coup: Voilà ces gens, et jamais plus ils
n'existeront pour moi, jamais! Et ces arbres aussi. Il n'y
aura plus qu'un mur de briques rouge, celui de la maison
Meyer... en face de ma fenêtre... Eh bien, dis-le-leur...
essaye donc de leur dire! Voici une beauté... toi, tu es
mort, présente-toi comme un mort, dis-lui qu'«un mort
peut tout dire»... et que la princesse Marie Alexievna [144]
ne te grondera pas, ha-ha!... Vous ne riez pas? — Il
embrassa tous les assistants d'un regard méfiant. — Et,
vous savez, sur mon oreiller il me venait beaucoup de
pensées... vous savez, je me suis convaincu que la nature
est très moqueuse... Vous disiez tout à l'heure que je suis
athée, mais vous savez que cette nature... Pourquoi riez-
vous encore? Vous êtes terriblement cruels! — prononça-
ça-t-il tout à coup avec une indignation attristée, en regardant son public. Je n'ai pas perverti Colas, acheva-t-il
sur un tout autre ton, sérieux et convaincu, comme s'il
s'était souvenu soudain.

— Personne ici, personne ne rit de toi, calme-toi! dit
Élisabeth Procofievna, presque à la torture. Demain un
nouveau docteur viendra; l'autre s'est trompé; mais assieds-toi, tu ne tiens pas sur tes jambes! tu délires... Ah,
que faire de lui à cette heure? — Elle s'affairait, l'installait dans un fauteuil. Une petite larme brilla sur sa
joue.

Hippolyte s'arrêta presque stupéfait, leva le bras, l'allongea timidement et toucha cette petite larme. Il sourit d'un sourire d'enfant.

— Je... vous..., commença-t-il joyeusement. Vous ne savez pas combien je vous... il m'a toujours parlé de vous avec tant d'enthousiasme, Colas... j'aime son enthousiasme. Je ne l'ai pas perverti ! Je ne laisse que lui... je voulais les laisser tous, tous, mais parmi eux il ne s'est trouvé personne, personne... Je voulais être un homme d'action, j'avais le droit... Oh, que de choses j'ai voulues ! Maintenant je ne veux rien, je ne veux rien vouloir, je me suis donné ma parole de ne plus rien vouloir ; qu'on cherche sans moi la vérité ! Oui, la nature est moqueuse ! Pourquoi, reprit-il avec feu, pourquoi crée-t-elle les êtres les meilleurs pour ensuite se rire d'eux ? Elle a fait que le seul être qui ait été reconnu sur cette terre pour la perfection même... elle a fait, en le montrant aux hommes... elle l'a prédestiné à dire des choses pour lesquelles il a tant été versé de sang que, s'il avait été versé d'un coup, les hommes en auraient été sûrement étouffés ! Oh, c'est bien que je meure ! Moi aussi je dirais, peut-être, quelque terrible mensonge, la nature m'y conduirait !... Je n'ai perverti personne... Je voulais vivre pour le bonheur de tous les hommes, pour la découverte et la proclamation de la vérité... Je regardais par la fenêtre le mur de Meyer et je pensais parler seulement un quart d'heure, et les convaincre tous, tous, et une fois dans ma vie je vous ai rencontrée..., vous, sinon les hommes ! Et qu'est-il résulté ? Rien ! Il en est résulté que vous me méprisez. Par conséquent, je suis inutile : par conséquent, je suis un imbécile ; par conséquent, il est temps ! Et je n'ai su laisser aucun souvenir ! Ni son, ni trace, ni œuvre ! Je n'ai pas propagé une seule conviction !... Ne riez pas d'un pauvre sot ! Oubliez-le ! Oubliez tout... oubliez, s'il vous plaît, ne soyez pas si cruels ! Savez-vous que, n'était cette phtisie, je me serais tué...

Il avait envie, semble-t-il, de dire bien des choses encore, mais il n'acheva pas, il se jeta sur le fauteuil, cacha son visage dans ses mains et pleura comme un petit enfant.

— Eh bien, que voulez-vous faire de lui maintenant ?

s'écria Élisabeth Procofievna. Elle se précipita vers lui, lui prit la tête et la serra fort, fort sur sa poitrine. Il sanglotait convulsivement. — Allons, allons, allons ! Allons, ne pleure pas, ça suffit, tu es un brave garçon, Dieu te pardonnera à cause de ton ignorance. Allons, ça suffit, sois courageux... Et puis, tu auras honte...

— J'ai là-bas, dit Hippolyte en s'efforçant de relever la tête, un frère et des sœurs, enfants, petits, pauvres, innocents... *Elle* les pervertira ! Vous êtes une sainte, vous êtes... une enfant vous-même, sauvez-les ! Arrachez-les à cette... elle... c'est une honte. Oh, aidez-les, aidez-les, Dieu vous le rendra au centuple ; pour l'amour de Dieu, pour l'amour du Christ !...

— Dites-moi, enfin, Ivan Fiodorovitch ; que faire maintenant ? cria nerveusement Élisabeth Procofievna. Faites-moi le plaisir d'interrompre votre majestueux silence. Si vous ne décidez rien, tenez-vous pour bien averti que moi, je reste ici pour la nuit ; vous m'avez assez tyrannisée sous votre autocratie !

Elle posait la question avec enthousiasme et courroux et attendait une réponse immédiate. Mais dans ces cas-là, la plupart du temps les assistants, même nombreux, répondent par le silence, par une curiosité passive, sans vouloir endosser de responsabilité, et n'expriment leurs idées que longtemps après. Ici, il y en avait parmi eux qui étaient prêts à rester là jusqu'au matin s'il le fallait, sans dire un mot, comme Barbe Ardaliovna, qui s'était tenue toute la soirée un peu à l'écart, silencieuse, écoutant toujours avec une curiosité inouïe, et ayant peut-être pour cela ses raisons.

— Mon avis, chère amie, dit le général, c'est qu'on a besoin ici plutôt d'une garde-malade que de notre agitation ; peut-être aussi d'un homme sûr, raisonnable, pour la nuit. En tout cas, il faut demander au prince et... le laisser en paix immédiatement. Demain, on pourra s'intéresser à lui de nouveau.

— Il est minuit, nous partons. Est-ce qu'il part avec nous ou est-ce qu'il reste chez vous ? demanda avec irritation et colère Doctorenko au prince.

— Si vous voulez, restez vous aussi auprès de lui, dit le prince. Il y a de la place.

— Excellence! — C'était M. Keller qui, à l'improviste, exalté, avait bondi auprès du général. — S'il faut un homme satisfaisant pour passer la nuit, je suis prêt à me sacrifier pour un ami... C'est un cœur! Je le considère depuis longtemps comme un grand homme, Excellence! Naturellement, moi, je manque d'instruction, mais s'il me critique, ce sont des perles, des perles qu'il verse... Excellence!

Le général se détourna avec désespoir.

— Je serai très content qu'il reste. Il aurait eu de la peine à s'en aller, déclara le prince en réponse aux questions agacées d'Élisabeth Procofievna.

— Mais tu dors, ma parole! Si tu n'en veux pas, mon cher, je l'emmènerai chez moi! Seigneur, mais lui-même il tient à peine sur ses jambes! Tu es malade, peut-être?

Tout à l'heure Élisabeth Procofievna, ne trouvant pas le prince sur son lit de mort, avait, en effet, fortement exagéré l'état satisfaisant de sa santé, à en juger par son aspect extérieur. Mais sa récente maladie, les pénibles souvenirs qui l'accompagnaient, la fatigue de cette soirée agitée, l'histoire du «fils de Pavlichtchev», et maintenant l'histoire d'Hippolyte, tout cela avait affecté l'impressionnabilité maladive du prince jusqu'à déterminer un état presque fiévreux. De plus, on lisait dans ses yeux encore un autre souci maintenant, une crainte même: il regardait Hippolyte avec inquiétude, comme s'il avait attendu de lui encore quelque chose.

Soudain Hippolyte se leva, affreusement pâle; une honte terrible, allant jusqu'au désespoir, altérait sa physionomie. Elle s'exprimait surtout dans son regard, qui se portait, haineux et craintif, sur l'assemblée, et dans le sourire rampant, éperdu et contraint de ses lèvres tremblantes. Ses yeux se baissèrent aussitôt et il se traîna, branlant et souriant toujours de même, vers Bourdovski et Doctorenko, qui se tenaient près de la sortie de la terrasse: il partait avec eux.

— Ah, voilà ce que je craignais! s'écria le prince. Cela devait arriver!

Hippolyte se retourna vivement vers lui avec une rage amère : chaque petit trait de son visage semblait trembler et parler.

— Ah, c'est ce que vous craigniez ! « Cela devait arriver », d'après vous ? Alors sachez que, si je hais ici quelqu'un, cria-t-il avec râle, grincement, jet de salive (tous, je vous hais, tous !), c'est bien vous, vilaine âme de Jésuite, âme de mélasse, idiot, millionnaire bienfaiteur, vous plus que tous ici-bas ! Depuis longtemps je vous ai compris et haï, dès que j'ai entendu parler de vous je vous ai haï de toute la haine de mon cœur !... C'est vous qui avez tout monté ! C'est vous qui m'avez amené à la crise ! Vous avez conduit un mourant à la honte, c'est vous, vous qui êtes cause de ma misérable lâcheté ! Je vous tuerais, si je devais vivre ! Je n'ai pas besoin de vos bienfaits, je n'accepterai rien de personne, entendez-vous ? de personne ! J'étais dans le délire, n'ayez pas l'audace de triompher !... Je vous maudis tous une fois pour toutes !

Là-dessus le souffle lui manqua tout à fait.

— C'est de ses larmes qu'il a honte ! chuchota Lebedev à Élisabeth Procofievna. « Cela devait arriver ! » Hurrah, prince ! Il l'a percé à jour...

Mais Élisabeth Procofievna ne daigna pas lever les yeux sur lui. Elle se tenait, fièrement redressée, la tête en arrière, et contemplait avec une curiosité méprisante « ces gens ». Quand Hippolyte s'était tu, le général avait haussé les épaules ; elle le toisa avec colère des pieds à la tête comme pour lui demander compte de son geste, et aussitôt se tourna vers le prince.

— Merci, prince, excentrique ami de notre maison, pour l'agréable soirée que vous nous avez à tous procurée. Votre cœur se réjouit sans doute maintenant de nous avoir annexés à vos folies... En voilà assez, cher ami de la maison, merci de nous avoir au moins donné l'occasion de découvrir ce que vous valez !...

Avec rage elle se mit en devoir d'arranger sa mantille, en attendant que « ces gens-là » s'en aillent. Pour ces gens-là arrivèrent justement les fiacres qu'un quart d'heure plus tôt Doctorenko avait envoyé chercher par le fils de Lebedev, le lycéen. Le général, à la suite de son épouse, plaça immédiatement son mot :

— Vraiment, prince, je ne m'attendais pas... après tout, après ces relations amicales... et, finalement, Élisabeth Procofievna...

— Est-il possible, est-il possible ! s'écria Adélaïde, qui s'approcha vite du prince et lui donna la main.

Le prince, l'air éperdu, lui sourit. Soudain un chuchotement rapide, ardent, lui brûla l'oreille :

— Si vous ne rejetez pas tout de suite ces misérables, je vous haïrai toute ma vie, toute ma vie ! — Aglaé était hors d'elle ; mais elle se détourna avant que le prince eût eu le temps de la regarder. D'ailleurs, il n'avait plus rien ni personne à rejeter : on avait pendant ce temps installé le malade, Hippolyte, dans un fiacre et celui-ci était déjà loin.

— Alors, cela va durer encore longtemps, Ivan Fiodorovitch ? Qu'en pensez-vous ? J'aurai encore longtemps à souffrir de ces méchants gamins ?

— Mais moi, mon amie... je suis prêt, bien entendu, et... le prince...

Ivan Fiodorovitch tendit quand même la main au prince, mais n'eut pas le temps de serrer la sienne et courut derrière Élisabeth Procofievna, qui avec colère et fracas descendait de la terrasse. Adélaïde, son fiancé et Alexandra firent sincèrement et aimablement leurs adieux au prince. Eugène Pavlovitch était du nombre, et seul était gai.

— Ce que je prévoyais est arrivé ! C'est dommage seulement que vous aussi, mon pauvre, vous ayez pâti, chuchota-t-il avec le même sourire aimable.

Aglaé s'en alla sans prendre congé.

Mais les événements de cette soirée n'étaient pas finis : Élisabeth Procofievna eut encore à subir une rencontre tout à fait inattendue.

Elle n'était pas encore descendue jusqu'à la route (qui contourne le parc) que tout à coup un brillant équipage, une calèche attelée de deux chevaux blancs, passa au trot devant le chalet du prince. A l'intérieur étaient assises deux magnifiques dames. Après avoir fait encore une

dizaine de pas, la calèche s'arrêta net ; une des dames se
tourna vivement, comme si elle avait subitement aperçu
une personne de connaissance dont elle avait justement
besoin.

— Eugène Pavlytch ! C'est toi ? cria une belle voix
sonore, qui fit tressaillir le prince et peut-être quelqu'un
d'autre. Comme je suis heureuse de t'avoir enfin découvert ! Je t'ai envoyé en ville un exprès ! deux ! Voilà toute
une journée qu'on te cherche !

Eugène Pavlovitch se tenait sur les marches de l'escalier, comme frappé par la foudre. Élisabeth Procofievna
aussi s'était arrêtée sur place, mais sans l'effroi et la
stupeur d'Eugène Pavlovitch : elle regarda l'effrontée
aussi fièrement et avec le même froid mépris que cinq
minutes avant « ces gens-là », et aussitôt reporta son regard sur Eugène Pavlovitch.

— Une nouvelle ! continua la voix sonore. Pour les
traites Koupfer, tu n'as rien à craindre ; Rogojine les a
rachetées à trente, c'est moi qui l'ai persuadé. Tu peux
être tranquille au moins trois mois encore. Quant à
Biskoup et toute cette canaille, nous nous arrangerons
sûrement avec eux, à l'amiable ! Alors, comme tu vois,
tout va bien. Réjouis-toi. A demain !

La calèche s'ébranla et disparut bientôt.

— C'est une folle ! cria enfin Eugène Pavlovitch,
rouge d'indignation et regardant, embarrassé, autour de
lui. Je ne sais absolument pas ce qu'elle a voulu dire !
Quelles traites ? Qui est-ce ?

Élisabeth Procofievna continua à le regarder encore
deux secondes ; enfin, vivement et brusquement, elle prit
la direction de son chalet, et les autres derrière elle. Une
minute après, exactement, Eugène Pavlovitch revint
trouver le prince sur la terrasse, dans une extrême agitation.

— Prince, en vérité, vous ne savez pas ce que cela
veut dire ?

— Je n'en sais rien, répondit le prince, qui était lui-
même extrêmement et maladivement tendu.

— Non ?

— Non.

— Moi non plus, je ne sais pas. Eugène Pavlovitch rit
tout à coup. — Je vous le jure, je ne suis jamais entré en
pourparlers à propos de ces traites : vous en croyez ma
parole d'honneur ?… Mais qu'avez-vous, vous tombez en
pâmoison ?

— Oh non, non, je vous assure, non…

XI

Le surlendemain seulement les Épantchine revinrent
vraiment à de meilleurs sentiments. Le prince avait beau
s'accuser de bien des choses, à son habitude, et attendre
sincèrement son châtiment, il avait depuis le début l'intime et entière conviction qu'Élisabeth Procofievna ne
pouvait pas lui en vouloir sérieusement, et qu'elle s'en
voulait davantage à elle-même. Aussi une aussi longue
animosité l'avait-elle plongé, après deux jours, dans une
sombre impasse. D'autres circonstances aussi y avaient
contribué, une principalement. Elle n'avait fait tout ce
temps-là que grandir progressivement dans son esprit
inquiet (le prince, depuis peu, s'accusait de deux excès
contraires : son extraordinaire confiance dans les gens,
«insensée et fastidieuse », et en même temps une «sombre et basse» susceptibilité). Bref, sur la fin du troisième
jour l'incident de la dame excentrique parlant de sa voiture à Eugène Pavlovitch avait pris dans son esprit des
dimensions énigmatiques et effrayantes. L'énigme, en
dehors des autres éléments de l'affaire, consistait, au
fond, pour le prince, en une fâcheuse question : était-il
coupable également de cette nouvelle «monstruosité», ou
était-ce seulement… Mais il n'achevait pas, ne disait pas
qui. Quant aux lettres A. F. B., selon lui, ce n'était
qu'une innocente plaisanterie, la plus enfantine des plai-
santeries, de sorte que c'eût été un cas de conscience ou
même, à quelques égards, une chose presque malhonnête
de s'y arrêter un tant soit peu.

Du reste, le lendemain de la fâcheuse «soirée», des
désordres de laquelle il était la principale «cause», le

prince eut dès le matin le plaisir de recevoir chez lui le
prince Chtch., avec Adélaïde. «Ils étaient venus principalement pour s'enquérir de sa santé», venus tous deux
ensemble, après la promenade. Adélaïde venait de remarquer dans le parc un arbre, un vieil arbre admirable,
feuillu, avec des branches longues et tortueuses, toutes
couvertes de fraîche verdure, au tronc creux et fendu ; elle
avait décidé absolument, absolument ! de le dessiner !
Elle ne parla presque pas d'autre chose pendant la demi-
heure de sa visite. Le prince Chtch. fut aimable et charmant comme d'habitude, interrogea le prince sur le passé,
rappela des circonstances de leurs premières relations
amicales, de sorte qu'il ne fut pour ainsi dire pas parlé de
la soirée de la veille. Enfin, Adélaïde n'y tint plus et,
avec un petit rire, avoua qu'ils étaient venus *incognito;*
mais là se bornèrent les aveux, bien que de cet *incognito*
on pût déjà conclure que les parents, c'est-à-dire principalement Élisabeth Procofievna, étaient plus ou moins
mal disposés. Mais ni d'elle, ni d'Aglaé, ni même d'Ivan
Fiodorovitch Adélaïde ou le prince Chtch. ne dirent un
seul mot. En sortant pour continuer leur promenade, ils
n'invitèrent pas le prince à les accompagner. Quant à
l'inviter chez eux, il n'y fut pas même fait allusion ; à ce
sujet il échappa même à Adélaïde une petite phrase bien
caractéristique : en parlant d'une aquarelle à laquelle elle
travaillait, elle eut soudain grande envie de la montrer.
«Comment le faire au plus vite ? Attendez ! Je vous l'enverrai ou aujourd'hui par Colas, s'il passe chez nous, ou
je vous l'apporterai moi-même demain quand nous irons
nous promener, le prince et moi», conclut-elle enfin,
joyeuse d'avoir si adroitement et si commodément pour
tout le monde résolu le problème.

Finalement, comme il avait presque pris congé, le
prince Chtch. sembla se rappeler soudain quelque chose :

— Ah oui ! ne sauriez-vous pas, vous du moins, mon
cher Léon Nicolaevitch, qui était cette personne qui a crié
hier de sa voiture à Eugène Pavlytch ?

— C'était Anastasie Filippovna, dit le prince. Vous ne
l'avez pas reconnue ? Mais qui était avec elle, je l'ignore.

— Je la connais, j'ai entendu parler d'elle ! reprit le

L'IDIOT

prince Chtch. Mais que signifiaient ces cris ? C'est pour moi, je l'avoue, une véritable énigme... pour moi et pour d'autres.

Le prince Chtch. exprimait un extrême et visible étonnement.

— Elle a parlé de je ne sais quelles traites d'Eugène Pavlovitch, répondit très simplement le prince, qui sont tombées de je ne sais quel usurier chez Rogojine, sur sa demande à elle, elle a dit que Rogojine accordera un délai à Eugène Pavlovitch.

— J'ai entendu cela, c'est ce que j'ai entendu, mon cher prince, seulement c'est impossible ! Il n'a pas pu y avoir de traites mises en circulation par Eugène Pavlovitch ! Avec sa fortune !... C'est vrai, cela lui est arrivé, à cause de sa légèreté, autrefois, et même c'est moi qui l'ai tiré d'affaire... Mais avec une fortune comme la sienne, donner des traites à un usurier et être inquiet à leur sujet, c'est impossible. Et il ne peut pas être à tu et à toi et dans des relations aussi amicales avec Anastasie Filippovna ; voilà où est le grand problème. Il jure qu'il n'y comprend rien, et je le crois entièrement. Mais le fait est que, mon cher prince, je voulais vous demander si vous savez quelque chose, c'est-à-dire si quelque bruit n'est pas, par miracle, parvenu à vos oreilles.

— Non, je ne sais rien, et je vous assure que je n'ai pris aucune part à tout cela.

— Ah, comme vous êtes changé, prince ! Tout simplement, je ne vous reconnais plus, aujourd'hui. Comment aurais-je pu supposer que vous aviez part à une pareille affaire ?... Allons, vous êtes tout dérangé aujourd'hui.

Il l'étreignit et lui donna un baiser.

— Comment cela « une pareille affaire » ? Je ne vois aucune « pareille affaire ».

— Sans aucun doute, cette personne aura voulu d'une façon quelconque embarrasser Eugène Pavlytch, en lui attribuant devant témoins des qualités qu'il n'a pas et qu'il ne peut avoir, répondit le prince Chtch., assez sèchement.

Le prince Léon Nicolaevitch se troubla, mais continua

à fixer un regard interrogateur sur son interlocuteur; mais celui-ci se tut.

— Mais ne sont-ce pas tout bonnement des traites ? Les choses ne sont-elles pas à la lettre comme il a été dit hier ? murmura enfin le prince, avec quelque impatience.

— Mais je vous le dis, moi, et jugez-en vous-même : que peut-il y avoir de commun entre Eugène Pavlytch et... elle, et par surcroît Rogojine ? Je vous le répète; une fortune immense, la chose m'est pertinemment connue; une seconde fortune, qu'il attend de son oncle. Tout bonnement, Anastasie Filippovna...

Le prince Chtch. se tut de nouveau brusquement, certainement parce qu'il ne voulait pas en dire davantage au prince sur Anastasie Filippovna.

— Donc, en tout cas, il la connaît ? demanda soudain le prince Léon Nicolaevitch, après une minute de silence.

— Il y a eu quelque chose comme cela, il me semble; un pareil coureur ! Mais si cela a été, il y a fort long-temps, déjà avant, c'est-à-dire il y a deux ou trois ans ! Il était en relations avec Totski, n'est-ce pas ? Mais mainte-nant il ne peut rien y avoir de pareil, ils n'ont jamais pu être à tu et à toi ! Vous savez vous-même qu'elle n'était pas ici; elle n'était nulle part. Beaucoup ignorent encore qu'elle a réapparu. J'ai remarqué son équipage depuis deux ou trois jours, pas davantage.

— Un magnifique équipage ! dit Adélaïde.

— Oui, magnifique.

Tous deux s'éloignèrent, d'ailleurs dans les disposi-tions les plus amicales, les plus fraternelles, peut-on dire, à l'égard du prince Léon Nicolaevitch.

Pour notre héros, cette visite eut quelque chose de capital. Sans doute, lui-même soupçonnait bien des cho-ses, depuis la nuit précédente (et peut-être même avant), mais jusqu'à leur visite il n'osait pas justifier vraiment ses inquiétudes. Maintenant, tout était clair : le prince Chtch., évidemment, commentait l'événement à faux, mais il n'en frôlait pas moins la vérité, il avait compris qu'il y avait là-dedans *une intrigue*. (D'ailleurs, peut-être qu'il la comprend même parfaitement pour sa part, mais ne veut pas le dire et pour cela interprète exprès à faux.)

Le plus clair était qu'on était venu le trouver (en la personne du prince Chtch.) dans l'espoir de certains éclaircissements; donc on la croyait vraiment mêlée à cette intrigue. En outre, s'il en était bien ainsi, et si tout était réellement important, elle avait donc un certain but effrayant: quel but? Horreur! «Et comment l'arrêter? Aucune possibilité de l'arrêter dès lors qu'elle est persuadée de son but!» Cela, le prince le savait par expérience. «Elle est folle. Folle!»

Mais il y avait trop, vraiment trop d'autres circonstances insolubles réunies ce matin-là, toutes dans le même temps, et toutes réclamant une solution immédiate: le prince était très triste. Seule le distrayait un peu Viera Lebedev, qui était venue le trouver avec la petite Aimée et, en riant, lui racontait longuement une histoire. Après elle, vint sa sœur, qui était là, bouche bée, après elles le lycéen, le fils de Lebedev, qui assurait que l'étoile Absinthe de l'Apocalypse, tombée sur la terre sur les sources des eaux [145], était, selon l'interprétation de son père, le réseau de voies ferrées étendu à travers l'Europe. Le prince ne crut pas que Lebedev l'interprétait ainsi, et il fut décidé de s'en informer auprès de lui à la première occasion. Par Viera Lebedev, le prince apprit que Keller avait émigré chez eux depuis la veille et, d'après tous les signes, ne les lâcherait pas de sitôt, parce qu'il avait trouvé de la compagnie et lié amitié avec le général Ivolguine; d'ailleurs, il avait déclaré qu'il restait chez eux uniquement pour compléter son instruction. D'une façon générale, les enfants de Lebedev plaisaient au prince chaque jour davantage. Colas ne se montra pas de toute la journée: il était parti de bon matin pour Pétersbourg. (Lebedev aussi était parti avant le jour pour certaines petites affaires.) Mais le prince attendait avec impatience la visite de Gabriel Ardalionovitch, qui devait absolument venir le voir le jour même.

Il arriva après six heures du soir, aussitôt après le dîner. Au premier coup d'œil jeté sur lui, le prince pensa que ce monsieur du moins devait savoir sans faute tout le dessous des choses, et comment ne le saurait-il pas, avec des aides comme Barbe Ardalionovna et son époux?

Mais les rapports du prince avec Gaby avaient quelque chose de spécial. Le prince l'avait chargé par exemple de l'affaire Bourdovski et l'en avait prié tout particulièrement ; mais malgré cette mission et certaines autres relations précédemment, il restait constamment entre eux de certains points sur lesquels il était tacitement convenu mutuellement de ne rien dire. Il semblait parfois au prince que Gaby désirait peut-être pour sa part une complète et amicale franchise ; maintenant, par exemple, à peine entré, il avait paru au prince que Gaby était tout à fait convaincu que le moment précis était venu de briser entre eux la glace sur tous les points. (Gabriel Ardalionovitch, cependant, était pressé ; il était attendu chez Lebedev par sa sœur : tous deux avaient une affaire urgente.)

Mais si Gaby s'était attendu à toutes sortes de questions impatientes, de communications involontaires, d'effusions amicales, il s'était, naturellement, bien trompé. Pendant les vingt minutes que dura sa visite, le prince fut même très songeur, presque distrait. Les questions attendues, ou, pour mieux dire, la seule grande question qu'attendait Gaby, ne furent pas posées. Alors Gaby décida de ne parler qu'avec beaucoup de réserve. Il ne fit pendant vingt minutes que raconter sans cesse, rire, bavarder légèrement, gentiment et vivement, mais ne toucha pas au principal. Gaby raconta, entre autres, qu'Anastasie Filippovna n'était ici à Pavlovsk que depuis trois ou quatre jours et que déjà elle attirait l'attention générale. Elle habitait quelque part, dans une rue des Matelots [146], une vilaine petite maisonnette, chez Daria Alexieevna, mais son équipage était peut-être le premier de Pavlovsk. Autour d'elle était déjà rassemblée une troupe de jeunes et vieux soupirants ; sa voiture était parfois escortée de cavaliers. Anastasie Filippovna, comme auparavant, était très regardante, n'admettait auprès d'elle que ses élus. Et pourtant il s'était formé autour d'elle toute une équipe : elle avait sur qui compter en cas de besoin. Un estivant, fiancé déclaré, s'était déjà fâché à cause d'elle avec sa fiancée ; un vieux général avait presque maudit son fils. Elle emmenait souvent se promener avec elle une charmante jeune fille qui venait d'avoir

seize ans, parente éloignée de Daria Alexieevna ; cette
enfant chantait joliment, de sorte que le soir leur maisonnette attirait l'attention. Anastasie Filippovna, d'ailleurs,
se tenait tout à fait comme il faut, s'habillait sans luxe
mais avec un goût extraordinaire, et toutes les dames
« enviaient son goût, sa beauté et son équipage ».

— L'excentricité d'hier, laissa échapper Gaby, a été
évidemment préméditée et ne doit naturellement pas entrer en ligne de compte. Pour lui chercher noise en quoi
que ce soit, il faudrait exprès chercher la petite bête, ou
bien calomnier, ce qui d'ailleurs ne tardera guère,
conclut-il. Il s'attendait à ce que le prince, là-dessus,
demandât aussitôt : « Pourquoi dites-vous que cet incident
était prémédité ? Et pourquoi cela ne tardera pas ? » Mais
le prince ne demanda rien.

Sur Eugène Pavlovitch, Gaby s'étendit de lui-même,
sans attendre de question spéciale, ce qui était assez
singulier, car il l'avait introduit dans la conversation sans
aucun motif. D'après Gabriel Ardalionovitch, Eugène
Pavlovitch ne connaissait pas auparavant Anastasie Filippovna, maintenant encore il la connaissait à peine et
encore parce que trois ou quatre jours plus tôt il lui avait
été présenté à la promenade, et c'était tout juste s'il avait
été une fois chez elle, en même temps que d'autres. Pour
ce qui était des traites, cela aussi pouvait être (cela, Gaby
le savait même à coup sûr) ; Eugène Pavlovitch avait,
évidemment, une fortune considérable, mais « certaines
affaires concernant ses terres étaient en effet dans un
certain désordre ». Sur ce sujet curieux, Gaby soudain
coupa court. De la sortie d'Anastasie Filippovna la veille
au soir, il ne dit mot, en dehors de ce qui a été rapporté
plus haut en passant. Enfin Barbe Ardalionovna vint le
chercher ; elle resta une petite minute, déclara (elle aussi,
sans en avoir été priée) qu'Eugène Pavlovitch passerait la
journée, et peut-être celle du lendemain, à Pétersbourg,
que son mari (Ivan Petrovitch Ptitsyne) était aussi à Pétersbourg, qu'il y avait des chances pour que ce fût pour
les affaires d'Eugène Pavlovitch, et qu'il avait dû en effet
se produire quelque chose. En sortant, elle ajouta qu'Élisabeth Procofievna était d'une humeur infernale ; mais le

plus bizarre était qu'Aglaé s'était querellée successive-
ment avec toute la famille, non seulement avec son père
et sa mère, mais même avec ses deux sœurs, « et cela était
tout à fait mal ». Ayant fait part, comme en passant, de
cette dernière nouvelle (pour le prince extrêmement si-
gnificative), le frère et la sœur s'éloignèrent. De l'affaire
du « fils de Pavlichtchev », Gaby n'avait pas dit non plus
un seul mot, peut-être par fausse modestie, peut-être
« pour épargner les sentiments du prince », mais le prince
le remercia cependant, une fois de plus, pour l'heureux
succès de ses efforts.

Le prince fut très content de rester enfin seul. Il descendit de la terrasse, traversa la route et entra dans le
parc : il avait à méditer et à décider une démarche. Mais
cette « démarche » n'était pas de celles qui se méditent,
mais de celles auxquelles tout bonnement on se décide. Il
eut soudain une terrible envie de tout laisser là [147] et de
s'en retourner d'où il était venu, quelque part au loin,
dans un coin perdu, de s'en aller immédiatement et même
sans prendre congé de personne. Il pressentait que, s'il
restait là ne fût-ce que quelques jours encore, il serait
fatalement entraîné sans retour dans ce monde et que ce
monde serait désormais son lot. Mais il ne raisonna pas
dix minutes et décida aussitôt que fuir était « impossible », que ce serait presque de la lâcheté, qu'il avait
devant lui des problèmes tels qu'il n'avait pas le droit de
ne pas les résoudre ou du moins de ne pas employer
toutes ses forces à les résoudre. C'est dans ces pensées
qu'il rentra à la maison après à peine un quart d'heure de
promenade. Il était parfaitement malheureux dans cet
instant.

Lebedev n'était pas encore chez lui, de sorte que Keller
eut encore le temps, sur le soir, de faire irruption chez le
prince, nullement ivre, mais débordant d'effusions et de
confessions. Il déclara tout net qu'il était venu raconter
toute sa vie et que c'était pour cela qu'il était resté à
Pavlovsk. Aucune possibilité de le mettre à la porte : il ne
serait parti à aucun prix. Keller était prêt à parler très
longtemps et de façon très désordonnée, mais presque dès
les premiers mots il sauta soudain à sa conclusion et

déclara qu'il avait si bien perdu «toute trace de moralité» (uniquement par manque de foi dans le Très-Haut) qu'il avait même volé: «Une chose comme ça, vous vous rendez compte?»

— Écoutez, Keller, à votre place je n'avouerais pas ces choses sans absolue nécessité, commença le prince. Au fait, est-ce que vous ne vous calomnieriez pas exprès?

— C'est à vous, à vous seul, et uniquement pour favoriser mon développement! A personne d'autre; je mourrai, et j'emporterai sous le linceul mon secret! Mais, prince, si vous saviez, si seulement vous saviez comme il est difficile, de notre temps, de se procurer de l'argent! Où le prendre, permettez-moi de vous poser la question, après cela? Toujours la même réponse: «Apporte de l'or ou des brillants en gage et on t'en donnera.» C'est justement ce que je n'ai pas, vous vous rendez compte? Moi, finalement, je me suis fâché, je suis resté un moment, et puis: «Et sur des émeraudes, vous m'en donnerez?» — «Sur des émeraudes aussi, bien sûr!» — «Alors, parfait!» Je mets mon chapeau et je m'en vais. Allez au diable, gredins que vous êtes! Ma parole!

— Et vous en aviez, des émeraudes?

— Moi, des émeraudes! O, prince, comme vous voyez encore la vie sous des couleurs claires et innocentes, même idylliques, si on peut dire!

Le prince finit par éprouver non point précisément de la pitié, mais comme une sorte de remords. Une idée lui traversa même l'esprit: «Ne pourrait-on faire quelque chose de cet homme, sous une bonne influence?» Son influence à lui, il avait certaines raisons de ne pas la juger heureuse, non par humilité, mais à cause de sa façon particulière de voir les choses. Peu à peu ils se laissèrent aller à causer, au point qu'ils n'avaient plus envie de se quitter. Keller avouait avec une aisance extraordinaire de ces faits dont il n'y a pas moyen de se figurer comment on pourrait les raconter. En commençant chacun de ses récits, il assurait catégoriquement qu'il se repentait et qu'il était intérieurement «plein de larmes», et malgré cela il racontait comme s'il était fier de son acte, et en même temps c'était si drôle parfois que le prince et lui finissaient par rire aux éclats comme des fous.

— L'essentiel, c'est qu'il y a chez vous une espèce de confiance enfantine et une sincérité extraordinaire, dit enfin le prince. Savez-vous que cela seul rachète bien des choses?

— J'ai l'âme noble, chevaleresquement noble! confirma Keller avec attendrissement. Mais vous savez, prince, tout cela c'est seulement dans mes rêves et, pour ainsi dire, dans ma folle ardeur, ça ne donne jamais rien dans les faits! Et pourquoi? Je n'arrive pas à le comprendre.

— Ne vous désespérez pas! Maintenant on peut dire positivement que vous m'avez présenté tout votre intérieur; du moins il me semble qu'il n'y a plus rien à ajouter à ce que vous avez raconté. N'est-il pas vrai?

— Plus rien? s'exclama Keller avec une espèce de regret. O prince, à quel point vous comprenez encore l'homme à la suisse, si j'ose dire!

— Il y a encore à ajouter? prononça le prince avec un étonnement timide. Alors, qu'attendiez-vous donc de moi, Keller, dites-le-moi, s'il vous plaît, et pourquoi êtes-vous venu me faire votre confession?

— De vous? Ce que j'attendais? Premièrement, votre simplicité de cœur, à elle seule, est agréable à regarder; rester à causer avec vous est agréable; je sais du moins que j'ai devant moi le plus vertueux des hommes, et deuxièmement... deuxièmement...

Il s'arrêta, embarrassé.

— Peut-être vouliez-vous m'emprunter de l'argent? suggéra le prince très sérieusement et très simplement, même un peu timidement, aurait-on dit.

Keller bondit. Vivement, avec le même étonnement qu'au début, il regarda le prince droit dans les yeux et donna un fort coup de poing sur la table.

— Ah çà, de la sorte vous pouvez faire perdre la tête à un homme! Mais permettez, prince: d'un côté une pareille naïveté, une innocence comme on n'en a jamais vu même à l'âge d'or, et tout d'un coup, en même temps, vous percez un homme de part en part, comme une flèche, avec une pareille profondeur d'observation psychologique... Mais permettez, prince, cela demande explication, car moi... je suis proprement renversé! Bien entendu, mon but était, finalement, de vous emprunter de l'argent, mais vous m'avez demandé cela comme si vous ne voyiez là rien de blâmable, comme si c'était dans l'ordre des choses.

— Oui... De votre part, c'était dans l'ordre des choses.

— Et vous n'êtes pas révolté?

— Mais... de quoi donc?

— Écoutez, prince, je suis resté hier soir, d'abord par respect particulier pour l'archevêque français Bourdaloue [148] (chez Lebedev, jusqu'à trois heures, on a fait sauter des bouchons), et secondement, et c'est le principal (et tenez, je vous le jure sur toutes les croix possibles, je dis la vérité vraie!), je suis resté parce que je voulais, pour ainsi dire, en vous faisant ma complète et sincère confession, contribuer par là à mon propre développement; c'est avec cette pensée que je me suis endormi après trois heures, baigné de larmes. En croirez-vous maintenant le plus noble des hommes : au même moment où je m'endormais, sincèrement empli de larmes intérieures et pour ainsi dire extérieures (car finalement je sanglotais, je m'en souviens!) il me vint une pensée infernale : « Et si finalement, après ma confession, je lui empruntais de l'argent? » Ainsi, j'ai préparé ma confession, pour ainsi dire, comme une espèce de « fines herbes [149] aux larmes », pour que ces larmes assaisonnent la route et que, vous en étant régalé, vous me comptiez cent cinquante petits roubles. Ce n'est pas ignoble, à votre avis?

— Mais ce n'est sûrement pas la vérité; tout simplement, l'un s'est rencontré avec l'autre. Les deux idées se sont combinées, ce qui arrive très souvent. A moi, constamment. Je pense, d'ailleurs, que ce n'est pas bien, et, vous savez, Keller, c'est de cela que je m'accuse le plus. Dans ce que vous m'avez raconté, je me reconnais moi-même. Il m'est même arrivé de penser, continua le prince, très sérieusement, sincèrement et profondément

intéressé, que tous les hommes sont ainsi, de sorte que
j'avais commencé de m'approuver, car il est extrêmement difficile de lutter avec ces idées doubles; je l'ai
éprouvé. Elles viennent et s'engendrent Dieu sait comment. Mais voilà que vous qualifiez cela tout uniment
d'ignoble! Maintenant je vais de nouveau redouter ces
pensées. En tout cas, ce n'est pas à moi de vous juger.
Quand même, à mon avis, on ne peut pas appeler cela
ignoble : qu'en pensez-vous? Vous avez rusé pour tirer de
l'argent par vos larmes, mais vous jurez vous-même que
votre confession avait encore un autre but, un but noble,
et non financier; quant à l'argent, vous en avez besoin
pour faire la noce, n'est-il pas vrai? Voilà ce qui, après
une pareille confession, bien entendu est une lâcheté.
Mais aussi comment renoncer en une minute à faire
la noce? C'est impossible. Que faire? Le mieux est de
vous laisser à votre propre conscience, qu'en pensez-
vous?

Le prince regardait Keller avec une extrême curiosité.
Le problème des doubles pensées, visiblement, l'occupait
depuis longtemps.

— Eh bien, après cela, pourquoi vous appelle-t-on
idiot, je ne comprends pas! s'écria Keller.

Le prince rougit légèrement.

— Le prédicateur Bourdaloue, lui, ne m'aurait pas
épargné, tandis que vous, vous avez épargné le pécheur et
vous m'avez jugé humainement! Pour ma punition, et
pour montrer je suis touché, je ne veux plus cent
cinquante roubles, donnez-m'en seulement vingt-cinq, et
ça suffira! C'est tout ce qu'il me faut, du moins pour une
quinzaine. Avant une quinzaine, je ne viendrai plus chercher d'argent. Je voulais câliner l'Agathe, mais elle ne le
mérite pas. O, cher prince, que le Seigneur vous bénisse!

Enfin entra Lebedev, revenu à l'instant. Voyant le
billet de vingt-cinq roubles entre les mains de Keller, il
fronça les sourcils. Mais Keller, en possession de l'argent, avait hâte de sortir: il s'éclipsa instantanément.
Lebedev se mit tout de suite à dire du mal de lui.

— Vous n'êtes pas juste, il se repentait vraiment sincèrement, observa enfin le prince.

— Mais qu'est-ce que ce repentir-là? C'est tout comme moi hier : « Ignoble ! Je suis ignoble. » Ce ne sont que des mots.

— Alors, chez vous aussi ce n'était que des mots ? Et moi qui pensais...

— Eh bien, tenez, à vous, à vous seulement je dirai la vérité, parce que vous percez l'homme à jour : et les mots et les actes, et le mensonge et la vérité, tout va ensemble chez moi et tout est absolument sincère. La vérité et les actes consistent chez moi dans le vrai repentir, croyez-moi si vous voulez, je vous le jure ; les mots et le mensonge consistent dans la pensée infernale (et toujours présente) : comment attraper notre homme, comment tirer des larmes du repentir un bénéfice ? Je vous le jure, c'est ainsi. A un autre je ne l'aurais pas dit : il rirait ou cracherait de dégoût. Mais vous, prince, vous me jugerez humainement.

— Eh bien, c'est exactement ce qu'il me disait à l'instant, s'écria le prince, et on dirait que tous deux, vous vous vantez ! Vous m'étonnez même, seulement il est plus sincère que vous ; vous, vous en avez fait un véritable métier. Allons, cela suffit, ne froncez pas les sourcils, Lebedev, et ne vous mettez pas la main sur le cœur. N'avez-vous pas quelque chose à me dire ? Vous ne venez jamais sans raison...

Lebedev fit une grimace, se contorsionna.

— Je vous ai attendu toute la journée pour vous poser une question. Une fois dans votre vie, dites-moi la vérité dès le premier mot : étiez-vous de quelque façon dans cette histoire de la voiture, hier, ou bien non ?

Lebedev de nouveau fit une grimace, ricana, se frotta les mains, finit même par éternuer, sans se décider à émettre une parole.

— Je vois que vous en étiez.

— Mais indirectement, seulement indirectement ! C'est la vérité vraie que je vous dis là ! J'y ai participé uniquement en faisant savoir en temps utile à une certaine personne qu'était réunie chez moi cette compagnie et qu'étaient présentes certaines personnes.

— Je sais que vous avez envoyé *là-bas* votre fils, il me

l'a dit lui-même. Mais qu'est-ce donc que cette intrigue ?
s'écria le prince impatienté.

— Elle n'est pas de moi, l'intrigue, elle n'est pas de
moi, riposta Lebedev. Ce sont les autres, les autres... et,
pour ainsi dire, c'est plutôt une fantaisie qu'une intrigue.

— Mais de quoi s'agit-il, expliquez-moi, pour
l'amour du Christ ! Est-ce que vous ne comprenez pas que
cela me touche directement ? On noircit Eugène Pavlovitch.

— Prince ! Illustrissime prince ! — de nouveau Lebedev se contorsionna — vous ne me laissez pas dire toute
la vérité, j'ai commencé à vous dire la vérité ; plus d'une
fois ; vous ne m'avez pas laissé continuer...

Le prince ne dit mot et réfléchit.

— Bon, ça va ; dites la vérité, prononça-t-il avec
peine, évidemment après un grand combat.

— Aglaé Ivanovna..., commença Lebedev.

— Taisez-vous, taisez-vous ! cria frénétiquement le
prince, tout rouge d'indignation, et peut-être aussi de
honte. — Ce n'est pas possible, ce sont des sottises ! c'est
vous qui avez inventé tout cela, ou des fous comme vous.
Et que je n'entende plus jamais de vous rien de pareil !

Le soir tard, entre dix et onze, parut Colas avec une
brassée de nouvelles. Ces nouvelles étaient doubles : de
Pétersbourg et de Pavlovsk. Il raconta rapidement les
principales de Pétersbourg (à propos surtout d'Hippolyte
et de l'histoire de la veille) pour y revenir ensuite, et vite
passa à celles de Pavlovsk. Il était rentré trois heures plus
tôt de Pétersbourg et, sans passer chez le prince, était allé
tout droit chez les Épantchine. « Quelles horreurs, là-
bas ! » Bien entendu, au premier plan était l'équipage,
mais il s'était sûrement produit quelque chose d'autre
encore, quelque chose que ni lui, ni le prince ne savaient.
« Bien entendu, je n'ai pas espionné, je n'ai voulu interroger personne ; d'ailleurs j'ai été bien reçu, mieux que je
n'aurais attendu ; mais de vous, prince, pas un mot ! » Le
plus important et le plus intéressant, c'était qu'Aglaé
s'était fâchée avec les siens à cause de Gaby. Quels
étaient les détails, on l'ignorait, mais c'était bien à cause
de Gaby (figurez-vous cela !) et même on se disputait

fortement, donc c'était quelque chose de grave. Le général était arrivé tard, il était arrivé renfrogné, il était arrivé avec Eugène Pavlovitch, qu'on avait reçu à merveille, et qui était, lui, étonnamment gai et agréable; mais la nouvelle la plus capitale était qu'Élisabeth Procofievna, sans aucun bruit, avait fait venir Barbe Ardalionovna, qui était chez les demoiselles, et l'avait chassée une fois pour toutes de la maison, d'ailleurs de la façon la plus polie : «Je l'ai appris de Barbe elle-même. » Mais quand Barbe était sortie de chez Élisabeth Procofievna et avait fait ses adieux aux demoiselles, celles-ci ne savaient pas que la maison lui avait été fermée à jamais et qu'elle leur disait adieu pour la dernière fois.

— Mais Barbe Ardalionovna était chez moi à sept heures ? demanda le prince étonné.

— Elle a été chassée entre sept et huit ou à huit heures. J'ai beaucoup de peine pour elle, beaucoup de peine pour Gaby... ils ont, sans nul doute, de perpétuelles intrigues, ils ne peuvent pas vivre sans. Et je n'ai jamais pu savoir ce qu'ils machinent, et je ne veux pas le savoir. Mais je vous assure, mon cher, mon bon prince, que Gaby a du cœur. C'est, bien sûr, à bien des égards, un homme perdu, mais à bien des égards il a des traits qui valent qu'on les cherche, pour les trouver, et je ne me pardonnerai jamais de ne pas l'avoir compris, avant... Je ne sais pas si je dois continuer, après l'histoire avec Barbe. C'est vrai, je me suis situé dès le début de façon absolument indépendante et à part, mais quand même il faut examiner...

— Vous avez tort de trop plaindre votre frère, observa le prince. Si les choses en sont venues là, c'est signe que Gabriel Ardalionovitch est dangereux aux yeux d'Élisabeth Procofievna, et que par conséquent certaines de ses espérances se confirment.

— Comment, quelles espérances ! s'écria Colas stupéfait. Vous pensez peut-être qu'Aglaé... c'est impossible !

Le prince se tut.

— Vous êtes un terrible sceptique, prince, ajouta Colas au bout de deux minutes. Je remarque que depuis

quelque temps vous devenez extrêmement sceptique ;
vous commencez à ne plus croire à rien et à tout supposer... ai-je correctement employé dans ce cas le mot
« sceptique » ?

— Je crois que oui, bien qu'à vrai dire je n'en sois pas
sûr.

— Je renonce moi-même au mot « sceptique », mais
j'ai trouvé une nouvelle explication, cria soudain Colas :
vous n'êtes pas un sceptique, vous êtes un jaloux ! Vous
avez une jalousie infernale contre Gaby à cause d'une
fière demoiselle !

Cela dit, Colas fit un bond et éclata d'un grand rire,
comme il n'avait peut-être jamais ri. Voyant que le prince
avait rougi tout entier, il rit de plus belle, l'idée lui
plaisait énormément, que le prince fût jaloux pour Aglaé,
mais il se tut soudain en remarquant qu'il était sincèrement attristé. Ensuite ils passèrent encore une heure ou
une heure et demie en une conversation sérieuse et préoccupée.

Le lendemain, le prince fut toute la matinée à Pétersbourg pour une affaire urgente. Comme il repartait pour
Pavlovsk entre quatre et cinq heures de l'après-midi, il
rencontra à la gare Ivan Fiodorovitch. Celui-ci lui prit
vivement la main, regarda tout autour, comme épouvanté, et l'entraîna dans un wagon de première classe
pour faire le trajet ensemble. Il brûlait du désir de s'entretenir avec lui d'une chose grave.

— D'abord, ô mon cher prince, ne sois pas fâché contre
moi et, s'il y a eu quelque chose de ma part, oublie-le. Je
serais venu chez toi dès hier, mais je ne savais pas
comment le prendrait Élisabeth Procofievna... A la maison, c'est un enfer, un sphinx énigmatique s'est installé
chez nous, et je vais et viens sans rien comprendre. Quant
à toi, à mon avis, tu es le moins fautif de nous tous, bien
que, naturellement, bien des choses soient arrivées à
cause de toi. Tu vois, prince : la philanthropie est agréable, mais pas tellement. Tu en as peut-être déjà goûté les
fruits. Moi, naturellement, j'aime la bonté et je respecte
Élisabeth Procofievna, mais...

Le général continua encore longtemps dans ce genre,

mais ses paroles étaient étonnamment décousues. On voyait qu'il avait été secoué et bouleversé à l'extrême par quelque chose d'absolument incompréhensible pour lui.

— Pour moi, il ne fait aucun doute que tu n'y es pour rien, dit-il en s'expliquant enfin plus clairement, mais ne nous visite pas de quelque temps, je t'en prie en ami, jusqu'à ce que le vent change. Pour ce qui est d'Eugène Pavlytch, s'écria-t-il avec une ardeur insolite, tout cela n'est qu'une absurde calomnie, une calomnie entre les calomnies ! C'est une accusation maligne, il y a là une intrigue, un désir de tout renverser et de nous brouiller. Tu le vois, prince, je te parle à l'oreille : entre nous et Eugène Pavlytch il n'a pas encore été dit un seul mot, tu comprends. Nous ne sommes liés par rien, mais ce mot peut être dit, même bientôt et même peut-être très bientôt ! Ainsi, on veut nous nuire ! Mais pourquoi, pour quelle raison, je ne le comprends pas ! C'est une femme étonnante, une femme excentrique, je la redoute au point que je n'en dors plus. Et cet équipage, ces chevaux blancs, c'est d'un chic, précisément ce qu'en français on appelle le chic ! De qui donc cela lui vient-il ? Mon Dieu, j'ai péché : j'ai pensé, avant-hier, à Eugène Pavlytch. Mais il se trouve que cela ne peut pas être, et si cela ne peut pas être, pourquoi alors veut-elle ici troubler les choses ? Voilà, voilà le problème ! Pour garder auprès d'elle Eugène Pavlytch ? Mais je te le répète, et je te le jure, qu'il ne la connaît pas et que ces traites sont une invention ! Et avec quelle effronterie elle lui crie ce *tu* à travers la rue ! Un véritable complot ! C'est clair, il faut repousser tout avec mépris, et redoubler de considération pour Eugène Pavlytch. C'est ce que j'ai déclaré à Élisabeth Procofievna. Maintenant, je te dirai ma pensée la plus intime : je suis fermement convaincu que de sa part à elle c'est une vengeance personnelle contre moi, tu te rappelles, pour le passé, bien que je n'aie jamais été fautif envers elle en quoi que ce soit. Ce seul souvenir me fait rougir. Maintenant la voilà qui est réapparue : je la croyais disparue tout à fait. Où se tient ce Rogojine, dites-moi, s'il vous plaît ? Je *la* croyais depuis longtemps Mme Rogojine.

Bref, cet homme était fortement désorienté. Pendant toute l'heure ou presque du trajet, il parla seul, posant les questions et y répondant, serrant la main du prince ; il le convainquit au moins d'une chose : qu'il n'avait pas la moindre intention de le soupçonner de quoi que ce fût. Pour le prince, c'était important. Il termina par l'histoire de l'oncle d'Eugène Pavlytch, chef d'un certain bureau à Pétersbourg, « une place en vue, soixante-dix ans, viveur [150], gastronome, en général un accommodant petit vieux... Ha-ha ! Je sais qu'il avait entendu parler d'Anastasie Filippovna et même qu'il aspirait... Je suis allé le voir aujourd'hui ; il ne reçoit pas, il est souffrant, mais il est riche, riche, il a de l'importance, et..., Dieu lui donne longue vie, mais encore une fois c'est à Eugène Pavlytch que tout reviendra... Oui, oui... et pourtant j'ai peur ! Tu ne comprends pas de quoi, mais j'ai peur... Il y a quelque chose dans l'air, comme une chauve-souris, le malheur vole, et j'ai peur, j'ai peur !... »

Enfin, le troisième jour seulement, comme nous l'avons écrit plus haut, se produisit la réconciliation formelle des Épantchine avec le prince Léon Nicolaevitch.

XII

Il était sept heures du soir, le prince se préparait à aller au parc. Soudain Élisabeth Procofievna, seule, vint le trouver sur la terrasse.

— *En premier lieu*, ne t'avise pas de penser que je sois venue te demander pardon. Sottises ! Toute la faute est à toi.

Le prince se taisait.

— C'est ta faute, ou non ?

— Tout autant que la vôtre. D'ailleurs ni vous, ni moi ne sommes coupables de rien intentionnellement. Avant-hier je me jugeais coupable, mais maintenant j'ai réfléchi que ce n'était pas cela.

— Ah voilà ! Allons, c'est bon. Écoute et assieds-toi, parce que je n'ai pas l'intention de rester debout.

Tous deux s'assirent.

— *En second lieu :* pas un mot sur ces méchants gamins ! Je resterai à converser avec toi dix minutes ; je suis venue pour te demander un renseignement (et toi tu te figurais Dieu sait quoi !) et si tu risques un seul mot sur ces insolents gamins, je me lève et je m'en vais et je romps avec toi complètement.

— Bien, répondit le prince.

— Permets-moi une question : tu as envoyé, il y a de cela deux mois ou deux mois et demi, vers la semaine de Pâques, une lettre à Aglaé ?

— Je lui ai écrit.

— Dans quelle intention ? Qu'y avait-il dans cette lettre ? Montre la lettre !

Les yeux d'Élisabeth Procofievna étaient brûlants, elle tremblait presque, d'impatience.

— Je n'ai pas la lettre, et si elle existe et a été conservée encore, c'est chez Aglaé Ivanovna. Le prince était étonné et craintif.

— Ne finasse pas ! Qu'est-ce que tu lui écrivais ?

— Je ne finasse pas et je n'ai peur de rien. Je ne vois pas pourquoi je ne lui aurais pas écrit...

— Tais-toi ! Tu parleras après. Qu'y avait-il dans la lettre ? Pourquoi as-tu rougi ?

Le prince réfléchit.

— Je ne connais pas vos pensées, Élisabeth Procofievna. Je vois seulement que cette lettre vous déplaît fort. Avouez que j'aurais pu refuser de répondre à une pareille question ; mais pour vous montrer que je n'ai pas peur pour ma lettre, et que je ne regrette pas de l'avoir écrite et que je n'en rougis nullement (le prince rougit deux fois plus), je vais vous la réciter, car je crois bien que je la sais par cœur.

Cela dit, le prince récita la lettre à peu près mot pour mot ; telle qu'elle était.

— En voilà un galimatias ! Et que peut signifier ce fatras, à ton avis ? demanda brutalement Élisabeth Procofievna, après avoir écouté avec une attention extrême.

— Je n'en sais trop rien moi-même ; je sais que mes sentiments étaient sincères. J'ai eu alors des moments de vie pleine et d'espérances inouïes.

— Quelles espérances ?

— C'est difficile à expliquer. En tout cas, pas celles
auxquelles vous pensez peut-être en ce moment... eh
bien, en un mot, des espérances d'avenir et de joie de
n'être peut-être plus là un corps étranger, un étranger. Je
me suis tout à coup trouvé très bien dans mon pays. Un
matin ensoleillé j'ai pris ma plume et je lui ai écrit ;
pourquoi à elle, je l'ignore. Parfois, vous savez, on a
envie d'un ami à côté de soi ; eh bien moi, visiblement,
j'ai eu envie d'un ami, ajouta le prince après un silence.

— Tu es amoureux, quoi ?

— N-non. Je... je lui ai écrit comme à une sœur ; et
j'ai signé : votre frère.

— Hum ! Exprès ; je comprends.

— Il m'est très pénible de répondre à ces questions,
Élisabeth Procofievna.

— Je sais que c'est pénible, mais peu m'importe à moi
que ça te soit pénible. Écoute, et réponds-moi la vérité,
comme devant Dieu : tu me mens ou tu ne me mens pas ?

— Je ne mens pas.

— Tu dis vrai, que tu n'es pas amoureux ?

— Il me semble, tout à fait vrai.

— Voyez-vous ça, « il me semble » ! C'est le gamin
qui l'a transmise ?

— J'ai prié Nicolas Ardalionovitch...

— Ce gamin ! Ce gamin ! interrompit avec aplomb
Élisabeth Procofievna. Je ne sais pas de quel Nicolas
Ardalionovitch tu veux parler ! Ce gamin !

— Nicolas Ardalionovitch...

— Un gamin, te dis-je !

— Non, pas un gamin, mais Nicolas Ardalionovitch,
répondit enfin le prince, fermement quoique assez doucement.

— Allons, c'est bon, mon ami, c'est bon ! Je te revaudrai ça.

Une petite minute, elle s'efforça de dominer son émotion et de reprendre son souffle.

— Et le « chevalier pauvre », qu'est-ce que c'est ?

— Je n'en sais rien, cela s'est passé sans moi ; une
plaisanterie quelconque.

— Enchantée de l'apprendre tout d'un coup ! Seulement comment donc a-t-elle pu s'intéresser à toi ? Elle qui te traitait de « petit avorton » et « d'idiot ».

— Vous auriez pu ne pas me le redire, observa le prince avec reproche, dans une espèce de chuchotement.

— Ne te fâche pas. C'est une fille autoritaire, folle, gâtée ; si elle aime quelqu'un, il faut absolument qu'elle l'injurie à haute voix et qu'elle se moque de lui en face ; j'étais exactement la même. Seulement, je t'en prie, ne triomphe pas, mon cher, elle n'est pas pour toi ; je me refuse à croire une chose pareille, et jamais elle ne le sera ! Je te le dis pour que tu prennes dès maintenant tes dispositions. Écoute : jure-moi que tu n'es pas marié avec l'*autre*.

— Élisabeth Procofievna, que dites-vous là ? — Le prince avait presque bondi de surprise.

— Mais est-ce que tu ne l'avais pas presque épousée ?

— Je l'ai presque épousée, chuchota le prince et il baissa la tête.

— Quoi ? Tu en étais amoureux, alors, de cette femme ? Et maintenant, c'est pour *elle* que tu es venu ? Pour *cette* femme ?

— Je ne suis pas venu pour me marier, répondit le prince.

— Y a-t-il pour toi quelque chose de sacré sur cette terre ?

— Oui.

— Jure-moi que ce n'est pas pour te marier avec *elle*.

— Par tout ce que vous voudrez, je le jure !

— Je te crois ; donne-moi un baiser. Enfin je respire ; mais sache-le : Aglaé ne t'aime pas, prends tes mesures, et elle ne sera jamais ta femme, tant que je serai vivante ! Tu m'as entendu ?

— Oui.

Le prince avait rougi au point de ne pouvoir regarder en face Élisabeth Procofievna.

— Tiens-le-toi pour dit ! Je t'attendais comme la Providence (tu ne le méritais pas !) je mouillais de larmes mon oreiller la nuit, non pas pour toi, mon ami, ne t'inquiète pas, j'ai mon chagrin à moi, un autre, éternel et

toujours le même. Mais voici pourquoi je t'attendais avec
tant d'impatience : je continue à croire que Dieu t'a envoyé à moi comme un ami et un frère. Je n'ai personne à
côté de moi, sauf la vieille Bielokonski, et encore elle
s'est envolée, et de plus elle est devenue sotte comme un
mouton, avec l'âge. Maintenant réponds-moi simplement
oui ou *non* : sais-tu pourquoi avant-hier *elle* a crié de sa
calèche ?

— Ma parole ! je n'étais pour rien là-dedans et je ne
sais rien.

— Assez ! je te crois. En ce moment j'ai moi aussi
d'autres idées là-dessus, mais hier matin encore j'accu-
sais de tout Eugène Pavlovitch. Deux journées entières,
avant-hier et hier matin. Maintenant, naturellement, je ne
peux pas ne pas être d'accord avec eux : il est clair
jusqu'à l'évidence qu'on s'est moqué de lui, l'imbécile
qu'il est, pourquoi, dans quelle intention, à quelles fins ?
(la chose à elle seule est suspecte ! et d'ailleurs incor-
recte !) mais jamais Aglaé ne sera à lui, c'est moi qui te le
dis ! Qu'il soit un excellent homme, soit, mais il en sera
ainsi. Déjà avant, je balançais, mais maintenant c'est
décidé : « Mettez-moi d'abord au tombeau, enfouissez-
moi sous terre, et après cela donnez-lui ma fille », voilà
ce que j'ai signifié aujourd'hui à Ivan Fiodorovitch. Tu
vois que je te fais confiance, tu vois ?

— Je vois et je comprends.

Élisabeth Procofievna plongeait son regard dans celui
du prince ; peut-être avait-elle grande envie de savoir
quelle impression lui faisait ce qu'elle avait dit d'Eugène
Pavlytch.

— De Gabriel Ivolguine, tu ne sais rien ?

— C'est-à-dire que... je sais beaucoup.

— Savais-tu, ou non, qu'il est en relations avec
Aglaé ?

— Je n'en savais absolument rien. — Le prince était
étonné ; il avait même frémi. — Comment ? Vous dites
que Gabriel Ardalionovitch est en relations avec Aglaé
Ivanovna ? C'est impossible !

— C'est tout récent. Sa sœur lui a frayé la voie tout
l'hiver, elle a travaillé comme une taupe.

— Je n'en crois rien, répéta fermement le prince, après un moment de réflexion et d'émoi. Si cela était, je le saurais sûrement.

— Sûrement, il serait venu en personne et t'aurait fait ses aveux en pleurant sur ta poitrine ! Ah, nigaud que tu es, nigaud ! On te trompe de tous les côtés, comme… comme… Et tu n'as pas honte de lui faire confiance ? Est-ce que tu ne vois pas qu'il t'a roulé sur toutes les coutures ?

— Je sais fort bien qu'il me trompe parfois, prononça le prince à contrecœur et à mi-voix. Et il sait que je le sais…, ajouta-t-il sans achever.

— Le savoir, et avoir confiance ! Il ne manquait plus que ça ! D'ailleurs de ta part, c'est ce qui devait arriver. Et moi, qu'ai-je à m'étonner ? Seigneur ! Mais en a-t-on jamais vu un second comme toi ? Pouah ! Et sais-tu que c'est ce Gaby, ou cette Barbette, qui l'ont mise en rapports avec Anastasie Filippovna ?

— Qui ? s'exclama le prince.

— Aglaé.

— Je n'en crois rien ! C'est impossible ! Dans quelle intention ? Il bondit de sa chaise.

— Moi non plus je ne crois pas, bien qu'il y ait des preuves. Une fille volontaire, une fille fantasque, une fille folle ! Une fille méchante, méchante, méchante ! Je vous le répéterai mille fois, qu'elle est méchante ! Elles sont toutes de même, maintenant, les miennes, même cette poule mouillée d'Alexandra, seulement celle-là m'est déjà échappée des mains ! Mais je ne crois pas, moi non plus ! Peut-être est-ce parce que je ne veux pas y croire, ajouta-t-elle comme pour elle-même. — Pourquoi ne viens-tu plus chez nous ? dit-elle soudain en se tournant de nouveau vers le prince. Pourquoi n'es-tu pas venu de tous ces trois jours ? lui cria-t-elle une seconde fois, avec impatience.

Le prince allait raconter ses raisons, quand elle l'interrompit encore :

— Tout le monde te considère comme un imbécile et te trompe ! Tu as été hier à la ville ; je parierais que tu t'es mis à genoux, tu as prié dix mille fois qu'on reçoive ce gredin!

— Pas du tout, je n'y ai même pas songé. Je ne l'ai même pas vu, et de plus ce n'est pas un gredin. J'ai reçu une lettre de lui.

— Montre cette lettre!

Le prince tira de sa serviette un billet et le tendit à Élisabeth Procofievna, voici ce qui y était dit :

«Cher monsieur, je n'ai naturellement pas le moindre droit, aux yeux des hommes, d'avoir mon amour-propre. De l'avis des gens, je suis trop insignifiant pour cela. Mais cela, c'est aux yeux des gens, pas aux vôtres. J'ai trop bien acquis la conviction que vous êtes peut-être, cher monsieur, meilleur que les autres. Je ne suis pas d'accord avec Doctorenko, et je diffère de lui par cette conviction. Je n'accepterai jamais de vous un seul kopek, mais vous avez aidé ma mère et pour cela je suis obligé de vous être reconnaissant, bien que ce soit par faiblesse. En tout cas, je vous considère autrement et j'ai jugé nécessaire de vous en informer. Après quoi, je suppose qu'il ne peut plus y avoir entre nous aucunes relations. Antipe Bourdovski.

P.-S. — La somme nécessaire pour compléter les deux cents roubles vous sera avec le temps certainement versée.»

— Quelle ineptie! conclut Élisabeth Procofievna en rejetant le billet, ça ne valait pas la peine de le lire. Pourquoi ce sourire heureux?

— Avouez que vous aussi avez eu plaisir à le lire.

— Quoi? ce galimatias assaisonné de vanité! Mais est-ce que tu ne vois pas qu'ils ont tous perdu la tête, d'orgueil et de vanité?

— Oui, mais quand même il a reconnu ses torts, il a rompu avec Doctorenko, et même plus il est vaniteux, et plus il a dû en coûter à sa vanité... Oh, quel petit enfant vous êtes, Élisabeth Procofievna!

— Quoi? tu as envie de recevoir de moi une gifle, enfin?

— Non, pas envie du tout. Mais c'est parce que vous êtes heureuse de ce billet, et que vous le cachez. Pourquoi avez-vous honte de vos sentiments ? Vous êtes ainsi pour tout.

— Ne t'avise pas maintenant de mettre le pied chez moi ! — Élisabeth Procofievna avait bondi, pâle de colère. — Que ton haleine n'entre plus jamais chez moi !

— Et dans trois jours vous viendrez vous-même m'inviter… Allons, vous n'avez pas honte ? Ce sont vos meilleurs sentiments dont vous avez honte. Vous ne faites ainsi que vous tourmenter…

— Je mourrai plutôt que de t'inviter ! J'oublierai ton nom ! Je l'ai déjà oublié.

Elle s'élança hors de chez le prince.

— Il m'avait été défendu, déjà avant, d'aller chez vous ! cria le prince dans son dos.

— Quoi ? Qui te l'a défendu ?

Elle se retourna en un clin d'œil, comme si on l'avait piquée. Le prince hésita à lui répondre ; il sentit qu'il avait, à l'improviste, trop parlé.

— Qui te l'a défendu ? cria Élisabeth Procofievna, furieuse.

— Aglaé Ivanovna m'interdit…

— Quand ? Mais dis-le-moi vite !

— Ce matin, elle m'a envoyé l'ordre d'avoir à ne pas venir vous voir.

Élisabeth Procofievna était immobile de stupéfaction ; cependant elle réfléchissait. Elle s'exclama de nouveau :

— Envoyé quoi ? Envoyé qui ? Par le gamin ? Oralement ?

— J'ai reçu un billet, dit le prince.

— Où est-il ? Donne-le ! Immédiatement !

Le prince réfléchit une minute ; cependant il sortit de la poche de son gilet un méchant bout de papier sur lequel était écrit :

« Prince Léon Nicolaevitch ! Si, après tout ce qu'il y a eu, vous avez l'intention de m'étonner par la fréquentation de notre chalet, soyez assuré que vous ne me trouverez pas au nombre de ceux qui s'en réjouiront. Aglaé Épantchine. »

Élisabeth Procofievna réfléchit une minute ; ensuite,

elle se jeta sur le prince, lui prit les mains et l'entraîna à sa suite.

— Tout de suite! Marche! Tout de suite, exprès à l'instant même! s'écria-t-elle dans un accès d'impatience et de trouble extraordinaire

— Mais vous m'exposez...

— A quoi? L'innocent nigaud! On ne dirait pas un homme! Maintenant je vais voir tout moi-même, de mes propres yeux...

— Mais laissez-moi au moins prendre mon chapeau...

— Le voilà, ton misérable chapeau! Allons! Il n'a même pas su le choisir avec goût!... C'est qu'elle... après cette histoire... dans sa fièvre, murmurait Élisabeth Procofievna, entraînant derrière elle le prince sans lâcher une seule minute son bras. — Tout à l'heure, j'ai pris ta défense, j'ai dit tout haut que tu étais un imbécile de ne pas venir... Autrement, elle n'aurait pas écrit ce billet absurde! ce billet inconvenant! Inconvenant de la part d'une jeune fille noble, bien élevée, intelligente... intelligente!... Hum, continua-t-elle, elle a été vexée elle-même, naturellement, que tu ne viennes pas, seulement elle n'a pas calculé qu'on n'écrit pas ainsi à un idiot, parce qu'il prend tout à la lettre, ce qui est arrivé. — Pourquoi écoutes-tu? cria-t-elle, s'apercevant qu'elle en avait trop dit. — Elle a besoin d'un bouffon dans ton genre, il y a longtemps qu'elle n'en a pas vu un, et voilà pourquoi elle te réclame! Et je suis contente, contente: comme elle va s'exercer la dent sur toi! C'est tout ce que tu mérites. Elle s'y entend, oh, comme elle s'y entend!

NOTES

1. Pelisse doublée à l'intérieur d'une peau de mouton garnie de toute sa laine.

2. Station à la frontière de la Prusse et de la Russie. Plus de 24 heures étaient alors nécessaires pour couvrir en chemin de fer le trajet Eydtkuhnen-Pétersbourg (env. 900 kilomètres).

3. La pièce d'or française appelée napoléon valait vingt francs; le frédéric prussien, également en or, valait cinq thalers d'argent; le ducat de Hollande (en russe exactement « le petit Arabe de Hollande » à cause du personnage figurant sur la pièce) valait 3 roubles et était frappé à Pétersbourg. Dostoïevski avait pu voir toutes ces pièces dans les casinos d'Allemagne.

4. Le terme russe, *odnodvortsy*, signifie littéralement « ceux qui ne possèdent qu'un seul feu ». Il s'agit de paysans d'origine noble, relevant de la Couronne, et pouvant posséder des serfs, autrefois chargés de parer aux incursions tatares dans le sud de la Russie.

5. Terme allemand passé en russe, à peu près le français hobereau. Les jeunes aristocrates servaient dans la Garde impériale.

6. Le mot russe *rod* signifie à la fois race, branche et genre, espèce.

7. Appelés aussi « notables bourgeois », certains marchands, depuis 1845, pouvaient transmettre à leur descendance les privilèges de la première guilde, même après avoir cessé d'en faire partie.

8. Le russe *iourodivyi* désigne des simples d'esprit doués parfois du don de prophétie, ou des ascètes d'un genre spécial, qui se livraient délibérément à diverses excentricités pour s'attirer des vexations.

9. Le Théâtre Michel, ouvert en novembre 1833, était aussi appelé Théâtre Français : les meilleurs artistes français y jouèrent toutes les nouveautés parisiennes, du drame au vaudeville et à l'opérette. Il était situé place Michel, non loin de la Perspective Nevski.

10. En invoquant les saints.

11. A la gare Nicolas, située à l'est de Saint-Pétersbourg.

12. Aujourd'hui Perspective Maïorov, où Dostoïevski vécut en 1847-1849 et au printemps 1867.

13. Ou Perspective de la Fonderie, se dirige vers le nord à partir de la Perspective Nevski.

14. Restaurée en 1827-1829 par V. P. Stassov et ornée de trophées militaires.

15. Longue rue qui part de la Perspective Nevski vers le sud-ouest entre les canaux Catherine et Fontanka.

16. Depuis Pierre le Grand, l'État russe avait cédé ses monopoles, notamment celui de l'alcool, à des particuliers, qui s'étaient enrichis comme nos fermiers généraux. Le système fut aboli en 1863.

17. Devise d'Araktchéiev (1769-1834), ministre détesté de la fin du règne d'Alexandre Ier, brocardé par Pouchkine.

18. La réforme du 24 novembre 1864 avait institué en Russie le jury, la publicité des débats, la création de justices de paix, etc. Dostoïevski, encore en 1867, s'exprimait avec enthousiasme sur ces réformes, mais s'élevait contre la clémence de certains verdicts.

19. La peine de mort avait été officiellement supprimée par Élisabeth Pétrovna en 1753, et rétablie par Catherine II à l'égard des criminels d'État : c'est ainsi qu'en 1826 cinq Décembristes furent pendus, et en 1866 Karakozov, auteur d'un attentat contre Alexandre II, fut à son tour exécuté. Le 17 avril 1863 furent supprimées les peines de verges et de baguettes, qui entraînaient souvent la mort (voir Dostoïevski, *Récits de la Maison des Morts*).

20. On ne sait rien d'un voyage de Dostoïevski à Lyon où il aurait assisté à une telle exécution. Tourguéniev assista à l'exécution de Troppmann, et Dostoïevski lui reprocha sa froideur dans le récit de la scène.

21. *Exode*, 20, 13, *Deutéronome*, 5, 17 ; *Matthieu*, 5, 21 et 19, 18 ; *Marc*, 10, 19 ; *Luc*, 18, 20.

22. Victor Hugo s'était exprimé avec force sur les souffrances morales du condamné dans *Le Dernier Jour d'un condamné à mort* (1829). Dostoïevski est revenu plusieurs fois sur cet ouvrage.

23. Dostoïevski pense ici à sa propre attente de la fusillade en 1849.

24. Jésus au jardin de Gethsémani, *Matthieu*, 26, 38-39 et *Luc*, 22, 44.

25. A.G. Dostoïevskaïa raconte que son mari était passablement exigeant en matière de papeterie. Sans être un calligraphe lui-même, Dostoïevski aimait orner ses manuscrits de dessins et de noms propres en belle écriture.

26. Fondateur de l'ermitage d'Abraham sur le Vig au XIVe siècle. Voir plus loin, p. 118.

27. Michel Pogodine (1800-1875), historien de tendance slavophile, publia en 1840-1841 un album *Modèles d'écritures anciennes russo-slavonnes*.

28. Devise frappée en 1838 par ordre de Nicolas Ier sur une médaille

en l'honneur du comte P. A. Kleinmichel (1793-1869) à l'occasion de la reconstruction du Palais d'Hiver, et souvent rappelée par Herzen avec ironie. Dostoïevski s'en sert également avec malice à l'égard du général Épantchine, autodidacte plein d'ambition.

29.· Un pareil malheur avait frappé la famille Dostoïevski en 1833, selon le récit d'André Mikhaïlovitch, frère de l'écrivain, en 1830 selon Dostoïevski lui-même (*Journal d'un Écrivain*, avril 1876).

30. Transposition du russe *Otradnoïé* (littéralement «consolant»). Sur V. A. Koumanine, frère du grand-père de Dostoïevski, comme modèle probable de Totski, et sur l'origine de l'histoire relative à la jeunesse d'Anastasie Filippovna, voir *P.S.S.*, t. 9, p. 389.

31. Allusion à *Roméo et Juliette* de Shakespeare, acte III, scène VIII (traduction de M. N. Katkov, 1841).

32. Allusion à l'ouvrage d'Apulée *Les Métamorphoses ou l'Ane d'or*.

33. Citation approximative de Lermontov («Journaliste, lecteur et écrivain», 1840).

34. Allusion au poème de Byron *Le Prisonnier de Chillon* (1816), traduit par Joukovski en 1822, str. 14.

35. Dostoïevski en avait 28 en 1849.

36. Sans doute «La décollation de saint Jean-Baptiste» par Hans Fries (1514), qui représente le visage du saint au moment où le glaive est levé au-dessus de lui.

37. Dostoïevski a pu lire tous ces détails dans Hugo, *Le Dernier Jour...* (ch. 18, 30, 48).

38. Dostoïevski est revenu sur cette idée dans le *Journal d'un écrivain*, février et mai 1876.

39. Le mot russe est *toska*, qui peut signifier selon les cas *mélancolie*, *chagrin*, *ennui*, *nostalgie*. Les mots populaires *cafard* ou *déprime* le rendent assez bien.

40. Souvenir de l'Évangile de saint Jean (v. 8 et 9) à propos de la mission du Christ. On possède l'exemplaire du Nouveau Testament où Dostoïevski avait souligné de nombreux passages dont *L'Idiot* porte plus ou moins directement la marque.

41. Il s'agit du tableau de Hans Holbein le Jeune «La Madone avec la famille du bourgmestre Jacob Meyer» (1525-1526), dont l'original est au musée de Darmstadt. Dostoïevski en vit une copie à Dresde en 1867.

42. Idée reprise dans *Les Frères Karamazov* par Dmitri.

43. Un oukaze de Nicolas Iᵉʳ (2 avril 1837) interdisait le port de la barbe et des moustaches aux fonctionnaires.

44. En français dans le texte.

45. En français dans le texte.

46. Aujourd'hui Kalinine, ville entre Moscou et Saint-Pétersbourg,

où Dostoïevski vécut après son retour de Sibérie d'août à décembre 1859.

47. Aujourd'hui Kirovograd, en Ukraine, où André Mikhaïlovitch, frère de l'écrivain, avait servi en qualité d'architecte municipal de 1849 à 1858.

48. Régiment imaginaire dont le nom figure dans la célèbre comédie de Griboïédov, *Le mal d'avoir de l'esprit* (acte III, sc. XII).

49. En français dans le texte.

50. Début de l'expression italienne « se non è vero, è ben trovato » (si ce n'est pas vrai, c'est bien trouvé).

51. Héros des *Trois Mousquetaires* d'Alexandre Dumas (1844).

52. Ville au nord-est de la Turquie, assiégée par les Russes pendant la guerre de Crimée (1853-1856).

53. *L'Indépendance belge*, journal publié à Bruxelles de 1830 à 1937, très bien informé sur la politique européenne. Dostoïevski le lisait attentivement en 1867-1868.

54. En français dans le texte.

55. Le texte russe dit *douze verchoks*, ou 12 × 4,45 cm, soit 1, 95 m. Le système métrique fut introduit en Russie en 1881.

56. Vassilievski Ostrov, grande île dans l'estuaire de la Néva, où les rues parallèles sont appelées *lignes*.

57. « Maskarad » fut écrit en 1835 par Lermontov, âgé de 21 ans; ouvrage ultra-romantique (P. Pascal).

58. P. Pascal pensait au losange d'étoffe jaune que les forçats portaient sur le dos, appelé *as de carreau*. L'édition académique renvoie à une expression française ancienne équivalant à filou, vaurien (cf. Molière, *Le Dépit amoureux*, v. 1197).

59. En français dans le texte.

60. *La Dame aux camélias* d'Alexandre Dumas fils, d'abord roman (1848) puis pièce de théâtre (1852), remporta un immense succès en Russie : Tourguéniev en 1859 emploie déjà « camélia » pour désigner une courtisane *(Une nichée de gentilshommes)*. Voir plus loin, p. 242.

61. Célèbre chirurgien russe (1810-1881), responsable des soins aux blessés pendant le siège de Sébastopol. Il quitta en effet un moment la ville en 1855 pour aller à Pétersbourg protester contre l'indifférence du haut commandement aux questions sanitaires.

62. Chirurgien français (1807-1873). Il n'alla jamais en Russie.

63. Rue de la Mer, débouche sur la Perspective Nevski. Aujourd'hui rue Herzen.

64. Carrefour au bout de la Litéïnaïa, appelé aussi Cinq Coins.

65. Affaire Danilov (*Golos* 19 nov. 1867). Voir préface, p. 26.

66. En fait la fable de Krylov, imitée de La Fontaine, s'appelle « Le Lion devenu vieux » (1825).

67. Mot français translittéré.

68. Mot français translittéré.

69. En français dans le texte.

70. Maréchal de la noblesse, c'est-à-dire président des assemblées de la noblesse de la province ou du district.

71. Ces deux mots en français.

72. Le côté nord, où se trouvaient les plus belles boutiques.

73. Marlinski, pseudonyme du romancier décembriste A. A. Bestoujev (1797-1837), spécialement populaire dans l'armée pour ses nouvelles caucasiennes au style flamboyant.

74. Journal économique, politique et littéraire fondé en 1861.

75. Allusion au crime du marchand Mazourine, jugé à Moscou en novembre 1867. Le fils du notable héréditaire Mazourine avait attiré chez lui le bijoutier Kalmykov et lui avait coupé la gorge avec un rasoir. Il avait ensuite enveloppé le corps dans une toile cirée et disposé autour des flacons de « liqueur de Jdanov » pour masquer l'odeur. (D'après l'*Introduction* de P. Pascal, éd. Garnier, p. VI-VII.)

76. En français dans le texte.

77. Parc et palais ainsi dénommés en souvenir de Catherine Iʳᵉ, épouse de Pierre le Grand, au sud-ouest de Pétersbourg. Dans les années vingt du siècle dernier, le parc était devenu un des jardins publics les plus agréables de la capitale. Son « vauxhall » était un lieu de distraction célèbre, édifié par l'architecte français Ricard de Monferrand, et comprenant restaurant et salle de concert.

78. En français dans le texte.

79. Établissement situé à Chaillot, rue des Vignes (auj. rue Vernet), où se donnaient des soirées dansantes et des bals-concerts. Le cancan y faisait fureur, comme partout sous le second Empire (d'après P. Pascal).

80. Voir note 77, p. 265. Le terme « Vauxhall » devait bientôt prendre en russe le sens de « gare de chemin de fer », car la première ligne relia précisément Saint-Pétersbourg à Pavlovsk, où il existait un autre endroit de plaisir appelé « vaux-hall ». Voir t. II, p. 33.

81. Ainsi avait procédé Dostoïevski après la mort de son frère Michel (10 juillet 1864).

82. La réforme de janvier 1864 avait créé des assemblée locales de province ou de district, composées de députés élus par chacun des ordres de l'État et dirigées par la noblesse. Ces *zemstvos* (de *zemlia*, terre) s'occupaient des chemins, des méthodes agricoles, d'instruction, de santé publique, etc. et activèrent le progrès dans les provinces russes. (D'après P. Pascal.)

83. Le quartier des casernes du régiment de la garde d'Izmaïl, au sud-ouest de la ville (auj. quartier des commissaires de l'Armée rouge). Dostoïevski y avait habité de mars 1860 à septembre 1861.

84. Souvent évoquée dans le roman, la «question féminine» est à l'ordre du jour dans la fièvre des réformes qui caractérise le début des années 60.

85. Habitude de Dostoïevski selon sa femme. Il plaçait ses papiers les plus précieux dans l'Évangile qu'il avait reçu en Sibérie (voir *Récits de la Maison des Morts*, GF, 1980, préface, p. 20).

86. Dostoïevski possédait dans sa bibliothèque la traduction de Louis Viardot. Il avait pu lire en 1866 la nouvelle traduction russe de V. Karéline. Son enthousiasme pour l'œuvre de Cervantès s'exprime dans le *Journal d'un écrivain*, septembre 1877. Une vaste polémique autour de *Don Quichotte* s'était élevée en Russie avant *L'Idiot* (Biélinski, Dobrolioubov, Tourguéniev, Herzen, Pissarev). Voir L. Buketoff-Turkevitch, *Cervantes in Russia*, Princeton, 1950.

87. R. G. Nazirov fait observer que le thème récurrent des yeux de Rogojine peut trouver sa source dans *Oliver Twist* de Dickens (1838), où les yeux de Nancy, assassinée, poursuivent le meurtrier Sykes. Avant sa mort il les revoit: «Encore ces yeux!» On sait l'immense admiration que Dostoïevski vouait à l'écrivain anglais.

88. Ou rues de la Nativité (auj. rues des Soviets), coupant la perspective Souvorov, dans le quartier des Peski ou des Sablons. C'était un quartier de gens modestes, où vivait avant son mariage Anna Grigorievna Snitkina.

89. Voir préface p. 27 et P. Pascal *Introduction* p. VII. Un lycéen de 18 ans, Witold Gorski, précepteur à Tambov dans la famille du marchand Jemarine, se procura un casse-tête et assassina la mère de Jemarine, sa femme, un de ses fils, âgé de 11 ans, une parente, le portier et la cuisinière. Dostoïevski prit connaissance de ce fait monstrueux dans le *Golos* (La Voix) du 10 mars 1868. Polonais et catholique, Gorski était intelligent et aimait la littérature.

90. Grand lecteur de l'*Apocalypse*, Lébédev emploie le mot russe qui figure dans l'*Apocalypse*, 17.

91. Depuis 1864 (voir n. 18, p. 77) on pouvait faire appel du jugement d'un juge de paix devant l'assemblée des juges de paix du district.

92. Termes de l'oukaze du 24 novembre 1864. Formulée tout d'abord dans le manifeste d'Alexandre II du 19 mars 1856 annonçant la fin de la guerre de Crimée: «Que règne dans les tribunaux la justice et la clémence!»

93. Ancien jeu de cartes.

94. Au pain et au kvas (texte russe).

95. Marie-Jeanne, comtesse du Barry (1743-1793), favorite de Louis XV, condamnée à mort par le Tribunal révolutionnaire et exécutée le 8 décembre 1793.

96. *Lexicon Encyclopédique* de Pluchard, t. 17, Saint-Pétersbourg, 1841, p. 377-378.

97. Ces mots translittérés.

98. Le cardinal La Roche-Aymon d'après les *Mémoires de Madame la comtesse Du Barry*, Paris, t. I, 1829, p. 364-365.

99. Toute la phrase en français dans le texte, suivie de sa traduction russe.

100. Ce mot translittéré.

101. Aujourd'hui quartier de Petrograd, le plus anciennement bâti, au nord de Pierre et Paul.

102. Petite ville (aujourd'hui Sloutsk) à 27 km au sud de Péters-bourg, reliée à la capitale dès 1837 par un chemin de fer, le premier de Russie. Lieu de villégiature entouré d'un immense parc. Michel, frère de Dostoïevski, y avait eu une villa. Dostoïevski alla y rendre visite à Anne Vassilievna Korvine-Kroukovskaïa, au cours de l'été 1866 (*P.S.S.*, t. 9, p. 388).

103. *Apocalypse*, 6, 5-8.

104. Ou rue aux Pois (aujourd'hui rue Dzerjinski), partant de l'Amirauté, croise la Sadovaïa, ou rue des Jardins (aujourd'hui rue du 3-juillet) avant de rejoindre la Fontanka. (Note de P. Pascal.)

105. Ou *skoptsy*, membres d'une secte dont les adhérents se châtraient. Réputés d'une honnêteté scrupuleuse, ils étaient souvent changeurs ou caissiers. Dostoïevski les mentionne souvent dans son œuvre.

106. Il s'agit de *l'Histoire de Russie depuis les temps les plus anciens* de Serge Soloviov (1820-1879), le père du philosophe Vladimir Soloviov. Entamée en 1851, elle en était en 1867 au tome 17. Strakhov indique que ce tome fut parmi les livres que Dostoïevski emporta à l'étranger en 1867.

107. Celle des *starovertsy* ou *vieux-croyants*. Le patriarche Nikone avait réformé la liturgie russe sans tenir compte des traditions nationales, et provoqué par là un schisme appelé *raskol* à partir du concile de 1666-1667. Voir la thèse de P. Pascal sur *Avvakoum et les origines du raskol. La crise religieuse au XVIIe siècle en Russie*, Paris, 1939.

108. Il s'agit du poème de H. Heine appelé *Heinrich* dans sa première version (1822), puis *Canossa* (1843). Une traduction russe d'I. Lebedev parut en 1859 puis dans un recueil en 1862. Il s'agit de la célèbre pénitence infligée à l'empereur d'Allemagne Henri IV par le pape Grégoire VII en 1076. Dostoïevski recourt à un autre poème de Heine *(Nordsee)* dans *L'Adolescent* (III, 7).

109. Conservé par les vieux-croyants, alors que Nikone avait introduit le signe de croix avec trois doigts le 23 avril 1656.

110. Voir préface p. 34-35.

111. Il s'agit sans doute de N. A. Spechniov (1821-1882), voir chronologie t. II, p. 386-7.

112. Dans le *Golos* (La Voix) du 30 octobre 1867, Dostoïevski avait lu qu'un certain Balabanov, du district de Mychkine dans la province d'Iaroslav, avait égorgé avec un couteau de cuisine l'accoucheur Souslov pour lui voler sa montre en argent en disant : « Bénis-moi, Seigneur, pardonne pour l'amour du Christ ! » Voir *P.S.S.*, t. 9, p. 392.

113. L'échange des croix signifiait dans l'ancienne Russie une amitié fraternelle pour la vie.

114. Ou village impérial, aujourd'hui Pouchkine.

115. On trouve un récit analogue de l'*aura* épileptique dans la biographie de Dostoïevski par N. Strakhov, p. 214. Voir l'article du prof. Alajouanine dans le nº spécial Dostoïevski de *L'Herne*.

116. *Apocalypse*, 10,6.

117. *Coran*, 17, I; Dostoïevski avait dans sa bibliothèque une traduction française du Coran. Il est également possible que l'écrivain ait pris connaissance de l'*History of Mahomet and his Successors* de Washington Irving, parue en 1849-1850 et traduite en russe par P. V. Kireïevski en 1857. Il parlait déjà de Mahomet aux sœurs Korvine-Kroukovski en 1865.

118. Celle de la ligne Saint-Pétersbourg-Moscou, aujourd'hui gare de Moscou.

119. Veuve ou femme d'un assesseur de collège, grade de la dixième classe de la hiérarchie civile instituée par Pierre le Grand, en vigueur jusqu'à la Révolution d'Octobre.

120. Le 26 août/8 septembre 1862.

121. Mot translittéré.

122. Allusion à une poésie de Pouchkine de 1825 en l'honneur d'A. P. Kern (« A *** »). Voir Alexandre Pouchkine, *Œuvres poétiques*, t. I, p. 177, L'Age d'Homme, 1981 (une autre trad. t. II, p. 347).

123. Il s'agit d'un poème de Pouchkine dont la première rédaction, sous le titre « Légende », remonte à 1829. Le texte reproduit par Dostoïevski figure dans l'édition de Pouchkine en 7 volumes préparée par P. V. Annenkov et parue en 1855-1857, au t. 3, p. 17. Il était paru du vivant de Pouchkine dans ses *Scènes des temps chevaleresques* (1835). On n'est pas sûr que Dostoïevski ait connu la troisième strophe qui éclaire tout le poème :

Une fois, allant à Genève,
Près d'une croix il aperçut
En chemin la Vierge Marie,
Mère du Christ notre Seigneur.

Cette strophe fut publiée de façon fugitive dans *Le Contemporain* en 1866 ; on la retrouve dans un carnet intime de Dostoïevski de 1880-1881 (*P.S.S.*, t. 9, p. 402-404). Voir *Œuvres poétiques*, t. I, p. 114 (Le Paladin).

124. Ave, Mater Dei.

125. Anastasia Filippovna Barachkova. Lorsque plus haut (p. 365)

Aglaé prétendait lire les lettres A. N. B. sur le bouclier du «chevalier pauvre», elle entendait ainsi leur sens : Ave, Nastasia Barachkova, ce que Colas ne peut comprendre. On pourrait interpréter son A. N. D. par Ave, Nostra Domina.

126. L'expression vient de Gogol, *Le Revizor*, acte I, sc. I.

127. Voir p. 365 note 123.

128. Terme lancé en 1862 par Tourguéniev dans *Pères et Fils*.

129. Il s'agit d'une série d'articles de D. I. Pissarev dans la revue *Russkoe Slovo* (La Parole russe) en 1865, où il traitait le poète de «versificateur superficiel».

130. Allusion à la proclamation de P. G. Zaïtchnevski, *La Jeune Russie* (1862), dont il sera encore question dans *Les Démons*.

131. Allusion à la revue satirique *Iskra* (L'Étincelle), qui parut à Pétersbourg de 1859 à 1873.

132. Phrase empruntée à la comédie de Griboïédov *Gore ot ouma* (Le mal d'avoir de l'esprit), II, 2.

133. Voir note 79.

134. En allemand, vers la Russie.

135. Courte fable de 1815.

136. Serfs au service du seigneur, qui n'avaient pas de terre à cultiver.

137. Il s'agit d'un vieil ennemi de Dostoïevski, le satirique et romancier M. E. Saltykov-Chtchédrine, qui avait publié dans *Le Sifflet* (Svistka) en 1863 une épigramme intitulée «Fédia le suffisant» dirigée contre Dostoïevski : celui-ci la tourne contre Mychkine.

138. Ce personnage était déjà apparu dans *Crime et Châtiment* (GF, t. I, p. 126, 155, etc.). Dans la réalité, c'était l'avocat de l'éditeur Stellovski, Botcharov, qui avait imposé à Dostoïevski le fameux contrat léonin de 1865.

139. Naturellement il ne s'agit pas d'une citation, mais de la parodie du plaidoyer que Dostoïevski avait lu dans le *Golos* du 14 mai 1868 (*P.S.S.*, t. 9, p. 444).

140. Allusion parodique au roman célèbre de Tchernychevski, *Que faire ?* (1863) où l'héroïne Véra Pavlovna quitte sa mère dans ce style.

141. Le célèbre médecin S. P. Botkine (1832-1889), que Dostoïevski avait consulté en 1865.

142. En français dans le texte.

143. Dostoïevski avait lu plusieurs ouvrages de Proudhon dans la bibliothèque de Pétrachevski. Il s'agit ici du livre de 1861 *La Guerre et la Paix*, traduit en russe en 1864 et objet de vives polémiques, où Proudhon présentait la force comme le facteur déterminant des relations entre les individus comme entre les peuples.

144. Allusion à la comédie de Griboïédov, IV, 15. Beaucoup de vers de cette pièce étaient passés en proverbes.

145. *Apoc.* 8, II « le tiers des eaux se changea en absinthe, et bien des gens moururent »... L'Évangile personnel de Dostoïevski porte plusieurs remarques de sa main à propos de l'*Apocalypse* de saint Jean.

146. Aujourd'hui rue des Marins-rouges.

147. Variations autour du souvenir évangélique de la solitude du Christ, cf. *Jean*, 6, 15. Passage doublement souligné par Dostoïevski.

148. Louis Bourdaloue (1632-1704), jésuite, grand prédicateur sous Louis XIV. Il ne fut jamais archevêque. Keller associe le nom de Bourdaloue avec le russe *bourda*, brouet, et les vins de Bordeaux.

149. Dostoïevski parodie les expressions culinaires françaises. Il fabrique un mot *fenezerf*.

150. Mot translittéré.

TABLE DES MATIÈRES [1]

PREMIÈRE PARTIE

Premier jour de l'action : mercredi 27 novembre 1867

1. Les indications de lieu portent sur la suite et restent valables jusqu'à l'indication suivante. Cette table est l'œuvre de Pierre Pascal.

DEUXIÈME PARTIE

SIX MOIS APRÈS

CHAPITRE II.   DÉBUT JUIN 1868
                      DEUXIÈME JOUR DE L'ACTION [1]

(A Pétersbourg)

Le prince se rend à l'hôtel ; de là chez Lebedev.
(Le salon de Lebedev) Discussions entre Lebe-
dev, sa fille Viera, son neveu (Doctorenko).
Celui-ci lui reproche de lire l'Apocalypse et de

---

1. Il ne sera pas tenu compte, dans les jours de l'action, des inter-
valles.

PUBLICATIONS NOUVELLES

AGEE
La Veillée du matin (508).

ANDERSEN
Les Habits neufs de l'Empereur (537).

BALZAC
Les Chouans (459). La Duchesse de Langeais (457). Ferragus. La Fille aux yeux d'or (458). Sarrasine (540).

BARRÈS
Le Jardin de Bérénice (494).

CHEDID
Nefertiti et le rêve d'Akhnaton (516). *** Le Code civil (523).

CONDORCET
Esquisse d'un tableau historique des progrès de l'esprit humain (484).

CONRAD
Au cœur des ténèbres (530).

CONSTANT
Adolphe (503).
*** Les Déclarations des Droits de l'Homme (532).

DEFOE
Robinson Crusoe (551).

DESCARTES
Correspondance avec Elisabeth et autres lettres (513).

FRANCE
Les Dieux ont soif (544). Crainquebille (533).

GENEVOIX
La Dernière Harde (519).

GOGOL
Le Revizor (497).

KAFKA
La Métamorphose (510). Amerika (501).

LA HALLE
Le Jeu de la Feuillée (520). Le Jeu de Robin et de Marion (538).

LOTI
Le Roman d'un enfant (509) Aziyadé (550).

MALLARMÉ
Poésies (504).

MARIVAUX
Le Prince travesti. L'Ile des esclaves. Le Triomphe de l'amour (524).

MAUPASSANT
La Petite Roque (545).

MELVILLE
Bartleby. Les Iles enchantées. Le Campanile (502). Moby Dick (546).

MORAND
New York (498).

MORAVIA
Le Mépris (526).

MUSSET
Lorenzaccio (486).

NODIER
Trilby. La Fée aux miettes (548).

PLATON
Euthydème (492). Phèdre (488). Ion (529).

POUCHKINE
La Fille du Capitaine (539).

RIMBAUD
Poésies (505). Une saison en enfer (506). Illuminations (517).

STEVENSON
Le Maître de Ballantrae (561).

TCHEKHOV
La cerisaie (432)

TOCQUEVILLE
L'Ancien Régime et la Révolution (500).

TOLSTOÏ
Anna Karenine I et II (495 et 496).

VOLTAIRE
Traité sur la tolérance (552).

WELTY
L'Homme pétrifié (507).

WHARTON
Le Temps de l'innocence (474). La Récompense d'une mère (454).

CHATEAUBRIAND
Mémoires d'Outre-Tombe. Préface de Julien Gracq (4 vol.)

FORT
Ballades françaises

GRIMM
Les Contes (2 vol.)

GUTH
Histoire de la littérature française (2 vol.)

HUGO
Poèmes choisis et présentés par Jean Gaudon

LAS CASES
Le Mémorial de Sainte-Hélène (2 vol.).

MAURIAC
Mémoires intérieurs et Nouveaux Mémoires intérieurs

Vous trouverez chez votre libraire le catalogue complet de notre collection.

GF — TEXTE INTÉGRAL — GF

1882-VII-1990. — Imp. Bussière, St-Amand (Cher).
N° d'édition 12670. — Octobre 1983. — Printed in France.